U0560355

國家古籍整理出版專項經費資助項目
國家社科基金重大招標項目

○南戲文獻全編　劇本編○

俞爲民　主編

琵琶記

第一册

王良成　整理

ZHEJIANG UNIVERSITY PRESS
浙江大學出版社
·杭州·

浙江傳統戲曲研究與傳承中心

前言

《琵琶記》作者高明，字則誠，號菜根道人，瑞安（今屬浙江）人。約生於元成宗大德年間，卒於明初。生於書香門第，祖父高天錫、伯父高彦都是詩人。受家庭的薰陶，高明青年時期就以學識淵博著稱，詩文之外，尤擅詞曲。元至正五年（1345）中進士，先後任處州録事、杭州行省丞相掾、江南行臺掾、福建省都事等職。至正八年（1348），當方國珍在浙江起義反元時，高明被任命爲浙東閫幕都事，但到任不久，就與元人主帥達識貼睦邇論事不合，避不治文書。不久便致仕歸隱，隱居寧波城東的櫟社，以詞曲自娱。明太祖聞其名，徵召他入朝編修《元史》，高明佯狂不出，不久病卒。除了《琵琶記》，高明還作有南戲《閔子騫單衣記》（佚），詩文《柔克齋集》二十卷（僅存零星篇目）。

《琵琶記》現全本流存（個别齣目有闕）的皆爲明清兩代刊、鈔本，本編收録二十一種，附民國時期二種：

1．明嘉靖蘇州坊刊本，題作《新刊巾箱蔡伯喈琵琶記》，凡二卷。

2．揭陽出土明嘉靖鈔本，題作《揭陽出土鈔本蔡伯皆》，分總本（闕第一齣）和生本兩部分。

3．明萬曆金陵繼志齋刊本，題作《重校琵琶記》，凡四卷。

4．明萬曆金陵世德堂唐晟刊本，題作《新刻重訂出像附釋標註琵琶記》，凡四卷。

5．明刊本，題作《蔡中郎忠孝傳》，凡四卷。

6．明汪廷訥刊本，題作《袁了凡先生釋義琵琶記》，凡二卷。

7．明刊孫鑛批訂本，題作《硃訂琵琶記》，凡二卷。

8．明雲林別墅刊本，題作《元本大板釋義全像音釋琵琶記》，凡三卷。

9．明萬曆金陵師儉堂刊本，題作《陳眉公先生批評琵琶記》，凡二卷。

10．明刊本，明湯顯祖、李贄、徐渭合評，題作《三先生合評元本琵琶記》，凡二卷。

11．明虎林容與堂刊本，題作《李卓吾先生批評琵琶記》，凡二卷。

12．清初古吴陳長卿刊本，明魏浣初評，李裔蕃註，題作《新刻魏仲雪先生批點琵琶記》，凡二卷（闕第一齣、第二齣第一隻曲子）。

13．明刊本，題作《重刻音釋題評琵琶記》，凡二卷。

14. 明萬曆玩虎軒刊本，題作《元本出相點板琵琶記》，凡三卷。

15. 明新都黄正位刊巾箱本，題作《琵琶記》，凡三卷。

16. 明萬曆金陵文林閣刊本，題作《元本出相南琵琶記》，凡三卷。

17. 明槃薖碩人改定鈔本，題作《詞壇清玩琵琶記》，凡二卷。

18. 明吴興凌氏刊朱墨套印本，題作《凌刻臞仙本琵琶記》，凡四卷。

19. 明毛晉汲古閣刊本，題作《繡刻琵琶記定本》。

20. 清刊毛聲山評本，題作《繪風亭評第七才子書琵琶記》，凡六卷。

21. 清康熙陸貽典鈔本，題作《新刊元本蔡伯喈琵琶記》，凡二卷。

22. 民國十年(1921)上海朝記書莊印行本，題作《琵琶記曲譜》，凡四卷。

23. 蘇州崑劇傳習所(1921 年秋創辦於蘇州)編，題作《崑劇傳世演出珍本全編琵琶記》，凡五卷。

《琵琶記》在元末産生後，就廣爲流傳。在流傳過程中，不僅文人學士對它作了改編，而且民間藝人在舞臺演出的過程中，也對其作了修改，因此，在明清時期，出現了《琵琶記》的許多版本，現全本流存的有幾十種之多。現存的全本《琵琶記》皆爲明清時期的刊本與鈔本，元本已失傳，但在《南曲九宫正始》中，引録了《琵琶記》的一百八十隻佚曲，其中一百七十九隻題作《元傳奇蔡伯喈》。將現存的《琵琶記》與《南曲九宫正始》所引録的《元傳奇蔡伯喈》作一比勘，如按其與元本的關係，現存全本《琵琶記》可分爲兩類，一類是古本系統，接近元本，包括明嘉靖蘇州坊刊本《新刊巾箱蔡伯喈琵琶記》、明嘉靖鈔本《揭陽出土鈔本蔡伯皆》、明吴興凌氏刊朱墨套印本《凌刻臞仙本琵琶記》、清陸貽典鈔本《新刊元本蔡伯喈琵琶記》等；另一類是明清人所説的時本系統，對元本改動較大，主要有繼志齋本《重校琵琶記》、世德堂本《新刻重訂出像附釋標註琵琶記》、師儉堂本《陳眉公先生批評琵琶記》、容與堂本《李卓吾先生批評琵琶記》、玩虎軒本《元本出相點板琵琶記》、文林閣本《元本出相南琵琶記》、槃薖碩人改定本《詞壇清玩琵琶記》、汲古閣本《繡刻琵琶記定本》等。古本系統的版本，雖皆接近元本，但由於出自不同的改編者和刊刻者之手，其間也有差異，各具特色。如《新刊元本蔡伯喈琵琶記》不分齣，而《新刊巾箱蔡伯喈琵琶記》則按劇情和脚色的上下場分齣，但尚無齣目；《凌刻臞仙本琵琶記》雖無齣目，但却增加了大量時人樂見的批語，並附録了時本第三折中的【仙吕入雙調・窣地錦襠】三隻曲子與《考試》一折。時本大約起於明嘉靖年間，流行於萬曆年間。雖然嘉靖年間刊行的《琵琶記》較多地保持了元本面貌，但也作了一些改動。時本則是在元本系統所作的改動的基礎上，又對元本作了進一步的改動。如第二十齣【孝順歌】曲：『這是穀中膜，米上皮，將來逼邏堪療飢。』『逼邏』是元人俗語，意謂不得已。而明人不知其意，以爲是一種食物，故時本皆改作『餺饠』。

在現存的《琵琶記》各種版本中，除了有全本的形式流存外，在明清時期的一些戲曲折子戲選集中，也大多選收了《琵琶記》。本編收録明清時期四十四種戲曲折子戲選集中的《琵琶記》，計四百三十三齣：

序號	出處	齣數	序號	出處	齣數
1	風月錦囊	三十四	9	摘錦奇音	九
2	詞林一枝	五	10	吴歈萃雅	三十八
3	八能奏錦	四	11	南北詞廣韻選	二十
4	樂府玉樹英	十	12	大明春	六
5	樂府菁華	五	13	賽徵歌集	四
6	樂府紅珊	六	14	樂府珊珊集	五
7	新鐫詞林白雪	五	15	徽池雅調	二
8	玉谷新簧	五	16	堯天樂	三

續　表

序號	出處	齣數	序號	出處	齣數
17	時調青崑	六	29	歌林拾翠	十三
18	月露音	四	30	樂府名詞	四
19	樂府萬象新	四	31	新鐫樂府時曲千家錦	一
20	南音三籟	三十六	32	新鐫歌林拾翠	三
21	樂府遏雲編	五	33	詞珍雅調	七
22	詞林逸響	三十三	34	方來館合選古今傳奇萬錦清音	三
23	纏頭百練二集	一	35	新刻精選南北時尚崑弋雅調四集	二
24	怡春錦	二	36	綴白裘全集	一
25	玄雪譜	四	37	續綴白裘	二
26	醉怡情	四	38	千家合錦	一
27	萬錦嬌麗	五	39	納書楹曲譜	二十四
28	樂府歌舞臺	一	40	綴白裘	二十六

續表

序號	出處	齣數	序號	出處	齣數
41	審音鑑古録	十六	43	集成曲譜	三十六
42	遏雲閣曲譜	二十四	44	崑曲大全	四

在這些戲曲折子戲選集中，由於選收者在選收時所依據的底本不同，或在選收時也作了改動，因此，其中所選收的《琵琶記》也各有特色。如《詞林一枝》選收的【琵琶詞】、《玉谷新簧》選收的《伯皆書館夢親》及《徽池雅調》選收的《托夢》等，都是原本中没有的情節。又如《拐兒紿誤》一齣中的拐兒是一個連姓名都没有的配角，他的出場，主要是爲了進一步渲染蔡伯喈的念親思鄉之情。但是，在《綴白裘》等所選折子戲《拐兒》中，拐兒卻被改寫成有名有姓的兩個人，他們的身份也由配角上升爲主角。另外，在《拐兒紿誤》中，拐兒只詐騙了蔡伯喈一人，而在折子戲《拐兒》中，這兩個騙子不僅詐騙了蔡伯喈及其僕人，而且互相詐騙，並最終受到報應。這樣的情節，不見於明清時期各種全本戲的刊、鈔本。

另外，若按唱腔來劃分，以上這些選集所選收的《琵琶記》單齣，可分爲兩大類：一類是崑山腔選本，如《吴歈萃雅》《詞林逸響》《怡春錦》《醉怡情》《綴白裘》《審音鑑古録》

等；一類是青陽腔選本，如《詞林一枝》《玉谷新簧》《徽池雅調》《堯天樂》《時調青崑》等。崑山腔選本的曲文與明刊本雖也有一些出入，但曲調的句格、字聲等格律變化不大。青陽腔選本在曲文中則加有滾白，如《堯天樂》選收的《蔡伯喈中秋賞月》，《樂府萬象新》選收的《伯喈荷亭滌悶》等齣，均在曲文中增加了許多滾白。另外，《琵琶記》也是近世崑曲中的經典劇目，本编收録了《遏雲閣曲譜》《集成曲譜》《崑曲大全》等三種崑曲曲譜中的《琵琶記》散齣。這三種崑曲散齣選本不僅曲詞皆有曲師拍正，節奏節拍較舊譜更爲準確，而且還訂正了以前坊間出版曲譜的謬誤。

《琵琶記》是南戲的經典劇目，明清曲律家在曲譜中多引録《琵琶記》的曲文作爲範文供曲家借鑒，本編收録了《舊編南九宮譜》《增定南九宮曲譜》《重定南九宮詞譜》《寒山堂曲譜》《彙纂元譜南曲九宮正始》《新編南詞定律》《九宮大成南北詞宮譜》等七種崑曲曲譜中的《琵琶記》曲文。這些曲譜收録了《琵琶記》的大量曲文，這些曲文既有重要的文獻版本校勘價值，又在用韻、格律、宫調、句法等方面爲後世的戲曲創作提供了經典範例。在這些曲譜中，由於編纂者所依據的底本不同，因此，其所徵引的曲文不僅微有不同，而且部分曲文在現存各種版本的《琵琶記》中尚屬少見。如只有《舊編南九宮譜》徵引的【仙吕引子・天下樂】的曲文爲『一片花飛故苑空，隨風舞到簾櫳。玉人怪問驚春夢，恨東風，羞落紅』，其餘版本均爲『一片花飛故苑空，隨風飄泊到簾櫳。玉人怪問驚春夢，只怕（或作『只恐』）東風羞落紅』。另外，較之《舊編南九宫譜》等，《增定南九宫曲譜》與《九宫大成南北詞宫譜》或分别正字襯字、標出平仄、注明板眼，作爲南曲詞句形式定格；或對部分曲調予以考訂，作出理論性闡釋等。例如，『【青納襖】與【紅納襖】自來分析不明，轉相舛誤，即《蔣譜》亦含糊其説，不敢臆斷，至後人始以七句無「也」字者爲【青納襖】，八句有「也」字者爲【紅納襖】』（《九宫大成南北詞宫譜》），『【雁漁錦】曲創自《琵琶記》「思鄉」齣，後人皆效之』（《九宫大成南北詞宫譜》），『【字字雙】末句作疊者係近體，不作疊者乃古體也』（《九宫大成南北詞宫譜》），等等。

至於《遏雲閣曲譜》《集成曲譜》和《崑曲大全》三種散齣選本，不僅曲詞皆有曲師拍正，而且『曲白、板眼悉心訂正，與梨園演唱無異』（《崑曲大全·凡例》）。此外，《集成曲譜》還通過眉批，訂正了其他演出本的常見謬誤，因此，它們對後世的崑曲舞臺演出，都具有極强的借鑒性和指導意義。例如，『俗譜貼唱「車馬」至「簾櫳」二句，餘皆旦唱。强行割裂，不顧文義，謬極。工譜亦高低互倒。兹改正之』（《集成曲譜》所收録《規奴》【祝英臺近】眉批）；『俗譜將「休」字上正板移於「固」字頭，而將「拒」字上正板改作贈板，謬』（《集成曲譜》所收録《逼試》【祝英臺近】眉批）。最後，較之《遏雲閣曲譜》，《集成曲譜》徵引的曲白不僅多選了《逼試》《訓女》《登程》《梳妝》《饑荒》《議婚》《愁配》《喫飯》《回話》《遺像》《題真》《旌獎》等十二齣，而且腳色的上場順序、曲白及故事内容也多有不同。例如，在《遏雲閣曲譜・囑別》中，其上場腳色及曲詞演唱次序爲：『（小生上唱）【謁金門】苦被爹行逼遣，默默此情何限。（正旦上唱）聞到才郎遊上苑，又添離別嘆。（合）骨肉一朝成拆散，可憐難捨拚』；在《集成曲譜・囑別》中，其上場腳色及曲詞演唱次序則爲『（正旦上）【謁金門】春夢斷，臨鏡緑雲繚亂。聞到才郎遊上苑，又添離別嘆。（小生）苦被爹行逼遣，脉脉此情何限。（仝）骨肉一朝成拆散，可憐難捨拚』。又如，在《墜馬》一齣中，《遏雲閣曲譜》的開場是『（衆引末上）【引】杏園春早，星聚文光耀』；《集成曲譜》則是『（衆喝）（外上）【霜天曉角頭】杏園春早，星聚文光耀』。

凡此，皆爲後人的《琵琶記》研究提供了翔實的資料。

總目録

新刊巾箱蔡伯喈琵琶記

目録

新刊巾箱蔡伯喈琵琶記卷上

東嘉高先生編集
南溪斯干軒校正

極富極貴牛丞相，施仁施義張廣才。
有貞有烈趙真女，全忠全孝蔡伯喈。

第一齣

（末上白）

〔水調歌頭〕秋燈明翠幕，夜案覽芸編。今來古往，其間故事幾多般。少甚佳人才子，也有神仙幽怪，瑣碎不堪觀。正是：　不關風化體，縱好也徒然。　論傳奇，樂人易，動人難。知音君子，這般另做眼兒看。休論插科打渾，也不尋宮數調，只看子孝與妻賢。驊騮方獨步，萬馬敢争先。

〔沁園春〕趙女姿容，蔡邕文業，兩月夫妻。奈朝廷黄榜，遍招賢士；　高堂嚴命，强赴春闈。一舉鰲頭，再婚牛氏，利綰名牽竟不歸。饑荒歲，雙親俱喪，此際實堪悲。　堪悲，趙女支持，剪下香雲送舅姑。

羅裙包土，築成墳墓；琵琶寫怨，竟往京畿。孝矣伯喈，賢哉牛氏，書館相逢最慘悽。重廬墓，一夫二婦，旌表門閭。

第二齣

（生上唱）

【瑞鶴仙】十載親燈火，論高才絶學，休誇班馬。風雲太平日，正驊騮欲騁，魚龍將化。沉吟一和，怎離雙親膝下？且盡心甘旨，功名富貴，付之天也。

（白）宋玉多才未足稱，子雲識字浪傳名。奎光已透三千丈，風力行看九萬程。經世手，濟時英，玉堂金馬豈難登？要將萊綵歡親意，且戴儒冠盡子情。蔡邕沉酣六籍，貫串百家。自禮樂名物，以至詩賦詞章，皆能窮其妙；由陰陽星曆，以至聲音書數，靡不極其精。抱經濟之奇才，當文明之盛世。幼而學，壯而行，雖望青雲之萬里；入則孝，出則弟，怎離白髮之雙親？到不如盡菽水之歡，甘虀鹽之分。正是：行孝於己，責報於天。更喜新娶妻房，纔方兩月。却是陳留郡人，趙氏五娘子。儀容俊雅，也休誇桃李之姿；德性幽閒，儘可寄蘋蘩之托。且喜夫妻和順，父母康寧。自家記得《詩》中云：『爲此春酒，以介眉壽。』今喜雙親既壽而康，對此春光，就花下酌杯酒，與雙親稱壽。昨日已分付媳婦安排，不免催促他則個。娘子，安排酒，請爹媽出來。（旦内應介）

【寶鼎兒】（外扮蔡公上唱）小門深巷裏，春到芳草，人閒清晝。（淨扮蔡婆上唱）人老去星星非故，春又來年年依舊。（旦上唱）最喜得今朝新酒熟，滿目花開似繡。（合）願歲歲年年，人在花下，常斟春酒。

（外、淨白）孩兒，請爹媽出來做甚麽？（生白）告爹媽：人生百歲，光陰幾何？幸得爹媽年滿八旬，孩兒一則以喜，一則以懼；況當此春光佳景，閒居無事，孩兒要與爹媽稱慶歇子。（外、淨白）如此也好。

【錦堂月】（生唱）簾幕風柔，庭幃晝永，朝來峭寒輕透。人在高堂，一喜又還一憂。惟願取百歲椿萱，長似他三春花柳。（合）酌春酒，看取花下高歌，共祝眉壽。

【前腔換頭】（旦唱）輻輳，獲配鸞儔。深慚燕爾，持杯自覺嬌羞。怕難主蘋蘩，不堪侍奉箕箒。惟願取偕老夫妻，長侍奉暮年姑舅。（合前）

【前腔換頭】（外唱）還愁，白髮蒙頭，紅英滿眼，心驚去年時候。只恐時光，催人去也難留。惟願取黄卷青燈，及早換金章紫綬。（合前）

【前腔換頭】（淨唱）還憂，松竹門幽，桑榆暮景，明年知他健否安否？嘆蘭玉蕭條，一朵桂花難茂。惟願取連理芳年，得早遂孫枝榮秀。（合前）

【醉翁子】（生唱）回首，看瞬息烏飛兔走。（旦唱）喜爹媽雙全，謝天相佑。（生唱）不謬，更清淡安閒，樂事如今誰更有？（合）相慶處，但酌酒高歌，共祝眉壽。

【前腔换頭】（外、浄唱）卑陋，論做人要光前耀後，勸我兒青雲萬里馳驟。

【前腔换頭】（生唱）聽剖，真樂在田園，何必當今公與侯？（合前）

【僥僥令】（生、旦唱）春花明綵袖，春酒滿金甌。但願歲歲年年人長在，父母共夫妻相勸酬。

【前腔】（外、浄唱）夫妻好廝守，父母願長久。坐對送青排闥青山好，看將緑水護田疇，緑水湫。

【十二時】（合唱）山青水緑還依舊，嘆人生青春難又，惟有快活是良謀。

（外）逢時對酒合高歌，（浄）須信人生能幾何。

（旦）萬兩黄金未爲寶，（生）一家安樂值錢多。

第三齣

（末上白）風送爐香歸别院，日移花影上閒庭。晝長人静無他事，惟有鶯啼三兩聲。小人不是别人，却是牛太師府裏一個院子。若論我那太師富貴，真個只有天在上，更無山與齊。舉頭紅日近，回首白雲低。怎見得那富貴？只見勢壓中朝，富傾上苑。白日映沙堤，青霜凝畫戟。門外車輪流水，城中甲第連山。瓊樓酬月十二層，錦障藏春五十里。香散綺羅，寫不盡園林景致；影摇珠翠，描不就庭院風光。好耍子的油碧車輕金犢肥，没尋處的流蘇帳暖春鷄報。畫堂内持觴勸酒，走動的是紫綬金貂；（一）繡屏前品竹彈絲，擺列的是紅妝粉面。玳瑁筵中爇寶香，真個是朝朝寒食；琉璃影裏燒銀燭，果然是夜夜元宵。這般福地洞天，可知有仙姝玉女。休言富貴牛太師，且説賢德小娘子。看他儀容嬌媚，一個没包彈的俊臉，似一片美玉無瑕；體態幽閒，半點難勾引的芳心，似幾寸清冰徹底。珠翠叢中長大，到欣着淡雅梳妝；綺羅隊裏生來，却厭他繁華氣象。怪聽笙歌聲韻，惟貪針指工夫。愛此清幽，整白日何曾離繡閣；笑人游冶，傍青春那肯出香閨。開遍海棠花，也不問夜來多少；飛殘楊柳絮，并不道春去如何。要知他半點真心，惟有穿瑣窗皓月；能使他一雙嬌眼，除非翻翠帳輕風。決非慕司馬的文君，肯學選伯鸞的德耀。更羡他知書知禮，是一個不趨蹡的秀才；若論他有德有行，好一個戴冠兒的君子。多應是相門相種，可惜不做個厮兒；少甚麽王子王孫，争要求爲佳配。呀！理會得麽？他是玉皇殿前掌書仙，一點塵心謫九天。莫怪蘭香熏透骨，霞衣曾惹御爐烟。好怪麽！只見府堂中老姥姥和惜春養娘舞將來做甚？

【雁兒舞】（净扮老姥姥、丑扮惜春舞上唱）深院重重，怎不怨苦？要尋個男兒，并無門路。甚年能勾和一丈夫，一處裏雙雙雁兒舞？

（唱、舞介）（末白）老姥姥拜揖。（净白）院子萬福。（末白）惜春姐拜揖。（丑白）院公萬福。（末白）

（一）是：原闕，據汲古閣刊本《繡刻琵琶記定本》補。

我且問你兩個，每常間不曾恁地戲耍，怎地今日十分快活？（丑白）院公，你不得知我喫小娘子苦！并不許我一步胡踏，并不要説男兒邊廂去！ 苦咳！ 你弗要男兒，我須要。他也道我和他相似，也不放我笑一笑。今日天可憐見，喫我千方百計去説化他，只限我一個時辰去花園中賞玩一番。苦咳！我如何的不快活？（浄白）便是我也千不合萬不合，前生不種福地，把我這裏做丫頭，苦如何説得？做丫頭老了，并不曾有一日得眉頭開。今日得老相公出去，我且來這裏遊賞歇子。（末白）元來恁地，可知你快活也。（浄白）院子，你伏事老相公，公的又撞着公的；我伏事小娘子，雌的又撞着雌的。（末白）又道是鳳隻鸞孤。老姥姥，惜春姐年紀小，也怪他傷春不得。你老老大大，也這般説，甚麼樣子？（浄白）哼息老畜生！ 喫你識。秋茄晚結，㈠遲花晚發。老自老，似京棗；外面皺，裏面好。你不見東村李太婆？ 年七十歲，頭光光的，只是要嫁人。人問他：你老了，嫁甚的？ 這婆子做四句詩，做得好。（末白）四句詩如何説？（浄白）道是：人生七十古來稀，不去嫁人待何時？ 下了頭髻做新婦，枕頭上放出大擂搥。（末白）你有些個欠尊重。（丑白）便是西村有個張太婆，年六十九歲，一個公公見他生得好，只是要取他。這婆子道：你做得出四句詩？ 做得好？（末白）如何説？（丑白）道是：青春年少莫蹉跎，床公尚自討床婆。紅羅帳裏做夫婦，枕頭上安着兩個大西瓜。（浄）休閒説。今日能勾得在此閒戲歇子，也不是容易。正撞着院公在此，咱每兩三個自作耍歇子。（丑白）還是

㈠ 茄：原作『施』，據汲古閣刊本《繡刻琵琶記定本》改。

做什麽耍好？（浄白）踢氣毬耍。（末白）不好。（浄、丑）怎地不好？（末白）〔西江月〕白打從來逞勢，官場自小馳名。如今年老脚腰疼，圓社無心馳騁。空使繡襦汗濕，謾教羅襪生塵，兀的是少年子弟俏門庭，不是寶妝行逕。（丑白）鬥百草耍？（末白）也不好。（浄）怎的不好？（末白）〔西江月〕香逕裏扳殘草色，雕闌畔折損花容。又無巧藝動王公，枉費了工夫何用？驚起嬌鶯語燕，打開浪蝶狂蜂。若還尋得并頭紅，早把你芳心引動。（浄、丑）打鞦韆耍？（末白）這個却好。（浄、丑白）打鞦韆怎的便中？（末白）你聽我説：〔西江月〕玉體輕流香汗，繡裙蕩漾明霞。纖纖玉手把彩繩拿，真個堪描堪畫。本是北方戎戲，移來上苑豪家。女娘撩亂隔墻花，好似半仙戲耍。（浄、丑白）恁地便打鞦韆。只是那裏有鞦韆架？（末白）我這花園裏那討鞦韆架？一來相公不忻，二來娘子又不好，縱有也拆了。（丑白）院公，没奈何，咱每三個在這裏厮輪做鞦韆架，一人打，兩人擡。（做架介）（末白）誰先打？（浄、丑白）我兩人擡，院公，你先打。（介）（占旦在戲房内叫）老姥姥，將我的《烈女傳》那裏去了？（浄、丑放末跌介）（末起白）你兩人騙得我好也！（浄白）今番當我打。（末、丑白）老姥姥打。（浄打介）（占旦又叫介）惜春，將我針綫箱兒那裏去了？（末、丑放，浄不跌介）（末白）你打得我索性。（丑白）今番當我打，疾忙着。（丑打介）（占旦上白）莫信直中直，須防仁不仁。（末、浄放，走下）（丑做不知介）（白）又耍。罷罷，來麽。輪當我打，便奚落人。（占旦扯丑耳）（丑驚介）（占旦白）賤人，你直恁的爲人不自重，只要閒嬉并閒閧。（丑白）娘子，交人怎不去閒嬉？（占白）怎的？（丑白）你看麽，鞦韆架尚兀自走動。（占白）賤人！我只教你在此玩賞片時，誰許你在此閒哄？（丑白）娘子，奴家名唤做惜春，見這春去，自傷春起來，如何不悶？（占白）你有甚傷春？（丑白）娘子，我早晨間見疏辣辣寒風，吹散了一簾柳絮；晌午間只見淅零零小雨，打壞了滿樹梨花。一霎時囀幾對黃鸝，猛可地叫數聲杜宇。見此春去，如何不悶？（占白）春光自去，你有甚麼悶來？我和你去習些女工便了。（丑白）苦咳！這般天氣，誰不去閒嬉？娘子却教惜春去習女工，兀的不是悶殺惜春麼？（占白）婦人家誰許你閒嬉？不習女工，有甚勾當？你却不學不出閨門的。（丑白）娘子，你千箱羅綺，滿頭珠翠，少甚麼了，却這般自苦？（占白）賤人！好怪麼？做生活是你本分的事，問有和不有做甚麼？（丑白）恁的，惜春辭娘子去了。我伏事別人，與他傳消遞息，隨趁也得些快活；伏事着你，見男兒也不許我擡眼。前日艷陽天氣，花紅柳緑，猫兒狗兒動心，你也不動一動；如今暮春時候，鳥啼花落，誰不傷情，你也不愁一愁。惜春其實難和娘子過活。（占白）賤人，你是狂是顛？我對老相公説，教好生施行你。（丑白）娘子，可憐見惜春心裏悶，自這般説。（占唱）你看麼。

【祝英臺近】緑成陰，紅似雨，春事已無有。（丑唱）聞説西郊，車馬尚馳驟。（占唱）怎如柳絮簾櫳，梨花庭院，（合）好天氣清明時候。

（丑白）〔玉樓春〕清明時節單衣試，爭奈晝長人靜重門閉？（占白）我芳心不解亂縈牽，羞見遊絲與飛絮。（丑白）繡窗欲待拈針指，忽聽鶯燕雙雙語。（占白）無情何處管多情？任取春光自來去。（丑白）娘子有甚麼法度，教惜春休悶了？

【祝英臺】（占唱）把幾分春三月景，分付與東流。（丑白）鳥啼花落，須煩惱你。（占唱）啼老杜鵑，飛盡紅英，端不爲春閒愁。（丑白）不閒愁，也去賞玩否？（占唱）休休，婦人家不出閨門，怎去尋花穿柳？（丑白）不遊賞，只怕瘦了你。（占唱）把花貌，誰肯因春消瘦？

【前腔換頭】（丑唱）春晝，只見燕雙飛，蝶引隊，鶯語似求友。（占白）你是人，説那蟲蟻做甚麼？（丑唱）那更柳外畫輪，花底雕鞍，都是少年閒遊。（占白）這賤人，你是婦人家，説那少年事做甚麼？（丑唱）難守，孤房清冷無人，也尋一個佳偶。（占白）呀！賤人，你到思量男兒？（丑唱）這般説，終身休配鸞儔？

【前腔換頭】（占唱）知否？我爲何不捲珠簾，獨坐愛清幽？（丑白）清幽，清幽，争奈人愁！（占唱）千斛悶懷，百種春愁，難上我的眉頭。（丑白）只怕你不長恁地。（占唱）休憂，任他春色年年，我的芳心依舊。（丑白）只怕風流年少哄着你。（占唱）這文君，可不擔閣了相如琴奏？

【前腔換頭】（丑唱）今後，方信你徹底澄清，我好没來由。（占白）你怎的不收拾了心下？（丑唱）想像暮雲，分付東風，情到不堪回首。（占白）你怎不學我？（丑唱）聽剖，你是蕊宫瓊苑神仙，不比塵凡相誘。（占白）恁地，自隨我習些女工便了。（丑唱）謹隨侍，窗下拈針挑繡。

（占）休聽枝上子規啼，（丑）悶在停針不語時。
（占）窗外日光彈指過，（丑）席前花影坐間移。

第四齣

（生上唱）

【一剪梅】浪暖桃香欲化魚，期逼春闈，詔赴春闈。郡中空有辟賢書，心戀親闈，難捨親闈。（白）世間好物不堅牢，彩雲易散琉璃脆。蔡邕本欲甘守清貧，力行孝道。誰知道朝廷黄榜招賢，郡中把自家保申上司去了；一壁廂來辟召，自家力以親老爲辭。這吏人雖則已去，只怕明日又來，我只得力辭。正是：人爵不如天爵貴，功名争似孝名高？

【宜春令】（生唱）雖然讀萬卷書，論功名非吾意兒。只愁親老，夢魂不到親闈裏。便教我做到九棘三槐，怎撇得萱花椿樹？我這衷腸，一點孝心對誰人語？

【前腔】（末扮張大公上唱）相鄰并，相依倚，往常間有事來相報知。（生白）來的却是張大公。公公拜揖。（末）解元拜揖。解元，（唱）試期逼矣，早辦行裝前途去。（生白）雙親老了，不敢去。（末笑介，唱）子雖念親老孤單，親須望孩兒榮貴。解元，趁此青春不去，更待何日？

（末白）解元既不肯去，更待看老員外和大娘子出來，看如何説；也只是勸解元去分曉。道由未了，兀的便是老員外來。

【前腔】（外上唱）時光短，雪鬢垂，守清貧不圖着甚的。有兒聰慧，但得他爲官吾足矣。（外、末相見介）（外唱）孩兒，天子詔招取賢良，秀才每都求着科試。快赴春闈，急急整着行李。

（外白）孩兒，如今黄榜招賢，郡中既然辟招你，你如何不去赴選？（末白）兀的大娘子也出來了。

【吴小四】（浄上唱）眼又昏，耳又聾，家私空又空。只有孩兒肚内聰。他若做得官時運通，我兩人不怕窮。

（浄白）我到不合娶個息婦與孩兒，只得六十日，便把我孩兒都瘦了。；若更過三年，怕不做一個枯髏？（末白）只要他不諧？（浄介）（外白）孩兒，如今黄榜招賢，試期已逼，你這般人才，如何不去赴選？（末白）老員外和大娘子不可不作成秀才走一遭。（生白）告爹爹：孩兒非不要去，争奈爹媽年老，家中無人侍奉。（浄白）苦麽！你又没七子八婿，只有一個孩兒，老賊，你眼又昏，耳又聾，又走動不得，教孩兒出去，萬一有些差池，教兀誰管來？你真個没飯喫便着餓死，没衣穿便着凍死。（外白）你理會得甚麽？孩兒做官，也改换門閭，如何不教他去？（生白）孩兒難去。

【繡帶兒】（唱）親年老光陰有幾？行孝正是今日。終不然爲着一領藍袍，却落後了戲綵斑衣。思之，此行榮貴可擬，怕親老等不得榮貴。（外唱）春闈裏紛紛大才，難道是没爹娘的孩兒方去？

【前腔换頭】（末唱）休迷！男兒漢凌雲志氣，何必苦恁淹滯？可不干費了十載青燈，枉捱半世黄虀？須知，此行是親志，休固拒。秀才，你那些個養親之志？（浄唱）百年事只有此兒，老賊！難道是庭前森森丹桂？

【太師引】（外唱）他意兒難提起，這其間就裏我自知。（末）他爲甚麽？（外唱）他戀着被窩中恩愛，捨不得離海角天涯。你是讀書之人，説個比倣與你。塗山四日離大禹，你直恁地捨不得分離？（末白）敢是如此，秀才？你貪鴛侶守着鳳幃，多誤了鵬程鶚薦的消息。

【前腔】（凈唱）他意裏只要供甘旨，又何曾貪歡戀妻？自古道曾參純孝，何曾去應舉及第？功名富貴天付與，天若與不求須來至。（生唱）娘言是，望爹行聽取。（生唱）孩兒戀媳婦不肯去呵，天須鑒孩兒不孝的情罪。

（生白）告爹爹：教孩兒出去，把爹爹媽媽獨自在家，萬一有些差池，一來别人道孩兒不孝，撇了爹娘去取功名；二來道爹娘所見不達，只有一子，教他遠離；以此上不相從。（外白）不從我的言語也由你，你但説如何唤做孝？（凈白）老賊！你年七八十歲，也不識做孝？披麻帶索便是孝。（末收介）（生白）告爹爹：凡爲人孝子者，冬温而夏清，昏定而晨省，問其燠寒，搔其痛痒，出入則扶持之，問所欲則敬進之。是以父母在，不遠遊；出不易方，復不過時。古人之大孝，也只如此。（外白）孩兒，你説的都是小節，不曾説那大孝。（凈白）老賊！你又不死，只管教他做大孝，越出去赴選不得。（末白）這話有些個不祥。（外白）孩兒，你聽我説：夫孝始於事親，中於事君，終於立身。身體髮膚，受之父母，不敢毁傷，孝之始也。立身行道，揚名於後世，以顯父母，孝之終也。是以家貧親老，不爲禄仕，所以爲不孝。你去做官時節，也顯得父母好處，不是大孝却是甚麼？（生白）爹爹説得自是。知他是做官不做官？若還不中時節，又不能勾事君，又不能勾事親，可謂兩耽閣了。（末白）秀才説錯話了。老漢常聽得秀才每説道：幼而學，壯而行；懷寶迷邦，謂之不仁。孔席不暇暖，墨突不得黔，伊尹負鼎俎以干湯，百里奚把五羊之皮自鬻，也只要順時行道，濟世安民。秀才，這個正是：學成文武藝，合當貨與帝王家。秀才，你這般人才，如何不去做官，濟世安民？（浄白）你都有言勸我兒，我有個故事説與你聽。在先東村有個李員外孩兒，他爹爹每日只閙炒，只是教孩兒去做官。他喫不過爹爹閙炒，去到長安，郡裏無人擡舉他，流落教化。見平章宰相，疾忙田地上拜着。丞相可憐見他，道：我與你個養濟院頭目，去管你爹娘。這個人道：做養濟院頭目，如何去管得爹娘？比及他回來，爹娘果在養濟院裏。他爹問他娘道：我教孩兒去的是？今日我孩兒做頭目，人也不敢欺負我。你今日去，千萬取個養濟院頭目、卑田院大使回來，也休教人欺負我。（末白）只有乞丐相，教我聽了半日。（外白）孩兒，你便去。（生介）孩兒去則不妨；爹媽教誰看管？（末白）秀才，自古道：千錢買鄰，八百買舍。老漢既忝在鄰舍，秀才但放心前去；不揀有甚欠缺，或是大員外老安人有些疾病，老漢自當早晚應承。（生白）如此，謝得公公！凡事專託公公周濟。如此，卑人没奈何，只得收拾行李便去。

【三學士】（生唱）謝得公公意甚美，凡事仗托維持。假饒一舉登科日，難道是雙親未老時？只恐錦衣歸故里，雙親的怕不見兒。

【前腔】（外唱）萱室椿庭衰老矣，指望你換了門閭。你休道無人供奉，你做得官呵，三牲五鼎供朝夕，須勝似啜菽并飲水。你若錦衣歸故里，我便死呵，一靈兒終是喜。

【前腔】（末唱）托在鄰家相倚依，專當效些區區。秀才，你爲甚在十年窗下無人問？只圖個一舉成名天下知。你若不錦衣歸故里，誰知你讀萬卷書？

【前腔】（淨唱）一旦分離掌上珠，我這老景憑誰？忍將父母飢寒死，博換得孩兒名利歸。你縱然衣錦歸故里，補不得你名行虧。

（外）急辦行裝赴試期，（生）父親嚴命怎生違。

（合）一舉首登龍虎榜，十年身到鳳凰池。

第五齣

（旦上唱）

【謁金門】春夢斷，臨鏡緑雲撩亂。聞道才郎遊上苑，又添離別嘆。（生接唱）苦被爹行逼遣，默默此情何限。骨肉一朝成拆散，可憐難捨拚。

（旦白）解元，雲情雨意，雖可拋兩月之夫妻；雪鬢霜鬟，更不念八旬之父母？功名之念一起，甘旨之心頓忘，是何道理？（生白）娘子休説那話。膝下遠離，豈無眷戀之意？奈堂上父母力勉，不聽分剖之辭，教卑人如何是得？（旦白）我多猜着你了。

【忒忒令】（唱）你讀書思量要做狀元。我只怕你學疏才短。（生白）我不曾才短。（旦唱）只是《孝經》《曲禮》，你早忘了一半。（生白）我不曾忘了。（旦白）你身曾忘了。（旦唱）却不道夏清與冬温，昏須定，晨須省，親在遊怎遠？

【前腔】（生唱）我哭哀哀推辭了萬千，他鬧炒炒抵死來相勸。將我深罪，不由人分辯。（旦白）罪你甚麽？（生唱）只道我戀新婚，逆親言，貪妻愛，不肯去赴選。

【沉醉東風】（旦唱）你爹行見得你好偏，只一子不留在身畔。（介）我和你去説咱。休休！他只道我不賢，要將你迷戀。苦！這其間怎不悲怨？（合）爲爹淚漣，爲娘淚漣，何曾爲着夫妻上意牽？

【前腔】（生唱）做孩兒節孝怎全？做爹行不從人幾諫。呀！俺爲人子，不當恁地説。也不是要埋冤，影隻形單，我出去有誰看管？（合前）

（生白）娘子，爹爹媽媽來，你且揾了眼淚。

【臘梅花】（外、浄上唱）我孩兒出去在今日中，爹爹媽媽來相送。但願得魚化龍，青雲得路，桂枝高折步蟾宫。

（外白）孩兒，安排行李了未？（生白）安排已了。（外白）安排既了，如何不去？（浄白）他若出去，家中更無第二人，只有一個媳婦，如何不分付他幾句？（生白）孩兒没別事，只等張大公來，把爹娘托付與他，教他早晚應承，孩兒庶可放心前去。（旦白）張大公早來。（末上白）仗劍對樽酒，恥爲遊子顔。所志在功名，離别何足嘆？（相見介）（生白）卑人如今出去，家中并無親人。爹爹媽媽年老衰倦，一個媳婦，只是女流之輩，他理會得甚麼？凡事全賴公公相與扶持，早晚看管；家中有些欠缺，只望公公周濟。昨日已蒙親許，今日特此拜懇。卑人稍有寸進，自當效結草啣環之報，決不忘恩。（末白）受人之托，必當終人之事。况一言既出，駟馬難追。昨日已許秀才，去後決不相誤。（生、旦白）謝得公公！（外白）孩兒去。（生白）孩兒拜辭爹媽便去。

【園林好】（拜唱）兒今去，爹媽休得要意懸，兒今去今年便還。但願得雙親康健。（合）須有日拜堂前，須有日拜堂前。

【前腔】（外唱）我孩兒不須得掛牽，爹只望孩兒貴顯。若得你名登高選，（合）須早把信音傳，須早把信音傳。

【江兒水】（净唱）膝下嬌兒去，堂前老母單，臨行只得密縫針綫。眼巴巴望着關山遠，冷清清倚定門兒遍，教我如何消遣？（合）要解愁煩，須是寄個音書回轉。

【前腔】（旦唱）妾的衷腸事，萬萬千，説來又怕添縈絆。六十日夫妻恩情斷，八十歲父母如何展？教我如何不怨？（合前）

【五供養】（末唱）貧窮老漢，托在鄰家，事體相關。此行須勉强，不必恁留連。你爹娘早晚，

早晚裏我專來陪伴。丈夫非無淚，不灑别離間。（合）骨肉分離，寸腸割斷。（生跪介）

【前腔】（唱）公公可憐，俺的爹娘望你周全。此身還貴顯，自當效銜環。（旦）有孩兒也枉然，你爹娘到教别人來看管。此際情何限，偷把淚珠彈。（合前）

【玉交枝】（外唱）别離休嘆，我心下非不痛酸。非爹苦要輕拆散，也只是要圖你榮顯。

【前腔】（浄唱）蟾宫桂枝須早攀，北堂萱草時光短。（合）又不知何日再圓？又不知何日再圓？

【前腔】（生唱）雙親衰倦，你扶持看他老年。飢時勸他加餐飯，寒時頻與衣穿。（旦唱）做媳婦事舅姑，不待你言。你做孩兒離父母，何日返？（合前）

【川撥棹】（外唱）歸休晚，莫教人凝望眼。（生）但有日回到家園，怕回來雙親老年。（合）怎教人心放寬？不由人不淚彈。

【前腔】（旦唱）我的埋冤怎盡言？我的一身難上難。（生唱）娘子，你寧可將我來埋冤，莫將我爹娘來冷看。（合前）

（生）此行勉强赴春闈，（衆）專望明年衣錦歸。

（合）世上萬般哀苦事，無過死别與生離。

（外、浄、末先下）（生、旦在場）（旦白）秀才，你如何割捨便去？（生白）教卑人如何是得？

【尾犯】(旦唱)懊恨別離輕，悲豈斷絃，愁非分鏡。只慮高堂，怕風燭不定。(生唱)腸已斷，欲離未忍，淚難收，無言自零。(合)空留戀，天涯海角，只在須臾頃。

【尾犯序】(旦唱)無限別離情，兩月夫妻，一旦孤另。此去經年，望迢迢玉京。思省，奴不慮山遥路遠，奴不慮衾寒枕冷。奴只慮公婆没主，一旦冷清清。

【前腔換頭】(生唱)何曾，想着那功名？欲盡子情，難拒親命。我年老爹娘，望伊家看承。畢竟，你休怨朝雨暮雲，只得替着我冬温夏清。思量起，如何教我割捨得眼睁睁？

【前腔換頭】(旦唱)儒衣纔換青，快着歸鞭，早辦回程。十里紅樓，休重娶娉婷。叮嚀，不念我芙蓉帳冷，也思親桑榆暮景。親祝付，知他記否？空自語惺惺。

【前腔換頭】(生唱)寬心須待等，我肯戀花柳，甘爲萍梗？只怕萬里關山，那更音信難憑。須聽，我没奈何分情破愛，誰下得虧心短行？(合)從今去，相思兩處，一樣淚盈盈。

(旦白)官人去，千萬早早回程。(生白)卑人有父母在上，豈敢久戀他鄉？

【鷓鴣天】(生唱)萬里關山萬里愁，(旦唱)一般心事一般憂。(生唱)親闈暮景應難保，客館風光怎久留？(生先下)(旦唱)他那裏，謾凝眸，正是馬行十步九回頭。歸家只恐傷親意，閣淚汪汪不敢流。(旦下)

第六齣

（末上白）大道青樓御苑東，玉簾朱户閉簾櫳。金鈴犬吠梧桐月，朱鬣馬嘶楊柳風。小人却是牛太師府中一個老院子。這幾日老相公出朝，不知有甚勾當？久留省中，未曾回府，聞知府中幾個姑媽和老姥姥幸得相公出去，每日在後花園閒耍。今日想必知道相公回來，都不見了。小人免不得灑掃廳堂，安排書館，等相公回來。好怪麽！只見一個婆婆走入來做甚麽？

【字字雙】（净上唱）我做媒婆甚妖嬈，談笑。説開説合口如刀，波俏。合婚問卜若都好，有鈔。只怕假做庚帖被人告，喫栲。

（末白）婆婆來做什麽？（净）院公萬福。老媳婦特來與張直閣做媒。（末白）我這小娘子不比别的，老相公不輕許。且慢着，又有個媒婆來。

【前腔】（丑上唱）我做媒婆甚艱辛，尋趁。有個新郎要求親，最緊。我每只得便忙奔，討信。

（介）路上更有早行人，心悶。

（末白）婆子，你來做甚麽？（丑白）老媳婦特來與李承奉求親。（末白）我方纔却對那婆婆説，我這媒難做。（丑白）元來這婆子也來做媒。苦咳！我是張媒婆，幾年在府前住，今日這媒喫你做？（净介）偏你會做媒？但是門當户對的便了。終不然你在府前住，定要你做媒？你與乞兒做媒，也嫁他？

(末白)休鬧，等相公回來，自有區處。

【齊天樂】(外扮牛太師上唱)鳳凰池上歸環珮，衮袖御香猶在。棨戟門前，平沙堤上，何事車塡馬隘？ 星霜鬢改，怕玉鉉無功，赤舄非材。 回首庭前，淒涼丹桂好傷懷。

(末喏)(淨、丑白)相公萬福。(外白)這兩個婆子做什麼？(淨白)奴家是張尚書府裏來求親。(丑白)奴家是李樞密家裏特來做媒。(外白)不揀什麼人，但是有才學，一筆掃盡千張紙的，方可中選。(淨白)告相公： 奴家的新郎一筆掃盡一千五百張紙。(丑白)直屁！ 我的新郎一筆掃盡五千五百張紙。(淨白)你的直屁！ 我個新郎一筆掃盡三萬三千三百三十單三張紙。(末收介)休得這裏閒炒。(外白)不要胡說。 除非做得天下狀元，方可嫁他； 若是別人，不許問親。(淨白)告相公： 這個新郎庚帖，人算他命，道他做得天下狀元。(丑背後搶介)相公，他的不做狀元，奴家這個庚帖定做狀元。(淨又搶相打介)(外怒白)這兩人到來我家裏無禮！ 左右，與我搜看，不揀有什麼庚帖婚書，都與我扯碎。(末搜扯破介)(淨、丑哭介)(外白)左右，把他兩個吊在廳前，各打十八。(末領鈞旨介)(外白)急把媒婆打離廳，(末白)除非狀元方可問姻親。(淨、丑白)干喫十八下黃荊杖，(合白)那些個成與不成喫百瓶？ (末、淨、丑先下)(外在場白)光陰似箭催人老，日月如梭趲少年。 自家没了夫人，只有一個女兒，如今不覺長大成人，又未曾問親。 只是一件，我的女孩兒性格温柔，是事實會，若教他嫁一個膏粱子弟，怕壞了他； 只教他嫁個讀書人，成就他做個賢婦，多少是好？ 這幾日自不在家，聽得使喚每日都去後花園中閒耍，這是我的女孩兒不拘束他。 如今人來做媒，相將做人媳婦，怎不教道他？ 孩兒和惜春、老姥姥過來。

【花心動】（占上唱）幽閣深沉，問佳人爲何懶添眉黛？針綫日長，圖史春閒，誰解屢傍妝臺？絳羅深護奇葩小，還不許蜂識鶯猜。（净、丑上唱）笑瑣窗，多少玉人無賴？

（占白）爹爹萬福。（外白）孩兒，婦人之德，不出閨門，你如何不省得？我這幾日出朝去，見説道幾個使唤都在後花園閒耍，却是你不拘束他。你如今年紀長大，今日是我孩兒，他日做別人媳婦。你如今不鈐束他，倘或他做出歹事來，也把你名兒污了。（占白）謝得爹爹教道，孩兒再來自拘束他。（外白）老姥姥，你年紀大矣。你做管家婆婆，到哄着女使每閒嬉，是何所爲？（净白）不干老姥姥事，都是惜春。（丑白）這都是你。（介）（净白）是你！（介）

【惜奴嬌】（外唱）孩兒來。杏臉桃腮，又當有松筠節操，蕙蘭襟懷。閨中言語，不出閫閾之外。老姥姥，不教孩兒伊之罪。惜春，這風情今休再。（合）記再來，但把不出閨門的語言相戒。

【前腔換頭】（占唱）堪哀，萱室先摧。嘆婦儀姆訓，未曾諳解。蒙爹嚴命，從今怎敢不改？老姥姥，早晚望伊家將奴誨。惜春，改前非休違背。（合前）

【黑麻序】（净唱）聽浼，父母心，婚姻事，要早諧。勸相公，早畢兒女之債。（外唱）休呆，如何女子前，將此口亂開？（合）記今來，但把不出閨門的語言相戒。

【前腔換頭】（丑唱）輕浼，我受寂寞擔煩惱，教我怎捱？細思之，怎不教人珠淚盈腮？（占）寬待，温衣并美食，何須苦掛懷？（合前）

（外）婦人不可出閨門，（占）多謝家尊教育恩。

（合）休道成人不自在，須知自在不成人。

第七齣

（生上唱）

【滿庭芳】飛絮沾衣，殘花隨馬，輕寒輕暖芳辰。江山風物，偏動別離人。回首高堂漸遠，嘆當時恩愛輕分。傷情處，數聲杜宇，客淚滿衣襟。

【前腔】（末上唱）萋萋芳草色，故園人望，目斷王孫。謾憔悴郵亭，誰與温存？（净、丑上唱）聞道洛陽近也，還又隔幾個城闉。（合）澆愁悶，解鞍沽酒，同醉杏花村。

（生白）〔浣溪沙〕千里鶯啼緑映紅，（丑白）水村山廓酒旗風，（净白）行人如在畫圖中。（末白）不暖不寒天氣好，或來或往旅人逢，（合白）此時誰不嘆西東？

【甘州歌】（生唱）衷腸悶損，嘆路途千里，日日思親。青梅如豆，難寄隴頭音信。高堂已添雙鬢雪，俺客路空瞻一片雲。（合）途中味，客裏身，争如流水蘸柴門？休回首，欲斷魂，數聲啼鳥不堪聞。

【前腔】(末唱)風光正暮春,便縱然勞役,何必愁悶? 緑英紅雨,征袍上染惹芳塵。雲梯月殿圖貴顯,水宿風餐莫厭貧。(合)乘桃浪,躍錦鱗,一聲雷動過龍門。榮歸去,緑綬新,休教妻嫂笑蘇秦。

【前腔】(浄唱)誰家近水濱,見畫橋烟柳,朱門隱隱。鞦韆影裏,牆頭半出紅粉。他無情笑語聲漸杳,却不道惱殺多情牆外人。(合)思鄉遠,愁路貧,肯如十度謁侯門? 行看取,朝紫宸,鳳池鰲禁聽絲綸。

【前腔】(丑唱)遥瞻霧靄紛,想洛陽宫闕,行行將近。程途勞倦,欲待共飲芳樽。垂楊瘦馬莫暫停,只見那古樹昏鴉栖漸盡。(合)天將暝,日已曛,一聲殘角斷樵門。尋宿處,行步緊,前村燈火已黄昏。

【餘文】(合唱)向人家,忙投奔,解鞍沽酒共論文,今夜雨打梨花深閉門。

(生)江山風物自傷情,(合)南北東西爲利名。

路上有花并有酒,一程分作兩程行。

第八齣

（旦上唱）

【破齊陣】翠減翔鸞羅幌，香銷寶鴨金爐。楚館雲閒，秦樓月冷，動是離人愁思。目斷天涯雲山遠，人在高堂雪鬢疏，緣何書也無？

〔古風〕明明匣中鏡，盈盈曉來妝。憶昔事君子，鷄鳴下君床。臨鏡理笄總，隨君問高堂。一旦遠別離，鏡匣揜清光。流塵暗綺練，青苔生洞房。零落金釵鈿，慘淡羅衣裳。傷哉憔悴容，無復蕙蘭芳。有懷悽以苦，有路阻且長。妾身豈嘆此，所憂在姑嫜。念彼猿猱遠，眷此桑榆光。願言盡婦道，遊子不可忘。勿彈緑綺琴，絃絶令人傷。勿聽《白頭吟》，哀音斷人腸。人事多錯迕，羞彼雙鴛鴦。奴家嫁與伯喈，纔方兩月，指望與他同侍雙親，偕老百年。誰知公公嚴命，强他赴選。自從去後，到今并無一個消息。把公婆抛撇在家，教奴家獨自應承。奴家一來要成丈夫之孝名，二來要盡爲婦之孝道，盡心竭力，朝夕奉養。正是：天涯海角有窮時，只有此情無盡處。

【風雲會四朝元】（旦唱）（一）春闈催赴，同心帶綰初。嘆《陽關》聲斷，送別南浦，早已成間阻。

（一）旦：原闕，據汲古閣刊本《繡刻琵琶記定本》補。

謾羅襟上淚漬，謾羅襟上淚漬，和那琴瑟塵埋，錦被羞鋪。寂寞瓊窗，蕭條朱户，空把流年度。嗏，酩子裏自尋思，妾意君情，一旦如朝露。君行萬里途，妾心萬般苦。君還念妾，迢迢遠遠，也索回顧，也索回顧。

【前腔】朱顏非故，緑雲懶去梳。奈畫眉人遠，傅粉郎去，鏡鸞羞自舞。把歸期暗數，把歸期暗數，只見雁杳魚沉，鳳隻鸞孤。緑遍汀洲，又生芳杜，空自思前事。嗏，日近帝王都，芳草斜陽，教我望斷長安路。君身豈蕩子，妾非蕩子婦。其間就裏，千千萬萬，有誰堪訴？有誰堪訴？

【前腔】輕移蓮步，堂前問舅姑。怕食缺須進，衣綻須補，要行須與扶。奈西山景暮，奈西山景暮，教我倩着誰人，傳語我的兒夫。你身上青雲，只怕親歸黄土，臨別也曾多祝付。嗏，那些兒意孜孜，只怕十里紅樓，貪着人豪富。雖然是忘了奴，也須索念父母。無人説與，這淒淒冷冷，怎生辜負？怎生辜負？

【前腔】文場選士，紛紛都是才俊徒。少甚麼鏡分鸞鳳，都要榜登龍虎，偏他將我誤。也不索氣苦，也不索氣苦，既受托了蘋蘩，有甚推辭？索性做個孝婦賢妻，也得名書青史，省了些閒淒楚。嗏，俺這裏自支吾，休得污了他的名兒，左右與他相回護。你腰金與衣紫，須記得荆釵與裙布。一場愁意緒，堆堆積積，宋玉難賦，宋玉難賦。

高堂回首日已斜，遊子何事在天涯。
紅顔勝人多薄命，莫怨春風當自嗟。

第九齣

（末上白）朝爲田舍郎，暮登天子堂。將相本無種，男兒當自强。自家不是别人，却是河南府中首領官。每年狀元及第，赴瓊林宴，遊街三日，不揀鞍馬酒食供設，樂人祗應，都是河南府尹提調辦事。今年蔡伯喈做狀元，今日赴宴，俺府尹相公不出來，委着自家提調。昨日已分付太僕寺掌鞍馬祗候，洛陽縣管排設的令史，鳴鼓三通，都要到此聚會聽點視。（擂鼓介）掌鞍馬的祗候那裏？（丑上白）有問即對，無問不答。（末白）鞍馬備辦了未曾？（丑白）告郎中：馬多在，先有一萬好馬。（末白）怎見得好馬？（丑白）但見：　耳批雙竹，鬃散五花。展開鳳臆龍鬐，擡起烏頭虎額。響篤篤翠蹄削玉，點滴滴赤汗流珠。隅目青熒夾鏡懸，肉鬃磊塊連錢動。一跳時尾捎雲漢，只驀過玄圃崆峒；一霎時走遍神州，直趕上流星奔電。九方皋管教他稱賞，千金價也不枉了追求。（末白）有甚顔色的？（丑白）布汗、論聖、虎刺、合里烏、赭啞兒、爺屈良、蘇盧、棗騮、栗色、燕色、兔黄、真白、玉面、銀鬃、秀膊、青花。（末白）有甚好名兒？（丑白）飛龍、赤兔、騕褭、驊騮、紫燕、驌驦、嚙膝、逾暉、騏驎、山子、白義、絶塵、浮雲、赤電、絶群、逸驃、騄驪、龍子、驎駒、騰霜驄、皎雪驄、凝露驄、懸光驄、決波騟、飛霞驃、發電、赤流、金騧、翔驎、紫奔、紅赤、照夜白、一丈烏、九花虬、望雲騅、忽雷駮、拳毛騧、騧獅子花、玉逍遥、紅叱撥、紫叱撥、金叱撥。青海月支生下，大宛越賧將來。(末白)有什麼好馬麽？(丑白)飛龍、祥驎、吉良、龍媒、騊駼、駃騠、鵕鸞、六群、天花、鳳苑、奔星、内駒、左飛、右飛、左方、右方、東南内、西南内。盡印三荒飛鳳字，中藏萬匹好龍媒。(末白)怎的打扮？(丑白)錦韉燦爛披雲，金鐙熒煌曜日。香羅帕深護金鞍，紫遊韁牽動玉勒。瑪瑙妝就轡頭，珊瑚做成鞍子。(末白)如今選幾個在這裏？(丑白)告郎中：如今無了。只有一萬匹馬，一千三百個漏蹄，二千七百個抹靨，三千八百個熟瘸，二千二百個慈眼。鞍橋又破損，坐子又攲傾。抽轡盡是麻繩，鞭子無非荆杖。餓老鵰全然拉搭，雁翅板片片凋零。鞍轡并不周全，牽鞚何曾完備？其實不中。(末白)休胡説！若還不完備時節，我對府尹相公説，好生打你。(丑白)郎中可憐見，小人一壁廂自理會。(末白)馬完備時節，牽在五門外廂，候狀元謝恩出來，騎馬遊街。(丑白)不妨事。只教春風得意馬蹄疾，一日看盡長安花。(丑先下)(末白)洛陽縣管排設的令史過來。(浄上白)廳上一呼，階下百諾。(末白)排設完備了未？(浄白)都完備了。但見：珠簾高捲，翠幕低垂。珊瑚席邐逼精神，玳瑁筵安排奇巧。金爐内謾騰騰的焚瑞腦，玉瓶内嬌滴滴的插奇花。四圍環繞畫屏山，滿座重鋪錦褥子。金盤犀筯光錯落，掩映異果珍羞；銀海瓊舟影摇蕩，番動葡萄玉液。灑掃乾乾浄浄，并無半點塵埃；安排整整齊齊，另是一般氣象。正是：移將金谷繁華景，妝點瓊林富貴春。(末白)恁的，你去那裏等候，一霎時不完備，定施行你。(浄白)瓊林深處風光好，別是人間一洞天。(浄下)(末白)〔臨江仙〕日映宫花明翠幕，藍袍嫩緑新裁，五花門外榜初開。金鞍乘駿馬，敕賜上天階。十里紅樓簾盡捲，美人争看名魁，黄旗影裏鬧咳咳。大家齊雅静，看取狀元來。(下)

【窣地錦襠】（生、浄、丑騎馬上唱）嫦娥剪就緑雲衣，折得蟾宫第一枝。宫花斜插帽簷低，一舉成名天下知。

【哭岐婆】洛陽富貴，花如錦綺。紅樓數里，無非嬌媚。春風得意馬蹄疾，天街賞遍方歸去。

（生、浄先下）

（丑墜馬介）救我！爹爹、奶奶、媳婦、孩兒、哥哥、嫂嫂、兄弟、伯伯、叔叔都來救我歇子。

【水底魚兒】（末作陪宴官騎馬上唱）朝省尚書，昨日蒙聖旨。道狀元及第，教咱去陪宴席。（馬跳過丑身上）（丑叫）跌壞了人也。（末介）（馬不行介）（唱）越着鞭越退，遣人心下疑。轉頭回望，

（丑叫介）叫我的還是誰？

（末下馬見介）（丑叫）（末白）漢子，你是誰？（丑白）我是墜馬的狀元。（末扶丑介）問你是誰？（末白）我是中書省陪宴官，你爲甚麽墜馬？

【北叨叨令】（丑唱）鬧炒炒街市上遊人亂。（末白）你馬驚了？（丑唱）乖頭口抵死要回身轉。（末白）怎的不勒過？（丑唱）戰兢兢只怕繮繩斷。（末白）爲甚不打他？（丑唱）怯書生早已神魂散。（末白）不害事麽？（丑呻吟介）險跌折了腿也麽哥，險撍破了頭也麽哥，我好似小秦王三跳澗。

（末白）你馬那裏去了？（丑白）知他那裏去？傷人乎？不問馬。（末白）猶骨自文驟驟的。我就這

裏人家借一個與你騎。（丑白）休静辦，若借馬與小子騎，更着死。（末白）怎地便着死？（丑白）你不聞孔夫子説：有馬者借人乘之，今亡矣夫！（末白）一口胡柴！遠遠望見有二個人來，你在這裏等看，怕他有馬，就借一個與你騎。

【窣地錦襠】（生、净騎馬上唱）荷衣新惹御香歸，引領群仙下翠微。杏園惟有後題詩，此是男兒得志時。

（丑叫白）同行也好。我攧得渾身都粉磕麻碎了，你二人自去了。（净白）元來足下墜馬？（丑白）可知。（末白）不是小子相搭救時節，險送子他性命。（生、净白）如此，更賴相公之力。（丑白）你二人自去赴宴，我去太平坊下李郎中家裏去便來。（生、净、末問）去做甚麽？（丑白）我去醫攧撲傷損瘡。（生、净、末白）你且來。我從人有馬，索一個與你騎。（丑白）小子告退，你三人自去。（末白）怎道你是狀元？如何不去赴宴？（丑白）赴宴也自好，只是騎馬不得。休休，你三人騎馬先走，我隨着你提胡床來。（末白）甚模樣！（丑白）却有兩説：路上人問，你便道是使唤的伴當；若是筵席之中，却説是打伴當人。（末白）好窮對副。

【哭岐婆】（合唱）玉鞭裊裊，如龍嬌騎。黄旗影裏，笙歌鼎沸。如今端的是男兒，行看錦衣歸故里。

（末白）這裏便是杏園，請衆人少駐。（丑白）馬都牽將僻處去，人道四位官員，只有三個馬，甚模樣！（末白）教誰牽？（丑白）小子自牽。（末白）自不怕羞。諸公既然到此，年例請留佳作。（生白）小子措思。（介）詩有了。（浄、丑白）請教。（生白）道是：五百名中第一仙，花如羅綺柳如烟。緑袍乍着君恩重，黄榜初開御墨鮮。禮樂三千傳紫禁，風雲九萬上青天。時人謾訝登科早，未許姮娥愛少年。（衆白）好詩！（浄白）小子也有一首詩。（生、末、丑白）願聞，願聞。（浄白）道是：遲日江山麗，春風花草香。泥融飛燕子，沙暖睡鴛鴦。（生、末、丑白）使不得，這是别人的。（浄白）鯛鰸賊！我三場都是别人的，也中了。一首詩使别人的到不得？（末白）又道是七步成章。（浄白）你道我真個做不得？也鬭閸做一首。道是：赴選何曾入貢闈，此身不擬着荷衣。三場盡是渾身代，一個全然放屁龜。自笑持杯濫叨酒，却愁把筆怎題詩。有人問我求佳作，（衆曰）如何回他？（浄白）問我先生便得知。（末白）又道是當仁不讓於師。（丑白）尊兄諸位做律詩，小子不要説律詩，做一篇古風。尊兄都説赴選事，小子不要説那熟套，另立一題。（衆曰）還是把甚爲題？（丑白）便把小子方纔墜馬爲題，這是奇事，不可不入詠。小子做古風。（衆白）願聞。（丑白）道是：君不見去年騎馬張狀元，跌了左腿不相連？又不見前年跨馬李試官，跌了窟臀没半邊？世上三般拚命事，行船走馬打鞦韆。小子今年大拚命，也來隨趁跨金鞍。跨金鞍，災怎躲？叵耐畜生侮弄我。大叫三聲不肯行，連攛兩攛不是耍。便把韁繩緊緊拿，縱有長鞭怎敢打？須臾之間掉下來，一似狂風吹片瓦。昨日行過樞密院，三個軍人來唱喏。小子慌忙走將歸，（衆白）如何？（丑白）怕他請我教戰馬。（末白）這夢休學！（把酒介）

【五供養】（唱）文章過晁董，對丹墀已膺天寵。（合）赴瓊林新宴，顫宫花，緩引黄金鞚。（浄、丑唱）九重天上聲名動，紫泥封已傳丹鳳。（合）便催歸玉簡侍宸旒，他日歸來金蓮送。

【山花子】（末唱）玳筵開處遊人擁，爭看五百名英雄。（生唱）喜鰲頭一戰有功，荷君恩奏捷詞鋒。（合）太平時車書已同，干戈盡戢文教崇，人間此時魚化龍。留取瓊林，勝景無窮。

【前腔】（浄唱）三千禮樂如泉湧，一筆萬丈長虹。看奎光飛纏紫宫，光摇萬玉班中。（合前）

【前腔】（生唱）青雲路通，一舉能高中，三千水擊飛冲。又何必扶桑掛弓？也强如劍倚在崆峒。（合前）

【前腔】（丑唱）恩深九重，絡繹八珍送，無非翠釜駝峰。（末唱）看吾皇待賢恁隆，也不枉了十年窗下把書來攻。（合前）

【大和佛】（生唱）寶篆沉烟香噴濃，（合）濃雲羅繡叢。（丑、浄唱）瓊舟銀海，翻動酒鱗紅，一飲盡教空。（生唱）傳杯自覺心先痛，縱有香醪，欲飲難下我喉嚨。他寂寞高堂菽水誰供奉？俺這裏傳杯喧閧。（合）休得要對此歡娱意沖沖。

【舞霓裳】（衆唱）願取群賢盡貞忠，貞忠。管取雲臺畫形容，形容。時清無報君恩重，惟有一封書上勸東封，更撰個河清德頌。乾坤正，看玉柱擎天又何用？

【紅繡鞋】（合唱）猛拚沉醉東風，東風。倩人扶上玉驄，玉驄。歸去路，望畫橋東。花影亂，日曈曨。沸笙歌影裏，紗籠，紗籠。

【意不盡】今宵添上繁華夢，明早遥聽清禁鐘。皇恩謝了，鵷行豹尾陪侍從。

（生）名傳金殿换青袍，（浄、丑）酒醉瓊林志氣豪。

（末）君看萬般皆下品，（合）思量惟有讀書高。

第十齣

（旦上唱）

【憶秦娥】長吁氣，自憐薄命相遭濟。相遭濟，晚年姑舅，薄情夫婿。

（白）〔清平樂〕夫妻兩月，一旦成分別。没主公婆甘旨缺，幾度思量悲咽切。家貧先自艱難，那更不遇豐年。恁的千辛萬苦，蒼天也不相憐。奴家自從兒夫出去，遭此飢荒；況兼公婆年老，朝不保夕，教奴家獨自如何區處？婆婆日夜埋冤公公，當初不合教孩兒出去。如今飢荒，教媳婦怎生區處？公公又不復善，只管在家煎炒。免不得等公公婆婆出來，待奴家着些道理，勸解則個。

【前腔】（外上唱）孩兒一去無消息，雙親老景難存濟。（浄上唱，扯外耳）難存濟，不思前日，强教孩兒出去。

（旦勸介）（浄白）老賊！抵死教孩兒出去赴選，今日没飯喫，他便做得狀元，濟你甚事？若是孩兒在家裏，也會區處裨補，也不到得恁地狼狽。老賊，你死休！（外白）我是神仙，知道今日恁地飢荒？誰家不忍飢忍餓？誰似你這般埋冤？休休，我死！我死！今日飢荒也是死，我被你埋冤，喫不過也索死。（旦扯住介）公公、婆婆且息怒，聽奴家一句分剖： 當初教孩兒出去時節，不道今日恁地飢荒，婆婆難埋冤公公。 今日婆婆見這般荒歉，孩兒又不在眼前，心下焦躁，公公也休怪婆婆埋冤。 請自寬心，奴家如今把些釵梳首飾之類，去典些糧米，以充公婆二時口食。 寧可餓死奴家，決不將公婆落後了。（淨白）媳婦，你說得好，我只恨這老賊。

【金索掛梧桐】（淨唱）區區個孩兒，兩口相依倚。 沒事爲着功名，不要他供甘旨。 教他去做官，要改換門閭，他做得官時你做鬼。 老賊！ 你圖他三牲五鼎供朝夕，今日裏要一口粥湯却教誰與你？ 相連累，我孩兒因你做不得好名儒。（合）空争着閒非閒是，空争着閒非閒是，只落得雙垂淚。

【前腔】（外唱）養子教讀書，只望他身榮貴。 黄榜招賢，誰不去登科試？ 譬如范杞梁差去築城池，他的娘親埋冤誰？ 合生合死都由命，少甚麼孫子森森也忍飢。 休聒絮，畢竟是咱每兩口受孤悽。（合前）

【前腔】（旦唱）孩兒雖暫離，須有日回家裏。 奴有些金珠，解當充糧米。 公公婆婆休争麽，教傍人道媳婦每有甚差池，致使公婆争恁地。 婆婆，他心中愛子，只望功名就； 公公，他眼下無兒，必是埋冤語。 難逃避，兀的不是從天降下這災危？（合前）

【劉潑帽】（外唱）我每不久須傾棄，嘆當初是我不是。 苦！ 不如我死了到無他慮。（合）一度思量，一度也肝腸碎。

【前腔】（浄唱）有兒却遣他出去，教媳婦怎生區處？媳婦，可憐誤你芳年紀。（合前）

【前腔】（旦唱）媳婦便是親兒女，勞役本分當爲。但願公婆從此去，相和美。（合前）

（外白）形衰力倦怎支吾，（旦白）口食身衣只問奴。

（浄白）莫道是非終日有，（合白）果然不聽自然無。

第十一齣

（末上白）縹緲紗窗映霧烟，深沉金屋鎖嬋娟。屏中孔雀人難中，幕裏紅絲誰敢牽？自家是牛丞相府中堂候官。這幾日聽得府中喧傳相公要招女婿，我這小娘子不比别的小娘子。一來丞相之女，二來他才貌兼全，必須有文章、有官禄、有福分的，方可做得一婿。如何容易？不知招得甚麼人？只在此等候。相公出來，便知端的。相公早來。

【似娘兒】（外上唱）華髮漸星星，憐愛女欲遂姻盟，蟾宫仙子才堪并。紅樓此日，紅絲待選，須教紅葉傳情。

（末喏）（外白）男子生而願爲之有室，女子生而願爲之有家。老夫人傾棄多年，只有一女，美貌娉婷。昨日見官裏，問我：你的女孩兒嫁了未？我回道：不曾。官裏道：如今蔡伯喈好人物，好才學，你招做了女婿不是好？那時節我謝恩了。官裏又道：我與你主媒。我如今要唤個官媒，教他去蔡伯喈根前説親，如何？（末白）告丞相：男大當婚，女長當嫁。小娘子是瑶臺閬苑神仙，蔡狀元是天禄石渠貴客；何況玉音主盟，金口肯與説合。若做了百年夫婦，不枉了一對姻緣。相公，佳人才子實堪誇，天付姻緣事不差。試看月輪還有意，定知仙桂近姮娥。（外白）既如此，你與我唤過府前張媒婆來，教他去説親。（末白）領鈞旨。（叫介）

【醉太平】（丑做媒婆挑鞋、秤等物上唱）張家李家，都來唤我，我每須勝别媒婆。（末白）爲甚麽？（丑唱）有動使惹多。

（末白）媒婆，我且問你，你挑着惹多鞋做甚麽？（丑白）總領哥，你不知近日來宅院中小娘子要嫁得緊了，媒婆與他攛掇出門去，臨行做對鞋謝媒婆。今年知他攛掇了多少親事，鞋都穿不迭，有剩的都賣了。（末白）有誰買？（丑白）只是宅院小娘子買去。（末白）宅院小娘子脚都小小的，買這鞋做甚麽用？（丑白）魍魎賊！他要嫁得緊了，買來謝媒婆，省得做。（末收科介）（外白）左右，媒婆那裏？（末白）有。（引見外介）（外白）媒婆，你挑着惹多東西做甚麽？（丑白）覆相公：這個便是媒婆的招牌。（外白）且問他這斧頭做什麽？（末白）婆子，相公問你這斧頭做何用？（丑白）《毛詩》裏面説得好，這是：析薪如之何？匪斧弗克。娶妻如之何？匪媒不得。以此把斧頭爲招牌。（末白）休在魯班面前掉快口。（外白）更問他襪做什麽？（末白）婆婆，相公問你襪做什麽？（丑白）也是招牌。人都道做媒的執伐。（外白）更問他將秤作何用？（末白）婆婆，相公問你將秤作何用？（丑白）最要緊用這個，唤做量人秤。〔一〕凡做媒時節，先把新人新郎秤過相似，方與説親，去後夫妻便和順不相嫌。若是輕重頭了，夫妻只是相打罵了。老媳婦前日在張宅門前過，見一個小娘子在那裏哭。老媳婦問那小娘子，你爲甚哭？他道：嫁不得一個好人。老媳婦試把秤來與他兩個稱一稱看，可知不是對。（外、末白）如何？（丑白）新郎秤得二十八斤半，新人只秤得二十三斤。（末白）你也不十分平等。（外白）且問他將繩要做什麼？（丑白）這是赤繩。做夫妻須把繩繫定他兩個脚，方可做得夫妻。（末白）如何繫？（丑白）我與你繫看。（丑繫末脚，放自脚將來絆倒末介）（末問介）（丑白）可知不是姻緣，自繫不得了。（末、外白）休得閒説。你來，我奉聖旨，教我女孩兒嫁與蔡伯喈狀元，我如今教你去蔡伯喈根底説。你好生成就這頭親事，多多賞你。（丑白）這有甚難處？一來奉聖旨，二來托相公威名，三來小娘子才貌兼全，是人知道，蔡伯喈狀元有何不可？（末白）這話却説得是。（外白）你來，我説與你聽。

【瑣窗郎】（外唱）吾家一女娉婷，不曾許與公卿。昨承聖旨，選他書生。媒婆，你對他説，不須用白璧、黄金爲聘。（合）若是姻緣前世已曾定，今日裏，共歡慶。

【前腔】（丑唱）在東京極有名聲，論媒婆非自逞。今朝事體，管取員成。怕有一輕一重，全憑官秤。（合前）

〔一〕人秤：原作『秤人』，據汲古閣刊本《繡刻琵琶記定本》改。

【前腔】（末唱）然雖他高占魁名，得相招多少榮榮。依繡幕，選中雀屏。媒婆，你此去他必從命。（合前）

（丑）管取門楣得俊才，（外）爲傳芳信仗良媒。

（末）百年夫婦今朝合，（合）[一] 一段姻緣天上來。

第十二齣

（生上唱）

【高陽臺】夢遠親闈，愁深旅邸，那更音信遼絶。淒楚情懷，怕逢淒楚時節。重門半掩黄昏雨，奈寸腸此際千結。守寒窗一點孤燈，照人明滅。

【前腔】當時輕散輕别，嘆玉簫聲杳，小樓明月。一段愁煩，翻成兩下悲切。枕邊萬點思親淚，伴漏聲到曉方徹。鎖愁眉，慵臨青鏡，頓添華髮。

（白）〔木蘭花〕鰲頭可羡，須知富貴非吾願。雁足難憑，没個音書寄此情。田園荒久，不知松菊猶存否？光景無多，争奈椿萱老去何？自家爲父親所强，來此赴選，誰知逗遛在此，竟然不歸。今又復拜

[一] 合：原作「和」，據汲古閣刊本《繡刻琵琶記定本》改。

皇恩，除爲議郎。雖則任居清要，争奈父母年老，安可久留他鄉？天那！知我的父母安否如何？知我的妻室如何看待我的父母？待自家上表辭官，又未知聖意如何？正是：好似和針呑却綫，刺人腸肚繫人心。

【勝葫蘆】（末、丑上唱）特奉皇恩賜結親，來此把信音傳。若是仙郎肯諧繾綣，一場好事，管取今朝便團圓。

（生白）自家門户重重閉，春色緣何得入來？未審何人到此？（末、丑白）奉天子之洪恩，領牛公之嚴命，欲與狀元諧一佳偶。

【高陽臺】（生唱）宦海沉身，京塵迷目，名韁利鎖難脱。目斷家鄉，空勞魂夢飛越。閒聒，閒藤野蔓休纏也，俺自有正兔絲和那的親瓜葛。是誰人無端調引，謾勞饒舌。

【前腔换頭】（末唱）閥閲，紫閣名公，黄扉元宰，三槐位裏排列。金屋嬋娟，妖嬈那更貞潔。（丑唱）歡悦，紅樓此日招鳳侶，遣妾每特來執伐。望君家殷勤肯首，早諧結髮。

【前腔换頭】（生唱）非别，千里關山，一家骨肉，教我怎生拋撇？妻室青春，那更親鬢垂雪。差迭，須知少年人愛了，謾勞你姮娥提挈。滿京都豪家無數，豈必卑末？

【前腔换頭】（末唱）不達，相府尋親，侯門納禮，你却拒他不屑。繡幕奇葩，春光正當十八。（丑唱）休撇，知君是個折桂手，留此花待君來扳折。况親奉丹墀詔旨，非我自相攛掇。

【前腔换頭】（生唱）心熱，自小攻書，從來知禮，忍使行虧名缺。父母俱存，娶而不告須難説。悲咽，門楣相府須要選，奈㕞㕞佳人，實難存活。縱有花容月貌，怎如我自家骨血。

【前腔换頭】（末唱）迂闊，他勢壓朝班，威傾京國，你却與他相别。只怕他轉日回天，那時須有個決裂。（丑唱）虚設，江空水寒魚不餌，笑滿船空載明月。下絲綸不愁無處，笑伊村殺。

（生白）休閒説。果如是，果蒙聖恩，我明日上表辭官，一就辭婚便了。

（末、丑）君王詔旨不相從，（生）明日封書奏九重。

（合）有緣千里能相會，（合）無緣對面不相逢。

第十三齣

（外上唱）

【出隊子】朝夕縈掛，只爲孩兒多用心。不知月老事如何？爲甚冰人没信音？顒望多時，情緒轉深。

（白）目斷青鸞瞻碧霧，情深紅葉看金溝。自家昨遣院子和官媒去蔡伯喈處説親，怎的不見回來？不免顒俟則個。

【前腔】（末、丑上唱）喬才堪笑，故阻佯推不肯從。豈無佳婿得乘龍？他有甚福緣能跨鳳？

料想書生，只是命窮。

（外白）媒婆，你來了。事體若何？肯不肯？（丑白）他千不肯，萬不肯；即不肯，又不肯；定不肯，硬不肯；都不肯，只是不肯不肯。（末白）你住休！告相公，蔡狀元道：已娶妻室，雙親年老；娶妻不告，實難從命。

【雙鸂鶒】（外怒唱）聽伊説教人怒起，漢朝中惟我獨貴，我有女，偏無貴戚豪家匹配？奉聖旨，使我每招狀元爲婿。媒婆，不知他回話有何言語？

【前腔】（丑唱）媒婆告相公知：恨那人作怪蹺蹊。道始得及第，縱有花貌休提。罵相公，罵小娘，（外白）他罵小娘做甚麼？（丑唱）道脚長尺二。

【前腔】（末收介唱）這般説謊没巴臂。恩官且聽咨啓：蔡狀元聞説愁眉。忠和孝，恩和義。念父母八十年餘，況已娶了妻室，再婚重娶非理。待早朝，上表文，要辭官家去。請相公别選一佳婿。

【前腔】（外笑唱）他元來要奏丹墀，敢和我厮挺相持。（合）讀書輩没道理，不思量違背聖旨。只教他辭婚辭官俱未得。

（外白）院子，你和官媒再去蔡伯喈處説，看他如何？我如今去朝中奏官裏，只教不准他上表便了。

（外）枉把封章奏帝宫，（末）不如及早便相從。

（合）做成鸞鳳青絲網，勞碌鴛鴦碧玉籠。

第十四齣

（占上唱）

【剔銀燈】忒過分爹行所爲，但索强全不顧人議。背飛鳥硬求來諧比翼，隔牆花强扳來做連理。姻緣，還是怎的？我待説呵，婚姻事女孩兒家怎提？

（白）姻緣姻緣，事非偶然。好笑俺爹爹將奴家招取狀元爲婿，狀元不肯從着，俺這裏也索罷。誰想爹爹苦不放過，一定要招做女婿。他既不從我，做夫妻到底也不和順。奴家待將此事對爹爹説，只是此事不是女孩兒每説的話。呀，好悶！（介）（净魆地上探介）（白）慚愧，今日能勾得小姐悶也。小姐，你想着甚麽？（占白）我不想着甚麽。（净白）爲甚托了香腮，你悶則甚麽？我且問你，你每常間件件不煩惱，不動情，我看起來你都是假。你今日莫不是對景傷情來？（占白）老姥姥，你説那裏話？爲我爹爹做事不停當，以此上悶。（净白）如何？（占白）爹爹前日偏不道將我嫁與蔡伯喈狀元？後來官媒婆去説親，其間這狀元不肯從命。他既然不肯，俺這裏也只索罷。爹爹如今又再叫媒婆去。我不敢對爹爹説此事。老姥姥，你與我對爹爹説這事。（净白）這的事是你爹爹主意，怎的肯聽我説？

【桂枝香】（净唱）書生愚見，忒不通變。不肯坦腹東床，謾自去哀求金殿。想他每就裏，將人輕賤。非爹胡纏，怕被人傳。道你是相府公侯女，不能勾嫁狀元。

【前腔】（占唱）百年姻眷，須教情願。他那裏抵死推辭，俺這裏不索留戀。想他每就裏，有些兒牽絆。怕恩多成怨。滿皇都少甚麽公侯子，何須去嫁狀元？

【大迓鼓】（浄唱）非干是你爹意堅，怕春花秋月，誤你芳年。況兼他才貌真堪羨，又是五百名中第一仙。故把姮娥，付與少年。

【前腔】（占唱）姻緣須在天，若非人意，到底埋冤。料想赤繩不曾綰，多應他無玉種藍田。休把姮娥，付與少年。

匹配本自然，何須苦相纏。
眼前雖成就，到底也埋冤。

第十五齣

（末扮小黄門上唱）

【北點絳脣】夜色將闌，晨光欲散，把珠簾捲。移步丹墀，擺列着金龍案。

【北混江龍】（又唱）官居宮苑，謾道是天威咫尺近龍顔。每日價親隨車駕，只聽鳴鞭。去螭頭上拜跪，隨着那豹尾盤旋。朝朝宿衛，早早隨班。做不得卿相當朝一品貴，到先做他朝臣待漏五更寒。休嗟嘆，山寺日高僧未起，算來名利不如閒。

（白）自家是漢朝一個小黄門。往來紫禁，侍奉丹墀。領百官之奏章，傳一人之命令。正是：主德無瑕因宦習，天顔有喜近臣知。如今天色漸明，正是早朝時分，官裏升殿，怕有百官奏事，只得在此祇候。怎見得早朝？但見銀河清淺，珠斗斕斑。數聲角吹落殘星，三通鼓報傳清曙。銀箭銅壺，點點滴滴，尚有九門寒漏；瓊樓玉宇，聲聲隱隱，已聞萬井晨鐘。曈曈曚曚，蒼茫初日映樓臺；拂拂霏霏，葱蒨瑞烟浮禁苑。裊裊巍巍，千尋玉掌，幾點瀼瀼露未晞；澄澄湛湛，萬里璇穹，一片團團月初墜。三唱天鷄，咿咿喔喔，共傳紫陌更闌；百囀流鶯，間間關關，報道上林春曉。五門外碌碌剌剌，車兒碾得塵飛；六宫裏嘔嘔啞啞，樂聲奏如鼎沸。只見那建章宫、甘泉宫、未央宫、長楊宫、五柞宫、長秋宫、長信宫、長樂宫，重重疊疊，萬萬千千，盡開了玉關金鎖；昭陽殿、金華殿、長生殿、披香殿、長門殿、麒麟殿、鳷鸞殿、太極殿、白虎殿，隱隱約約，三三兩兩，都捲上繡箔珠簾。半空中忽聽得一聲轟轟剨剨，如雷如霆，震耳的鳴梢響；合殿裏只聞得一陣氤氤氲氲，非烟非霧，撲鼻的御爐香。縹縹緲緲，紅雲裏雉尾扇遮着赭黄袍；深深沉沉，丹墀間龍鱗座覆着彤芝蓋。左列着森森嚴嚴，前前後後的羽林軍、期門軍、控鶴軍、神策軍、虎賁軍，花迎劍佩星初落；右列着濟濟鏘鏘，高高下下的金吾衛、龍虎衛、拱日衛、千牛衛、驃騎衛，柳拂旌旗露未乾。金間玉，〔一〕玉間金，烱烱爍爍，燦燦爛爛的神仙儀從；紫映緋，

〔一〕金：原作『等』，據汲古閣刊本《繡刻琵琶記定本》改。

緋映紫，行行列列，整整齊齊的文武官僚。螭頭陛下，立着一對妖妖嬈嬈、花容月貌、繡鸞袍、鴛鴦靴的奉引昭容；豹尾班中，擺着一對端端正正、鐵膽銅肝、白象簡、獬豸冠的糾彈御史。拜的拜，跪的跪，那一個敢挨挨拶拶縱諠譁？升的升，下的下，那一個不欽欽敬敬依禮法？但願常瞻仙仗，聖德日新日新日日新；與群臣共拜天顔，聖壽萬歲萬歲萬萬歲。從來不信叔孫禮，今日方知天子尊。道尤未了，一個奏事官員早來。（生巾□上）

【點絳唇】（唱）月淡星稀，建章宫裏千門曉。御爐烟裊，隱隱鳴梢杳。忽憶年時，問寢高堂早。鷄鳴了，悶縈懷抱，此際愁多少？

（白）不寢聽金鑰，因風想玉珂。明朝有封事，數問夜如何？自家只爲父母在堂，今日上表辭官家去侍奉。天色已明，這裏是五門外廂，進入去咱。（介）

【神仗兒】（唱）揚塵舞蹈，揚塵舞蹈，遥瞻天表，見龍鱗日耀。（黄門白）不得升殿。（生又唱）咫尺重瞳高照，（末白）有何文字，只須再此分剖。（生）遥拜着赭黄袍，遥拜着赭黄袍。

【滴漏子】（生唱）臣邕的，臣邕的，荷蒙聖朝。臣邕的，臣邕的，拜還紫誥。念邕非嫌官小，奈家鄉萬里遥，雙親又老。干瀆天威，萬乞恕饒。

（黄門白）吾乃黄門，職掌章奏。有何文表，在此披宣。

【入破第一】（生跪唱）議郎臣蔡邕啓：今日蒙恩旨，除臣爲郎官職，重蒙賜婚牛氏。干瀆天威，臣謹誠惶誠恐，頓首頓首。伏念微臣，初來有志，誦詩書，力學躬耕修己，不復貪榮利。事父母，樂田裏，初心願如此而已。不想州司，謬取臣邕充試。到京畿，豈料愚蒙，叨居上第。

【破第二】（又唱）重蒙聖恩，婚以牛公女。草茅疏賤，如何當此隆遇？但臣親老，一從別後，光陰又幾。廬舍田園，荒蕪久矣。

【衮第三】（又唱）那更老親，鬢垂白，筋力皆癯瘁。形隻影單，無弟兄，誰奉侍？況隔千山萬水，生死存亡，雖有音書難寄。最可悲，他甘旨不供，我食祿有愧。

【歇拍】（又唱）不告父母，怎諧匹配？臣又聽得家鄉裏，遭水旱，遇飢荒。多想臣親，必做溝渠之鬼，未可知。怎不教臣，悲傷淚垂？

（黄門白）此非哭泣之處，不得驚動天聽。

【中衮第四】（生唱）臣享厚祿，紆朱紫，出入承明地。獨念二親寒無衣，飢無食，喪溝渠。憶昔先朝，朱買臣出守會稽。司馬相如，持節錦歸。

【煞尾】（生唱）他遭遇聖時，皆得回鄉裏。臣何故，別父母，遠鄉閭，没音書，此心違？伏惟陛下，特憫微臣之志。遣臣歸，得事雙親，隆恩無比。

【出破】（生唱）若還念臣有微能，鄉郡望安置。庶使臣忠心孝意得全美，臣無任瞻天望聖，激切屏營之至。

（黄門白）元來如此。吾當與汝轉達天聽，汝只在五門外廂伺候聖旨。正是：眼望旌捷旗，耳聽好消息。（黄門下）

【神仗兒】（生唱）揚塵舞蹈，揚塵舞蹈，見祥雲縹緲，想黄門已到。料應重瞳看了，多應是，哀念我私情烏鳥。顒望斷九重霄，顒望斷九重霄。

【滴漏子】（生唱）天應念，天應念，蔡邕拜禱：雙親的，雙親的，死生未保。可憐恩深難報。一封奏九重，知他聽否？會合分離，都在這遭。

（白）怎的黄門不見回報？想必是官裏准了。天天！若能勾回鄉見父母，何消做官？

【前腔】（黄門奉聖旨上唱）今日裏，今日裏，議郎進表。傳達上，傳達上，聖目看了。道太師昨日先奏，把乘龍女婿招，多少是好？見有玉音臨降聽剖。

（白）聖旨已到，跪聽宣讀。（生跪）（黄門白）孝道雖大，終於事君；王事多艱，豈遑報父！朕以凉德，嗣纘丕基。眷兹警動之風，未遂雍熙之化。爰招俊髦，以輔不逮。咨爾才學，允愜輿情。是用擢居議論之司，以求繩糾之益。爾當恪守乃職，勿有固辭。其所議姻事，可曲從師相之請，以成桃夭之化。欽予時命，裕汝乃心。謝恩。（生拜）（起白）黄門哥，你與我官裏根前再奏咱，我情願不做官。（黄門白）這秀才好不曉事，聖旨誰敢別？這裏不是鬧炒去處。（生荒介）（白）我自去拜還聖旨如何？（黄

門扯介）做甚麼？這秀才好怪麼，你去不得！（生哭介）

【啄木兒】（唱）苦！我親衰老，妻幼嬌，萬里關山音信杳。他那裏舉目淒淒，我這裏回首迢迢。他那裏望得眼穿兒不到，俺這裏哭得淚乾親難保。閃殺人一封丹鳳詔。

【前腔】（黄門唱）何須慮，不用焦，人世上離多歡會少。大丈夫當萬里封侯，肯守着故園空老？畢竟事君事親一般道，人生怎全得忠和孝？却不見母死王陵歸漢朝？

【三段子】（生唱）這懷怎剖？望丹墀天高聽高。這苦怎逃？望白雲山遥路遥。（黄門唱）你做官與親添榮耀，高堂管取加封號。與你改換門閭，偏不好？

【歸朝歡】（生唱）冤家的，冤家的，苦苦見招，俺媳婦埋冤怎了？飢荒歲，飢荒歲，怕他怎熬？俺爹娘怕不做溝渠中餓殍？（黄門唱）譬如四方戰争多征調，從軍遠戍沙場草，也只爲國忘家怎憚勞？

（生）家鄉萬里信難通，（末）争奈君王不肯從。

（合）情到不堪回首處，一齊分付與東風。

第十六齣

（丑扮里正上唱）

【普賢歌】身充里正實難當，雜泛應承日夜忙。官司點義倉，并無些子糧，拚一頓拖翻喫大棒。

（白）我做都官管百姓，另是一般行逕。破靴破笠破衣裳，打扮須要厮稱。到州縣百般下情，下鄉村十分高興。討官糧大大做個官升，賣食鹽輕輕弄些喬秤。點催首放富差貧，保上户欺軟怕硬。猛拚把持放潑，畢竟是個畢竟。誰知道天不由人，萬事皆已前定。詐得五兩十兩，到使五錠十錠。主人家不時要饋送，畫卯酉人多要雇倩。田園盡都典賣，并無寸土餘剩。叵耐廳前祇候，叵奈司房典令。把我千樣凌持，把我萬般督併。動不動丢了破笠，打得我黄腫成病。幾番要自縊投河，不要這條性命。今番又點義倉，并無糧米支應。若還把我拖翻，便叫高臺明鏡。小人也不是都官，小人也不是里正，休得錯打了平民。猜我是誰？我是搬戲的副浄。苦！往常間把義倉穀搬得家裏去養老婆孩兒了，今日上司官點義倉，支穀賑濟貧民，那裏討穀？且無錢糴還，我没奈何，去與李社長商量看。轉灣抹角，兀的便是李社長家俚。李社長，李社長。

【前腔】（浄應介，扮李社長上唱）身充社長管官倉，老小一家得倉裏養。事發儘不妨，里正先喫棒。（丑白）尊兄，饒得你过麽？打了都官，方打社長。

（浄白）都官，苦了。上司便來，你都不商量糴穀還官司，你喫打也。（丑白）教我如何商量？穀都是你喫了，你自着商量。（浄白）你在這裏，我去相識張外郎處借些穀子影射便了。（丑白）你去便來，我開倉等你。（浄白）我去。只恐上山擒虎易，開口告人難。（浄下）（丑開倉介）好義倉也。没穀在倉裏，不知社長去借有麼？（望介）妙哉！妙哉！社長借穀來了。（浄上白）求人須求大丈夫，濟人須濟急時難。好，好，借得兩扛三石七斗四升八合零二百一十五粒在這裏。你上倉去，我在下送上與你。（介）（丑白）妙哉！倉滿了。你去看上司官來了未，我在這裏封了倉。（浄白）我去。正是：眼望旌捷旗，耳聽好消息。（浄下）（丑介）好了，一倉穀已滿了，且省得喫打。不知相公來在那裏，免不得向前迎接則個。（行介）

【前腔】（浄扮喬孤、末引道上唱）親承朝命賑飢荒，躍馬揚鞭來到此方。里正那裏？疾忙開義倉，支與百姓糧，咳！從實支收休要謊。

（浄白）里正，將支收帳目來看。（丑介）（浄讀介）原管二十九石，新收三十六石，除支一十九石，見在四十六石。（浄白）開了倉。（末、丑）開倉。（浄看介）胡說！這那得有四十六石？（丑白）有，有。相公。（浄）與他取了甘結。（末介）（浄白）里正去喚各各民户來此請穀。（丑白）小人去。一心忙似箭，兩脚走如飛。（丑下）（浄白）那廝説謊，這些兒穀，如何有四十六石？（末白）由他。果必不勾，其間只教他陪償便了。（浄白）也説得是。

【吴織機】（丑扮丐子上唱）肚又飢，眼又昏，家私没半分，子哭兒啼不可聞。聞知相公來濟民，請些官糧去救窘。

（末白）老的姓甚名誰？家裏有幾口？（丑白）老的姓丘名乙己，住上大村，有三千七十口。（浄）胡説！（丑白）告相公：上大人，丘乙己，化三千，七十士。（末）一口胡柴！（浄白）你實有幾口？

(丑白)小人夫妻兩口，孩兒兩口。(淨白)支糧與他。(末介)支四口糧了。(丑白)小人有五口，如何支四石？(淨白)你一個媳婦，兩個孩兒，和你只有四口，如何有五口？(丑白)小人媳婦下面有一個口。(末白)戾家不識呂字法。(丑白)正是：　一日不識羞，三日喫飽飯。(丑下)(淨)與他勾了帳。已這一名去了，怎的里正都不見來？(末白)告相公，寧管千軍，莫管一夫。惹多百姓，如何喚得齊到？　由他續後而來便了。

【前腔】(丑換扮上唱)嘆連朝，飢怎忍？　家中有八九人。前日老婆典了裙，今日荒忙典布裩，恰好官司來濟貧。

(淨白)你問他姓甚名誰？　有幾口？(末白)老的，你姓甚名誰？　有幾口？(丑白)小人姓大名比丘僧。(末白)你住在那裏？(丑白)小人住在祇樹下給孤獨園，有一千二百五十口。(淨白)胡說！(丑白)告相公：《彌陀經》中說：　祇樹給孤獨園，與大比丘僧一千二百五十人俱。(末白)佛口蛇心！(淨白)實有幾口？(丑白)有兩個媳婦，三個孩兒，和小人共六口。(淨白)支糧與他。(末白)六口糧支了。(丑白)小人有七口。(末白)你說六口，那得七口？(丑白)老的老婆懷孕在肚裏，孩兒也要喫飯。(末白)且打你喫胎去。(丑白)正是：　今日得君提掇起，免教身在污泥中。(丑下)

【搗練子】(旦上唱)嘆命薄，嘆年艱，含羞和淚向人前，只恐公婆懸望眼。

(白)路當險處難回避，事到頭來不自由。奴家少長閨門，不識途路。今日見官司支糧濟貧，免不得去請些穀子救公婆之命。(見淨介)(淨白)婆娘，你姓甚名誰？(旦白)奴家姓趙，名五娘，是蔡伯喈的妻房。（浄白）你丈夫那裏去了？

【普天樂】（旦唱）我兒夫一向留都下，（浄白）你家裏有誰？（旦唱）俺只有年老的爹和媽。（浄白）更有誰？（旦唱）弟和兄更没一個，（浄白）誰侍奉公婆？（旦唱）看承盡是奴家。（浄白）何不使個人來請穀？婦人怎生路上走？（旦打悲介，唱）歷盡苦，誰憐我？相公，怎説得不出閨門的清平話？（浄白）支糧與他。（末白）糧没了。（旦哭介）苦！若無糧，我也不敢回家。豈忍見公婆受餓？嘆奴家命薄，直恁摧挫。

（浄白）左右，你去拿那里正來，要那廝賠償。（末白）小人去。假饒是到焰摩天，脚下騰雲須趕上。（末下）（旦白）望相公主張，與奴家出些氣力。（浄白）不妨，不妨。（末押丑上）一似甕中捉鱉，手到拿來。（浄駡介）這潑皮賊，你得糧那裏去了？你快招伏。（丑白）小人不招。（浄介）（末介）（丑白）小人招了。（浄督丑讀招）招狀人姓猫名狸，見年三十有餘。身上别無疾病，只有白帶不除。今與短狀招伏，蓋爲官糧欠虧。説到義倉情弊，中間無甚蹺蹊。稻熟排門收斂，斂了各自將歸。并無倉庫盛貯，那有帳目收支？縱然有得些小，胡亂寄在民居。官司差人點視，便羅些穀支持。上下得錢便罷，不問倉廩空虚。假饒清官廉吏，也喫我影射片時。東家借得十扛，西家借得五箕。但見倉中有穀，其間就裏怎知？年年把當常事，番番一似耍嬉。不道今年荒旱，不道今年民飢。不因分俵賑濟，如何會泄天機？假饒走到三十三天，里正都無罪過。（浄、末白）爲甚的？（丑白）只是點糧詐錢的坐馬坐驢。招伏執結是實，伏乞相公裁旨。（浄白）打那厮，要他賠償。（末押丑下）懼法朝朝樂，欺公日日憂。（浄、旦介）（末押丑上白）假饒人心似鐵，怎逃官法如爐？（末白）穀在這裏了。（浄白）將與這小娘子。（旦）謝相公。（丑覷覰介）由你半路去，我但好歹與你奪了。（旦白）謝得恩官爲主維，（丑介）只教中路受災危。（浄、末白）正是：當權若不行方便，如入寶山空手回。（丑下）（旦在場白）一斟一酌，莫非前定。今日奴家去請糧，誰知道里正作弊，倉中無穀。若不得相公主張，教里正賠償，奴家如何得這些穀回家救濟二親之餓？正是：飢時得一口，强如飽時得一斗。（旦欲下，丑上攔住白）恩人相見，分外眼明；仇人相見，分外眼睜。我也會見你！適來不是你只管告不了，相公如何教我賠納？這穀是我責老小責家私得來的，你如何把去？（丑奪介）

【鎖南枝】（旦唱）兒夫去，竟不還，公婆兩人都老年。從昨日到如今，不能勾得餐飯。奴請糧，他在家懸望眼。念我老公婆，做方便。（丑介）

【前腔】（旦唱）鄉官可憐見，這是公婆命所關。若是必須將去，寧可脱了奴衣裳，就與鄉官換。（丑白）不要，你身上寒冷。（旦唱）寧使奴身上寒，只要與公婆救殘喘。（丑奪穀介、下）（旦介）

【前腔】（旦唱）你奪將去，真可憐，公婆望奴奴不見。縱然他不埋冤，道我做媳婦還何幹？他忍飢，添我夫罪愆，怎得見得我夫面？

(白)我終久是個死！這裏有一口井，不如投入井中死。(投介)呀！

【前腔】(旦唱)將身赴井泉，思量左右難。我丈夫當年分散，叮嚀付爹娘，教我與他相看管。我死却，他形影單。夫婿與公婆，可不兩埋冤？

【前腔】(外上唱)媳婦去，不見還，教我在家凝望眼。(外跌介，旦扶，外虛打旦介)(外)你在這裏閒行，教我望着肝腸斷。(旦唱)公公，奴請糧與你充午餐，又誰知被人騙。

(外白)元來你被人騙。

【前腔】(唱)苦！思量我命乖蹇，不由人不珠淚漣。料想終須飢死，不如早赴黃泉，免把你相牽絆。媳婦，婆老年，不久延，你須是好看管。

【前腔】(旦唱)公公，伊還身棄，我苦怎言，公還死了婆怎免？兩人一旦身亡，教我獨自如何展？算來喫苦辛，其實難過遣。我痛傷悲，只得强相勸。

【前腔】(外唱)媳婦，你衣衫盡皆典，囊篋又罄然。縱使目前存活，到底日久日深，你與我難相戀。衣食缺，要行孝難。不如活冤家，早拆散。(外投井介，旦救住)

【前腔】(末挑穀上唱)不豐歲，荒歉年，生離死別真可憐。縱有八口人家，飢餓應難免。子忍飢，妻忍寒，痛哭聲，恁哀怨。

(白)相逢盡是飢寒客，安樂何曾見一人？呀！兀的不是蔡員外和小娘子在這裏？員外、娘子，你在這裏做甚麽？（旦）告公公，一言難盡。奴家今日聞知給散義倉，去請些糧穀，與公婆爲口食之資。誰想里正作弊，倉中無穀。謝得相公，督令里正賠納，把分付與奴家；來到半途，又被里正奪去，將奴家推倒。如今公公見説，要投井死，奴家在此勸解公公。（末白）元來恁的，我與你駡那厮一和。嘈！官司差設你爲里正，教你管着鄉都。義倉乃豐年聚斂，以爲荒歉之儲，你却與社長偷盜，致令賑濟不敷。比及這娘子到來請穀，倉中已自空虚。相公督并你賠納，於理不亦宜乎？你顛到半途與他奪去，又將他推倒街衢。却不道救人一命，勝造七級浮屠？他公公見説要投井死，我倘若來遲，他險喪溝渠。你這般不仁不義，謾自家有贏餘。空喫人的五穀，枉帶了人的頭顱。身着人的衣服，一似馬牛襟裾。我歷數你從前過惡，真個罪不容誅。動不動逞凶行惡，你那些個恤寡憐孤？我若早來一步，放不過你這横死鑾驢。拼着七十年老命，和你生死在須臾！（介）休休！人知的只道我好心賭是，不知我的，道我侍老無籍之徒。小娘子，你丈夫當年出去，把爹娘分付與老夫，今日荒年飢歲，虧殺你獨自支吾。終不然我自飽暖，教你受飢寒勤劬？古語：救災恤鄰，濟人須濟急時無。我也請得些糧在此，小娘子，分一半與你將去，胡亂救濟公姑。（與介）（旦白）謝得公公。

【洞仙歌】（旦唱）苦！我家私没半分，靠着奴此身。只要救我公婆，豈辭多苦辛？（合）空把淚珠揾，誰憐飢與貧，這苦説不盡。

【前腔】（外唱）本爲泉下人，謝你救我一命存。只恨我不久身亡，報不得媳婦恩。（合前）

【前腔】（末唱）見説不可聞，况我托在鄰。終不然我享安榮，忍見伊受飢窘？（合前）

（旦）命薄多磨喫苦辛，（外）不如身死早離分。
（合）惟有感恩并積恨，萬年千載不生塵。

第十七齣

（丑做媒婆上唱）

【蠻牌令】終日走千遭，走得脚無毛。何曾見湯水面？也不見半錢糟。倒不如做虔婆頂老，也得些鴨汁喫飽。窮酸秀才直恁喬，老婆與他，妝甚妖？

（白）我做媒婆老了，不曾見這般好笑。叵耐一個秀才，老婆與他不要。別人見媒歡喜，他到和我尋鬧。相公不肯干休，只管在家焦燥。把媒婆放在中間，旋得七顛八倒。走得鞋穿襪綻，説得唇乾口燥。休休！也不怕你親事不成，也不怕姻緣不到。不喫你男兒不從，不信你婦人不好。只怕紅羅帳裏快活，不叫媒婆聒噪。好好！狀元來了。

【金蕉葉】（生上唱）恨多怨多，俺爹娘知他有麽？擺不去功名奈何？送將來冤家怎躲？

（丑）萬福，賀喜。狀元，牛丞相選定今日畢結姻親，筵席安排已了，請狀元早赴佳期。

【三换頭】（生唱）名韁利鎖，先是將人摧挫。况鸞拘鳳束，甚日得到家？我也休怨他咱，這其間，只是我，不合來，長安看花。悶殺我爹娘也，珠淚空暗墮。（合）這段姻緣，只是我無如之奈何。

【前腔】（丑唱）鸞臺罷妝，鵲橋初駕，佳期近也，請仙郎到河。明知牽掛，這其間，只得把，那壁厢，且都拚捨。他奉着君王詔，怎生别了他？（合前）

（丑）及早赴佳期，（生）歡娱成怨悲。

（合）情知不是伴，事急且相隨。

第十八齣

（外上唱）

【傳言玉女】燭影摇紅，簾幕瑞烟浮動，畫堂中珠圍翠擁。妝臺對月，下鸞鶴神仙儀從。玉簫聲裏，一雙鳴鳳。

（白）左右何在？（末上白）畫堂深處風光好，别是人間一洞天。（外白）來。我今日與小娘子畢姻，筵席安排了邏？（末白）安排已了。（外白）怎見得？（末白）〔水調歌頭〕屏開金孔雀，褥隱繡芙蓉。獸爐烟裊，蓮臺降蠟吐春紅。廣設珊瑚席子，高把真珠簾捲，環列翠屏風。人間丞相府，天上蕊珠宫。錦遮圍，花爛熳，玉玲瓏。繁絃脆管，歡聲鼎沸畫堂中。簇擁金釵十二，座列三千珠履，談笑盡王公。正是：門闌多喜氣，女婿近乘龍。（外白）狀元來了未？（末白）遠遠望見一簇人馬鬧炒，想是狀元來了。

【女冠子】（生上唱）馬蹄篤速，傳呼齊擁雕轂。（外唱）金花帽簇，天香袍染，丈夫得志，佳婿乘龍。（占上唱）妝成聞喚促，又將嬌面重遮，羞蛾輕蹙。（淨、丑執掌扇上唱）這姻緣不俗，（合）金榜題名，洞房花燭。

（丑白）請新人交拜。（生、旦介）

【畫眉序】（生唱）扳桂步蟾宫，豈料絲蘿在喬木。喜書中今日，有女如玉。堪觀處絲幕牽紅，恰正是荷衣穿緑。（合）這回好個風流婿，偏稱洞房花燭。

【前腔】（外唱）君才冠天禄，我的門楣稍賢淑。看相輝清潤，瑩然冰玉。光掩映孔雀屏開，花爛熳芙蓉隱褥。（合前）

【前腔】（占唱）頻催少膏沐，金鳳斜飛鬢雲矗。已逢他蕭史，愧非弄玉。清風引珮下瑶臺，明月照妝成金屋。（合前）

【前腔】（淨、丑、末唱）湘裙顫六幅，似天上嫦娥降塵俗。喜藍田今日，種成雙玉。風月賽閬苑三千，雲雨笑巫山二六。（合前）

【滴溜子】（生唱）謾説道姻緣，果諧鳳卜。細思之，此事豈吾意欲？有人在高堂孤獨。可惜新人笑語喧，不知舊人哭。兀的東床，難教我坦腹。

【鮑老催】（合唱）翠眉謾蹙，赤繩已繫夫婦足，芳名已註婚姻牘。空嗟怨，枉嘆息，休摧速。畫堂富貴如金谷，休戀故鄉生處樂，受恩深處親骨肉。

【滴滴金】（合唱）金猊寶篆香馥郁，銀海瓊舟泛醽醁。輕飛翠袖呈嬌舞，囀鶯喉，歌麗曲。歌聲斷續，持觴勸酒人共祝。人共祝，百年夫婦永睦。

【鮑老催】（合唱）意深愛篤，文章富貴珠萬斛，天教艷質爲眷屬。似蝶戀花，鳳棲梧，鸞停竹。男兒有書須勤讀，書中自有黃金屋；也自有千鍾粟。

【雙聲子】（合唱）郎多福，郎多福，看紫綬黃金束。娘介福，娘介福，看花誥紋犀軸。兩意篤，兩意篤。豈非福，豈非福。似紋鸞綵鳳，兩兩相逐。

【尾聲】（合唱）郎才女貌真不俗，占斷人間天上福，百歲歡娛萬事足。

（合白）清風明月兩相宜，女貌郎才天下奇。
正是洞房花燭夜，果然金榜掛名時。

第十九齣

（旦上唱）

【薄倖】野曠原空，人離業敗。謾盡心行孝，力枯形瘁。幸然爹媽，此身安泰。恓惶處，見慟哭飢人滿道，嘆舉目將誰倚賴？

（白）曠野消疏絶烟火，日日荒雲黯村塢。死別空原婦泣夫，生離他處兒牽母。睹此恓惶實可憐，思量自覺此身難。高堂父母老難保，上國兒郎去不還。力盡計窮淚亦竭，淹淹氣盡知何日？空原黄土漫成堆，誰把一抔掩奴骨？奴家自從丈夫去後，屢遭飢荒，衣衫首飾，盡皆典賣，家計蕭然。争奈公婆死生難保，朝夕又無可爲甘旨之奉。只得逼邏幾口淡飯，奴家自把細米皮糠逼邏喫，苟留殘喘。也不敢教公婆知道，怕他煩惱。奴家喫時，只得回避他。（逼邏飯介）公公婆婆早來。

【玉井蓮後】（外、浄上唱）忍餓擔飢，未知何日是了？

（旦白）請喫飯。（介）（浄嫌介，白）然則是飢荒年歲，只兀的教我怎喫？（外白）胡亂這般時節，分甚好歹？

【鑼鼓令】（浄唱）我終朝的受餒，你將來的飯怎喫？疾忙便擡，非干是我有些饞態。（外唱）你看他衣衫都解，好茶飯將甚去買？婆婆，兀的是天災，教他媳婦每難布擺。（旦唱）婆婆息怒且休罪，待奴家一霎時却得再安排。（合）思量到此，珠淚滿腮。看看做鬼，溝渠裏埋。縱然不死也難捱，教人只恨蔡伯喈。

【前腔】（浄唱）如今我試猜，多應是你獨噇病來？多應是你買些鮭菜？我喫飯他緣何不在？這些意真乃是歹。（外唱）婆婆，他和你甚相愛，不應反面直恁的乖。（旦唱）我千辛萬苦，有甚情懷？可不道臉兒黄瘦骨如柴？（合前）

（净白）擡去，擡去。（外）媳婦，收拾將去了。（旦收介）待奴家去買些東西，再安排飯。（净、外白）你去。（旦白）正是：　啞子謾嘗黄柏味，難將苦事向人言。（旦下）（净白）公公，親的到底只是親。親生孩兒不留在家，今日着這媳婦供養你呵。前番骨自有些鮭菜，這幾番只得些淡飯，教我怎的捱？更過幾日，和飯也没有。你看他前日自喫飯時節，百般躲我，敢背地裏自買些下飯受用分曉？（外白）婆婆，休錯埋冤了人，我看這媳婦好生受，不是這般樣人。（净白）恁的，等他自喫飯時節，我兩人去探一探，方知端的。（外白）也説得是。

（合）正是：　混濁不分鰱共鯉，水清方見兩般魚。

第二十齣

（旦上唱）

【山坡羊】亂荒荒不豐稔的年歲，遠迢迢不回來的夫婿。急煎煎不耐煩的二親，軟怯怯不濟事的孤身己。衣盡典，寸絲不掛體。幾番要賣了奴身己，争奈没主公婆，教誰管取？（合）思之，虚飄飄命怎期？難捱，實丕丕災共危。

【前腔】滴溜溜難窮盡的珠淚，(一)亂紛紛難寬解的愁緒。骨崖崖難扶持的病體，戰欽欽難捱過的時和歲。這糠呵，我待不喫你，教奴怎忍飢？我待喫呵，怎喫得下？苦！思量起來不如奴先死，圖得不知他親死時。（合前）

（白）奴家早上安排些飯與公婆，非不欲買些鮭菜，争奈無錢可買。不想婆婆抵死埋冤，只道奴家背地喫了甚麽，不知奴家喫的却是細米皮糠。喫時不敢教他知道，只得回避。便埋冤殺了，也敢不分説。苦！真實這糠怎的喫得？（喫介）

【孝順歌】（唱）嘔得我肝腸痛，珠淚垂，喉嚨尚兀自牢嗄住。糠！遭礱被舂杵，篩你簸颺你，喫盡控持。悄似奴家身狼狽，千辛百苦皆經歷。苦人喫着苦味，兩苦相逢，可知道欲吞不去。（喫吐介）

【前腔】糠和米，本是兩依倚，誰人簸颺你作兩處飛。一賤與一貴，好是奴家共夫婿，終無見期。丈夫，你便是米麽，米在他方没尋處。奴便是糠麽，怎的把糠救得人飢餒？好似兒夫出去，怎的教奴供給得公婆甘旨？（不喫放碗介）

【前腔】思量我生無益，死又值恁的，不如忍飢爲怨鬼。公婆老年紀，靠着奴家相依倚，只得

(一) 的：原闕，據汲古閣刊本《繡刻琵琶記定本》補。

苟活片時。片時苟活雖容易，到底日久也難相聚。謾把糠來相比，這糠尚兀自有人喫，奴家骨頭，知他埋在何處？

（外、浄上探白）媳婦，你在這裏説甚麽？（旦遮糠介）（浄搜出打旦介）（白）公公，你看麽，真個背後自逼邏東西喫。這賤人好打！（外白）你把他喫了，看是什麽物事？（浄慌喫介）（吐介）（外白）媳婦，你逼邏的是甚麽東西？（□□）

【前腔】（唱）這是穀中膜，米上皮，將來逼邏堪療飢。（外、浄白）這是糠，你却怎的喫得？（旦唱）嘗聞古賢書，狗彘食人食，公公、婆婆，須强如草根樹皮。（外、浄白）這的不嗄殺了你？嚼雪餐氈，蘇卿尤健，餐松食柏，到做神仙侶。縱然喫些何慮得？（白）公公、婆婆，别人喫不得，奴家須是喫得。（外、浄白）胡説！偏你如何喫得？（旦唱）爹媽休疑，奴須是你孩兒的糟糠妻室。

（外、浄哭介，白）兀來錯埋冤了人，兀的不痛殺了我！（倒介）（旦叫介）

【雁過沙】（唱）他沉沉向迷途，空教我耳邊呼。公公、婆婆，我不能盡心相奉侍，反教你爲我歸黄土。公公、婆婆，教人道你死緣何故？公公、婆婆，你怎生便割捨拋棄了奴？

公公、婆婆。（外醒介）

【前腔】（唱）媳婦，你耽飢事公姑。媳婦，你耽飢怎生度？錯埋冤，你也不肯辭，我如今始信你是個糟糠婦。料應我不久歸陰府，也省得你爲我死的，累你生的受苦。（旦叫婆婆介）

【前腔】（旦唱）婆婆氣全無，教奴怎支吾？ 你怎生割捨得抛棄了奴？ 也不曾有半句親囑付。 目前送死無資助，況衣衾棺槨，是件皆無。（外叫浄介）

【前腔】婆婆，我當初不尋思，教孩兒往帝都。 把媳婦閃得苦又孤，把婆婆送入黄泉路，算來是我相擔誤。 我骨頭未知埋在何處所？

（旦云）婆婆都不省人事了，且扶入裏面去。 正是：青龍共白虎同行，吉凶事全然未保。（并下）（末上）福無雙至猶難信，禍不單行却是真。 自家爲甚説這兩句？ 爲鄰家蔡伯喈妻房，名唤做趙氏五娘。嫁得伯喈秀才，方纔兩月，丈夫便出去赴選。 自去之後，連年饑荒，家裏只有公婆兩口，年紀八十之上。甘旨之奉，虧殺這趙五娘子，把些衣服首飾之類，盡皆典賣，糴些糧米，做飯與公婆喫；他却背地裏把些細米皮糠，餜餜充饑。 即今這般荒年饑歲，少甚麽有三五個孩兒的人家，供膳不得爹娘。 這個小娘子，真個今人中少有，古人中難得。 那公婆不知道，顛倒把他埋冤。 今來聽得他公婆知道，却又疼他，都病倒。 俺如今去他家裏探取消息則個。（看介）來的却是蔡小娘子，怎生恁地走得荒？（旦荒走上）天有不測風雲，人有旦夕禍福。（見末介）公公，我的婆婆死了。（末白）我却要來。（旦白）公公，我衣衫首飾盡行典賣，今日婆婆又死，教我如何區處？ 公公可憐見，相濟則個。（末白）不妨。 婆婆衣衾棺槨之費，皆出於我，你但盡心承直公公便了。（旦哭介）

【玉胞肚】（旦唱）千般生受，教奴家如何措手？ 終不然把他骸骨，没棺槨送在荒坵？（合）

相看到此，不由人不珠淚流。正是不是冤家不聚頭。

【前腔】（末唱）不須多憂，資送婆婆，(一)在吾身上有。但小心承直公公，莫教又成不救。（合前）

【前腔】（外唱）謝得張公搭救，我媳婦實難啓口。孩兒別後，又遇着饑荒，把衣衫典賣無留。（合前）

（末云）老員外且進裏面去歇息，待我一霎時叫家童討具棺木來，把老安人盛斂了，選定吉日良時，送去南山安葬便了。（旦白）如此，多謝太公周濟。

（旦）只爲無錢送老娘，（末）須知此事有商量。

（外）歸家不敢高聲哭，（合）恐怕猿聞也斷腸。

新刊巾箱蔡伯喈琵琶記卷上

(一) 資：原闕，據汲古閣刊本《繡刻琵琶記定本》補。

東嘉高先生編集
南溪斯干軒校正

卷　下

第二十一齣

（生上唱）

【一枝花】閒庭槐影轉，深院荷香滿。簾垂清晝永，怎消遣？十二闌干，無事閒凭遍。困來湘簟展，夢到家山，又被翠竹敲風驚斷。

（白）〔南鄉子〕萬竹影摇金，水殿簾櫳映碧陰。人静晝長無外事，清吟，碧酒金樽懶去斟。幽恨苦相尋，誰知離别經年無信音。寒暑相催人易老，關心，却把閒愁付玉琴。左右過來。（末上白）黄卷看來消白日，朱絃動處引清風。炎蒸不到珠簾下，人在瑶池閬苑中。琴書見在。（生）你與我叫兩個學童出來。

（末叫介）

【金錢花】（□唱）自少承直書房，書房。快活其實難當，難當。只管把扇與燒香，荷亭畔，好乘涼。喫飽飯，上眠床。

（生白）院子，這琴是我在先得此材於爨下，斲成此琴，故曰焦尾。自從來到此間，久不整理。今日當此清涼境界，試操一曲，舒遣情懷則個。你來，一個學童搧涼，一個學童管着文書，你管着燒香來。燒香的不要滅了香爐，搧涼的不要壞了扇子，管文書的不要掉了文書。三人互相覺察，違者施行。（衆應）領鈞旨。（丑伸扇滅末香）（净白）告相公，院子滅了香爐。（生）拿那廝來，背起打十三。（净打末介）（生）那廝不中用，不要他燒香，教他搧涼。（叫净）你燒香。（净）小人燒香。（末）搧涼。

【懶畫眉】（生撫琴唱）强對南薰奏虞絃，只見指下餘音不似前，那些個流水共高山？呀！怎的只見滿眼風波惡，似離別當年懷水仙。

（末困掉扇介）（生白）怎的不搧涼？（末荒介）（净、丑）告相公：院子壞了扇。（生白）背起打。（净、丑介）（生）那廝不中，不要他搧涼，只教掌着文書，你搧涼。（丑）領台旨。學童搧涼。

【前腔】（生又撫琴唱）頓覺餘轉愁煩，還似別雁孤鴻和斷猿，又如別鳳乍離鸞。呀！怎的只見殺聲在絃中見，敢只是螳螂來捕蟬。

（末又困介）（净、丑偷書，白）告相公：院子掉了文書。（生白）再背起打。（介如前）（生叫丑白）你來拿文書，他依舊燒香。（丑把書）

【前腔】（生唱）日暖藍田玉生烟，似望帝春心托杜鵑，好姻緣還似惡姻緣。只怕知音少，争得鸞膠續斷絃？

（丑困）（末偷書）（浄、丑介，白）告相公：　院子來偷文書。（生白）這厮真個不中，你看滅了香燼，壞了扇。（末白）告相公：　兩個學童厮妝騙。（浄白）他文書險被你來偷。（丑白）虧我先准備了一條大粗綫。（生白）夫人來，你兩個回避。（末、浄、丑白）正是：　有福之人人伏事，無福之人伏事人。（并下）

（生在場）

【滿江紅】（占旦上唱）嫩緑池塘，梅雨歇薰風乍轉。見清新華屋，已飛乳燕。簟展湘波紈扇冷，歌傳《金縷》瓊巵暖。是炎蒸不到水亭中，珠簾捲。

（占白）相公元來在這裏操琴。奴家久聞相公高於音樂，如何來到此間，絲竹之音，杳然絶響？　相公今日試操一曲。（生白）彈甚麼曲好？（占白）《雉朝飛》到好。（生白）彈他做甚麼？　這是無妻的曲，我少甚麼息婦？（占白）胡説！　如何少甚息婦？（生彈介）呀！　錯了也，只有個媳婦，到彈個《孤鸞寡鵠》。（占白）我一對夫妻正好，説甚麼孤寡？（生介）你那裏知他孤寡的？（占白）相公，對此夏景，彈個《風入松》到好。（生白）這個却好。（彈錯介）（占白）相公，你彈錯了。（生白）呀！　我彈個《思歸引》出來。（占白）怎地害風麼？　那，我却知道你會操琴，只管這般賣弄怎地？（生白）不是，這絃不中彈。（占白）這絃怎地不中？（生白）當元是舊絃，俺彈得慣；　這是新絃，俺彈不慣。（占白）舊絃在那裏？（生白）舊絃撇了多時。（占白）爲甚撇了？（生白）只爲有這新絃，便撇了舊絃。（生介）（占白）怎地不把新絃撇了？（生白）便是新絃絃難撇。（介）我心裏只想着□舊的。（占白）你撇又撇不得，罷罷。

【桂枝香】（生唱）危絃已斷，新絃不慣。舊絃再上不能，我待撇了新絃難拚。一彈再鼓，又被宫商錯亂。（占白）你敢心變了？（生唱）非干心變，這般好凉天。正是此悲不堪聽，又被風吹在别調間。

【前腔】（占唱）非絃已斷，只是你意慵心懶。你既道是《寡鵠孤鸞》，又道是《昭君宫怨》，那更《思歸别鶴》，無非愁嘆。相公，你心裏多敢想着誰？（生白）不想甚麽人。（占唱）你既不然，我理會得了。你道是除了知音聽，道我不是知音不與彈。

（占白）相公，只是你心裏不歡喜的上頭，你無心彈，何似教惜春同老姥姥安排酒過來，消遣歇子？（生白）我懶飲酒，我待去睡也。（占白）老姥姥、惜春，安排酒過來。

【燒夜香】（□□□□唱）樓臺倒影入池塘，緑樹陰濃夏正長，一架荼蘼只見滿院香。（占唱）滿院香，和你飲霞觴。傍晚捲起簾兒，明月正上。

（占白）將酒過來。

【梁州序】（生唱）新篁池閣，槐陰庭院，日永紅塵隔斷。碧闌干外，寒飛漱玉清泉。只見香肌無暑，素質生風，小簟琅玕展。晝長人困也，好清閒，忽聽得棋聲驚晝眠。（合）《金縷》唱，碧筒勸，向冰山雪檻排佳宴。清世界，有幾人見？

【前腔】（旦唱）薔薇簾幕，荷花池館，一點風來香滿。湘奩日永，[一]香消寶篆沉烟。謾有枕欹寒玉，扇動齊紈，怎遂得黄香願？（淚下介）（占）做甚麽？（生介）猛然心地熱，透香汗，我欲向南窗一醉眠。（合前）

【前腔】（占唱）向晚來雨過南軒，見池面紅妝零亂。聽輕雷隱隱，雨收雲散。只見荷香十里，新月一鈎，此景佳無限。蘭湯初浴罷，晚妝殘，深院黄昏懶去眠。（合前）

【前腔】（生唱）柳陰中忽噪新蟬，更流螢飛來庭院。聽菱歌何處？畫船歸晚。只見玉繩低度，朱户無聲，此景尤堪戀。起來攜素手，鬢雲亂，月照紗厨人未眠。（合前）

【節節高】（浄、丑、末合唱）漣漪戲彩鴛，把荷翻，清香瀉下瓊珠濺。香風扇，芳沼邊，閒亭畔。坐來不覺神清健，蓬萊閬苑何足羨？（合）只恐西風又驚秋，不覺暗中流年换。

【前腔】清宵思爽然，好涼天，瑶臺月下清虚殿。神仙眷，開玳筵，重歡宴。從教玉漏催銀箭，水晶宫裏把笙歌按。（合前）

【餘文】（合唱）光陰迅速如飛電，好良宵可惜漸闌，拚取歡娱歌笑喧。

（生白）譙樓上幾鼓？（衆）三鼓。

[一] 湘：原作「香」，據汲古閣刊本《繡刻琵琶記定本》改。

（占）歡娛休問夜如何，此景良宵能幾何。

（合）遇飲酒時須飲酒，得高歌處且高歌。

第二十二齣

（旦上唱）

【霜天曉角】難捱怎避，災禍重重至？最苦婆婆死矣，公公病又將危。

（白）屋漏更遭連夜雨，困龍遇着許真君。奴家自從婆婆死後，萬千狼狽；誰知公公一病又成危困。如今贖得些藥，安排煎了，更安排一口粥湯。（煎藥介）

【犯胡兵】（唱）囊無半點挑藥費，良醫怎求？縱然救得目前，飯食何處有？料應難到後。謾説道有病遇良醫，飢荒怎救？

【前腔】公公這病呵，百愁萬苦千生受，妝成這症候。便做這藥喫時呵，縱然救得目前，怎免得憂與愁？料應不會久。他只爲不見孩兒麽。這病可時，除非子孝父心寬，方纔可救。

（白）藥已熟了，且扶公公出來喫些藥，看如何？

【霜天曉角】（旦下扶外上唱）悄然魂似飛，料應不久矣。縱然擡頭强起，（介）形衰倦，怎支持？

（旦白）公公寬心。藥熟了，你喫些鬮閫身己歇子。（外介）我喫不得這藥。（旦介）

【香遍滿】（唱）論來湯藥，須索是子嘗方進與父母。公公，莫不是爲無子先嘗，你便尋思苦？（外强喫吐介）（白）我喫不得了。（旦）你只索鬮閫，怎捨得一命殂？（勸喫藥介）（外白）息婦，你喫糠，却教我喫藥，可不虧了你？（哭介）（旦）元來你不喫藥，只爲我糟糠婦。公公喫藥不得呵，且喫一口粥湯如何？（外喫吐介）

【前腔】（旦唱）他萬千愁苦，堆積在悶懷，成氣蠱，可知道你喫了吞還吐。（外白）息婦，我敢不濟事，只是死。孩兒又不回來，只虧了你。（旦白）公公，且寬心。（背哭介）怕添親怨憶，背將珠淚漬。公公，你再喫一口粥湯。（外白）息婦，你喫糠，却教我喫粥，怎喫得下？（旦唱）苦！他元來不喫粥，也只爲我糟糠婦。

（外白）息婦，我死也不妨，只嘆孩兒不在家，虧了你。你來，我有兩句言語分付與你。（旦白）如何，公公？

【歌兒】（外唱）息婦，三年謝得你相奉事，只恨我當初將你相耽誤。我欲待報你的深恩，待來生我做你的息婦。怨只怨蔡伯喈不孝子，苦只苦趙五娘辛勤婦。

【前腔换頭】（旦唱）尋思，一怨你死了誰祭祀，二怨你有孩兒不得他相看顧，三怨你三年没一個飽暖的日子。三載相看甘共苦，一朝分別難同死。

（外白）息婦，我死呵，

【前腔換頭】你將我骨頭休埋在土。（旦白）願公公百二十歲，不願得公公有此。倘或他有些吉凶事，教息婦休要埋在土裏，却埋放那裏也？（外白）都是我當初誤你不是。（唱）我甘受折罰，任取尸骸露。（旦白）公公，你休這般説，被人笑話。（外白）息婦，你不理會得。留與傍人，道蔡伯喈不葬親父。怨只怨蔡伯喈不孝子，苦只苦趙五娘辛勤婦。

【前腔換頭】（旦唱）思之，公公，你死呵，公婆已得做一處所，料想奴家不久歸陰府。苦！可惜一家三個怨鬼在冥途。三載相看甘共苦，一朝分別難同死。

（末上白）貧無達士將金贈，病有閒人説藥方。公公，這兩日病體如何？（外白）我不濟事了，畢竟只是個死。張大公，你來得恰好，我憑你爲証，寫下遺囑與息婦收執。我死後，教他休守孝，早嫁個人。取紙筆來。（旦白）公公，你休寫。自古道：忠臣不事二君，烈女不嫁二夫。休寫，公公。（末白）小娘子，你休煩惱他，且順他，看如何。（外寫不得介）

【羅帳裏坐】（唱）息婦，你艱辛萬千，是我耽伊誤伊。你不嫁呵，你身衣口食，怎生區處？休休，當元是我誤了你，今日又教你嫁人，若嫁不得個好人，怨我如何？終不然又教你，守着靈幃？

（放筆介）已知死別在須臾，更與什麽生人做主？

【前腔】（末唱）中間就裏，我難説怎提。小娘子，若不嫁人，恐非活計；若不守孝，又被人談議。（合）可憐家破與人離，怎不教人淚垂。

【前腔】（旦唱）公公命嚴，非奴敢違。只怕再如伯喈，却不誤了我一世？公公，我一鞍一馬，誓無他志。（合前）

（末白）員外且將息，去後自有商量。（外白）張大公，憑着你留下我這一條拄杖，怕這忤逆不孝子蔡邕回來，把這拄杖與我打將出去。（外虚倒介）（旦、末扶介）

（旦）公公病裏莫生嗔，（末）員外寬心保病身。

（合）正是藥醫不死病，果然佛化有緣人。

第二十三齣

（生上唱）

【喜遷喬】終朝思想，但恨在眉頭，人在心上。鳳侶添愁，魚書絶寄，空勞兩處相望。青鏡瘦顔羞照，寶瑟清音絶響。歸夢杳，繞屏山烟樹，那是家鄉？

（白）〔踏莎行〕怨極愁多，歌慵笑懶，只因添個鴛鴦伴。他鄉遊子不能歸，高堂父母無人管。湘浦魚沉，衡陽雁斷，音書要寄無方便。人生光景幾多時，蹉跎負却平生願。

【雁魚錦】（生再唱）思量，那日離故鄉。記臨岐送別多惆悵，攜手共那人不厮放。教他好看承，我爹娘，料他每應不會遺忘。聞知飢與荒，只怕捱不過歲月難存養。若望不見信音，却把誰倚仗？

【前腔換頭】思量，幼讀文章，論事親爲子也須要成模樣。真情未講，怎知道喫盡多磨障？被親强來赴選場，被君强官爲議郎，被婚强傚鸞凰。三被强，衷腸事説與誰行？埋冤難禁這兩厢：這壁厢道咱是個不撑達害羞的喬相識，那壁厢道咱是個不睹親負心薄倖郎。

【前腔換頭】悲傷，鷺序鴛行，怎如烏鳥返哺能終養？謾把金章，綰着紫綬；試問斑衣，今在何方？斑衣罷想，縱然歸去，又怕帶麻執杖。只爲他雲梯月殿多勞攘，落得淚雨如珠兩鬢霜。

【前腔換頭】幾回夢裏，忽聞鷄唱。忙驚覺錯呼舊婦，同問寢堂上。待朦朧覺來，依然新人鳳衾和象床。怎不怨香愁玉無心緒？更思想，被他攔當。教我，怎不悲傷？俺這裏歡娱夜宿芙蓉帳，他那裏寂寞偏嫌更漏長。

【前腔換頭】謾悒怏，把歡娱都成悶腸。菽水既清涼，我何心貪着美酒肥羊？悶殺人花燭洞房，愁殺我掛名在金榜。魆地裏自思量，正是在家不敢高聲哭，只恐人聞也斷腸。

（白）院子過來。（末上白）有問即對，無問不答。相公有何指揮？（生白）你是我的親人，我有事和你商量，你休要走了言語。（末白）相公指揮，男女怎敢漏泄？（生白）我自從離了父母妻室，來此赴選，本非我意。雖則勉强朝命，暫受職名。將謂三年後可作歸計，誰知又被牛相公招爲門婿。一向逗留在此，不能歸去見父母一面，我要和你商量個計策。（末白）不鑽不穴，不道不知。男女每常見相公憂悶不樂，不知這個就裏？相公何不對夫人說知？（生白）我夫人雖則賢會，争奈老相公之勢，炙手可熱。我待說與夫人知，一時老相公得知，只道我去也不來，如何肯放我去？不如姑且隱忍，和夫人都瞞了，直待任滿尋個歸計。（末白）這的却是。老相公若還知道，那裏肯放回去？（生白）我如今要寄一封書家去，没個方便；我待使人去，又怕夫人知道。你與我出街坊上尋個便人，來寄一封書家去。（末白）男女專當小心踏逐。

（生）終朝長痛憶，（末）尋便寄書尺。

（合）眼望旌捷旗，耳聽好消息。

第二十四齣

（旦上唱）

【金瓏璁】飢荒先自窘，那堪連喪雙親。身獨自，怎支分？衣衫都典盡，首飾并没分文。無計策，剪香雲。

（白）〔蝶戀花〕萬苦千辛難擺撥，力盡心窮，兩淚空流血。裙布釵荆今已竭，萱花椿樹連摧折。金剪盈盈明素雪，空照烏雲，遠映愁眉月。一片孝心難盡説，一齊分付青絲髮。奴家在先婆婆没了，却是張大公周濟。如今公公又亡過了，無錢資送，難再去求張大公。尋思起來，没奈何，只得剪下青絲細髮，賣幾貫錢，爲送終之用。雖然這頭髮值不得惹多錢，也只把做些意兒，一似教化一般。正是：不幸喪雙親，求人不可頻。聊將青鬢髮，斷送白頭人。

【香羅帶】（旦唱）一從鸞鳳分，誰梳鬢雲？妝臺不臨生暗塵，那更釵梳首飾典無存也。頭髮，是我耽閣你度青春。如今又剪你，資送老親。剪髮傷情也，只怨着結髮的薄倖人。（剪又放介）

【前腔】（旦唱）思量薄倖人，辜奴此身，欲剪未剪，教我珠淚零。我當初早披剃入空門也，做個尼姑去，今日免艱辛。只一件，只有我的頭髮恁的，少什麼佳人的，珠圍翠簇蘭麝熏。呀！似這般光景，我的身死骨自無埋處，説什麽剪頭髮愚婦人？（介）

【前腔】堪憐愚婦人，單身又貧。我待不剪這頭髮賣呵，開口告人羞怎忍？我待剪呵，金刀下處應心疼也。休休！却將堆鴉髻，舞鸞鬢，與烏鳥報答白髮的親。教人道霧鬢雲鬟女，斷送他霜鬢雪鬢人。（剪介）

【臨江仙】（哭唱）連喪雙親無計策，只得剪下香雲。非奴苦要孝名傳，正是上山擒虎易，開口告人難。

（白）頭髮既已剪下，免不得將去街上貨賣。穿長街，抹短巷，叫幾聲賣頭髮咱。（叫介）

【梅花塘】（唱）賣頭髮，買的休論價。念我受飢荒，囊篋無些個。丈夫出去，那更連喪了公婆。没奈何，只得賣頭髮資送他。

（白）怎的都没人問買？（介）

【香柳娘】（唱）看青絲細髮，剪來堪愛，如何賣也没人買？若論這飢荒死喪，怎教我女裙釵，當得這狼狽？況我連朝受餒，我的脚兒怎擡？其實難捱。（倒介）

【前腔】（再起唱）望前街後街，并無人在。我待再叫呵，咽喉氣噎，無如之奈。苦！我如今便死，暴露我尸骸，誰人與遮蓋？天天！我到底也只是個死。待我將頭髮去賣，賣了把公婆葬埋，奴便死何害？

（末上白）慈悲勝念千聲佛，造惡徒燒萬炷香。呀！兀的不是蔡小娘子？緣何倒在街上？（旦白）公公，救我則個。（末扶介）小娘子，你手裏拿着頭髮做什麼？（旦白）奴家公公没了，將這頭髮資送他。（末哭介）元來你公公也死了！你怎的不來和我商量，把這頭髮剪了做什麼？（旦白）奴家多番來定害公公了，不敢再來相惱。（末白）説那裏話？

【前曲】（唱）你兒夫曾付託，我怎生違背？你無錢使用，我須當貸。[一]教你把頭髮剪了，又跌倒在長街，都緣是我之罪。（合）嘆一家破壞，否極何時泰來？各出着淚。

【前腔】（旦唱）謝公公可憐，把錢相貸，我公婆在地下相感戴。只恐奴此身死也，没人埋。公公，誰還你恩債？（合前）

（末白）小娘子，你先到家，我使令小二送些布帛錢米之類與你。（旦白）公公收了這頭髮。（末白）我要這頭髮做什麼？

（旦）謝得公公救妾身，（末）你夫曾托我親鄰。

（合）從空伸出拏雲手，提起天羅地網人。

第二十五齣

（浄扮拐兒上唱）

【打毬場】幾年價，[二]爲拐兒，是人都理會得我名兒。折摸你是怎生俏倘的，也落在我圈圍。

[一] 貸：原作『代』，據汲古閣刊本《繡刻琵琶記定本》改。

[二] 價：原作『假』，據汲古閣刊本《繡刻琵琶記定本》改。

(白)自家脱空行逕,掏摸生涯。劍舌鎗唇俏俏的,也引教他懵懂;虚脾甜口慳吝的,也閧教你妝風。鄉貫何曾有定居,姓名那曾有真的?妝成圈套,見了的便自入來;做就機關,入着的怎生出去?騙了鍾馗手裏蝙蝠,脱得洞賓瓢裏仙丹。但是來無迹,去無踪,對面騙人如撮弄;縱使和你行,和你坐,當場騙你怎埋冤?拐兒陣裏先鋒,哄局門中大將。何用剜牆貢壁,强如黑夜偷兒。不索挾杖持刀,真個白晝劫賊。正是:地不長無根之草,天不生無禄之人。自家正無買賣,聽得隨朝做官蔡伯喈相公家住在陳留,父母在堂,竟無消息。自家在先陳留郡走得却熟,如今只做陳留人,假寫他父母家書遞與他,必有回音。倘或附帶盤纏回家,也不見得却覓個小富貴;便不然也索與我些少盤纏回家。這裏便是蔡伯喈相公府,進入去咱。呀!怎地都没一個人?(末上白)侯門深似海,不許外人敲。(相見介)你那裏人?來府裏有甚勾當?(浄白)小人從陳留來,蔡伯喈的老官人老安人有家書來。(末白)相公正要尋方覓便寄家書去,你來得却好,待我請相公出來。(介)

【鳳凰閣】(生上唱)尋鴻覓雁,寄個音書無便。謾勞回首望家山,和那白雲不見。淚痕如綫,想鏡裏孤鸞影單。

(生白)院子,他那裏來?(末白)他説在陳留郡來。(浄白)小人是陳留郡裏來的。(生白)你帶得我家書來?(浄白)小人帶書來。(生白)將來看。(浄遞書介)

【一封書】(生看唱)一從你去離,我家中常念你。是麼?我也常想家裏。功名事怎的?想多應折桂枝。我功名事成了。幸得爹娘和媳婦,各保安康無禍危。且喜家中安樂。見家書,可知

之，及早回來莫更遲。（介）

（生白）我怕不要歸？争奈不由我。院子，你將紙筆過來，我寫一封書與他去；一就取些金珠過來。

（末下取）紙筆金珠見在。（生寫書介）

【下山虎】（唱）蔡邕百拜大人尊前：一自離膝下，頓覺數年。目斷家山，鎮長望懸。一向那堪音信斷，名利事，嘆牽綰，謾空勞珠淚漣。上表辭金殿，要辭了官，争奈君王不見憐。

【蠻牌令】（又唱）忽爾拜尊翰，極切慰拳拳。喜爹娘和媳婦，盡安康。況兒身淹留在此，不能勾承奉慈顏。匆匆的聊附寸箋，草草伏乞尊照不宣。

（生白）漢子，你來。這一封書和金珠，將到我家裏。傳示俺家裏，俺早晚回來，教都放心，不須煩惱也。

（淨白）小人理會得。（生白）這些個碎銀與你路上作盤纏。（淨白）謝相公！

【駐馬聽】（生唱）書寄鄉關，説起教人心痛酸。你傳示俺八旬爹媽，道與我兩月妻房，隔絶萬水千山。啼痕緘處翠綃斑，夢魂飛遶銀屏遠。（合）報道平安，想一家賀喜，只説道他日再相見。

【前腔】（末唱）遥憶鄉關，有個人人凝望眼。他頻看飛雁，望斷歸舟，倚遍危欄。見這銀鈎飛動彩雲箋，又索玉筯界破殘妝面。（合前）

【前腔】（淨唱）西出陽關，却嘆今朝行路難。念取經年離別，帶着一紙雲箋。跋涉程途，只

怕豺狼紛繞路途間，又怕雁鴻不到你家鄉畔。（合前）

【前腔】（末唱）滿紙雲烟，説盡離愁千萬千。想那層樓十二，有個人人倚着危欄。他望歸期，數飛雁，阻關山，見書如見經年面。（合前）

（生）憑伊千里寄佳音，（末）説盡離人一片心。

（合）須知相别經多載，方信家書抵萬金。

第二十六齣

（旦上唱）

【掛真兒】四顧青山静悄悄，思量起暗裏魂銷。黄土傷心，丹楓染淚，謾把孤墳自造。

（白）〔菩薩蠻〕白楊蕭瑟悲風起，天寒日淡空山裏。虎嘯與猿啼，愁人添慘悽。窮泉深杳杳，長夜何由曉。灑淚泣雙親，雙親聞不聞？奴家自喪了公婆，誰相扶助？到如今免不得造一所墳，把公婆葬了。又無錢顧人，又無人得央靠，只得獨自搬泥運土。（□□包土□）

【五更轉】（唱）把土泥獨抱，羅裙裹來難打熬。空山静寂無人吊，但我情真實切，到此不憚勞。苦！何曾見葬親兒不到？又道是三匝圍喪，那些個卜其宅兆？思量起，是老親合顛倒。公公，你圖他折桂看花早，不道自把一身，送在白楊衰草。謾自苦，（介）這苦憑誰告？

這苦憑誰告？

【前腔】我只憑十爪，如何能勾墳土高？（介）只見鮮血淋漓濕衣襖。苦！我形衰力倦，死也只這遭。休休！骨頭葬處，任他流血好。此喚做骨血之親，也教人稱道。教人道趙五娘親行孝。苦！心窮力盡形枯槁，只有這鮮血，到如今也出了。這墳成後，只怕我的身難保。

呀！使得我力都乏了，免不得就此歇息，睡一覺則個。

【卜算先】（唱）墳土未曾高，筋力還先倦。（□□）

【粉蝶兒】（□扮山神上唱）趙女堪悲，天教小神相濟。

（白）善哉！善哉！小神乃當山土地。昨奉玉帝敕旨，爲趙五娘行孝，特令差撥陰兵，與他併力築造墳臺。免不得叫出南山白猿使者、黑虎將軍，教他向前則個。猿、虎二將何在？疾速過來。（丑扮猿、淨扮虎上介）（外白）唯吾奉上帝敕旨：爲趙五娘行孝，教與他添力，築造墳臺。汝等可變化人形，與他攝化土石，便成墳冢。（淨、丑白）領神旨。（外白）唯不得驚動孝婦。（淨、丑做墳介）告大聖，墳臺已成了。（外白）趙五娘，略擡頭起來，聽我囑付。

【好姐姐】（外唱）五娘聽分付與：吾特奉玉皇敕旨，憐伊孝心，故遣我來助你。（淨、丑合唱）墳成矣，葬了二親尋夫婿，改換衣裝往帝畿。

（外白）趙五娘，你理會得。正是：大抵乾坤都一照，（合）免教人在暗中行。（外、淨、丑并下）（旦醒

來介）

【卜算後】（唱）夢裏分明有鬼神，想是天憐念。

（白）怪哉！我睡間恍惚之中，似夢非夢，聞人有囑付之語，道：墳成了，教去京畿尋取丈夫。但我全憑獨自一身，幾時能勾得墳成？（介）呀！怎地這墳臺都成了？謝天地！分明是神通變化。

【五更轉】（唱）怨苦知多少？兩三人只道同做餓莩。公公，婆婆，我待不葬了你，又不了；待葬了你，（唱）窮泉一閉無日曉，嘆從今永别，再無由相倚靠。我死和你做一處埋呵，也得相伏事。只愁我死在他途道，我的骨頭何由來到？從今去，這墳呵，（唱）只願得中乾燥，福孫蔭子也都難料。便蔭得個三公，也不濟得親老。淚暗滴，把蒼天禱。

【鏵鍬兒】（末同丑□□□上唱）悲風四起吹松柏，山雲慘淡日無色。猿啼與虎嘯，怎不慘慽？趲步行來到峭壁，都與孝婦添助力。

（末白）自家是蔡員外的鄰家張大公的便是。只爲他兩個老的死了，虧殺他那媳婦趙五娘子，把羅裙包土，築造墳臺。但人家裏造一所墳，不着千百工造不成，他獨自一個女流，如何成得此事？免不得帶將小二，與他添助力氣則個。呀！好怪麼！如何墳都成了？只見松柏森森繞四圍，孤墳新土掩泉扉。娘子，你空山獨自無人問，爲築墳臺有阿誰？（旦白）夢裏有神真怪異，陰兵運土與搬泥。築成墳了，親分付，教尋取兒夫往京畿。（丑白）公公，自古留傳多有此，畢竟感格上天知。長城哭倒稱姜女，娘子，他日芳名一處題。（合）正是：善惡到頭終有報，只爭來速與來遲。

【好姐姐】（旦唱）念奴流血滿指，奈獨自要墳成無計。深感老天，暗中相護持。（合）墳成矣，葬了二親尋夫婿，改換衣裝往帝畿。

【前腔】（末唱）我每方將小二，待欲與你添助些力氣，誰知有神暗中救濟？（合前）

【前腔】（丑唱）你每真個見鬼，這松柏孤墳在何處？恰纔小鬼是我妝做的。（合前）

（末）孝心感格動陰兵，（旦）不是陰兵墳怎成？

（丑）萬事勸人休碌碌，（合）舉頭三尺有神明。

第二十七齣

（占上唱）

【念奴嬌】楚天過雨，正波澄木落，秋容光浄。誰駕玉輪來海底，碾破瑠璃千頃。環珮風清，笙歌露冷，人在清虚境。（浄、丑合唱）真珠簾捲，小樓無限佳興。

（白）〔臨江仙〕玉作人間秋萬頃，銀葩點破瑠璃。（占白）瑶臺風露冷仙衣，天香飄下處，此景有誰知？（浄、丑白）未審明年明夜月，此時此景何如？（占白）珠簾高捲醉瓊巵，（合白）正是：莫辭終夕看，動是隔年期。（占白）老姥姥、惜春，今夜中秋，月色澄霽，你與我請相公出來玩賞則個。（丑白）請，請。

夫人請相公玩月。（生房内應）我睡了，不來。（浄白）你可知道不請得相公出來？你甚麼臉兒了，相公見了好？我□請。（介）

【生查子】（生上唱）逢人曾寄書，書去神亦去。今夜好清光，可惜人千里。

（占白）相公，今夜中秋，月色可愛，我請你玩賞一番，你没事推阻做什麼？（生白）月有甚好處？（占白）相公，怎的不好？〔酹江月〕玉樓絳氣捲霞綃，雲浪寒光澄徹。丹桂飄香清思爽，人在瑶臺銀闕。（生白）影透空幃，光窺羅帳，露冷蛩聲切。關山今夜，照人幾處離别。（浄白）須信離合悲歡，還如玉兔，有陰晴圓缺。便做人生長宴會，幾見冰輪皎潔？（丑白）此夜明多，隔年期遠，莫放金樽歇。（合白）但願人長久，年年同賞明月。

【本序】（占唱）長空萬里，見嬋娟可愛，全無一點纖凝。十二闌干光滿處，涼浸珠箔銀屏。偏稱，身在瑶臺，笑斟玉斝，人生幾見此佳景？（合）惟願取年年此夜，人月雙清。

【前腔换頭】（生唱）孤影，南枝乍冷，見烏鵲縹緲，驚飛棲止不定。萬點蒼山，何處是，修竹吾廬三逕？追省，丹桂曾扳，嫦娥相愛，故人千里謾同情。（合前）

【前腔换頭】（占唱）光瑩，我欲吹斷玉簫，驂鸞歸去，不知風露冷瑶京？環珮濕，似月下歸來飛瓊。那更，香霧雲鬟，清輝玉臂，廣寒仙子也堪并。（合前）

【前腔换頭】（生唱）愁聽，吹笛《關山》，敲砧門巷，月中都是斷腸聲。人去遠，幾見明月虧

盈。惟應，邊塞征人，深閨思婦，怪他偏向別離明。（合前）

【古輪臺】（浄、丑合唱）峭寒生，鴛鴦瓦冷玉壺冰，闌干露濕人猶凭，貪看玉鏡。況萬里清明，皓彩十分端正。三五良宵，此時獨勝。（丑唱）把清光都付與酒杯傾，從教酩酊，拚夜深沉醉還醒。酒闌綺席，漏催銀箭，香銷金鼎。斗轉與參横，銀河耿，轆轤聲已斷金井。

【前腔换頭】（浄唱）閒評，月有圓缺與陰晴，人世有離合悲歡，從來不定。深院閒庭，處處清光相映。也有得意人人，兩情暢咏；也有獨守長門伴孤冷，君恩不幸。（丑唱）有廣寒仙子娉婷，孤眠長夜，如何睚得更闌寂静？此事果無憑，但願人長永，小樓看月共同登。

【餘文】（合唱）聲哀訴，促織鳴。（占唱）俺這裏歡娱未定，（生唱）却笑他幾處寒衣織未成。

（占）今宵明月最團圓，（生）幾處淒涼幾處諠。

（合）但願人生得長久，年年千里共嬋娟。

第二十八齣

（旦上唱）

【胡搗練】辭别去，到荒坵，只愁出路煞生受。畫取真容聊藉手，逢人將此免哀求。

（白）鬼神之道，雖則難明；感應之理，不可不信。奴家昨日獨自在山築墳，正睡間，忽夢中有神人，自稱當山土地，帶領陰兵與奴家助力；却又囑付教奴家改換衣裝，去長安尋取丈夫。待覺來，果見墳臺并已完備，分明是神道護持。正是：寧可信其有，不可信其無。今則二親既已葬了，只得改換衣裝，將着琵琶做行頭，沿街上彈幾隻勸行孝的曲兒，教化將去。只是一件，我幾年間和公婆廝守，一旦撇了去，如何下得？奴家從來薄曉得些丹青，何似想像畫取公婆兩個真容，背着一路去，也似相親傍的一般。但遇小祥忌辰，展開與他燒些香紙，奠些涼漿水飯，也是奴家心素。（介）免不得就此描摸真容則個。

【三仙橋】（唱）一從他每死後，要相逢不能勾。除非夢裏，暫時略聚首。若要描，描不就，暗想像，教我未寫先淚流。寫，寫不得他苦心頭；描，描不出他飢証候；畫，畫不出他望孩兒的睁睁兩眸。只畫得他髮颼颼，和那衣衫敝垢。休休，若畫做好容顏，須不是趙五娘的姑舅。

【前腔】我待畫你個龐兒帶厚，你可又飢荒消瘦。我待畫你個龐兒展舒，你自來長恁皺。若寫出來，真是醜，那更我心憂，也做不出他歡容笑口。不是我不畫着好的，我從嫁來他家，只見兩月稍優遊，他其餘都是愁。那兩月稍優遊，我可又忘了。這三四年間，我只記得他形衰貌朽。這畫呵，便做他孩兒收，也認不得是當初父母。休休！縱認不得是蔡伯喈當初爹娘，須認得是趙五娘近日來的姑舅。

真容已描就了，只就這裏燒香紙，奠些水飯，拜辭了二親出去。

【前腔】（唱）公公，婆婆，非是我尋夫遠遊，只怕你公婆絶後。奴見夫便回，此行安敢久？苦！路途中，奴怎走？望公婆相保佑我出外州。（介）苦！他骨自没人倚恃，他如何來相保佑？這墳呵，只怕奴家去後，冷清清有誰來拜掃？縱使遇春秋，一陌銀錢怎有？休休，生是受凍餒的公婆，死做個絶祭祀的孤魂麼姑舅。

（白）既辭了二親，拜了真容，便索去辭張大公。如何的張大公恰好也來到？（末上白）衰柳寒蟬不可聞，西風敗葉正紛紛。長安古道休回首，西出陽關無故人。（旦）奴家正要到宅上來拜辭。（末白）五娘子，幾時去？（旦白）奴家便行。（末白）你畫的是什麼？（旦白）奴家自畫着公婆真容，一路上將去藉手教化，早晚與他燒香化紙。（末看介）【鷓鴣天】死別多應夢裏逢，謾勞孝婦寫遺踪。可憐不得圖家慶，辜負丹青泣畫工。衣破損，鬢鬔鬆，千愁萬恨在眉峰。蔡郎不識年來面，趙女空描别後容。我聽得你遠行，有幾貫錢與你添做盤纏。（旦白）多多的定害公公了，又教公公生受做什麼？只一件，奴家又有不識進退之懇：奴家去後，墳所早晚，公公可憐見，看這兩個老親在日的面，與吾看管則個。（末白）這個不妨。你去自去，我更有幾句言語囑付你。小娘子，你少長閨房，豈識途路？你當元蔡郎未别去時節，你青春嬌媚。你如今遭這飢年荒歲，貌短身單。正是：桃李一歲歲相似，人面一年年不同。蔡郎當初臨别之時，可不道來？若有寸進，即便回來。如今年荒親死，一竟不歸，你知他心腹事如何？正是：畫虎畫皮難畫骨，知人知面不知心。蔡郎元是讀書人，一舉成名天下聞。久留不知因個甚，年荒親死不回門？小娘子，你去京城須仔細，逢人下禮問虛真。見郎謾説千般苦，只把琵琶語句訴元因。未可便説是他妻子，未可便説死雙親。若得蔡郎思故舊，可憐張老一親鄰。我已如今七十歲，比你公婆少一旬。你去時猶有張老送，你回來未知張老死和存。(一)我送你去呵，正是：和淚眼觀和淚眼，斷腸人送斷腸人。

【憶多嬌】(旦唱)他魂渺漠，我身没倚着。程途萬里，教我懷夜壑。此去孤墳，望公公看着。(合)舉目蕭索，滿眼盈盈淚落。

【前腔】(末唱)承委托，當領略。孤墳我自看守，決不爽約。只願你途中身安樂。(合前)

【鬥黑麻】(旦唱)奴深謝公公，便辱許諾。從來的深恩，怎敢忘却？只怕途路遠，體怯弱；病染孤身，力衰倦脚。(合)孤墳寂寞，路途滋味惡。兩處堪悲，萬愁怎摸？

【前腔】(末唱)伊夫婿多應是，貴官顯爵。伊家去，須當審個好惡。只怕你這般喬打扮，他怎知覺？一貴一貧，怕他將錯就錯。(合前)

(旦)爲尋夫婿別孤墳，(末)只怕兒夫不認真。

(合)流淚眼觀流淚眼，斷腸人送斷腸人。

(一) 和：原作「何」，據汲古閣刊本《繡刻琵琶記定本》改。

第二十九齣

（生上唱）

【菊花新】封書自寄到親闈，又見關河朔雁飛。梧葉滿庭除，還如我悶懷堆積。

（白）〔生查子〕封書寄遠人，寄與萬里親。書去神亦去，兀然空一身。自家昨得家書，報道家中平安，有切自喜。當時亦附一書回去，不知如何？常懷思念，翻成憂悶。正是：雖無千丈綫，萬里繫人心。好悶！（介）

【意難忘】（占上唱）綠鬢仙郎，懶拈花弄柳，勸酒持觴。長顰知有恨，何事苦思量？（生唱）些個事，惱人腸。（占唱）試説與何妨？（生唱）又怕伊尋消問息，添我悽惶。

（占白）古人云：顰有爲顰，笑有爲笑。古之君子，當食不嗟，臨樂不嘆。無事而慽，謂之不祥。相公，你自來此，不明不暗，如醉如癡，鎮長憂慮，爲着甚麼？你還少喫的，還少穿的？我待道你少喫的呵。

【紅衲襖】（唱）你喫的是煮猩唇和那燒豹胎，我待道你少穿的呵，你穿的是紫羅襴，繫的是白玉帶。你出去呵，我只見五花頭踏在你馬前擺，三簷傘兒在你頭上蓋。相公，你休怪我説。你本是草廬中窮秀才，如今做着漢家梁棟材。你有甚麼不足，只管鎖了眉頭也，唧唧噥噥不放懷？

（生）你道我有穿的呵，

【前腔】我穿着紫羅襴，到拘束我不自在；　我穿的皂朝靴，怎敢胡去踹？㈠　你道我有喫的呵，我口裏喫幾口荒張張要辦事的忙茶飯，手裏拿着個戰欽欽怕犯法的愁酒杯。到不如嚴子陵登釣臺，怎做得揚子雲閣上災？　只管待漏隨朝，可不誤了秋月春花也？　枉干碌碌頭又早白。

【前腔】（占唱）相公，莫不是丈人行性氣乖？（生白）不是。（占唱）莫不是妾跟前缺管待？（生白）不是。（占唱）莫不是畫堂中少了三千客？（生白）不是。（占唱）莫不是繡屏前少了十二釵？（生白）那裏是？　不是，不是。（介）（占白）又不是？　這意兒教人怎猜？　這意兒教人怎解？（介）我今番猜着了。敢只是楚館秦樓，有一個得意情人也，悶懨懨不放懷？

（生白）不是。

【前腔】有個人人在天一涯，我不能勾見他，只落得臉銷紅眉鎖黛。（占白）我道什麽來？　却又是。（生唱）不是。我本是傷秋的宋玉無聊賴，有甚心情去赴着閒楚臺？（占）有甚事，説與我知道。（生唱）三分話兒也只恁猜，一片心兒也只恁揣。（占白）有甚事，問着也不説如何？（生

㈠　踹：原作『揣』，據汲古閣刊本《繡刻琵琶記定本》改。

唱)罷，罷。夫人，你休纏得我無言，若還提起那簹兒也，鎮撲簌簌珠淚滿腮。

(占白)由你，由你。待我不勸解，你又只管悶；待我問你，你又不應。我也没奈何。相公，夫妻何事苦相防？莫把閒愁積寸腸。正是：各家自掃門前雪，休管他人屋上霜。(占下)(生吊場白)難得我語和他語，未必他心似我心。自家娶妻兩月，别親數年，朝夕想思，翻成怨嘆。我這新娶媳婦，雖則賢會，累次問及，自家要對他説，也肯放歸去。只是我的岳丈知我有媳婦在家，必怕我去不來，如何肯放我去？不如姑且隱忍，改日求一鄉郡除授，那時却回去見雙親，多少是好？夫人，非是隄防你太深，只愁伊父苦相禁。正是：夫妻且説三分話，(占上介)我理會得了。未可全抛一片心。好！好！你瞞我也由你，只是你爹娘和媳婦須怨你。

【江頭金桂】(占唱)怪得你終朝嚬顰，我只道你緣何愁悶深？教咱猜着啞謎，爲你沉吟，那簹兒没處尋。我和你共枕同衾，你瞞我則甚？你自撇下爹娘媳婦，屢換光陰，他那裏須怨着你没信音。笑伊家短行，無情忒甚！到如今，兀自道且説三分話，不肯全抛一片心。

【前腔】(生唱)非是我聲吞氣飲，只爲你爹行勢逼臨。怕他知我要歸去，將你厮禁，要説又將口噤。我實瞞你不得。我待解朝簪，再圖鄉任。他不隄防着我，須遣我到家林，雙雙兩人歸晝錦。苦！雙親老景，存亡不審。我前日附那書回家去，只怕雁杳魚沉。(占白)真個也没一封書回來？(生唱)又不是烽火連三月，真個家書抵萬金。

（占白）元來如此。我去對爹爹説道，我和你同去便了。（生白）你休説，你爹爹如何肯放你去？莫説破了。（占白）不妨。我爹爹身爲太師，風化所關，觀瞻所係，終不然直恁地無仁義？（生白）休説，不濟事，枉了。（占白）不妨，我是有道理，不到他不從。

（占）雪隱鷺鷥飛始見，柳藏鸚鵡語方知。

（生）假饒染就乾紅色，也被傍人講是非。

第三十齣

（外上唱）

【西地錦】好怪吾家門婿，鎮日不展愁眉。教人心下常縈繫，也只爲着門楣。

（白）入門休問榮枯事，觀着容顔便得知。自家招蔡伯喈爲婿，可謂得人。只一件，他自從到此，眉頭不展，面帶憂容，爲着甚麼？必有其故。等俺女孩兒出來，問他則個。

【前腔】（占上唱）只道兒夫何意，如今事理方知。萬里家山，要同歸去，未審爹意何如？

（外白）孩兒，吾老入衣冠，自嘆吾之皓首；汝聲乖琴瑟，每爲汝而懊懷。夫婿何故憂愁？孩兒必知端的。（占白）告爹爹：他娶妻六十日，即赴科場；别親三五年，竟無消息。温清之禮既缺，伉儷之情何堪？今欲歸故里，辭至尊家尊而同行；待共事高堂，執子道婦道以盡禮。（外白）吾乃紫閣名公，汝乃香閨艷質。何必顧彼糟糠婦？豈肯事此田舍翁？彼久別雙親，何不寄一封之音信？汝從來嬌眷，安能陟萬里之程途？休惑夫言，當從父命。（占白）爹爹，曾觀典籍，未聞婦道而不拜姑嫜；試論綱常，豈有子職而不事父母？若重思唱隨之義，當同盡定省之儀。彼荆釵布裙，既以獨奉親闈之甘旨；顧金屏繡褥，豈可久戀監宅之歡娛？爹爹高居相位，坐理朝綱，豈可斷他人父子之恩，絶他人夫婦之義？使伯喈有貪妻之愛，不顧父母之愆；使孩兒坐違夫之命，不事姑嫜之罪。望爹爹容恕，特賜矜憐。（外）胡説！他既有息婦在家裏了，你去做甚麽？

【獅子序】（占唱）他媳婦須有之，念奴須是他孩兒的妻。那曾有媳婦不侍親幃？（外）你去有甚勾當？（占唱）若論做媳婦的道理，須當奉飲食，問寒暄，相扶持蘋蘩中饋。（外白）便做有許多勾當，既有息婦在家裏了，他孩兒不去也不妨。（占唱）爹爹，正是養兒代老，積穀防飢。

（外白）既道是養兒代老，何似當元休教來赴舉不好？

【太平歌】（占唱）他求科舉，指望錦衣歸，不想道你留他爲女婿。（外白）有緣千里能相會，須强他不得。（占唱）他埋冤洞房花燭夜，那些個千里能相會？只要保全金榜掛名時，事急且相隨。

（外白）由蔡伯喈自悶，教我如何？

【賞宮花】（占唱）他終朝慘悽，我如何忍見之？（外白）他自傷悲，你須不曾。（占唱）若論爲夫婦，須是共歡娛。（外白）不妨，他若在這裏，我教他做個大官也由得我。（占唱）爹爹，他數載不通魚雁信，枉了十年身到鳳凰池。

（外云）你聽着丈夫的言語，却不聽我説，這妮子好癡迷。

【降黄龍】（占唱）須知，非是奴癡迷，已嫁從夫，怎違公議？（外白）你去不妨，只是我没個親人，如何放你去得？（占唱）爹猶念女，怎教他爹娘不念孩兒？（外白）不是我不放你去，既道有媳婦在家裏，你去時節，只恐怕擔閣了你。（占唱）休提，縱把奴擔閣，比擔閣他的爹娘何如？（外白）恁地，教伯喈自去便了。（占唱）爹爹，那些個夫唱婦隨，嫁鷄逐鷄飛？

（外云）孩兒，他是貧賤之家，你如何伏事他家？

【大聖樂】（占唱）爹爹，婚姻事難論高低，論高低何如休嫁與？假如親賤孩兒貴，終不然便拋棄？（外）他的孩兒撇得下，你怕甚麼？（占唱）奴是他親生兒子親媳婦，難道他是何人我是誰？（外白）你怎地只管把言語衝撞我？（占唱）爹居相位，怎説着傷風敗俗非理的言語？

（外怒云）這妮子無禮！到將言語來挺撞我。我的言語不中聽？孩兒，夫言中聽我言違，料想孩兒見識迷。本待將心事托明月，誰知明月照溝渠。（外下）（占白）酒逢知己千鍾少，話不投機半句多。我爹爹好不顧仁義，到説奴家把言語衝撞他。當元蔡伯喈教我休説的是，如今何顔見他？免不得在此坐一回，尋思個道理，去回他話咱。（悶坐科）

【稱人心】（生唱）撇呆打墮，早被那人瞧破。要同歸，知他爹怎麽？料他每不允諾。呀！夫人，你緣何獨坐？想你爹不肯麽？伊家道俐齒伶牙，争奈你爹行不可。

【前腔】（占唱）我爹爹，全不顧，人笑呵，這其間只是見差。禍根芽，從此起，災來怎躲？他只道我從着夫言，駡我不聽親話。

【紅衫兒】（生唱）你不信我教伊休説破，到此如何？算你爹心性，我豈不料過。我爲甚胡掩胡遮？只爲着這些。你直待要打破了砂鍋，是你招災攬禍。

【前腔】（占唱）不想道相挜把，這做作難禁架。我見你每每咨嗟要調和，誰知道好事多磨？起風波，把你陷在地網天羅，如何不怨我？（介）懊恨只爲我一個，却擔閣你兩下。

【醉太平】（生唱）蹉跎，光陰易謝。縱歸來已晚，歸計無暇。名韁利鎖，奔走在海角天涯。知麽？多應我老死在京華，孝情事一筆都勾罷。這般摧挫，傷情萬感，淚珠偷墮。

【前腔換頭】（占唱）非詐，奴甘死也。縱奴不死時，君去須不可。奴身值甚麽？只因奴誤你一家。差訛，假饒做夫婦也難和，我心怨你心縈掛。奴此身拚捨，成伊孝名，救伊爹媽。

（占白）相公，妾當初勉奉父命，遣事君子。不想君家有垂白髮之父母，年少之妻房。致使君家衷腸不滿，名行有虧。如今思之，誤君之父母者，妾也；誤君之妻房者，妾也；使君爲不孝薄倖人者，亦妾也。妾之罪大矣！縱偷生於今世，亦公議所不容。昔聶政姊倚死屍以成弟之名，王陵母死，伏劍下以全子之節。妾豈愛一身，誤君百行？妾當死於地下，以謝君家。小則可以解君之縈掛，大則可以救君之父母，近則可以成孝子之全名，遠則可以遺後世之公議，妾死何憾焉？（生白）夫人，你知其一，不知其二。身體髮膚，受之父母，不敢毀傷，豈可陷親於不義？那時節人知，只道你從夫言而棄親命，此事不可。（占白）也説得是。（生白）且慢着，怕你爹爹也自有回心轉意時節，且更寧耐，看如何。

（占）一心只欲轉家鄉，争奈爹行不忖量。

（生）大家截了梧桐樹，（合）自有傍人説短長。

第三十一齣

（旦行路上唱）

【月雲高】路途多勞倦，行行甚時近？未到得洛陽縣，那盤纏使盡。回首孤墳，空教我望孤影。他那裏，誰倸采？俺這裏，將誰投奔？正是西出陽關無故人，須信道家貧不是貧。

（白）〔蘇幕遮〕怯山登，愁水渡。暗憶雙親，淚把羅裙漬。回首孤墳何處是？兩下蕭條，一樣愁難訴。玉消容，蓮困步。愁寄琵琶，彈罷添凄楚。惟有真容時一顧，憔悴相看，無語恓惶苦。奴家爲尋丈夫，在路途上多少狼狽。況獨自一身，拿着一個琵琶，背着兩個真容，登高履險，宿水餐風，其實難捱。只是一件，去到洛陽，尋見丈夫，相逢如故，也不枉了這遭辛苦。倘或他高車駟馬，前呵後擁，見奴家如此藍縷不認，可不擔閣了奴家？

【前腔】（旦唱）暗中思忖，此去好無准。只怕他身榮貴，把咱不認。若是他不瞧，可不空教我受艱辛？他未必忘恩，我這裏自閒評論。他須記一夜夫妻百夜恩，怎做得區區陌路上人？

【前腔換頭】只一件。他在府堂深隱，奴身怎生進？他在駟馬高車上，我又難將他認。我有個道理，來到他跟前，只提起他二親真。又怕瘦消龐兒，猶難十分信。他不到得非親却是親，我自須防人不仁。

哽咽無言對兩真，千山萬水好艱辛。

見説洛陽花似錦，只恐來時不遇春。

第三十二齣

（外上唱）

【番卜算】兒女話難聽，使我心疑惑。暗中思忖覺前非，有個團圓策。

（白）良藥苦口利於病，忠言逆耳利於行。昨日女孩兒要和伯喈歸去，同事雙親，自家不放他去。那孩兒將幾句言語勸解自家，自家登時不勝焦燥。如今尋思起來，他句句有理，節節堪聽。自家待要放他去，只是幼長閨門，難涉途路；　況兼自家年老無人，如何放他去？　如今有個道理，使一個人，多與他些盤纏，教他去陳留，將蔡伯喈爹娘媳婦都取將來便了，多少是好？　且待叫出女婿、孩兒出來，問他則個。　孩兒和女婿過來。

【番卜算】（生、占上唱）淚眼滴如珠，愁事縈如織。早知今日悔當初，何似休明白。

（外白）孩兒你來，夜間我仔細尋思你的言語，都説得有道理。我如今欲待教你和女婿回去，路途跋涉，這個也難。　不如差人去取你父母妻子同來做一處住，你兩人心下如何？（占白）這個隨爹爹主張。（生白）既然如此，多感岳丈。（外白）院子李旺在那裏？（丑上白）頻聽指揮黄閣下，忽聞呼唤畫堂前。（外白）來，我如今使你去陳留走一遭。（丑）娘咳，陳留且是遠，我不去。（外白）休胡説！（丑白）去做甚麼？　若是有錢覓時，李旺便去。（外白）如今蔡伯喈老員外老安人小娘子三人在陳留那裏，我如今教你去請將這裏來。（丑白）李旺弗去。（生、占白）你去請將來時節，我這裏自多多賞你。（丑白）娘子如今説道多多賞我，取將來時，娘子又要争大小。　廝打時節，不賞李旺了。（外白）李旺，即日便要去，不得推拒，我如今更差幾個後生伴你同去。（丑白）如此，却使得。（外白）這一封書，外有金銀錢米與你作盤纏，休要落後了。（生白）李旺，你去時節須要多方詢問。　若是取得來時，路上千萬小心承直。（丑白）不妨。　我出路慣便，自有分曉。

【四邊静】（外唱）你去陳留仔細詢端的，專心去尋覓。請過兩三人，途中好承直。（合）休憂怨憶，寄書咫尺。眼望捷旌旗，耳聽好消息。

【前腔】（生唱）飢荒散亂無踪迹，存亡想不測。何意路途間，難禁這勞役？（合前）

【福馬郎】（占唱）李旺，你休説新婚在牛氏宅。（外白）孩兒，説又待怎地？（占唱）他須怨我相耽誤；歸未得，傍人聞，把奴責。（合）若是到京國，相逢處做個好筵席。

【前腔】（丑唱）多與盤纏添氣力，萬水千山路，曾慣歷。（拜介）辭却恩官去，免憂憶。（合前）

（外）限伊半載望回音，（生、占）路上看承須小心。

（丑）但願應時還得見，（合）果然勝似岳陽金。

第三十三齣

（末扮五戒上白）年老心閒無外事，麻衣草履亦容身。相逢盡道休官去，林下何曾見一人？自家乃是彌陀寺中一個五戒。今日這寺中建一淨土會，不揀什麽人，或是薦悼雙親，保安身己的，都來這裏聚會。真個好寺院、好道場。怎見得？但見：蘭若莊嚴，蓮臺整肅。大殿嵯峨耀金璧，回廊繚繞畫丹青。千層塔高聳侵雲，半空中時聞清鐸；七寶樓晶光耀日，六時裏頻響洪鍾。松下山門，紅塵不到；竹邊僧舍，白日難消。阿羅漢聖像威儀，比雪山三十六萬億佛；比丘僧戒行清潔，似祇園千二百五十人。且看旛影石壇高，惟有棋聲花院静。休説清浄法界，且説嚴肅道場。只見珠幢寶蓋影飄飄，玉磬金鍾聲斷續。龍瓶插九品紅蓮，開浄土春秋不老；鳳蠟吐千枝絳蕊，照佛天晝夜長明。齊整整的貝葉同翻，撲簌簌的天花亂墜。旃檀林裏，爇着清净香道德香；香積厨中，獻這禪悦食法喜食。人人在十洲三島，個個净五蘊六根。擊大法鼓，吹大法螺，仙樂一時奏動；開甘露門，入甘露城，幽魂盡獲超昇。寄言苦海林中客，好向靈山會上人。今日寺中建大會，怕有官員貴客來此遊玩，不免將着疏頭，就此抄題幾貫錢，添助支費。道猶未了，遠遠望見兩個舍人來到。

【縷縷金】（净、丑上唱）胡厮啞，兩喬才，家中無宿火，有甚强追陪？自來妝風子，如今難悔。向叢林深處且徘徊，都來看佛會。

（末白）官人，請坐喫茶。（净、丑白）五戒，你這佛會支費多？（末白）便是。休怪冒瀆，今日天與之幸得遇，遇見官人到此，免不得求告抄化幾文，添助支費則個。（净、丑白）將疏頭來看。兄弟，錢穀倘來之物，何處不使？那裏不用？（丑白）是。咱每這般人，那一日不使幾貫鈔？（净白）我捨五錠。（丑白）我也捨五錠。（净、丑白）我兩人都不曾帶得現錢在此，你一霎時隨我去取與你。（末白）謝得官人。（净白）你不見遠遠有個婆娘來，生得好。（丑白）是有個婆娘來，背着一面琵琶，到和姐姐厮像。（末白）又道是遠睹分明。

【前腔】（旦上唱）途路上，實難捱。盤纏都盡了，好狼狽。試把琵琶撥，逢人乞丐。薦公婆魂魄免沉埋，特來赴佛會。

（白）可喜已到得洛陽，今日見説彌陀寺中做佛會，只得就此抄化幾文，追薦公公婆婆則個。（末白）娘子，你休傍前來。（净、丑白）你這什麼東西？（旦白）是奴家公婆真容。（净、丑白）恁地，娘子，你從那裏來?

知在何處所。

【銷金帳】(旦唱)聽奴訴與:　奴是良人婦,爲兒夫相耽誤。一向赴選及第,未歸鄉故。飢荒喪了,喪了親的舅姑。我造墳墓,今爲尋夫來此。(淨、丑白)你兒夫在那裏?(旦唱)尋夫未

(淨白)你抱着這個琵琶做什麽?(旦白)奴家將此彈一兩段曲兒,抄題幾文,就此寺中追薦公婆則個。(淨、丑白)你會彈甚麽曲兒?　你會彈《也兒四》麽?(旦白)不會。(淨、丑白)你會彈《八俏手》麽?(旦白)不會。　奴家只會彈些行孝曲兒。(末白)二位官人在此使錢,那裏不用?　那裏不使?　你就這裏好生彈着,厚賞你。(旦白)凡人養子,懷抱最艱辛。欲語未能行未得,此際苦雙親。(介)

【前腔】(唱)凡人養子,最是十月懷耽苦,更三年勞役抱負。休言他受濕推乾,萬千勞事。真個千般愛惜,千般愛護。兒有些不安,父母憂惶無措。直待他可了,可了歡欣似初。

(淨、丑白)彈得好!　是好!(末白)真個!(淨、丑白)錢那裏不使?　那裏不用?　與你一領好襖子。(介)(旦白)兒漸長,父母漸歡忻。教語教行并教禮,一意望成人。

【前腔】(唱)兒行幾步,父母歡相顧,漸能行能出路。指望飲食羹湯,自朝及暮。懸懸望他,知他幾度?　爲擇良師,又怕孩兒愚魯。略得他長俊,可便歡忻賞賀。

(淨、丑白)彈得好!(末)是好!(淨、丑白)錢那裏不用?　那裏不使?　再與你一領好襖子。(介)

（末白）這兩個是風子。（淨、丑白）你再彈。（旦白）勤教導，暮史及朝經。願得榮親并耀祖，一舉便成名。

【前腔】（唱）朝經暮史，教子勤詩賦，爲春闈催教赴。指望他耀祖榮親，改换門户。懸懸望他，望他腰金衣紫。兒在程途，又怕餐風宿露。求神問卜，把歸期暗數。

（淨、丑白）彈得好！彈得好！錢那裏不用？那裏不使？再把一領襖子與你。（末白）元來裏面都是破衣裳。我且問你，官人，你襖子都脱了，身上寒，甚麼意思？（淨、丑白）寒也自寒，不可壞了我局面。咱每這般人使鈔慣，怕甚麼寒？再唱。（末白）且看他這番把什麼與他？（旦白）兒在路，須是早回程。忤逆兒男和孝子，報應甚分明。

【前腔】（唱）兒還念父母，及早歸鄉土，念慈烏亦能返哺。莫學我的兒夫，把親耽誤。常言養子，養子方知父慈。算忤逆兒男，和孝順爹娘之子，若無報應，果是乾坤有私。

（淨、丑白）你彈得自好，唱得自好。我每没甚麼與你了。（末白）我也道。（淨、丑作寒介）這般地走將家去，甚麼模樣？（丑白）我只賴五戒取衣裳。（扯末介）好，好，五戒妝局騙我，把我衣裳都剥了。（末白）你自把與他，我那曾妝局騙你？（淨、丑白）我叫道好，你便也叫道好，只管攛掇，你不是騙我？（末白）娘子，把還他去，要他做甚麼？（旦介）還你。（淨、丑白）錢雖則那裏不使，那裏不用，寒又忍不得。（丑白）我恰纔道你彈得好，唱得好；我如今尋思起來，你彈得也不好，唱得也不好。你不信，再彈再唱看。（旦白）我也唱不得。（丑白）可知不敢唱了。（淨白）尊兄，小子不貪豪富。（末白）枉了教人題疏。(旦白)你衣裳敢是借來?(净、丑介)可知我脚下無個布袴。(并下)(旦在場白)一斟一酌,莫非前定。奴家准擬今日抄題得幾文錢,追薦公婆,誰知撞着兩個風子,却來擾惱人一場。遠遠望見一簇人馬,想必是個官員來,不免在此衹候歇子。(末、丑喝道,生騎馬上)

【縷縷金】時不利,命何乖。雙親在途路上,怕他災。(末、丑唱)此是彌陀寺,略停車蓋。(合)辦虔心懇禱拜蓮臺,特來赴佛會。

(末看旦介白)婆娘躲着,相公來。(打介)(旦介,白)在他矮簷下,争敢不低頭?(旦先下)(生下馬入寺見真容白)那得這軸畫像?(丑白)敢是適間道姑的?(生白)叫他來,還他去。(丑白)道姑,畫像還你。(介)去遠了,不見。(生白)既不見,與他收下。(末叫介)

【前腔】(净作長老上唱)能喫酒,會撞齋。喫得醺醺醉,便去摟新戒。講經和回向,全然魑魅。你官人若是有文才,休來看佛會。

(生、净相見介)(白)父母來此,不知路上安否如何,特來就此保護,望長老回向則個。(净云)元來如此。請相公上香通情旨。

【江兒水】(生上香唱)如來證盟,鑒兹邕啓:我雙親在途路,不知如何的?仰惟菩薩大慈悲。(合)龍天鑒知,龍天護持,護持登山渡水。

【前腔】(净唱)如來證盟,覽兹情旨。蔡邕的父母,望相保庇,仰惟功德不思議。(合前)

【前腔】（末唱）我東人盡日常懷憂慮，只愁二親在路途裏，孝思情意真個感神祇。（合前）

【前腔】（丑唱）我聞知做會，特來隨喜，饅頭素食多多與。若還不與，我自入齋厨。（合前）

（净白）與佛有緣蒙寵顧，（生白）願親無事不艱難。（末白）因過竹院逢僧話，（丑白）又得浮生半日閒。

（并下）

【縷縷金】（旦上唱）元來是，蔡伯喈。馬前唱道，狀元來。料想雙親像，他每留在。敢天教夫婦再和諧，都因這佛會？

（白）正是：不因漁父引，怎得見波濤？方纔那官人，奴家詢問起來，正是蔡伯喈。好也！好也！今日也得相見。只一件，奴家荒忙中失去公婆真容，想必是他收下分曉。且待明日逕投他家去，以乞丐爲由，尋問消息便了。倘或天可憐見，就此相會，未可知道？

薄倖兒夫蔡伯喈，真容收去不疑猜。

饒你侯門深似海，不愁不許外人來。

第三十四齣

（占上唱）

【十二時】心事無靠托，這幾日翻成悲也。父意方回，夫愁稍可。未卜程途裏的如何，教我怎生放下？

（白）不如意事常八九，可與語人無二三。自嫁蔡伯喈之後，此人常是憂悶，奴家妝盡圈套去問他。比及問將來，去對爹爹説，要和他同去，爹爹不肯。及至爹爹肯了，教人去取他爹娘媳婦來，又不知路上如何？爲他擔了多少煩惱！況兼家裏幾個後生的，都使去了。雖則有幾個使唤的，那裏中使？怎生得一個精細的，早晚公婆到來，得他使唤也好？不免叫過院子出來，問他則個。（末上白）書當快意讀易盡，客有可人期不來。世上幾人能稱意，光陰何況苦相催。夫人有甚使令？（占）你與我街坊上尋問，有精細的婦人，尋一個使唤咱。（末）這個容易。遠遠望見一個婦人來，不知是什麽人？

【繞池遊】（旦上唱）風餐水卧，甚日能安妥？問天天怎生結果？（占介）梳妝淡雅，看風姿堪描堪畫。是何人，教來問咱。

（旦白）府幹哥稽首。（末白）道姑何來？（旦白）遠方人氏。（末白）到此何幹？（旦白）特來抄化。（末白）少待。通報夫人：精細婦人到没有，有一個道姑在門首抄化。（占白）着他裏面來。（末白）道姑，夫人着你裏面相見。（旦白）夫人稽首。（占白）道姑何來？（旦白）貧道是遠方人氏。（占白）到此何幹？（旦白）特來抄化。（占白）有甚本事來此抄化？（旦白）貧道大則琴棋書畫，小則針指女工，次則飲食餚饌，無可有通，無所不曉。（占白）道姑，有這等本事，何不在我府中喫些安樂茶飯如何？（旦白）若得如此，感恩非淺。只怕貧道没福，無可稱夫人之意。（末白）道姑，我且問你，你在嫁出家的，從幼出家的？（旦白）貧道是在嫁出家的。（占白）院子過來，在嫁出家的怎麽説？從幼出家的怎麼説？（末白）告夫人知道：在嫁出家的是有丈夫的，從幼出家是没丈夫的。他是有丈夫的，難留在府中使用。（占白）險些兒錯了。既有丈夫的，多打發齋糧與他，別處抄化。（末白）道姑，夫人説你有丈夫，多打發齋糧與你，別處去抄化罷。（旦白）天那！不合説有丈夫的。大哥，貧道非因抄化而來，特來尋取丈夫。（末白）夫人，這道姑非因抄化，來尋取丈夫的。（占白）你丈夫姓甚名誰？（旦背云）把『蔡伯喈』三字折開與他説。夫人，貧道丈夫姓祭名白諧，人人都説在牛府廊下住過。敢是夫人也認得他？（占白）我那裏認得他？院子，你管許多廊房，有那姓祭名白諧的麼？（末白）小人管許多廊房，并没此人。（占白）道姑，我這裏没有。（旦白）這裏尋不見，教我怎生過活？（占白）可憐這婦人！你且不須愁煩，住在府中。我着院子到街坊上尋取你丈夫，心下如何？（旦白）若得夫人收留，重生父母，再長爹娘。（占白）道姑，我老相公不喜這般打扮，我與你改換些衣服在此走動，多少是好？（旦白）貧道有十二年大孝在身。（占白）凡爲人子者，大孝不過三年，如何有十二年？（旦白）公公死了三年，婆婆死了三年；薄倖兒夫，久留都下，一竟不還，替他帶六年，共成十二年。（占白）這道姑到有孝心！你權且改換衣服則個。（旦白）天那！如何是好？只得照鏡梳妝。（占白）院子，取妝奩來。（末白）寶劍賣與烈士，紅粉贈與佳人。（占白）道姑，照鏡梳妝。（旦白）鏡兒，這幾時不曾照你，這等消瘦了。

【二郎神】（唱）容消灑，照孤鸞，嘆菱花剖破。（占白）你既不梳妝，須改換衣服。（旦提衣介）苦！記翠鈿羅襦當日嫁，誰知他去後，釵荆裙布無些？（占白）你既不梳妝，帶對釵麼？（旦提釵起介）苦！他金雀釵頭雙鳳嚲，羞殺人形孤影寡。（占白）不帶釵兒，簪些花朵，別些吉凶。（旦唱）説甚麽簪花捻牡丹，教奴怨着嫦娥。

【前腔換頭】（占唱）嗟呀，心憂貌苦，真情怎假？你爲着公婆珠淚墮，道姑，我公婆自有，不能勾承奉杯茶。道姑，你比我没個公婆得承奉呵，不枉了教人做話靶。我且問你咱：你公婆，爲甚的雙雙命掩黄沙？

【囀林鶯】（旦唱）荒年萬般遭坎坷，夫婿又在京華。糟糠暗喫擔飢餓，公婆死，賣頭髮去埋他。把孤墳自造，土泥盡是我羅裙包裹。也非誇，手指傷，血痕尚在衣羅。

【前腔】（占唱）愁人見説愁轉多，使我珠淚如麻。我丈夫亦久別雙親下，他要辭官，被我爹蹉跎。（旦介）他家有誰？（占唱）他妻雖有麽，怕不似恁看承爹媽。（旦白）如今在那裏，夫人？（占唱）在天涯。謾取去，知他路上如何？

【啄木鸝】（旦唱）聽言語，教我悽愴多，（占介）料想他也應非是性妒。夫人，他那裏既有妻房，取將來怕不相和？（占唱）但得他似你能掗把，我情願侍他居他下。只愁着程途上苦辛，教人望巴巴。

【前腔】（旦唱）錯中錯，訛上訛，只管來鬼門前空占卦。夫人，若要識蔡伯喈妻房，（占白）他在那裏？（旦唱）奴家便是無差。（占介）你果然是他非謊詐？元來你爲我喫折挫，你爲我受波查。教你怨我，教我怨爹爹。

【金衣公子】（占唱）一樣做渾家，我安然伊受禍。你名爲孝婦，我喫傍人罵。公死爲我，婆死爲我，情願把你孝衣來穿着，把濃妝罷。（合）事多磨，冤家到此，逃不得這波查。

【前腔】（旦唱）他當元也没奈何，被强來，赴選科，辭爹爹不肯聽他話。（占唱）辭官不可，辭婚不可。（合）三不從，做成災禍天來大。（合前）

（占白）姐姐休怪我説，我教你换了衣裳又不肯。你這般藍縷，又怕伯喈羞，不肯認你。姐姐，伯喈平日好看文章書史，你何似去書館中寫幾句言語打動他？教他看了，我與你説合則個。（旦白）也説得是。（介）便做得不好，也索從他。謝得夫人，凡事全靠夫人。（占白）姐姐説那裏話？

（占）無限心中不平事，一番清話又成空。

（旦）一葉浮萍歸大海，人生何處不相逢。

第三十五齣

（末上白）少小須勤學，文章可立身。滿朝朱紫貴，盡是讀書人。自家乃是蔡相公府中一個堂候官。我那相公雖居鳳閣鸞臺，常在螢窗雪案。退朝之暇，手不停批。如今晚下，相將回府，免不得灑掃書館，等候相公回來。怎見得好書館？但見：明窗瀟灑，碧紗内烟霧輕盈；净几端嚴，虎皮上塵埃不染。

粉壁間掛三四軸古畫，石床上安一兩張清琴。緗帙縹囊，數起看何止四萬卷；牙籤犀軸，乘將來勾有三千車。芸葉分香走魚蠹，芙蓉妝粉養龍賓。鳳珠馬肝，和那鸜鵒眼，無非奇巧；兔毫麋尾，和那象犀管，分外精神。積金花玉版之箋，列錦文銅緑之格。正是：休誇東壁圖書府，真個賽過西垣翰墨林。且謾着。我昨日去佛殿中拾得一軸畫像，不知甚麽故事？相公當時叫收下，如今也掛在這裏。我相公實學多才，怕曉得這故事，也不見得。（掛介）正是：早知不入時人眼，多買胭脂畫牡丹。（末下）

【天下樂】（旦上唱）一片花飛故苑空，隨風飄泊到簾櫳。玉人怪問驚春夢，只怕東風羞落紅。

（白）揺下落紅三四點，錯教人恨五更風。奴家當初只道蔡伯喈貪名逐利，不肯回家，元來被人强留在此。昨日教化來到這裏，甚感得牛氏夫人收録；又怕丈夫見奴家藍縷，不肯廝認，教奴家題幾句言語打動那蔡伯喈。奴家只得從他，來到這書院中。且慢着，寫在那裏得好？（介）呀！元來公婆真容也掛在此，何似就真容背面題幾句便了。（寫介）

【醉扶歸】（唱）我有緣結髮曾相共，難道是無緣對面不相逢？我鳳枕鸞衾也和他同，到憑兔毫繭紙將他動。休休！畢竟一齊分付與東風，把往事也如春夢。

（介）（寫詩）崑山有良璧，鬱鬱璠璵姿。嗟彼一點瑕，掩此連城瑜。人生非孔顔，名節鮮不虧。拙哉西河守，胡不如皋魚？宋弘既以義，黄允何其愚。風木有餘恨，連理無旁枝。寄語青雲客，慎勿乖天彝。

【前腔】（旦又唱）彩筆墨潤鸞封重，只爲玉簫聲斷鳳樓空。這牛氏夫人也見我藍縷，怕伯喈不相認。我須戴孝來！還是教妾若爲容？我不寫詩打動蔡伯喈呵，只怕爲你難移寵。（介）縱認不得這丹青怕他貌不同，他若認我翰墨，教心先痛。

未卜兒夫意，聊憑一首詩。
得他心肯日，是我運通時。

第三十六齣

（生上唱）

【鵲橋仙】披香侍宴，上林遊賞，醉後人扶馬上。金蓮花炬照回廊，正院宇梅梢月上。

（白）日晏下彤闈，平明登紫閣。何如在書案，快哉天下樂。自家早朝長樂，夜直嚴更。召問鬼神，或前宣室之席；光傳太乙，時分天禄之藜。惟有戴星衝黑出漢宮，安能滴露研硃點《周易》？這幾日且喜朝無煩政，官有餘閒，庶可留志於詩書，從事於翰墨。正是：事業要當窮萬卷，人生須是惜分陰。（看書介）這是甚麼書？是《尚書》裏是《堯典》。（□□介）這《堯典》說道：『舜父頑母嚚象傲，克諧以孝。』咳！他父母那般相待，舜猶自克諧以孝；我父母虧了我什麼，到閃了他，不能勾厮見。看什麼《尚書》？且看《春秋》到好。（介）『小人有母，未嘗君之羹，請以遺之。』咳！古人喫一口湯骨，自尋思着娘。我如今做官享富貴，如何可把父母撇了？呀！枉看這書。行不得，濟甚事？你看書裏那一句不説着孝義？　當元俺爹娘待要俺學些孝義，教我讀書來，誰知道到被書誤。呀！　我怎地是那孝？

【解三醒】(唱)嘆雙親把兒指望，教兒讀古聖文章。　比我會讀書的，到把親撇漾；　少甚麼不識字的，到得終養。書，我只爲你其中自有黄金屋，却教我撇却椿庭萱草堂。　還思想，休休！　畢竟是文章誤我，我誤爹娘。

【前腔】比似我做了虧心臺館客，到不如守義終身田舍郎。《白頭吟》記得不曾忘，緑鬢婦何故在他方？　書，我只爲你其中有女顔如玉，却教我撇却糟糠妻下堂。　還思想，休休！　畢竟是文章誤我，我誤妻房。

(白)既不看書，看畫壁間山水古畫，散悶歇子。(介)這一軸畫像，是我夜來在寺中燒香，院子拾得的，怎地也掛在這裏？　(介)這甚麽故事？

【太師引】(唱)細端詳，這是誰筆仗？　覷着他，教我心兒好感傷。(向畫介)好似我雙親模樣。　便做我的爹娘呵，我媳婦趙五娘善能針指，怎穿着破損衣裳？　他前日書道：　别後容顔無恙，怎這般淒涼形狀？　諒着我要寄一封書不能勾到。　誰往來，直將到洛陽？　天下少甚麽廝像的？須知仲尼和陽虎一般龐。　我理會得了。

【前腔】這是街坊誰劣相，砌莊家形衰貌黃。比我爹娘呵，若没一個媳婦相傍，少不得也這般淒涼。（心動介）敢是神圖佛像？更不是。却怎地，我正看間，猛可的小鹿兒心頭撞。這也不是神佛樣子，敢是當元畫的不是了？ 丹青匠，由他主張，須知漢毛延壽誤王嬙。

（白）且慢着，若是個神圖，背面必有標題。（見詩介）呀！這詩不是他在先有的，墨迹兀自不曾乾。敢是却纔題的？（猜介）什麼人入我書房裏來做甚麼？（生叫介）

【夜遊湖】(一)（占上唱）惟恐他心思未到，教他題詩句，暗中指挑。翰墨關心，丹青入眼，强如把語言相告。

（生怒白）好怪麽？（占白）有甚怪？（生白）誰人入我書房裏來？（占白）没人。（生白）我昨日去寺裏燒香，拾得一軸畫兒。掛在這裏，什麼人去背後題着一首詩？（占白）敢是當元畫的題麽？（生白）那裏是？ 墨迹不曾乾，却元來的？（占背云）我理會得了。相公，且讀一番與我聽咱。（生再讀介）（占白）你解説與我，教我省得也好。（生白）上面引着幾個故事。（占白）故事怎地説？（生白）這西河守的便是戰國時吴起，魏文侯教他做西河郡守，母死不奔喪。這臯魚乃是春秋時人，只爲周遊天下，他父母死了，後來回歸，自刎而亡。（占白）更有甚麽故事？（生白）宋弘是光武官裏時節，要把胡陽公

(一)【夜遊湖】：原闕，據汲古閣刊本《繡刻琵琶記定本》補。

主嫁與他，宋弘不肯，回官裏道：貧賤之交不可忘，糟糠之妻不下堂。王允的便是桓帝時人，㈠司徒袁隗要把從女嫁與王允，王允休了自己的媳婦，㈡去娶那袁氏。（占介）相公，不奔喪和那自刎的，那一個孝道？（生白）那不奔喪的亂道。（占白）那不棄前妻和那休了妻求娶的，那一個正道？（生白）這休了妻求娶的亂道。（占白）你肯學那一個？（生介）我父母知他存亡如何？我須決不學那休妻求娶妻的。（占白）你雖不學那休妻求娶的，似你這般富貴，假如有糟糠之妻，藍縷醜惡，可不辱邈了你？莫不也索休了？（生白）怎道醜惡藍縷殺，也只是我妻房，義不可絶。

【鏵鍬兒】（生怒唱）你説得好笑，可見心兒窄小。我決不學那王允的，没來由漾却苦李，再尋甜桃。古人云：棄妻有七出之條。他不嫉不淫與不盜，終無去條。你道那棄妻的，衆所誚；那不棄妻的，人所褒。縱然他醜貌，怎肯相休去了？

【前腔】（占唱）雖然如此，伊家富貴，那更青春年少。看你紫袍着體，金帶垂腰。做你的媳婦呵，應須有封號。金花紫誥，必俊倬，須媚嬌。若還他醜貌，相公，怎不相休去了？

【前腔】（生唱）你言顛語倒，惱得我心兒焦燥。莫不是你把咱奚落，特骨的妝喬？引得我淚痕交，撲簌簌這遭。夫人，題詩的是誰？（占白）你待怎地？（生唱）他把我嘲，難恕饒。説與

㈠ 王：原作『黃』，據文義改。下同改。

㈡ 己：原闕，據汲古閣刊本《繡刻琵琶記定本》補。

我知道，怎肯干休去了？

【前腔】（占唱）我心中忖料，想不是個薄情分曉。管教他夫婦會合，在今朝。相公，你認得題詩的麽？（生白）我不認得。（占唱）伊家枉然焦，兀自未瞧。題詩的是，伊大嫂，身姓趙。正要説與你知道，怎肯干休住了？

【入賺】（旦上唱）聽得鬧炒，敢是我兒夫看詩囉唣？（占白）姐姐出來。（旦唱）是誰忽叫姐姐？料想是夫人召，必有分剖。（占介）是他題詩，你還認得否？（生白）夫人，他却那裏來？（占唱）他從陳留，爲你來尋討。（生認介）（唱）是你怎地穿着破襖，衣衫盡是素縞？呀！莫不是我雙親不保？（旦介）

【前腔】從别後，遭水旱，（生白）是水旱來。（旦唱）兩三人只道同做餓殍。（生白）張太公曾周濟你麽？（旦唱）只有張公可憐，嘆雙親别無倚靠。（生白）如何？（旦介）兩口相繼死，我剪頭髮賣錢來送伊妣考。（生介）曾安葬了不曾？（旦唱）把墳自造，土泥都是我羅裙裹包。（生唱）聽得你言語，教我痛殺噎倒。（生倒介）（旦、占救醒介）（生起拜真容哭介）

【山桃紅】（唱）蔡邕不孝，把父母相抛。爹爹媽媽，我與别時，也不恁地。早知你形衰貌，怎留漢朝？娘子，你爲我受煩惱，你爲我受劬勞。謝你送我爹，送我娘，你的恩難報也。又道養子能代老。（合）這苦知多少？此恨怎消？天降災殃人怎逃？

【前腔】（旦唱）儀容想像，是我親描。教化把琵琶撥，怎禁路遥？丈夫，説甚麽受煩惱？説甚麽受劬勞？不信看你爹，看你娘，比别時尚兀自形枯槁也。我的一身難打熬。（合前）

【前腔】（占唱）説着圈套，被我爹相招。逼爲東床婿，怎行孝道？姐姐，你爲我受波查，爲我路途遥。丈夫，是我誤你爹，誤你娘，誤你名的不孝也。做不得妻賢夫禍少。（合前）

【前腔】（生唱）捋却巾帽，解却衣袍。（旦唱）你急上辭官表，只這兩朝。（占白）丈夫，我豈敢憚煩惱？豈敢憚劬勞？歸去拜你爹，拜你娘，親把墳塋掃也。與地下亡靈添榮耀。（合前）

【尾聲】幾年分别無音耗，奈千山萬水迢遥。只爲三不從，生出這禍苗。

（生白）我明日和他同歸去，拜守雙親墳臺，行些孝道，你意下如何？（旦白）只怕他爹爹不肯。（占白）我爹爹見你這般行孝道，如何不肯？

（生）只爲君親三不從，致令骨肉兩成空。

（合）今宵剩把銀釭照，猶恐相逢是夢中。

第三十七齣

（末上唱）

【虞美人】青山今古何時了，斷送人多少！孤墳誰與掃荒苔？鄰塚陰風吹送紙錢來。

（白）〔玉樓春〕冥冥長夜不知曉，寂寞空山幾度秋。泉下長眠人醒未？悲風蕭瑟起松楸。老漢曾受趙五娘之托，教我與他看管這墳臺。這幾日有些貧冗，不及來看。呀！怎地？（末介）

【步步嬌】（唱）只見黃葉飄飄把墳頭覆，（逐介）厮趕的皆狐兔。（望介）敢是誰砍了木頭？怎地松楸漸漸疏？（滑倒介）苔把磚封，筍迸着泥路。休休！罷！罷！只恐你難保百年墳，教憑誰看你三尺土？

（白）遠遠望見一個漢子來，不知是甚麼人？

【前腔】（丑上唱）渡水登山多勞苦，到得這荒村塢。遠觀見一老夫，試問他家，住在何處。趲步向前行，却是一所荒墳墓。

（末白）哥哥，你從那裏來？（丑白）我是京都來。（末白）誰家裏？（丑白）我是蔡相公家裏人也。

（末白）蔡相公是那裏蔡相公？教哥哥來這裏有甚麼勾當？（丑白）我是蔡伯喈相公差我來請這裏，取老員外、老安人和小娘子一同到洛陽去。（末介）（發怒）

【風入松】你不須提起蔡伯喈，説他每狠歹！（丑白）他有甚歹處？老子無禮來。（末唱）他做狀元做官六七載，撇父母抛妻不采。（丑白）他父母在那裏？（末介）只兀的這磚頭土堆，是他雙親的在此中埋。

（丑白）元來老員外、老安人死了。不知爲甚的死了？

【前腔】（末唱）一從他别後遇荒災，更無人倚賴。（丑白）却是誰承值這兩人？（末唱）虧他媳婦相看待，把衣服和釵梳都解。（丑白）解也須有盡時。（末白）便是。這小娘子解得錢來糴米，做飯與公婆喫，他𩲡地裏把糟糠自捱，公婆的倒疑猜。

（丑白）公婆只道他背地裏喫了好物事？（末白）便是。

【前腔】他公婆的親看見，雙雙死，無錢送，剪頭髮賣買棺材。（丑白）他那般無錢，如何築一所墳臺？（末唱）他去空山裏，把裙包土，血流指，感得神明助，與他築墳臺。

（丑白）這小娘子如今在那裏？

【前腔】（末唱）他如今直往帝京來。（丑白）他把甚麼做盤纏？（末唱）他彈着琵琶做乞丐。（丑白）苦！　蔡相公特教我來取，老員外、老安人又都死了，小娘子却又去了，教我空走這一遭。（末叫介）老員外、老安人，你孩兒做官，教人來取你。苦！　叫他不應魂何在？　空教我珠淚盈腮。（丑白）我如今回去，教相公多做些功果，追薦他便了。（末笑介）他生不能事，死不能葬，葬不能祭，這三不孝逆天罪大，空打醮，枉修齋。

（末白）你相公如今在那裏？（丑白）見今贅居在牛丞相府裏。

【前腔】（末唱）你如今便回，道張老的道與蔡伯喈。（丑白）道什麼？（末唱）道你拜别人爹娘好美哉，親爹娘死，不值你一拜。

（丑白）公公，休錯埋冤了人。他要辭官，官裏不從；辭婚，牛丞相不肯。如今好生要歸，又不可得。

（末白）恁的那呵，

【前腔】元來他也只是無奈，恁地好似鬼使神差。便是他當元在家辭赴選，他父母也不從他。這是三不從把他厮禁害，恁地呵，三不孝亦非其罪。（丑白）公公，險些錯枉冤了人。（末唱）這只是他爹娘福薄運乖，人生裏都是命安排。

（末白）總領哥，老漢不是别人，張大公的便是。當元蔡伯喈臨去之時，把爹娘分付與我來。你如今路上見一個道妝的婦人，拿着一個琵琶，背着一個真容的，便是蔡伯喈娘子。你把盤纏與他，一路上承直他去。你傳示相公，道張大公道來：你的雙親死了，可早早回來。（丑白）曉得。小人告别了。

（末）雙親死了兩無依，今日回來也是遲。

（丑）夜静水深魚不食，滿船空載月明歸。

第三十八齣

（外上唱）

【風入松慢】女蘿松柏望相依，況景入桑榆。他椿庭萱室齊傾棄，怎不想家山桃李？中雀誤看屏裏，乘龍難駐門楣。

（白）只因一着錯，輸了一炮落。自家當初不仔細，一時定要招蔡伯喈爲婿，誰想道他爹娘都死了。如今他媳婦來此取他，見説我的女孩兒也要和他同去，不知是否？待俺喚院子過來問他則個。（末上白）紋犀欲下意沉吟，棋局頻看仔細尋。猶恐中間差一着，教人錯用滿枰心。喏，覆相公，有何鈞旨？（外白）院子，説道蔡狀元的小娘子來了，我的小姐也要和他同去，還是如何？（末白）男女也是如此説，這事怕老姥姥知道仔細。（外白）老姥姥過來。

【光光乍】（浄上唱）女婿要同歸，岳丈意何如？忽叫奴家緣何的？想必與他作區處。

（外白）老姥姥來，我的小娘子要和蔡狀元同去，還是如何？（浄白）果然如此要去。他家裏爹娘都死了，都是一個媳婦支持。今日只是教小娘子去墳上拜祭，有何不可？（外白）不中！我的女孩兒，如何與别人戴孝？

【女冠子】（浄唱）媳婦事舅姑合體例，怎不教女孩兒同去？當初是相公相留住，今日裏怨着誰？（外白）我不教女孩兒同去，又待怎的？（浄唱）事須近理，怎挾威勢？休道朝中太師威如火，更有路上行人口似碑。（合）想起此事，費人區處。

【前腔】（末唱）我相公只慮多嬌女，怕跋涉萬山千水。相公，女生向外從來語，況既已做人妻。夫唱婦隨，不須疑慮。相公，這是藍田種玉結親誤，今日裏到海沉船補漏遲。（合前）

【前腔】（外唱）當初是我不仔細，誰知道事成差池？念深閨幼女多嬌媚，怎跋涉萬餘里？我嫡親有誰，怎生分離？休休！不教愛女擔煩惱，也被傍人道是非。（合前）

（外白）老姥姥，由他去，我管甚麽閒是非？（净白）都來了。

【五供養】（生、旦、占上唱）終朝垂淚，爲雙親教我心疼。（占唱）墳頭須共守，只得離宸京。（生唱）商量個計策，猶恐你爹心不肯。（合）若是他不從，只説道君王有命。

（相見介）（外白）這便是蔡伯喈的媳婦？（旦白）奴家便是。（外、末、净白）賢哉！賢哉！（占白）孩兒有一事拜覆爹爹，古人云：娶妻所以養親，是謂奉事舅姑者。孔子云：生事之以禮；死葬之以禮，祭之以禮。這姐姐之爲蔡氏婦，生能竭力奉事公姑，死能購資送之禮，葬能盡封樹之勞。孩兒之爲蔡氏婦，生不能供甘旨，死不能盡擗踴，葬不能事窀穸，何以爲人？得罪於舅姑，有愧於姐姐多矣。今特請於爹爹之前，願居於姐姐之下。（外白）賢哉我女！（末、净白）也説得是。（旦白）怎道人有貴賤，不可概論。娘子是香閨繡閣之名姝，奴家是荆釵布裙之賤妾；況承君命而成婚，難讓妾身而居右。（外白）你來。你今日既無父母，又無公姑，你便是我孩兒一般；況你婚先歸於蔡氏，年又長於吾兒，不必多辭。（生白）你兩個只做姊妹相呼便了。（衆白）這個説得極是。（生白）女婿今日拜辭岳丈，領二妻同歸故里，共行孝道。待服滿之後，都得再來。（外白）孩兒，其實不捨得你去。今日你爹娘既如此了，我也難留你。（占白）爹爹，孩兒暫别慈顔，實出無奈。爹爹善保尊體，不必掛牽。孩兒此去，想是三年之期。（外哭介）孩兒，你如今去拜舅姑的墳臺。（占白）爹爹且放心。（外白）休休！女

孩兒終是外向，兀的不痛殺我！（丑白）相公放心。（生拜辭）

【催拍】（唱）念伯喈爲雙親命傾，遭不孝逆天罪名，今辭了漢廷。感岳丈深恩，非敢忘情？欲待不歸，又負他亡靈。（合）辭別去，同到墳塋；　心慽慽，淚盈盈。

【前腔】（旦唱）念奴家離鄉背井，謝相公教孩兒共行。非獨故里榮，我陰世公婆，死也目瞑。我自看待你孩兒，不須叮嚀。（合前）

【前腔】（外唱）辭別去，你的吉凶未憑；　再來時，我的存亡未審。伯喈，吾今已老景，畢竟你没爹娘，我没親生。　若念骨肉，一家須早辦回程。（合前）

【前腔】（占唱）覷着爹顔衰鬢星，痛點點教別淚暗零。爹爹，我左難右難，誤了公婆，被人譏評；　撇了親爹，又没人看承。（合前）

【一撮棹】（生唱）寬心等，何須苦牽縈？（外唱）把音書寫，但頻頻寄郵亭。（占唱）老姥姥，爹年老，我去呵，伊家須好看承。（合）程途裏，只願保安寧。死別全無准，生離又難定。今去也，何日到京城？

（外白）孩兒，你三人去，途中須當保重。（生、旦、占）謝得爹爹。

【哭相思】（合唱）最苦生離難拚捨，知他別再會何時也。（并下）

（外）女婿今朝已別離，老身孤苦有誰知。

（合）夫唱婦隨同歸去，一處思量一處悲。

第三十九齣

（丑扮李旺上唱）

【柳穿魚】心忙似箭走如飛，歷盡艱辛有誰知？ 夜静水寒魚不食，滿船空載月明歸。 歸來後，到庭除，未知相公在何處？

（白）李旺蒙老相公使將陳留去，尋取蔡相公的老員外、老安人、小娘子。 元來兩個老的都死了，這小娘子走將來了，教小人空走一遭。 且慢着，未對老相公説，只去與蔡相公説。（介）怎的房門都閉了？ 呀！ 敢是蔡相公出朝去了，小娘子要幽静，自閉了門？（丑叫介）開門。 怎地都没人應，静悄悄的？ 老相公也出那裏去，怎地都不見人呵？

【玩仙燈】（外上唱）門外有人聲，是誰來喧譁閙炒？

（外白）呀！ 李旺，你歸來了？（丑白）告相公，小人歸來了。（外白）我小娘子和蔡相公都去了。（丑白）那裏去？（外白）家裏去了。（丑白）蔡相公的媳婦曾到這裏麽？（外白）我見了。 是他爹娘死了麽？（丑白）怎的不是？

【風帖兒】（丑唱）到得陳留，逢一個故老，在他每爹娘墳上拜掃。 他爹娘呵，果然飢荒都死了。

他媳婦，也來到，枉教人走這遭。

【前腔】（外唱）我如今去朝廷上表，説蔡氏一門孝道。管取吾皇降丹詔，加封號，把他召。我自去陳留走一遭。

（丑白）告相公：這個趙氏，其實難得。（外白）便是。一家都難得。蔡伯喈不忘其親，趙氏五娘孝於舅姑，我的小娘子能成人之美。如何不旌表？

（外）五更三點奏朝廷，（丑）今古難逢此樣人。

（合）管取一封天子詔，表揚四海孝賢名。

第四十齣

（生上唱）

【梅花引】傷心滿目故人疏，看郊墟，盡荒蕪。（旦、占上唱）惟有青山，添得個墳墓。（合）慟哭無由長夜曉，問泉下有人還聽得無？

（生白）〔玉樓春〕他鄉萬點思親淚，不能滴向家山裏。如今有淚滴家山，山裏雙親見無計。（占）荒荒衰草連寒烟，蒼苔黄葉飛蘋蘩。欲聽鷄聲來問寢，忽驚蟻夢先歸泉。（旦白）人生自古誰無死？嗟君此恨憑誰語？（合白）可憐衰絰拜墳塋，不作錦衣歸故里。

【玉雁子】（生澆奠唱）孩兒相誤，爲功名相誤了父母，都是孩兒不得歸故鄉。怎便歸到黄土？爹爹媽媽，乾坤豈容不孝子？名虧行缺不如死，呀！只愁我死缺祭祀。（合）對真容形衰貌枯，想靈魂悲憶痛苦。

【前腔】（占唱）不孝的媳婦，恨當初擔閣我夫。喫人笑談生何補？我待死呵，又羞見公姑。公公，婆婆，我生前未能相奉事，何如事你向黄泉路？只一件，我死呵，家中老父教誰看顧？（合前）

【前腔】（旦唱）今來廬墓，望雙親相與保扶。（旦介）親還有靈歆受此，望恕我兒夫。呀！空勞死後設祭祀，何如在日供喉嗉？知他享麽？知他居何所？（合前）（末介）

【前腔】（上唱）樓臺銀鋪，遍青山猶如畫圖。乾坤似你衰素，添個縞帶飛舞。你擗踴慟哭直恁苦，那堪雪片添悽楚。休恁的哭，且逆來順受麽，抑情就理通今古。（合前）

（生白）張大公來了。（相見介）多多謝得公公周濟。卑人正欲拜掃了，和賤累都來拜謝公公，不想又辱先施。（末白）豈敢受此？東流逝水幾時還？破鏡難修枉再看。（旦白）要把孤身承重祭祀，休將慟哭送殘年。（占）雲横峻嶺家何在？雪擁深林馬不前。（生白）知是遠來應有意，好收吾骨此墳邊。（末白）相公休恁的，老漢無可相慰勞。見天道煞寒，只有一杯淡酒，請相公且飲一杯。

【玉山供】（生唱）公公尊賜，念天寒特來問吾。公公，我雙親受三載飢寒，我怎不禁一日淒楚？（末）請，請。（生唱）心中想慕，謾有這香醪難度。（合）感此恩情厚，這酒難辭，念取踏雪也來沽。

【前腔】（占唱）勞公尊步，念天寒特來問奴。（末白）夫人請，請。（占唱）公公，這裏是冢上墳間，比不得暖閣紅爐。這般天氣呵，誰人將護，將護我家中親父？（合前）

【前腔】（旦唱）釵荊裙布，謝得公公諸般應付。嘆奴身未得報深恩，如今再蒙相顧。非奴獨感德，我爹娘也銜恩在陰府。（合前）

【前腔】（末唱）人生如朝露，論生死榮枯有定數。相公，休只管痛哭爹娘，也須要繼承宗祖。況腰金背紫，不枉了光榮門户。（合前）

（生、旦、占白）甚勞公公，却當厚謝。（末白）何以克當？

（生）多謝深恩怎敢違，（末）開懷寬解免傷悲。

（合）休道世情看冷暖，果然人面逐高低。

第四十一齣

（外上唱）

【劉衮】乘驛騎，乘驛騎，陳留去開旨。（净、丑上唱）略請行軒，到此少住。（外唱）此間是何處？住此還怎地？（淨、丑唱）此間站裏，待將鞍馬來換取。
（外白）這是站裏，換了鞍馬。（淨、丑介）站官那裏？
【前腔】（末作站官上唱）聞知道，聞知道，相公忽來至。不及迎接，萬乞恕罪。（外唱）不索要講禮，疾忙與分例。（末唱）同去便與，不敢稽違。
（末白）總領哥，不敢拜問，這相公還是去那裏勾當？（淨白）你不理會得？這是太師牛丞相。（末白）如今那裏去？（淨白）他將着詔書，去陳留旌表孝子門閭。（外白）站官，你疾忙與分例鞍馬。（末白）領鈞旨。（淨白）兀剌赤，俺路上要喫得勾，些個分例，我那裏喫得勾？須索多討些則個。（丑白）有道理。待小人取了，總領偷將去，只道不曾與我便了。（末白）兀剌赤，酒四瓶，肉三斤，米兩斗在此，你收去。（丑收）（淨□□）（丑白）告相公，站官不肯與分例。（外白）喚那廝來。（淨□□□□介）（外白）站官，大體分例，你主甚麽竟□不與？敢是你不怕朝廷？（末白）下官怎敢？方纔支與他，都是兀剌赤使人將去了。（外怒）打那廝。（□□□介）（末白）下官再□□些□。（介）（末白）兀剌赤，還有甚麽？（丑白）誰道没有分例錢得耶？站官剥了衣裳，捋了頭巾，却不是好？
（末）窮站官剥了衣服，（外）潑祗候只爲口腹。
（丑）大丞相不管是非，破頭巾將來裏肉。

第四十二齣

（生、旦、占上唱）

【逍遥樂】寂寞誰憐我，空對孤墳將淚墮。（合）光陰撚指過三春，幽魂渺渺，夜府深沉，誰與招魂？

（生白）夫人，你見麼？兩枝連枝誰手栽？（占白）相馴白兔走墳臺。（旦白）無心動植呈祥瑞，否極應須會泰來。（末上白）一封丹詔從天下，忽聽傳聞動郊野。説道旌表門閭，未卜何人也。呀！怎的？只見墳傍白兔真稀詫，連理木分枝兩跨。唧唧。畢竟孝道感將來，此事如何假？相公，賀喜咱。（生、旦、占白）賀甚喜，公公？（末白）外廂喧傳有詔書，旌表孝子門閭，府中已接了，想必爲相公而來分曉。（生白）人之孝者亦多，卑人何足稱孝？假如周公、曾子之孝，亦是人子分内當爲之事，何足旌表？（旦、占白）敢不是？（末白）夫人，你説着那裏話？古人云：孝弟之至，通於神明，光於四海，無所不通。見古木生連理之枝，白兔有馴擾之性。祥瑞如此，吉慶必來。

【六么令】（末唱）連枝異木，見這墳臺兔走如馴。禽蟲草木尚懷仁，這一封詔，必因君。（合）料天也會相憐憫。

【前腔】（生唱）皇恩若念臣，我也不圖禄及吾身。只愁恩不到雙親，空孤負，這孤墳。（合前）

【前腔】（旦唱）知他假與真？　謝得公公，報説殷勤。太公，空教你爲我受艱辛。今日裏，有誰旌表你門庭？（合前）

【前腔】（占唱）來的是甚人？　閟中無由，一聲詢問。（□白）閟中問甚麽？（占唱）無由詢問我家尊，知他安與否，死和存？（合前）

【前腔】（丑扮縣官上唱）敕書已來近，鬧得街坊上人亂紛紛。　我每聽得便忙奔，辦香案，接皇恩。（合前）

（生白）何方宰相直到此間？（丑白）好教足下得知，今日牛丞相親自賫詔書，到此開讀，道旌表足下門閭，加官進職；　二位夫人，皆有封號賞賜。　小官特來鋪設，請相公、夫人改换吉服。（生、旦、占白）不可。（丑白）先王制禮，賢者俯而就之，不賢者跂而及之。　今足下服制已過，有何不可？（生、旦、占白）也説得是。（生白）遠遠望見一簇人馬來了，想必詔書到也，不免迎接則個。

門閭旌表感皇恩，（丑）孝服今朝换吉裳。

不是一番寒徹骨，争得梅花撲鼻香。

第四十三齣

（外、淨上唱）

【六幺歌】風霜滿鬢，玉勒雕鞍，走遍紅塵。今日到此喜忻忻，重相見，解愁悶。（合）料天也會相憐憫。

（外白）這是那裏？（丑白）這是蔡家莊，請相公下馬。（外下馬介）（生、旦、占換吉服上）

【前腔】（唱）心荒步緊，想着皇恩，已到寒門。披袍秉笏更垂紳，冠和帔，一番新。（合前）

（外白）聖旨已到，跪聽宣讀。（生、旦、占跪介）（外）朕惟風俗爲教化之基，孝義著風俗之本。去聖逾遠，淳風日漓。彝倫攸斁，朕甚憫焉。其有克盡孝義，教尚風化者，可不獎勸，以勉四海？臣議郎蔡邕，篤於孝行。富貴不足以解憂，甘旨常關於動慮。雖違素志，竟遂佳名。退官棄職，厥聲尤著。其妻趙氏，獨奉舅姑。服勞盡瘁，克終養生送死之情，允一貞潔韋宗之德。糟糠之婦，今已見之。牛氏善諫其父，克相夫子。罔懷嫉妬之心，實有遜讓之美。曰孝曰義，可謂兼全。斯三人者，朕甚嘉之。使四海億兆，皆當儀刑斯人，取法將來。風移俗易，教美化行。唐虞三代，誠可追配。是用寵錫，以彰孝義。蔡邕授中郎將，妻趙氏封陳留郡夫人，(一)牛氏封河南郡夫人，限日下到京；父蔡從簡贈十六勳，母秦氏贈天水郡夫人。於戲！風木之情何深，允爲教化之本；霜降之思既極，宜沾雨露之恩。服此休嘉，慰汝悼念。謝恩！（生白）荷蒙岳丈保奏，卑人何以克當！（占白）自別尊顔，且喜無恙。（外白）孩兒，且喜各保安康，再得相見。（淨、末見介）（外）此兩位是誰？（淨白）下官陳留縣知縣。（末白）

(一) 封：原闕，據汲古閣刊本《繡刻琵琶記定本》補。

老漢是鄰人張廣才。（生白）卑人父母，多多得他週濟。（外白）元來是張大公，俺朝裏也聞他名。賢婿，你今起復，與你回朝，未能報他深恩。我有金子一笏送與他，聊爲報答之禮。（生白）如此，多謝岳丈。（外送金介）（末白）救災恤鄰，古之道也；何勞相公厚賜？（生白）張大公，你且自收下，卑人自當效犬馬之報。（末白）説那裏話？（外白）賢婿，你可整備行裝，起復赴京謝恩。（生白）卑人領命，即當收拾起程。

【一封書】（外唱）吾親奉帝旨，涉程途千萬里。念親親意甚美，探這孩兒并女婿。孩兒，數載艱辛雖自苦，一旦榮華人怎如？（合）耀門閭，進官職，孝義名傳天下知。

【前腔】（生唱）兒不孝，有甚德？蒙岳丈特主維。呀！何如免喪親，又何須名顯貴？可惜二親飢餓死，博換得孩兒名利歸。（合前）

【前腔】（旦唱）把真容再畫取，公公，婆婆，如今封贈伊。把這眉頭放展舒，只愁瘦容難做肥。豈獨奴心知感德，料想他啣恩在泉世裏。（合前）

【前腔】（占唱）從别後痛哀戚，況家中音信稀。爲公姑多怨憶，爲爹行又長垂淚。本見公姑無愧色，又得與爹行相倚依。（合前）

【永團圓】（合唱）名傳四海人怎比？豈獨是耀門閭？人生怕不全孝義，聖明世，豈相棄。這隆恩美譽，從教四海何所愧，萬古青編記。如今便去，相隨到京畿。拜謝君恩了，歸庭宇一家賀喜。共設華筵會，四景常歡聚。願文明，開盛治，盡是孝男并孝女。玉燭調和，歸聖主。

（生）自居墓室已三年，（旦）今日丹書下九天。
（外）官誥頒來皇澤重，（末）麻衣换作錦袍鮮。
（占）椿萱受贈皆瞑目，（净）鸞鳳啣恩喜并肩。
（丑）要識名高并爵貴，（合）須知子孝與妻賢。

新刊巾箱蔡伯喈琵琶記卷下

跋[一]

余向從華陽橋顧氏得陸敕先生手鈔《琵琶記》，其標題曰《新刊元本蔡伯喈琵琶記》，後有覼庵跋云：『遵王固有二本，其一元本，其一郡肆翻刻本。蓋元本者，文三橋識云：「嘉靖戊申七月四日重裝本也。」郡肆翻刻本，蘇州府閶門内中街路書鋪依舊本命工重刊印行之本，亦嘉靖戊申歲刊者也。』然鈔本照元本謄録，計葉二十八行，行三十字，與此刻異矣。此刻楮墨古雅，疑是元刻，却與遵王所藏不同。詞句亦多與陸鈔本間異，未敢定彼是而此非。此本亦爲顧氏物，最後散出。卷端有陸貽衺治先印，當是陸貽典敕先兄弟行。何覼庵跋語未之及？惟云：『定遠亟稱花邊本，已從求亦得之。』而此本有錢孫保印，未知即此本否。以余并藏鈔刻，可云合璧，未容軒輊於其間。裝成，因誌數語於後。嘉慶乙丑春二月四日，蕘翁黄丕烈識。

[一] 跋：原無，據文義擬。

《明詩綜》云：『高明字則誠，元至正進士，爲處州録事。聞則誠填詞，夜案燒雙燭，填至《喫糠》一齣，句云：「糠和米本一處飛。」雙燭花交爲一，洵異事也。』今檢此本，句云：『糠與米本是兩倚依。』又有異文，未知此果原本否也。詞曲舊刻，世不多見，誌此俟考。壬申二月小晦日，復翁識。

陸務觀詩云：『斜陽古道趙家莊，負鼓盲翁正作場。死後是非誰管得，滿村聽説蔡中郎。』據此，則南渡日已演作小説矣，不知宋本流傳尚在天壤否？復翁。

録畢，知『古道』『道』字乃『柳』之誤，復筆之，俾知原詩如是。

余舊聞《喫糠》云：『糠和米本是同根氣，有誰來簸揚你作兩處飛？』與《竹垞詩話》中語各異，未知孰是也。嘉慶乙亥秋日，牧庵記。

是書流轉吾鄉久矣，陸貽裘、錢謙孝、錢孫保皆邑人也，自歸士禮居，遂歸汪閬源家。既而張芙川、趙次公收得，復來虞鄉，初不意，既入京師，而友人轉以贈余也。楚人之弓，可稱奇事。壬寅六月十三日雨後仍大熱，病中偶識，松禪辛亥閏月十九日舟次觀。雲鴻。

此孫揔戎題字也。揔戎雅尚儒術，嘗栞《香光筆勢論》。今求之，弗可得矣。

光緒戊申五月，余歸田午橋，觀察端方以此本及元刻《荆釵記》見贈。重是吾鄉舊物，乃受而藏之。是月十一日，同龢記。

揭陽出土鈔本蔡伯皆

目録

生本……一九〇

總本

（以上原闕）（一）

第二齣

【瑞鶴仙】（生）十載親燈火，論高才絶學，休誇班馬。風雲太平日，正驊□□□□□□化。沉吟，（以下原闕）

蘩之托。（以下原闕）促他。娘子，安排酒了未？（介）既□□□□□□出來。

【寶鼎現】（公上）小門深巷，春到芳草，人閒清晝。（夫上唱）人老去星星非故，春又來年年依舊。（旦上唱）最喜得今朝酒熟，滿目花（以下原闕）。（合唱）願歲（以下原闕）娘子，自家爹媽，怕

（一）本劇除第四齣外原不分齣，今據文中自然分齣處並參考汲古閣刊本《繡刻琵琶記定本》分齣。

甚麼嬌羞？（以下原闕）鬟，不堪侍奉箕帚。惟願取偕老夫妻，長侍奉暮年姑舅。（合前）

【前腔換頭】（公唱）還愁，白髮蒙頭，紅英滿眼，心驚去年時候。只恐時光，催人去也難留。惟願取黃卷青燈，及早換金章紫綬。（合前）

【前腔換頭】（夫唱）還憂，松竹門幽，桑榆暮景，（以下原闕）一朵桂花難茂。惟（以下原闕）

【十二時】〔一〕山青水緑還依舊，嘆人生青□難又，惟有快活是良謀。

（公）逢時對酒且高□，（夫）須信人生能幾何。

（生、旦）萬兩黃金未爲貴，（合）一家安樂直錢多。（并下）

第三齣

【一剪梅】（生）浪暖桃香欲化魚，期迫春闈，詔赴春闈。郡中空有辟賢書，心戀親幃，難捨親幃。

（白）世間好物不堅牢，綵雲易散流璃脆。蔡邕本欲甘守清貧，力行孝道。誰知朝廷黃榜便招賢仕，郡

〔一〕【十二時】：原闕，據汲古閣刊本《繡刻琵琶記定本》補。

中把我自（以下原闕）拜揖。[一]（末白）解元拜揖。

【前腔】（唱）試期逼矣，早辨行裝前途去。（生白）雙親年老，卑人不敢去。（末唱）解元，子雖念親老孤單，親須望孩兒榮貴。（白）解元，趁此青春你不去，更待何時？

（生白）公公言之有理。父母在堂，無人奉侍，如何去得？（末白）解元，你既不肯去，等老員外、老安人出來，看是如何。（生白）張大叔請坐。

【宜春令】[二]（公唱）時光短，雪鬢垂，守清貧不圖着甚的。（生白）爹爹，張大叔在這裏。（公白）張大叔在這裏，張（以下原闕）請坐。（以下原闕）（夫白）老賊，你不聽吾言，若是不虞，有誰指望？（公白）孩兒，如今黄榜招賢，試期已迫，你如何不去赴選？（生白）告爹爹：孩兒非不要去，争奈爹媽年老，無人奉侍，如何去得？（夫白）老賊，他若出去，家中又無有七子八婿。只有一子，教他遠離。你眼又昏，耳又聾，又走動不得，倘有些差池，教誰管雇你？真個没飯喫餓死你。（公白）你曉得甚麼？（末白）老員外、老安人，不可不作成解元走一遭。（公白）孩兒，你聽張大（以下原闕）（公白）如何（以下原闕）十載親燈，枉捱了半世黄虀？須知，此行是親志，你休固拒。那些個是養親之志？（夫接唱）百年事只有此兒，難道是庭前森森丹桂？

[一] 郡：原作『群』，據汲古閣刊本《繡刻琵琶記定本》改。

[二] 【宜春令】：原闕，據汲古閣刊本《繡刻琵琶記定本》補。

【太師引】（公唱）張大公，他意兒我也難持起，這其間就裏我自知。（末白）不知解元爲着甚的？（公白）蔡邕，看茶食。不待我說那畜生！（唱）他戀着被窩中恩愛，捨不得離海角天涯。（末白）蔡邕，你是讀書之人，我説個比方你聽。（唱）塗山四日離大禹，你直甚的捨不得分離？

（末白）解元，你敢有如此？（生白）卑人不敢。（末唱）你貪鴛（以下原闕）

（以上原闕）萬一有些差池，一來人道孩兒不孝，撇了爹媽去取功名；二來人道爹所見不達，只有一子，教他遠離；以此上不相從。（公白）不從我的言語也由你，但説如何喚做孝？（夫白）老賊！你不識孝？等教他披麻帶索便是孝。（公白）你理會得甚麼？（末白）解元，你所見錯矣。老漢嘗聞古人云：幼而學，壯而行；懷寶迷邦，謂之不仁。伊尹負鼎俎於湯，百里奚把五羊皮自鬻，也只要順時行道，濟世安民。（公白）孩兒，你聽張太公説，收拾行李便去。（生白）孩兒去則不妨，爹媽教誰看管？

（末白）解元，自古道：（以下原闕）

（外白）(一)□辦行裝赴試期，（生白）父親嚴命怎生違。

（同白）一舉首登龍虎榜，十年身到鳳凰池。（并下）

(一)（外白）：原闕，據汲古閣刊本《繡刻琵琶記定本》補。

第四齣

（旦上唱）（慢）

【謁金門】[一]春夢斷，臨鏡緑雲撩亂。聞道才郎遊上苑，又添離别嘆。（生接上）（慢）苦被爹行逼遣，默默此情何限。（生白）咳！娘子，（唱）骨肉一朝成拆散，可憐難捨拚。

（旦白）雲情雨意，雖可抛兩月夫妻；雪鬢霜鬟，更不念八旬之父母？功名之念一起，甘旨之心頓忘，是何道理？（生白）娘子，你休説這話。膝下遠離，豈無眷戀之意？奈堂上爹爹力勉，（以下原闕）咳！教卑人如何是好？（旦）（以下原闕）

（以上原闕）抵死來相勸。（旦白）官人，你不去也須由你。（生白）苦！如何由得我？（旦白）却怎的？（生唱）將我深罪，不由人分辨。（旦白）爹爹罪你甚的？（生唱）他只道我戀新婚，逆親言，貪妻愛，不肯去赴選。

【沉醉東風】（旦唱）你爹行見得好偏，只一子不留在身畔。（生白）娘子，我和你同去爹媽鈞前説。（旦白）我難去説。（生白）不妨事。（旦唱）他只道我不賢，要將你來迷戀。苦！這其間教人怎

[一] 金：原作『春』，據汲古閣刊本《繡刻琵琶記定本》改。

不悲怨？（合前）只是爲爹淚漣，爲娘淚漣，何曾爲着夫妻上□□？

【前腔】（生唱）做孩兒節孝怎全？他做爹（以下原闕）

（以上原闕）家中只有一個媳婦，如何不分付他幾句？（生白）孩兒没别事，等張公來，把爹媽託與他早晚看承，孩兒庶可放心前去。（夫白）呀！張大公來了。（末上白）仗劍對樽酒，恥爲遊子顔。所志在功名，離别何足嘆？老員外老安人拜揖。（介）解元拜揖。解元行李收拾了未？（生白）收拾已了。（末白）既是收拾已了，就拜辭便去。（生白）卑人如今出去，爹媽年老在堂，只有一個媳婦，却是女流之輩，他理會得甚麽？凡事全賴公公相與扶持。昨日已蒙親許，今（以下原闕）孩兒起來，不要跪。

【江兒水】㈠（夫唱）臨行只得密縫針綫。眼巴巴望着關山遠，冷清清倚着門兒遍。（生白）娘親豈自消遣。（夫唱）教我如何消遣？（合前）要解愁煩，須寄音書回轉。

【前腔】（旦唱）妾的衷腸事，萬萬千。（生白）娘子，你有甚事，説與我知道。（旦唱）説來又怕添縈絆。㈡（生白）有話但説不妨。（旦唱）㈢六十日夫妻恩情斷。（生白）説這個也由間。（旦唱）八十歲父母何人看管？（生白）娘子，你莫不是怨着卑人？（旦唱）教我如何不怨？（合前）

㈠【江兒水】：原闕，據汲古閣刊本《繡刻琵琶記定本》補。

㈡縈：原作『榮』，據汲古閣刊本《繡刻琵琶記定本》改。

㈢旦：原作『夫』，據汲古閣刊本《繡刻琵琶記定本》改。

【五供養】㈠（末唱）㈡貧窮老漢，托在隣家，（以下原闕）恁留連。（生白）

【玉交枝】（公唱）□□休嘆，我心□非不痛酸。孩兒，非爹苦要把你輕拆散，也只要圖你榮顯。（夫接唱）孩兒，你蟾宮桂枝須早攀，北堂萱草時光短。（合）又不知何日再圓？

【前腔】（生唱）雙親衰倦，娘子，你扶持供看他老年。飢時勸他加餐飯，寒時頻奉衣穿。（旦接唱）我做媳婦事舅姑，須不待你言。你做孩兒離父母，何日返？（合前）

【尾聲】生離死別何足嘆，但願得你名登高選。衣錦還鄉，教人作話傳。

（生白）此行勉强赴春闈，（公白）望你來年衣錦歸。

（以上原闕）奴家再送幾步便回。（生白）娘子，爹媽在堂，不須遠勞，請回納步。（旦白）官人如何割捨便去？（生白）教卑人如何是好？

【尾犯序】（旦唱）無限別離情，兩月夫妻，一旦孤伶。（旦白）官人，（唱）此去經年，望迢迢玉京。思省，（生白）娘子，你思省甚的？莫不是慮山遥路遠？㈢（旦唱）奴不慮山遥路遠，奴不慮衾寒枕冷。（生白）娘子，你山遥路遠、衾寒枕冷俱不慮，你只慮着甚的？（旦唱）奴只慮着公婆没主，

㈠ 五：原作『伍』，據汲古閣刊本《繡刻琵琶記定本》改。

㈡ （末唱）：原闕，據汲古閣刊本《繡刻琵琶記定本》改。

㈢ 路：原作『足』，據汲古閣刊本《繡刻琵琶記定本》改。

一旦冷清清。

【前腔換頭】（生唱）何曾，想着那功名？（旦白）你不（以下原闕）盡子清，難拒親（以下原闕）你休怨（以下原闕）父母在（以下原闕）去長安，早寄個音（以下原闕）拜辭便去。（以下原闕）書信不妨，只怕萬里關山阻隔，卑人就此拜別便去。

【鷓鴣天】（生唱）萬里關山萬里愁，（旦唱）一般心事一般憂。（生白）卑人再沒話説。（合唱）桑榆暮景應難保，客館風光怎久留？（生下）

【前腔】（旦唱）他那裏，謾凝眸，（生白）娘子，請回納步。（旦唱）正似馬行十步九回頭。歸家只恐傷親意，閣淚汪汪不敢流。（下）

【齊天樂】（外上唱）鳳皇池上歸來環珮，袞袖御香尤在。棨戟門前，平沙堤上，何事車填馬隘？怕玉鉉無功，赤舄非才。

（白）堂候官□□。（□上白）畫堂深處風光好，別是人間一洞天。伏（以下原闕）光陰似箭，（以下原闕）一女（以下原闕）省府，不曾回家，聽□□□使喚的每日都在後園中遊耍，都是孩兒不拘束他。不免叫他出來，好生訓誨他一遭。堂候官，你去畫堂中叫老姥姥、惜春請小姐出來。（末上白）領台旨。（下）

【花心動】（占上唱）幽閣深閨，問佳人，爲何懶添眉黛？（浄、丑上唱）笑瑣窗，多少玉人無賴？

（占白）爹爹萬福。[一] （外白）孩兒，婦人之德，不出閨門，你如何省不得？ 如今年已長成，今日爲我之女，他日做別人媳婦。 我這幾日出朝去，聽得幾個使喚的每日都在後花園中閒耍，都是你不□□他，倘或做出歹事，可不把你名聲污了？ （占白）（以下原闕）老姥姥，你年已老，（以下原闕）孩兒起來。

【惜奴嬌】（又唱）杏臉桃腮，又當有松筠節操，蕙蘭襟懷。 閨中言語，不出閫閾之外。（介）老姥姥，從今怎不教孩兒伊之罪。 惜春，這風情今休再。（合）記再來，但把不出閨門的語言相戒。

【前腔】（占唱）堪哀，萱室先催。 嘆婦儀姆訓，未曾諳解。 蒙爹嚴訓，從今怎敢不改？ 老姥姥，早晚望你將奴誨。 惜春，改前非休違背。（合前）

【黑麻序】（淨唱）聽說，父母心懷，婚姻事須要早和諧。 勸相公，早畢兒女之□。（外唱）□□，如何女子前，將此口亂開？（合）記今來，（以下原闕）可出閨門（以下原闕）

（以上原闕）二位朋友何往？（末白）學生前往長安應舉。（生白）學生也去應舉。（□介）敢問二位朋友高姓？（末白）學生姓駱名得熹。（丑白）學生姓李名群玉。（生白）久聞大名。（末白）朋友高姓？

[一] 福：原作『伏』，據汲古閣刊本《繡刻琵琶記定本》改。下同改。

（生白）學生姓蔡名邕。（丑白）久聞，久聞。這等，請行。（同唱）怕聽的是枝頭哀怨，數聲啼鳥。

（生白）千里鶯啼緑映紅，（末白）水村山廓酒旗風，（丑白）行人如在畫圖中。（合白）不暖不寒天氣好，或來或往旅人逢，此時誰不嘆西東？

【八聲甘州歌】（同唱）衷腸悶損，嘆路途千里，日日思親。（丑白）兄弟，你看前頭梅嶺。（唱）青梅如豆，難寄隴頭音信。高堂已添霜（以下原闕）客路（以下原闕）十度謁侯門？行看取，朝紫宸，鳳池鰲錦聽絲綸。

【餘文】向人家，忙投奔，解鞍買酒共論文，今夜雨打梨花深閉門。

（生白）江山風物自傷情，（末白）南北東西爲利名。

（丑白）路上有花并有酒，（合）一程分做兩程行。

（生白）明日貢院門再來相會。（丑白）請，請。（并下）

第五齣

（旦上唱）

【破齊陣】翠減祥鸞羅幌，香銷寶鴨金爐。楚館雲閒，秦樓月冷，動是離人愁思。目斷天涯雲山遠，親在高堂雪鬢疏，苦！緣何書也無？

（白）明明匣（以下原闕）天涯海角有窮時，只有此情□□□。

【風雲會四朝元】[一]（唱）春闈催赴，同心帶綰初。嘆《陽關》聲斷，送別南浦，苦！早已成間阻。謾羅襟淚漬，謾羅襟淚漬，和那琴瑟塵埋，錦被羞鋪。寂寞瓊窗，瀟條朱户，空把流年度。嗏，瞑子裏自尋思，妾憶君情，一旦如朝露。君行萬里途，妾身萬般苦。君還念妾，迢迢遠遠，也索回顧。

（白）桑榆景迫實堪悲，囊篋消然值歲飢。竭力執餐行婦道，晨昏定省步輕移。

【前腔】（又唱）輕移蓮步，去堂前（以下原闕）

第六齣

【紫蘇丸】（外上唱）九天降下徵賢詔，棘闈開英才都到。何人有志占鰲頭？管教他金甌覆。（唱）〔絶句〕禮闈新榜動長安，九陌人人走馬看。一日成名遍天下，滿城桃李屬春官。[二]

今年乃是大比之年，科舉之秋，朝廷委着當職考試。如今天下書生舉子都在貢院之前，不免□□放他

[一] 風：原闕，據汲古閣刊本《繡刻琵琶記定本》補。
[二] 城：原作『成』，據汲古閣刊本《繡刻琵琶記定本》改。

進來。左右，門外但有秀才，都放他進來，不許阻擋他。（浄白）門外各處秀才都來進場。快進去。（外白）秀才家住那裏？姓甚名誰？各人報上花名。（生白）□□□□陳留縣，姓蔡名邕。（以上原闕）住着，等我與你通報。告相公：門外各處秀才已□。（外白）放進他來。（浄白）通報了，

【賞宮花】（□末上唱）（以下原闕）花正黄，赴科場舉子忙。

（末白）學生家也住陳留縣，姓駱名得熹。（外白）起來，東西廊下伺候。呀！還有一□□才不曾報名。（丑白）我報名了。（浄白）要□□家見。（丑白）要我自家見，自家見他怕。（外白）秀才□住□□□□甚名誰？報上花名。（丑白）學生姓駱名得熹，□蔡□同郡。（外白）起來。衆秀才過來。（介）今年試官不比往年試官考文章，我如今不考文章，□□□□。若是對得好，就取他頭名狀元。起□□□□下伺候。□□□秀才過來（以下原闕）（生白）請題。（外白）星飛天放彈（以下原闕）點金。（外白）對得好，對得好。起來。（介）駱□□□□□□。（末白）請題目。（外白）《毛詩》三百首。（丑白）□□□□□。（外白）不好。（丑白）好麽。（外白）不好，打出去。（丑白）□□□，我自家出去。（以下原闕）

第七齣

〔五言詩〕朝爲田舍郎，暮登天子堂。將相本無種，男兒當自强。自家不是别人，乃是河南府中首領

官。[一] 往年狀元及第，赴瓊林宴，遊街三日，不揀鞍馬酒食供設，樂人祗應，都是河南府尹提調。今年蔡伯喈狀元今日赴宴，俺府尹大人不出來，委着自家提調。昨日太僕寺掌鞍馬祗候，洛陽縣管排設的令史，都在這裏祗候。鳴鼓三通，都要到此聽點。左右，擂鼓起來。掌鞍馬祗候在那裏？（丑上白）有問即對，無問不答。伏郎中，有何台旨？（末白）鞍馬都完備了未？（丑白）□□□元有一萬匹馬。（末白）怎見得好馬？（丑白）但見□□雙竹，鬃散五花。展開鳳臆龍腮，擡起豹頭虎頷。響滴滴的翠蹄削玉，點滴滴的赤汗流珠。隅目青熒夾鏡懸，肉騣磊魄連錢重。一跳時、跳時尾稍雲漢，只驀過玄崦崆峒；一霎時、一霎時走遍神州，直趕上流星奔電。九方皐管教他稱賞，千金價也不枉了追求。（末白）既有好馬，怎的妝扮？（介）説那好打扮的，錦韉燦爛披雲，金鐙熒煌耀日，香羅帕深護金鞍，紫避韁牽動玉勒。馬瑙粧就轡頭，珊瑚做成鞍子。（末白）如今選幾個來用？（丑跪白）告郎中得知：這是當元前的馬，如今都無了。（末白）呀！怎的都無了？（丑白）告郎中：元有一萬匹好馬，一千三百個漏蹄，二千七百個抹額，三千八百個熟騮，二千二百個慈眼。鞍橋又破損，坐子又攲斜。抽轡盡是麻繩，鞍子無非荆杖。餓老鴟全然拉搭，雁翅板片片凋零。鞍轡并不周全，牽韁何曾完備？其實不中。（末白）休胡説！若不完備時節，我對府尹大人説，好生料遲你。（丑白）告郎中可憐見，馬完備時節，牽在那裏等候？（末白）馬完備時節，牽三匹好馬在午門外廂，等候狀元謝恩出來騎□□街。（丑

[一] 河：原作『何』，據汲古閣刊本《繡刻琵琶記定本》改。下同改。

白）這個理會得。正是：春風得意馬蹄疾，一日看盡長安花。（下）（末白）正是：大家齊雅静，看取狀元來。（并下）

【窣地錦當】(一)（生、末、丑上唱）嫦娥剪就緑雲衣，折得蟾宫第一枝。宫花斜插帽簷低，一舉成名天下知，天下知。（下）（又上唱）

【哭岐婆】洛陽富貴，花如錦綺。紅樓數里，無非嬌媚。春風得意馬蹄疾，天街賞遍方歸去。（并下）

【水底魚兒】（外上唱）朝省尚書，昨日蒙聖旨。道狀元及第，教咱陪宴席。看金環玉佩，春風馬似飛。轉眸凝望，玉樓争看誰？

（白）左右，看狀元來到了不曾？（左右白）狀元來到了。

【窣地錦當】荷衣新惹御香歸，引到群仙下翠微。杏園惟有後題詩，此是男兒得志時，得志時。

（外白）衆位狀元請上。（衆白）老先生請上。（外白）衆位賀喜賀喜。左右端椅坐，衆位請坐。（衆白）老先生請坐。（外白）左右看茶食。（介）年例，狀元到此，請留佳作。（生白）衆位恕罪，學生先作。

(一) 窣：原作『翠』，據汲古閣刊本《繡刻琵琶記定本》改。下同改。

（衆白）願聞。（生念詩）五百名中第一仙，花如錦綺柳如烟。藍袍乍着君恩重，黄榜初開御墨鮮。禮樂三千傳紫禁，風雲九萬上青天。時人謾説登科早，未許嫦娥愛少年。(一)（外白）好詩！好詩！請第二位狀元佳作。（末白）衆位恕罪。（介）願聞。（末白）作盡九州三島賦，吟成四海五湖詩。月中丹桂連根拔，不許傍人折半枝。（外白）好詩！好詩！請第三位狀元佳作。（丑白）衆位恕罪。（介）願聞。（丑白）騎鯨直上到天台，親與嫦娥乞桂栽。昨夜廣寒宫不閉，翻身連月抱將來。（外白）好詩！好詩！左右，將酒過來把鐘。（介）請狀元把鐘。

【山花子】（又唱）玳筵開處遊人擁，争看五百名英雄。（生接）喜鰲頭一戰有功，荷君奏捷詞鋒。（合唱）太平時車書已同，(二)干戈盡戢文教崇，人間此時魚化龍。留取瓊林，勝景無窮。

（外白）請第二位狀元把鐘。

【前腔】（又唱）三千禮樂如泉湧，一筆萬丈長虹。（丑接）看奎光飛纏紫宫，光耀萬玉班中。

（合前）（外白）請第三位狀元把鐘。

【前腔】（唱）青雲路通，一舉能高中，萬里鵬程飛冲。（净接）又何必扶桑掛弓？也强如劍倚崆峒。（合前）

(一) 少：原作「小」，據汲古閣刊本《繡刻琵琶記定本》改。
(二) 時：原作「詞」，據汲古閣刊本《繡刻琵琶記定本》改。

（生白）左右將酒過來，我伏老大人一杯；　斟起酒。

【前腔】（生又唱）恩深九重，絡繹八珍送，無非翠釜馳峰。（末唱）看吾皇待賢恁隆，不枉了十年窗下把書來攻。（合前）

（外白）將酒收起，請狀元上馬遊街。（衆白）（外白）齊上馬。

【紅繡鞋】猛拚沉醉東風，倩人扶上玉驄。歸去路，望畫橋東。花影亂，日朦朧；沸笙歌影裏鬧紗籠。

【意不盡】今宵添上繁華夢，明早遥聽清禁鐘。皇恩謝了，鵷行豹尾陪侍從。

（生白）名傳金殿換青袍，（末白）酒醉瓊林志氣豪。

（丑白）君看萬般俱下品，（同白）思量惟有讀書高。（并下）

第八齣

【憶秦娥】（旦上唱）長吁氣，自憐薄命相遭濟。相遭際，晚景公婆，薄情夫婿。

（白）〔清平樂〕夫妻纔兩月，（一）一旦成分別。没主公婆甘旨缺，幾度思量悲切。　家貧先自艱難，那

（一）纔：原作『讒』，據汲古閣刊本《繡刻琵琶記定本》改。

堪不遇豐年。恁的千辛萬苦，蒼天也不相憐。奴家自從兒夫去後，遭此飢荒；況兼公婆年老，朝不保夕，教奴家獨自應承。婆婆日夜埋冤，公公又不伏氣，只管在家相鬧。如今等公婆出來，奴家着些道理勸改則個。

【前腔】（公唱）孩兒一去無消息，雙親老景難存濟。（夫唱）難存濟，不思量强教孩兒出去。（白）老賊抵死教孩兒出去赴選，今日没有飯食喫，便做得官來，濟你甚事？若是孩兒在家，也不恁的狼狽。老賊，你去死！你去死！（公白）死虔婆，我是神仙，知道今日恁的飢荒？你看誰家不忍飢不忍餓？誰似你這般埋冤？休休，我去死！我去死！今日飢也是死，被你埋怨不過也是死。（旦白）公公、婆婆且息怒，聽奴家一句分剖。（婆白）媳婦起來。（旦白）婆婆，當初公公教孩兒出去，不知道今日恁的飢荒，婆婆也難埋怨公公。今日婆婆見這般荒歉，孩兒又不在家，心下焦燥，公公也休怪婆婆埋冤。公婆請自寬心，奴家如今把釵梳首飾典些糧米，以充公婆一時口食。寧可餓死奴家，決不將公婆落後了。（夫白）媳婦，你説得好，我只恨這老賊。（公白）死虔婆，你恨我怎的？

【金索掛梧桐】〔一〕（夫唱）區區一個兒，兩口相依倚。没事爲着功名，不要他供甘旨。老賊！你教他去做官，要改換門閭，他做得官時你做鬼。老賊！你圖他三牲五鼎供朝夕，今日裏要一口粥湯却教誰與你？（介）相連累，（旦白）婆婆莫不要這等。（公白）死虔婆，我不帶着你老，

〔一〕掛：原闕，據汲古閣刊本《繡刻琵琶記定本》補。

一棍打死你。（夫唱）我孩兒因你做不得好名儒。（合）空争着閒非閒事，空争着閒非閒事，只落得雙垂淚。

【前腔】（公唱）養子教讀書，指望他身榮貴。黄榜招賢，誰不去登科試？（白）呀！我説個比方與你聽。（夫白）老賊，你説甚好比方？（公唱）譬如范杞梁差去築城池，㈠他的娘親埋怨誰？（夫白）老賊！你道好比方！他是奉官差。（公唱）婆婆，合生合死皆由命，少甚麽孫子森森也忍飢？（夫白）老賊，誰□説？（公唱）休聒絮，畢竟是咱每兩口受孤恓。（合前）

【前腔】（旦唱）孩兒雖暫離，須有日回家裏。（夫白）媳婦，我豈不知道孩兒自有日回家裏？只是我眼下受餓難過。（旦唱）奴自有些釵梳，典當充糧米。（夫白）老賊！我若没個孝順媳婦會擺佈，却不把我肝腸餓斷了？（旦白）公婆在家相鬧呵。（唱）教傍人道媳婦每有甚差池，致使公婆争恁的。㈡（公唱）婆婆，我心中愛子，指望功名就。（旦白）婆婆，公公説道，（唱）他心中愛子，指望功名就。（夫白）媳婦，（夫唱）我眼下無兒，因此埋怨這老子。（旦白）公公，婆婆説道，（唱）他眼下無兒，因此埋怨語。（公白）媳婦，你起來。（旦唱）難逃避，兀的不是從天降下這災危？（合前）

㈠　杞梁：原作『紀娘』，據汲古閣刊本《繡刻琵琶記定本》改。

㈡　使：原作『死』，據汲古閣刊本《繡刻琵琶記定本》改。

【劉潑帽】（夫唱）有兒却遣他鄉去，教媳婦怎生區處？可憐誤你芳年紀。（合前）教人一度裏思量，一度裏肝腸碎。

【前腔】（公唱）我每不久須傾世，嘆當初是我不是。（白）我去死亦罷。（夫白）媳婦，你去勸他。（公唱）不如我死無他慮。（旦白）公公且息怒。（公白）媳婦起來。（合前）

【前腔】（旦唱）媳婦便是親女兒，勞役事本分當爲。惟願公婆從此去，相和美。（合前）

（公白）形衰力倦怎支持？（旦白）口食身衣只問奴。〔一〕

（夫白）莫道是非終日有，（公白）果然不聽自然無。（并下）

第九齣

【似娘兒】（外唱）華髮漸星星，憐愛女欲遂姻盟，蟾宮仙子才堪稱。紅樓此日，紅絲待選，須教紅葉傳情。

（白）自古道：丈夫生而願爲之有室，女子生而願爲之有家。自家没了夫人，只有一女，未曾問親。昨日進朝去，官裏道：今科舉子蔡伯皆狀元好文章，好人物，可招他爲婿。我就謝恩。如今不免使官媒

〔一〕問：原作「悶」，據汲古閣刊本《繡刻琵琶記定本》改。

去説合則個。堂候官那裏？（末白）覆相公：有何台旨？（外白）你去唤官媒過來。（末白）媒婆，相公唤。

【醉太平】（浄上唱）張家李家，都來請我，我每須勝别媒婆。但得他金銀多相謝，〔一〕不妨雙脚走如梭。

（夫白）伏相公，有何台旨？（外白）媒婆，我有一事説與你：我奉聖旨招蔡狀元伯皆爲婿，汝可去爲媒説合親事。若得成就，多多賞你。（浄白）這個有何難處？一來奉聖旨，二來託相公之威名，三來小姐才貌兼全，世人知道，狀元有何不可？（外白）堂候官，將絲鞭過來。（末白）絲鞭在此。

【瑣寒窗】（外唱）媒婆，吾家一女娉婷，不曾許公卿。昨承聖旨，選他書生。（白）媒婆，你去説與那狀元。（唱）不須用白玉、黄金爲聘。（合）若是姻緣前世已成定，今日裏，共歡慶。

【前腔】（浄唱）在東京極有名聲，論媒婆非自逞。今朝事體，管取完成。怕有一輕一重，全憑官秤。（合前）

（浄白）管取門楣得俊才，（外白）爲傳芳信仗良媒。

（同白）百年夫婦今宵合，一段姻緣天上來。（并下）

〔一〕銀：原作『艮』，據汲古閣刊本《繡刻琵琶記定本》改。

第十齣

【高陽臺】（生上唱）（慢）夢遶親幃，愁深旅邸，那更音信遼絶。淒楚情懷，怕逢淒楚時節。重門半掩黄昏雨，奈寸腸此際千結。守寒窗一點孤燈，照人明滅。

（白）（四七句）鰲頭可羡，須知富貴非吾願。雁足難憑，没個音書寄此情。田園將蕪，不知松菊猶存否？光景無多，争奈椿萱老去何？自家只爲父親强來赴選，（一）誰知逗遛在此，竟然不歸。今又復拜皇恩，除爲議郎。雖則任居清要，争奈父母年老，安敢久留他鄉？天那！知我的父母安否如何？欲得上表辭官，又不知聖意如何？苦！好似和針吞却綫，刺人腸肚繫人心。好悶呵！

【勝葫蘆】（末、浄上唱）特奉皇恩來結親，來此把音信傳。若是仙郎肯諧繾綣，一場好事，管取今朝便團圓。

（生白）自家門户重重閉，春色緣何得入來？未審何人到此？（末白）小子是堂候官。（生白）那個是誰？（浄白）小媳婦是官媒。（生白）來此何幹？（末、浄白）奉天子之洪恩，領太師之嚴命，欲與狀元諧一佳偶，請狀元接了絲鞭。（生白）堂候官、官媒，牛丞相既然蒙聖恩招我，你去回他話説，有父母在

（一）親：原作『父』，據文義改。

堂，已娶妻室了，實難從命。（淨白）狀元不必推故，請接了絲鞭。（生白）媒婆，你不曉得；堂候官，我説與你。

【高陽臺】（生唱）宦海沉身，京塵迷目，名韁利鎖難脱。目斷家鄉，空勞魂夢飛越。（淨白）請狀元接了絲鞭。（生唱）閒聒，閒藤野蔓休纏也，俺自有正菟絲和那親瓜葛。（淨白）狀元，你休推辭，請接了絲鞭。（生唱）是誰人無端調引，謾勞饒舌？

【前腔換頭】（末、淨唱）閥閲，他是紫閣名公，黄扉元宰，三槐位裏排列。（淨白）狀元，我那小姐呵，（生白）説你小姐便怎的？（末唱）他是金屋嬋娟，妖嬈那更貞潔。（淨唱）歡悦，紅樓此日招鳳侣，遣妾每特來執伐。望君家慇懃肯首，早諧結髪。

【前腔換頭】（生唱）心熱，（淨白）狀元，好事招你，心熱怎的？（唱）自小攻書，從來知禮，忍使行虧名缺。（淨白）家裏有父母麼？（唱）父母俱存，娶而不告難説。悲咽，門楣相府須要選，奈㝑寥佳人，實難存活。（淨白）狀元，我那小姐他是金屏繡屋珠麗，説那荆釵裙布做甚麼？（生唱）縱有花容月貌，怎如我自家骨血。（生下）

【前腔換頭】（末、淨唱）迂闊，勢壓朝班，威傾京國，你却與他相别。（生内白）便與他相别怎的？（末、淨唱）只怕他轉日回天，那時須有個決裂。（生白）牛丞相不當强招我。（末、淨唱）虚説，正是江空水寒魚不餌，笑滿船空載明月。下絲綸不愁無處，笑伊村殺。

（生上白）堂候官、官媒，你休閒説。牛丞相果然蒙聖恩招我，我明日上表辭官，一就辭婚便了。

【餘文】我明朝有事朝丹闕，回家奉親心下悦。（末、浄唱）狀元，只怕聖旨不從空自説。

（白）君王詔旨不相從，（生白）明日封書奏九重。

（末、浄白）有緣千里能相會，（生白）無緣對面不相逢。

（浄白）潑不利市不長俊的漢子。（并下）

第十一齣

【出隊子】（外上唱）朝夕縈掛，只爲我孩兒多用心。不知月老事如何？爲甚冰人没音信？顒望多時，情緒轉深。

（白）目斷青鸞瞻碧霧，情深紅葉看金溝。自家昨日遣官媒去蔡伯皆處説親，怎的不見回報？

【前腔】（末、浄上唱）喬才堪笑，故阻佯推他也不肯從。豈無佳婿可乘龍？他有甚福緣能跨鳳？料想書生，只是命窮。

（末白）媒婆，我和你進去回相公話。（外白）媒婆，你回來了？（浄白）來了。（外白）事體如何？他肯不肯？（浄白）告相公：他千不肯萬不肯，只是不肯。（外白）堂候官怎麽説？（末白）告相公：蔡狀元説道有父母在堂，已娶妻室了，實難從命。

【雙鸂鶒】（外唱）聽伊説越怒起。〔一〕漢朝中惟我獨貴，我有女，偏無貴戚豪家配匹？（白）非我要招他。（唱）奉聖旨，是我每招狀元爲婿，不知他回話有何言語？

【前腔】（浄唱）媒婆告相公知：（外白）怎麼説？（浄唱）恨那人作怪蹺蹊。（外白）他怎麼説道蹺蹊？（唱）道始得及第，（外白）及第待如何？（浄唱）縱有花貌休提。（白）還有兩句話不敢説。（外白）有話説將來。（唱）他駡相公。（外白）呀！駡我怎的？（唱）駡小姐。（外白）駡小姐怎的？（唱）道脚長尺二。（末白）媒婆，你且住了口。（末唱）你這般樣謊説没巴臂。

（外白）堂候官怎麼説？

【前腔】（末唱）告恩官且聽咨啓：（外白）怎麼説將來？（末唱）蔡狀元聞説愁眉。〔二〕（外白）招他爲婿，愁眉怎的？（末唱）忠和孝，恩和義，（外白）他便有忠孝恩義壓制我？（末唱）念父母八十年餘。況已娶了妻室，再婚重娶非理。（外白）怎麼非理？（唱）他待早朝，上表文，要辭官去。請相公别選一佳婿。

〔一〕起：原作「啓」，據汲古閣刊本《繡刻琵琶記定本》改。

〔二〕聞：原作「悶」，據汲古閣刊本《繡刻琵琶記定本》改。

【前腔】（外唱）他元來要奏丹墀，敢和我厮挺相持。[一]（白）蔡伯皆小書生。（唱）讀書輩，没道理，不思量違背聖旨。只教他辭官辭婚俱未得。

（白）堂候官、官媒，你再去對小書生説，我先去朝中説與官裏，不准他便了。

枉把封書奏帝宮，（浄白）不如急早便相從。

（外白）只教他做就

羈縻鸞鳳青絲綱，勞碌鴛鴦碧玉籠。

（外白）堂候官、官媒，你再去好好對那狀元説，不要把言語衝撞他。（介）去。（并下）

第十二齣

【寄生草】（丑、浄上唱）架上金鷄唱，撞動景陽鍾，只見斕斑星斗天將明。[二] 兀刺刺的浄鞭鳴，四下裏皆肅静。[三] 又聽得，仙樂裏在雲中應。朝班中都是文武衆公卿，那一個的怎敢，怎敢不欽敬？

[一] 厮挺相持：原作『厮逞相特』，據汲古閣刊本《繡刻琵琶記定本》改。
[二] 明：原作『暝』，據汲古閣刊本《繡刻琵琶記定本》改。
[三] 下：原作『夏』，據文義改。

（白）吾乃漢朝中小將軍，不免在此排架則個。

【北混江龍】（外上唱）官居宮苑，漫道是天威咫尺近龍顏。每日間親隨車駕，只聽得鳴鞭響。去螭頭上拜跪，〔一〕俺隨着那豹尾盤旋。朝朝宿衛，早早隨班。做不得卿相當朝一品貴，到做了朝臣待漏五更寒。休嗟嘆，山寺日高僧未起，算來名利不如閒。

（白）自家乃是漢朝中一個小黄門。往來紫禁，侍奉丹墀。領百官之奏章，傳一人之命令。正是：主德無瑕閒宦習，〔二〕天顔有喜近臣知。如今天色漸明，正當早朝時分，怕有百官奏事，只得在此祇候。怎麼見得早朝臣？但願常瞻仙杖，聖德日新日日新；與群臣共拜天顔，聖壽萬歲萬歲萬萬歲。從來不信叔孫禮，今日方知天子尊。

【北點絳唇】（生上唱）月淡星稀，建章宮裏千門曉。御爐烟裊，隱隱鳴嘯響。忽憶年時，問寢高堂早。佳鳴了，悶縈懷抱，此際愁多少？

（白）不寢聽金鑰，因風想玉珂。明朝有封事，數問夜如何？自家只爲父母在堂，今欲上表辭官家去侍奉。如今天色漸明，這裏便是午門外廂，不免進入去。（末、净白）奏事官三舞蹈。

【神仗兒】（生唱）揚塵舞蹈，揚塵舞蹈，遥瞻天表。見龍鱗日耀，（末、净白）奏事不得陛殿。（外

〔一〕螭：原作「璃」，據汲古閣刊本《繡刻琵琶記定本》改。
〔二〕德：原作「得」，據汲古閣刊本《繡刻琵琶記定本》改。

唱）咫尺重瞳高照。有何表文，只須在此一一分剖。（合）遥拜着赭黃袍，遥拜着赭黃袍。

（外）吾乃黃門，職掌章奏。狀元，你表奏何事？只須在此説得明白，我引你去奏。

【滴溜子】[一]（生唱）臣邕的，臣邕的，荷蒙聖朝。臣邕的，臣邕的，拜還紫誥。（外白）狀元，你莫不是非嫌官小？（生唱）念邕非嫌官小，奈家鄉萬里遥，雙親又老。干瀆天威，萬乞恕饒。

（外白）元來如此，我引你去奏，只須在此披宣。[二]

【折桂令】（生唱）臣蔡邕謹啓：幸如今蒙恩旨，除臣議郎官職，又重蒙賜婚牛氏。[三]深荷聖恩，奈臣已有糟糠配。干瀆天威，臣謹誠惶誠恐，稽首頓首。念臣邕躬耕力學，無意貪名利。事父母，供子職。不想州司，謬舉充試。皆計帝畿，豈料蒙恩，叨居上第。

【前腔】（又唱）争奈親老矣，鬢髮白，筋力皆癯瘁。無兄弟，教誰奉侍？況隔越千山萬水，信杳音稀。親甘旨不供，臣食禄有愧。聞臣鄉裏，旱魃危災，更遭洪水，黎庶盡皆凍餒。想臣親，必做溝渠鬼。情可悲，真狼狽，怎不教臣淚垂？瞻望紫宸，五雲繚繞，天顔咫尺。

【餘文】謹具表文候敕旨，乞賜回歸故里，無任瞻天仰聖，激切屏營之至。

[一] 溜：原作『留』，據汲古閣刊本《繡刻琵琶記定本》改。下同改。

[二] 宣：原作『喧』，據汲古閣刊本《繡刻琵琶記定本》改。

[三] 重：原作『崇』，據汲古閣刊本《繡刻琵琶記定本》改。

（外白）既然如此，你在午門外廂等候，我就替你轉達天聽。正是：眼望旌捷旗，耳聽好消息。(一)

【滴溜子】（生唱）天應念，天應念，蔡邕拜禱。雙親的，雙親的，死生未保。可憐恩深難報。一封奏九重，知他聽否？（白）爹媽呵，（唱）會合分離，都在這遭。

（白）呀！黄門哥怎的不見回來？想必是官裏准了。(二) 天呵！若能回家見父母，何須做官？

【前腔】（外唱）今日裏，今日裏，議郎進表。傳達上，傳達上，聖旨看了。（生白）聖旨看了如何說？（外唱）道太師昨日先奏，把乘龍女婿招，多少是好？（生白）黄門哥，你莫不是哄我？（外唱）見有玉音傳降聽剖。

（白）聖旨到，跪聽宣讀。(三) 孝道雖大，終於事君；王事多艱，豈遑報父？朕以涼德，(四) 嗣續丕基。眷兹警動之風，(五) 未遂雍熙之化。爰招俊髦，以輔不逮。咨爾才學，允愜輿情。是用擢居議論之司，以求繩糾之益。爾當恪守乃職，勿有固辭。其所議婚事，可克從師相之請，以成桃夭之化。欽予辭命，裕汝乃心。謝恩，山呼。（生白）萬歲。（介）再山呼。（生白）萬萬歲。（介）呀！黄門哥，你與我官裏鈞前

(一) 好：原作『如』，據汲古閣刊本《繡刻琵琶記定本》改。
(二) 裏：原作『理』，據汲古閣刊本《繡刻琵琶記定本》改。
(三) 宣：原作『喧』，據汲古閣刊本《繡刻琵琶記定本》改。
(四) 涼：原作『諒』，據汲古閣刊本《繡刻琵琶記定本》改。
(五) 警：原作『驚』，據汲古閣刊本《繡刻琵琶記定本》改。

再奏，(一)我情願不做官。（外白）狀元，你快不要這等。聖旨既出，誰敢再奏？（生白）黄門郎，你既不肯去，我自去拜還聖旨便了。（外白）狀元，你好不曉事，這裏是你鬧炒去處？（生白）苦！（外白）圣恩除你爲議郎，食天禄，享富貴，有甚虧負你？

【寄生草】（生唱）臣享天禄身榮貴。（白）俺雙親在那裏？（唱）值年荒遭凍餒。（外白）狀元，你只要衣錦榮歸閭里，終朝事親之孝。只怕聖旨不從，自古没這道理。（生唱）憶先朝買臣出守會稽日，漢相如持節錦衣歸，蘇秦曾背印相六國。此數君子，他每皆遇聖明時。（外白）狀元，此一時彼一時，何用苦苦執迷做甚麽？（生白）黄門哥，你不□□。（生唱）怎教咱，將親恩背了來圖名利？

（外白）狀元，你□曉事，此非哭泣之處，恐驚天聽，那時倒地不得。（生白）苦！我雙親年老在堂。

【啄木兒】（生唱）親衰老，妻幼嬌，萬里關山音信杳。他那裏舉目淒涼，俺這裏回首迢迢。他那裏望得眼穿兒不到，俺這裏哭得淚乾親難保。閃殺人一封丹鳳詔。

【前腔】（外唱）何須慮，不用焦，人世上離多歡會少。大丈夫當萬里封侯，肯守着故園空老？畢竟事君事親一般道，人生怎全得忠和孝？却不道母死王陵歸漢朝？

【三段子】（生唱）這懷怎剖？望丹墀天高聽高。這苦怎逃？望碧雲山遥路遥。（外唱）你

(一) 鈞：原作『匀』，據文義改。

做官與親添榮耀，高堂管取加封號。與你改換門閭，偏不好？

【歸朝歡】（生唱）冤家的，冤家的，苦苦見招，俺媳婦埋冤怎了？饑荒歲，饑荒歲，怕他怎熬？俺爹娘怕不做溝渠中餓莩？（外唱）譬如四方戰爭多征調，從軍遠戍沙場草，（白）狀元，你看那軍職官榦鎗披甲，眠霜卧雪，他也爲着甚的？（唱）也只是爲國忘家怎憚勞。

（生白）家鄉萬里信難通，（外白）争奈君王不肯從。

（合白）情到不堪回首處，一齊分付與東風。（并下）

第十三齣

【普賢歌】（末上唱）□□朝命賑飢荒，躍馬揚鞭來到此方。（丑上白）里正接老爹。（外白）這是那裏？（丑白）是義倉。（外白）帶住馬。（唱）即忙開義倉，支與百姓糧，從實收支休要謊。

（丑白）里正見老爹。（外白）里正，將收支簿來看。（丑白）老爹，簿在此。（外白）元管三十九担，新收三十六担，除支了二十九担，見在四十六担。里正，開倉看。（丑白）老爹，倉開了。（外白）里正，如何只有這些糧？（丑白）告老爹，東量西蝕，又被老鼠殘壞。（外白）不管，且去喚百姓來支糧。湊元數不起，决不輕恕你！（丑白）東西南北四廂百姓都來請糧。（丑下）

【吴小四】㈠（丑又上唱）肚又飢，眼又昏，家私没半分，子哭兒啼不可聞。聞知相公來濟民，請些糧米去救窘。

（白）告相公，請糧。（末白）□相公在上。（外白）這老子姓甚名誰？家有幾口？報來支糧與你。（丑白）小人姓丘，名乙己，住上大村，家有三千七十四口。（外白）胡説！實説有幾口？（丑白）實説小人夫妻兩口，孩兒一口，媳婦一口，通五六口。（外白）左右，支四口糧與他。（末白）這老子，支糧與你，一斗是一口。你有布袋没有？（丑白）有。（末白）支糧回報。（介）打這里正。（丑白）不要打。正是：一日不怕羞，三日喫飽飯。（丑下）（外白）左右，看外面有人來支糧没有？（末白）告老爹，寧管千軍，莫管一民。許多百姓如何得他齊到？

【搗練子】（旦上唱）嘆命薄，恨年艱，含羞忍淚向人前，只恐公婆懸望眼。㈡

（白）路當險處難回避，事到頭來不自由。奴家少長閨門，豈識途路？今日見官司賑濟，免不得去請些糧米，以充公婆之命。（末白）這婦人且住着，等我與你通報。告相公，外面有個婦人請糧。（外白）放他進來。（末白）㈢通報了，快進去。（旦白）告相公，請糧。（外白）這婦人，你姓甚名誰？家有幾

㈠ 小：原作「一」，據汲古閣刊本《繡刻琵琶記定本》改。

㈡ 恐：原作「望」，據汲古閣刊本《繡刻琵琶記定本》改。

㈢ 末：原作「丑」，據文義改。

口？報來支糧與你。（旦白）妾姓趙名五娘，是蔡伯皆的妻房。（外白）呀！你既有丈夫，丈夫如何不來請糧？討這婦人來打攪做甚麽？左右，打出去。（旦白）告相公，可憐見聽奴家一□□剖。（外白）快説將來。

【普天樂】（旦唱）奴兒夫□□留都下，（外白）你家裏有誰？（旦唱）俺只有年老爹娘。（外白）更有誰？（旦唱）弟和兄更没一個。（外白）你無兄無弟，誰看承你公婆？（旦唱）但看承盡是奴家。（外白）這婦人説起來好苦呵。（旦唱）歷盡苦，㈠誰憐奴？（外白）你怎的不使男兒來請糧？你是閨門之女，如何路上走？（旦唱）相公，怎説着不出閨門的清平話？（外白）左右，支糧與他。（末白）告相公，倉中無糧了。（外白）呀！這婦人，你來遲了，倉中糧米都支賽了。（旦唱）若無糧，奴也不敢回家。（外白）你怎的不敢回家？（旦唱）豈忍見我公婆受餓？堪嘆奴家□□，只恁的摧挫。（外白）左右，拿里正過來。（介）這婦人□□！（末白）一似甕中捉鱉，手到拿來。里正到。（外白）里正，倉中糧米湊元數未起，必是你偷了，好好招供起來。（末白）小人不曾偷了，老爹，難招。（外白）打這狗才！（打）既是受招，討紙筆與他供狀，押去討米來倍償。（末白）正是：懼法朝朝樂，欺公日日憂。老爹，米在此。（外）支與那婦人。（丑白）這婦人近前來，支糧與你。一斗是一口，不要嗅。（旦）

㈠　歷：原作『力』，據汲古閣刊本《繡刻琵琶記定本》改。

記得。（丑）支糧回報。

（旦）謝得恩官爲主維，（丑白）教你半路受災危。

（外、末）當權□□□方便，如入寶山空手歸。（并下）

（旦又吊場白）一□□酌，莫非前定。奴家今日去義□請糧，誰知里正作弊，倉中無糧。若非相公□□□□里長倍償，□何得這些糧回家救濟公婆之命？正是：飢時得□口，强如飽時得一斗。（丑白）□□□□，分外眼明；□人相見，分外眼睁。這婦人，□□□我責家□典老婆的，快把還我，奪了。

（旦白）里正官人，聽奴家分剖。（丑白）快説將來。

【鎖南枝】（旦唱）兒夫去，更不還，（丑白）説你兒夫來壓制我？（旦唱）公婆兩□□□年。（丑白）你公婆老是他老，干我甚事？（旦唱）從昨日到如今，不能勾得一餐飯。奴請糧，他在家中縣望眼。念我公婆，做方便。

（丑白）呀！這般時月，我也做不得方便。只是要米，奪了。（介）鄉官可憐見，這非是米呵，這是我公婆了。

【前腔】（旦又唱）鄉官可憐見，這非是米呵。（唱）這是我公婆命所關。若是必須將去，寧可脱下衣裳，就與鄉官換。（丑白）我不要這衣裳，只是要米。恐怕寒死你，也要賴我。（旦唱）寧使奴身上寒，[一]只要公婆救殘喘。

（丑白）這□□□，前來拜我。深深兩三拜，這米都送與你去。（介）你□□。這婦人，把我腰跌壞了。你米在那裏去了？（旦白）公婆拿去了。（丑白）這婦人，我問你，你在這裏，我也在這裏，你公婆從上天來？快討米還我。没有米還我，一時間□我不得。（旦白）里正官人，可憐奴家艱難。[二]（丑白）罷、罷。這婦人，我看你説都是孝□的話，我也捨不得和你討這米。你起來，深深拜我兩三拜，這米都送你去。（旦白）你不要哄我。（丑白）如今不哄你，哄你天雷打死。你一拜一拜再一拜，去。（介）（旦白）謝天謝地！且喜□□□了，不免趲行幾步。

【前腔】（旦唱）奪將去，真可憐，公婆望我不見還。縱然他不埋冤，教媳婦作何幹？他忍飢，添我夫罪愆，怎見得兒夫面？

【前腔】（公上唱）媳婦去，不見還，教我在家顒望眼。（白）你是誰？（旦白）是媳婦。（公唱）你在這裏閒行，教我餓得肝腸斷。（旦唱）奴請糧與公婆充午餐，又誰知被人騙。

（公白）媳婦，你原來被人騙。此間有一口古井，不免投入井中死也罷。（旦白）公公且息怒。（末上白）□逢盡是飢寒客，安樂何曾見一人？呀！□□外和五娘子在這裏閙炒如何？（公白）你是誰？

[一] 使：原作『死』，據汲古閣刊本《繡刻琵琶記定本》改。

[二] 艱：原作『歼』，據汲古閣刊本《繡刻琵琶記定本》改。

（末白）□是張廣才。（公白）呀！張大公，你在那裏來？（旦白）告公公，□言難盡。奴家今日去義倉請糧，誰知里正作弊，倉中没糧。謝得相公主張，督令里正□納，分□與奴家；來至半途，却被里正奪去。如今公公見説，□投井死，奴家在此勸改則個。（末白）元來如此。里正□今在那裏去了？（旦白）他去遠了。（末白）他若在這裏，和他扭到官司，决不輕放了他！如今不在這裏，和你駡那厮一和。里正里正，官差你爲。（旦白）張大公且息怒。（末白）也罷。五娘子，如今我也請□□米在此，分一半與你，胡亂供給公姑便了。（旦白）如□□得，公公？

【洞仙歌】(一)（旦唱）家私没半分，靠着奴此身。只要救取公婆命，豈辭多艱辛？（合）空把淚珠揾，誰憐飢與貧，這苦説不盡。

【前腔】（公唱）本爲泉下人，你救我一命存。只怕我不久身殞，報不得媳婦恩。（合前）

【前腔】（末唱）見説不可聞，況我託在隣。終不然我享安榮，忍見你受貧？（合前）

（旦白）命薄多磨受苦辛，（公白）不如身死早離分。

（末白）□□感恩并積恨，（合）萬年千載不成塵。（并下）

(一) 洞：原作『侗』，據汲古閣刊本《繡刻琵琶記定本》改。

第十四齣

【蠻牌令】（浄上唱）終日走千遭，走得脚無毛。何曾見湯水面？也不見半分糟。到不如做個虔婆頂老，也□些卯湯喫飽。窮酸秀才直恁喬，老□□□故不要。

（白）我做媒婆也老了，不曾見這□□□。□耐窮酸秀才，老婆與他不要。别人見做媒婆歡歡喜喜，他倒與我尋争攪鬧。老相公不肯干休，只管在家囉唣。把我放在中間，拖得我七顛八倒。走得我鞋穿襪綻，説得我唇焦口燥。也不怕他□□，□怕婦人不好，只怕紅羅帳裏快活，不叫媒婆□□□聒噪。好，好，這裏是蔡狀元府前，不免進去。呀！狀元來了。

【金蕉葉】（一）（生上唱）（慢）愁多怨多，俺爹娘知他怎麽？擺不去功名奈何？送將來冤家怎躲？

（浄白）狀元，賀喜賀喜。老相公選定今日與小姐畢姻，請狀元早赴佳期。

【三换頭】（生唱）名韁利鎖，先自將人摧挫。況鸞拘鳳束，縮定着我歸家未卜，悶殺我爹娘淚珠墮。（白）媒婆，（唱）這段姻緣事，只是我無如之奈何。

（一）蕉：原作「焦」，據汲古閣刊本《繡刻琵琶記定本》改。

【前腔】（净唱）鸞臺罷妝，鵲橋初駕，佳期近也。不必縈掛牽，□□□詔，怎生撇了他？（合前）

（净白）狀元，急早赴佳期，□□歡娱成怨悲。

（合）情知不是伴，事急且相隨。（并下）

第十五齣

【傳言玉女】（外上唱）燭影摇紅，簾幕瑞烟浮動。

（白）堂候官那裏？（末白）覆相公，有何台旨？（外白）□□□今日與小姐畢姻親，筵席安排了未？

（末白）安□□□□，遠遠望見一簇人馬，想必是狀元來了。□□□□公賀喜賀喜，狀元就赴佳期。

【女冠子】（生上唱）馬蹄篤速，傳呼齊擁雕轂。（外唱）宫花帽簇，天香袍染，丈夫得志，佳婿乘龍。

（净白）狀元，請□見老相公。（外白）媒婆看茶。（介）媒婆，討酒□□□。（净白）相公，酒在此。（外白）斟起酒。

【畫眉序】（外唱）君才冠天禄，我的門楣稍賢淑。看相輝清潤，瑩然冰玉。光掩映孔雀屏開，花爛熳芙蓉穩褥。（合）這回好個風流婿，偏稱洞房花燭。

（淨白）狀元，你把老相公一杯。

【前腔】（生唱）折桂步蟾宮，豈料絲蘿在喬木。喜書中今朝，有女如玉。堪觀處絲幕牽紅，恰正是荷衣穿緑。（合前）

（外白）媒婆，請小姐出來。

【女冠子】（占上唱）粧成聞喚促，又得嬌面重遮，羞蛾輕蹙。（淨唱）這姻緣不俗，(一)金榜題名，□□花燭。

（外白）媒婆，與小姐揭起蓋頭服。（淨白）窈窕青娥二八春，緑雲之上覆方巾。玉纖揭起西川錦，露出真容賽玉真。狀元，你進前來，接得□□□明年生得狀元子，做利市。狀元，請進□□□□。（拜介）狀元、小姐請交拜。（外白）媒婆，討酒與□□□□。

【畫眉序】（占唱）頻催少膏沐，金鳳斜飛鬢雲□。□逢他蕭史，愧非弄玉。清風引珮下瑤臺，明月照粧成金屋。（合）這回好個風流婿，偏稱洞房花燭。

（外白）媒婆，討酒與狀元、小姐把交杯。（淨白）相公請退。□□□候官那裏？（淨白）狀元、小姐把交杯。（介）

(一) 俗：原作『啻』，據汲古閣刊本《繡刻琵琶記定本》改。

【滴滴金】（同唱）金□□篆香馥郁，銀海瓊舟汎醽醁，輕飛翠袖呈嬌舞。囀鶯喉，歌麗曲，歌聲斷續，持觴勸酒人共祝。人共祝，共祝百年夫婦永睦。

（浄白）狀元、小姐請坐。

【鮑老催】（又同唱）意深愛篤，文章富貴金珠萬斛，天教艷質爲眷屬。似蝶戀花，鳳棲梧，鸞停竹。男兒有書須勤讀，書中自有黄金屋；也自有千鍾粟。

【雙聲子】（浄交唱）郎多福，郎多福，着紫綬黄金束。娘分福，娘分福，着花誥紋犀軸。兩意篤，兩意篤。豈非福，豈非福。似紋鴛彩鳳，兩兩相逐。

【餘文】郎才女貌真不俗，占斷人間天上福，百歲□□□□足。

（生白）清風明月兩相宜，（浄白）女貌郎才□□□。

（同白）正是洞房花燭夜，果然金榜掛名時。（并下）

第十六齣

【薄倖】（旦上唱）野曠原空，人離業敗。謾盡心行孝，□枯形瘁。

（白）曠野蕭疏絶烟火，[一]日日荒雲□□□。□□空原婦泣夫，生離他處兒牽母。睹□□□□□□，思量自覺此身難。高堂父母老難保，上國兒夫□□還。奴家自從兒夫去後，連年飢荒，衣衫首飾，盡皆典賣，田園家計消乏。争奈公婆年老，朝夕又無甘旨膾奉，如何是好？只得鉀鑼一口淡飯，□□婆充飢；奴家自把細米皮糠充飢，苟留殘喘。□己食，也不敢與公婆知道。如今飯已便了，不免請公婆出來喫些，多少是好？公公、婆婆，請喫飯。（公、夫上唱）

【夜行船】忍餓擔飢何時了？孩兒一去，并無音耗。

（旦白）公婆請喫飯。（公白）婆婆喫飯。（夫白）雖是飢荒年歲時月，没些下飯，教我怎的喫得？擡起去，擡起去。（公白）婆婆，這般荒歉時節，胡亂喫些，分甚好歹？

【羅鼓令】（夫唱）我終朝受餒，你將來的飯教我怎喫？疾忙便擡，非干是□□□饞態。（公白）婆婆，你看媳婦那般無錢，那裏討□□□西去買？（公唱）你看他衣衫盡解，好茶飯將甚去買？兀的是天災，教媳婦每難𢶀擺。（旦唱）婆婆息怒且休罪，待奴家一霎時却□□□排。（公白）媳婦起來。（合唱）思量到此，珠淚□□。□□□鬼，在溝渠裏埋。縱然不死也難捱，教人只恨蔡伯皆。

[一] 蕭疏：原作『消珠』，據汲古閣刊本《繡刻琵琶記定本》改。

（公白）媳婦，你去討茶來。（旦下）

【前腔】（夫唱）我如今試猜，多應是背地裏喫些魚菜？（公白）婆婆，你休錯埋冤了來。我看媳婦艱難盛□□□般樣人。（夫唱）我喫飯他緣何不在？這些意真乃是歹。（公白）婆婆，（唱）他和你甚相愛，不應是歹面直恁的乖。（旦上唱）我千辛萬苦，（夫白）賤人，誰苦你？（旦唱）有甚情懷？可不道臉兒黃瘦骨如柴。

（夫白）擡起去，擡起去。（公白）媳婦，你收起去。（旦白）待奴家一霎時去買些魚菜來，再安排來。正是：啞子謾嘗黃柏味，難將苦事向人言。（旦下）（夫白）公公，親的到底也是親。親生孩兒不□在家，只靠一個媳婦。你看前日更有些菜□，□今只有些淡飯。再過幾時，飯也不得喫了。（公白）婆婆，你休錯怪人。（夫白）恁的，等自他喫飯時節，我□□稍稍去看，便知端的。（公白）也說得是。

（□□）□濁不分鰱共鯉，(一)水清方見兩般魚。（并下）

第十七齣

（旦上白）奴家早晨安排些飯與公婆喫，非不要買□□菜，争奈無錢可買，致使婆婆埋冤，只道奴家背地

(一) 鰱：原作『鱗』，據汲古閣刊本《繡刻琵琶記定本》改。

裏喫甚麼好東西。不知道奴家喫的却是□米皮糠。怎的喫得下？

【孝順哥】（旦唱）□□□□腸痛，珠淚垂，喉嚨尚兀自咽哽住。糠，你遭礱被舂杵，篩你簸揚你，喫盡控持。〔一〕好似奴家身狼狽，千辛萬苦皆癯瘁。苦人喫着苦味，兩苦相逢，可知道欲吞不去。

（公、夫上白）這賤人，你在這裏喫甚麼好物？（旦白）没有甚麼。（夫白）恁的，拿來看。（旦白）公婆請坐，聽奴家一句分剖。（夫白）快說將來。（公白）□□請坐。

【前腔】（旦唱）這是穀中膜，米□□□。穀中膜米上皮如何喫得去？（旦唱）□□饆饠堪療飢。

（夫、公白）這是狗、彘喫的，人如何喫□？（旦唱）嘗讀古賢書，狗彘喫人食，〔二〕也强如□□樹皮。

（公、夫白）喫都不怕哽殺了你？（旦唱）□□□□，蘇卿尤健，餐松食柏，到做了神□□。□□□些何慮？（公、夫白）胡說！別人喫不得，你如何喫□□□？爹媽休疑，□□□□□兒糟糠妻室。

（夫白）是□□來我看。（旦白）□□看。（夫）（以下原闕）糠我看□□□□□日埋冤媳婦喫甚麼好東西，

〔一〕控：原作『空』，據汲古閣刊本《繡刻琵琶記定本》改。

〔二〕食：原作『喫』，據汲古閣刊本《繡刻琵琶記定本》改。

元來是糠。兀的不□□殺了我！（夫倒）（公白）婆婆，你兒子做官來了。婆婆！（旦白）婆婆！

【雁過沙】（旦唱）沉沉向迷途，空教我在耳邊呼。婆婆，我不能勾盡心相奉侍，反教你爲我歸黄土。婆婆，教傍人道你死緣何故？婆婆，你怎生便割捨拋棄了奴？

【前腔】（公唱）我當初不尋思，教孩兒往帝都。（以下原闕）

生本

第一齣

（以上原闕）你猜着我那一件？（介）娘子，我六經諸史皆通，有甚才淺處？（介）我不曾忘了。（介）

【忒忒令】我哭哀哀推辭了萬千，（介）他閙炒炒抵死來相勸。（介）苦！他如何由得我？（介）將我深罪，不由人分辯。（介）他只道我戀新婚，逆親言，貪妻愛，不肯去赴選。（介）娘子，我和你同去爹媽行説。（介）不妨事。（合）只是爲爹淚漣，爲娘淚漣，何曾爲着夫妻上情掛牽？

（生唱）做孩兒忠孝怎全？做爹行不從人幾諫。也不是我要埋冤，影隻形單，我出去有誰來看管？（合前）

（白）娘子，爹媽來了，我和你揩了眼淚。（介）（白）孩兒無別事，只等張大公來，把爹媽托與他，早晚應承，孩兒庶可放心前去。（介）卑人如今出去，家中并無親人。爹爹媽媽年老衰倦，一個媳婦，他是女流之輩，理會得甚麼？　凡事全賴公公相與扶持，早晚看管。家中有些欠缺，亦望公公周濟。昨日已蒙親許，今日特此拜懇。卑人稍有寸進，自當效結草啣環之報，決不忘恩。（介）如此，謝得公公！（介）孩兒拜辭爹媽便去。

【園林好】（生拜唱）兒出去，爹媽休得要意懸，兒出去今年便還。但願得雙親康健，（合）須有日拜堂前，須有日拜堂前。

（介）母親且消遣則個。（介）娘子，你有甚麼事，説與我知道。（介）説又何妨？（介）這個也自閒。

（介）娘子這般説，莫不是怨我麼？（介）

【五供養】（唱）公公可憐，俺的爹娘，望你周全。此身還貴顯，自當效啣環。（介）

【川撥棹】（唱）但有日回到家園，奉養我雙親老年。（合）怎教人心放寬？　不由人不淚漣。

（介）

【前腔換頭】（生唱）娘子，你寧可將我來埋冤，莫將我爹娘來冷看。（合前）

【尾聲】生離死別何足嘆，但願得你名登高□。□□□鄉，教人作話傳。（下）

（生白）此行勉强赴春闈，世上萬般哀苦事，無非死別共生離。

（白）娘子，教卑人如何是好？（白）娘子，你心中慮着甚麼？（白）娘子，你莫不是慮着山遥水遠？

你莫不是慮着衾寒枕冷？（介）

【尾犯序】(唱)何曾，想着那功名？我欲盡子情，難拒親命。我有年老爹娘，望伊家看承。畢竟，你休怨我朝雲暮雨，只替着冬温夏清。思量起，如何教我割捨眼睁睁？

【前腔】(唱)寬心須待等，我肯戀着花柳，甘爲萍梗？只怕萬里關山，那更音信難憑。須聽，我没奈何分情破愛，誰肯做虧心短行？(合)從今去，相思兩處，一樣淚盈盈。

(白)娘子，卑人有父母在堂，豈敢久戀他鄉？就此拜辭便去。

【鷓鴣天】(唱)娘子，萬里關山萬里愁，(白)娘子，卑人再没話得説。(唱)親闈暮景應難保，客館風光怎久留？(下)

【花心動】(唱)飛絮落花，正輕狂，亂舞點衣隨馬。(介)(合)怕聽的是，枝頭哀怨，數聲啼鳥。

(白)千里鶯啼緑映紅。(介)(合)不暖不寒天氣好，或來或往旅人逢，此時誰不嘆西東？

【甘州歌】(唱)衷腸悶□，□路途千里，日日思親。青梅如豆，難寄隴頭音信。高堂已添雙鬢雪，俺客路裏空瞻一片雲。(合)途中味，客裏身，争如流水蘸柴門？休回首，欲斷魂，數聲啼鳥不堪聞。(介)(末唱)誰家近水濱，見畫橋烟柳，朱門隱隱。鞦韆影裏，墻頭露出紅粉。他無情笑語聲漸杳，却不道惱殺多情墻外人。(合)思鄉遠，愁路貧，肯如十度謁侯門？行看取，朝紫宸，鳳池鰲禁聽絲綸。

【尾聲】向人家，忙投奔，解鞍沽酒共論文，今夜雨打梨花深閉門。

(白)江山風物自傷情，(介)(合)路上有花并有酒，一程分作兩程行。(并下)

第二齣

【窣地錦】姮娥剪就緑雲衣，折得蟾宫第一枝。宫花斜插帽簷低，一舉成名天下知。

【哭岐婆】洛陽富貴，花如錦綺。紅樓數里，無非嬌媚。春風得意馬蹄疾，天街賞遍方歸去。

【窣地錦】荷衣新惹御香歸，引領群仙下翠微。杏園惟有後題詩，此是男兒得意時。

(介)(白)元来足下墜馬。(介)(白)如此，多謝老相公之力。(介)(白)老相公先上馬。

【哭岐婆】(合唱)玉鞭裊裊，如龍驕騎。黄旗影裏，笙歌鼎沸。如今端的是男兒，行看錦衣歸故里。

(白)齊下馬。(介)(白)衆位恕罪，在下先作。(作詩曰)到是：五百名中第一仙，花如羅綺柳如烟。藍袍着處君恩重，黄榜開時御墨鮮。禮樂三千傳紫禁，風雲九萬上青天。時人謾説登科早，未許嫦娥愛少年。

【山花子】(介)(唱)喜鰲頭一戰有功，荷君奏捷詞鋒。(合唱)太平時車書已同，干戈盡戢文教崇，人間此時魚化龍。留取瓊林，勝景無窮。(介)

【前腔换頭】(唱)恩深九重，絲絡八珍送，無非翠釜駝峰。

（衆白）老相公先上馬。

【紅繡鞋】（合唱）猛拚沉醉東風，東風。倩人扶上玉驄，玉驄。歸去路，遥望畫橋東。花影亂，日曈曨；沸笙歌影裏鬧紗籠。（合）

【尾聲】今朝添上繁華夢，明早遥聽清禁鐘。皇恩謝了，鵷行豹尾陪侍從。

（生白）名傳金殿换青袍，（合）思量惟有讀書高。（并下）

第三齣

（生上）（慢）（官媒議婚）

【高陽臺】夢遶親幃，愁深旅邸，那堪音信遼絶。淒楚情懷，怕逢淒楚時節。重門半掩黄昏月，奈寸腸此際千結。守寒窗一點孤燈，照人明滅。

（白）鼇頭可羡，須知富貴非吾願。雁足難憑，没個音書寄此情。田園荒了，不知松菊猶存否？光景無多，争奈椿萱老去何？自家所爲父母所强，來此赴選，誰知逗遛在此，竟然不歸。今又復拜皇恩，除爲議郎。雖則位居清要，争奈父母年老，安敢久留他鄉？(一)□□那知我的父母存亡安否？何須做官？

(一) 留：原作『亂』，據汲古閣刊本《繡刻琵琶記定本》改。

好似和針呑却綫，(一)刺人腸肚繫人心。（生白）自家門户重重閉，春色緣何得入來？未審何人到此？（生白）官媒婆，牛丞相既奉命招我爲女婿，(二)你去回他話。（介）説我雙親在堂，已娶妻室了，實難從命。（介）（白）媒婆，你不知道；堂候官，我説與你。

【前腔】（唱）宦海沉身，京塵迷目，名韁利鎖難脱。目斷家山，空勞魂夢飛越。閒聒，閒藤野蔓休纏也，俺自有正菟絲和那親瓜葛。是誰人無端調引，謾勞饒舌。

【前腔換頭】（生唱）非别，萬里關山，一家骨肉，教我怎生抛撇？妻室青春，那堪親鬢垂雪。差迭，須知少年人愛了，謾勞你嫦娥提挈。滿京都豪家無數，豈必卑末？

【前腔換頭】（又唱）心熱，自小功書，從來知禮，忍使我行虧名缺？父母俱存，娶而不告難説。悲咽，門楣相府雖要選，奈㡴㢘佳人，實難存活。縱有花容月貌，怎如我自家骨血？

（介）

（生白）便與他相别待怎的？（介）（生白）不中他强招我？（介）（生白）堂候官、媒婆，果然蒙聖恩招我爲女婿，我明日上表辭官，一就辭婚便了。（介）（生白）我明日辭官奏九重。（介）（生白）無緣對面不相逢。（并下）

(一) 似：原作『是』，據汲古閣刊本《繡刻琵琶記定本》改。

(二) 丞：原作『承』，據汲古閣刊本《繡刻琵琶記定本》改。下同改。

【尾聲】我明朝有事奏丹闕，[一]回家養親心下悅，只怕聖意不從空自説。

第四齣

（生上）（慢）

【點絳唇】月淡星稀，建章宫裏千門曉。御爐烟裊，隱隱鳴鞘杳。忽憶年時，問寢高堂早。鷄鳴了，悶縈懷抱，此際愁多少。

（白）不寢聽金鑰，因風想玉珂。明朝有封事，數問夜如何。自家只爲父母在堂，今日上表辭官家去侍奉。如今天色漸明，這裏是午門外厢，即忙便去。（并下）

【神仗兒】（生唱）揚塵舞蹈，揚塵舞蹈，遥瞻天表，見龍鱗日耀。（介）遥拜着赭黄袍，遥拜着赭黄袍。

【滴溜子】臣邕的，臣邕的，荷蒙聖朝。臣邕的，臣邕的，拜還紫誥。念邕非嫌官小，奈家鄉萬里遥，雙親又老。干瀆天威，萬乞恕饒。（介）

【折桂令】（生拜）臣蔡邕謹啓：幸如今沐恩旨，除臣議郎官職，又重蒙賜婚牛氏。深荷聖

[一] 闕：原作『缺』，據汲古閣刊本《繡刻琵琶記定本》改。

恩，奈臣已有糟糠配。干瀆天威，臣謹誠惶誠恐，頓首頓首。念臣邕躬耕力學，無意貪名利。事父母，供子職。不想州司謬舉充試，偕計帝畿。豈料蒙恩，叨居上第。

【前腔】（又唱）争奈親老矣，鬢髮白，筋力皆癯瘁。無兄弟，教誰人奉侍？况隔越千山萬水，信杳音稀。親甘旨不供，臣食禄有愧。聞臣鄉裏，旱魃爲災，更遭洪水，黎庶盡皆凍餒。想臣親，必做溝渠鬼，情（以下原闕）（介）（生上拜）

【滴溜子】天應念，天應念，蔡邕拜禱。雙親的，雙親的，死生未保。可憐恩深難報。一封奏九重，知他聽否？會合分離，都在這遭。

（白）黄門哥怎的不見回報？想必是官裏准了。天！若能回家見父母，何須做官？（介）（生白）黄門郎，你與我官裏跟前再奏，我情願辭了官。（介）（生白）你既不與我奏，我自去還拜聖旨便了。（介）

【寄生草】（生唱）臣享天禄身榮貴，（白）俺雙親那裏呵，（唱）值年荒，遭凍餒。（介）（生唱）憶先朝買臣出守會稽日，漢相如持節錦衣歸，蘇秦曾佩印相六國。（白）此數君子呵，（唱）他每皆遇聖明時。（介）（生白）黄門郎，你不知道，（唱）怎教咱將親恩背了圖名利？（介）

【啄木兒】（生唱）苦！親衰老，妻幼嬌，萬里關山音信杳。他那裏舉目淒淒，俺這裏回首迢迢。他那裏望得眼穿兒不到，俺這裏哭得淚乾親難保。閃殺人一封丹鳳詔。（介）

【三段子】（生唱）這懷怎剖？望丹墀天高聽高。這苦怎逃？望白雲山遥路遥。（介）

【歸朝歡】（生唱）牛丞相，寃家的，寃家的，苦苦見招，俺媳婦埋寃怎了？飢荒歲，飢荒歲，怕他怎熬？俺爹娘怕不做溝渠中餓莩？（介）

（生白）家鄉萬里信難通，情到不堪回首處，（合白）一齊分付與東風。

第五齣

【金蕉葉】（生上唱）恩多怨多，俺爹娘知他有麽？擺不去功名争奈何？送將來寃家怎躲？

（白）賀甚麽喜？媒婆，我説與你知道：我有八旬父母，娶妻兩月，以此上不相從。我昨日上表辭官，聖意不准，今日只得屈從成親便了。（介）

【三換頭】（生唱）名韁利鎖，先自將人摧挫。況鸞拘鳳束，綰定着我歸家未卜，悶殺我爹娘珠淚墮。（合）（白）媒婆，這段姻緣事，只是我無如之奈何。

（生）歡娛成怨悲。（合）情知不是伴，事急且相隨。（并下）

第六齣

（生上唱）（慢）

【女冠子】馬蹄篤速，傳呼齊擁雕轂。（介）

【畫眉序】（生唱）折桂步蟾宫，豈料絲蘿在喬木。喜書中今朝，有女如玉。堪觀處絲幕牽紅，恰正是荷衣穿緑。（合）這回好個風流婿，偏稱洞房花燭。

【滴滴金】（生唱）金猊寶篆香馥郁，銀海瓊舟泛醽醁。輕飛翠袖呈嬌舞。囀鶯喉，歌麗曲，歌聲斷續，持觴勸酒人共祝。人共祝，百年夫婦永睦。

【鮑老催】（又唱）意深愛篤，文章富貴珠萬斛，天教艷質爲眷屬。似蝶戀花，鳳棲梧，鸞停竹。男兒有書須勤讀，書中自有黄金屋；也自有千鍾粟。（合）

【尾聲】郎才女貌真不俗，占斷人間天上福，百歲歡娱萬事足。

（生白）清風明月兩相宜，（合）正是洞房花燭夜，果然金榜掛名時。（并下）

第七齣

（生上唱）

【一枝花】[一]（慢）閒庭槐影轉，深院荷香滿。簾垂清晝永，怎消遣？十二欄杆，無事閒凭遍。悶來湘簟展，夢到家山，又被翠竹敲風驚斷。

[一] 花：原作『梅』，據汲古閣刊本《繡刻琵琶記定本》改。

（白）碎竹影摇金，水殿簾櫳映碧陰。人静晝長無事，謾沉吟，碧酒金樽懶去斟。幽恨苦相尋，離别經年無信音。寒暑相摧人易老，關心，却把閒愁付玉琴。院子，將琴書過來。（介）（白）你去唤兩個學童來。（介）（白）院子，這琴是我在先得此材於爨下，斵成此琴，故曰焦尾。我從來到此間，久不整理。今日當此清涼境界，試操一曲，舒遣情懷則個。你來，一個學童扇涼，一個管文書，一個燒香。都聽分付：管文書的不要掉了文書，三人務要互相覺察，違者施行。（撫琴）

【懶畫眉】（唱）强對南軒奏虞絃，只見指下餘音不似前，那些個流水共高山？呀！只見滿眼風波惡，似離别當年懷水仙。

（白）怎的不扇涼？（介）（白）這厮好不中用，不要他扇涼，只教他看文書，你扇涼。

【前腔】（又唱）頓覺餘音轉愁煩，還似别雁孤鴻和斷猿，（一）又如别鳳乍離鸞。呀！只見殺聲在絃中見，敢是螳螂來捕蟬？（白）背起來打。（打介）（白）你看文書，院子燒香。呀！夫人來了，你每都迴避。（慢）是炎蒸不到水停中，珠簾捲。

（白）彈甚麼却好？（介）（白）彈他做甚麼？這是無妻的曲，我少甚麼的媳婦？（介）（白）我只有一對夫妻，彈個《孤鸞寡鵠》到好。（介）（白）夫人，你不知道，我自有孤寡處。（介）（白）這個到好彈。

（一）似：原作『是』，據汲古閣刊本《繡刻琵琶記定本》改。

（生操琴）

【懶畫眉】（唱）日暖藍田玉生烟，似望帝春心托杜鵑，好姻緣還是惡姻緣。呀！只怕知音少，争得鸞膠續斷絃？

（介）（白）是錯了，我彈個《思歸引》出來。（介）（白）不是賣弄，只是這絃不中彈。（介）（白）當元是舊絃，俺彈得慣。（介）（白）舊絃俺撇了多時。（介）（白）只爲有這新絃，便撇了舊絃。（介）（白）便是新絃難撇。我心裏豈不想着那舊絃？

【桂枝香】（唱）舊絃已斷，新絃不慣。舊絃再上不能，我待撇了新絃難拚。一彈再鼓，又被宫商錯亂。（介）（唱）非干心變。這般好涼天，正是此曲才堪聽，又被風吹别調間。

（介）（白）我不想甚麽人。（介）（白）我懶飲酒，待我要去睡。

【梁州序】（介）（唱）薔薇簾箔，荷花池館，一陣風來香滿。香奩日永，香燒寶篆沉烟。謾有枕欹寒玉，扇動齊紈，怎遂得黄香願？猛然的心熱，〔一〕透香汗，我欲去窗南一醉眠。（合前）《金縷》唱，碧筒勸，向冰山雪檻開華宴。清世界，清世界能有幾人見？

【餘文】（齊唱）光陰迅速如飛電，好良宵可惜漸闌，拚取歡娱歌笑喧。

〔一〕熱：原作『熟』，據汲古閣刊本《繡刻琵琶記定本》改。

（白）惜春，樵樓上鼓打幾更？

【前腔】（合）此景良宵能幾何。遇飲酒時須飲酒，得高歌處且高歌。（下）

第八齣

【鳳凰閣】（生上唱）（慢）尋鴻覓雁，寄個音書没便。謾勞回首望家山，[一]和那白雲不見。淚痕如綫，想鏡裏鸞孤影單。

（白）院子，他在那裏來？（介）（白）他帶有家書來麽？（介）（白）將來看。謝天地！且喜父母家書。

【一封書】（唱）一從爾去離，我在家中常念你。功名事怎的？（白）功名事已成就了。想多應折桂枝。幸得爹娘媳婦，各保安康無禍危。（白）且喜家中安樂。見家書，可知之，及早回來莫更遲。

（白）我豈不要歸去？争奈不由我。院子，爾將紙筆過來，我寫一封書與他去；一就取些金珠過來。

【下山虎】（唱）蔡邕百拜大人尊前：一自離膝下，頓覺數年。目斷萬里家山，鎮長望懸。一向那堪音信斷，名利事牽縜，謾空勞珠淚漣。上表辭金殿，要辞了官，争奈君王不見憐。

[一] 首：原作『音』，據汲古閣刊本《繡刻琵琶記定本》改。

【蠻牌令】[一]（又唱）忽爾拜尊翰，極切慰拳拳。喜爹娘媳婦，盡安康。況兒身淹留在此，不能勾承奉慈顔。匆匆的聊付寸箋，草草伏乞尊照不宣。

（白）客商，爾來。這一封書和這金銀，將到家去。俺早晚便回來，教他放心，不須煩惱。（介）（白）這些碎銀與你路上做盤纏。

【駐馬聽】（唱）書寄鄉關，説起教人心痛酸。鄉親，你傳示俺八旬爹媽，道與俺兩月妻房，隔涉在萬水千山。啼痕揮處翠綃斑，夢魂飛遶銀屏遠。（合）報道平安，想一家賀喜，只説道他日再相見。（介）

（白）憑伊千里寄家音，（合）方信家書抵萬金。（下）

第九齣

【菊花新】[二]（生上唱）（慢）封書自寄到親幃，又見關河鴻雁飛。梧葉滿庭除，還如我悶懷堆積。

[一] 牌：原作『排』，據汲古閣刊本《繡刻琵琶記定本》改。

[二] 新：原作『鮮』，據汲古閣刊本《繡刻琵琶記定本》改。

（白）封書寄遠人，寄與萬里親。書去魂亦去，兀然空一身。自家昨日得了家書，報道平安，極切自喜。當時亦附一封書回去，不知如何？常懷想念，番成憂悶。雖無千丈綫，萬里繫人心。

【意難忘】（生接唱）些□□，□人腸。（占接）試説也何妨？（生接）又只怕尋消問息，添我悽惶。

（生白）夫人，非在穿食之上。[一]（生白）夫人，誰不知蔡伯皆是窮秀才，何用你表明？

【紅衲襖】（生唱）我穿的是紫羅襴，到拘束俺不自在，我穿的是皂朝靴，[二]怎敢胡去踹？（白）你道我有喫的。（唱）我口裏喫幾口荒獐獐要辦事忙茶飯，我手裏拿着個戰兢兢怕犯法的愁酒杯，到不如嚴子陵登釣臺，怎做得揚子雲閣上災？（白）日日我這般樣爲官，只管待漏隨朝，可不誤了我秋月春花也，枉干碌碌頭又白？

（介）（白）夫人，老相公待我没甚歹處。（介）（白）夫人，你敬丈夫之心，令蔡伯皆有□□。（介）（白）我又不是春申君，要他怎的？（介）（白）我又不是牛僧孺，要他怎的？夫人，你何用苦苦猜疑做甚？

【前腔】（生唱）有個人人在那天一涯，（介）（白）我不能勾見他，（唱）只落得臉銷紅眉鎖黛。我

[一] 在：原作『上』，據文義改。
[二] 朝：原作『乾』，據汲古閣刊本《繡刻琵琶記定本》改。

本是傷秋宋玉無聊賴，我有甚心情去戀着那閒楚臺？三分話兒也只恁猜，一片心兒也直恁的歹。夫人，罷罷。你休纏得我無言，若還提起那個籌兒也，鎮撲簌簌珠淚滿腮。

（介）（白）自古道：難將家話和他語，未卜他心是我心。自家娶妻兩月，别親數年，朝夕相思，翻成愁嘆。我這新婚的媳婦雖則賢會，我待將此事和他説，他也肯教我歸去。只是我的岳丈若知道我有媳婦在家，如何肯放我回去？不如我姑且隱忍，改日求一鄉郡除授，那時節回去見雙親，多少是好？夫人，非是我隄防你太深，只愁伊父苦相禁。夫妻且説三分話。

【江頭折桂令】（生唱）夫人，非是我聲吞氣忍，只爲你爹行勢逼臨。怕他知我要同歸去，將你斷禁，要説又將口禁。夫人，我實瞞你不得。我待解朝簪，再圖鄉任。他不隄防着我，須遣我到家林，雙雙兩個歸晝錦。苦！我雙親老景，存亡未審。我前日附一封書回去，只怕雁杳魚沉。又不是烽火連三月，真個家書抵萬金。

（介）（白）你休説，你爹爹如何肯放你去？莫説破了。（介）（白）你休説，不濟事了。

（介）（白）柳藏鸚鵡語方知。（介）（白）也被傍人説是非。（并下）

第十齣

【稱人心】（生上唱）（慢）撇呆打墮，早被那人瞧破。[一]　他要同歸，知他爹肯麽？　我料他每不允諾。　呀！　夫人，你緣何獨坐？　想是你爹行不肯麽？　伊家道俐齒伶牙，争奈你爹行不可。

【紅衫兒】（唱）你不信我教伊休説破，到此如何？　算你爹心性，我豈不料過？　我爲甚亂掩胡遮？　只爲着這些。　你直待要打破了砂鍋，是你招災攬禍。

【醉太平】（唱）蹉跎，光陰易謝，縱歸去晚景之計如何？　名韁利瑣，奔走在海角天涯。　知麽？　多應我老死在京華，孝情事一筆都勾罷。　苦！　這般摧挫，傷情萬感，珠淚偷墮。

（介）（生）夫人，你如何捨得説這話？　（介）（白）夫人，你不要這般説，萬一老相公知之，[二]大家見責。

（介）（白）夫人，你知其一，不知其二。　身體髮膚，受之父母，不敢毁傷，孝之始也。　豈可陷親於不義？　那時節人知道，只説爾從夫言而棄親命，此事決然不可。　（介）（白）且慢着。　怕爹爹有回心轉意時節，且待寧耐，看如何。

[一] 瞧：原作『樵』，據汲古閣刊本《繡刻琵琶記定本》改。

[二] 相：原作『公』，據汲古閣刊本《繡刻琵琶記定本》改。

（合白）一心只欲轉家鄉，争奈爹行不忖量。大鵬飛上梧桐樹，自有傍人説短長。

第十一齣

【番卜算】（生上唱）（慢）淚眼滴如珠，愁思縈如織。早知今日悔當初，何似休明白。（介）（白）既然如此，多謝岳丈。（介）（白）李旺，爾去須要仔細詢問。若搬來，路上好生伏事。

【四邊静】（介）（唱）飢荒散乱無踪跡，存亡想不測。何意路途間，難禁這勞役。（合前）休憂怨憶，寄書咫尺。眼望旌捷旗，耳聽好消息。

【福馬郎】（占唱）尔休説新婚在牛氏宅。他怨我相耽誤；歸未得，傍人問，把奴責。（合唱）若是到京國，相逢處做個好筵席。（介）（合白）果然勝似岳陽金。（并下）

第十二齣

【縷縷金】（生上唱）時不利，命何乖。雙親在路途上，怕他災。（介）（唱）此是彌陀寺，略停車蓋。（合）辦虔誠懇禱拜蓮臺，特來赴佛會。

（介）（白）怎麽有一軸畫像？（介）（白）叫他來還他去。（介）（白）既然不見了，左右，與他收下。請長老出來。（介）（白）長老，説與爾知道：我令人去陳留縣搬取爹娘家小，日久不見回來，誠恐途中啾唧。今朝幸遇佛會，敢煩就個道場告白，宣讀經文，[一]祈禳災危，未知長老意下如何？（介）（白）浩浩黄金相，遥瞻白玉毫。天上與人間，無不感恭敬。（揖）

【北江兒水】（唱）如來證明，聽蔡邕啓：我雙親在路途裏，不知如何的。仰惟菩薩大慈悲。（合）龍天鑒知，神天扶持，扶持登山渡水。（介）（白）願親無事不艱難。（并下）

第十三齣

（生上唱）

【鵲橋仙】[二]（慢）披香隨宴，上林遊賞，醉後人扶馬上。金蓮花炬照回廊，正院宇梅稍月上。

（白）日晏下彤闈，平明登紫閣。何日在書案，快哉天下樂。自家早朝長樂，夜直嚴更。召問鬼神，或前

[一] 宣：原作『喧』，據文義改。

[二] 橋：原作『鵑』，據汲古閣刊本《繡刻琵琶記定本》改。

宣室之席；　光傳太乙，時分天禄之黎。　惟有戴星衝黑出漢宮，㈠安能滴露研硃點《周易》？㈡　這幾日且喜朝無煩政，官有餘閒，庶可留志於詩書，從事於翰墨。　正是：　事業要當窮萬卷，人生須是惜分陰。這是甚麽書？　是《尚書》。《堯典》説道：　舜父頑母嚚象傲，舜克諧以孝。　看他父母那般相待，舜兀自克諧以孝；　我的父母虧了我甚麽，到□□□，□能够厮見他。　看甚麽《尚書》？　這是《春秋》。（以下原闕）（介）『小人有母，未嘗君之羹，請以遺之。』古人□□一口湯，兀自尋思着娘。　我如今做官享富貴，到把父母撇了。　看甚麽《春秋》？　天那！　枉看這書！　行不得，濟甚事？　你看書中那一句不説着孝義？　當元俺父母教我讀詩書、知孝義，誰知道到反被詩書誤了我，還看他怎的？

【解三醒】（生唱）㈢嘆雙親把兒指望，教兒讀古聖文章。　比我會讀書的，到把親撇樣，少甚麽不識字的，到得終養。　書，俺只爲你其中自有黄金屋，却教我撇却椿庭萱草堂。　我還想，休休，畢竟是文章誤我，我誤爹娘。

【前腔】（又唱）比似我做個虧心臺館客，到不如守義終身田舍郎。《白頭吟》記得不曾忘，緑鬢婦何故在他方？　書，俺只爲你其中有女顔如玉，却教俺撇却糟糠妻下堂。　還思想，畢竟

㈠ 衝：　原作『充』，據汲古閣刊本《繡刻琵琶記定本》改。
㈡ 硃：　原作『珠』，據汲古閣刊本《繡刻琵琶記定本》改。
㈢ 生：　原作『丑』，據汲古閣刊本《繡刻琵琶記定本》改。

是文章誤我，我誤了妻房。

（白）書既懶看，且看壁間山水古畫散悶則個。呀！這一軸古畫像是我在寺中燒香，院子拾得的，怎麼也掛在這裏？是甚麼故事？

【太師引】（唱）細端詳，細端詳，這是誰畫像？覷着他教我心兒裏好感傷。（介）呀！好似我雙親模樣。（白）我的媳婦會針指生活，便做我爹娘呵。（唱）怎穿着破損衣裳？（白）他前日寄有書來説道：（唱）別後容顔無恙，怎這般淒涼形狀？（白）量我這裏要寄一封書回去，尚不能得彀。（唱）誰來往，將到洛陽？（白）天下少甚麼相似的？（唱）須知道仲尼和陽虎一般龐。（白）呀！我理會得了。

【前腔】（又唱）這是街坊誰劣相，砌莊家形衰貌黃。（白）比俺爹娘一般，若没一個媳婦相傍，少不得也這般的淒涼。（介）敢是神圖佛像？（白）便不是却怎的，我正看間，（唱）猛可的小鹿兒在俺心頭撞。（白）這也不是神圖佛像，敢是當原畫的也不是了？（唱）丹青匠，由他自主張，須知漢毛延壽誤殺王嬙。

（白）且慢着，若是神圖佛像，背面必有標題。（介）呀！這詩不是當元題的，墨跡兀自不曾乾，却纔寫的。是誰人入我書房裏來？（介）（白）好怪好怪！（介）（白）誰人入我書房裏來？（介）（白）我昨日去寺中燒香，拾得一軸古畫像，也掛在這裏，是甚麼人背後題着一首詩？（介）（白）那裏是？墨跡

□□不曾乾，却纔寫的。（介）（白）崑山有良璧，鬱鬱璠璵姿。嗟彼一點瑕，掩此連城瑜。人生非孔顔，名節鮮不污。拙哉西河守，胡不如皋魚？宋弘既以義，王允何其愚。(一) 風木有餘恨，連理无傍枝。寄與青雲客，慎勿乖天彝。（介）（白）上面引有幾件故事。這西河郡守便是戰國時人吴起，魏文侯教他做西河郡守，母死不奔喪。這皋魚便□□□□□□爲周遊天下，把父母死了，□後回來，自刎而亡。（介）（白）宋弘是光武時人，官裏要把湖陽公主嫁與他，(二) 宋弘不肯。回官裏道：貧賤之交不可忘，糟糠之妻不下堂。王允便是桓帝時人，學得最好，司徒袁隗要把女兒嫁與王允，王允休了自家妻室，去娶那袁氏。（介）（白）那不奔喪的是亂道。（介）（白）這休妻□□□的也是亂道。（介）（白）夫人，我父母知他安否存□□□□□□□學那休妻求娶妻的。（介）（白）夫人，便□□□□□了，也只是我的妻房，義不可絶。

【刬鍬兒】（生怒唱）你説好笑，可見你心兒窄小。（白）我决不學王允的，（唱）没由來漾却苦李，再尋甜桃。（白）古人云：棄妻有七出之條。他不嫉不淫與不盜，終無去條。（白）那棄妻的，（唱）衆所誚；（白）那不棄妻的，（唱）人所褒。縱然他醜貌，怎肯相休去了？（介）

【前腔】（生唱）你言顛語倒，惱得心兒焦燥。呀！□□□□□□□落，特故粧喬？引得我

(一) 王：原作『黄』，據文義改。下同改。

(二) 湖：原作『胡』，據文義改。

傷心淚□□，□□□□遭。（介）（生白）夫人，題詩的是誰？（介）（占唱）□□□□料，想不是個薄情分曉。（介）（白）我忍不得他。（介）（白）夫人，那題詩的人你説我與我知道。（白）姓甚麼？（介）他從那裏來？（介）（白）你早怎麼不説與我知道？（介）這等，煩夫人請出來。（介）（白）呀！這是我趙五娘子，他從那裏來？（生接）娘子，（唱）是你如何穿着破襖，衣衫盡是素縞？呀！莫是我的雙親不保？（介）（白）娘子，家鄉遭水旱，你怎能捱得？（唱）□□□□□公曾周濟？（介）（白）娘子，我爹娘都安樂？我爹娘都安樂？（介）（白）□□□□何？（介）（白）苦！我爹娘呵，我爹娘呵，娘子，衣衾棺槨都齊，□□□□□□□曾？（介）（白）娘子，你獨自一身，怎能勾得墳成？（介）（白）我爹媽呵，我爹媽呵。（唱）我聽得這般言語，教我痛殺噎倒。

（白）爹爹媽媽生這蔡邕不孝子作甚？

【山桃紅】（唱）蔡邕不孝，把父母相拋。（白）爹爹媽媽，我與臨別之時，不曾恁的。（唱）早知你形衰耄，怎留漢朝？娘子，你請上□。你爲我受煩惱，你爲我受劬勞。謝你送我爹，送我娘，你的恩難報。□□□□子能代老。（合）這苦知多□，□□□□，天降災殃人怎逃？（白）□□□□誰畫的？（介）（生白）你一路上把甚麼□□□□□□。（介）（合前）（生唱）撏却巾帽，解却衣袍。（合前）

【尾聲】（唱）幾年分別無音耗，奈千山萬水迢遥。只爲三不從，生出這禍苗。[一]

（白）夫人，明日和你同去，□守雙親墳塋，共行孝道，你意下如何？（介）

（白）只□□□□□從，（介）（合）今宵剩把銀釭照，[二]尤恐□□□□□。（并下）

第十四齣

【五供養】（生、旦）（慢）□□□□，□□親教我心疼。（介）墳頭須共守，只得離宸京。（生接）商量個計策，尤恐你爹心不肯。（合）若是他不從，只説道君王有命。（介）

（生白）你兩個只做姐妹相唤便了。（介）（白）伯皆今日拜辭岳丈，領二妻同歸故里，共行孝道，待服闋之日都得再來。

【催拍】[三]（唱）念伯皆爲雙親命傾，遭不孝逆天罪名，今辭了漢廷。念岳丈深恩，非敢忘□□□□□，□□負他亡靈。（合）辭别去同到墳塋，心慽□□□□□。（介）（唱）

【一撮棹】寬心等，何須苦牽（以下原闕）寄郵亭。（占）爹年老，伊家須要好看承。（合）程途

[一] 苗：原作『描』，據汲古閣刊本《繡刻琵琶記定本》改。

[二] 剩：原作『盛』，據汲古閣刊本《繡刻琵琶記定本》改。

[三] 催：原作『推』，據汲古閣刊本《繡刻琵琶記定本》改。

裏，但只要保安寧。□□□□□，生離又難憑。（合）今去也，何日到京□？

（白）謝得爹爹。

【哭相思】（合唱）最苦生離難拚捨，知他此別何時也？

（白）同歸故里守墳塋，拜別家尊離帝京。

（合白）正是相逢不下馬，從今各自奔前程。（并下）

第十五齣

【梅花引】（生、旦上唱）（慢）傷心□□□□□，□郊墟，盡荒蕪。（接）惟有這青山，添（以下原闕）由長夜曉，問泉下有人還（以下原闕）

□□萬點思親淚，不能滴向家山裏。如今有淚滴家山，山裏雙親見無計。（介）（合白）可憐衰絰拜墳塋，不作錦衣歸故里。

【玉雁子】（生拜唱）孩兒相誤，爲功名相誤了父母，都是孩兒不得歸鄉故。怎便歸到黃土？爹爹，媽媽，乾坤豈容不孝子？名虧行缺不如死，呀！只愁我死缺祭祀。（合）對真容形衰貌枯，想靈魂悲憶痛思。（介）

（生白）知是遠來（以下原闕）此墳邊。

【玉山供】（生唱）（公上）（以下原闕）公。雙親受三載飢寒，（以下原闕）（唱）我心中想慕，□□這香醪難度。（合）感此恩情厚，這酒難辭，念取踏雪也來沽。（唱）勞公尊步，念天寒特來問奴。

（揖）（白）多謝深恩怎敢違，（合白）休道世情看冷暖，果然人面逐高低。（并下）

第十六齣

【逍遥樂】寂寞誰憐我，空對孤墳將（以下原闕）過三春，幽魂渺渺，夜府深沉（以下原闕）（以上原闕）見麽？□□連枝誰手栽？[一] 相馴白兔走墳臺。（白）無情動植呈祥瑞，[二] 否極應須會泰來。（白）一封丹詔從天下，忽聽得聞動郊野。説道旌表孝子門閭，未卜何人也。呀！怎的只見墳旁馴兔真稀詫，[三] 連理木分枝兩□。畢竟孝道感將來，此事如何假？相公賀喜。（白）賀甚喜，公公？（白）外厢喧傳，有詔書旌表孝子門（以下原闕）稱孝？假如周公、曾子之孝，可（以下原闕）當爲之事，何足旌表？（旦、占白）不是麽？（白）夫人説那裏話？古人云：孝弟之至，通於神明。光行四海，

[一] 栽：原作『裁』，據汲古閣刊本《繡刻琵琶記定本》改。

[二] 植：原作『直』，據汲古閣刊本《繡刻琵琶記定本》改。

[三] 詫：原作『姹』，據文義改。

無所不通。見古木生連理之枝，(一)白兔有馴擾之性。祥瑞如此，吉慶(以下原闕)(合)連枝異木，見這墳台兔走(以下原闕)懷仁，這一封詔，必因君。

【六么令】皇恩若□□，我也不圖禄(以下原闕)

(一) 生：原闕，據汲古閣刊本《繡刻琵琶記定本》補。理：原作『里』，據汲古閣刊本《繡刻琵琶記定本》改。

重校琵琶記

目録

重校琵琶記二卷

重校琵琶記三卷……三二八

刻重校琵琶記序

古宮中之樂有排優之戲，而所奏之樂則有詩焉。故樂辭謂之詩，詩聲謂之歌，詩則編之樂府，詩必合樂而非專歌也。若夫秦青之餞薛譚，悲歌拊節而響遏行雲；車子之合温胡，引笳迭和而哀感頑艶，是則以聲歌專稱矣。迨宋元以來，尤尚聲歌，更爲戲曲，時亦比之樂府，然苛濫自此極矣。世代悠邈，尠睹傳載，而陶宗儀言金時有董生《西厢記》最爲絶唱，然皆北音，可以比之絲管而不可以南音歌之。獨高則誠所著此《記》，雖云專用南音，而移之北音，亦罕稱乖調。且其爲曲，流麗清圓，豐藻綿密，探采雋語，填綴新腔，觸事附情，因緣轉化，儷偶則以反正爲工，聲律則以飛沉致巧，事盡而思無乏趣，言淺而情彌次骨，回環靡曼，通變無方，信樂府之新聲，詞林之逸秀也。是以欣戚異感，靡不激於天真；愚智同情，咸用希其苦節。比好事者競相私鋟，職務新異，各以隙照，妄爲臆説，其於字之陰陽，聲之清而亮者爲陰，以其宜於女也；濁而宏者爲陽，以其宜於男也。如『東』『紅』二字一韻，東屬陰，紅屬陽。『恐』『怕』二字一義，『恐』屬陽，『怕』屬陰之類。韻之高下，如一折中有韻脚用平上去字不一，取諧聲不取叶韻者。音之長短，有字多聲少，有字少聲多者。疏漏牴牾，莫可勝原。而優人傳習，口相師祖，聲訛義舛，罔解研求，宫商戾均，首尾判體，殊亦未之思也。余鉛槧之暇，頗涉獵斯記，限以狹見，未遑寓管。往歲嘗於南都偶得國初寫本，及續得諸家錄本凡四十餘種，寫本、京本、吴本、徽本、浙本、閩本。同異既多，妍媸浸廣，隨就尋源討流，參覈證引，旁搜博覽，義在甄明，因而銓品釋音，依條辨析，諧音分調，統之九宫，庶冀音義相宣，情文增焕。第其才瀾浩漫，有非淺學所該，既慚休奕之創定，仍劣延年之增損，尚俟洽識，儻垂削稿云爾。

嘉靖戊午玉峰河間長君撰，萬曆戊戌大來甫重録。

重校琵琶記凡例

一、校定以元本爲主，今諸家本多有删改，而音義仍未相諧及有譌缺者，一據元本補訂之。

一、元本與諸家本字句不同者，大體雖從元本，而元本間有未穩者，亦參諸家本校定之，不敢泥也。

一、此記中多采取常語捏合入腔，故間出緊搶帶疊字，其宛轉微妙，非諸家所能擬，而抑揚閃賺，歌者難之。今於此等皆居中細書，稍加殊别，庶臨詞者易爲調停耳。其有應按腔板者，則仍大書，不敢混也。

一、標題中有所謂枝者，指一齣而言，如於全樹中掇取一大枝也。所謂折者，指一曲而言，如於大枝中又摘取一小枝也，皆元本面目字。

一、考定元本與諸家本字句，雖自期於精覈乃止，仍慮或有未當者，隨注其額，以俟博識詳擇。

一、點板黜浙從崑，審經名校。

凡例畢

重校琵琶記始末總評

《卮言》云：『高則誠《琵琶記》欲以譏當時一士大夫，而託名伯喈。』不知其説。偶閲《説郛》所載唐人小説：牛相國僧孺之子繁與同學蔡生邂逅文字交，尋同舉進士。才蔡生，欲以女弟適之。蔡已有妻趙矣，力辭不得。後牛氏與趙處，能卑順自將。蔡仕至節度副使。其姓事相同，一至於此。則成何不直舉其人，而顧誣衊賢者至此耶？

謂則誠元本止《書館相逢》，又謂『賞月』『掃松』二闋爲朱教諭所補，亦好奇之談，非實録也。則誠所以冠絶諸家者，不唯其琢句之工，使事之美而已。其體貼人情，委曲必盡；描寫物態，仿佛如生；問答之際，了不見扭造，所以佳耳。至於腔調微有未諧，譬見鐘王跡不得其合處，當精思求諧，不當執末以議本也。

何元朗嘗謂《拜月亭》勝《琵琶》，此大謬也。無詞家大學問，一短也；無裨風教，二短也；歌演終場不能令人墮淚，三短也。故南曲當以《琵琶》壓卷。

附音律指南

聲音各應律吕，分六宫十一調

仙吕：　清新綿邈　　南吕：　感歎傷悲　　中吕：　高下閃賺

黄鍾：　富貴纏綿　　正宫：　惆悵雄壯　　道宫：　飄逸清幽

大石調：　風流蕴藉　　小石調：　旖旎嫵媚　　高平調：　條拗晃漾

般涉調：　拾掇坑塹　　歇指調：　急併虚喝　　商角調：　悲傷宛轉

雙調：　健捷激裊　　商調：　悽愴怨慕　　角調：　嗚咽悠揚

宫調：　典雅沉重　　越調：　陶寫冷笑

名同音律不同者一十六章

水仙子：【黄鍾】【雙調】　　寨兒令：【黄鍾】【越調】　　端正好：【正宫】【仙吕】

袄神急：【仙吕】【雙調】　　上京馬：【仙吕】【商調】　　鬥鵪鶉：【中吕】【越調】

紅芍藥：【中呂】【南呂】　醉春風：【中呂】【雙調】

字句不拘可以增損者一十四章

正宫：【端正好】【貨郎兒】【煞尾】　仙吕：【混江龍】【後庭花】【青歌兒】

南吕：【草池春】【鵪鶉兒】【黄鍾尾】　中吕：【道和】

雙調：【新水令】【折桂令】【梅花酒】【尾聲】

按周德清《中原音韻》所載，十七宫調南北并同，後二條雖專論北調，而南調實不出其範圍。此《記》中如【江兒水】【五供養】【醉太平】等調，前後自相别，其【雙鸂鶒】【啄木兒】【鏵鍬兒】【點绛唇】【混江龍】【青歌兒】等調，又與他記不同，則知調雖有南北，而若此類者大略相去不遠。特金元時專尚北調，故周公遍詳之，非謂南調又自有一機局也，今并舉以見例。至於《瀛奎律髓》《詩人玉屑》所謂體，(一)所謂格，與夫《事林廣記》所謂旋宫法，《輟耕録》所謂唱曲病，皆詞家之要旨也，有志於知音者其詳考諸。

(一) 奎：原作『洲』，據通行書名改。

重校琵琶記目録

目録終

重校琵琶記一卷

第一齣　副末開場

（末上白）〔一〕

〔水調歌頭〕秋燈明翠幕，夜案覽芸編。今來古往，其中故事幾多般。少甚佳人才子，也有神仙幽怪，瑣碎不堪觀。正是：不關風化體，縱好也徒然。論傳奇，樂人易，動人難。知音君子，這回另作眼兒看。休論插科打諢，也不尋宮數調，只看子孝共妻賢。正是：驊騮方獨步，萬馬敢爭先。（問內科）且問後房子弟，今日敷演誰家故事，那本傳奇？（內應科）三不從《琵琶記》。（末）原來是這本傳奇。待小子略道幾句家門，便見戲文大意。

〔一〕眉批：凡歌曲入絃索難於更端，每一調自爲終始。《記》中雜曲間有出調，至於韻脚及間句結煞字，亦多不拘平仄，似與拘拘者不同，故首説破『也不尋宮數調』一句。

〔沁園春〕趙女姿容，蔡邕文業，兩月夫妻。奈朝廷黃榜，遍招賢士；高堂嚴命，强赴春闈。一舉鰲頭，再婚牛氏，利綰名牽竟不歸。饑荒歲，雙親俱喪，此際實堪悲。堪悲，趙女支持，剪下香雲送舅姑。把麻裙包土，築成墳墓；琵琶寫怨，逕往京畿。孝矣伯喈，賢哉牛氏，書館相逢最慘悽。重廬墓，一夫二婦，旌表門閭。

極富極貴牛丞相，施仁施義張廣才。
有貞有烈趙真女，全忠全孝蔡伯喈。

第二齣　高堂稱慶(一)

【正宮引子・瑞鶴仙】（生）十載親燈火，論高才絕學，休誇班、馬。風雲太平日，正驊騮欲騁，魚龍將化。沉吟一和，(二)怎離却雙親膝下？且盡心甘旨，功名富貴，付之天也。

〔鷓鴣天〕宋玉多才未足稱，子雲識字浪傳名。奎光已透三千丈，風力行看九萬程。經世手，濟時英，玉堂金馬豈難登？要將萊綵歡親意，且戴儒冠盡子情。蔡邕沉酣六籍，貫串百家。自禮樂名物，以及詩賦詞章，皆能窮其妙；由陰陽星曆，以至聲音書數，靡不得其精。抱經濟之奇才，當文明之盛世。幼

(一) 齣目原闕，據目録補。
(二) 眉批：『沉吟』句浙本不唱，但作躊躕之狀，不唯【瑞鶴仙】缺一句，而梨園醜態日繁，皆此類作俑也。

而學，壯而行，雖望青雲之萬里；入則孝，出則弟，怎離白髮之雙親？到不如盡菽水之歡，甘虀鹽之分。正是：行孝於己，責報於天。自家新娶妻房，纔方兩月。却是陳留郡人，趙氏五娘。儀容俊雅，也休誇桃李之姿；德性幽閒，儘可寄蘋蘩之託。正是：夫妻和順，父母康寧。《詩》中有云：『爲此春酒，以介眉壽。』今喜雙親既壽而康，對此春光，就花下酌杯酒，與雙親稱壽，多少是好？昨已囑付五娘子安排，不免催促則個。娘子，酒完了，請爹媽出來。（旦內應科）（外扮蔡公淨扮蔡婆上）

【雙調引子·寶鼎兒】（外）小門深巷，春到芳草，人閒清晝。（淨）人老去星星非故，春又來年年依舊。（旦扮趙氏上）最喜今朝春酒熟，滿目花開如繡。（合）願歲歲年年，人在花下，常斟春酒。

（外）〔一〕孩兒，你請我兩個出來做甚麼？（生）告爹媽得知：人生百歲，光陰幾何？幸喜爹媽年滿八旬，孩兒一則以喜，一則以懼。當此青春光景，閒居無事，聊具一杯蔬酒，與爹媽稱慶則個。（淨笑云）阿老有得喫。（外）阿婆，這是子孝雙親樂，家和萬事成。（生勸酒科）

【雙調過曲·錦堂月】（生）簾幕風柔，庭幃晝永，朝來峭寒輕透。親在高堂，一喜又還一憂。惟願取百歲椿萱，長似他三春花柳。（合）酌春酒，看取花下高歌，共祝眉壽。

〔一〕眉批：此處當道出蔡公蔡婆及張廣才姓名方有原委。蔡名稜，字伯直，此曰從簡，取木簡之意。一云張大公即高東嘉託名。

【前腔換頭】（旦）輻輳，獲配鸞儔。深慚燕爾，(一)持杯自覺嬌羞。怕難主蘋蘩，不堪侍奉箕箒。惟願取偕老夫妻，長侍奉暮年姑舅。（合前）

【前腔換頭】（外）(二)還愁，白髮蒙頭。紅英滿眼，心驚去年時候。只恐時光，催人去也難留。孩兒，惟願取黃卷青燈，及早換金章紫綬。（合前）

【前腔換頭】（浄）(三)還憂，松竹門幽。桑榆暮景，(四)明年知他健否安否？嘆蘭玉蕭條，一朵桂花難茂。媳婦，惟願取連理芳妍，(五)得早遂孫枝榮秀。（合前）

【醉翁子】（生）回首，嘆瞬息烏飛兔走。喜爹媽雙全，謝天相佑。（旦）不謬，更清淡安閒，樂事如今誰更有？（合）相慶處，但酌酒高歌，共祝眉壽。(六)

（外）(七)孩兒，你今日爲我兩個慶壽，這便是你的孝。人須要忠孝兩全，方是個丈夫。我纔想將起來，今

(一) 眉批：『鸞儔』『燕爾』，以虛對實。
(二) 眉批：外折以顔色字作類。
(三) 眉批：浄折以花木字作類。
(四) 眉批：景：古『影』字。
(五) 眉批：芳妍：今作『芳年』，對『榮秀』字不過。
(六) 眉批：共祝眉壽：一作『更復何求』，非韻。
(七) 眉批：今本無外白，接『卑陋』句不下。

年是大比之年。昨日郡中有吏來辟召，你可上京取應。倘得脱白掛緑，儘可濟世安民，這纔是你的忠。

（生）爹媽高年在堂，無人侍奉，孩兒豈敢遠離？實難從命。

【前腔換頭】（外）卑陋，論做人要光前耀後。勸我兒青雲萬里，㈠早當馳驟。（净）聽剖，真樂在田園，何必區區公與侯？（合前）

【僥僥令】（生、旦）春花明綵袖，春酒泛金甌。但願歲歲年年人長在，父母共夫妻相勸酬。

【前腔】（外、净）夫妻好廝守，父母願長久。坐對兩山排闥青來好，㈡看將一水護田疇，緑遶流。

【十二時】（合）山青水緑還依舊，嘆人生青春難又，惟有快活是良謀。

（外）逢時對景且高歌，（净）須信人生能幾何。

（生）萬兩黄金未爲貴，（旦）一家安樂值錢多。

㈠ 眉批：勸：一作『願』，與『當』字不應。

㈡ 眉批：今本作『坐對送青排闥青來好，看將緑水護田疇，緑水湫』。不唯刻畫元詞，其如荆公佳句何？

第三齣　牛氏規奴

（末）風送爐香歸別院，[一]日移花影上閒庭。晝長人静無他事，惟有鶯啼三兩聲。[二]小子不是别人，却是牛太師府裏一個院子。若論俺太師的富貴，真個：只有天在上，更無山與齊。舉頭紅日近，回首白雲低。怎見得那般富貴？[三]他勢壓中朝，資傾上苑。白日映沙堤，青霜凝畫戟。門外車輪流水，城中甲第連天。瓊樓酬月十二層，錦障藏春五十里。香散綺羅，寫不盡園林景致；影摇珠翠，描不就庭院風光。好耍子的油碧車輕金犢肥，没尋處的流蘇帳煖春鷄報。[四]畫堂内持觴勸酒，走動的是紫綬金貂；繡屏前品竹彈絲，擺列的是紅粧粉面。璘瑁筵前爇寶香，真個是朝朝寒食；琉璃影裏燒銀燭，果然是夜夜元宵。這般樣福地洞天，可知有仙姝玉女。休誇富貴的牛太師，且説賢德的小娘子。真個好一位小娘子呵！看他儀容嬌媚，一個没包彈的俊臉，似一片美玉無瑕；體態幽閒，半點難勾引的芳心，如幾寸清冰徹底。珠翠叢中長大，倒堪雅淡梳粧；綺羅隊裏生來，却厭繁華氣象。怪聽笙歌聲韻，惟貪針黹工夫。愛景清幽，鎮白日何曾離繡閣？笑人游冶，傍青春那肯出香閨？開遍海棠花，也

[一] 眉批：『風送』四句高漢卿詩。

[二] 眉批：鶯啼：一作『啼鶯』，引寇準《華山》詩，取義更新。

[三] 眉批：此篇與三十四齣彌陀寺五戒、三十六齣蔡伯喈院子二篇語俱駢麗清新。

[四] 眉批：『油壁』二句温飛卿詩。

不問夜來多少；飛殘楊柳絮，竟不道春去如何。要知他半點真心，惟有穿瑣窗的皓月；能回他一雙嬌眼，除非翻翠幌的清風。決非慕司馬的文君，肯學選伯鸞的德耀。(一) 更羡他知書知禮，是一個不趨蹌的秀才；若論他有德有行，好一位戴冠兒的君子。多應是相門相種，可惜不做厮兒！(二) 少甚麼王子王孫，爭要求爲佳配。呀！理會得麼？他是玉皇殿上掌書仙，(三) 一點塵心謫九天。莫怪蘭香熏透骨，霞衣曾惹御爐烟。呀！好怪麼！只見府堂中老姥姥和惜春姐兩個，笑哈哈舞將出來。我且躲在一邊，看他做甚麼？（净扮老姥姥丑扮惜春舞上）

【仙吕入雙調·雁兒落】（净）庭院重重，怎不怨苦？要尋個男兒，又無門路。（丑）甚年能彀和一丈夫，(四) 一處裏雙雙雁兒舞？

（相見科）（末）來，我問你兩個：往常間不曾恁的快活，今日如何這般快活？（丑）院公，你那得知我喫小姐苦哩！并不許我半步胡踹，又不要我説男兒邊厢去。咳，苦也！你不要男兒，我須要哩！他也道我和他相似，笑也不許我笑一笑。今日天可憐見，喫我千方百計去説化他，只限我半個時辰去後花園閒耍一遭。你道我如何不快活？（净）院公，便是我也千不合萬不合前生不曾種得福田，爹娘把

(一) 眉批：『司馬』『伯鸞』一句事對人對字對。
(二) 眉批：厮兒：猶云男子。
(三) 眉批：『玉皇』四句，唐任生贈曹文姬詩。
(四) 眉批：和：諸本作『嫁』，語意不活。

我送在府堂中做個丫頭。到今年紀老了，不曾得一日眉頭舒展。今日天可憐見，幸得老相公入朝，我纔得偷身來此閒耍一遭。你道我如何不快活？（末）元來恁的，可知道你二人快活也。（淨）院公，你伏侍老相公，却是公的又撞着公的；我與惜春伏侍小姐，却是雌的又撞着雌的。（末）呀！老姥姥，你怎的説這話？惜春姐年紀小，也怪他傷春不得。你年紀這般老大，也説這般傷春的話，成甚麽樣子？（淨）哼嗯老畜生，倒喫你識破了！却不道秋茄晚結，菊花晚發？我雖然老便老，似京棗。外面皺，裏頭好。你不聞東村有個李太婆，年紀七八十歲，頭光撻撻的，也只要嫁人。人問道：婆婆，你這般老了，又要去嫁人怎的？那婆婆做四句詩，應得好。（末）如何説？（淨）道是：人生七十古來稀，不去嫁人待何時？下了頭髻床上睡，枕頭上架兩個大擂搥。（末）你有些欠尊重。（丑）休閒説，今日得來此花園游嬉，也不容易。又撞着院公在此，咱每三個何不做個耍子？（末）也説得是。還是做甚麽耍子好？（淨）院公，和你踢氣毬耍子？（末）不好。（淨）怎的不好？〔西江月〕（末）白打從來逞藝，官場自小馳名。(一)如今年老脚跛蹭，(二)圓社無心馳騁。　空使繡襦汗濕，漫教羅襪生塵。兀的是少年子弟俏門庭，老姥姥，不是你寶粧行徑。（丑）院公，踢氣毬不好，便和你鬥百草耍子？（末）也

(一) 眉批：《齊雲論》云：『兩人對踢爲白打，三人角踢爲官場。』

(二) 眉批：跛蹭：不便貌。坊本作『膁疼』，非。毬會謂之圓社。

不好。(丑)怎的不好?(末)香徑裏攀殘柳眼,㈠雕闌畔折損花容。又無巧藝動王公,枉費工夫何用?　驚起嬌鶯語燕,打開浪蝶狂蜂。若還尋得個并頭紅,惜春姐,早把你芳心引動。(浄、丑)院公,你道兩様都不好,如今打鞦韆耍子好麽?(末)這個却好。你聽我説:　玉體輕流香汗,繡裙蕩漾明霞。纖纖玉手綵繩拿,真個堪描堪畫。　本是北方戎戲,移來上苑豪家。女娘撩亂隔墻花,好似半仙戲耍。(浄、丑)恁的便打鞦韆。只是没有架子。(末)這花園中那裏得他?一來老相公不喜,二來小娘子不好。縱有也折了。(丑)院公,没奈何,我每三個在這裏厮輪做個鞦韆架,一人打,兩人擡。(末)如此也好。誰人先打?(浄、丑)我兩人擡,院公先打。(做架科)(末)你兩人不要跌了我。(浄、丑)院公,你放心,不妨事,只管上去打便罷。(末打科)

【窣地錦襠】㈡(末)花紅柳緑草芊芊,正值春光艷陽天。我和你不來此處打鞦韆,爲人一生也徒然。

(放跌科)(末)你兩個跌得我好!如今輪該老姥姥打。(浄)你兩人也不要跌了我。(末)老姥姥放心,不妨事,只管打便罷。(浄打科)

【前腔】(浄)春光明媚景色鮮,遊遍花塢聽杜鵑。那更上苑柳如綿,我和你不打鞦韆枉少年。

㈠ 眉批:三詞并不露一個本色字,而三事宛然,甚妙。一本改『柳眼』爲『草色』,犯出『草』字,失體。

㈡ 眉批:諸本無此三曲與前白及詞,不相應。

（放跌科）（浄）你兩個騙得我好！　如今輪該惜春打。（丑）你兩人也不要跌了我。（浄）惜春放心，也只管打便罷。（丑打科）

【前腔】（丑）奴是人間快活仙，喫了飽飯愛去眠。莫教小姐來撞見，那時高高弔起打三千。

（放跌科）（貼扮牛氏上撞見科）（貼）莫信直中直，須防仁不仁。是耍得好呵！（末、浄走下）（丑做不知）你兩個騙得我好！　如今我打了，又該院公打。（貼扯丑耳科）賤人，恁的爲人不尊重，只要閒嬉并閒哄！（丑驚科）小姐，教人怎不去閒哄？　你看那鞦韆架尚兀自走動哩。（貼）賤人！　我只教你在此賞翫片時，誰許你如此閒哄？（丑）小姐，奴家心裏憂悶，只得在此消遣則個。（貼）賤人，你心中憂悶怎的？（丑）小姐，奴家名唤做惜春，㈠見這春去了，便自傷春起來，教人如何不悶？（貼）賤人，有甚傷春處？（丑）小姐，我早晨裏只聽疏剌剌寒風吹散了一簾柳絮，餉午間只見淅零零細雨打壞了滿樹梨花。一霎時囀幾對黄鸝，猛可的叫數聲杜宇。奴家見此春去，如何不悶？（貼）春光自去，你有甚麽悶來？　我和你去習學女工便了。（丑）咳！　苦也！　這般天氣，誰不去閒嬉？　小姐却教惜春去習女工，兀的不是悶殺惜春麽？（貼）婦人家誰許你閒嬉？　不習女工，有甚勾當？　你却不學那不出閨門的！（丑）小姐，你有盈箱羅綺，滿頭珠翠，少甚麽子，却這般自苦？（貼）賤人！　好怪麽？　做女工是你本分的事，問有和没有做甚麽？（丑）恁地，惜春拜辭小姐去也。（貼）你拜辭我那裏去？（丑）小

㈠　眉批：『惜春』二字是一篇關鍵。

姐，我去伏侍别人，與他傳消遞息，隨趁也得些快活。（貼）咳！賤人，你伏侍我，我有甚虧了你？（丑）小姐，我伏侍着你時節，見男兒也不許我擡頭看一看。前日艷陽天氣，花紅柳緑，猫兒也動心，你也不動一動；[一]如今暮春時候，鳥啼花落，狗兒也傷情，你也不傷一傷。惜春其實難和小姐過活。（貼）呀！這賤人，你是顛是狂，説這般話？我就去對老相公説，好生施行你。（丑跪科）小姐，可憐見惜春心裏悶，因此這般説。（貼）賤人，我且饒你這遭。你看麽。

【越調引子·祝英臺近】（貼）緑成陰，紅似雨，春事已無有。（丑）聞説西郊，車馬尚馳驟。（貼）怎如柳絮簾櫳，梨花庭院，（合）好天氣清明時候？

〔玉樓春〕（丑）清明時節單衣試，争奈晝長人静重門閉。（貼）我芳心不解亂縈牽，羞睹遊絲與飛絮。（丑）小姐，我在繡窗欲待拈針黹，忽聽鶯燕雙雙語。（貼）賤人！無情何事管多情，任取春光自來去。（丑）呀！小姐，你有甚麽法度，教惜春休悶哩？（貼）你且聽我説。

【越調過曲·祝英臺序】（貼）把幾分春，三月景，分付與東流。（丑）小姐，如今鳥啼花落，你須煩惱麽？（貼）啼老杜鵑，飛盡紅英，端不爲春閒愁。（丑）你不閒愁，也去賞翫麽？（貼）休休，婦人家不出閨門，怎去尋花穿柳？（丑）小姐，你不去賞翫，只怕消瘦了你。（貼）我花貌，[二]誰肯因

[一] 眉批：此段話至第十五齣相應。

[二] 眉批：我花貌：坊本作『把花貌』，非。

春消瘦？

【前腔換頭】（丑）春晝，只見燕成雙，(一)蝶引隊，鶯語似求友。（貼）呀！賤人！你是人，却説那蟲蟻做甚麽？（丑）那更柳外畫輪，花底雕鞍，都是少年閒遊。（貼）這賤人，你是婦人家，説那男兒的事做甚麽？（丑）難守，繡房中清冷無人，我待尋一個佳偶。（貼）呀！賤人，你倒思量丈夫起來！（丑）這般説，我終身休配鸞儔？

【前腔換頭】（貼）惜春，知否？我爲何不捲珠簾，獨坐愛清幽？（丑）清幽，清幽，争奈人愁！（貼）縱有千斛悶懷，百種春愁，難上我的眉頭。（丑）小姐，只怕你不常恁的。（貼）休憂，任他春色年年，我的芳心依舊。（丑）只怕風流年少的哄着你。（貼）這文君，可不擔閣了相如琴奏。

【前腔換頭】（丑）今後，方信你徹底澄清，我好没來由。（貼）惜春，你怎的不收斂了心？（丑）想像暮雲，分付東風，情到不堪回首。（貼）你怎的不學着我？（丑）姐姐，聽剖，你是蕊宮瓊苑神仙，不比塵凡相誘。（貼）恁地，自隨我習女工便了。（丑）我謹隨侍娘行，拈針挑繡。

姐姐，(二)你聽那子規却是啼得好哩！

(一) 眉批：『燕成雙』是三疊文，諸本作『燕雙飛』，非。

(二) 眉批：古本有結尾白，坊本無。

(貼)休聽枝上子規啼，(丑)悶在停針不語時。
(貼)窗外日光彈指過，(丑)席前花影坐間移。

第四齣　蔡公逼試

【南呂引子・一剪梅】(生)浪暖桃香欲化魚，期逼春闈，難捨親闈。(一)　郡中空有辟賢書，心戀親闈，難赴春闈。

世間好物不堅牢，(二)彩雲易散琉璃脆。蔡邕本欲甘守清貧，力行孝道。誰知朝廷黄榜招賢，郡中把自家名字保申上司去了；一壁廂有吏來辟召，自家力以親老爲辭。這吏人雖則已去，只怕明日又來，我只得力辭便了。正是：人爵不如天爵貴，功名争似孝名高。

【南呂過曲・宜春令】(生)雖然讀萬卷書，論功名非吾意兒。只愁親老，夢魂不到春闈

(一)　眉批：一作『期逼春闈，詔赴春闈；心戀親闈，難捨親闈』。兩下句意各重，又曰『詔』，又曰『書』，都無輕重，今從古本改定。

(二)　眉批：『世間好物』二句，白樂天送蘇小小詩。

裏。(一) 便教我做到九棘三槐，(二) 怎撇得萱花椿樹？天那！我這衷腸，一點孝心對誰語？

【前腔】(末扮張大公上)(末)相鄰并，相依倚，往常間有事來相報知。(生)來的却是張大公呵。(相見科)(末)秀才，試期逼矣，早辦行裝前途去。(生)公公，我雙親年老，不敢去。(末)呀！秀才，子雖念親老孤單，親須望孩兒榮貴。你趁此青春不去，更待何日？(生)公公言之有理。爭奈父母無人奉侍，如何去得？(末)你既不肯去呵，且看老員外和老安人出來如何說。我想起來，也只是教你去的分曉。道猶未了，老員外來也。

【前腔】(外)時光短，雪鬢垂，守清貧不圖甚的。有兒聰慧，但得爲官吾足矣。(外末相見科)(外)孩兒，天子詔招取賢良，秀才每都求科試。(三) 你快赴春闈，急急整着行李。(末)呀！老安人出來了。(淨上)

【前腔】(淨)娘年老，八十餘，眼兒昏又聾着兩耳。有兒聰慧，娶得個媳婦方纔六十日，老賊，

(一) 眉批：春：一作『親』，非。

(二) 眉批：『九棘三槐』『萱花椿樹』，自對格。

(三) 眉批：求：一作『去』。

你强逼他赴着春闈，那時節怕等不得孩兒榮貴。天那！細思之，怎不教老娘嘔氣？㈠（相見科）（浄）孩兒，我不合娶媳婦與你。方纔兩個月，你渾身便瘦了一半；若再過三年，怕不成一個骷髏？（末）呀！老安人，你要他夫妻不諧呵？（外）孩兒，如今黄榜招賢，試期已逼。郡中既然辟召你，你有這般才學，如何不去赴選？（生）告爹爹得知：孩兒非不要去，争奈爹媽年老，家中無人侍奉。（末）老員外和老安人，不可不作成秀才去走一遭。（浄）咳！大公，你豈不知道？我家中又没七子八婿，只有一個孩兒，如何去得？（外）呀！你怎説這話？如今去赴選的，家中都有七子八婿麽？（浄）老賊，你如今眼又昏，耳又聾，又走動不得。你教他去後，倘有些個差池，兀的教誰來看顧你？真個没飯喫便餓死你，没衣穿便凍死你，你知道麽？（外）你婦人家理會得甚麽？孩兒若做得官時，也改換門閭，如何不教他去？（生）爹爹説得自是，只是孩兒難去。

【繡帶兒】（生）親年老光陰有幾？行孝正當今日。㈡（末）秀才此去，必定脱白掛緑。（生）大公，終不然爲着一領藍袍，却落後五綵斑衣？㈢思之，此行榮貴雖可擬，怕親老等不得榮貴。

㈠ 眉批：浄折諸本作『【吴小四】眼又昏，耳又聾，家私空又空。只有孩兒肚内聰，他若做得官時我運通，我兩人不怕窮』。據末二句，蔡婆亦是要伯喈去的，與後折相背。況【吴小四】在【商調】，與【南吕】亦自不協。

㈡ 眉批：正當：一作『正是』，一作『正在』。

㈢ 眉批：『五綵』對『一領』，今作『戲綵』，非。

（外）孩兒，春闈裏紛紛的都是大儒，難道是没爹娘的方去求試？

【前腔】（末）秀才，你休疑，男兒漢凌雲志氣，何必苦恁淹滯？秀才，你此回不去呵。可不干費了十載青燈，枉捱過半世黄虀？須知，此行是親志，你休固拒。秀才，那些個養親之志？

（浄）我百年事只有此兒，老賊！難道是庭前森森丹桂？

【太師引】（外）大公，他意兒難提起，這其間就裏我自知。（末）老員外，他爲着甚麽？（外）他戀着被窩中恩愛，㈠捨不得離海角天涯。（生）孩兒豈有此心！（外）孩兒，你是讀書之人，我説一個比方與你聽。塗山四日離大禹，你今畢姻已兩個月了。直恁的捨不得分離？（末笑科）呀！秀才，你敢是如此麽？（生）大公，卑人怎敢？（末）秀才，你貪鴛侶守着鳳幃，㈡只怕誤了你鵬程鶚薦消息。

【前腔】（浄）大公，他意兒只要供甘旨，又何曾貪歡戀妻？自古道曾參純孝，何曾去應舉及第？功名富貴天付與，天若與不求而至。（生）娘言是，望爹行聽取。（外）呀！娘言的是，我

㈠ 眉批：『被窩中』句無中生有，便爲下文張本。一作『臂窩中』，非。

㈡ 眉批：『鴛侶』『鳳幃』『鵬程』『鶚薦』，天然字面。

言的非呵！你敢只是戀新婚，逆親言麼？（生跪天科）天那！蔡邕若是戀着新婚不肯去呵，[一]天須鑒蔡邕不孝的情罪！

（外怒科）畜生！我教你去赴選，也只是要改換門閭，光顯祖宗。你却七推八阻，有許多説話！（生）爹爹，孩兒豈敢推阻？争奈爹媽年老，無人侍奉。萬一有些差池，一來人道孩兒不孝，撇了爹娘，去取功名；二來人道爹爹所見不達，止有一子，教他遠離；孩兒以此不敢從命。（外）不從我命也由你，你且説如何唤做孝？（净）老賊！你年紀七八十歲，也不識做孝？披麻帶索便唤做孝。（外）咦！你曉得甚麼？（生）告爹爹：凡爲人子者，冬温而夏凊，昏定而晨省，問其燠寒，搔其痾痒，出入則扶持之，問所欲則敬進之。所以父母在，不遠遊；出不易方，復不過時。古人的大孝，也只是如此。（外）孩兒，你説的都是小節，不曾説着大孝。（净）老賊！你又不曾死，只管教他做大孝，若是做大孝，越出去赴選不得。（末）咦！這話有些不祥。（外）孩兒，你聽我説：夫孝始於事親，中於事君，終於立身。身體髮膚，受之父母，不敢毁傷，孝之始也。立身行道，揚名於後世，以顯父母，孝之終也。是以家貧親老，不爲禄仕，所以爲不孝。你若去做得官時節，也顯得父母好處，兀的不是大孝是甚麼？（生）爹爹説得極是。但孩兒此去，知道做得官否？若還不中時節，既不能殻事親，又不能殻事君，却不兩下擔閣了？（末）秀才所見差矣。老漢嘗聞古人云：幼而學，壯而行；懷寶迷邦，謂之不仁。

[一] 眉批：蔡邕：今作『孩兒』，非矢天語。

孔席不暇煖，墨突不得黔，伊尹負鼎俎於湯，百里奚把五羊皮自鬻，也只要順時行道，濟世安民。自古道：學成文武藝，貨與帝王家。秀才，你這般才學，如何不去做官？（淨）大公，你都有好言勸我孩兒去赴選，我有一個故事説與你聽。（末）老漢願聞。（淨）在先東村李員外有個孩兒，也讀兩行書。他爹每日鬧炒，只是教孩兒去求官。孩兒喫不過爹爹鬧炒，去到長安，那裏無人擡舉他，遂流落去街上乞食。見個平章宰相，他疾忙在地上拜着，叫聲擡舉他。那宰相道：我與你做個養濟院大使，去管你爹娘。這孩兒自思道：做個養濟院大使，如何管得自己的父母？比及他回家去，不想他父母無人供養，流落在養濟院裏居住。他父母見孩兒回來，説道：我教孩兒去得是？今日我孩兒做個頭目，衆人也不敢欺負我。你每如今都勸我孩兒去赴選，千萬做個養濟院頭目回來，衆人也不敢欺負我。（末笑科）老安人，你説這乞丐事，儘教我聽了半日。（外）孩兒，你趁早收拾行李起程。（生）爹爹，孩兒去則不妨，只是爹媽年老，教誰看管？（末）秀才不必憂慮。自古道：千錢買鄰，八百買舍。老漢既忝在鄰居，你但放心前去；若是宅上有些小欠缺，老漢自當應承。（生）如此，多謝公公！凡事仗託周濟。此行若獲寸進，決不忘恩。卑人没奈何，只得收拾行李前去。

【三學士】（生）謝得公公意甚美，凡事仗託扶持。假饒一舉登科日，難道是雙親未老時？只恐錦衣歸故里，怕雙親不見兒。（一）

（一）眉批：用『只恐』『你若』『若不』『縱然』八個閒字，遂化成四段意，大還丹點鐵成金，止須一刀去耳。

【前腔】（外）萱室椿庭衰老矣，指望你改换門閭。孩兒，你道是無人供養我，若是你做得官回來時節。三牲五鼎供朝夕，須勝似啜菽并飲水。你若錦衣歸故里，我便死呵。一靈兒終是喜。

【前腔】（末）託在鄰家相依倚，自當效些區區。〔一〕秀才，你爲甚十年窗下無人問？只圖個一舉成名天下知。你若不錦衣歸故里，誰知你讀萬卷書？

【前腔】（淨）一旦分離掌上珠，我這老景憑誰？苦！忍將父母飢寒死，博得孩兒名利歸。你縱然錦衣歸故里，補不得你名行虧。

（外）急辦行裝赴試闈，（生）父親嚴命怎生違？

（淨）一舉首登龍虎榜，（末）十年身到鳳凰池。

第五齣　南浦囑别

【雙調引子·謁金門】（旦）春夢斷，臨鏡綠雲撩亂。聞道才郎遊上苑，又添離別嘆。（生）苦被爹行逼遣，脉脉此情何限。〔二〕（合）骨肉一朝成折散，可憐難捨拚。

〔一〕眉批：自：一本作『專』，不妥。

〔二〕眉批：『脉脉』屬意緒，一作『默默』則屬言語矣。杜牧之詩『脉脉無言幾度春』，又辛幼安詞『脉脉此情誰訴』。

（旦）官人，雲情雨意，雖可抛兩月之夫妻；雪鬢霜鬟，竟不念八旬之父母？功名之念一起，甘旨之心頓忘，是何道理？（生）娘子，你説那裏話？膝下遠離，豈無眷戀之意？奈堂上力勉，不聽分剖之辭。咳！教卑人如何是好？（旦）呀！官人，我猜着你了。

【仙吕入雙調・忒忒令】（旦）你讀書思量做狀元，我只怕你學疏才淺。（生）娘子，你那見我學疏才淺？（旦）官人，只是《孝經》《曲禮》，你早忘了一段。㈠（生）咳！我幾曾忘了？（旦）却不道夏清與冬温，昏須定，晨須省，親在遊怎遠？

【前腔】（生）娘子，我苦哀哀推辭了萬千，（旦）那張大公在傍邊如何説？（生）他鬧炒炒抵死來相勸。（旦）官人，你不去時，也須由你。（生）將我深罪，不由人分辯。（旦）他罪你甚的？（生）他道我戀新婚，逆親言，貪妻愛，㈡不肯去赴選。

【沉醉東風】（旦）你爹行見得好偏，只一子不留在身畔。官人，公婆如今在那裏？（生）在堂上。（旦）既在堂上，我和你去説。（欲行不行科）（生）娘子，你怎的又不去了？（旦）罷！罷！罷！我和你去説時節呵。他又道我不賢，㈢要將伊迷戀。苦！這其間，教人怎不悲怨？（合）爲爹淚

㈠ 眉批：一段：坊本作『一半』，不穩。
㈡ 眉批：又應前『被窩中』語。
㈢ 眉批：又：一作『只』。

漣，爲娘淚漣，何曾爲着夫妻上意牽？[一]

【前腔】（生）做孩兒節孝怎全？做爹行不從幾諫。（旦）官人，你爲人子的，不當恁地埋冤他。

（生）非是我要埋冤，只愁他影隻形單，我出去有誰來看管？（合前）

（生）娘子，爹媽來了，你且揾了眼淚。

【仙吕過曲·臘梅花】（外、浄）孩兒出去在今日中，爹爹媽媽來相送。但願魚化龍，青雲得路，桂枝高折步蟾宫。

（外）孩兒，你行李收拾了未？（生）行李收拾已了。（外）收拾已了，如何不去？（浄）老賊！他若出去了，家中别無第二人，止有一個媳婦，如何不分付幾句？（生）孩兒没别事，只待張大公來，把爹媽拜託與他，教他早晚應承，孩兒庶可放心前去。（旦）呀！張大公早來。（末）仗劍對樽酒，[二]恥爲遊子顔。所志在功名，離别何足嘆。[三]（相見科）（生）大公，卑人如今出去，家中并無親人。爹媽年老，只有一個媳婦，却是女流，他理會得甚麽？凡事全賴公公相與扶持；家中倘有些小欠缺，亦望公公周濟。昨日已蒙親許，今日特此拜懇。卑人倘有寸進，自當效結草銜環之報，決不忘恩。（末）秀才，受人之

[一] 眉批：意：一作『掛』。

[二] 眉批：『仗劍』四句，陸魯望詩。

[三] 眉批：『嘆』字叶於聲。

託，必當終人之事；况一言既出，駟馬難追。昨日已許秀才，去後決不相誤。（生）如此，多謝公公！（外）孩兒，既蒙張大公金諾，必不食言，你可放心早去。（生）孩兒就此拜辭爹媽便去。

【仙吕入雙調・園林好】（生）兒今去爹媽休得要意懸，兒今去今年便還。但願得雙親康健，（合）須有日拜堂前，須有日拜堂前。

【前腔】（外）我孩兒不須掛牽，爹只望孩兒做官。[一]若得你名登高選，（合）須早把信音傳，須早把信音傳。

【江兒水】（净）膝下嬌兒去，堂前老母單，臨行密密縫針綫。[二]眼巴巴望着關山遠，冷清清倚定門兒盼。[三]（生）母親且自寬懷消遣。（净）教我如何消遣？（合）要解愁煩，須是頻寄音書回轉。

【前腔】（旦）妾的衷腸事，有萬千，（生）娘子，你有甚麼事，説與我知道。（旦）説來又恐添縈絆。

[一] 眉批：做官：一作『貴顯』，似雅，但於韻調不協。

[二] 眉批：孟郊詩：『慈母手中綫，遊子身上衣。臨行密密縫，猶恐遲遲歸。』古本全用其語而足以『針綫』二字，緣【江兒水】第三句必該七字，深得縮字之法。諸本作『只得密縫』，雖見有不忍抛捨之意，但語不俏調不協。并存之。

[三] 眉批：盼：一作『遍』，於『定』字有礙。

（生）娘子，有甚縈絆？（旦）六十日夫妻恩情斷，[一]八十歲父母教誰看管？（生）娘子，你這般説，莫不怨我麽？（旦）教我如何不怨？（合前）

【五供養】（末）貧窮老漢，託在隣家，事體相關。秀才，此行雖勉强，不必恁留連，（生）卑人去後，只慮父母獨自在堂，難度歲月。（末）秀才放心。你爹娘早晚、早晚間吾當陪伴。[二]（生悲科）

（末）丈夫非無淚，不灑別離間。（合）骨肉分離，寸腸割斷。（生跪告科）

【前腔】（生）公公可憐，俺爹娘望你周全。（末扶起科）（生）此身還貴顯，[三]自當效銜環。（旦挽生背唱）官人，有孩兒也枉然，你爹娘到教別人看管。此際情何限，偷把淚珠彈。（合前）

【玉交枝】（外）別離休嘆，我心中非不痛酸。孩兒，非爹苦要輕折散，也只是圖你榮顯。（淨）孩兒，蟾宫桂枝須早攀，北堂萱草時光短。（合）又未知何日再圓？又未知何日再圓？

【前腔】（生）雙親衰倦，娘子，你扶持看他老年。飢時勸他加餐飯，寒時頻與衣穿。（旦）官人，我做媳婦事舅姑，不待你言。你做孩兒離父母，何日返？（合前）

[一] 眉批：『六十日』句一本作淨唱，亦近理，但旦私道衷腸，不應攙唱，此見元本之無滲漏也。

[二] 眉批：吾當：今本作『我專來』，語意欠活。

[三] 眉批：還：一作『倘』。

【川撥棹】（外）孩兒，歸休晚，莫教人凝望眼。（生）但有日回到家園，怕回來雙親老年。㈠（合）怎教人心放寬？不由人不珠淚漣。

【前腔】（旦）官人，我的埋冤怎盡言？（生）你埋冤我如何？（旦）我的一身難上難。（生）娘子，你寧可將我來埋冤，莫將我爹娘冷眼看。（合前）

【餘文】（合）生離遠別何足嘆，但願得你名登高選。衣錦還鄉，教人作話傳。

（生）此行勉强赴春闈，（衆）專望明年衣錦歸。

（合）世上萬般哀苦事，無過遠別共生離。

（外、淨、末下）（旦挽生科）官人，你如何割捨得便去了？（生）咳！教卑人如何是得？

【中呂・犯尾引】㈡（旦）懊恨別離輕，悲豈斷絃，愁非分鏡。只慮高堂，風燭不定。（生）腸已斷，欲離未忍，淚難收，無言自零。（合）空留戀，天涯海角，只在須臾頃。

【犯尾序】（旦）無限別離情，兩月夫妻，一旦孤零。㈢官人，你此去經年，望迢迢玉京。思省，

㈠ 眉批：『怕回來』句較前『不見兒』句覺穩。

㈡ 眉批：到此言已盡，又能作五首，而語更奇麗。

㈢ 眉批：零：一本作『另』。按旦折第三句結字俱平，生折第三句結字俱仄，各自有格。

（生）娘子，你思省呵，莫不是慮着山遥水遠麽？奴不慮山遥水遠，[一]（生）莫不是慮着衾寒枕冷麽？（旦）奴不慮衾寒枕冷。奴只慮公婆没主，一旦冷清清。

【前腔】（生）我何曾，想着那功名？（旦）官人，你不想着功名，如今又去怎的？（生）欲盡子情，難拒親命。娘子，年老爹娘，望伊家看承。畢竟，你休怨朝雲暮雨，且爲我冬温夏清。[二]思量起，如何教我割捨得眼睁睁？

【前腔】（旦）官人，你儒衣纔换青，快着歸鞭，早辦回程。十里紅樓，休戀着娉婷。[三]叮嚀，不念我芙蓉帳冷，也思親桑榆暮景。咳！我頻囑付，知伊記否？[四]空自語惺惺。

【前腔】（生）娘子，你寬心須待等，[五]我肯戀花柳，甘爲萍梗？只怕萬里關山，那更音信難憑。須聽，我没奈何分情破愛，誰下得虧心短行？從今我，相思兩處，一樣淚盈盈。（旦）官人此去，千萬早早回程。（生）卑人有父母在堂，豈敢久戀他鄉？（旦）須是早寄個音信回來。

[一] 眉批：水遠：一作「路遠」，非。

[二] 眉批：且：一作「暫」，一作「只」；「替我」一作「爲着我」，俱未妥。

[三] 眉批：戀着：一作「重娶」，太露。

[四] 眉批：頻一作「親」，「伊」一作「他」，對面而云「他」，失體。一作「背身低唱」，亦通。

[五] 眉批：此四折和意不和韻，做和賈舍人《早朝》詩體。

（生）音信不妨，只怕關山阻隔。（拜别科）

【鷓鴣天】（生）萬里關山萬里愁。（旦）一般心事一般憂。（生）桑榆暮景應難保，㈠客館風光怎久留？（生下）（旦）他那裏，謾凝眸，正是馬行十步九回頭。歸家只恐傷親意，閣淚汪汪不敢流。

纔斟别酒淚先流，郎上孤舟妾倚樓。
片帆漸遠皆回首，一種相思兩處愁。

第六齣　丞相教女

（末扮院子上）珠幌斜連雲母帳，㈡玉鈎半捲水晶簾。輕烟裊裊歸香閣，月影騰騰轉畫簷。小子不是别人，却是牛太師府中一個院子。這幾日老相公進朝，不知有甚勾當？久留省中，未曾回府，府裏幾個使女每，鎮日在後花園閒耍；今日知道老相公回來，都不見了。小子不免灑掃書館，伺候老相公回來。呀！好怪麽，只見一個婆子走入來做甚麽？（浄扮媒婆上）

㈠　眉批：『景』『影』古通用。『桑榆』謂晚景，或云日入之處。

㈡　眉批：『珠幌』四句，石曼卿詩。一作『大道青樓御院東，玉闌朱户閉簾櫳。金鈴犬吠梧桐月，朱鬣馬嘶楊柳風』。

【仙吕入雙調・字字雙】(一)（浄）我做媒婆甚妖嬈，談笑。説開説合口如刀，波俏。合婚問卜若都好，有鈔。只怕假做庚帖被人告，喫栲。

（末）婆子，你來這裏做甚麽？（浄）老媳婦特來與張尚書的舍人做媒。（末）咳！我這小娘子的媒怕難做。（浄）如何難做？（末）老相公不肯輕許。（浄）院公，我這頭親事，你老相公必然許我。（末）呀！且謾着，又有一個婆子來了。（丑扮媒婆上）

【前腔】（丑）我做媒婆甚艱辛，尋趁。有個新郎要求親，最緊。咱每只得便忙奔，(二)討信。（浄）你這老乞婆來這裏怎的？（丑）真個是路上更有早行人，心悶。

（末）你這婆子也來這裏做甚麽？（丑）告勾管哥得知，老媳婦特來與李樞密的舍人求親。（末）我方纔正對那婆子説了，這媒怕難做。（丑）如何難做？（末）我老相公揀擇的仔細。（丑）院公，你休管，我説這樁親事必定成也。（浄）呀！我是張媒婆，幾年在府前住，今日這媒，喫你老乞婆做去了？（丑）呀！老乞婆，偏你會做媒？但是門當户對的便好了。終不然你在府前住，定要你做媒？你與乞兒做媒，也嫁了他？（末）你休鬧，老相公回來了，你每且躲在一邊立地。（外扮牛太師上）

(一) 眉批：此即序中所謂一折而用平上去三字爲韻脚者。

(二) 眉批：便忙奔：一作『忙前奔』。

【正宫引子・齊天樂】（外）鳳凰池上歸來環珮，㈠衮袖御香猶在。棨戟門前，平沙堤上，何事車填馬隘？星霜鬢改，怕玉鉉無功，赤舄非材。回首庭前，淒涼丹桂好傷懷。㈡

下官這幾日久留省府，不曾回家。左右，方纔甚麽人在我廳前諠鬧？（末）有事不敢不報，無事不敢亂傳，適間有兩個婆子來老相公處求親。（外）着他進來。（淨、丑跪科）（外）你這兩個婆子做甚麽？（淨）奴家是張尚書府裏差來求親。（丑）奴家是李樞密府裏差來做媒。（外）不揀甚麽人家，但是有才學，做得天下狀元的，方可嫁他。若是其餘，不許問親。（淨）告相公得知：我的新郎，術人算他命，道他今年得做狀元。（丑）告相公得知：他的新郎命不好，只有奴家這個新郎，人算他命，今年必定得中狀元。（淨、丑相打科）（外）呀！這兩個婆子到我跟前無禮！左右，不揀有甚麽庚帖，都與我扯破；把那兩個弔起，各打十八。（末扯打科）（外）急把媒婆打離廳。（末）除非狀元方可問姻親。（淨）甘喫打十七八下黄荆杖。（丑）那些個成與不成喫百瓶？（末、淨、丑下）（外）光陰似箭催人老，日月如梭趲少年。自家没了夫人，只有一個女兒，如今不覺長成，未曾問親。只一件：我的女孩兒性格温柔，是事實會。若將他嫁個膏粱子弟，怕壞了他；只將他嫁個讀書君子，成就他做個賢婦，多少是好。我

㈠ 眉批：一本無『來』字，不通。

㈡ 眉批：『衮袖』句即杜詩『衣惹御爐香』，及詩餘『至今衣袖帶天香』之意。坊本作『滚滚』者，非。詩餘中此調『材』『懷』二字俱仄韻。

這幾日不在家，適聽得那使唤的，每日都在後花園中閒耍，這是我的女孩兒不拘束他。古人云：欲治其國，先齊其家。不免唤出女孩兒和老姥姥、惜春過來，好生訓誨他一番。（貼扮牛氏帶淨、丑上）

【雙調引子·花心動】（貼）幽閣深沉，問佳人：爲何懶添眉黛？(一) 繡綫日長，圖史春閒，誰解屢傍粧臺？(二) 絳羅深護奇葩小，不許蜂迷蝶猜。(三)（淨、丑）笑瑣窗，多少玉人無賴？

（外）孩兒，婦人之德，不出閨門。你如今長成了，方纔有媒婆來與你議親。今日是我的孩兒，異日做他人的媳婦。我這幾日不在家，你却放老姥姥、惜春每都在後花園中閒耍，不習女工，是何道理？我想起來，都是你不拘束他。倘或他做出歹事來，可不把你名兒污了？（貼）謝得爹爹教道，孩兒從今自拘束他。（外怒科）老姥姥，你年紀大矣，你做管家婆，到哄着女使每閒耍，是何所爲？（淨）不干老身事，都是惜春小丫頭。（丑）不干惜春事，都是老姥姥。（外）這兩個賤人固自相推，都拿下打。（貼跪稟科）爹爹息怒。（外）你且起來。

【雙調引子·惜奴嬌】（外）孩兒，你杏臉桃腮，(四) 當有松筠節操，蕙蘭襟懷。閨中言語，不出

(一) 眉批：添：一作「施」。
(二) 眉批：詩餘中調「臺」「猜」二字俱仄韻。
(三) 眉批：蜂迷蝶猜：諸本作「蜂識鶯猜」，非調。
(四) 眉批：後漢韋固妻貌美，人謂其「杏臉桃腮，雲鬢雪臉」，不然，何其絶容也？

的語言相戒。

閫閾之外。老姥姥，不教我孩兒伊之罪。惜春，這風情今休再。（合）記再來，但把不出閨門

【前腔換頭】（貼）堪哀，萱室先摧，嘆婦儀姆教，未曾諳解。蒙爹嚴訓，從今怎敢不改？老姥

姥，早晚望伊家將奴誨。惜春，改前非休違背。（合前）

【黑麻序】（淨）看待，父母心，婚姻事，須要早諧。勸相公，早畢兒女之債。（外）休呆，如何

女子前，胡將口亂開？（合）記今來，但把不出閨門的語言相戒。

【前腔換頭】（丑）輕浼，我受寂寞擔煩惱，教我怎捱？細思之，怎不教人珠淚盈腮？（貼）

寧耐，温衣并美食，何須苦掛懷？（合前）

（外）婦人不肯出閨門，（貼）多謝嚴君教育恩。

（淨）休道成人不自在，（丑）須知自在不成人。

第七齣　才俊登程

（生、末、淨、丑扮秀才上）

【中吕引子·滿庭芳】[一]（生）飛絮沾衣，殘花隨馬，輕寒輕暖芳辰。江山風物，偏動別離人。[二] 回首高堂漸遠，嘆當時恩愛輕分。傷情處，數聲杜宇，客淚滿衣襟。

【前腔】（末）萋萋芳草色，故園人望，[三]目斷王孫。謾憔悴郵亭，誰與温存？（淨、丑）聞道洛陽近也，還又隔幾座城闉。[四] （合）澆愁悶，解鞍沽酒，同醉杏花村。

〔浣溪沙〕（生）千里鶯啼緑映紅，（丑）水村山郭酒旗風，（淨）行人如在畫圖中。（末）不暖不寒天氣好，或來或往旅人逢，（合）此時誰不嘆西東？（相見科）（淨）動問老兄尊姓？（生）小子姓蔡。（淨）貴表？（生）伯喈。（丑）動問老兄尊姓？（末）小子姓李。（丑）貴表，（末）群玉。（生）動問老兄尊姓？（淨）小子姓落。（生）貴表？（淨）得嬉。（末）動問老兄尊姓？（丑）小子姓常。（末）貴表？（丑）白將。（淨）久聞列位高名，今日幸會，方纔説將起來，都是往長安赴選。（笑科）年兄年弟，休得抛撇。（衆）言重，言重。（淨）既然如此，且在此歇息片時，講些學識，説些志氣何如？（衆）正合愚

[一] 眉批：自此以下凡遇生折必寓思親之意。

[二] 眉批：人：一作『情』。

[三] 眉批：人望：一作『入望』。此二句言其家人思慕之切，若歸途則可云『入望』，豈有行行日遠而故園反入望乎？

[四] 眉批：闉：音因，城曲重門也。一本此處以《易》《書》《春秋》《禮記》爲題各唱一曲，而《詩》獨缺。元本所無，不敢妄入。

意。（丑）敢問蔡兄學識如何？（生）小子坐則讀，行則吟，窮年屹屹苦搜尋。文章經世無敵手，盡是當年惜寸陰。（丑）有意思，有意思。（净）敢問李兄學識如何？（末）小子不將窮達付前緣，常把勤勞契上天。人事盡時天理見，才高豈得困林泉？（净）自然，自然。（生）敢問落兄學識如何？（净）小子讀書費力，每在螢窗講習。常念青春不再，那更白日可惜。熟讀《孝經》《曲禮》，博覽《詩》《書》《周易》。《春秋》諸子百家，篇篇義理紬繹。(一) 前日行到學中，夫子潛自叫屈。（末）呀！聖人如何叫屈？（净）道是：　可惜這個秀才，眼中一字不識。（末）你却説一場春夢！（生）敢問常兄學識如何？（丑）小子言不妄發，寫字極有方法。先將好墨磨濃，次把純毫蘸着。推開净几明窗，展舒錦箋繡札。不問真草隸篆，寫出都是法帖。大字麄如庭柱，小字細似頭髮。王羲之拜我爲師，歐陽詢見了諕殺。(二) （笑科）早間寫個八字，忘了一撇一捺。（末）又道是一筆走龍蛇。（净）閒話休講。如今天色將晚，不免起程，趲行幾步。

【仙吕過曲·八聲甘州歌】(三)（生）衷腸悶損，嘆路途千里，日日思親。青梅如豆，難寄隴頭

(一) 紬：原作『抽』，據汲古閣刊本《繡刻琵琶記定本》改。
(二) 眉批：諕：音『下』，驚也。
(三) 眉批：前六句本調，後六句排歌。此行路思親。

音信。高堂已添雙鬢雪，客路空瞻一片雲。（合）途中味，客裏身，争如流水蘸柴門？〔一〕休回首，欲斷魂，數聲啼鳥不堪聞。

【前腔】（末）風光正暮春，便縱然勞役，何必愁悶？緑陰紅雨，征袍上染惹芳塵。雲梯月殿圖貴顯，水宿風餐莫厭貧。（合）乘桃浪，躍錦鱗，一聲雷動過龍門。榮歸去，緑綬新，休教妻小笑蘇秦。

【前腔】（净）誰家近水濱，見畫橋烟柳，朱門隱隱。鞦韆影裏，墻頭上露出紅粉。他無情笑語聲漸杳，却不道惱殺多情墻外人。（合）思鄉遠，愁路貧，肯如十度謁侯門？行看取，朝紫宸，鳳池鰲禁聽絲綸。

【前腔】（丑）遥瞻霧靄紛，想洛陽宮闕，行行將近。程途勞倦，欲待共飲芳尊。垂楊瘦馬莫暫停，只見古樹昏鴉棲漸盡。（合）天將暝，日已曛，一聲殘角斷樵門。尋宿處，行步緊，前村燈火已黄昏。

〔一〕眉批：『争如流水』句是後漢姜肱不肯應召，作詩以諭友人：『任他富貴不須論，且隱深山樂素餐。總使一身歸要地，争如流水蘸柴門？』一本改作『舊柴門』，非。

【餘文】（合）向人家，忙投奔，解鞍沽酒共論文，今夜雨打梨花深閉門。[一]（生）江山風物自傷情，（淨）南北東西爲利名。（丑）路上有花并有酒，（末）一程分作兩程行。

第八齣　文場選士

（末）禮闈新榜動長安，[二]九陌人人走馬看。一日聲名遍天下，滿城桃李屬春官。自家不是别人，却是禮部一個祗候的便是。今歲乃大比之年，朝廷委命試官，已在貢院之内；各省中式舉人，俱列棘闈之前。如今試官將次升堂，小人只得在此聽候。正是：一封纔下興賢詔，四海都無遺棄才。道猶未了，試官大人早到。（淨扮試官上）

【南吕過曲・生查子】（淨）承恩拜試官，聲價重丘山。左右，那來科舉的。只問有文材，何必拘鄉貫？（末）那有文材的如何發落他？（淨）取他居上第，做個清要官。（末）那没文材的如何發落他？（淨）縱有父兄勢，也教空手還。

[一] 眉批：『雨打』句，唐鄭均詩。又，秦少游詞。
[二] 眉批：『禮闈』四句，劉禹錫贈王侍郎詩。

（末）公道！公道！（净）左右，今年却是大比之年，我爲國薦賢，但是各省府縣赴試的秀才，都唤入來。（末）領鈞旨。

【黄鍾過曲·賞宫花】（生）槐花正黄，赴科場舉子忙。太學拉朋友，一齊整行裝。（合）五百英雄都在此，不知誰作狀元郎？

【前腔】（丑）天地玄黄，略記得三兩行。才學無些子，只是賭命强。（合前）

（末叫開門科）（生）貢院門已開，列位尊兄依次而進。（净）左右，這些秀才，每人給與卷子一本，蠟燭一條，各分東西廊下伺候。（末）領鈞旨。（生、丑相見科）（净）來，你每衆秀才聽着：朝廷制度，開科取士，雖有定期；立意命題，任從時好。下官是個風流試官，不比往年的試官。往年第一場考文，第二場考論，第三場考策；我今年第一場做對，第二場猜謎，第三場唱曲。若是做得對好，猜得謎着，唱得曲好，就取他頭名狀元，插金花，飲御酒，遊街兒耍子。若是對得不好，猜得不着，唱得不好，就將他黑墨搽臉，亂棒打出去。㈠（生、丑）學生領命。（净）東廊下秀才蔡邕過來領題。（生）有。（净）我出天文門一個對與你對。（生）願聞。（净）星飛天放彈。（生）日出海拋毬。（净）妙哉！妙哉！且站一邊。西廊下秀才落得嬉過來領題。（丑）快些。（净）《毛詩》三百首。（丑）還有十一篇。（净）不好！不好！且站一邊。蔡邕過來，我出天下八個省名的謎兒與你猜。（生）願聞。（净）一聲霹靂震

㈠ 眉批：此極是大體面傳奇，而考試一段類多戲謔語，真玩世也。

天關，兩個肩頭不得閒。去買紙來作裱褙，欠人錢債未曾還。（生）第一句是京東、京西，第二句是江東、江西。第三句是湖東、湖西，第四句是浙東、浙西。（浄）妙哉！妙哉！且站一邊。落得嬉過來，我出山上四樣樹名的謎兒與你猜。（丑）快些。（浄）雨中粧點望中黄，獨立深山分外長。廟廊之材應見取，家家織就綺羅裳。（丑）第一句是栢樹，第二句是槐樹，第三句是楓樹，第四句是柳樹。（浄）不是！不是！且站一邊。蔡邕過來，我唱一隻曲兒，你末後湊一句，要押得韻着。（生）願聞高音。

【仙吕入雙調・北江兒水】（浄）長安富貴真罕有，(一)食味皆山獸。熊掌紫駝峰，四座馨香透。你押下韻。（生）奉與試官來下酒。

（浄笑科）妙哉！妙哉！三場都好，這是個真秀才，且在東廊下伺候。（生）領命。（浄）落得嬉過來，我再唱一隻曲兒，你末後也湊一句，要押得韻着。（丑）快唱。

【前腔】（浄）看你腹中何所，一袋醃臢臭。(二) 若還放出來，聞者都奔走。你押下韻。（丑）把與試官來下酒。

（浄）不濟！不濟！將他黑墨搽臉，亂棒打出去。（丑）不須打！正是：薄命劉生終下第，厚顔季子且還家。（浄）蔡秀才，今科中式舉人雖多，只有你才學高邁，文字老成。俺就寫表奏知聖上，將你取爲

(一) 眉批：貴：今本作『家』，非。

(二) 眉批：醃臢：一作『腌臢』。

第一甲頭名狀元，賜與冠帶遊街赴宴。左右，取冠帶過來。（末取冠帶上）正是：袍笏賜進士，鐵鉞贈將軍。（浄）蔡狀元，你换了冠帶，一就隨我入朝謝恩。（生换冠帶科）

【南吕過曲・懶畫眉】[一]（生）君恩喜見上頭時，今日方顯男兒志。布袍脱下换羅衣，腰間横繫黄金帶，駿馬雕鞍真是美。

【前腔】（浄）狀元，你讀書萬卷非容易，喜得登科擢上第。功名分定豈誤期，那更三千禮樂無敵手，五百英雄盡讓伊。

【前腔】（末）人生當用顯門閭，廕子封妻榮自己。馬前喝道狀元歸，雁塔揮毫題姓字，一舉成名天下知。

（浄）一舉鰲頭獨占魁，（生）誰知平地一聲雷。
（末）明朝跨馬春風裏，（合）盡是皇都得意回。

[一] 眉批：此調更有一體，第四句只六字三字各爲一句。

第九齣　臨粧感嘆

【正宫引子・破齊陣引】(一)(旦)翠減祥鸞羅幌,香銷寳鴨金爐。楚館雲閒,秦樓月冷,動是離人愁思。目斷天涯雲山遠,親在高堂雪鬢疏,緣何書也無?

〔古風〕明明匣中鏡,盈盈曉來粧。憶昔事君子,鷄鳴下君床。臨鏡理笄總,隨君問高堂。一旦遠別離,鏡匣掩青光。流塵暗綺疏,(二)青苔生洞房。零落金釵鈿,慘淡羅衣裳。傷哉憔悴容,無復蕙蘭芳。有懷悽以楚,有路阻且長。妾身豈嘆此,所憂在姑嫜。念彼猖猱遠,眷此桑榆光。願言盡婦道,遊子不可忘。勿彈緑綺琴,絃絶令人傷。勿聽《白頭吟》,哀音斷人腸。人事多錯迕,(三)羞彼雙鴛鴦。奴家自嫁與蔡伯喈,纔方兩月,指望與他同事雙親,偕老百年。誰知公公嚴命,强他赴選。自從去後,竟無消息。把公婆抛撇在家,教奴家獨自應承。奴家一來要成丈夫之孝名,二來要盡爲婦之孝道,盡心竭力,朝夕奉養。正是:天涯海角有窮時,只有此情無盡處。(四)

(一)　眉批:前二句【破齊陣】,中三句【齊天樂】,後三句【破陣子】。『翠減』『香銷』『雲閒』『月冷』,於濃華中寫出冷淡意。

(二)　眉批:綺疏:窗也。一作『綀』,一作『練』,并非。

(三)　眉批:『錯迕』本杜詩,作『錯違』,非。

(四)　眉批:『天涯』二句,晏同叔詞。

【仙吕入雙調・風雲會四朝元】（旦）春闈催赴，同心帶綰初。嘆《陽關》聲斷，送別南浦，早已成間阻。謾羅襟淚漬，謾羅襟淚漬，和那寶瑟塵埋，錦被羞鋪。寂寞瓊窗，蕭條朱户，空把流年度。嗏，瞑子裏自尋思，妾意君情，一旦如朝露。君行萬里途，妾心萬般苦。(一) 君還念妾，迢迢遠遠，也須回顧，也須回顧。

【前腔】朱顔非故，緑雲懶去梳。奈畫眉人遠，傅粉郎去，鏡鸞羞自舞。把歸期暗數，把歸期暗數，只見雁杳魚沉，鳳隻鸞孤。緑遍汀洲，又生芳杜。空自思前事，嗏，日近帝王都。芳草斜陽，教我望斷長安路。君身豈蕩子，妾非蕩子婦。其間就裏，千千萬萬，有誰堪訴。(二)

【前腔】(三)輕移蓮步，堂前問舅姑。怕食缺須進，衣綻須補，要行時須與扶。奈西山暮景，奈西山暮景，教我倩着誰人，傳與我的兒夫。你身上青雲，只怕親歸黄土，我臨別也曾多囑付。嗏，那些個意孜孜，只怕十里紅樓，貪戀着他人豪富。丈夫，你雖然是忘了奴，也須念父母。苦！無人説與，這淒淒冷冷，怎生辜負？

(一) 眉批：妾心：一本作『妾身』，此別時尚未久，未曾受後面許多辛苦，只當説『心』爲是。
(二) 眉批：堪：一作『控』。
(三) 眉批：後二折與前雖是一調，而句意大有伸縮。

【前腔】文場選士，紛紛都是才俊徒。少甚麼鏡分鸞鳳，都要榜登龍虎，偏是他將奴誤。也不索氣蠱，也不索氣蠱，既受託了蘋蘩，有甚推辭？索性做個孝婦賢妻，也落得名標青史，今日呵，不枉受了些閒悽楚。嗏，俺這裏自支吾，休得污了他的名兒，左右與他相回護。丈夫，你便做腰金與衣紫，須記得荊釵與裙布。苦！一場愁緒，堆堆積積，宋玉難賦。

回首高堂日已斜，遊人何事在天涯。

紅顏勝人多薄命，(一)莫怨東風當自嗟。

第十齣　杏園春宴

（末扮首領官上）朝爲田舍郎，暮登天子堂。將相本無種，男兒當自强。(二)自家不是別人，却是河南府一個首領官。往年狀元及第，赴宴遊街，但是鞍馬酒席供設祗候等件，都是府尹提調。今年蔡伯喈做狀元，循例赴宴。因俺府引緣事，却委着當職提調。昨日已分付太僕寺掌鞍馬的令史，并洛陽縣管排設的驛丞，專聽俺這裏鳴鼓三聲，都要到此聚會聽點。（擂鼓科）掌鞍馬的在那裏？（丑扮令史上）有

(一)　眉批：『紅顏』二句，王荆公題明妃詩。

(二)　眉批：『朝爲』四句，王曾詩。

問即對，無問不答。相公有何鈞旨？（末）鞍馬備辦了未曾？（丑）告相公得知：俺這裏在先有一萬匹好馬。（末）怎見得好馬？（丑）但見：耳批雙竹，鬃散五花。〔一〕展開鳳臆龍鬐，擡起豹頭虎額。轡篤篤翠蹄削玉，點滴滴赤汗流珠。隅目青熒夾鏡懸，肉騣碨礧連錢動。一躍時尾捎雲漢，横驀過玄圃崆峒；一霎時走遍神州，直趕上流星掣電。九方皋管教他稱賞，千金價不枉了追求。（末）有甚顏色的？（丑）布汗、論聖、虎刺、合里烏、赭啞兒、爺屈良、蘇盧、棗騮、栗色、燕色、兔黄、真白、玉面、銀鬃、秀膊、青花。正見：五花散作雲滿身，萬里方看汗流血。（末）有甚好名兒？（丑）飛龍、〔二〕赤兔、〔三〕騕褭〔四〕驊騮、紫燕、驌驦、嚙膝、踰暉、騏驎、山子、白義、絶塵、浮雲、赤電、絶群、逸驃、騄驪、龍子、驎駒、騰霜驄、皎雪驄、凝露驄、照影驄、懸光驄、決波騟、飛霞驃、發電、赤流、金騧、翔麟、紫奔、紅赤、照夜白、

〔一〕眉批：『隅目』『五花』四句，杜子美詩。『紅纓』二句，岑嘉州詩。

〔二〕眉批：飛龍：神馬，唐取以名廐。

〔三〕眉批：赤兔：吕布馬。

〔四〕眉批：騕褭：赤喙黑身神馬。

一丈烏、九花虬、望雲騅、忽雷駁、拳毛騧、獅子花、玉逍遥、紅叱撥、紫叱撥、金叱撥。(一) 正是：青海月氏生下，大宛越睒將來。（末）有甚麽好馬廄？（丑）飛龍、祥麟、吉良、龍媒、騊駼、駃騠、鵷鸞、出群、天花、鳳苑、奔星、内駒、左飛、右飛、左坊、右坊、東南内、西南内。(二) 正是：盡印三花飛鳳字，中藏萬匹好龍媒。（末）却怎的打扮？（丑）錦韉燦爛披雲，銀鐙熒煌曜日。香羅帕深覆金鞍，紫游韁牽動玉勒。瑪瑙粧就轡頭，珊瑚做成鞍子。正是：紅纓紫鞚珊瑚鞭，玉鞍錦籠黄金勒。（末）如今選幾匹在這裏？（丑）告相公，如今無了。（末）如何無了？（丑）元有一萬匹馬，却有一千三百個漏蹄，二千七百個抹靨，三千八百個熟瘤，二千二百個慈眼。(三) 那更鞍橋又破損，坐褥又欹傾。抽轡盡是麻繩，鞭子無

(一) 眉批：驊騮、踰暉、山子、白義：周穆王駿馬。紫燕、浮雲、赤電、絶群、逸驃、騄驪、龍子、驎駒、絶塵：漢文帝馬，號九逸。騰霜驄、皎雪驄、凝露驄、懸光、決波、飛霞、發電、流金、翔麟、奔紅：唐太宗十驥，東骨利幹國所獻。照夜白：唐明皇馬。一丈烏：朱温賜寇彦卿馬。九花虬：唐代宗賜郭子儀馬，一名獅子花。望雲騅：元稹有詩，山谷有歌，一名三山。驌驦：春秋時唐成公馬。嚙膝：良馬，低頭至膝。騏驎：青驪色馬。忽雷駁：秦叔寶馬。拳毛騧：唐太宗平劉黑闥時所乘馬。玉逍遥：宋仁宗馬。紅叱撥、紫叱撥、金叱撥：唐天寶中大宛所進汗血馬。照影：無考，當是超影，穆王駿馬。

(二) 眉批：飛龍、祥麟、吉良、鵷鸞、出群、天花、鳳苑：唐武后時殿名。龍媒：天馬，生渥洼水中。騊駼：出北海中。駃騠：生七日而超其母，燕昭王馬。左飛、右飛：唐舊有飛龍使小馬坊，後唐長興間改飛龍爲左飛，小馬坊爲右飛。内駒：當是閑駒，漢廄名。

(三) 眉批：漏蹄：蹄窟出膿。抹靨：後腿病。熟瘤：脚病。慈眼：羞明。

非荆條。餓老鴟全然拉搭，(一)雁翅板一發彫零。(二)鞍轡既不周全，牽鞚何曾完備？此般物件，其實不中。(末)休胡説！若還不完備時節，我稟過府尹大人，好生打你。(丑)相公可憐見，容小人一壁厢自理會。(末)鞍馬既完備時節，可牽在午門外廂，等候狀元謝恩出來乘坐。(丑)理會得。只教他春風得意馬蹄疾，一日看遍長安花。(丑下)(末)管排設的在那裏？(浄扮驛丞上)廳上一呼，階下百諾。相公有何鈞旨？(末)排設完備了未曾？(浄)告相公，俺揀上等排設侯候點視。(末)怎見得上等排設？(浄)但見：珠簾高捲，繡幕低垂。珊瑚席鉀鑼得精神，玳瑁筵安排得奇巧。金爐内慢騰騰燒瑞腦，玉瓶中嬌滴滴插奇花。四圍環繞畫屏山，滿座重鋪錦褥子。金盤犀筯光錯落，掩映龍鳳珍羞；銀海瓊舟影蕩摇，翻動葡萄玉液。灑掃得乾乾浄浄，并無半點塵埃。安排得整整齊齊，另是一般氣象。正是：移將金谷繁華景，粧點瓊林富貴天。(末)安排既整齊時節，你每且退去，等待狀元遊街了赴宴。(浄)領鈞旨。正是：瓊林勝處風光好，别是人間一洞天。(浄下)(衆)遠遠望見一簇人馬鬧炒，想是狀元來了。(末)〔臨江仙〕但見：日映宫花明翠幕，藍袍嫩緑新裁，五花門外榜初開。金鞍乘駿馬，敕賜賞天街。十里紅樓簾盡捲，美人争覷名魁，黄旗影裏鬧咳咳。大家齊雅静，看取狀元來。(末

(一) 眉批：餓老鴟：即鞍褥，吴人謂之老鴨皮。

(二) 眉批：雁翅板：戰車上躲箭板，與鞍橋坐板相似。按：馬色自布汗至蘇廬皆元人胡語，馬名太半是漢以後諸代畜産，馬廐皆是唐宋題額，考諸桓靈以前，此類甚多，豈東嘉未之深思也？

下）（生、浄、丑騎馬同上）

【仙吕入雙調・窣地錦襠】（衆）嫦娥剪就緑雲衣，折得蟾宫第一枝。宫花斜插帽簷低，一舉成名天下知。

【哭岐婆】（衆）洛陽富貴，花如錦綺。紅樓數里，無非嬌媚。春風得意馬蹄疾，天街賞遍方歸去。

（生、浄先下）（丑墜馬叫）救命！救命！爹爹、奶奶、伯伯、叔叔、哥哥、嫂嫂、孩兒、媳婦都來救我。

（末騎馬上）

【越調過曲・水底魚兒】（末）朝省尚書，昨日蒙聖旨，道狀元及第，教咱去陪宴席。（丑叫）踏壞了人了。（末）越着鞭越退，遣人心下疑。（丑）救命！救命！（末）轉頭回望，叫我的還是誰？

（末）漢子，你是誰？（丑）我是墜馬的狀元。（末扶科）快起來。（丑）尊官是誰？（末）我是中書省陪宴官，不知足下爲甚墜馬？

【正宫・北叨叨令】（丑）鬧炒炒街市上遊人亂，（末）你驚了馬呵？（丑）惡頭口抵死要回身轉。（末）怎的不牽過一邊？（丑）我戰兢兢只怕韁繩斷，（末）爲甚不打他？（丑）怯書生早已神魂散。（末）你不害事麽？（丑呻吟科）險些跌折了腿也麽哥，險些舂破了頭也麽哥，我好似小秦王三跳澗。

（末）[一]你馬如今那裏去了？（丑）知他那裏去了！傷人乎？不問馬。（末）咳！你兀自文縐縐的。我且就這裏人家借一匹馬與你騎。（丑）休静辦，你若借馬與我騎，便索死。（末）呀！怎的便死？（丑）你不聞孔夫子説道：有馬者借人乘之，今亡已夫。（末）一口胡柴。呀！遠遠望見兩個人來，怕他有馬，就借一匹與你騎。（丑）不須得，不須得。（生、浄騎馬同上）

【窣地錦襠】（衆）荷衣新染御香歸，引領群仙下翠微。杏園惟有後題詩，此是男兒得志時。

（丑）狀元，你每列位騎馬遊街，且是好。只不要似我騎馬，春破了頭，跌折了脚。（生）足下緣來墜馬呵？（丑）可知哩。（末）不是下官搭救時節，險些送了一條性命。（浄）如此，更賴足下之力。（生）請整頓同行。（丑）你們三位自去赴宴，我到太平坊下李郎中家去便來。（衆）你去做甚麼？（丑）我去醫攧撲傷損瘡。（衆）休要推故，我們借一匹馬與你騎了同去。（丑）小子告退，你三位自去。（末）道你是狀元，如何不去赴宴？（丑）赴宴也好，只是騎馬不得。這等，你三位騎馬前走，我隨後提着胡床來。（末）成甚模樣！（丑）這個不妨，却有兩説：路上人問，你便説是使唤的伴當；若還筵席之中，你便説是打伴當的人。（末）好窮對副！

【哭岐婆】（衆）玉鞭裊裊，如龍驕騎。黄旗影裏，笙歌鼎沸。如今端的是男兒，行看錦衣歸

[一] 末：原作『丑』，據文義改。

故里。

（末）這裏便是杏園，請列位駐馬。（丑）左右，馬都牽到僻處去。倘或人道四位官員如何只有三個馬，不像模樣。（末）好高見識！如今請列位照依年例，留下佳作。（浄）蔡兄先請。（生）五百名中第一仙，花如羅綺柳如烟。緑袍乍着君恩重，黄榜初開御墨鮮。禮樂三千傳紫禁，風雲九萬上青天。時人謾説登科早，未許嫦娥愛少年。（浄）妙！妙！紫金闕無極無上聖。（末）這裏不是玉皇閣，休得誦他的寶號。如今却輪當足下。（浄）我也有四句：遲日江山麗，春風花草香。（末）且住。使不得，這是古詩。（浄）呀！我前日三場，也都是别人的文章，尚且中了。如何一首詩，到使不得起來？（末）休道是七步成章。（浄）咳！你道我真個不會作詩呵？我且將就做一首與列位看看：赴選何曾入棘闈，此身未擬着荷衣。三場盡是倩人做，一字全然匪我爲。自笑持杯饕戀酒，却愁把筆怎題詩？有人問我求佳作。（衆）如何答他？（浄）問我先生便得知。（末）又道是當仁不讓於師。（丑）倉官不識串字，中中。（末）你且休誇口。如今又輪當足下。（丑）有，有。列位做律詩，都把那赴試的事爲題，恐是熟套；小子如今另立一題。（末）你把甚麽爲題？（丑）便把小子方纔墜馬爲題，胡做古風一篇，這是奇事，不可不入詠。（衆）尤妙！尤妙！（丑）君不見去年騎馬張狀元，跌了左腿不相聯？又不見前年跨馬李試官，跌了窟臀没半邊？世上三般拚命事，行船走馬打鞦韆。小子今年大拚命，也來隨趁跨金鞍。跨金鞍，災怎躲？叵耐畜生侮弄我。大叫三聲不肯行，連攛兩攛不是耍。便把韁繩緊緊拿，縱有長鞭怎敢打？須臾之間掉下來，一似狂風吹片瓦。昨日行過樞密院，三個軍人來唱喏。小子慌忙走將歸。（末）却如何？（丑）怕他請我教戰馬。（末）又説夢話。諸公請依位而坐，左右，看酒。（承直上）色動玉壺無表裏，光摇金盞有精神。告相公，酒在此。（衆把酒科）

【仙吕入雙調・五供養】（末）文章過晁董，對丹墀已膺天寵。（合）赴瓊林新宴，簪宫花，綬引黄金鞚。[一]

【前腔】（丑、净）九重天上聲名重，紫泥封已傳丹鳳。（合）便催歸玉簡侍宸旒，他日歸來金蓮送。

【中吕・山花子】（末）玳筵開處遊人擁，争看五百名英雄。（生）喜鰲頭一戰有功，荷君恩奏捷詞鋒。（合）太平時車馬已同，干戈盡戢文教崇，人間此時魚化龍。留取瓊林，勝景無窮。

【前腔】（净）三千禮樂如泉湧，一筆掃萬丈長虹。（丑）看奎光飛躔紫宫，光耀萬玉班中。（合前）

【前腔】（生）青雲路通，一舉能高中，三千水擊飛冲。（净）又何必扶桑掛弓？也强如劍倚崆峒。（合前）

[一] 眉批：鞚：音控，馬勒也。

【前腔】（丑）恩深九重，絲絡八珍送，[一]無非翠釜駝峰。（末）看吾皇待賢恁隆，不枉了十年窗下把書來攻。（合前）

【大和佛】（生）寶篆沉烟香噴濃，（衆）濃熏綺羅叢。瓊舟銀海，翻動酒鱗紅，[二]一飲盡教空。（生悲科）持杯自覺心先痛，縱有香醪，欲飲難下我喉嚨。[三]他寂寞高堂菽水誰供奉？俺這裏傳杯諠鬨。（衆）狀元，你休得要對此歡娱意忡忡。[四]

【舞霓裳】（合）願取群賢盡貞忠，盡貞忠。管取雲臺畫形容，畫形容。時清莫報君恩重，惟有一封書上勸東封，更撰個河清德頌。乾坤正，看玉柱擎天又何用？

【紅繡鞋】（合）猛拚沉醉東風，東風。倩人扶上玉驄，玉驄。歸去路，望畫橋東。花影亂，日朦朧。沸笙歌，引紗籠。[五]

[一] 眉批：『八珍』二句，出杜詩。

[二] 眉批：鱗：一作『鱖』，云以鱖作酒，其味甚佳。

[三] 眉批：此金榜思親。

[四] 眉批：意忡忡：《詩》：『憂心忡忡。』作『氣忡忡』，非。

[五] 眉批：唐李藩問卜於葫蘆生，生曰『紗籠中人也』。藩不省，後有新羅僧言：『凡位當宰相者，神必以紗籠護之，恐爲異物所侵也。』元和中，藩果拜相。

【意不盡】（合）今宵添上繁華夢，明早遥聽清禁鐘。皇恩謝了，鵷行豹尾陪侍從。〔一〕
（生）名傳金榜换藍袍，（浄）酒醉瓊林志氣豪。
（丑）世上萬般皆下品，（末）思量惟有讀書高。

重校琵琶記一卷

〔一〕眉批：陪侍從：一作『相陪從』。

重校琵琶記二卷

第十一齣　蔡母嗟兒

【商調引子·憶秦娥先】（旦）長吁氣，自憐薄命相遭際。〔一〕相遭際，暮年姑舅，薄情夫婿。

〔清平樂〕夫妻纔兩月，一旦成分别。没主公婆甘旨缺，幾度思量悲咽。家貧先自艱難，那堪不遇豐年。恁的千辛萬苦，蒼天也不相憐。奴家自從兒夫去後，遭此飢荒；況兼公婆年老，朝不保夕，教奴家獨自如何應奉？婆婆日夜埋怨公公，當初不合教孩兒出去。如今饑荒，教媳婦怎生區處？公公又不伏氣，〔二〕只管和婆婆閙争。外人不理會得，只道是媳婦不會看承，以致公婆日夜閙炒。且待公婆出

〔一〕眉批：際：今本作『濟』，非。
〔二〕眉批：伏氣：今本作『伏善』，非。

來，再三勸解則個。

【憶秦娥後】(一)（外）孩兒一去無消息，雙親老景難存濟。（净扯外耳科）難存濟，不思前日，强教孩兒出去？

（旦勸科）（净）老賊，你抵死教孩兒出去赴選，今日没有飯喫，他便做得狀元，濟你甚事？若是孩兒在家，也會區處，終不到得恁的狼狽。如今凍得你好，餓得你好。老賊，你死了休！（外）老乞婆，你埋怨我則甚？我是神仙，知道今日恁的飢荒苦？這般時年，誰家不忍飢忍餓？誰似你這般埋怨我？休休！我死！我死！我死！今日飢荒也是死，被你埋怨不過也索死。（欲死，旦扯住科）（净）老賊，你便死也消不得我這場嘔氣！（旦）公公婆婆且息怒，聽奴家一言分剖：當初公公教孩兒出去時節，不道今日恁的飢荒，婆婆難埋怨公公；今日婆婆見這般飢荒，孩兒又不在眼前，心下焦躁，公公也休怪婆婆埋怨。請自寬心，奴家如今把些釵梳首飾之類，典些糧米，以充公婆一時口食。寧可餓死奴家，決不將公婆落後。（净）媳婦，你説得好，我只是恨這老賊！

【仙吕過曲·金索掛梧桐】(二)（净）區區一個兒，兩口相依倚。没事爲着功名，不要他供甘旨。你教他做官，要改换門閭，只怕他做得官時你做鬼。老賊！你圖他三牲五鼎供朝夕，

(一) 眉批：此二折雖分先後，總是一闋。
(二) 眉批：此三折曲盡三人情事，净折無一字非尚氣語，外折無一字非安命語，旦折無一字非勸解語。

今日裏要一口粥湯却教誰與你？相連累，我孩兒因你做不得好名儒。（合）空争着閒是閒非，空争着閒是閒非，只落得雙垂淚。

【前腔】（外）養子教讀書，指望他身榮貴。黄榜招賢，誰不去求科試？老乞婆，我説個比方與你聽。譬如范杞良差去築城池，他的娘親埋怨誰？（净）老賊，你到好比方！他是奉官差哩。（外）合生合死皆由命，少甚麽孫子森森也忍饑？（净）老賊，你兀自口硬！再過幾時，餓得你口嗅屎哩。（外）休聒絮，畢竟是咱每兩口受孤恓。（合前）

【前腔】（旦）婆婆，孩兒雖暫離，須有日回家裏。（净）媳婦，我豈不知自有一日回家？只是眼下受餓難過。（旦）婆婆，奴有些釵梳，解當充糧米。（净）老賊！我没有這般孝順的媳婦會擺佈，可不把我的肝腸也餓斷了？（外）老乞婆，這是時年如此，你苦死埋怨我怎的？（旦）公公婆婆休閒争麽。教傍人道媳婦每有甚差池，致使公婆争鬥起。婆婆，他心中愛子，指望功名就；公公，他眼下無兒，因此埋怨你。〔一〕難迴避，兀的不是從天降下這災危？（合前）

〔一〕眉批：『心中』四句，自然成聯。因此：一作『只索』。

【劉潑帽】(二)(外)天那！我每不久須傾棄，嘆當初是我不是，不如我死了無他慮。(合)一度裏思量，一度裏肝腸碎。

【前腔】(淨)有兒却遣他出去，教媳婦怎生區處？媳婦，可憐誤你芳年紀。(合前)

【前腔】(旦)公公婆婆，媳婦便是親兒女，勞役事本分當爲。但願公婆從此相和美。(合前)

(外)形衰力倦怎支吾？(旦)口食身衣只問奴。

(淨)莫道是非終日有，(合)果然不聽自然無。

第十二齣　奉旨招婿

(末)縹緲紗窗映霧烟，深沉華屋鎖嬋娟。屏間孔雀人難中，幕裏紅絲誰敢牽？自家是牛太師府中一個院子，這幾日聽得府中喧傳太師要招女婿。況我這個小娘子不比別的小娘子：一來是丞相之女，二來他才貌兼全，必須有文章有官職有福分的，方可做女婿。如今不知他要招甚麼人？且在此等候，相公出來，便知端的。

(二)　眉批：一本移外折在後淨折在前，於外、淨意似得已，而旦折不緊接淨折，則『媳婦』句無由起。元本用意精細，熟玩乃見。

【南吕引子・似娘兒】（外）華髮漸星星，憐愛女欲遂姻盟，蟾宫桂子才堪稱。紅樓此日，紅絲待選，須教紅葉傳情。

左右那裏？（末）廳上一呼，堦下百諾。不知老相公有何鈞旨？（外）自古道：男子生而願爲之有室，女子生而願爲之有家。我老夫人傾棄多年，只有一個小姐，美貌娉婷。昨日見官裏問我道：你的女孩兒曾嫁人未？我回言道：未曾嫁人。官裏道：既不曾嫁人，如今新狀元蔡邕，好人物，好才學，朕與你主婚，你可招他爲女婿。你意下如何？俺奉着聖旨，就謝了恩。左右，你道此事如何？（末）覆相公：男大須婚，女大須嫁。小姐是瑶臺閬苑的神仙，狀元是天禄石渠的貴客。何況玉音主盟，金口説合？若做了百年夫婦，不枉了一段姻緣。㈠這是：佳人才子兩堪誇，天付姻緣事不差。試看月輪還有意，定知丹桂近仙娃。㈡（外）你也道得是。你就去唤府前官媒婆來，去蔡狀元處説親。（末）領鈞旨。（唤科）（丑扮媒婆挑秤、斧上）

【正宫過曲・醉太平】㈢（丑）我做聰俊的媒婆，兩脚疾走如梭。生得不矮又不矬，人人都來

㈠ 段：原作『斷』，據文義改。

㈡ 眉批：『試看』二句，羅隱贈袁筠詩。

㈢ 眉批：此折與諸本不同，從此方協調。諸本亦是【醉太平】，只有『張家』以下二句末增有『動使』『偌多』句。

偌：音惹，去聲。

請我。我只要金多銀多，綾羅段匹多，方肯做。又且張家李家誇談我。（末）誇談你甚的？（丑）道我每須勝似別媒婆。

媒婆媒婆，兩脚奔波。一斗好酒，一隻肥鵝。送到家裏，我和老公笑呵呵。（末）婆子休閒説，且去見老相公。（丑見科）（外）婆子，你手裏拿着甚麽東西？（丑）這是斧頭。（外）要他何用？（丑）這是媒婆的招牌。（外）如何將他做招牌？（丑）告相公得知：《毛詩》有云：『析薪如之何？匪斧弗克。娶妻如之何？匪媒不得。』以此將他爲招牌。（末）休在班門弄斧。（外）媒婆，你要這秤何用？（丑）相公，這喚做量人秤，量是要緊的。大凡做媒時節，先把新婦新郎秤得一般，方纔與他説親，久後夫妻也和順。若是輕重頭了，夫妻到底相嫌。（外）休閒説！媒婆，我昨日奉聖旨，教我將女孩兒招贅蔡狀元爲婿，如今你去他跟前説知。若得成就了這頭親事，我多多賞你。（丑）這個有甚難處？一來奉當今聖旨，二來託相公威名，三來小姐才貌兼全，是人知道，蔡狀元有何不可？（末）這話極説得是。（外）媒婆，你來，我説與你聽。

【南吕過曲・瑣窗郎】（外）吾家一女娉婷，不曾許與公卿。昨承聖旨，招選書生。媒婆，你和他説：不須用白璧黄金爲聘。（合）説道姻緣前世已曾定，(一)今日裏，共歡慶。

（一）眉批：説道：諸本作『若是』，非。

【前腔】（丑）住東京極有名聲，相公，論媒婆非自逞。今朝事體，管取完成。怕有一輕一重，全憑這條官秤。（合前）

【前腔】（末）雖然他高占魁名，得相招多少榮縈。㈠依繡幕選中雀屏，媒婆，此一去他必從命。㈡（合前）

（外）爲傳芳信仗良媒，（丑）管取門楣得俊才。
（末）百年夫婦今朝合，（合）一段姻緣天上來。

第十三齣　官媒議姻

【商調引子・高陽臺】（生）夢遶親闈，㈢愁深旅邸，那堪音信遼絶。淒楚情懷，怕逢淒楚時節。重門半掩黄昏雨，㈣奈寸腸此際千結。守寒窗，一點孤燈，㈤照人明滅。當時輕散輕

㈠ 眉批：榮依：一作『榮紆』。
㈡ 眉批：此一去：今本作『你此去』，遂失同往關節。
㈢ 眉批：夢遶：今本作『夢遠』，非。
㈣ 眉批：雨：一作『月』，不叶難唱。
㈤ 眉批：此旅邸思親。

別。嘆玉簫聲杳，庾樓明月。一段愁煩，翻成兩下悲咽。枕邊萬點思親淚，伴漏聲到曉方徹。鎖愁眉，慵臨青鏡，頓添華髮。

〔木蘭花〕鰲頭可羡，須知富貴非吾願。雁足難憑，沒個音信寄此情。田園將蕪，不知松菊猶存否？光景無多，争奈椿萱老去何？自家爲父命所强，(一)來此赴選，誰知逗遛在此，竟不能歸。今又復拜皇恩，除爲議郎。雖則任居清要，争奈父母年老，安敢久留他鄉？天那！知我的父母安否如何？知我的妻室侍奉如何？欲待上表辭官，又未知聖意如何？苦！好似和針呑却綫，刺人腸肚繫人心。（末、丑同上）

【勝葫蘆】（末）特奉皇恩賜結婚，來此把信音傳。（丑）若是仙郎肯與諧姻眷，(二)一場好事，管取今朝便團圓。

（生）兒家門户重重閉，(三)春色緣何得入來？未審何人到此？（末）小子是牛太師府裏一個院子。（丑）老媳婦是官媒婆。我兩人奉天子之洪恩，領太師之嚴命，欲與狀元諧一佳偶。（生）元來如此。不索多言，且聽我説。

(一) 眉批：父命：諸本作『父母』，謬甚。

(二) 眉批：姻眷：一作『繾綣』。

(三) 眉批：兒家：猶云人家。薛維翰詩：白玉堂前一樹梅，今朝忽見一枝開。兒家門户云云。

【商調過曲・高陽臺】（生）宦海沉身，京塵迷目，名韁利鎖難脱。目斷家山，空勞魂夢飛越。（丑）狀元，是好一個小姐。（生）閒聒，閒藤野蔓休纏也。俺自有正兔絲，親瓜葛。〔一〕是誰人無端調引，謾勞饒舌？

【前腔換頭】（末）閥閱，紫閣名公，黄扉元宰，三槐位裏排列。金屋嬋娟，妖嬈那更貞潔。（丑）歡悦，秦樓此日招鳳侶，遣妾每特來執伐。望君家殷勤肯首，早諧結髮。

【前腔換頭】（生）非別，千里關山，一家骨肉，教我怎生抛撇？妻室青春，那更親鬢垂雪。（丑）狀元，老丞相見你這般青春年少，纔肯把小姐嫁與你，你不必推故。（生）差迭，須知少年自有人愛了，謾勞你嫦娥提挈。滿皇都豪家無數，豈必卑末？

【前腔換頭】（末）不達，相府尋親，侯門納禮，兀自拒他不屑。〔二〕繡幕奇葩，春光正當十八。（丑）休撇，知君是個折桂手，留此花待君攀折。況親奉丹墀詔旨，非我自相攛掇。

【前腔換頭】（生）心熱，自小攻書，從來知禮，忍使行虧名缺？父母俱存，娶而不告須難説。

〔一〕眉批：用『閒藤野蔓』『兔絲』『瓜葛』襯貼『纏』字，極切。

〔二〕眉批：拒他不屑：一作『與他相絶』。

悲咽，門楣相府雖要選，奈㢊𢊍佳人實難存活。〔一〕（丑）狀元，小姐生得十分美貌，你休錯過了。

（生）縱然有花容月貌，怎如我自家骨血？

【前腔換頭】（末）迂闊，他勢壓朝班，威傾京國，你却與他相別。只怕他轉日回天，那時須有個決裂。（丑）虛設，江空水寒魚不食，笑滿船空載明月。〔二〕下絲綸不愁無處，笑伊村殺。

【餘文】（生）明朝有事朝金闕，歸家奉親心下悦。（末）狀元，只怕聖旨不從空自說。

（生）不須多言。你若果奉聖旨來，我明日上表辭官，一就辭婚便了。

（末）君王詔旨不相從，（生）明日應須奏九重。

（丑）有緣千里能相會，（合）無緣對面不相逢。

第十四齣　激怒當朝

【黄鍾過曲·出隊子】（外）朝夕縈掛，只爲孩兒多用心。不知月老事如何，爲甚冰人没信音？顒望多時，情緒轉深。

〔一〕眉批：㢊：余染切。𢊍，音移，門關也。百里奚事。

〔二〕眉批：笑：今作『嘆』，非。『水寒』二句，船子和尚詩。

目斷青鸞瞻碧霧，情深紅葉看金溝。自家昨遣院子和官媒婆去蔡狀元處説親，尚無回音，且待他來，便知端的。

【前腔】（末、丑）喬才堪笑，故阻佯推不肯從。豈無佳婿近乘龍？有甚福緣能跨鳳？料想書生，只是命窮。

（相見科）（外）媒婆，你回來了。事體若何？他肯不肯？（丑）覆相公得知：他千不肯，萬不肯，只是不肯不肯。（末）你且住休，待小人覆知相公。蔡狀元道他家中有垂白之父母，年少之妻房；明日要上表辭官家去，實難從命。

【正宫過曲·雙鸂鶒】（外）聽伊説教人怒起，漢朝中惟吾獨貴。我有女，偏無貴戚豪家求配？奉聖旨使我招狀元爲婿，媒婆，不知他回話有何言語？

【前腔】（丑）媒婆告相公知：恨那人作怪蹺蹊。千不肯，萬推辭。（外）㈠我奉聖旨招他爲婿，你曾把這話對他説麽？（丑）這話頭不惹些兒。道始得及第，縱有花容月貌休題。他駡相公，駡小姐。（外）他駡小姐甚麽？（丑）道脚長尺二。（末）這般説謊没巴臂。㈡（末跪科）

㈠　眉批：諸本無外白，接這話頭句不下。

㈡　眉批：没巴臂：猶云無根蒂。

【前腔】（末）恩官且聽咨啓： 蔡狀元聞説皺眉。(一) 忠和孝，恩和義，念父母八十年餘。況已娶了妻室，再婚重娶非禮。待早朝，上表文，要辭官家去。請相公別選一佳婿。

【前腔】（外）他元來要奏丹墀，敢和我厮挺相持。細思之，可奈他將人輕覷。我就寫表奏與吾皇知，與他官拜清要地。務要來我處爲門楣。

【意不盡】（合）這讀書輩没道理，不思量違背了聖旨； 只教他辭官辭婚俱未得。

（外）自古道： 殺人可恕，情理難容。我的威名，誰不欽敬？ 多少貴戚豪家求爲吾婿而不可得，叵耐一書生顛倒不肯。他要辭官家去，且由他。左右，你和官媒婆再去蔡伯喈處説，看他如何？ 我如今先去朝中奏知官裏，只教不准他上表便了。

（外）枉把封書奏九重，（末）不如及早便相從。

（合）羈縻鸞鳳青絲網，（合）牢絡鴛鴦碧玉籠。

第十五齣　金閨愁配

【中呂過曲·剔銀燈】（貼）忒過分爹行所爲，但索强全不顧人議。背飛鳥硬求來諧比翼，隔

(一) 眉批： 皺： 今作『愁』，非。

墻花强攀來做連理。姻緣，還是怎的？天那！我待對爹爹説呵。婚姻事女孩兒家怎題？姻緣姻緣，是非偶然。好笑我爹爹定要將奴家招贅蔡狀元爲婿，那狀元不肯，俺這裏也索罷了。誰想爹爹苦不放過。天那！他既不肯，便做了夫妻，到底也不和順。奴家待將此事對爹爹説，只是此事不是女孩兒每説的話。苦！好悶呵！（浄魆地上探）慚愧！慚愧！今日也能殼得小姐悶也。小姐，你想着甚麼？（貼）我不想着甚麼。（浄）既不想着甚麼，爲何手托香腮，在此憂悶？[一] 我且問你：你往常間件件不煩惱，事事不動情，我今想起來你都是佯詐。今日莫不是對景傷情麼？（貼）老姥姥，你説那裏話？我爲爹爹做事不停當，以此上悶。（浄）你爹爹做甚事不停當？（貼）我爹爹要將奴家嫁與蔡狀元，使官媒婆去説，狀元不肯從命。他既然不肯，俺這裏也索罷了。如今爹爹苦不放過他，又叫媒婆去説。老姥姥，你怎生與我對爹爹説一聲也好。（浄）小姐，這是你爹爹的主意，如何肯聽我説？

【仙吕過曲・桂枝香】（浄）書生愚見，忒不通變。不肯坦腹東床，謾自去哀求金殿。想他每就裏，想他每就裏，將人輕賤。小姐，非爹胡纏，怕被人傳。（貼）呀！怕人傳甚的？（浄）道你是相府公侯女，不能殼嫁狀元。

[一] 眉批：此白應第三齣白。

【前腔】（貼）百年姻眷，須教情願。他那裏抵死推辭，俺這裏不索留戀。想他每就裏，想他每就裏，有些牽絆。（淨）有甚牽絆？（貼）怕恩多成怨。滿皇都少甚麽公侯子，（一）何須去嫁狀元？

【南吕過曲·大迓鼓】（淨）非干是你爹意堅，只怕春花秋月，誤你芳年。况兼他才貌真堪羡，又是五百名中第一仙。故把嫦娥，付與少年。

【前腔】（貼）姻緣雖在天，若非人意，到底埋冤。料想赤繩不曾綰，多應他無玉種藍田。休把嫦娥，强與少年。

（淨）匹配本自然，（貼）何須苦相纏。

（淨）眼底雖成就，（貼）到底也埋冤。

第十六齣　丹陛陳情

【仙吕引子·北點絳唇】（末）夜色將闌，晨光欲散，把珠簾捲。移步丹墀，排列着金龍案。

（一）　眉批：『滿皇都』三字作一句。

【北混江龍】(一)(末)官居宫苑，謾道是天威咫尺近龍顔。每日間親隨車駕，只聽鳴鞭。去螭頭上拜跪，隨着豹尾盤旋。朝朝宿衛，早早隨班。做不得卿相當朝一品貴，先隨着朝臣待漏五更寒。空嗟嘆，山寺日高僧未起，算來名利兀的不如閒。

自家是漢朝一個小黄門。往來紫禁，侍奉丹墀。領百官之奏章，傳一人之命令。正是：主德無瑕因宦習，天顔有喜近臣知。如今天色漸明，正是早朝時分，官裏升殿，怕有百官奏事，只得在此祇候。(内問)怎見得早朝氣象？(末)但見：銀河清淺，珠斗斕斑。數聲角吹落殘星，三通鼓報傳清曙。銀箭銅壺，點點滴滴，尚有九門寒漏；瓊樓玉宇，聲聲隱隱，已聞萬井晨鐘。曈曈曚曚，蒼茫紅日映樓臺；拂拂霏霏，葱蒨瑞烟浮禁苑。裊裊巍巍，千尋玉掌，幾點瀼瀼露未晞；澄澄湛湛，萬里璇空，一片團團月初墜。三唱天鷄，咿咿喔喔，共傳紫陌更闌；百囀流鶯，間間關關，報道上林春曉。五門外碌碌剌剌，車兒碾得塵飛；六宫裏嘔嘔啞啞，樂聲奏如鼎沸。只見那建章宫、甘泉宫、未央宫、長楊宫、五柞宫、長秋宫、長信宫、長樂宫，重重疊疊，萬萬千千，盡開了玉關金鎖；又見那昭陽殿、金華殿、長生殿、披香殿、金鑾殿、麒麟殿、太極殿、白虎殿，隱隱約約，三三兩兩，都捲上繡箔珠簾。半空中忽聽得一聲轟轟劃劃，如雷如霆，震耳的鳴梢響；合殿裏只聞得一陣氤氤氲氲，非烟非霧，撲鼻的御爐香。縹縹

(一) 眉批：【混江龍】折與《北西厢記》諸折前四句一律，後殊不類，惟『彩雲何在』一折略相似。據《中原音韻》載句字可以增損者，此調在焉，當不可以一律拘也。

緲緲，紅雲裏雉尾扇遮着赭黄袍； 深深沉沉，丹陛間龍鱗座覆着彤芝蓋。左列着森森嚴嚴，前前後後的羽林軍、期門軍、控鶴軍、神策軍、虎賁軍，花迎劍佩星初落； 右列着濟濟鏘鏘，高高下下的金吾衛、龍虎衛、拱日衛、千牛衛、驃騎衛，柳拂旌旗露未乾。 金間玉，玉間金，烱烱爍爍，燦燦爛爛的神仙儀從； 紫映緋，緋映紫，行行列列，整整齊齊的文武官僚。 螭頭陛下，立着一對妖妖嬈嬈，花容月貌，繡鸞袍，鴛鴦靴的奉引昭容； 豹尾班中，擺着一對端端正正，銅肝鐵膽，白象簡，獬豸冠的糾彈御史。拜的拜，跪的跪，那一個敢挨挨拶拶縱諠譁？ 升的升，下的下，那一個不欽欽敬敬依禮法？ 但願得常瞻仙仗，聖德日新日新日日新； 與群臣共拜天顔，聖壽萬歲萬歲萬萬歲。 從來不信叔孫禮，今日方知天子尊。 道猶未了，一個奏事的官人早來。

【黄鍾過曲·點絳唇】（生）月淡星稀，建章宫裏千門曉。御爐烟裊，隱隱鳴梢杳。〔一〕 忽憶年時，問寢高堂早。 鷄鳴了，悶縈懷抱，此際愁多少？

不寢聽金鑰，因風想玉珂。 明朝有封事，數問夜如何。〔二〕 自家爲父母在堂，欲上表辭官回去侍奉。 如今天色已明，這裡是午門外廂，不免進入去咱。（末）奏事官搢笏三舞蹈。

【黄鍾過曲·神仗兒】（生）揚塵舞蹈，揚塵舞蹈，遥瞻天表，見龍鱗日耀。（末）狀元不得升殿。

〔一〕 眉批：『隱隱』二句，丁仙現詞。
〔二〕 眉批：『不寢』四句，杜子美詩。

（生）咫尺重瞳高照，[一]（末）有何文表，就此呈奏。（生）遥拜着赭黄袍，遥拜着赭黄袍。

【滴溜子】（生）臣邕的，臣邕的，荷蒙聖朝。臣邕的，臣邕的，拜還紫誥。（末）狀元，你莫不是嫌官小麽？（生）念邕非嫌官小，奈家鄉萬里遥，雙親又老。干瀆天威，萬乞恕饒。

（末）狀元，吾乃黄門，職掌奏章。有何文表，就此披宣。（生跪科）

【入破第一】[二]議郎臣蔡邕啓：今日蒙恩旨，除臣爲議郎之職，重蒙賜婚牛氏。干瀆天威，臣謹誠惶誠恐，稽首頓首。伏念微臣，初來有志，誦詩書，力學躬耕修己，不復貪榮利。事父母，樂田里，初心願如此而已。不想州司，謬取臣邕充試。到京畿，豈料蒙恩，叨居上第。

【破第二】重蒙聖恩，婚賜牛公女。臣草茅疏賤，如何當此隆遇？但臣親老，一從别後，光陰又幾。廬舍田園，荒蕪久矣。

（末）老親在堂，必自有人奉侍，狀元不必憂慮。

【衮第三】（生）況臣親老鬢髮白，筋力皆癯瘁。形隻影單，無兄弟，誰奉侍？況隔千山萬水，生死存亡，雖有音書難寄。最可悲，他甘旨不供，我食禄有愧。

[一] 眉批：按調，『重瞳』句下還當有二句，諸本作『有何文表，只須在此一一分剖』亦通，今并存之。

[二] 眉批：此一枝雖分數折，而詞意聯絡至【中衮】，以下三折有無限有餘不盡之趣，《陳情表》不足過也。

（末）聖上作主，太師聯姻，狀元，這也是奇遇。

【歇拍】（生）不告父母，怎諧匹配？臣又聽得家鄉裏，遭水旱，遇荒飢。多想臣親，必做溝渠之鬼，未可知。怎不教臣，悲傷淚垂？

（生哭）（末）狀元，此非哭泣之處，不得驚動天聽。

【中衮第五】（生）臣享厚禄掛朱紫，出入承明地。惟念二親寒無衣，飢無食，喪溝渠。憶昔先朝朱買臣守會稽，司馬相如，持節錦歸。

【煞尾】他遭遇聖時，皆得回鄉里。臣何故别父母，遠鄉閭，没音書，此心違？伏望陛下特憫微臣之志，遣臣歸。得侍雙親，隆恩無比。

【出破】若還念臣有微能，鄉郡望安置。庶使臣忠心孝意得全美，臣無任瞻天仰聖，激切屏營之至。

（末）元來如此。吾當與狀元轉達天聽，你只在午門外厢侯候聖旨。正是：眼望旌捷旗，耳聽好消息。

（生起科）

【神仗兒】（生）揚塵舞蹈，揚塵舞蹈，見祥雲縹緲，想黄門已到。料應重瞳看了，多應是念我私情烏鳥。顒望斷九重霄，顒望斷九重霄。

黄門已將我奏章傳達，未知聖意允否？不免乘間禱告天地一番。

【滴漏子】(生)天憐念，天憐念，蔡邕拜禱。雙親的，雙親的，死生未保。天那！可憐恩深難報。一封奏九重，知他聽否？爹娘呵，俺和你會合分離，都在這遭。黄門去了多時，怎的不見回報？想必是官裏准了。天那！若能穀回家侍奉父母，何須在此做官？

(末捧詔同二昭容上)

【前腔】(末)今日裏，今日裏，議郎進表。傳達上，傳達上，聖目看了。(生)聖目看了如何説？(末)道太師昨日先奏，把乘龍女婿招，多少是好！(生)黄門大人，你莫不是哄我？(末)見有玉音傳降聽剖。聖旨已到，跪聽宣讀。(生俯伏)(末讀科)皇帝詔曰：孝道雖大，終於事君；王事多艱，豈遑報父？朕以凉德，嗣纘丕基。眷兹警動之風，未遂雍熙之化。爰招俊髦，以輔不逮。咨爾才學，允愜輿情。是用擢居議論之司，以求繩糾之益。爾當恪守乃職，勿有固辭。其所議婚姻事，可曲從師相之請，以成桃夭之化。欽予時命，裕汝乃心。謝恩。(生)黄門大人，煩你與我再去奏知官裏，我情願不做官。(末)咳！這秀才好不曉事，聖旨誰敢違背？(生)黄門大人，你不肯去時節，我自去拜還聖旨如何？(末)呀！這秀才好怪麽？這所在你如何去得？(生哭科)

【啄木兒】(生)我親衰老，妻幼嬌，萬里關山音信杳。他那裏舉目悽悽，俺這裏回首迢迢。他那裏望得眼穿兒不到，俺這裏哭得淚乾親難保。閃殺人一封丹鳳詔。

【前腔】（末）狀元，你何須慮，不用焦，人世上離多歡會少。大丈夫當萬里封侯，肯守着故園空老？畢竟事君事親一般道，人生怎全忠和孝？却不見母死王陵歸漢朝？

【三段子】（生）這懷怎剖？望丹墀天高聽高。這苦怎逃？望白雲山遥路遥。

【前腔】（末）狀元，你做官與親添榮耀，高堂管取加封號。與他改换門閭，偏不是好？

【歸朝歡】（生）冤家的，冤家的，苦苦見招，俺媳婦埋怨怎了？饑荒歲，饑荒歲，怕他怎熬？俺爹娘怕不做溝渠中餓殍？

【前腔】（末）狀元，譬如四方戰争多征調，從軍遠戍沙場草，也只是爲國忘家怎憚勞。

（生）家鄉萬里信難通，（末）争奈君王不肯從。

（合）情到不堪回首處，（合）一齊分付與東風。

第十七齣　義倉振濟

【仙吕入雙調·普賢歌】（丑）身充里正實難當，雜泛差徭日夜忙。官司點義倉，并無些子糧，拚一頓拖翻喫大棒。

我做都官管百姓，另是一般行徑。破靴破帽破衣裳，打扮須要厮稱。到官府百般下情，下鄉村十分豪興。討官糧大大做個官升，賣私鹽輕輕弄條喬秤。點催首放富差貧，保解户欺軟怕硬。猛拚打强放潑，畢竟是個畢竟。誰知天不由人，萬事皆從前定。騙得五兩十兩，到使五錠十錠。田園盡都典賣，并無些子餘剩。㕦耐廳前首領，嫌恨司房喬令。把我千樣凌辱，將我萬般督併。動不動丢了破帽，打得我黄腫成病。幾番要自縊投河，不要了這條性命。今番又點義倉，并無糧米抵應。若還把我拖翻，便叫高臺明鏡。小人也不是都官，也不是里正。休將屈棒，錯打了平民。（内問）你是誰？（丑）我是搬戲的副浄。（内）休道出本來面目！（丑）往常間把義倉穀子偷將家去，養老婆孩兒了。今日上司官點義倉放穀，賑濟貧民，倉中没有一些，那裏討還他？没奈何，我待把家私并老婆兒子都賣了，也賠不起，不免去與李社長商量則個。轉灣抹角，兀的便是李社長家裏。李社長，李社長！（浄）誰叫老爺？（丑笑）咦！你慣要做大。且出來。

【前腔】（浄）身充社長管官倉，老小一家都賴倉裏養。（丑）好！好！你一家老小都賴倉裏養，事發時節，如何擺佈？（浄）事發儘不妨，里正先喫棒。（丑）尊兄，饒得你過麽？（浄）先打了都官，方纔打社長。

老夫年傍八旬，家中只有三人。因充社長勾當，誰知也不安寧。又要告官書題粉壁，又要勸民栽種翻耕。又要管淘河砌磡，又要辦水桶麻繩。若有人家嫁娶，須索請我做賓。人人稱我年高伏衆，個個叫我社長官人。若得一紙狀子，强似廳上縣丞。原告許我銀子三錠五錠，被告送我猪脚十斤廿斤。若還得了兩家財物，只得朦朧寫個回文。每日去幹得泄水功德，竟不知自家家裏禍因。大的孩兒不孝不義，小的媳婦逼擲離分。單單只有第三個孩兒本分，常常搶去老夫的頭巾。激得我老夫性發，只得唱個陶真。（丑）呀！陶真怎的唱？（浄）呀！倒被你聽見了。也罷，我唱，你打和。（丑）使得。（浄）孝順還生孝順子，（丑）打打哈蓮花落。（浄）忤逆還生忤逆兒，（丑）打打哈蓮花落。（浄）不信但看簷前水，（丑）打打哈蓮花落。（浄）點點滴滴不差移，（丑）打打哈蓮花落。（浄）住休！（丑）你若不叫住，我直唱到天明。（浄）里正，你叫我出來有甚事説？（丑）社長哥，今日官司給散義倉，倉中又無稻子，如何是好？我和你不免各賠些子。（浄）呀！倉中稻子都是你搬去喫了，怎的叫我和你合賠？小畜生，到不虧了你！上司來時，干我鳥事？我自回去抱子弄孫嬉他娘。正是：閉門不管窗前月，一任梅花自主張。（浄下）（丑）苦！李社長又去了，上司官又來了，如何是好？呀！喝道聲漸漸近了，不免迎接則個。（外扮放糧官、末扮皂隸上）

【前腔】（外）親承朝命賑饑荒。（末）躍馬揚鞭到此方。（丑）里正接老爹。（外）起去。疾忙開義倉，支與百姓糧，從實支收休要謊。

里正，將支收簿來看。（丑）簿在此。（外讀科）元管二十九石，新收三十六石；除支一十九石，見在四十六石。左右，開倉。（外看倉）呀！這倉裏那有四十六石？（丑）有，有，相公。（外）左右，與他取了甘結；一面着他唤饑民來支糧。（丑）一心忙似箭，兩脚走如飛。（外）左右，這廝説謊。倉裏那得許多稻子？（末）相公且由他，若是不足數，只要他賠償便了。（外）也説得是。（丑扮瞎子上）

【商調過曲・吴小四】（丑）肚又饑，眼又昏，家私没半分，子哭兒啼不可聞。聞知相公來濟民，請些官糧去救貧。

（丑錯跪科）相公可憐見。（末）相公在這裏。（外）老的姓甚名誰？家裏有幾口？（丑）小的姓丘名乙己，住上大村，有三千七十口。（外）胡説！那裏有許多口？（丑）告相公得知：上大人，丘乙己，化三千，七十士。（末）一口胡柴！（外）你實有幾口？（丑）小的夫妻兩口，孩兒兩口。（外）支糧與他。（末與丑科）支四口糧了。（丑）多謝相公。正是：一日不識羞，三日不忍餓。（下）（浄扮聾子上）

【前腔】（浄）嘆連朝饑怎忍？家中有五六人。〔一〕前日老婆典了裙，今日媳婦又典裩，恰好遇官司來濟貧。

相公可憐見。（外）老的姓甚名誰？家裏有幾口？（浄）小的姓大名比丘僧，住在祇樹給孤獨園，有一千二百五十口。（外）胡説！那有許多口？（浄）告相公得知：《彌陀經》中道：祇樹給孤獨園，與大比丘僧一千二百五十人俱。（末）佛口蛇心。（外）你實有幾口？（浄）小的有兩個媳婦，三個孩兒，和我共六口。（外）支糧與他。（末與浄科）支六口糧了。（浄）多謝相公。正是：今日得君提掇起，免教人在污泥中。（浄下）（旦上）

【雙調引子·搗練子】〔二〕（旦）嗟命薄，嘆年艱。含羞忍淚向人前，猶恐公婆懸望眼。

〔一〕眉批：坊本作『八九人』，與白相背了。

〔二〕眉批：一名【胡搗練】。

路當險處難迴避，事到頭來不自由。奴家少長閨門，豈識途路？今日見官司放糧濟貧，只得去請些稻子，以救公婆之命。（見科）（外）婦人，你姓甚名誰？來此怎的？（旦）告相公，奴家姓趙，名五娘；公公蔡從簡。因兒夫出去，特來請些糧米，以救公婆之命。（外）你丈夫那裏去了，使你婦人家來請糧？

【正宮引子・普天樂】（旦）兒夫一向留都下。（外）你家裏還有誰？（旦）只有年老爹和媽。（外）有弟兄麽？（旦）弟和兄更没一個。（外）既没有弟兄，誰看承你的爹媽？（旦）看承盡是奴家。（外）這般説起來，你好苦呵。婦人家不出閨門，你何不使個男子漢來請糧？（旦作悲科）歷盡苦，誰憐我，相公，怎説得不出閨門的清平話？（外）你家裏有幾口？（旦）只有三口。（外）左右，支糧與他。（末）没糧了。（旦哭科）若無糧，我也不敢回家。（外）怎的不敢回家？（旦）相公，豈忍見公婆受餒？天那！嘆奴家命薄，直恁折挫。(一)

（外）左右，這倉中稻子没了。一來湊原數不起，二來這婦人説得好苦，你去拿那里正來，要這廝賠償。（末）領鈞旨。假饒走到焰摩天，脚下騰雲須趕上。（旦）望相公可憐見，主張些糧米，與奴家救濟公婆之命。（外）我自有分曉。（末押丑上）一似甕中捉鱉，手到拿來。（外）里正，這倉中稻子湊原數不起，

(一) 眉批：折挫：一作『摧挫』，氣弱。

盡是你自偷了，你好好招伏。（丑）相公，小人招不得。自古道東量西折，難教小人賠償。（外）畜生，尖斛量入，平斛量出，如何會折了許多？　左右，拿下打四十！（丑）相公不要打，小人情願招了。（丑讀招）招狀人姓猫名狸，見年三十有餘。身上别無疾病，只有白帶不除。今與短狀招伏，因爲官糧久虧。説到義倉情弊，中間無甚蹺蹊。稻熟排門收斂，斂了各自將歸。并無倉廩盛貯，那有帳目收支。縱然有得些少，胡亂寄在民居。官司差人點視，便糴些穀支持。上下得錢便罷，不問倉實倉虚。假饒清官良吏，被我影射片時。東家借得十扛，西家借得五箕。但見倉中有穀，其間就裏怎知？　年年把當常事，番番一似耍嬉。不道今年荒旱，不道今年民飢。不因分俵賑濟，如何會泄天機？　假饒奏到三十三天，我里正無甚罪過。（末）爲甚的？（丑）只是點糧詐錢的做馬做驢。招狀執結是實，伏乞相公指揮。（外）左右，押這厮去，要他賠償。（末押丑下）正是：　懼法朝朝樂，欺公日日憂。（末押丑上）假饒人心似鐵，怎逃官法如爐？　告相公，里正賠償的稻子有了。（外）支與那婦人去。（旦）多謝相公。（末與旦，丑覷覷科）由你半路去，我好歹與你奪了便罷。（旦）謝得恩官爲主維，（丑）只教中路有災危。（外）當權若不行方便，（末）如入寶山空手回。（外、末、丑下）（旦）一斟一酌，莫非前定。今日奴家去請糧，誰知道里正作弊，倉中無穀。若不得相公督併，里正賠償，如何得這些穀回家救濟二親？　正是：　饑時得一口，强似飽時得一斗。（欲下）（丑上攔住科）咳！　恩人相見，分外眼明。讐人相見，分外眼睜。我也會見你過來呵！　你快把稻子還我，萬事全休。（旦）呀！　相公與奴家的稻子，如何還你？（丑）咳！　方纔不是你只管告不休，相公如何要我賠納？　這稻子是我賣老小賣家私得來的，你如何拏去？（搶科）（旦）里正官人，休要用强；可憐奴家艱苦！（丑）可憐你甚的？

【雙調過曲·鎖南枝】[一]（旦）兒夫去，竟不還，公婆兩人都老年。自從昨日到如今，不能彀一餐飯。（丑）你公婆没飯喫，干我甚事？（旦）奴請糧，他在家懸望眼。念我年老公婆，做方便。

（拜丑科）（丑）不要拜，不要拜。這般時年，我做不得方便；你將稻子還我便罷。

【前腔】（旦）鄉官可憐見，[二]這些稻子呵。是我公婆命所關。若是必須將去，寧可脱下衣裳，就問鄉官换。（脱衣科）（丑）不要，不要，你身上冷。（旦）寧使奴身上寒，只要與公婆救殘喘。

（丑）娘子，罷，罷。你説起這話，都是孝心，我不忍問你取了。莫怪，莫怪。你去罷。（旦）如此多謝。

（丑虚下躲科）（旦）謝天謝地！且喜里正去了，不免趲行幾步。（丑上推旦奪下科）

【前腔】（旦）奪將去，真可憐，公婆望奴不見還。縱然他不埋冤，道我做媳婦的有何幹？他忍饑，添我夫罪愆，教奴怎見得我夫面？

千死萬死，終久是死；不如早死爲强。此間有一口古井，不免投入死休。（欲投科）

[一] 眉批：此一枝凡十折，一三五七九自是一體，二四六八十自是一體。

[二] 眉批：一本第二折有丑唱曲：『賊潑賤，聽我言，聲聲叫咱行方便。我爲你打了二十皮鞭，端的羞咱臉。還我糧，饒你拳。你若不還時，管教你一命喪黄泉。』

【前腔】（旦）將身赴井泉，思量左右難。我丈夫當年分散，叮嚀囑付爹娘，教我與他相看管。苦！我死却，他形影單，夫婿與公婆，可不兩埋怨？（外上）

【前腔】（外）媳婦去，不見還，教人在家凝望眼。（外跌倒旦扶科）（外）呀！你在這裏閒行，教我望得肝腸斷。（旦）公公，奴請糧爲你供午餐，又誰知被人騙。（外）媳婦，却怎麽説？（旦）公公，奴家請得些稻子，到半途之中，却被里正奪去了。（外）天那！元來如此。（哭科）

【前腔】（外）思量我命乖蹇，不由人不珠淚漣。料想終須餓死，不如早赴黄泉，免把你厮牽絆。媳婦，婆老年，不久延，你須是好看管。呀！這裏元來有一口古井，不免投入死休。

【前腔】（旦）公公，你若身傾棄，我苦怎言？公還死了婆怎免？你兩人一旦身亡，教我獨自如何展？公公，你喫苦辛其實難過遣，我痛傷悲只得强相勸。

【前腔】（外）媳婦，你衣衫盡解典，囊篋已罄然。縱使目前存活，到底日久日深，（一）你與我難

（一）眉批：日深：言其貧將益甚也。

相念。(一)苦！衣食缺你行孝難，活寃家不如早拆散。(外投井旦救科)(末挑穀上科)

【前腔】(末)不豐歲，荒歉年，官司把糧來給散。見一個年老的公公，在那裏頻嗟嘆。待向前仔細看，呀！我道是誰，元來是蔡老員外和五娘子呵。你兩人在此有何幹？(二)

(相見科)(旦)公公，一言難盡。奴家今日聞知官司給散義倉，去請些糧米與公婆爲口食之資，誰想里正作弊，倉中没了稻子。謝得相公，着令里正賠納，把些與奴家；來到半途，却被里正奪去。奴家害羞回來，公公見説，也要投井死，奴家正在此勸解公公。(末)咳！五娘子，你差了。老夫方纔請得些官糧，正要將來分送你公公，你怎的不來與我商量，却自家出去，被那狂徒欺侮？(三)

【前腔】(末)我聽你説這言，待我趕去。罵那厮鐵心腸，昧心漢。(旦)公公，他去得遠了。(外)罷，罷。大公，我和你是良善之人，不要與那狂徒一般見識。只是我這幾日餓得難過。(末)員外，你且不須憂慮，我也請得些官糧，和你兩下分一半。(旦)呀！這是公公請的，如何使得？(末)咳！五娘子。你休恁推，莫棄嫌，且將回，權做兩厨飯。

(一) 眉批：念：今作『戀』。

(二) 眉批：吴本末折作『不豐歲，荒歉年，生離死别真可憐。縱有八口人家，飢餓應難免。子忍飢，妻忍寒，痛哭聲恁哀怨』。

(三) 眉批：諸本無末白，末見張公看管周到處。

（旦）如此，多擾了公公。（末）怎説那話？五娘子，你伯喈當初出去，把爹娘囑付與老夫。今日是荒年飢歲，虧殺你獨自支吾。終不然我自温飽，教你忍飢受餓？古語云：濟人須濟急時無。你胡亂將這些救濟公姑則個。五娘子，你先回去，我和你公公隨後緩緩的來。

【正宮過曲・洞仙歌】〔一〕（旦）苦！家私没半分，靠着奴此身。只要救公婆，豈辭多苦辛？（合）空把珠淚揾，誰憐饑與貧？這苦説不盡。

【前腔】（外）大公，我本爲泉下人，他救我一命存。只怕我不久身亡，報不得媳婦恩。（合前）

【前腔】（末）見説不可聞，況我托在隣。終不然我享安和，〔二〕忍見你受饑窘？（合前）

（旦）命薄多年受苦辛，（外）不如身死早離分。

（末）惟有感恩并積恨，（合）萬年千載不成塵。

第十八齣　再報佳期

（丑扮媒婆上）

〔一〕眉批：此調與詩餘中【洞仙歌】字句大不同。

〔二〕眉批：安和：今本作『安榮』，不穩。

【越調過曲·蠻牌令】(丑)終日走千遭，走得脚無毛。何曾見湯水面？花紅也不曾見半分毫。到不如做個虔婆頂老，也落得些鴨汁喫飽。窮酸秀才直恁喬，老婆與他，故推不要。

咳！我做媒婆老了，不曾見這般好笑。叵耐一個秀才，老婆與他不要。别人見了媒婆歡歡喜喜，他倒和我尋争尋鬧。老相公又不肯干休，只管在家囉唣。把媒婆放在中間，旋得七顛八倒。走得我鞋穿襪綻，説得我唇乾舌燥。也不怕你親事不成，也不怕你姻緣不到。只怕你紅羅帳裏快活，不叫媒婆聒噪。(一)這裏便是狀元貴館，請狀元相見。呀！恰好的狀元出來了。

【越調引子·金蕉葉】(生)愁多怨多，俺爹娘知他怎麽？擺不脱功名奈何？送將來冤家怎躲？

(相見科)(丑)狀元，賀喜！賀喜！牛太師選定今日與小姐畢姻，請狀元早赴佳期。(生)天那！此事如何是好？(丑)狀元，事皆前定，不必再推。

【南吕過曲·三换頭】(二)(生)名韁利鎖，先自將人摧挫。況鸞拘鳳束，甚日得到家？我也休怨他。這其間，只是我，不合來，長安看花。閃殺我爹娘也，淚珠空暗墮。(合)這段姻緣，也只是無如之奈何。

(一)眉批：聒噪：吴越人相謝俗語。

(二)眉批：前二句【五韻美】，中四句【臘梅花】，後二句【梧葉兒】，合在外。

【前腔】(一)(丑)鸞臺罷粧，鵲橋初駕。佳期近也，請仙郎到河。(生)媒婆，我去也不妨；只是一心掛兩頭，如何是得？(丑)狀元，此事明知牽掛，這其間，只得把，那壁廂，且都拚捨。況奉君王詔，怎生別了他？(合前)

(丑)狀元，門首轎馬都已齊備了。

(丑)及早赴佳期，(生)歡娱成怨悲。

(合)情知不是伴，(合)事急且相隨。

第十九齣　强就鸞凰

(外扮牛太師上)

【黄鍾引子・傳言玉女】(外)燭影揺紅，簾幕瑞烟浮動，畫堂中珠圍翠擁。粧臺對月，(二)下鸞鶴神仙儀從。玉簫聲裏，一雙鳴鳳。

左右何在？(末)獨立畫堂聽命令，珠簾底下一聲傳。老相公有何指揮？(外)左右，我今日與小姐畢

(一)　眉批：都是常言揑合入腔，遂成宫調。《記》中此類甚多，諸傳絶無。

(二)　眉批：『粧臺對月』爲句，『下』猶言『降』也。李翱納進士廬儲爲婿，《催粧》詩云：『今日已成秦晉會，早教鸞鳳下粧臺。』

姻，筵席安排了未？（院子）安排完備了。（外）完備得如何？〔水調歌頭〕（末）屏開金孔雀，褥隱繡芙蓉。獸爐烟裊，蓮臺絳蠟吐春紅。廣設珊瑚席子，高把真珠簾捲，環列翠屏風。人間丞相府，天上蕊珠宮。　錦遮圍，花爛熳，玉玲瓏。繁絃脆管，歡聲鼎沸畫堂中。簇擁金釵十二，座列三千珠履，談笑盡王公。正是：門闌多喜氣，女婿近乘龍。（外）狀元來未？（末）遠遠望見一簇人馬喧鬧，想是狀元來了。（生上）

【女冠子】（生）馬蹄篤速，傳呼齊擁雕轂。（外）金花帽簇，天香袍染，丈夫得志，佳婿坦腹。

（外）惜春，狀元已到，請你小姐出來拜堂。（貼上）

【前腔】粧成聞喚促，又將綵扇重遮，羞蛾輕蹙。（淨、丑執掌扇上）（合）這姻緣不俗，金榜題名，洞房花燭。

（淨）狀元和小姐兩個，各自立一邊，請陰陽先生讚禮。（末扮賓人上）稟相公，告廟。（外）你就告廟。（末）維大漢太平年，團圓月，和合日，吉利時，嗣孫牛太師，有女年已及笄，奉聖旨招贅新狀元蔡伯喈爲婿。以此吉辰，敢申虔告。告廟已畢，請與新人揭起方巾。（丑）待我來。伏以窈窕青娥二八春，緑雲之上覆方巾。玉纖揭起西川錦，露出嬌容賽玉真。掌禮，請喝拜。（末）竊以禮重婚姻，茲實人倫之大；義當配偶，爰思宗系之承。張設青廬，〔一〕熒煌花燭。祀供蘋藻，首嚴見廟之儀；贄備棗榛，抑講

〔一〕青廬：原作『青爐』，據文義改。

拜堂之禮。集珠履玳簪之客，環金釵玉珥之賓。慶會良宵，觀光盛事。香熏寶鴨，濃騰裊裊之烟；步擁金蓮，請下深深之拜。（喝拜科）拜禮已畢，請相公把酒。

【黄鍾過曲·畫眉序】（生）攀桂步蟾宫，㈠豈料絲蘿在喬木。喜書中今朝有女如玉，堪觀處絲幕牽紅，恰正是荷衣穿緑。（合）這回好個風流婿，偏稱洞房花燭。

【前腔】（外）君才冠天禄，我的門楣稍賢淑。看相輝清潤，瑩然冰玉。光掩映孔雀屏開，花爛熳芙蓉隱褥。㈡（合前）

【前腔】（貼）頻催少膏沐，金鳳斜飛鬢雲矗。喜逢他蕭史，愧非弄玉。㈢清風引珮下瑶臺，明月照粧成金屋。（合前）

【前腔】（浄、丑）湘裙展六幅，似天上嫦娥降塵俗。喜藍田今已種成雙玉。風月賽閬苑三千，雲雨笑巫山二六。㈣（合前）

㈠　眉批：『宫』字古本作『窟』音唱，今按調字法，『宫』『拱』『貢』『谷』用『宫』字轉入『谷』字音，協下『禄』『幅』等字韻。

㈡　眉批：『屏開』『隱褥』挫對協韻。隱：去聲。

㈢　眉批：四『玉』字和得渾然天成。

㈣　眉批：『二六』一作『六六』，雖係韓子蒼詞，對『三千』字不得。

【滴溜子】（生）謾説道姻緣，果諧鳳卜。細思之，此事豈吾意欲？有人在高堂孤獨。〔一〕可惜新人笑語喧，不知道舊人哭。兀的東床，難教我坦腹？

【鮑老催】（衆）翠眉謾蹙，赤繩已繫夫婦足，芳名已注婚姻牘。狀元，空嗟怨，枉嘆息，休摧挫。〔二〕畫堂富貴如金谷。休戀故鄉深處好，受恩深處親骨肉。

【滴滴金】（衆）金猊寶鼎香馥郁，銀海瓊舟泛醽醁，輕飛綵袖呈嬌舞。囀鶯喉，歌麗曲，歌聲斷續，持觴勸酒人共祝。人共祝，百年夫婦永和睦。

【鮑老催】（衆）意深愛篤，文章富貴珠萬斛，天教艷質爲眷屬。似蝶戀花，鳳棲梧，鸞停竹。男兒有書須勤讀，書中自有黄金屋，也自有千鍾粟。

【雙聲子】（衆）郎多福，郎多福，看紫綬黄金束。〔三〕娘萬福，娘萬福，看花誥紋犀軸。兩意篤，兩意篤。豈非福，〔四〕豈非福。似紋鸞綵鳳，兩兩相逐。

【餘文】（合）郎才女貌真不俗，占斷人間天上福，百歲姻緣萬事足。

〔一〕眉批：此洞房思親。
〔二〕眉批：『摧挫』有抑鬱不得志之意。一作『推故』，非。
〔三〕眉批：看：今作『着』，非。
〔四〕眉批：非福：一作『反自』，此際那可作惡語？

（合）清風明月兩相宜，女貌郎才天下奇。

正是洞房花燭夜，果然金榜掛名時。

第二十齣　勉食姑嫜

【南吕引子・薄倖】(一)（旦）野曠原空，人離業敗。謾盡心行孝，力枯形憊。(二)幸然爹媽，此身安泰。棲惶處，見慟哭饑人滿道，嘆舉目將誰倚賴？

曠野蕭疏絶烟火，日日黄雲黯村塢。(三)死别空原婦泣夫，生離他處兒牽母。睹此恓惶實可憐，思量自覺此身難。高堂父母老難保，上國兒郎去不還。力盡計窮淚亦竭，看看氣盡知何日？高岡黄土漫成堆，誰把一抔掩奴骨？奴家自從丈夫去後，頓遭飢荒。衣裳首飾，盡皆典賣，家計蕭然。争奈公婆年老，死生難保；朝夕又無甘旨應奉，如何是好？只得安排一口淡飯與公婆充飢，奴家自把些穀膜米皮鉀鑼來喫，苟留殘喘。喫時又怕公婆撞見，只得迴避，免致他煩惱。如今飯已熟了，不免請出公婆早膳則個。（外、净上）

(一) 眉批：此調與詩餘句語多少不同。

(二) 眉批：憊：音『拜』，疲極也。

(三) 眉批：日日黄雲：一作『日色慘淡』，非。

【雙調引子・夜行船】(一)(外)苦！忍餓擔飢何日了？孩兒一去，竟無音耗。(浄)甘旨蕭條，米糧缺少。(合)天那！真個死生難保。

(旦)請公公婆婆早膳。(浄)媳婦，有菜蔬麽？(旦)没有。(浄)有下飯麽？(旦)也没有。(浄)賤人，前日早膳還有些下飯，今日只得一口淡飯。再過幾日，連淡飯也没有了。(外)咳！快擡去！這般時年，胡亂喫一口罷，分甚麽好歹？

【南吕過曲・鑼鼓令】(浄)我終朝受餒，賤人，你將來的飯教我怎捱？可疾忙便擡，非干是我有些饞態。(外)阿婆，你看他衣衫盡解，好茶飯將甚去買？兀的是天災，教媳婦每難佈擺。(旦)婆婆息怒且休罪，待奴家霎時將去再安排。(合)思量到此，珠淚滿腮。看看做鬼，溝渠裏埋。縱然不死也難捱，教人只恨蔡伯喈。

【前腔】(浄)如今我試猜，多應他犯着獨噇病來，(二)背地裏自買些鮭菜。(三)(外)阿婆，他那裏得錢去買？(浄)阿公，我喫飯他緣何不在？這些意兒真是歹。(外)阿婆，他和你甚相愛，不應反面直恁的乖。(旦背唱)婆婆，我千辛萬苦，有甚疑猜？可不道我臉兒黄瘦骨如柴？(合前)

(一) 眉批：一本此折是【玉井蓮】，只二句：『忍餓擔飢，未知何日是了？』

(二) 眉批：噇：音『床』，貪食無厭也。

(三) 眉批：鮭：音奚，魚名也。杜詩：『自愧無鮭菜。』

（浄）擡去，擡去。（外）媳婦，婆婆喫不得，你且收去。（旦收科）婆婆耐煩，待奴家去佈擺些東西，再安排過來。（浄）你去，你去。（旦）正是：啞子謾嘗黄柏味，難將苦口向人言。（下）（浄）阿公，親的到底是親。親生兒子不留在家，到倚靠着媳婦供養。你看前日兀自有些鮭菜，今日只得些淡飯，教我怎的喫？再過幾日，連飯也没了。我看他前日自喫飯時節，百般躲避我，道敢是他背地裏自買些下飯受用分曉？（外）阿婆，休要錯埋冤了人，我看這媳婦不是這般樣人。（浄）恁的，等他自喫時節，我和你潛地裏去探一探，便知端的。（外）也説得是。只一件那。（浄）却怎的？

（外）荒年有飯休思菜，（浄）媳婦無良把我虧。

（外）混濁不分鰱共鯉，（合）水清方見兩般魚。

第二十一齣　糟糠自厭

【商調過曲·山坡羊】（旦）亂荒荒不豐稔的年歲，遠迢迢不回來的夫婿。急煎煎不耐煩的二親，軟怯怯不濟事的孤身己。苦！衣盡典，寸絲不掛體。幾番拚死了奴身己，[一]争奈没主公婆，教誰看取？（合）思之，虚飄飄命怎期。難捱，實丕丕災共危。

[一] 眉批：拚死：坊本作『要賣』，非。

【前腔】滴溜溜難窮盡的珠淚，亂紛紛難寬解的愁緒。骨崖崖難扶持的病身，戰兢兢難捱過的時和歲。這糠，我待不喫你呵，教奴怎忍饑？我待喫你呵，教奴怎生喫？思量起來，不如奴先死，圖得不知他親死時。思之，虛飄飄命怎期。難捱，實丕丕災共危。奴家早上安排些飯與公婆喫，豈不欲買些鮭菜？争奈無錢可買。不想婆婆抵死埋冤，只道奴家背地裏自喫了甚麽東西。不知奴家喫的是米膜糠粃，又不敢教他知道。便做他埋冤殺我，我也不敢分説。苦！這糠粃怎的喫得下？（吐科）

【雙調過曲・孝順歌】(一)（旦）嘔得我肝腸痛，珠淚垂，喉嚨尚兀自牢嗄住。(二)糠那！你遭礱被舂杵，篩你簸颺你，喫盡控持。好似奴家身狼狽，千辛萬苦皆經歷。苦人喫着苦味，兩苦相逢，可知道欲吞不去。（旦再喫）（外、浄潛上探覷科）

【前腔】糠和米，本是相依倚，被人簸颺作兩處飛。一賤與一貴，好似奴家與夫婿，終無見期。丈夫，你便是米呵，米在他方没尋處。奴家恰便是糠呵，怎的把糠來救得人饑餒？好似兒夫出去，怎的教奴供膳得公婆甘旨？（旦放碗不喫科）（外、浄潛下科）

(一) 眉批：此枝凡四折，一折三折一體，二折四折一體。

(二) 眉批：嗄：欺賈切，氣逆也。

【前腔】思量我生無益，死又值甚的？不如忍饑死了爲怨鬼。只一件，公婆老年紀，靠着奴家相依倚，只得苟活片時。片時苟活雖容易，到底日久也難相聚。謾把糠來相比，這糠呵，尚兀自有人喫。(一)奴家的骨頭，知他埋在何處？

(外、浄潛上)(浄)媳婦，你在這裏喫甚麼？(旦)奴家不曾喫甚麼。(浄搜奪科)(旦)婆婆，你喫不得！(外)咳！這是甚麼東西？

【前腔】(旦)這是穀中膜，米上皮，(外)呀！這便是糠，要他何用？(旦)將來饆饠堪療饑。(浄)咦，這糠只好將去餵猪狗，如何把來自喫？(旦)嘗聞古聖書，狗彘食人食，(二)也强如草根樹皮。(外、浄)恁的苦澀東西，怕不噎殺了你？(旦)嚙雪吞氈，蘇卿猶健；餐松食柏，到做得神仙侶。這糠呵，縱然喫些何慮？(浄)阿公，你聽他説謊，糠粃如何喫得？(旦)爹媽休疑，奴須是你孩兒的糟糠妻室。

(外、浄看哭科)媳婦，我元來錯埋冤了你，兀的不痛殺我也！(外、浄倒)(旦叫哭科)

【仙吕入雙調・雁過沙】(旦)苦！沉沉向冥途，空教我耳邊呼。公公婆婆，我不能彀盡心相

(一) 眉批：『尚兀自』句一本作唱。

(二) 眉批：『狗彘食』三字略讀，『人食』二字另爲句，與《孟子》語意相同，亦斷章取義也。

奉事，反教你爲我歸黃土。教人道你死緣何故？公公婆婆，怎生割捨得抛棄了奴？

（外醒科）（旦）謝天謝地，公公醒了！公公，你閛閚。

【前腔】（外）媳婦，你擔饑事姑舅。媳婦，你擔饑怎生度？（旦）公公且自寬心，不要煩惱。（外）媳婦，我錯埋冤了你，你也不推辭，到如今始信有糟糠婦。媳婦，料應我不久歸陰府，也省得爲我死的，累你生的受苦。

（旦扶外起科）公公且在床上安息，待我看婆婆如何。（旦叫不醒科）呀！婆婆不濟事了，如何是好？

【前腔】（旦）(一)婆婆氣全無，教奴怎支吾？咳！丈夫呵，我千辛萬苦，爲你相看顧，如今到此難回護。只愁母死難留父。況衣衫盡解，囊篋又無。

（外）媳婦，婆婆還好麽？（旦）婆婆不好了！

【前腔】（外）天那！我當初不尋思，教孩兒往帝都。把媳婦閃得苦又孤，把婆婆送入黃泉路，算來是我相擔誤。不如我死，免把你再辜負。

（旦）公公休説這話，請自將息。（外）媳婦，婆婆死了，衣衾棺槨，是件皆無，如何是好？（旦）公公寬心，待奴家區處。（末）福無雙降猶難信，禍不單行却是真。老夫爲何道此兩句？爲鄰家蔡伯喈妻房

(一) 眉批：旦折與諸本互有異同。

趙氏五娘。他嫁得伯喈，方纔兩月，伯喈便出去赴選。自去之後，連遭飢荒。公婆年紀皆在八十之上，家裏更没個相扶持的。甘旨之奉，虧殺這五娘子。把些衣服首飾之類，盡皆典賣，辦些糧米，做飯與公婆喫；他却背地裏把糠粃餜饠充飢。這般荒年飢歲，少甚麼有三五個孩兒的人家，供膳不得爹娘。這個小娘子，真個是今人中少有，古人中難得。那婆婆不知道，顛倒把他埋冤；今來聽得他公婆知道，却又痛心，都害了病。如今不免到他家裏探望則個。呀！五娘子，你爲甚的荒荒張張？（旦）公公，天有不測風雲，人有旦夕禍福。奴家婆婆死了。（末）呀！你婆婆既死了，你公公如今在那裏？（旦）在床上睡着。（末）待我看一看。（外）大公休怪，我起來不得了。（末）老員外，快不要勞動。（旦）大公，我婆婆死了，衣衾棺槨，是件皆無，如何是好？（末）五娘子，你不要愁煩，我自有區處。

【仙呂入雙調·玉胞肚】（旦）千般生受，教奴家如何措手？終不然把他骸骨，没棺材送在荒坵？（合）相看到此，不由人不淚珠流，正是不是冤家不聚頭。

【前腔】（末）五娘子，不必多憂，資送婆婆，在我身上有。你但小心承直公公，莫教他又成不救。（合前）

【前腔】（外）(一)張公護救，我媳婦實難啓口。孩兒去後，又遇饑荒，把衣衫典賣無留。（合前）

(一) 眉批：今本無外折。

（末）老員外，你轉進裏面去歇息。待我一霎時叫家僮討棺木來，把老安人殯斂了；選個吉日，送去南山安葬便了。（外）如此，多謝大公周濟。

（旦）只爲無錢送老娘，（末）須知此事有商量。

（合）歸家不敢高聲哭，（合）只恐猿聞也斷腸。

重校琵琶記二卷終

重校琵琶記三卷

第二十二齣　琴訴荷池

【南吕引子·一枝花】（生）閒庭槐影轉，深院荷香滿。簾垂清晝永，怎消遣？十二欄杆，無事閒凭遍。悶來把湘簟展，〔一〕夢到家山，又被翠竹敲風驚斷。

〔南鄉子〕翠竹影摇金，水殿簾櫳映碧陰。人静晝長無個事，沉吟，碧酒金樽懶去斟。幽恨苦相尋，離别經年没信音。寒暑相催人易老，關心，却把閒愁付玉琴。院子，將琴書過來。（末將琴書上）黄卷看來消白日，朱絃動處引清風。炎蒸不到珠簾下，人在瑶池閬苑中。相公，琴書在此。（生）院子，你與我唤那兩個學僮過來。（末叫科）（浄執扇丑執香爐上）

〔一〕眉批：悶：一作『困』。

【南呂過曲・金錢花】（淨、丑）自小承直書房，書房。快活其實難當，難當。只管打扇與燒香，荷亭畔，好乘涼。喫飽飯，上眠床。

（相見科）（生）我在先得此材於爨下，[一]斲成此琴，名曰焦尾。自來此間，久不整理。今日當此清涼，試操一曲，以舒悶懷。你三人一個打扇，一個燒香，一個管文書，休得要誤了事。（衆）領鈞旨。（生操琴科）

【懶畫眉】[二]（生）强對南薰奏虞絃，只覺指下餘音不似前，那些個流水共高山？呀！只見滿眼風波惡，似離別當年懷水仙。[三]

（淨困掉扇科）（末）告相公，打扇的壞了扇。（生）背起打十三！[四]那厮不中用，只教他燒香。（末）領鈞旨。（衆換科）

【前腔】頓覺餘音轉愁煩，似寡鵠孤鴻和斷猿，又如别鳳乍離鸞。呀！怎的？只見殺聲在

[一] 眉批：對琴瑟故思親之意居多。
[二] 眉批：三折句句説琴而不露一字。
[三] 眉批：琴高善鼓琴，號水仙，乘赤鯉遊行人間，復入水去，後伯牙作《水仙操》懷之。
[四] 眉批：打十三：漢時極輕之笞刑也。

絃中見，敢只是螳螂來捕蟬？(一)

（丑困滅香科）（浄）告相公，燒香的滅了香。（生）背起打十三！　那廝不中用，只教他管文書。（末）領鈞旨。（衆換科）

【前腔】藍田日暖玉生烟，似望帝春心托杜鵑，(二)好姻緣翻做惡姻緣。(三)　只怕眼底知音少，争得鸞膠續斷絃？

（末掉文書科）（丑）告相公，管文書的亂了文書。（生）背起打十三！（貼上）（生）左右，夫人來也，且各迴避。（衆）正是：　有福之人人服事，無福之人服事人。（末、丑、浄先下）

【南吕引子・滿江紅】（貼）嫩緑池塘，(四)梅雨歇薰風乍轉。瞥然見新涼華屋，已飛乳燕。簟展湘波紈扇冷，(五)歌傳《金縷》瓊巵暖。（衆）炎蒸不到水亭中，珠簾捲。

（貼）相公，元來在此操琴呵。（生）夫人，我當此清涼，聊托此以散悶懷。（貼）奴家久聞相公高於音樂，如何來到此間，絲竹之音，杳然絶響？　斗膽請再操一曲，相公肯麼？（生）夫人待要聽琴，彈甚麼

(一) 眉批：『殺聲』二句即伯喈赴鄰人席故事。
(二) 眉批：古有杜宇治蜀，稱望帝，後死化爲杜鵑。二句李商隱《錦瑟》詩。
(三) 眉批：『好姻緣』云云，陶穀贈秦弱蘭詞。
(四) 眉批：按調『嫩緑池塘』爲句，下七字爲句，『歇』字微讀。今歌者皆首句七字，殊謬。
(五) 夾批：紈：一作『紋』。眉批：山谷詩：『水亭長展湘波簟。』

曲好？我彈一曲《雉朝飛》何如？[一]（貼）這是無妻的曲，不好。（生）呀！説錯了。如今彈一個《孤鸞寡鵠》何如？（貼）兩個夫婦正團圓，説甚麽孤寡？（生）不然，彈一曲《昭君怨》何如？（貼）兩個夫妻正和美，説甚麽宫怨？相公，當此夏景，只彈一個《風入松》好。（生）這個却好。（彈錯科）（貼）相公彈錯了。（生）呀！到彈出個《思歸引》來。待我再彈。（彈錯科）（貼）相公，你又彈錯了。（生）呀！又彈出個《别鶴怨》來。[二]（貼）相公，你如何恁的會差？莫不是故意賣弄，欺侮奴家？（生）豈有此心？只是這絃不中用。（貼）這絃怎的不中用？（生）俺只彈得舊絃慣，這是新絃，俺彈不慣。（貼）舊絃在那裏？（生）舊絃撇下多時了。（貼）爲甚撇了？（生）只爲有了這新絃，便撇了那舊絃。（貼）相公何不撇了新絃，用那舊絃？（生）夫人，我心裏豈不想那舊絃？只是新絃又撇不下！（貼）罷！罷！你新絃既撇不下，還思量那舊絃怎的？我想起來，只是你心不在焉，特地有許多説話。

【仙吕過曲·桂枝香】（生）夫人，舊絃已斷，[三]新絃不慣。舊絃再上不能，待撇了新絃難拚。我一彈再鼓，一彈再鼓，又被宫商錯亂。（貼）相公，你敢是心變了麽？（生）非干心變，（貼）你却

[一] 眉批：《雉朝飛》：今作貼白，非。

[二] 眉批：今人無《别鶴怨》白，與後曲不應。

[三] 眉批：一本作『危絃欲斷』，不斷之絃也。見《文選》。

爲何來？（生）這般好涼天。正是此曲纔堪聽，又被風吹别調間。[一]

【前腔】（貼）[二]相公，非彈不慣，只是你意慵心懶。你既道是《寡鵠孤鸞》，又道是《昭君宫怨》。那更《思歸》《别鶴》，《思歸》《别鶴》，無非愁嘆。相公，我看你心裏多敢是想着誰？（生）夫人，我不想着甚麽人。（貼）相公，有何難見？你既不然，呀！我理會得了。你道是除了知音聽，道我不是知音不與彈？

（生）夫人，那有此意？（貼）相公，這個也由你，畢竟你無心去彈他。何似教惜春安排酒過來，與你消遣何如？（生）我懶飲酒，待去睡也。（貼）相公休阻妾意。老姥姥、惜春，看酒來。（净、丑持酒上）

【燒夜香】（净）樓臺倒影入池塘，緑樹陰濃夏日長，（丑）一架荼蘼滿院香。[三]（合）滿院香，和你捧霞觴。捲起簾兒，明月正上。

（貼）將酒過來。

[一] 眉批：此曲二句唐高駢詩。

[二] 眉批：此折句句應白語《雉朝飛》，出自生口無疑。

[三] 眉批：『樓臺』三句，高駢《夏日》詩。

【南呂過曲・梁州序】(一)(貼)新篁池閣，槐陰庭院，日永紅塵隔斷。碧欄杆外，寒飛漱玉清泉。(二) 只覺香肌無暑，素質生風，小簟琅玕展。晝長人困也，好清閒，忽聽棋聲驚晝眠。(三) (合)《金縷》唱，碧筒勸，向冰山雪巘排佳宴。(四) 清世界，幾人見？

【前腔】(生)薔薇簾箔，荷花池館，一點風來香滿。(五) 湘簾日永，香消寶篆沉烟。謾有枕欹寒玉，扇動齊紈，怎遂黄香願？(作悲科)(貼)相公，你爲甚的掉下淚來？(六) (生)不。猛然心地熱，透香汗，我欲向南窗一醉眠。(合前)

【前腔】(貼)(七)向晚來雨過南軒，見池面紅粧零亂。漸輕雷隱隱，雨收雲散。只覺荷香十里，新月一鈎，此景佳無限。蘭湯初浴罷，晚粧殘，深院黄昏懶去眠。(合前)

【前腔】(生)柳陰中忽噪新蟬，見流螢飛來庭院。聽菱歌何處？畫船歸晚。只見玉繩低

(一) 眉批：【梁州】：即【古涼州】，『序』字上當有小字。
(二) 眉批：寒：一作『空』。
(三) 眉批：『忽聽』本東坡詞，作『被』，非。
(四) 眉批：雪巘排佳：一作『雪檻開華』。
(五) 眉批：點：一作『陣』，均可。
(六) 爲：原闕，據汲古閣刊本《繡刻琵琶記定本》補。
(七) 眉批：此賞花思親。

度，朱户無聲，此景尤堪戀。起來攜素手，鬢雲亂，月照紗櫥人未眠。（合前）〔一〕

【節節高】（浄）漣漪戲綵鴛，把露荷翻，清香瀉下瓊珠濺。香風扇，芳沼邊，閒亭畔。坐來不覺神清健，蓬萊閬苑何足羨？（合）只恐西風又驚秋，不覺暗中流年换。

【前腔】（丑）清宵思爽然，好涼天，瑶臺月下清虚殿。神仙眷，開玳筵，重歡宴。任教玉漏催銀箭，〔二〕水晶宫裏把笙歌按。（合前）

【餘文】（衆）光陰迅速如飛電，好良宵可惜漸闌，拚取歡娱歌笑喧。

（生）樵樓上幾鼓了？（浄）三鼓了。

（貼）歡娱休問夜如何，（生）此景良宵能幾何。

（浄）遇飲酒時須飲酒，（丑）得高歌處且高歌。

〔一〕　眉批：　覺：　今本作『見』，而荷香可見耶？　此二折前四句與上體格稍殊，『新篁』折應『樓臺』二句，『薔薇』折應『一架』二句，『向晚』二折應『捲起』二句。　或疑月既上，又安得有棋聲？　殊不知詞意通，一旦言之，自不相妨。　四『眠』字和得自然。

〔二〕　眉批：　李白《烏栖曲》：　『銀箭金壺漏水多。』

第二十三齣　代嘗湯藥

【越調引子·霜天曉角】（旦）難捱怎避？災禍重重至。最苦婆婆死矣，公公病又將危。屋漏更遭連夜雨，船遲又被打頭風。奴家自從婆婆死後，萬千狼狽；誰知公公病又將危。如今賸得些藥，已煎好了；不免再安排一口粥湯。

【犯胡兵】（一）（旦）囊無半點調藥費，良醫怎求？天那！然縱救得目前，飯食何處有？料應難到後。謾說道有病遇良醫，飢荒怎救？公公這病呵。

【前腔】愁萬苦千恁生受，（二）粧成這症候。便做這藥喫時呵，縱然救得目前，怎免得憂與愁？料應不會久。他只爲不見孩兒，纔得這病。若要這病好時呵。除非是子孝父心寬，方纔可救。藥已熟了，且扶公公出來喫些，看如何？（旦下扶外上）

【霜天曉角】（外）神散魂飛，料應不久矣。（旦）公公請鬧閧。（外）我縱然擡頭強起，形衰倦，

（一）眉批：【犯胡兵】：一作【征胡兵】，一本逕無。
（二）眉批：一作『百愁萬苦千生受』，不應後折『萬千愁苦』句，但比『囊無』句難唱。

怎支持？

（旦）公公，藥已熟了，慢慢喫些，調養身己。（外）媳婦，我喫不得這藥了。

【南呂過曲・香遍滿】（旦）論來湯藥，須索是子先嘗方進與父母。公公，莫不是爲無子先嘗，恰便尋思苦？〔一〕（外喫藥吐科）（旦）公公，且耐煩喫些。（外）媳婦，這藥我喫不得了。我寧可死了罷，免得累你。（旦）公公，你須索閛閫，怎捨得一命殂？（外）媳婦，你喫糠，省錢賸藥與我喫，可不虧了你？（旦）苦！元來你不喫藥，也只爲我糟糠婦。〔二〕

公公，你不喫藥，且喫一口粥湯，看何如？（外喫粥吐科）（旦）公公，你且慢慢喫些。（外）媳婦，我肚裏膨脹，怎喫得下？

【前腔】（旦）公公，你萬千愁苦，堆積在悶懷，成氣蠱，可知道喫了吞還吐。（外）媳婦，我不濟事了，必是死也。孩兒又不回來，只是虧了你。（旦）公公，你且寬心，不要煩惱。（旦背哭科）怕添親怨憶，暗將珠淚漬。（外）媳婦，你喫糠，却教我喫粥，我怎的喫得下？（旦）苦！元來你不喫粥，也只爲我糟糠婦。〔三〕

〔一〕眉批：恰：今作『你』，非。

〔二〕眉批：我：一作『着』。下同。

〔三〕眉批：兩結句極親切。

（外）媳婦，我死也不妨，只是孩兒不在家，虧殺了你。你近前來，我有兩句言語分付你。（旦）公公，如何？（外跌倒拜科）

【仙呂過曲・青哥兒】（外）〔一〕媳婦，我三年謝得你相奉事，只恨我當初把你相擔誤。天那！我欲待報你的深恩，待來生我做你的媳婦。怨只怨蔡伯喈不孝子，苦只苦趙五娘辛勤婦。

（旦）公公，奴身不足惜。

【前腔】（旦）我一怨你身死後有誰來祭祀，二怨你有孩兒不得相看顧，三怨你三年間没一個飽暖的日子。三載相看甘共苦，一朝分别難同死。

（外）媳婦，我死呵。

【前腔】（外）你將我骨頭休埋在土。（旦）呀！公公，百歲後不埋在土，却放在那裏？（外）媳婦，都是我當初不合教孩兒出去，誤得你恁的受苦。（外）我甘受折罰，任取屍骸暴露。（旦）公公，你休這般説，被人談笑。（外）媳婦，不笑你。（外）留與傍人，〔二〕道蔡伯喈不葬親父。怨只怨蔡伯喈不孝子，苦只苦趙五娘辛勤婦。

〔一〕眉批：外、旦二折各自一體。

〔二〕眉批：一本去『暴』字，取易唱，恐不成文，今之歌者皆將『留與傍人』句一直唱下，遂將首折『報你的深恩』句作白，殊不知『留與傍人』處當微讀，正對上『報你的深恩』句。《中原音韻》載句字可以增損者，此調亦在其中。

（旦）公公，倘你死呵。

【前腔】（旦）公婆已得做一處所，料想奴家不久也歸陰府。苦！可憐一家三個怨鬼在冥途。三載相看甘共苦，一朝分别難同死。

（外）媳婦，我罷了，畢竟是死，你與我請張大公過來。（旦）公公，説猶未了，恰好張大公來也。（末上）㈠歲歉無夫婿，家貧喪老親。可憐貞潔女，日夜受艱辛。（相見科）（末）五娘子，你公公病症如何？（旦）大公，我公公的病症，十分危篤。（末）如此，待我向前看看。老員外，你貴體若何？（外）苦！張大公，我不濟事了，畢竟是個死。你今來得恰好，我憑你爲證，寫下遺囑與媳婦收執。待我死後，教他休要守孝，早早改嫁便了。（旦）公公，你休那般説！自古道：忠臣不事二君，烈女不更二夫。公公，休要寫！（外）媳婦，你取紙筆過來。（旦）公公，奴家生是蔡郎妻，死是蔡郎婦。千萬休寫，枉自勞神。（外）媳婦，你不取紙筆來，要氣殺我也！（末）五娘子，你休逆他；嫁與不嫁在乎你。且取將過來。（旦取上外作寫科）咳！這一管筆倒有千斤來重。

【越調過曲・羅帳裏坐】（外）媳婦，你艱辛萬千，是我擔誤了伊。你不嫁人呵。身衣口食，怎生區處？休休，當元是我折散了你夫妻，我如今死了呵。終不然教你，又守着靈幃？（放筆科）已

㈠　眉批：『末上』詩吴本作『貧無達士將金贈，病有閒人説藥方』。

知死别在須臾，更與甚麼生人做主？

【前腔】（末）這中間就裏，我難説怎提。五娘子，你若不嫁人，恐非活計；若不守孝，又被人談議。可憐家破與人離，怎不教人淚垂？

【前腔】（旦）公公嚴命，非奴敢違。你教我嫁人呵。只怕再如伯喈，(一)却不誤奴一世？公公，我一馬一鞍，誓無他志。可憐家破與人離，怎不教人淚垂？

（外）張大公，我憑你爲證，留下這條拄杖，待我那不孝子回來，把他與我打將出去。（外倒旦扶科）

（旦）公公病裏莫生嗔，（末）員外寬心保自身。

（外）正是藥醫不死病，(二)（合）果然佛度有緣人。

第二十四齣　宦邸憂思

【正宫引子・喜遷鶯】（生）終朝思想，但恨在眉頭，人在心上。鳳侶添愁，魚書絶寄，空勞兩處相望。青鏡瘦顔羞照，寶瑟清音絶響。歸夢杳，繞屏山烟樹，那是家鄉？

(一)　眉批：『只怕再如伯喈』今改『不更二夫』，上下文俱不接。三載恒飢，一朝永訣之情，非此結白兩句説不清。

(二)　死：原作『是』，據汲古閣刊本《繡刻琵琶記定本》改。

〔踏莎行〕怨極愁多，歌慵笑懶，只因添個鴛鴦伴。他鄉遊子不能歸，高堂父母無人管。湘浦魚沉，衡陽雁斷，音書要寄無方便。人生光景幾多時，蹉跎負却平生願。

【正宮過曲·雁魚錦】(一)（生）思量，那日離故鄉。記臨期送别多惆悵，攜手共那人不厮放。教他好看承，我爹娘，料他每應不會遺忘。聞知饑與荒，只怕捱不過歲月難存養。若望不見我信音，却把誰倚仗？

【前腔换頭】思量，幼讀文章，論事親爲子也須要成模樣。真情未講，怎知道喫盡多魔障？被親强來赴選場，被君强官爲議郎，被婚强做鸞凰。三被强，我衷腸事説與誰行？埋怨難禁這兩廂：這壁廂道咱是個不撑達害羞的喬相識，那壁廂道咱是個不睹親負心的薄倖郎。

【前腔换頭】悲傷，鷺序鴛行，(二)怎如那慈烏返哺能終養？謾把金章，綰着紫綬；試問斑衣，今在何方？斑衣罷想，縱然歸去，又恐怕帶麻執杖。天那！只爲那雲梯月殿多勞攘，落得淚雨如珠兩鬢霜。

(一) 眉批：一調五犯【雁過聲】，二犯【漁家傲】，二犯【漁家燈】【喜漁燈】【錦纏道】。

(二) 眉批：提起『鷺序』『金章』『雲梯』『鷄唱』『怨香』等二字，下面各以類相從，深得古賦聯類之體。

【前腔】幾回夢裏，忽聞鷄唱。忙驚覺錯呼舊婦，同問寢堂上。待朦朧覺來，依然新人鴛幃鳳衾和象床。怎不怨香愁玉？無心緒，(一)更思想，被他攔當，教我怎不悲傷？俺這裏歡娱夜宿芙蓉帳，他那裏寂寞偏嫌更漏長。

【前腔】謾悒怏，把歡娱翻成悶腸。菽水既清涼，我何心，貪着美酒肥羊？閃殺人花燭洞房，愁殺人掛名金榜。魆地裏自思量，(二)正是歸家不敢高聲哭，只恐猿聞也斷腸。

院子何在？(末)有問即對，無問不答。相公有何指揮？(生)院子，你是我心腹之人，有一件事和你商量；你休要走了我的消息。(末)小人安敢？(生)我自從離了父母妻室，來此赴選，不擬一擢高科，拜授當職。將謂數月之後，可作歸計，誰知又被牛太師招爲門婿。一向逗留在此，不得回家見父母一面，因此要和你商量個計策。(末)相公，自古道：不鑽不穴，不道不知。小人每常間見相公憂悶不樂，豈知這般就裏？相公何不説與夫人知道？(生)院子，我夫人雖則賢慧，争奈老相公之勢，炙手可熱。待説與夫人知道，一霎時老相公得知，只道我去了不來，如何肯放我去？不如姑且隱忍，和夫人都瞞了；且待任滿，尋個歸計。(末)這的却是。老相公若還知道，如何肯放相公回去？(生)院子，我如今要寄一封書家去，没個方便的人；欲待使人遥去，又怕老相公知道。你與我出街坊上體探，怕

(一) 眉批：『無心緒』三字屬下句，今歌者多屬上句，殊謬。

(二) 眉批：魆：音『猝』。

有我鄉里人來此做買賣，待我寄一封家書回去。（末）小人便去。

（生）終朝常相憶，（末）尋便寄書尺。

（合）眼望旌捷旗，（合）耳聽好消息。

第二十五齣　祝髮買葬

【雙調引子・金瓏璁】（旦）饑荒先自窘，那堪連喪雙親？身獨自，怎支分？（一）我衣衫都解盡，首飾并没分文。無計策，只得剪香雲。

〔蝶戀花〕萬苦千辛難擺撥，力盡心窮，兩淚空流血。裙布荊釵今已竭，萱花椿樹連摧折。金刀盈盈明似雪，遠照烏雲，掩映愁眉月。一片孝心難盡説，一齊分付青絲髮。奴家前日婆婆没了，已得張大公周濟。如今公公又没了，無錢資送，難再去求告他。我思量起來，没奈何了，只得翦下頭髮，賣幾貫鈔，爲送終之用。雖然這頭髮值錢不多，也只把做些意兒，恰似教化一般。苦！不幸喪雙親，求人不可頻。聊將青絲髮，斷送白頭人。

【南呂過曲・香羅帶】（旦）一從鸞鳳分，誰梳鬢雲？粧臺懶臨生暗塵，（二）那更釵梳首飾典

（一）眉批：一作『支撑』，非韻。

（二）眉批：此『懶』字與『緑雲懶去梳』『懶』字相應，一本作『不』字，非惟不活，且咽歌喉。

倖人。

無存也。頭髮，是我擔閣你度青春，如今又剪你資送老親。翦髮傷情也，怨只怨結髮薄倖人。

【前腔】思量薄倖人，辜奴此身。欲翦未翦，教我先淚零。我當初早披剃入空門也，做個尼姑去，今日免艱辛。咳！只有我的頭髮恁般苦。少甚麼佳人的，珠圍翠擁蘭麝熏。(一)呀！似這般狼狽呵。我的身死兀自無埋處，説甚麼頭髮愚婦人？

【前腔】堪憐愚婦人，單身又貧。頭髮，我待不翦你呵。開口告人羞怎忍？我待剪你呵。金刀下處應心疼也。(二)却將堆鴉髻舞鸞鬢，與烏鳥報答鶴髮親。教人道霧鬢雲鬟女，斷送霜鬢雪鬢人。(三)（剪下哭科）

【南吕引子・臨江仙】（旦）連喪雙親無計策，只得剪下香鬟。非奴苦要孝名傳，正是上山擒虎易，開口告人難。(四)

頭髮既已翦下，免不得將去貨賣。穿長街，抹短巷，叫一聲賣頭髮。（叫科）

(一) 眉批：擁：一作『簇』。

(二) 眉批：疼：俗作『疼』。

(三) 眉批：首折題髮而以剪映，次折題剪而以髮繳，末折總承而更發出許多奇思。

(四) 眉批：『上山』兩句詞若不屬而意已獨至。

【南吕過曲・梅花塘】賣頭髮，買的休論價。念我受饑荒，囊篋無些個。丈夫出去，那堪連喪了公婆。没奈何，只得翦頭髮資送他。

呀！怎的都没人買？

【香柳娘】看青絲細髮，看青絲細髮，剪來堪愛，如何買也没人買？(一) 這饑荒死喪，這饑荒死喪，怎教我女裙釵，當得恁狼狽？況連朝受餒，況連朝受餒，我的脚兒怎擡？其實難捱。（跌倒起科）

【前腔】往前街後街，往前街後街，并無人采。(二) 我待再叫一聲。咽喉氣噎，無如之奈。苦！我如今便死，我如今便死，暴露我屍骸，誰人與遮蓋？天那！我到底也只是個死。將頭髮去賣，將頭髮去賣，賣了把公婆葬埋，奴便死何害？

（再倒科）（末）慈悲勝念千聲佛，造惡徒燒萬炷香。這幾日蔡老員外病症不知如何？我且去看一看。呀！五娘子，你爲何倒在街上？（旦）苦！大公可憐見，救奴家則個。（末杖扶科）五娘子，你手裏拏着頭髮做甚麼？（旦）奴家公公又没了，無錢資送，只得把自己頭髮翦下，欲賣幾文鈔，爲送終之用。

(一) 眉批：買：諸本作『賣』，非。

(二) 眉批：采：一作『買』。

（末哭科）元來你公公又死了呵。你怎的不來和我商量？把這頭髮翦下做甚麽？（旦）奴家多番來定害公公，不敢再來相惱。（末）呀！你説那裏話？五娘子。

【前腔】（末）你兒夫曾付托，兒夫曾付托，我怎生違背？你無錢使用，我須當貸。你將頭髮翦下，將頭髮翦下，又跌倒在長街，都緣我之罪。（合）嘆一家破敗，嘆一家破敗，否極何時泰來？各出珠淚。

【前腔】（旦）謝公公慷慨，[一]謝公公慷慨，把錢相貸，我公婆在地下相感戴。只恐奴身死也，恐奴身死也，兀自没人埋。公公，誰還你恩債？（合前）

（末）五娘子，你先到家去，我即着人送些布帛米穀之類與你使用。（旦）如此，多謝公公。請收了這頭髮。（末）[二]咳！難得，難得。這是孝婦的頭髮，翦來斷送公婆的，我留在家中，不惟傳流做個話名；後日蔡伯喈回來，將與他看，也使他惶愧。

（旦）謝得公公救妾身，（末）伊夫曾托我親鄰。

（合）從空伸出拏雲手，（合）提起天羅地網人。

[一] 眉批：慷慨：一作『可憐』。

[二] 眉批：末白又重在頭髮上，甚有意味。坊本作『我要這頭髮做甚麽』，非復人言。

第二十六齣　拐兒紿誤

【仙吕入雙調・打毬場】（浄）幾年間，爲拐兒，脱空説謊爲最。遮莫你是怎生俼俏的，（一）也落在我圈圚。（二）

自家脱空爲活計，掏摸作生涯。劍舌脣鎗伶俐的，也引教他懵懂；虚脾甜口慳吝的，也哄教他粧風。鄉貫何曾有定居？姓名誰人知真實？粧成圈套，見了的便自入來；做就機關，入着的怎生出去？騙了鍾馗手裏寶劍，偷了洞賓瓢裏仙丹。果是來無跡，去無踪，對面騙人如撮弄。縱使和你行，和你坐，當場賺你怎埋冤？拐兒陣裏先鋒，哄局門中大將。何用剜墻穵壁？强如黑夜偷兒。不索挟斧持刀，真個白晝劫賊。正是：天不生無禄之人，地不長無根之草。自家打聽得蔡狀元家住陳留，父母在堂，久無消息。他如今要寄家書回去。况我在陳留走得慣熟，不免装扮做陳留人，假寫他父母家書遞與他，必有回音。倘或附帶些金帛回家，也不見得覓却一個小富貴；便不然也索與我些路費回家。這裏便是蔡狀元府前，不免進入去咱。呀！怎的不見一個人？我且咳嗽一聲。（末）侯門深似海，不許外人敲。（相見科）你是那裏人？來此有甚勾當？（浄）小子從陳留來，蔡相公的老大人有家書在

（一）眉批：遮莫：猶言儘教也。諸本作『折摸』，非。
（二）眉批：圚：一作『圍』，一作『套』，并非。

此。（末）呀！我相公正要乘便寄家書回去。你來得恰好，待我請相公出來。（請科）

【商調引子·鳳凰閣】（生）尋鴻覓雁，寄個音書無便。謾勞回首望家山，和那白雲不見。淚痕如綫，[一]想鏡裏孤鸞影單。

（末）告相公得知，有一個漢子，説他從陳留郡來，遞得老相公的家書在此。（生）請他進來。（相見科）

（生）多承足下帶得我家書來呵。（淨）小人奉老大人尊命，遞得在此。（淨遞書生接看科）

【仙呂過曲·一封書】（生）一從你去離，我在家中常念你。是麼？我也常想家裏。功名事怎的？想多應折桂枝。我功名事成了。幸得爹娘和媳婦，各保安康無禍危。謝天謝地！且喜家中都安樂。見家書，可知之，及早回來莫更遲。

天那！我豈不要回去？争奈不由我。院子，你引鄉親到後堂茶飯，一面取紙筆，待我寫家書附與他去；就取些金珠碎銀過來。（生寫書科）

【越調過曲·下山虎】男邕百拜大人尊前：[二] 一自離膝下，頓經數年。[三] 目斷萬里關山，

[一] 眉批：淚痕如綫：晏原叔詞。

[二] 眉批：男：一作『蔡』，失體。

[三] 眉批：頓經：一作『頓覺』，非。

鎮日望懸，(一)一向那堪音信斷。名利事，嘆牽綰，謾勞珠淚漣。上表辭金殿，要辭了官，争奈君王不見憐。

【蠻牌令】忽爾拜尊翰，激切意懸懸。(二)幸喜爹娘和媳婦，盡安健。奈兒身淹留旅邸，(三)不能彀承奉慈顔。(四)匆匆的聊附寸箋，草草伏乞尊照不宣。

鄉親，你來。我這一封書并這金珠，托你將到俺家裏，與老相公收下。傳示家中大小，俺早晚便回來，教他放心，不須煩惱。(凈)小子理會得。(生)這些碎銀，與你路上做盤費。(凈)多謝！多謝！

【中吕過曲・駐馬聽】(生)書寄鄉關，説起教人心痛酸。鄉親，傳示俺八旬爹媽，道與俺兩月妻房，隔涉萬水千山。啼痕緘處翠綃斑，夢魂飛遶銀屏遠。(合)報道平安，想一家賀喜，只説道再相見。(五)

【前腔】(末)遥憶鄉關，有個人人凝望眼。他頻看飛雁，望斷孤舟，倚遍危欄。見這銀鈎飛

(一) 眉批：鎮日：一作『鎮常』。
(二) 眉批：意懸懸：一作『慰拳拳』。
(三) 眉批：奈兒：今本作『況兒』，意不相承。
(四) 眉批：母可稱嚴君，則父可稱慈顔。
(五) 眉批：『只説道』三字分明有未得便歸設爲此辭以慰藉其家中之意。

動彩雲箋，又索玉筯界破殘粧面。（合前）

【前腔】（浄）西出陽關，却嘆今朝行路難。念取經年離別，跋涉萬里程途，帶着一紙雲箋。只怕豺狼紛擾路途間，雁鴻不到家鄉畔。[一]（合前）

（生）憑依千里寄佳音，（末）説盡離人一片心。

（浄）須知相別經多載，（合）方信家書抵萬金。

第二十七齣　感格墳成

【南吕引子·掛真兒】（旦）四顧青山静悄悄，思量起暗裏魂銷。黄土傷心，丹楓染淚，謾把孤墳獨造。

〔菩薩蠻〕白楊蕭瑟悲風起，天寒日淡空山裏。虎嘯與猿啼，愁人添慘悽。窮泉深杳杳，長夜何由曉。灑淚泣雙親，雙親聞不聞？　奴家自從喪了公婆，家中十分狼狽。昨已多承張大公將公婆靈柩搬得到山，免不得造一所墳塋，把公婆安葬了。爭奈無錢倩人，難以再去求他，只得自家搬泥運土。（麻裙包土科）

[一]　眉批：今本『到』字下添一『你』字，非。

【南呂過曲・五更轉】（旦）把土泥獨抱，麻裙裹來難打熬。〔一〕空山静寂無人弔，但我情真實切，到此不憚勞。苦！何曾見葬親兒不到？又道是三匝圍喪，那些個卜其宅兆？思量起，是老親合顛倒。公公，你圖他折桂看花早，不想自把一身，送在白楊衰草。謾自苦，（作悲科）這苦憑誰告？

【前腔】我只憑十爪，如何能彀墳土高？苦！只見鮮血淋漓濕衣褋，天那！我形衰力倦，死也只這遭。休休！骨頭葬處，任他血流好，此唤做骨血之親，也教人稱道。教人道趙五娘真行孝。〔二〕苦！心窮力盡形枯槁，只有這鮮血，到如今也出盡了。這墳成後，只怕我的身難保。

呀！我力都乏了，不免就此歇息睡一覺呵。

【仙呂引子・卜算子先】（旦）墳土未曾高，筋力還先倦。（旦睡科）（外扮山神上）

【中呂引子・粉蝶兒】（外）趙女堪悲，天教小神相濟。

善哉！善哉！吾乃當山土地，今奉玉帝敕旨：爲見趙五娘行孝，特令差撥陰兵，與他併力築造墳

〔一〕眉批：麻：一作『羅』，非。
〔二〕眉批：真：今作『親』，非。

臺。不免叫出南山白猿使者、北岳黑虎將軍前來聽用。猿、虎二將何在？（淨、丑扮猿、虎上）（外）吾奉玉帝敕旨：爲見趙五娘獨自在山築墳，特差汝等率領陰兵，與他併力。汝等可變作人形，與他運化土石，務要頃刻完成，不得驚動孝婦。（淨、丑）領法旨。（造墳科）告大聖，墳臺已成了。（外）趙五娘，你擡起頭來，聽吾囑付。

【仙呂入雙調・好姐姐】（外）五娘聽吾道語：吾特奉玉皇敕旨，憐伊孝心，故遣陰兵來助你。（合）墳成矣，葬了二親尋夫婿，[一]改换衣裝往帝畿。

趙五娘，你好生記着：正是：大抵乾坤都一照，免教人在暗中行。（外、淨、丑下）（旦醒科）

【仙呂引子・卜算子後】（旦）夢裏分明有鬼神，想是天憐念。

呀！怪哉，怪哉。奴家睡間，恍惚之中似夢非夢。聞神人囑付之語道，墳成了，教奴家前往京畿尋取丈夫。我思忖起來，獨自一身，幾時能彀得墳成？（起看科）呀！果然這墳臺都成了。謝天謝地！分明是神通變化。

【五更轉】[二]（旦）怨苦知多少？兩三人只道同做餓殍。公公、婆婆，今日幸賴神明救濟，成此墳臺，你兩人已得安妥。只一件，我未曾葬時節，也還恰象相親傍的一般；如今葬了呵。窮泉一閉無日

[一] 眉批：葬：一作『辭』。

[二] 眉批：坊本此折與前二折相聯，其【卜算子】等自爲一枝，『墳成後』覺禿然。

曉，嘆如今永别，再無由倚靠。我死和公婆做一處埋呵，也得相伏侍。只愁我死在他途道，我的骨頭何由來到？從今去，墳呵，只願得中乾燥，福子蔭孫也都難料。呀！天那！便做蔭得個三公，也濟不得親老？淚暗滴，復把蒼天來禱。[一]（末同丑帶鉏器上）

【越調過曲·鏵鍬兒】（末）悲風四起吹松柏，[二]山雲黯淡日無色。（丑）虎嘯與猿啼，怎不慘感？（合）趲步前來到峭壁，都與孝婦添助力。

（末）老夫張廣才，只爲蔡老員外夫妻相繼棄世，虧殺他媳婦趙五娘子支持。如今又聞他把麻裙包土，築造墳臺。我想人家造一所墳，没有千百工造不成，他獨自一個女流，如何成得此事？不免帶將小二與他添助力氣則個。呀！好怪哉，如何墳都成了？只見：松柏森森繞四圍，孤墳新土掩泉扉。五娘子，空山獨自無人問，爲築墳臺又阿誰？（旦）大公，夢裏鬼神多怪異，陰兵運石與搬泥。築墳成了親分付，教奴尋取兒夫往帝畿。（丑）公公，自古流傳多有此，畢竟感格上蒼知。長城哭倒稱姜女，五娘子，你他日芳名一樣題。（合）正是：善惡到頭終有報，只争來早與來遲。

【好姐姐】（旦）大公，念奴血流滿指，獨自要墳成無計。深感老天，暗中相護持。（合）墳成矣，葬了二親尋夫婿，改换衣裝往帝畿。

[一] 眉批：今本失『復』字。
[二] 眉批：起：一作『野』。

【前腔】（末）五娘子，老夫帶領小二，待與你添助些力氣，誰知有神暗中相救濟。（合前）

【前腔】（丑）你每真個見鬼，這松柏孤墳在何處？恰纔小鬼是我裝扮的。[一]（合前）

（末）孝心感格動陰兵，（旦）不是陰兵墳怎成？

（丑）萬事勸人休碌碌，（合）舉頭三尺有神明。

第二十八齣　中秋望月

【大石調·念奴嬌引】[二]（貼）楚天過雨，正波澄木落，秋容光淨。誰駕玉輪來海底，碾破瑠璃千頃。環珮風清，笙簫露冷，人在清虛境。（净、丑）真珠簾捲，庾樓無限佳興。

〔臨江仙〕（貼）玉作人間秋萬頃，銀葩點破瑠璃。（净）瑶臺風露冷仙衣，天香飄下處，此景有誰知？

（丑）未審明年明夜月，此時此景何如？（貼）珠簾高捲醉瓊卮，（合）正是莫辭終夕勸，動是隔年期。

（貼）老姥姥，今夜中秋，月色澄清，你與我請相公出來賞翫則個。（净）請，請，夫人請相公翫月。（生内應）我睡了，不來。（丑）你甚麽嘴臉，可知道請他不來？（貼）惜春，你再去請。（丑）我去請呵。相

[一] 眉批：真中做出假，假中做出真，此操縱妙處。

[二] 眉批：此一枝出入宋人詩餘《中秋詞》而融化無跡。首句四字起，如前【滿江紅】調。

公，夫人請你出來翫月。（生）來也。（丑）老姥姥，我好臉皮呵，一請便就出來。

【南吕引子·生查子】（生）逢人曾寄書，書去神亦去。今夜好清光，可惜人千萬里。

（貼）相公，今夜中秋，月色可愛，我請你賞翫一番，你没事推阻怎的？（生）月色有甚好處？（貼）相公，怎的不好？〔酹江月〕你看：玉樓絳氣捲霞綃，雲浪空光澄徹。丹桂飄香清思爽，人在瑶臺銀闕。（生）影透鳳幃，光窺羅帳，露冷蛩聲切。關山今夜，照人幾處離别。（净）須信離合悲歡，還如玉兔，有陰晴圓缺。便做人生長宴會，幾見冰輪皎潔？（丑）此夜明多，隔年期遠，莫教金尊歇。（合）但願人長久，年年同賞明月。（飲酒科）

【大石調·念奴嬌序】(一)（貼）長空萬里，見嬋娟可愛，全無一點纖凝。十二欄杆光滿處，涼侵珠箔銀屏。偏稱，身在瑶臺，笑斟玉斝，人生幾見此佳景？（合）惟願取年年此夜，人月雙清。

【前腔换頭】（生）孤影，南枝乍冷。見烏鵲縹緲驚飛，棲止不定。萬點蒼山，何處是修竹吾廬三徑？追省，丹桂曾攀，嫦娥相愛，故人千里謾同情。（合前）

【前腔换頭】（貼）光瑩，我欲吹斷玉簫，乘鸞歸去，不知風露冷瑶京。環珮濕，似月下歸來飛

(一)　眉批：一作【本序】。

瓊。(一) 那更，香霧雲鬟，清輝玉臂，(二)廣寒仙子也堪并。（合前）

【前腔換頭】（生）愁聽，吹笛《關山》，敲砧門巷，月中都是斷腸聲。人去遠，幾見明月虧盈。惟應，邊塞征人，深閨思婦，怪他偏向別離明。(三)

【中呂過曲·古輪臺】（浄）峭寒生，鴛鴦瓦冷玉壺冰，欄杆露濕人猶凭，貪看玉鏡。況萬里清冥，皓彩十分端正。三五良宵，此時獨勝。(四) （丑）把清光都付與，酒杯傾。從教酩酊，拚夜深沉醉還醒。酒闌綺席，漏催銀箭，香銷寶鼎。斗轉與參橫，銀河耿，轆轤聲已斷金井。

【前腔換頭】（浄）閒評，月有圓缺陰晴，人世上有離合悲歡，從來不定。深院閒庭，處處有清光相映。也有得意人人，兩情暢詠；也有獨守長門伴孤零，君恩不幸。（丑）有廣寒仙子娉婷，孤眠長夜，如何捱得更闌寂靜？此事果無憑。但願人長久，小樓翫月共同登。

【餘文】（衆）聲哀訴，促織鳴。（貼）俺這裏歡娛未罄，(五)（生）他幾處寒衣織未成。

(一) 眉批：許飛瓊：王母侍女。

(二) 眉批：杜詩：「香霧雲鬟濕，清輝玉臂寒。」此先將「冷」「濕」二字提起，而下止用四字爲句，語意自足。

(三) 眉批：「征人」應「吹笛」，「思婦」應「敲砧」，末句應「斷腸」。

(四) 眉批：憑：去聲唱。韓文公《中秋》詩：「三五端正月，今夜出東溟。」

(五) 眉批：罄：一作「聽」，雖有出，少意味。

（貼）今宵明月正團圓，（生）幾處淒涼幾處諠。

（合）但願人生得長久，（合）年年千里共嬋娟。

第二十九齣　乞丐尋夫

【雙調引子·胡搗練】（旦）辭別去，到荒坵，只愁出路煞生受。畫取真容聊藉手，逢人將此免哀求。㈠

鬼神之道，雖則難明；感應之理，不可不信。奴家昨日獨自在山築墳，正睡間，忽夢一神人，自稱當山土地，帶領陰兵與奴家助力；却又囑付奴家改換衣裝，徑往長安尋取丈夫。待覺來，果然墳臺并已完備，這的分明是神通護持。正是：寧可信其有，不可信其無。今者二親既已葬了，只得改換衣裝，扮作道姑，將琵琶做行頭，沿街上彈幾個行孝的曲兒，抄化將去。只是一件，我幾年間和公婆廝守，如何捨得一旦撇了他？奴家自幼薄曉得些丹青，何似想像畫取公婆真容，背着一路去，也似相親傍的一般。但遇小祥忌辰，展開與他燒些香紙，奠些酒飯，也是奴家的孝心。不免就此描畫真容則個。㈡（描畫科）

㈠　眉批：免：一作『轉』，一作『勉』。

㈡　眉批：又生出畫真容一段情來，爲後面許多張本。

【仙吕入雙調・三仙橋】(一)（旦）一從他每死後，要相逢不能彀，除非夢裏暫時略聚首。苦要描，描不就，暗想像，教我未描先淚流。描不出他苦心頭，描不出他饑症候，描不出他望孩兒的睁睁兩眸。只畫得他髮颼颼，和那衣衫敝垢。休休，若畫做好容顏，須不是趙五娘的姑舅。

【前腔】我待要畫他個龐兒帶厚，他可又饑荒消瘦。我待要畫他個龐兒展舒，他自來長恁面皺。若畫出來，真是醜，那更我心憂，也做不出他歡容笑口。不是我不會畫着那好的，我從嫁來他家。只見他兩月稍優游，其餘都是愁。那兩月稍優游，我又忘了。這三四年間，我只記他形衰貌朽。這真容呵，便做他孩兒收，也認不得是當初父母。休休，縱認不得是蔡伯喈當初爹娘，須認得是趙五娘近日來的姑舅。

真容既已描就了，就在這裏燒些香紙，奠些酒飯，拜别了公婆出去。（拜辭科）

【前腔】公公婆婆，非是奴尋夫遠遊，只怕我公婆絶後。奴見夫便回，此行安敢久？苦！路途中，奴怎走？望公婆相保佑我出外州。天那！他兀自没人看守，如何來相保佑？(二)這

(一) 眉批：一云【三仙橋】即【疊字錦】，但微有不同，似與詩餘中【三臺調】合體，或當是其别名。

(二) 眉批：吴本『兀自』句作白，浙本『外州』三句通作白。

墳呵，只怕奴去後，冷清清有誰來祭掃？縱使遇春秋，一陌紙錢怎有？休休！你生是受凍餒的公婆，死做個絕祭祀的姑舅。

奴家既辭了墳墓，背了真容，便索去辭張大公。呀！如何張大公恰好來也？（末上）衰柳寒蟬不可聞，金風敗葉正紛紛。長安古道休回首，西出陽關沒故人。（相見科）（旦）奴家適纔拜辭了墳塋，正要到宅上來告別。（末）呀！五娘子，你幾時去？（旦）大公，奴家就行了。（末）你背的是甚麼畫？（旦）是公婆的真容，待將路上去藉手乞告些盤纏，早晚與他燒香化紙。（末）是誰畫的？（旦）是奴家將就描摹的。（末）五娘子，你孝心所感，一定逼真。借我看一看。（末看科）咳！畫得像！畫得像！（作悲科）呀！老員外，老安人，〔鷓鴣天〕（一）死別多應夢裏逢，謾勞孝婦寫遺蹤。可憐不得圖家慶，幸負丹青泣畫工。衣破損，鬢鬔鬆，千愁萬恨在眉峰。只愁蔡郎不識年來面，趙女空描別後容。（旦作悲謝科）（末）五娘子，我聽得你要遠行，將幾貫錢與你路上助些盤費。（旦）多多定害公公了，決不敢再受。只一件，奴家又有不識進退之懇：奴家去後，公婆墳塋，早晚望大公可憐見，看這兩個老的在日之面，與奴家看管則個。（末）這個不妨，你但放心前去，老夫少不得如此。（旦拜辭科）（二）

（一）眉批：【鷓鴣天】：今本多作題畫，則伯喈書館中一見了然，何用許多猜疑？而今子弟到此亦舉手作題寫狀，遂失戲文關鍵，不可不審。

（二）眉批：此白與諸本互有異同。

【越調過曲・憶多嬌】（旦）公公，他魂渺漠，我没倚托。程途萬里，教我懷夜壑〔一〕。此去孤墳，望公公看着。（合）舉目蕭索，滿眼盈盈淚落。

【前腔】（末）五娘子，我承委托，當領略。這孤墳我自看守，決不爽約。但願你途中身安樂。（合前）

【仙呂入雙調・鬥黑麻】（旦）奴深謝公公，便相允諾。從來的深恩，怎敢忘却？只怕途路遠，體怯弱，病染災纏，衰力倦脚。（合）孤墳寂寞，路途滋味惡。兩處堪悲，萬愁怎摸？〔二〕

【前腔】（末）伊夫婿多應是，貴官顯爵，伊家去須當審個好惡。五娘子，只怕你這般喬打扮，他怎知覺？一貴一貧，怕他將錯就錯。（合前）

（旦）〔三〕公公，奴家拜別去也。（末）五娘子，且謾着，老夫還有幾句言語囑付你。（旦）望公公指教，奴家願聞。（末）五娘子，你少長閨門，豈識途路？當初蔡郎未別時節，你青春嬌媚。你如今遭這飢荒貧苦，貌怯身單。正是：桃花歲歲皆相似，人面年年自不同。蔡郎臨別之時，可不道來。（旦）公公，他道甚的？（末）他道是：若有寸進，即便回來。如今年荒親死，一竟不回，你知他心腹事如何？正

〔一〕眉批：夜壑：藏舟，出《莊子》。

〔二〕眉批：摸：音末，摸索，捫⿰木縣手捉也。用此無意義，據柳耆卿詞『片片閒愁，丹青難邈』，亦音，末是此之訛。

〔三〕眉批：諸本此白與前白相連，四曲俱在末後，白既大長，況一唱而別，似覺少情，今從古本更定。

是：畫虎畫皮難畫骨，知人知面不知心。唉！蔡郎元是讀書人，一舉成名天下聞。久留不知因個甚？年荒親死不回門。五娘子，你去京城須仔細，逢人下禮問虛真。若見蔡郎謾説千般苦，只把琵琶語句訴元因。未可便説他妻子，未可便説喪雙親。未可便説裙包土，未可便説剪香雲。若得蔡郎思故舊，可憐張老一親鄰。我今年已七十歲，比你公公少一旬。你去時猶有張老來相送，你回時不知張老死和存。正是：流淚眼觀流淚眼，斷腸人送斷腸人。（哭科）（旦）謝得公公訓誨，奴家銘心鏤骨，不敢有忘；如今告别去也。（末）五娘子，你早去早回。

（旦）爲尋夫婿别孤墳，（末）只怕兒夫不認真。

（合）惟有感恩并積恨，（合）萬年千載不成塵。

第三十齣　瞷詢衷情

【中吕引子・菊花新】（生）封書遠寄到親闈，又見關河朔雁飛。梧葉滿庭除，争似我悶懷堆積。

〔生查子〕封書寄遠人，寄與萬里親。書去神亦去，兀然空一身。(一) 自家喜得家書，報道平安。已曾修

(一) 眉批：『封書』四句，孟東野詩。

書寄回家去，不知何如？這幾日常懷想念，翻成愁悶。正是：雖無千尺綫，萬里繫人心。

【南吕引子·意難忘】(一)(貼)緑鬢仙郎，懶拈花弄柳，勸酒持觴。長顰知有恨，何事苦相防？(生)夫人，些個事，惱人腸。(貼)相公，試説與何妨？(生)只怕你尋消問息，添我恓惶。(貼)古人云：顰有爲顰，笑有爲笑。古之君子，當食不嗟，臨樂不嘆。無事而戚，謂之不祥。相公，你自來我家，不明不暗，如醉如癡，鎮日憂悶，爲着甚的？你還少了穿的，少了喫的？

【南吕過曲·紅衲襖】(二)(貼)相公，我待道你少喫的呵。你喫的是煮猩唇和燒豹胎。我待道你少穿的呵。你穿的是紫羅襴，繫的是白玉帶。你出入呵。我只見五花頭踏在你馬前擺，三簷傘兒在你頭上蓋。相公，休怪奴家説。你本是草廬中一秀才，(三)如今做着漢朝中梁棟材。你有甚不足，只管鎖了眉頭也，唧唧噥噥不放懷？

【前腔】(生)夫人，你道我有穿的呵。我穿的是紫羅襴，倒拘束得我不自在。我穿的是皂朝靴，怎敢胡去踹？你道我有喫的呵。我口裏喫幾口慌張張要辦事的忙茶飯，手裏拿着個戰兢兢

(一) 眉批：此折全出周美成詩餘中語。
(二) 眉批：即【□錦袍】。
(三) 眉批：一：諸本作『窮』，妻對夫，欠穩。

怕犯法的愁酒杯。到不如嚴子陵登釣臺，怎做得揚子雲閣上災？㈠似我這般樣爲官呵，只管待漏隨朝，可不誤了秋月春花也，干碌碌頭又白？

【前腔】（貼）相公，莫不是丈人行性氣乖？（生）不是。（貼）莫不是妾跟前缺管待？（生）不是。（貼）莫不是畫堂中少了三千客？（生）不是。（貼）莫不是繡屏前少了十二釵？㈡（生）也不是。（貼）呀！又不是。這意兒教人怎猜？這話兒教人怎解？相公，我今番猜着了。敢只是楚館秦樓，有個得意人兒也，悶懨懨常掛懷？

【前腔】（生）夫人，不是。有個人人在天一涯，天那！我不能彀見他，只落得臉銷紅眉鎖黛。（貼）我道甚麽來？可知哩！（生）不是，我本是傷秋宋玉無聊賴，有甚心情去戀着閒楚臺？（貼）相公，你有甚麽事，明説與奴家知道。（生）夫人，三分話兒只恁猜，一片心兒直恁解。（貼）你有話如何不對我説？（生）罷，罷。夫人，你休纏得我無言，若還提起那籌兒也，撲簌簌珠淚滿腮。

㈠　眉批：到不如：一作『本待學』。『怎做得』言不肯做也，非歆羡之詞，今本作『怎躲得』，一作『翻做了』，俱未當。

㈡　眉批：坊本『畫堂』下説出孟嘗君猶是漢以前人，至『繡屏』下説出牛僧孺，却失體。

（貼）由你！由你！我待不勸解你，你又只管憂悶；待我問着你，你又遮瞞我，我也没奈何。相公，夫妻何事苦相防？莫把閒愁積寸腸。難道各人自掃門前雪，(一)莫管他家屋上霜？（貼虛下潛聽科）

（生）天那！自古道：難將我語和他語，未卜他心似我心。自家娶妻兩月，别親數年。朝夕思想，翻成愁悶。我這新娶的媳婦雖則賢慧，我待將此事和他説，他也肯教我回去。只是他的爹爹若知我有媳婦在家，怕我去了不來，如何肯放我回去？不如姑且隱忍，改日求一鄉郡除授，那時却回去見雙親，多少是好？咳！夫人，非是提防你太深，只緣伊父苦相禁。正是：夫妻且説三分話。（貼走上）呀！我理會得了，你道是：未可全拋一片心。好，好，你瞞我也由你，只是你爹爹和媳婦嗟怨你！

【雙調·江頭金桂】（貼）相公，我怪得你終朝嚬喑，(二)只道你緣何愁悶深？教咱猜着啞謎，爲你沉吟，那籌兒没處尋。我和你共枕同衾，你瞞我則甚？你自撇了爹娘媳婦，屢换光陰，他那裏須怨着你没音信。笑伊家短行，笑伊家短行，無情忒甚。到如今，(三)兀自道且説三分話，未可全拋一片心。

(一) 眉批：難道：今作『正是』，非。

(二) 眉批：韻書無此『嚬』字，當是『癲』字。喑，陰、庵、㢊三音。宋齊間謂兒泣不止，曰『喑』。又，啼極無聲曰喑。

(三) 眉批：『到如今』三字爲一句。

【前腔】（生）夫人，非是我聲吞氣飲，〔一〕只爲你爹行勢逼臨。怕他知我要歸去，將人厮禁，要説又將口噤。天那！我實瞞你不得。我待解朝簪，再圖鄉任。那時節呵。他不提防着我，須遣我到家林，我和你雙雙兩人歸晝錦。苦！我雙親老景，我雙親老景，存亡未審。我前日曾附一封書回去。只怕雁杳魚沉。（貼）你既有書信附去，怎的也没有回報？（生）又不是烽火連三月，真個家書抵萬金。〔二〕

（貼）元來如此。我去對爹爹説，和你同去便了。（生）你休説，你爹爹如何肯放我回去？你且休説破了。（貼）不妨事。我爹爹身爲太師，風化所關，觀瞻所繫，終不然恁的不顧仁義？（生）你休説，不濟事，干枉了。（貼）相公，你不必憂慮，我自有道理；不由我爹爹不從。

（貼）雪隱鷺鷥飛始見，柳藏鸚鵡語方知。

（生）假如染就乾紅色，也被傍人説是非。

第三十一齣　幾言諫父

【黄鍾引子・西地錦】（外）好怪吾家門婿，鎮日不展愁眉。教人心下常縈繫，也只爲着

〔一〕眉批：氣飲：一作『氣忍』。

〔二〕眉批：『烽火』二句杜子美詩。

門楣。

入門休問榮枯事，觀着容顏便得知。自家招贅蔡伯喈爲婿，可謂得人。只一件，他自從到此，眉頭不展，面帶憂容，不知爲着甚麽？必有緣故。且叫女孩兒出來問他，便知端的。

【前腔】（貼）只道兒夫何意，如今就裏方知。萬里家山，要同歸去，未審爹意何如？

（相見科）（外）孩兒，吾老入桑榆，自嘆吾之皓首；汝身乖琴瑟，每爲汝而懊懷。夫婿何故憂愁？孩兒必知端的。（貼）告爹爹得知：他娶妻六十日，即赴科場；別親三五年，竟無消息。温清之禮既缺，伉儷之情何堪？今欲歸故里，辭至尊家尊而同行；待共事高堂，執子道婦道以盡禮。（外怒科）呀！吾乃紫閣名公，汝是香閨艷質。何必顧彼糟糠婦？焉能事此田舍翁？他久別雙親，何不寄一封之音信？汝從來嬌養，安能涉萬里之程途？休惑夫言，當從父命。（貼）爹爹，曾觀典籍，未聞婦道而不拜舅姑；（一）試論綱常，豈有子職而不事父母？若重唱隨之義，當盡定省之儀。彼荊釵裙布，既已獨奉親闈之甘旨；此金屏繡褥，豈可久戀監宅之歡娛？（二）爹爹身居相位，坐理朝綱，豈可斷他人父子之恩，絶他人夫婦之義？使伯喈有貪妻之愛，不顧父母之愆；俾孩兒有違夫之命，不事舅姑之罪。望爹爹容恕，特賜矜憐。（外）休胡説！他既有媳婦在家，你去做甚麽？

（一） 眉批：舅姑：一作『姑嫜』，覺偏，且與下『不事舅姑』句不照應。

（二） 眉批：監宅：杜子美有《李監宅》詩：『屏開金孔雀，褥隱繡芙蓉。門闌多喜氣，女婿近乘龍。』

【黄鍾過曲・獅子序】（貼）爹爹，他媳婦雖有之，念奴家須是他孩兒的次妻。那曾有媳婦不侍親闈？（外）孩兒，你去有甚麼勾當？（貼）若論做媳婦的道理，須當奉飲食，問寒暄，相扶持蘋蘩中饋。（外）便做有許多勾當，他有媳婦在家裏，你不去也不妨。（貼）爹爹，又道是養兒代老，積穀防饑。

（外）既道是養兒代老，積穀防饑，何似當初休教他來應舉不得？

【太平歌】（一）（貼）爹爹，他求科舉，指望錦衣歸，不想道爹爹留他爲女婿。（外）這個是有緣千里能相會，須强他不得。（貼）他埋冤洞房花燭夜，那些個千里能相會？只要保全金榜掛名時，他事急且相隨。

（外）孩兒，你到説我不是，這般埋冤着我？

【賞花時】（貼）他終朝慘悽，我如何忍見之？（外）他自慘悽，你管他怎的？（貼）若論爲夫婦，須是共歡娱。（外）不妨事，他若在這裏，我教他做個大大的官！（貼）爹爹，他數載不通魚雁信，枉了十年身到鳳凰池。

（外）呀！你聽着丈夫的言語，却不聽我説。這妮子好癡迷呵！

（一）眉批：【太平歌】：今作【東甌令】，詞雖不殊，則調屬【南吕】矣。

【降黄龍】（貼）爹爹，須知，非奴癡迷。已嫁從夫，怎違公議？（外）孩兒，你去也不妨，只是我没個親人在傍，如何放得你去？（貼）爹猶念女，怎教他爹娘不念孩兒？（外）孩兒，不是我不放你去。他既有媳婦在家，你去時節，只怕擔閣了你。（貼）休題，縱把奴擔閣，比擔閣他媳婦何如？(一)（外）便不然，只教蔡伯喈自去便了。（貼）爹爹，那些個夫唱婦隨，嫁鷄逐鷄飛？

（外）孩兒，他是貧賤之家，你如何伏侍他的父母？

【南吕過曲·大聖樂】(二)（貼）爹爹，婚姻事難論高低，若論高低何似休嫁與？假饒親賤孩兒貴，終不然便抛棄？（外）他的孩兒撇得下，你怕甚麽？（貼）奴須是他親生兒子親媳婦，難道他是何人我是誰？（外）孩兒，據你説起來，我倒説得不是呵？（貼）爹居相位，怎説着傷風敗俗非理的言語？

（外怒科）這妮子無禮！却將言語來衝撞我。我的言語倒不中聽呵。夫言中聽父言違，懊恨孩兒見識迷。我本將心托明月，誰知明月照溝渠。（外先下）（貼）自古道：酒逢知己千鍾少，話不投機半句多。好笑我爹爹不顧仁義，却道奴家把言語衝撞他。昨日我丈夫教我休説的是，我如今有何顔見他？免

(一) 眉批：媳婦：坊本作『爹娘』，全失問答意。
(二) 眉批：此一枝與前辭婚、辭官數折相稱。

不得且在此坐一回，尋思個道理去回他則個。（悶坐科）

【南吕引子・稱人心】（生）撇呆打墮，早被那人瞧破。他要同歸，知他爹怎麽？我料想他每不允諾。呀！夫人，你緣何獨坐？想你爹爹不肯麽？(一) 伊家道俐齒伶牙，争奈你爹行不可。

【前腔】（貼）天那！我爹爹，全不顧，人笑呵，這其間只是我見差。禍根芽，從此起，災來怎躲？相公，他道我從着夫言，駡我不聽親話。

【南吕過曲・紅衫兒】（生）夫人，你不信我教伊休説破，到此如何？算你爹心性，我豈不料過？我爲甚亂掩胡遮？也只爲着這些。你直待要打破砂鍋，(二)是你招災攬禍。

【前腔】（貼）不想道相挜靶，這做作難禁架。我見你每每咨嗟要調和，誰知好事多磨？起風波，相公，把你陷在地網天羅，如何不怨我？天那！懊恨只爲我一個，却擔閣了兩下。

【正宫過曲・醉太平】（生）蹉跎，光陰易謝，縱歸去晚景之計如何？名韁利鎖，(三)牢絡在海角天涯。知麽？多應我老死在京華，孝情事一筆都勾罷。苦！這般摧挫，傷情萬感，淚珠

(一) 眉批：『想你』句白一本作唱，非。此六折生、貼各自爲韻。

(二) 眉批：諺云『打破砂鍋璺到底』。璺音問，損路也，以音同故謂善問者云云。又，山谷《拙軒頌》：『覓巧了不可得，拙從何來？打破砂盆一問，眂子因此開眼。』

(三) 眉批：『韁鎖』正宜用『牢絡』字，諸本作『奔走』，非。

偷墮。

【前腔换頭】（貼）非詐，奴甘死也。縱奴不死時，君去須不可。（生）夫人，你如何説這話？（貼）相公，奴身值甚麽？只因奴誤你一家。差譌，假饒做夫婦也難和，你心怨我心縈掛。奴身拚捨，成伊孝名，救伊爹媽。

（生）夫人，你不要這般説。萬一你爹爹知之，大家見責。（貼）相公，妾當初勉承父命，遣事君子。不想君家有白髮之父母，青春之妻房。致君衷腸不滿，名行有虧。如今思之：誤君之父母者，妾也；誤君之妻房者，妾也；使君爲不孝薄倖之人，亦妾也。妾之罪大矣！縱偷生於今世，亦公議所不容。昔日聶政姊死，倚屍傍以成弟之名；王陵母死，伏劍下以全子之節。妾豈愛一身，誤君百行？妾當死於地下，以謝君家。小則可以解君之縈掛，大則可以救君之父母；近則可以成孝子之令名，遠則可以免後世之公議。妾死何憾焉！（生）夫人，你只知其一，不知其二。古人云：身體髮膚，受之父母，不敢毁傷。豈可陷親於不義？此事決然不可。（貼）相公，你也説得是；只是你一時回去不得，如何是好？（生）且慢着，怕你爹爹也有回心轉意時節。且更寧耐，看如何？（生）一心只欲轉家鄉，（貼）争奈爹娘不忖量。

（生）大佳飛上梧桐樹，[一]（合）自有傍人説短長。

第三十二齣　路途勞頓

【仙吕過曲·月雲高】[二]（旦）路途勞頓，行行甚時近？未到洛陽縣，盤纏都使盡。回首孤墳，空教奴望孤影。天那！他那裏，誰偢采？俺這裏，誰投奔？正是西出陽關無故人，須信道家貧不是貧。

〔蘇幕遮〕怯山登，愁水渡。暗憶雙親，淚把麻裙漬。回首孤墳何處是？兩下蕭條，一樣愁難訴。玉消容，蓮困步。愁寄琵琶，彈罷添淒楚。惟有真容時時顧，惟悴相看，無語悽惶苦。奴家爲尋丈夫，在路途上多少狼狽。況獨自一身，拿着一個琵琶，背着二親真容，登高履險，宿水餐風，其實難捱。只是一件，若去到洛陽，尋見丈夫，相逢如故，也不枉了這遭辛苦；倘或他駟馬高車，前呼後擁，見奴家這般藍縷，不肯相認，可不擔閣了奴家？

【前腔】暗中思忖，此去好無准。只怕他身榮貴，把咱不厮認。若是他不偢采，空教奴受艱

[一] 眉批：佳：音『追』。詩作雛鳳凰長尾，慣栖梧桐，佳鳥尾短而亦飛上，故傍人指其尾之長短而議之。一作『大鵬』，一作『大風吹倒』，并非。

[二] 眉批：【月兒高】頭，【渡江雲】尾。『頓』字協韻，一本作『倦』，非。

辛？他未必忘恩義，我這裏自閒評論。他須記一夜夫妻百夜恩，怎做得區區陌路人？

【前腔】只一件，他在府堂深隱，奴身怎生進？他在駟馬高車上，又難將他認。我有個道理。若到他跟前，只提起二親真。天那！又怕消瘦了龐兒，他猶難十分信。呀！他不到得非親却是親，我自須防仁不仁。

哽咽無言對二真，千山萬水好艱辛。

見說洛陽花似錦，只恐來時不遇春。

重校琵琶記四卷

第三十三齣　聽女迎親

【仙呂引子·番卜算】（外）兒女話堪聽，[一]使我心疑惑。暗中思忖覺前非，有個團圓策。

自古道：良藥苦口利於病，忠言逆耳利於行。昨日女孩兒要和伯喈歸去，同事雙親，自家不肯放他去。却將幾句言語衝撞我，我一時不勝焦躁。如今尋思起來，他的言語，句句有理，節節堪聽。待要放他回去，只慮他幼長閨門，難涉路途；況俺年老，無人奉事，如何放他去得？如今有個道理，不免使一個人，多與盤纏，教他徑往陳留，將蔡伯喈爹娘和媳婦都接取來，多少是好？不免叫女孩兒和伯喈過來，問他則個。

[一] 眉批：堪：今作『難』，與後不相應。

【前腔】（生）[一]淚眼滴如珠，愁事縈如織。（貼）早知今日悔當初，何似休明白。[二]

（相見科）（外）孩兒，你夜來的説話，我仔細尋思起來，都説得有理。我欲待教你同女婿回去，路途跋涉，這個也難。不如逕使人去陳留，取他爹媽媳婦來做一處住，你兩人心下如何？（貼）這個隨爹爹主張。（生）若得如此，感恩非淺！（外）院子李旺何在？（丑扮李旺上）頻聽指揮黃閣下，忽聞呼喚畫堂前。老相公有何使令？（外）李旺，我要差你去陳留走一遭。（丑）去做甚麼？（外）差你去那裏接取蔡狀元的老員外、老安人、小娘子三人，來我府中同住。（丑）如此，李旺不去。（貼）李旺，你去請得來，我重重賞你。（丑）夫人，你如今説道重重賞我；只怕取得小娘子來時，夫人又要和他爭大小，[三]那時節可不埋冤李旺？那裏還肯把東西賞我？（外）休閒説！我如今修一封書去相請，外有銀錢與你路上做盤纏，休得落後了。（生）李旺，你去時節，須要多方詢問；若是取得來時，路途上千萬小心承直。（丑）不妨，我出路慣便，自有分曉。

【正宮過曲・四邊靜】（外）李旺，你去陳留仔細詢端的，專心去尋覓。請過兩三人，途中好承直。（合）休憂怨憶，寄書咫尺。眼望旌捷旗，耳聽好消息。

[一] 眉批：古本外、生、旦分唱，諸本作連唱，非。
[二] 眉批：坊本『明白』下有『説出』二字，非體。
[三] 眉批：坊本作『争大小廝打』，粗惡，且傷子孝妻賢大意。

【前腔】（生）只怕饑荒散亂無踪跡，他存亡也難測。何況路途間，難禁這勞役。（合前）

【福馬郎】（貼）李旺，你休説新婚在牛氏宅。（外）孩兒，便説又待怎的？（貼）他須怨我相擔誤；歸未得，只恐傍人聞之，把奴責。（合）若是到京國，相逢兩下免憂憶。〔一〕

【前腔】（丑）相公，多與我盤纏添氣力，萬水千山路，曾慣歷。（拜科）辭却恩官去，管取好消息。（合前）

（外）限伊半載望回音，（生）路上看承須小心。
（貼）但願應時還得見，（丑）果然勝似岳陽金。

第三十四齣　寺中遺像

（末扮五戒上云）年老心閒無別事，麻衣草座亦容身。相逢盡道休官好，林下何曾見一人？〔二〕自家乃是彌陀寺中一個五戒。今日這寺中建一個無礙道場，不揀甚麼人，或是薦悼雙親、保安身己的，都來這裏聚會。真個好寺院、好道場呵。（内問）怎見得好寺院？（末）但見：蘭若莊嚴，蓮臺整肅。〔三〕佛殿

〔一〕眉批：兩下免憂憶：諸本作『做個好筵席』，似俗。
〔二〕眉批：『年老』四句，唐靈徹答章丹詩。
〔三〕眉批：《文殊傳》：世尊之座高七尺，名七寶蓮台。

嵯峨耀金壁，回廊繚繞畫丹青。千層塔高聳侵雲，半空中時聞清鐸；七寶樓晶光耀日，六時裏頻扣洪鐘。松下山門，紅塵不到；竹邊僧舍，白日難消。阿羅漢神像威儀，如靈山三十六萬億佛祖；比丘僧戒行清潔，似祇園千二百五十人俱。且看幡影石壇高，惟有棋聲花院静。(一) 休題清净法界，且説嚴肅道場。只見珠幢寶蓋影飄飖，玉磬金鐘聲斷續。龍瓶中插九品紅蓮，開净土春秋不老；(二) 鳳蠟内吐千枝絳蕊，照佛天晝夜常明。齊整整的貝葉同翻，撲簌簌的天花亂墜。旃檀林裏，爇着清净香、道德香；香積厨中，獻這禪悦食、法喜食。人人在十洲三島，個個净五藴六根，(三) 擊大法鼓，吹大法螺，仙樂一齊奏動；開甘露門，入甘露城，幽魂盡獲超昇。正是：寄言苦海林中客，好向靈山會上修。今日寺中建設大會，怕有官員貴客來此遊玩，不免將着疏頭，就此抄化幾文香錢，添助支費。道猶未了，遠遠望見有兩個官人來到。(净、丑扮風子上)

【中呂過曲·縷縷金】(净) 胡廝啞，(四) 兩喬才。家中無宿火，有甚强追陪？(丑) 我自來粧風子，如今難悔。向叢林深處且徘徊，特來看佛會。

(一) 眉批：『幡影』二句，唐司空圖詩。

(二) 眉批：土：音『度』。

(三) 眉批：五藴：色受想行識。六根：眼耳鼻舌身意。

(四) 眉批：啞：音『敬』，猿聲。

（末）官人，請坐告茶。（淨）五戒，(一)這佛會支費太多。（末）便是。官人，休怪冒瀆，今日天與之幸，得遇兩位貴客到此，斗膽抄化幾文香錢，添助支費則個。（丑）五戒，你要抄化，將疏頭來看。錢是儻來之物，那裏不使？那裏不用？（淨）兄弟，你説得是。俺這般人，那一日不使幾貫鈔？我便捨他五錠。（末）如此，多謝官人。（淨）呀！遠遠望見一個婦人來，且是生得好。（丑）是有一個婦人來，背着一面琵琶，到和你家姐姐厮像。（淨）休胡説！遠觀不審，近覷分明。（旦扮道姑背琵琶、真容上）

【前腔】（旦）途路上，實難捱。盤纏都使盡，好狼狽。試把琵琶撥，逢人乞丐。薦公婆魂魄免沉埋，特來赴佛會。

奴家且喜已到洛陽，聞説今日彌陀寺中做佛會，不免就此抄化幾文鈔，追薦公公婆婆則個。（末）道姑，請裏面赴齋。（旦）多謝！多謝！（淨）道姑，你背着甚麽東西？（旦）是奴家公婆的真容。（淨）道姑，你從那裏來？

【仙吕入雙調・銷金帳】(二)（旦）聽奴訴與：奴是良人婦，爲兒夫相擔誤。（淨）他怎的擔誤了

(一)　眉批：　五戒，行者之稱，凡出家，師許之，爲授五戒。謂一不殺生，二不偷盜，三不邪淫，四不妄語，五不飲酒食肉。

(二)　眉批：　或謂此枝似涉玷穢可削，則琵琶置之何用？而取名之義甚無着落。且數折皆行孝之詞，寓勸世之義；又以見趙氏受此辛苦，遭此侮慢，而其毅然不可回之至情，凜然不可犯之清操，爲女流之永鑑也。

你？（旦）他一向赴選及第，未歸鄉故。飢荒喪了，喪了親的舅姑。（丑）你丈夫既不在家，喪了公婆，誰人與你安葬？（旦）苦！我造墳墓。（淨）你如今來這裏做甚麼？（旦）今爲尋夫來此。

（丑）你丈夫在那裏？（旦）未知他在何處所。

（淨）道姑，你抱着這個琵琶做甚麼？（旦）奴家將此琵琶彈一兩個曲兒，抄化幾文鈔，就此寺中追薦公婆。（丑）元來如此。道姑，你會彈甚麼曲兒？你會彈《也兒四》麼？（旦）不會。（淨）你會彈《八俏手》麼？（旦）也不會。奴家只會彈些行孝曲兒。（末）道姑，難得這兩位官人在此，你好生彈一兩個曲兒伏侍他，教他重重賞你。（旦）既然如此，只怕奴家彈得不好，望官人休責。（丑）你只管好好的彈，我重重賞賜你。（旦）官人，請坐聽着。（彈科）凡人養子，懷抱最艱辛。欲語未能行未得，此際苦雙親。

【前腔】凡人養子，最是十月懷擔苦，更三年勞役抱負。休言他受濕推乾，萬千勞苦。真個千般愛惜，萬般回護。兒有些不安，父母驚惶無措。直待可了，可了歡欣似初。

（淨）彈得好！彈得好！（末）真個彈得好！（丑）錢鈔那裏不使？我且先與你一領好襖子。（脱衣與旦科）（丑）道姑，你再彈一彈。（旦）官人，請坐聽着。（彈科）孩兒漸長成，父母漸歡欣。教語教行并教禮，一意望成人。

【前腔】兒行幾步，父母歡欣相顧，漸能言能走路。指望飲食羹湯，自朝及暮。懸懸望他，望他不知幾度。爲擇良師，只怕孩兒愚魯。略得他長俊可，㈠便歡欣賞賜。㈡（丑）彈得好！彈得好！（末）真個彈得好！（浄）錢鈔那裏不用？我也先與你一領好襖子。（脱衣與旦科）（浄）道姑，你再彈一彈。（旦）官人，請坐聽着。（彈科）勤於教道，暮史及朝經。願得榮親并耀祖，一舉便成名。

【前腔】朝經暮史，教子勤詩賦，爲春闈催教赴。指望他耀祖榮親，改換門户。懸懸望他，望他腰金衣紫。兒在程途，又怕餐風宿露。求神問卜，把歸期暗數。（丑）彈得好！彈得好！（末）實是彈得好！（丑）錢鈔是人賺來的，我再與你一領襖子。（脱衣與旦科）（末）元來裏面都是破衣裳呵。官人把襖子都脱了，身上這般寒，甚麽意思？（浄）寒也自寒，不可壞了局面。咱每這般人使鈔慣了，怕甚麽寒？道姑，你再唱唱。（末）道姑，你再彈彈，且看他再把甚麽與你？（旦）官人，請坐聽着。（彈科）孩兒在外，須是早回程。忤逆男兒并孝子，報應甚分明。

【前腔】㈢兒還念父母，及早歸鄉土，看慈烏亦能返哺。莫學我的兒夫，把雙親擔誤。常言養子，養子方知父母。算那忤逆男兒，和孝順爹娘之子。若無報應，果是乾坤有私。

㈠　眉批：『可』字屬上，作助語。
㈡　眉批：賞賜：一作『賞賀』，一作『相賀』。
㈢　眉批：此枝凡五折，第二、四折末句初數字猶與『所』字相叶，至『賜』『私』字則不可解矣。俟考。

（末）彈得好！彈得好！（淨）他彈得自好，唱得自好，我没甚東西與他了。（末笑云）可知道！（淨作寒科）（丑）兄弟，我和你這般的走回家去，成甚麽模樣？（淨）我只賴五戒取衣裳便罷。（揪末科）（末）呀！你扯我怎的？（丑）扯你怎的？你倒粧局騙我每，把我每的衣裳都剥去了。（末）咳！我幾曾粧局騙你？是你自把衣裳與他。（淨）禿驢！你道不曾粧局騙我？我看見道姑彈了，喝一聲采；你也喝一聲采，只管攛掇我把衣裳與他。這不是粧局騙我一般？（丑）你不取還我，我扯你到洛陽縣裏去！（末）天那！我不曾見你這般没行止的人！道姑，没奈何了，把衣裳還他去罷。（旦）衣服在這裏，拿還他去，要他做甚麽？（丑）錢鈔雖則那裏不用，只是寒冷，又忍不得。（穿衣科）（淨）道姑，方纔道你彈得好，唱得好；我如今尋思起來，你彈得也不好，唱得也不好。你不信時，再彈唱一和看看。（旦）奴家也彈不得了，唱不得了。（淨）可知道不敢再彈唱了。（丑）兄弟，他既不敢彈唱了，我和你且回家去。（淨）説得是，我和你回去。（丑）五戒，我小子不是豪富。（末）枉了教人題疏。（旦）你衣服敢是借的？（淨、丑）可知道我腿上無個布袴。（末、淨、丑下）（旦）一斟一酌，莫非前定。奴家准擬今日抄題幾文錢鈔，就此追薦公婆。誰知撞着兩個風子，攪鬧一場。如今雖没東西備辦奠禮，且將公婆真容掛在此間，超薦一番，也展個時候。（掛真容拜科）

【賞秋月】(二)（旦）在途路，歷盡多辛苦，把公婆魂魄來超度。焚香禮拜祈回護，願相逢我丈

(二) 眉批：諸本無此折，『掛真容』時似覺冷静。

夫。（末、丑隨生上）

【縷縷金】（生）時不利，命何乖。雙親在途路上，怕生災。（丑、末）相公，此是彌陀寺，略停車蓋。（合）辦虔誠懇禱拜蓮臺，特來赴佛會。

（丑）道姑回避。（旦）正是：在他簷下過，怎敢不低頭？（慌下失真容科）㈠（生）那得這軸畫像？（丑）敢是適間道姑遺下的？（生）叫他轉來，將還他去。（丑叫不應科）去遠了，叫不應。（生）既叫不應，且與他收下。左右，喚和尚過來。（淨扮和尚上）

【前腔】能喫酒，會噇齋。喫得醺醺醉，便去摟新戒。㈡講經和回向，全然尷尬。㈢你官人若是有文才，休來看佛會。

（相見科）和尚，下官爲迎取父母來此，不知路上安否何如？特來三寶面前，祈個保佑。（淨）元來如此。小僧請佛。（請佛科）

【佛賺】㈣（淨）如來本是西方佛，却來東土救人多，救人多。結跏趺坐坐蓮花，丈六金身最

㈠　眉批：又生出一段失落真容，爲後面張本。
㈡　眉批：摟新戒：今作『打僧戒』，非。
㈢　眉批：尷尬：音『兼介』，不正也。
㈣　眉批：通篇都是本色語，吴本刊去，不知爲何？

高大，他是十方三界第一個大菩薩。摩訶薩，摩訶般若波羅糖。〔一〕（末）和尚，你念差了，是波羅蜜。〔二〕（净）糖也這般甜，蜜也這般甜。南無南無十方佛十方法十方僧，上帝好生不好殺。好人還有好提掇，惡人還有惡鑒察。好人成佛是菩薩，惡人做鬼做羅刹。第一滅却心頭火，心頭火。第二解開眉間鎖，眉間鎖。第三點起佛前燈，佛前燈。真個是好也快活我，快活我。諸惡莫作，奉勸世上人則個。浪裏梢公牢把舵，行正路，莫蹉跎。大家都去誦彌陀，誦彌陀。善男信女笑呵呵。聽大法鼓鼕鼕鼕，聽大法鐃乍乍乍。手鐘摇動陳陳陳，獅子能舞鶴能歌。木魚亂敲逼逼剥剥，海螺響處嘖嘖嘖嘖。積善道場隨人做，伏願老相公老安人小夫人萬里程途悉安樂。〔三〕南無菩薩薩摩訶，金剛般若波羅蜜。

小僧請佛了，請相公上香，通達情旨。（生炷香拜科）

【仙吕入雙調·江兒水】（生）如來證明，聽蔡邕啓：我雙親在途路，不知何如的？仰惟菩薩大慈悲。（合）龍天鑒知，龍神護持，護持着登山渡水。

〔一〕眉批：梵語『般若』，華言智慧。

〔二〕眉批：梵語『波羅蜜』，華言『到彼岸』。

〔三〕眉批：坊本『老相公』下有『老猪婆』等謔語，甚失體。

【前腔】（浄）如來證明，覽兹情旨。蔡邕的父母，望相保庇，仰惟功德不思議。（合前）

【前腔】（末）[一]我東人鎮日，常懷憂慮。只愁二親在路途裏，孝思誠意感神祇。（合前）

【前腔】（丑）[二]我聞知做會，特來隨喜。饅頭素食多多與，若還不與，我自入齋厨去取。（合前）

（浄）我佛有緣蒙寵渥，（生）願親路上悉平安。（末）因過竹院逢僧話，（丑）又得浮生半日閒。[三]（并下）（旦復上）

【縷縷金】（旦）原來是，蔡伯喈，馬前都喝道，狀元來。料想雙親像，他每留在。敢天教我夫婦再和諧，都因這佛會？

正是：不因漁父引，怎得見波濤？方纔那官人，奴家詢問起來，正是蔡伯喈。好也！好也！今日也會相見。只一件，奴家慌忙中失去了公婆真容，想必是他收下。且待明日徑投他家裏去，以乞丐爲由，問取消息。倘或天天可憐，大家因此相會，也不見得？

今朝喜見那喬才，真容收去不疑猜。

[一] 眉批：閩本無末折。

[二] 眉批：浙本無丑折。

[三] 眉批：『因過』二句，唐李涉詩。

縱使侯門深似海，從今引得外人來。

第三十五齣　兩賢相遘

【商調引子・十二時】（貼）心事無靠托，這幾日番成悶也。父意方回，夫愁稍可。未卜程途裏的如何，教我怎生放下？

自古道：不如意事常八九，可與人言無二三。㈠奴家自嫁蔡伯喈之後，見他常懷憂悶。費盡心機去問他，他又不説。比及奴家知道，去對爹爹説，要和他同去奉事雙親，誰想爹爹不肯。被奴家道了幾句，爹爹心裏不安，教人去取他爹媽媳婦；又不知他路上安否如何？爲他這些事，教我擔了多少煩惱？又一件，公婆早晚到來，只是要一兩個婦人去伏侍他。我府裏雖則有使喚的，那裏中用？怎生得個精細婦人與他使喚方好？院子那裏？（末）書當快意讀易盡，客有可人期不來。㈡世上幾般能稱意，光陰何況苦相催。夫人，有何使令？（貼）院子，我府中缺少幾個使喚的，便與我去街坊上尋問有精細的婦人，討一兩個來用。（末）小人理會得。踏破鐵鞋無覓處，得來全不費工夫。㈢

㈠　眉批：『不如』二句，漢張堪詩。
㈡　眉批：『書當』二句，陳后山詩。
㈢　眉批：『踏破』二句，楊延昭詞。

【遶池遊】（旦）風餐水臥，㈠甚日能安妥？問天天怎生結果？府幹哥，稽首！（末）道姑何來？（旦）遠方人氏。（末）到此何幹？（旦）特來抄化。（末）少待。通報夫人：精細婦人到沒有，有個道姑在門首抄化。（貼）着他裏面來。（末）道姑，夫人着你裏面相見。

（貼作相見科）

【前腔】（貼）梳粧淡雅，看丰姿堪描堪畫。是何人近來問咱？㈡夫人稽首！㈢（貼）道姑何來？（旦）貧道遠方人氏。（貼）到此何幹？（旦）特來府中抄化。（貼）你有甚本事？（旦）貧道不肯誇口，大則琴棋書畫，小則針黹女工，次則飲食饈饌，頗諳一二。（貼）呀！道姑，你有這等本事，在街坊上抄化也生受，何似在我府中喫些安樂茶飯如何？（旦）若得如此，感恩非淺。只怕貧道沒福，無可稱夫人之意。（貼）院子，道姑是遠方人氏，須要問他來歷詳細，方可留他。（末）道姑，我且問你，你是從幼出家的，還是在嫁出家的？（旦）貧道在嫁出家的。（貼）院子，從幼出家的怎麽説？在嫁出家的怎麽説？（末）告夫人知道：從幼出家是沒丈夫的，在嫁出家是有丈夫的。那道姑是有丈夫的。（貼）呀！險些兒差了。他既有丈夫的，難以收留。院子，你多打發些齋糧

㈠ 眉批：『臥』字協韻，諸本作『宿』字，非。
㈡ 眉批：近：今本作『教』，便不像對面語。
㈢ 眉批：此白與諸本互有異同。

與他，教他別處抄化去。（末）道姑，夫人説你有丈夫，多打發齋糧與你，別處去抄化罷。（旦）天那！我不合説有丈夫的。府幹哥，貧道非因抄化來，特來尋取丈夫。（末）夫人，這道姑非因抄化而來，却是尋取丈夫的。（貼）元來如此。道姑，我且問你，你丈夫姓甚名誰？（旦背説科）㈡夫人問我丈夫姓名，若直説出來，恐怕夫人嗔怪；若不和他説，此事又終難隱忍。我如今且把『蔡伯喈』三字拆開與他説，看他意兒何如，再作道理。夫人，貧道丈夫姓祭名白諧，㈢人人都説道在牛府中廊下住。敢是夫人也知道？（貼）我那裏知道？院子，你管各廊房，有那姓祭名白諧的麽？（末）小人管許多廊房，并没有這個人。（貼）道姑，我這裏没有，你可到別處去尋，休得要誤了你。（旦）天那！人人道我丈夫在貴府廊下住，如今道是没有，奴家想起來，莫不是死了呵？咳！丈夫，你若是死了，教我倚着誰人？（哭科）（貼）可憐這婦人！你且不須愁煩，權住在府中；我着院子到街坊上訪問你丈夫踪跡，你意下如何？（旦）若得如此，再造之恩！（貼）道姑，只一件，你在我府中休要恁般打扮，我與你換了這衣粧。（旦）貧道不敢换。（貼）因甚不敢换？（旦）貧道有一十二年大孝在身，所以不敢换。（貼）呀！大孝不過三年，如何有一十二年？（旦）貧道公公死了三年，婆婆死了三年；薄倖兒夫，久留都下，一竟不還，替他帶六年，共成一十二年。（貼）咳！有這等孝行的婦人。道姑，你雖然如此，争奈我老相公最

㈡ 眉批：此段白與前二十九齣張大公臨別囑之詞相應。
㈢ 眉批：祭：音『債』。

嫌人這般打扮。院子，你去叫惜春取粧奩衣服出來。（末）畫堂傳懿旨，幽閣取粧資。（丑）寶劍賣與烈士，紅粉贈與佳人。夫人，粧奩衣服在此。（貼）道姑，你且臨鏡改換則個。（旦）天那！如何是好？（照鏡科）咳！鏡兒，我自從嫁與蔡家，只兩月梳粧，這幾時不曾照你？呀！好苦，元來這般消瘦了。

【商調過曲・二郎神】（一）（旦）容蕭索，照孤鸞嘆菱花剖破。（二）（貼）道姑，你不梳粧，且換了衣服。（旦提衣看科）苦！記翠鈿羅襦當日嫁，誰知他去後，釵荊裙布無些？（貼）道姑，你不換衣服，且帶着這釵兒。（旦看釵科）他金雀釵頭雙鳳嚲，（三）奴家若帶了呵，可不羞殺人形孤影寡？（貼）道姑，你不帶釵兒，且簪些花朵，別些吉凶。（旦看花科）說甚麽簪花，捻牡丹，（四）教人怨着嫦娥。

【前腔換頭】（貼）嗟呀，他心憂貌苦，真情怎假？只爲着公婆珠淚墮，道姑，我公婆自有，不能彀承奉杯茶。你比我没個公婆承奉呵，不枉了教人做話靶。道姑，我且問你：（五）你公婆，爲甚的雙雙命掩黃沙？

（一）眉批：此折與詩餘中柳耆卿者同體，與徐幹臣者不類。

（二）眉批：瀟作『索』，『嘆』作『把』，非。

（三）眉批：嚲：音朵，垂下貌。作『朵』，非。

（四）眉批：『簪花』處爲句，『捻牡丹』三字自爲句，連唱者非。

（五）眉批：我且問你：一本作唱『我且問你咱』。

【囀林鶯】(一)（旦）苦！荒年萬般遭坎坷，丈夫又在京華。糟糠暗喫擔飢餓，公婆死，賣頭髮去埋他。把孤墳自造，土泥盡是我麻裙包裹。（貼）呀！這道姑好誇口！（旦）也非誇，手指傷，血痕尚染衣麻。

【前腔】（貼）道姑，愁人見説愁轉多，使我珠淚如麻。（旦）夫人，你眼淚爲何？（貼）道姑，我丈夫亦久别雙親下。（旦）他怎的不回家去？（貼）他要辭官家去，被我爹蹉跎。(二)（旦）他家有妻麽？（貼）他妻雖有麽，怕不似恁會看承爹媽。（旦）他如今在那裏？（貼）在天涯。（旦）夫人，何不取他同來一處？（貼）教人去請，知他途路上如何？

【啄木鸝】(三)（旦）聽言語，教我悽愴多，料想他每也非是假。(四)（背説科）我且把句言語來試他一試。他那裏既有妻房，取將來怕不相和？（貼）道姑，但得他似你能掗靶，我情願讓他居他下。只愁他程途上苦辛，教人望得眼巴巴。

(一) 眉批：【囀林鶯】：【集賢賓】頭，【黄鶯兒】尾。
(二) 眉批：被我爹蹉跎：坊本作『被我爹爹把他來蹉跎』，覺滯。
(三) 眉批：【啄木鸝】：【啄木兒】頭，【黄鶯兒】尾。
(四) 眉批：此『假』字應『真情怎假』之假，故用一『也』字。諸本作『埋妒』字，非。

【前腔】(旦)㈠錯中錯，訛上訛，只管在鬼門前空占卦。夫人，若要識蔡伯喈妻房。(貼)他在那裏？(旦)奴家便是無差。(貼)呀！你果然是他非謊詐？(旦)夫人，奴家豈敢誑言？(貼)你原來爲我喫折挫，爲我受波查。㈡教伊怨我，教我怨爹爹。

(貼)既然如此，姐姐請上坐，奴家見禮。(旦)奴家豈敢？

【金衣公子】(貼)一樣做渾家，㈢我安然你受禍。你名爲孝婦，我被傍人罵。(旦)呀！傍人罵夫人怎的？(貼)公死爲我，婆死爲我，姐姐，我情願把你孝衣穿着，把濃粧罷。(合)事多磨，冤家到此，逃不得這波查。

【前腔】(旦)夫人，他當原也是没奈何，被强來，赴選科。辭爹不肯聽他話。㈣(貼)姐姐，他在這裏豈不要回來？辭官不可，辭婚不可。(旦)只爲三不從，做成災禍天來大。(合前)

(貼)姐姐，休怪奴家説。我教你改換衣粧，你又不肯，只怕相公見你這般襤褸，萬一不肯相認，如何是好？我想起來，相公回來時，便入書館中看文章。姐姐，你既是無所不通，何似去書館中寫幾句言語

㈠ 眉批：此折描寫二媛心口，絶勝圖畫。坊本以『他』字作『真』字，未可。即爲不是，但欠咀嚼耳。

㈡ 眉批：波查：市語，猶云艱楚。韻書：查，阻也。

㈢ 眉批：京都市語謂妻爲渾家。

㈣ 眉批：『辭爹』句諸本作『爲功名把父母相擔誤』，於『三不從』欠應。

打動他？那時節我與你説個明白，却不好？（旦）夫人説得是。便寫得不好，也索從命。

（旦）無限心中不平事，一番清話又成空。㈠

（貼）一葉浮萍歸大海，人生何處不相逢。

第三十六齣　孝婦題真

（末）爲問當年素服儒，于今腰下佩金魚。分明有個朝天路，何事男兒不讀書？自家乃是蔡相公府中一個院子，我相公雖居鳳閣鸞臺，常在螢窗雪案。退朝之暇，手不停批；閒居之際，口不絶吟。如今將次回府，不免灑掃書館，聽候相公到來。真個好書館！但見：明窗瀟灑，碧紗内烟霧輕盈；淨几端嚴，青氈上塵埃不染。粉壁間掛三四幅名畫，石床上安一兩張古琴。緗帙縹囊，數起看何止一萬卷？牙籤犀軸，乘將來穀有三十車。芸葉分香走魚蠹，芙蓉藏粉養龍賓。㈡鳳咮馬肝和那鸜鵒眼，㈢無非奇巧；兔毫栗尾和那犀象管，分外精神。積金花玉版之箋，列錦紋銅緑之格。正是：休誇東壁圖書府，賽過西垣翰墨林。且住着，我相公昨日在彌陀寺中燒香，拾得一軸畫像，不知甚麽故事。相公

㈠　眉批：『無限』二句，唐李涉詩。

㈡　眉批：龍賓：唐明皇墨精事。

㈢　眉批：東坡詩：『蘇子一硯名鳳咮，坐令龍尾羞後生。』爲把栗尾書溪藤，又生出相真容，爲題詩張本。

當時教我收下，我如今也將來掛在此間。我相公飽學多才，必然曉得這故事。正是：早知不入時人眼，多買胭脂畫牡丹。（下）

【仙吕引子・天下樂】（旦）一片花飛故苑空，（一）隨風飄泊到簾櫳。玉人怪問驚春夢，只怕東風羞落紅。（二）

堦下落紅三四點，錯教人恨五更風。（三）當初只道蔡伯喈貪名逐利，不肯回家，元來被人逗留在此。奴家昨日抄化來到這裏，感得牛氏夫人收録；又怕伯喈見我一身襤褸，不肯廝認，教我到書館中題幾句言語打動他，（四）奴家只得從命。來到此間，却寫在那處好？呀！公婆真容，元來也掛在這裏。何似就此真容背後，題幾句便了。苦！向日受飢荒，雙親已死亡。如今題詩句，報與薄情郎。（脱真容科）

【仙吕過曲・醉扶歸】（旦）丈夫，我有緣千里能相會，難道是無緣對面不相逢？（五）鳳枕鸞衾也曾共，今日呵，到憑着兔毫繭紙將他動。休休，畢竟一齊分付與東風，把往事如春夢。

（題詩科）崑山有良璧，鬱鬱璠璵姿。嗟彼一點瑕，掩此連城瑜。人生非孔顔，名節鮮不虧。拙哉西河

（一）眉批：此是北體。

（二）眉批：怕：一作『恐』，但上三句第二字俱陽字。

（三）眉批：『錯教』句，王建《宫詞》。

（四）眉批：坊本填題詩於此白尾，則下首折無意味，今從古本更定之。

（五）眉批：首二句引成語是興體，坊本改『千里』爲『結髮』，與下『對面』二字作對，殊失作者之意。

守，胡不如皋魚？宋弘既以義，王允何其愚。風木有餘恨，連理無旁枝。寄語青雲客，慎勿乖天彝。

【前腔】總使我詞源倒流三峽水，丈夫，只怕你胸中别是一帆風。(一) 牛氏夫人見我衣裳襤褸，怕伯喈不肯相認。我須戴孝來！ 還是教妾若爲容？ 咳！ 我若不寫詩打動他呵。夫人，只怕爲你難移寵。(掛真容科) 休休，縱認不得這丹青貌不同，(二) 我的筆蹟，兀自如舊。若認得我翰墨，教心先痛。

奴家題詩已了，不免説與夫人知道，且待伯喈來看。莫不是天教相逢，在此一遭，也未見得？(三)

未卜兒夫意，全憑一首詩。
得他心肯日，是我運通時。

第三十七齣　書館悲逢

【中呂引子・鵲橋仙】(生) 披香侍宴，上林遊賞，醉後人扶馬上。金蓮花炬照回廊，正院宇梅梢月上。

(一) 眉批：首二句一詩一諺捏合作對，極好。坊本改爲『綵筆墨潤鸞封重，玉簫聲斷鳳樓空』，甚無着落。
(二) 眉批：杜荀鶴詩：『承恩不在貌，教妾若爲容？』
(三) 眉批：諸本無結尾白，若非先與説知，則牛氏安知真容源委？而後折遂有『丹青入眼』之句也。

日晏下彤闈，平明登紫閣。何如在書案，快哉天下樂。自家早臨長樂，夜直嚴更。召問鬼神，或前宣室之席；光傳太乙，時分天禄之藜。惟有戴星銜黑出漢宫，安能滴露研硃點《周易》？(一)俺這幾日且喜朝無繁政，官有餘時，庶可留志於詩書，從事於翰墨。正是：事業要當窮萬卷，人生須是惜分陰。(看書科)這是甚麽書？是《尚書》。呀！這《堯典》説道：『虞舜父頑母嚚象傲，克諧以孝。』咳！他父母那般相待他，他猶自克諧以孝。我父母虧了我甚麽，我倒不能彀奉養他？看甚麽《尚書》！這是甚麽書？是《春秋》。(二)呀！《春秋》中潁考叔曰：『小人有母，未嘗君之羹，請以遺之。』咳！他有一口湯喫，兀自尋思着娘。我如今做官享天禄，倒把父母撇了。看甚麽《春秋》！天那！枉看這書，行不得，濟甚麽事？你看那書中那一句不説着孝義？當元俺父母教我讀詩書，知孝義，誰知道反被詩書誤了我，還看他怎的？

【仙吕過曲·解三醒】(生)嘆雙親把兒指望，教兒讀古聖文章。似我會讀書的，倒把親撇漾。少甚麽不識字的，到得終奉養。書呵，我只爲其中自有黄金屋，反教我撇却椿庭萱草堂。還思想，畢竟是文章誤我，我誤爹娘。

【前腔】比似我做個負義虧心臺館客，到不如守義終身田舍郎。《白頭吟》記得不曾忘，緑

(一) 眉批：『滴露』句，唐高駢《步虚詞》。

(二) 眉批：借二種書又生出兩段思親的話。

鬢婦何故在他方?(一)書呵，我只爲其中有女顔如玉，反教我撇却糟糠妻下堂。還思想，畢竟是文章誤我，我誤妻房。書既懶看他，且看這壁間山水古畫，散悶則個。呀！這一軸畫像，是我昨日在彌陀寺中燒香拾得的，如何院子也將來掛在此間？這是甚麼故事。（看畫科）

【南吕過曲·太師引】(二)（生）細端詳，這是誰筆仗？覷着他，教我心兒好感傷。（細看科）好似我雙親模樣。不，我的媳婦會針黹，便做是我的爹娘呵，怎穿着破損衣裳？前日已有書來，道別後容顔無恙，怎的這般凄涼形狀？呀！我這裏要寄一封書回去，尚不能彀。他那裏呵，有誰來往，直將到洛陽？天下也有面貌厮像的。須知道仲尼陽虎一般龐。

【前腔】我理會得了。這是街坊誰劣相，砌莊家形衰貌黄。(三)假如我爹娘呵，若没個媳婦來相傍，少不得也這般凄涼。敢是個神圖佛像？呀！却怎的，我正看間，猛可的小鹿兒心頭撞？這也不是神圖佛像，敢是當元畫的有個緣故？丹青匠，由他主張，須知道毛延壽誤了王嬙。且慢着，若是個神圖佛像，背面必有標題，待我轉過來看。呀！元來到有一首詩在上面。（讀詩科）這

(一) 眉批：《白頭吟》、緑鬢婦，司馬相如、卓文君故事。

(二) 眉批：與前『描真容』二折恰相稱。

(三) 眉批：砌：即一切字合音，諸本作『覷』，非。

廝好無禮，句句道着下官。等閒的怎敢到此？想必夫人知道。待我問他，便知分曉。

【雙調引子・夜遊湖】㈠（貼）猶恐他心思未到，教他題詩句，暗裏相嘲。㈡翰墨關心，丹青入眼，强如把語言相告。

（生怒科）㈢夫人，誰人到我書館中來？（貼）没有人。（生）我前日去彌陀寺中燒香，拾得一軸畫像，院子也將來掛在這裏，甚麼人在背面題着一首詩？（貼）敢是當原寫的？（生）那裏是？墨蹟尚不曾乾。（貼背説科）我理會得了。相公，這詩如何説？請讀與奴家知道。（生讀詩科）（貼）相公，奴家不省其意，請解説一遍，與奴家曉得也好。（生）『崑山有良璧，鬱鬱璠璵姿。嗟彼一點瑕，掩此連城瑜。』崑山是地名，産得好玉，顔色瑩潤，價值連城。若有些兒瑕玷，掩了他顔色，便不貴重了。『人生非孔顔，名節鮮不虧。』孔子、顔子是個大聖大賢，德行渾全。大凡人非聖賢，能忠不能孝，能孝不能忠，所以名節多至欠缺。『拙哉西河守，胡不如皋魚？』西河守吴起，是戰國時人，魏文侯拜他爲西河郡守，母死不奔喪。皋魚是春秋時人，只爲周遊列國，父母死了。後來回歸，自刎而亡。『宋弘既以義，王允何其愚。』宋弘是光武時人，光武要把姐姐湖陽宫主嫁他，宋弘不從。對官裏道：『貧賤之交不可忘，糟糠

㈠ 眉批：即【夜行船】。
㈡ 眉批：古本『相嘲』與下折『他把我嘲』正相照應，今本作『指挑』，非。
㈢ 眉批：此白與諸本不同。

之妻不下堂。』王允是桓帝時人，司徒袁隗要把侄女嫁他，他就休了前妻，娶了袁氏。『風木有餘恨，連理無旁枝。』孔子聽得臯魚啼哭，問其故。臯魚説道：『樹欲静而風不止，子欲養而親不在。』西晉時東宫門前有槐樹二株，連理而生，四旁皆無小枝。『寄語青雲客，慎勿乖天彝。』傳言與做官的，切莫違了天倫。（貼）相公，那不奔喪和那自刎的，那一個是孝道？（生）那不奔喪的是亂道。（貼）相公，那不棄妻和那休妻的，那一個是正道？（生）那休了妻的是亂道。（貼）相公，比如你，待要學那一個？（生）呀！我的父母知他存亡如何？我決不學那不奔喪的見識。（貼）相公，你雖不學那不奔喪的，且如你這般富貴，腰金衣紫，假有糟糠之婦，襤褸醜惡，可不辱没了你？你莫不也索休了？（生）夫人，你説那裏話！縱是辱没殺了我，終是我的妻房，義不可絶。

【越調過曲·鏵鍬兒】(一)（生）夫人，你説得好笑，可見你心兒窄小。我決不學那王允的見識。没來由撇却苦李，再尋甜桃。古人云：棄妻有七出之條。他不嫉不淫與不盜，終無去條。那棄妻的，衆所誚。那不棄妻的，人所褒。縱然他醜貌，怎肯相休棄了？

【前腔】（貼）伊家富豪，那更青春年少。看你紫袍掛體，金帶垂腰。做你的媳婦呵。應須有封號。金花紫誥，必俊俏，須媚嬌。若還他醜貌，怎不相休棄了？

(一) 眉批：此枝與前三十七齣【鏵鍬兒】不同，與《香囊記》尤别。

【前腔】（生）夫人，你言顛語倒，惱得我心兒轉焦。莫不是你把咱奚落，㈠特兀自粧喬？引得我淚痕交，撲簌簌這遭。這題詩的是誰？（貼）相公，你待怎的？（生）夫人，他把我嘲，難恕饒。你説與我知道，怎肯干休住了？㈡

【前腔】（貼）相公，我心中忖料，想不是個薄情分曉。管教你夫婦會合，在今朝。你還認得那題詩的麼？（生）我一時認不得。（貼）伊家枉然焦，只怕你哭聲漸高。㈢（生）是誰？（貼）是伊大嫂，身姓趙。正要説與你知道，怎肯干休住了？

姐姐有請。

【入賺】（旦）聽得閙炒，敢是我兒夫看詩囉唣？（貼）姐姐快來。（旦）是誰忽叫？想是夫人召，必有分曉。（貼）相公，是他題詩句，你還認得否？（生）他從那裏來？（貼）相公，他從陳留郡，爲你來尋討。（生認科）呀！我道是誰，元來是你呵。娘子，你怎的穿着破襖，衣衫盡是素縞？莫不是我雙親不保？（旦）官人，從別後，遭水旱，（生）是經水旱來。（旦）我兩三人只道

㈠ 眉批：奚落：相侮弄之意。
㈡ 眉批：住：一作『罷』。
㈢ 眉批：『只怕你』句一本作『兀自未瞧』。

同做餓殍。（生）張太公曾周濟你麽？（旦）只有張公可憐，嘆雙親別無倚靠。（生）後來却如何？（旦）兩口顛連相繼死。㈠（生）苦！元來我爹媽都死了。（倒地，旦、貼扶醒科）㈡（生）那時如何得殯斂？（旦）我翦頭髮賣錢送伊妣考。（生）如今安葬了未曾？（旦）把墳自造，土泥盡是我麻裙裹包。（生）娘子，聽你言語，怎不痛傷噎倒？

（旦）官人，這畫像就是你爹媽的真容。（生哭拜科）

【山桃紅】㈢（生）蔡邕不孝，把父母相抛。爹爹媽媽，我與你別時，也不恁地。早知你形衰耄，㈣怎留聖朝？娘子，你爲我受煩惱，你爲我受劬勞。謝你葬我爹，葬我娘，你的恩難報也。做不得養子能代老。（合）這苦知多少？此恨怎消？天降災殃人怎逃？

娘子，這真容是誰畫的？

【前腔】（旦）這儀容像貌，㈤是我親描。（生）娘子，路途遥遠，你那得盤纏來到此間？（旦低唱科）

㈠ 眉批：顛連：一本作『公婆』，非。

㈡ 眉批：諸本曲盡方倒，情節太緩，從元本移此。

㈢ 眉批：【下山虎】頭，【小桃紅】尾。

㈣ 眉批：耄：今作『貌』。又添一『槁』字，甚非。

㈤ 眉批：像貌：坊本作『想像』。

乞丐把琵琶撥，怎禁路遥？官人，說甚麽受煩惱？說甚麽受劬勞？不信看你爹，看你娘，比別時兀自形枯槁也。我的一身難打熬。（合前）

【前腔】（貼）設着圈套，被我爹相招。相公，你也說不早？況音信杳。〔一〕姐姐，你爲我受煩惱，爲我受劬勞。相公，是我誤你爹，誤你娘，誤你名不孝也。做不得妻賢夫禍少。（合前）

【前腔】（生）我脱却巾帽，解却衣袍。（貼）相公，急上辭官表，共行孝道。（生）夫人，只怕你去不得。（貼）相公，我豈敢憚煩惱？豈敢憚劬勞？同去拜你爹，拜你娘，親把墳塋掃也。使地下亡靈安宅兆。〔二〕（合前）

【餘文】（合）幾年間別無音耗，奈千山萬水迢遥。天那！只爲三不從，生出這禍苗。

（生）只爲君親三不從，（旦）致令骨肉向西東。

（貼）今宵賸把銀缸照，（旦）猶恐相逢是夢中。〔三〕

〔一〕眉批：『你也說不早』二句，一本作『逼爲東床婿，怎行孝道』。

〔二〕眉批：今本作『與地下亡靈添榮耀』，非賢媛口語。

〔三〕眉批：『今宵』二句，晏叔原詠酒詞。

第三十八齣　張公遇使

【南吕引子・虞美人】（末）青山今古何時了，[一]斷送人多少？孤墳誰與掃荒苔？連塚陰風吹送紙錢來。[二]

冥冥長夜不知曉，寂寂空山幾度秋。泉下長眠人未醒，悲風蕭瑟起松楸。老漢曾受趙五娘之託，教我爲他看守墳塋。前兩日有些閒事，不曾看得，今日不免去走一遭。

【仙吕入雙調・步步嬌】（末）呀！只見黄葉飄飄把墳頭覆，廝趕的皆狐兔。[三]（望科）敢是誰砍了樹木去？爲甚松楸漸漸疏？（滑倒科）咳！甚麼絆我這一倒？却元來是苔把磚封，笋迸泥路。老員外，老安人，自古道：未歸三尺土，難保百年身。已歸三尺土，難保百年墳。[四]只怕你難保百年墳。我老夫在日，尚來爲你看管。若老夫死後呵，教誰添上你三尺土。遠遠望見一個漢子來了，不知是甚麼人？（丑扮李旺上）

[一] 眉批：今古：一作『古木』。

[二] 眉批：此折【南九宫】第三句無『荒苔』二字，結尾是『來到』，總只一韻，與此古調不協。

[三] 眉批：按《中州音韻》，『覆』讀作『賦』，與『兔』字叶。

[四] 眉批：『未歸』四句，出《大藏經》，諸本删去，於『百年墳』二句甚無發揮。

【前腔】（丑）渡水登山多勞苦，來到這荒村塢。遥觀見一老夫，試問他家住在何所。趲步向前行，呀！却是一所荒墳墓。

（相見科）（末）小哥，你從那裏來？（丑）小人從京都來。（末）却往那裏去？（丑）奉蔡相公差來的。（末）你相公是那裏人？差你來有甚勾當？（丑）我相公特差小人來取他的老員外、老安人和小娘子，一同到洛陽去。（末）你相公叫甚麼名字？（丑）我相公的名字，小人怎敢説？（末）荒僻去處，但説不妨。（丑）我相公是蔡伯喈。（末發怒科）

【風入松】(一)（末）你不須題起蔡伯喈，説着他每忒歹。（丑）呀！他有甚歹處？（末）他中狀元做官六七載，撇父母拋妻不采。（丑）呀！他父母在那裏？（末）兀的這磚頭土堆，是他雙親在此中埋。

（丑）呀！元來老員外、老安人都死了呵。不知爲甚的死了？

【前腔】一從他別後遇荒災，更無人倚賴。（丑）這等，是誰承直他兩個？（末）虧他媳婦相看待，把衣服和釵梳都解。（丑）解也須有盡時。（末）便是。這小娘子解得錢來糴米，做飯與公婆喫。他背地裏把糟糠自捱，公婆的反疑猜。

(一) 眉批：【風入松】數折詞句短長坊本不細分，今依古本考定。

（丑）公婆敢道他背後自喫了些好東西麽？（末）便是。後來呵。

【前腔】他公婆的親看見，雙雙痛倒，㈠無錢斷送，翦頭髮賣買棺材。（丑）他那般無錢，如何築得這一所墳墓？（末）他去空山裏，裙包土，血流指，感得神明助，與他築墳臺。

（丑）自古道：孝感天地，果然有此。這小娘子如今在那裏？

【前腔】他如今逕往帝都來。（丑）他把甚麽做盤纏？（末）他彈着琵琶做乞丐。（丑）苦！蔡相公特地差小人來取他父母妻子，如今老員外、老安人既死了，小娘子却又去了，如何是好？（末）你謾着，我替你説與他父母知道便了。（叫科）老員外，老安人，你孩兒做官，如今差人來取你到京，同享富貴，你去不去？（哭科）叫他不應魂何在？空教我珠淚盈腮。（丑）公公，你休啼哭。小人如今回去，教俺相公多做些功果，追薦他便了。（末笑科）他生不能養，死不能葬，葬不能祭。這三不孝逆天罪大，空設醮，枉修齋。

你相公如今在那裏？（丑）我相公如今入贅牛丞相府裏。

【前腔】小哥，你如今疾忙便回，説我張老的道與蔡伯喈。（丑）道甚麽來？（末）道你拜别人的爹娘好美哉，親爹娘死，不值你一拜。（丑）公公，你休錯埋冤了人。他要辭官，官裏不從；辭婚，

㈠ 眉批：痛倒：諸本作『氣死』，不通。

牛太師不從；也只是沒奈何了。（末）恁的呵，元來他也是無奈，好似鬼使神差。他當原在家不肯赴選，他爹爹不從他。這是三不從把他厮禁害，三不孝亦非其罪。（丑）公公，你險些錯埋冤了人。

（末）這是他爹娘福薄運乖，人生裏都是命安排。

（丑）敢問公公高姓？（末）小哥，老漢不是别人，張大公的便是。當初蔡伯喈臨去之時，把父母囑付與我。如今他父母身死，小娘子又去京都尋他，將近去了個半月日。你如今回去，一路上但見一個婦人，似道姑打扮，拿着一張琵琶，背着一軸真容的，便是你相公的小娘子。你把盤纏好好承直他去便了。

（丑）這個理會得。小人告别了。

（末）雙親死了兩無依，今日回來也是遲。

（丑）夜静水深魚不食，(一)滿船空載月明歸。

第三十九齣　散髮歸林

【仙吕入雙調・風入松慢】(二)（外）女蘿松柏望相依，況景入桑榆。(三)他椿庭萱室齊傾棄，怎

(一) 眉批：華亭和尚偈『千尺絲綸直下垂，一波纔動萬波隨。夜静水寒魚不食』云云。

(二) 眉批：此折猶差强人意，自此以下則意淺而詞鄙，分明是兩截，必别出一手。

(三) 眉批：況景入桑榆：一作『晚景逼桑榆』，不如『況』字意深。

不想家山桃李？中雀誤看屏裏，乘龍難駐門楣。

自古道：人無遠慮，必有近憂。自家當初不仔細，一時間不信那堂候官的説話，定要招蔡伯喈爲婿，指望他養老百年。誰想道他父母俱亡，如今他媳婦徑來尋取。聞説我女孩兒也要和他同去，不知是否？待我唤院子出來問他，便知端的。院子那裏？（末）犀文欲下意沉吟，棋局排來仔細尋。猶恐中間差一着，教人錯用滿枰心。相公有何鈞旨？（外）院子，説道蔡狀元的父母身死，他媳婦來尋他，我的小姐也要和他同去。你知道麽？（末）男女不知，問老姥姥便知端的。（外）如此，叫老姥姥過來。

【仙吕過曲·光光乍】（净）女婿要同歸，岳丈意何如？忽叫阿奴緣何的？想必與他做區處。

（外）老姥姥，見説蔡狀元的父母身死，他的媳婦來此尋他，我的小姐也要和他同去，此事是否？（净）果是，小姐要同去。（外）呀！我的小姐同去做甚麽？（净）相公，他父母都死了，只是一個媳婦支持；如今小姐要同他回去守服，有何不可？（外怒科）我的女孩兒如何與别人帶孝？（净）相公息怒，聽老奴告禀。

【南吕過曲·古女冠子】（净）媳婦事舅姑合體例，相公，怎不教女孩兒同去？當初是你相留住，今日裏怨着誰？（外）胡説！我不教女孩兒去，却待怎的？（净）相公，事須近理，怎使聲勢？休道朝中太師威如火，那更路上行人口似碑？（合）説起此事，費人區處。

【前腔】（末）我相公只慮着多嬌女，怕跋涉萬山千水。相公，只一件：女生外向從來語，况既已做人妻。夫唱婦隨，不須疑慮。這是藍田種玉結親誤，今日裏船到江心補漏遲。（合前）

【前腔】（外）當初是我不仔細，誰知道事成差池？痛念深閨幼女多嬌媚，怎跋踄萬餘里？天那！我嫡親更有誰？怎忍分離？罷，罷。不教愛女擔煩惱，也被傍人講是非。（合前）

（外）老姥姥，你和院子也説得是，且由他去。（净）呀！狀元和小姐都來了。

【雙調引子・五供養】（生）終朝垂淚，爲雙親使我心疼。（貼）親墳須共守，只得離神京。

（生）夫人，且商量個計策，猶恐你爹行不肯。（合）若是他不肯，難説道君王有命。(一)

（相見科）（外）賢婿，我聞説你父母背棄，你媳婦來此相尋，此事果否？（生）此事果然，劣婿正欲禀知岳丈。（外）這可是伯喈的媳婦麽？（旦）奴家便是。（外）賢哉！賢哉！（貼）孩兒有一事拜覆爹爹知道：孟子云：娶妻所以養親。孔子云：生事之以禮；死葬之以禮，祭之以禮。若姐姐爲蔡氏之婦，生能竭奉養之力，死能備棺槨之禮，葬能盡封樹之勞；孩兒亦爲蔡氏婦，生不能供甘旨，死不能盡擗踊，葬不能事窀穸。以此思之，何以爲人？誠得罪於舅姑，實有愧於姐姐。今特講於爹爹之前，願居姐姐之下。（外）賢哉吾女！道得是。（旦）自古道：人有貴賤，不可概論。夫人是香閨繡閣之

(一) 眉批：『難説』句乃包括賜婚，大是佳句，坊本改『也索向君王請命』，則翁婿父子情何以堪？

名姝，奴家是裙布荆釵之貧婦；　況承君命以成婚，難讓妾身而居右。（外）五娘子，你今日既無父母，又喪公姑，你便是我的女孩兒一般；　況你身先歸於蔡氏，年又長於吾兒。　此實當禮，不必多辭。（生）你兩個只做姊妹相呼便了。（衆）這個説得極是。（生）劣婿今日拜辭岳丈，領二妻同歸故里，共行孝道。　待服滿之後，再來侍奉尊顔。（外）賢婿，我其實捨不得你去。　今日你爹娘既不幸了，我也難再留你。（貼）爹爹，孩兒暫别尊顔，實出無奈。　爹爹善保尊體，不必掛牽。（外哭科）孩兒，你如今去拜舅姑的墳墓，竟不念我？（貼）爹爹請放心，孩兒此去，不過三年之期。（外）苦！　女兒終是外向。　兀的不痛殺我也！　（衆）相公不須煩惱。（生、旦、貼拜辭科）

【大石調過曲·催拍】[一]（生）念蔡邕爲雙親命傾，遭不孝逆天罪名，今辭了帝廷。　感岳丈慇懃，豈敢忘情？　痛父母恩深，久負亡靈。[二]（合）辭别去，同到墳塋。　心慽慽，淚盈盈。

【前腔】（旦）念奴家離鄉背井，謝公相教孩兒共行。　非獨故里榮，我泉下公婆，死也目瞑。（外）五娘子，我女孩兒少長閨門，凡事望你看顧。（旦）我自看承你孩兒，不須叮嚀。（合前）

【前腔】（貼）覷爹爹衰顔皤鬢，[三]思量起教人淚零。　爹爹，我進退不忍。　我待不去呵。　誤了公

[一] 眉批：　又名【急板令】。
[二] 眉批：　諸本作『念岳丈恩深，怎敢忘情？　欲待不歸，久負亡靈』。　下二句分明有勉强之意，今從古本更定。
[三] 眉批：　皤：　音『婆』。

婆，被人譏評：我待去呵。撇了爹爹，没人温清。(合前)

【前腔】(外)孩兒，此別去，你的吉凶未憑。再來時，我的存亡未審。賢婿，吾今已老景。畢竟你没爹娘，我没親生。若是念骨肉，一家須早辦回程。(合前)

【正宮過曲・一撮棹】(生)岳丈，你寬心等，何須苦掛縈？(外)賢婿，把音書寫，頻頻寄郵亭。(貼)老姥姥，爹年老，伊家須是好看承。(浄)程途裏，各願保安寧。(旦)死別全無準，生離又難定。(合)今去也，未知何日返神京？

(外)你三人去，途中須要保重。(生、旦、貼)謝得尊人掛念。

【哭相思尾】(一)(合)最苦生離難抛捨，未知再會何時也。(生、旦、貼并下)

(外)女婿今朝已別離，老身孤苦有誰知。

(合)夫唱婦隨同歸去，一處思量一處悲。

(一) 眉批：諸本此後增生旦上路唱【臨江仙】一折、【朝元令】四折，情詞俱稚，今從元本删去。

第四十齣　李旺回話

【柳穿魚】(一)（丑扮李旺上）心忙似箭走如飛，歷盡艱辛有誰知？夜静水寒魚不食，滿船空載月明歸。歸來後，到庭除，未知相公在何處？

李旺蒙老相公差去陳留，請取蔡相公的老員外、老安人、小娘子。不想他兩位老的都死了，小娘子又來了，教我空走這一遭。如今且未好對老相公説，先説與蔡相公知道。呀！怎的房門都閉了？敢是蔡相公入朝去了，小姐要幽静，閉着門呵？（丑叫科）開門，開門。

【翫仙燈】(二)（外）門外有人聲，是誰來誼譁閙炒？

（丑）老相公，是李旺。（外）李旺，你回來了？你知道麼，我小姐和蔡相公都回家去了？（丑）却元來閉了門。蔡相公的小娘子曾到這裏不曾？（外）我見他了。李旺，我且問你：蔡相公父母既死了，媳婦又來了，(三)你到那裏，曾見甚麼人？

【南吕過曲・風帖兒】（丑）相公，我到得陳留，逢着一個故老，在他爹娘墳上拜掃。他爹娘呵，

(一) 眉批：【柳穿魚】【翫仙燈】：今本作【普賢歌】，語甚俚鄙。

(二) 眉批：此調有七句者。

(三) 來：原作『死』，據汲古閣刊本《繡刻琵琶記定本》改。

果然饑荒都喪了。他媳婦也來到，枉教人走這遭。

【前腔】（外）李旺，我如今去朝廷上表，奏蔡氏一門孝道。管取吾皇降丹詔，把他召。我自去陳留走一遭。

（丑）老相公，這個趙氏，其實難得！（外）便是，一家都難得。一來蔡伯喈不忘其親，二來趙五娘孝於舅姑，三來我小姐又能成人之美。一門孝義如此，理當保奏，請行旌表。（丑）相公道得最是。

（外）五更三點奏朝廷，（丑）今古難逢此樣人。

（合）管取一封天子詔，表揚四海孝賢名。

第四十一齣　風木餘恨

【雙調引子・梅花引】（生）傷心滿目故人疏，看郊墟，盡荒蕪。（旦、貼）惟有青山，添得個墳墓。（合）慟哭無聲長夜曉，問泉下有人還聽得無？

【玉樓春】（生）他鄉萬點思親淚，不能滴向家山地。（旦）如今有淚滴家山，欲見雙親渾無計。（貼）荒墓衰草連寒烟，蒼苔黃葉飛蘋蘩。（生）欲聽鷄聲來問寢，忽驚蟻夢先歸泉。（旦）人生自古誰無死，嗟君此恨憑誰語。（貼）可憐衰絰拜墳塋，不作錦衣歸故里。（生）夫人，如今且喜回到家鄉，此處便是爹媽墳墓，我和你先拜了雙親，然後去拜謝張太公。（旦、貼）正是如此。（拜奠科）

【仙吕入雙調·玉雁兒】（生）孩兒相誤，爲功名擔擱了父母。都緣是孩兒不得歸鄉故。爹爹、媽媽，你怎便先歸黄土？乾坤豈容不孝子？名虧行缺不如死，只愁我死缺祭祀。（合）對真容形衰貌枯，想靈魂悲咽痛苦。

【前腔】（旦）百拜公姑，望矜憐恕責我夫。你孩兒贅居牛相府，日夜要歸難離步。你這新媳婦呵。堅心雅意勸親父，同歸故里守孝服，今日雙雙來廬墓。（合前）

【前腔】（貼）（一）不孝的媳婦，恨當初爲我耽誤了丈夫。喫人談笑生何補？我待死呵。又羞見公姑。公公、婆婆，我生前不能彀相奉侍，何如事你向黄泉路？只一件，我死了呵。家中老父誰看顧？（合前）

（生）呀！只見朔風四起，瑞雪横空，天氣甚冷。左右，且迴避着。（衆下）（末扮張太公上）

【前腔】（末）樓臺銀鋪，遍青山渾如畫圖。乾坤似他衣衰素，故添個縞帶飛舞。你躃踊慟哭直恁苦，那堪大雪添淒楚？事當逆來順受。抑情就禮通今古。（合前）

（一）眉批：此折後諸本有張大公爲生旦暖寒【玉山供】四折，極爲背理。豈有前日對差人盡言相斥，今却卑詞厚禮？前倨後恭，廣材決不如此。且落場詩云：『休道世情看冷暖，果然人面逐高低。』説得廣材是何等樣人？坊本之不通如此。

（生）(一)呀！　張大公來了。（相見科）卑人父母生死，皆蒙大公周濟，正道拜了父母墳塋，就到宅上拜謝，少效銜環之報，何勞大公先降？（末）説那裏話？　蔡相公，你腰金衣紫，可惜令尊令堂相繼謝世，不得盡你孝心。正是：　樹欲静而風不寧，子欲養而親不逮。這也是他命該如此。你今日榮歸故里，光耀祖宗。雖是他生前不能享你的禄養，死後亦得沾你的恩典。老夫苟延殘喘，又得相見。僥倖，僥倖。你今在此廬墓，老夫合當陪伴，但有牛氏夫人在此，怕不穩便。暫且告别，再來相看。

（生）多謝深恩不敢忘，（末）稍寬愁緒節悲傷。

（旦）親墳共掃添榮耀，（貼）不負詩書教子方。

第四十二齣　一門旌獎

【商調引子·逍遥樂】(二)（生）寂寞誰憐我？　空對孤墳珠淚墮。（旦）光陰撚指過三春。（貼）幽途渺渺，滯魄沉沉，誰與招魂？

（生）夫人，你看兩木連枝誰手栽，相馴白兔走墳臺？（旦）無心動植呈祥瑞，否極應須會泰來。（末上）一封丹詔從天下，忽聽傳聞動郊野。説道旌表一門閭，未卜此爲何人也？（相見科）（末）蔡相公，

(一)　眉批：　此白及落場詩與諸本異。

(二)　眉批：　按調，【逍遥樂】上二句一韻，下二句一韻。古本『墮』字與『我』字韻協，作『將淚傾』，非。

外面喧傳有詔書到此，旌表孝義，想必爲足下而來。（生）人間孝者亦多，卑人何足稱孝？假如大舜、曾參之孝，亦是人子當爲之事，何足旌表？（末）説那裏話？老夫當初也只道你貪名逐利，撇了父母妻室，不肯還家，到如今纔得個分曉。《孝經》云：孝弟之至，通於神明，光於四海，無所不通。今見你墳頭枯木生連理之枝，白兔有馴擾之性，祥瑞若此，吉慶必來。

【仙呂入雙調・六么令】（末）連枝異木新，見墳臺白兔如馴。(一)禽獸草木尚懷仁，(二)這一封丹詔必因君。（合）料天也會相憐憫。

【前腔】（生）皇恩若念臣，我也不圖禄及吾身。只愁恩不到雙親，空辜負，這孤墳。（合前）

【前腔】（旦）知他假與真？謝得公公，報説殷勤。大公，空教你爲我受艱辛，今日裏，有誰旌表你門庭？（合前）

【前腔】（貼）來的是何人？悶中無由詢問一聲。（生）夫人要問甚麽？（貼）無由詢問我家君，知他安與否，死和存？（合前）（丑扮縣官上）

【前腔】（丑）敕書已來近，看街市上人亂紛紛。咱每只得忙前奔，備香案，接皇恩。（合前）

(一) 眉批：『連理』『白兔』俱是實事。

(二) 眉批：獸：一作『蟲』。

（相見科）（生）何處官長？因甚到此？（丑）下官本縣知縣。稟相公得知：今日天朝牛丞相親賫詔書，到此開讀。旌表足下孝義，加官進職，起服到京。令尊令堂，皆有封贈；二位夫人，亦有封號。下官敬來鋪設香案，迎接皇恩，請足下改換吉服，俟候謝恩。（生）卑人孝服，不可更易。（丑）先王制禮，賢者俯而就，不肖者跂而及。今足下服制已滿；況天朝恩典，禮當從吉。（衆）説得是。（生）門閭旌表感吾皇，（旦、貼）孝服今朝換吉裳。（合）不是一番寒徹骨，争得梅花撲鼻香？（生、旦、貼下換衣科）（外引侍從上）

【前腔】（外）風霜已滿鬢，玉勒雕鞍，走遍紅塵。今日到此喜欣欣，重相見，解愁悶。（合前）左右，這是那裡？（浄）這裏就是蔡相公盧墓所在，請相公駐節。（生、旦、貼上）

【前腔】（合）心慌步又緊，想皇恩已到寒門。披袍秉笏更垂紳，冠和帶，一番新。（合前）

（外）聖旨已到，跪聽宣讀。（生、旦、貼俯伏科）（浄讀詔書科）皇帝詔曰：朕惟風俗爲教化之基，孝弟爲風俗之本。去聖逾遠，淳風日漓。彝倫攸斁，朕甚憫焉。其有克盡孝義，敦尚風化者，可不獎勸，以勉四海？議郎蔡邕，篤於孝行。富貴不足以解憂，甘旨常關於想念。雖違素志，竟遂佳名。委職居喪，厥聲尤著。其妻趙氏，獨奉舅姑。服勞盡瘁，克終養生送死之情，允備貞潔韋柔之德。糟糠之婦，今始見之。牛氏善諫其父，克相其夫。罔懷嫉妒之心，實有遜讓之美。曰孝曰義，可謂兼全。斯三人者，朕甚嘉之。使四海億兆，皆當儀刑斯人，垂範將來。風移俗易，教美化行。唐虞三代，誠可追配。是用寵錫，以彰孝義。蔡邕授中郎將，妻趙氏封陳留郡夫人，牛氏封河南郡夫人，限日下赴京；父從簡贈十六勳，(一)母秦氏贈天水郡夫人。於戲！風木之情何深，式彰風化之表；霜露之思既極，宜沾雨露之恩。服此休嘉，慰汝悼念。謝恩！（生、旦、貼謝恩科）（外拜墳科）（生、旦、貼拜外科）（生）荷蒙岳丈保奏，卑人何以克當？（貼）自別尊顔，且喜無恙。（外）孩兒，且喜各保安康，再得相見。（丑、末相見科）(二)（外）此二位是誰？（丑）下官是陳留縣知縣。（末）老漢是蔡相公鄰人張廣才。（生）卑人父母，多多得他周濟。（外）元來就是張大公呵，我朝裏也聞他仗義高名。賢婿，你今起服回朝，未得展報深恩。我有黄金一笏送與，聊爲報答之禮。（生）如此，多謝厚恩。大公，請收下。（末）救災卹鄰，古之道也，何勞尊賜？（生）大公且暫收下，卑人尚自有犬馬之報。（末）説那裏話？敢受此金？(三)

【仙吕過曲·一封書】（外）我恭奉聖旨，跋涉程途千萬里。吾皇親賢意甚美，因探孩兒并女婿。賢婿，你夫婦呵。數載辛勤雖自苦，一旦榮華人怎比？（合）耀門閭，進官職，孝義名傳天下知。

【前腔】（生）兒不孝，有甚德，蒙岳丈過主維？（作悲科）呀！何如免喪親？又何須名顯

(一) 眉批：十六勛：勛階有等級，如秦時五大夫、七大夫之類。

(二) 眉批：江右梨園於此處有張太公將拄杖、頭髮出示牛丞相，以羞辱蔡伯喈一段，如《荆釵記》之《祭江》、《岳飛傳》之《風魔》，皆演本有之，刻本不載。

(三) 眉批：張大公終不受謝禮，趙五娘終不易衣粧，見得孝婦、義士之心一無所爲而爲，坊本失東嘉之意多矣。

貴？可惜二親饑寒死，博得孩兒名利歸。（合前）

【前腔】（旦）把真容重畫取。公公、婆婆，如今封贈伊，把你這眉兒放展舒。只愁你瘦儀容難做肥。今日呵，豈獨奴心知感德，料你也銜恩泉世裏。（合前）

【前腔】（貼）從别後倍哀戚，況家中音信稀。爲公姑多怨憶，爲爹行常淚垂。今日見公姑無愧色，又得與爹行相依倚。（合前）

【永團圓】[一]（衆）名傳四海人怎比？豈獨是耀門閭？人生怕不全孝義，聖明世，豈相棄。這隆恩美譽，從教何所愧，萬古青編記。如今便去，相隨到帝畿。拜謝皇恩了，歸院宇一家賀喜。共設華筵會，四景常歡聚。顯文明，開盛治。説孝男，并義女。玉燭調和歸聖主。[二]

（生）自居墓室已三年，（旦）今日徵書下九天。

（末）要識名高并爵貴，（合）須知子孝與妻賢。

重校琵琶記四卷終

[一] 眉批：一名【錦繡毬】。

[二] 眉批：末句作『聖主垂衣』。

重校琵琶記釋義大全

第一齣

翠幕：宋陳康伯苦學，以燈達旦。秋月多蚊，常垂青帷以蔽之。芸編：芸香草薰書，可辟蠹。知音：鍾子期與伯牙爲友，伯牙善琴，子期善聽。伯牙志在高山，子期曰：峨峨然若泰山。志在流水，曰：洋洋然若江河。及子期死，伯牙絶響，以世無知音者。驊騮：良馬名，赤黑色。蔡邕：陳留郡人，字伯喈。漢靈帝時，仕爲議郎。校正六經，親書於碑，置之太學門外。觀視摹寫者，車乘日千輛。後董卓辟之署祭酒，遷侍御史，又遷侍書都御史，又遷尚書。三日之間，周歷三臺。竟以卓黨死於獄。春闈：禮闈，春官掌之。鰲頭：《列子》：渤海之東有大壑，中有五山，曰岱嶼、圓嶠、方壺、瀛洲、蓬壺，根無所著，常隨潮波上下，帝命禺强使巨鰲十五頭舉首戴之。其上皆仙聖所居，故進士中魁者謂之占鰲頭。香雲：髮也。杜：『香霧雲鬟濕。』

第二齣

親燈火：　夜讀也。昌黎《勉子詩》：『燈火稍可親。』班馬：　後漢班固，字孟堅，安陵人。九歲能文，明帝時擢校秘書，著《西漢書》。司馬遷，子子長，龍門人。武帝太中初爲太史令，作《史記》。後世稱良史，必曰班馬。風雲：　《易》：『雲從龍，風從虎。』喻士之乘時也。宋玉：　楚人屈原弟子，憫其師忠而見放，作《九辨》述其志以悲之。又作《高唐(一)》《神女》等賦，皆寓言有所諷也。子雲：　漢楊雄字也。成都人，博學群書，口吃，不能劇談，而好沉思。善識奇字。九萬里：　《莊子・逍遥篇》：『北溟有魚曰鯤，鯤之大，不知其幾千里；　化而爲鵬，鵬之背，不知其幾千里；　怒而飛，其翼若垂天之雲。是鳥也，居北海，則將徙於南溟。南溟者，天池也。鵬之徙，擊水三千里，摶扶摇而上者九萬里。』扶摇，風上行也。玉堂：　漢武帝所建，猶今翰林也。宋蘇易簡爲學士，太宗以『紅綃飛白』四字，曰：　玉堂之署，賜本院掛之。金馬：　門名。《三輔黄圖》：　金馬門，宦者之署，在未央宫右。武帝時，得大宛馬，以銅鑄像，立於署門，因以爲名。東方朔、主父偃、嚴安、徐樂待詔於此。萊綵：　老萊子，楚人，嘗著書言道家之用。事親至孝，年七十，身着五色斑斕之衣。常取水上堂，佯仆地，爲小兒啼；　弄雛於親側以娱之。青雲：

(一) 唐：　原作『堂』，據文義改。

《史記·伯夷傳》：『非附青雲之上，烏能施於後世哉！』因以稱近貴之士。菽水：菽，豆也。《禮記》：『啜菽飲水，盡其歡心。』齏鹽：《送窮文》：『朝齏暮鹽。』言學者燈窗勤苦。幽閒：《詩》言文王之妃，有幽閒貞静之德。蘋蘩：皆草名，古人以奉祭祀。《詩》云『采蘋采蘩』是也。以介眉壽：介，助也。人壽則眉長。星星：髮變班也。謝靈運詩：『星星白髮垂。』椿萱：《莊子》云：『山中有大椿木，以八千歲爲春，八千歲爲秋。』凡稱父爲椿者，取久長之義。萱，忘憂草也，食之令人忘憂。凡稱母爲萱者，取忘憂之義也。輻輳：輻，車輻也；輳，輻共轂也。喻夫婦合而成家也。鸞儔：鸞凰常和鳴，故以喻夫婦好合。箕帚：單父吕文，字叔平，善相。見高祖狀貌非常，曰：臣有女，願爲箕帚妾。箕帚，掃除之器。偕老：偕，同也。《詩》：『與子偕老。』黄卷：古人寫書，用黄紙；有誤，以雌黄塗之，故曰黄卷。金章：章，印也。以金爲印，故云金章。紫綬：紫，組以貫印章者。桑榆：《淮南子》：『日西垂，影在木端。』端，木末也。喻人老不久也。蘭玉桂花：俱喻子孫也。謝玄與從兄朗輩爲叔父安所器，曰：子弟亦何預人事，正欲使其佳。玄答曰：譬如芝蘭玉樹，欲使其生於庭堦耳。孫枝：《風俗通》云：『梧桐生孫枝。』瞬息：瞬，一轉目也；息，一呼吸也。烏飛：《淮南子》：日中有三足烏。兔走：《酉陽雜俎》：月中有兔與蟾蜍并明。

第三齣

牛太師：　指董卓也。卓，漢靈帝時爲太師，蔡邕嘗爲其所辟召，卒坐卓黨以死。《琵琶》傳奇原爲王四而作，王四贅入完顏不花丞相府中。番語不花，華言牛，故托牛姓而謂蔡邕爲婿也。沙堤：　唐故事。拜相，府縣載沙堤路，自私第至於城東街，名沙堤。清霜畫戟：　儀衛兵仗也。清霜，言其森嚴也。車輪流水：　言侍從奔趨之衆也。瓊樓：　唐翟乾祐於中秋玩月，或問月中何所有，答曰：　隨我手中看之，月現半圓，瓊樓玉宇滿焉。酹月：　酹，以酒沃地也。錦帳：　晋常侍石崇與後將軍王愷鬥富，作錦帳五十里。金貂：　貂，鼠屬。北方以其皮爲暖額，因以爲侍中冠飾，取其内勁捍而外温潤。晋阮孚常以金貂換酒。玳瑁：　狀類龜而殼稍長，其足有六，後兩足無爪，首尾如鷄鵝，甲有文，背有鱗，大如扇。將作器煮，鱗如柔皮。取甲繫人臂，以辟蟲毒。寒食：　冬至後百五日爲寒食。其日不動火，預辦熟食，謂之禁烟節。琉璃：　出高麗國，光彩瑩徹，逾於玉色。福地洞天：　仙靈勝境有三十六洞天，七十二福地。包彈：　猶言褒貶也。或曰：　包孝肅公拯多所抨彈，故曰包彈。遊冶：　冶，自飾也；少年恣遊而粧飾也。司馬、文君：　漢司馬相如，字長卿，成都人；文君，字妙姬，臨邛卓王孫之長女。相如與臨邛令王吉善，王孫聞令有貴客，具酒召之，并召令。酒酣，令前奏琴，曰：　妾聞長卿好之，願以與娱。相如爲鼓之時，文君新寡，相如因以琴心挑之。文君竊窺，心悦之，夜自奔相如，遂馳歸成都以成夫婦焉。伯鸞、德耀：　伯鸞，漢梁鴻字也。平陵人，家貧尚節。孟光，字德耀。體肥而黑，擇配不嫁。曰：　欲得節操如梁鴻者。鴻聞而娶之。及嫁，以粧飾入門，七日而鴻不答。妻曰：　妾自有隱居之服。鴻乃喜，曰：　此真鴻之妻也。鴻家貧，賃舂於皋伯通廡下，孟光荆釵裙布。每具食，則不敢仰視，舉案齊眉。後共入灞陵山中，以耕織爲業。『玉皇殿前』四句：　乃唐任生嘲長安角妓曹文姬之詩。文姬本娼女，而姿艷絶倫，尤工翰墨，欲偶者先請投詩。岷山任生以詩贈之，文姬喜曰：『此真吾夫也，不然何以知吾事邪？』遂事之，朝夕相攜微吟。五年，忽對任生曰：『吾本天上司書仙人，以情愛責人寰二紀，將歸，子可偕行騰雲而去。』九天：《太玄經》謂中天、羡天、從天、更天、晬天、廓天、減天、沈天、成天是也。白打：　古人打毬以杖追擊，故名踢毬曰白打。圓社：　圓社，毬會也。踢毬謂之蹴圓。鬥百草：《歲時記》：　端午日四民鬥百草。鞦韆：《古今藝術》：　鞦韆，北方山戎之戲，以習輕趫也。按：《荆楚歲時記》：　春節懸長繩於高木上，女袨服坐立其上推引之，名曰打鞦韆。漢武帝於千秋節日以之戲於後庭。女郎繚亂：　杜牧詩：『女郎繚亂送鞦韆。』半仙：　唐天寶中以之戲於後宫，呼爲半仙之戲。杜鵑：　鳥名，即杜宇，一名子規。《寰宇記》：　蜀之先有王自稱望帝，好稼穡，教人務農。時荆人鼈靈死，其屍泝流而上，至巫山下復生。見望帝，因以爲相，號曰開明。會巫山江壅，人遭洪水，開明爲鑿通流，有大功，望帝遂以位禪焉。後望帝死，魂化爲鳥，名曰杜鵑。分付東風：　古詩：『情到不堪回首處，一齊分付與東風。』言不管春之來去也。

第四齣

浪煖化魚：浪煖、桃香，三月景物。《水經》：『鱣鯉出鞏穴，三月上渡龍門，得渡者爲龍，否則點額而還。』故唐人以之比登科。夢魂不到：宋崔翰累官瑞州團練使，從太祖征大原，謂人曰：吾身雖在此，而夢魂不離親幃也。九棘三槐：《周禮・秋官》：『朝士掌建外朝之法，左九棘、孤卿、大夫位焉，群士在其後；右九棘，公、侯、伯、子、男位焉，群吏在其後；中三槐，三公位焉，州長、衆庶在其後。』注：『棘』者，象赤心而外刺也；『槐』者，懷來人也。森森丹桂：五代竇禹鈞生五子，曰儀、儼、侃、偁、僖，相繼登科。馮道以詩贈之：『燕山竇十郎，教子有義方。靈椿一株老，丹桂五枝芳。』塗山：屬鳳陽府。禹娶塗山氏之女，甫及四日，即出治水，居外一十三年，三過其門而不入。鶚薦：後漢禰衡，字正平。弱冠，孔融深愛其才，上疏薦之云：鷙鳥累百，不如一鶚。故云。孔席不暇煖：孔子周流四方，志在行道，凡到一國，駐身未久，故其坐席未煖而遂行也。墨突不得黔：突，竈囱出烟之處也；黔，黑也。墨翟急於濟物，歷遍天下，不暇安逸，凡所居處竈囱烟燻未黑而遂行也。伊尹於湯：《史記》云：伊尹欲行道以致君而無由，乃爲有莘之媵臣，負鼎俎，以滋味説湯，致於王道。百里奚自鬻：百里奚，春秋宛人。家於百里，因氏焉。事虞公七年而無所遇，知其將亡，不諫而先去之秦。穆公聞其賢，授以國政，秦日盛强。或謂其自賣於秦養牲者之家，得五羊之皮而爲之食牛，因以干穆公焉。千錢買鄰，八百買舍：南宋宋行雅市宅，居吕僧珍宅側。僧□問宅價，曰一千一百萬。怪其貴。曰：百萬買鄰，千萬買舍。掌上珠：馬梵賀人生子曰：欲得掌上之珠。忍將父母饑寒死：宋薛英，字世□，家貧力學。淳熙末登進士第，因陳言忤旨，謫南海尉。五年不召。及歸，父母俱死。世人鄙之曰：可惜父母飢寒死，且喜孩兒名利歸。英竟自縊死。

第五齣

緑雲：《阿房宫賦》：『緑雲擾擾，梳曉鬟也。』《孝經》《曲禮》：皆言弟子之職。温凊、定省皆其語也。其節目委曲，故曰《曲禮》。蟾宫：月中有蟾蜍，故曰蟾宫。結草：《左傳》：魏顆父武子有嬖妾，武子疾，曰嫁；是病劇，曰以殉。及卒，顆嫁之。曰疾病則亂，吾從其始也。及敗秦師於輔氏，獲杜回。顆見老人結草以亢杜回，回蹶，故獲之。夜夢老人曰：『余，所嫁婦人之父也。爾用先人之治命，余是以報耳。』銜環：漢楊寶，弘農人也。爲童時，行泰山，見一黄雀被瘡，爲蟻損之。寶收巾籠内，採黄花餧之十餘日。愈，旦去暮歸。忽一日，變爲黄衣少年，與寶雙玉環。曰：好掌此環，累世爲三公。其子震至彪，果四世爲太尉。食言：謂言出而行違之，則如自食之矣。斷絃：漢武帝后趙氏善琴，常退朝令彈之。忽然絃斷，后悲之。帝謂后曰：絃斷可續，奚爲悲之？后曰：斷絃者，凶兆也，是以悲之。帝遂令左右以西海所献鸞血作膠續之，而絃兩頭相着，終日雖彈不斷，帝大悦。後后竟以太子幼故賜死焉。

分鏡：後陳太子舍人陳德言尚樂昌公主，陳政衰，隋遣楊越公素領兵伐之。德言謂妻曰：國破，伊必入權豪之家，倘情緣未斷，尚冀相見。乃破菱花鏡，各分其半，約他時正月望日賣於都市。及陳亡，其妻果爲楊素得之。後德妻寄詩曰：『鏡與人俱出，鏡歸人未歸。無復姮娥影，空留明月輝。』樂昌得詩，悲泣不已。越公憫之，遂召德言，還其妻焉。風燭：元初劉田，容城人也。穎悟絶人，留心性理之學。家貧，隱居事母，教授鄉里。至元間，徵之不起。人問其故，曰：母年九十，如風前之燭耳，豈可貪禄而取一朝之富貴乎哉？紅樓娉婷：白樂天詩：『紅樓富家女，娉婷美好貌。』芙蓉帳：蜀後主孟昶於成都城種芙蓉，每至秋，四十里如錦，高下相照，因名錦城。以其花染繒爲帳也。白樂天《長恨歌》：『芙蓉帳煖度春宵。』萍梗：萍，浮萍；梗，枝。梗無根，飄蕩之物也。蓮步：南齊東昏侯鑿金爲蓮花，貼地，令潘妃行其上，曰：此步步生蓮花。

第六齣

雲母帳：漢武帝賜趙后紫茸雲母帳。水晶：性堅而脆，出高麗國，色如白冰，清明而瑩。唐明皇天寶中，高麗以之製爲簾而貢之。鳳凰池：中書省也。自魏及晉，中書監令掌贊詔命記，會時事典，作文書。以地在禁近，秉鈞持衡，多承寵任，是以人固其位。晉荀勖，武帝朝爲中書監，除尚書令。人賀之，荀曰：『奪我鳳凰池，諸君何賀也？』環珮：《列女傳》：后妃進退，必鳴環珮。御香猶在：《早朝》

詩：『朝罷香烟攜滿袖。』玉鉉：《易》曰：『鼎玉鉉。』注：鉉，貫耳以舉鼎者，大臣之象也。赤舄：舄，冕服之履，今之朝鞋也。《毛詩》『赤舄几几』，詠周公也。膏粱：膏，脂肉；粱，穀。言豢養也。添綫日長：晉宫人刺繡，冬至後日添一綫。玉人無賴：晉衛玠，字叔寶，美風神，見者以爲玉人。此喻美女。無賴，不勝感懷之私耳。杏臉桃腮：後漢韋固之妻貌美，人謂其杏臉桃腮，雲鬢雪臉。不然，何其絶容也？松筠：松筠終冬不凋，古人以喻節操。蕙蘭：蕙，一幹數花而香不足；蘭，一幹一花而香有餘。總之，二物香幽静而色潔浄，古人以喻女子。閫閾：閫，檻也；閾，門限也。《禮記》：『内言不出於閫。』婦儀姆訓：婦儀爲人婦之禮，姆訓女教之師。婚姻：《爾雅》：『婿之父母曰婚，婦之父母曰姻。』《白虎通》云：『婚者，昏時行禮，故曰婚；姻者，婦人因夫，故曰姻。』

第七齣

杜宇：杜宇啼聲有類『不如歸去』，故客聞之淚下。芳草王孫：《楚辭》：『芳草生兮萋萋，王孫遊兮不歸。』郵亭：即今之急遞鋪也。螢窗：晉車胤，字武子。幼勤博覽，家貧無油。夏月，以練囊盛數十螢火以讀書，夜而繼日。後仕至尚書。真草隸篆：楷書，上谷王次中所作，即正書之小變，從簡易相間流行。草書，漢興，有草書，不知作者姓氏。至章帝時，有杜伯度等善書草書，章帝愛之，上表亦作草字，故謂之草章。篆書，大篆。周宣王時史籀所作也。小篆，秦始皇時李斯所作也。隸書，秦時程楷易小篆而爲隸。王羲之：晉右將軍。臨池學書，池水盡黑。草書爲右軍之冠，論者稱其筆勢『飄若浮雲，矯若驚龍』。又曰：『烟飛霧結，狀若斷而實連；鳳翥龍蟠，勢若斜而反直。』其最爲後世重者，有《蘭亭記》《樂毅論》《黄庭經》。歐陽詢：唐人，字信本。敏悟絶人。初學王羲之書，後險勁過之。尺牘所傳，時人以爲法，高麗人最重之。隴頭音信：陸凱仕吴，爲江南太守，與范曄相善。『寄梅花一枝』詩一首云：『折梅逢驛使，寄與隴頭人。江南無所有，聊附一枝春。』隴頭，指長安也。客路空瞻一片雲：唐狄仁傑，字懷英。陳言忤旨，貶并州司法參軍。親舍在河陽，仁傑登太行山，反顧白雲孤飛，謂左右曰：吾親舍其下。顧望久之，雲移乃去。流水蘸柴門：後漢姜肱，桓帝時常徵不起。常侍曹節專政，徵爲太守，不從。人問其故，□詩諭之曰：『任他富貴不須論，且隱深山樂素餐。總使一身□要地，争如流水蘸柴門。』欲斷魂：《清明》詩：『路上行人欲斷魂。』芳塵：趙王石虎起高樓□十丈，異香爲屑，風作則揚之，名曰芳塵。妻嫂笑蘇秦：蘇秦，字季子，洛陽人，師鬼谷子。説秦王不用，裘敝金盡，憔悴而歸。妻不下機，嫂不爲炊。後拜相六國。十度謁侯門：侯門，權貴之門也；謁，干求也。宋李覯初爲太學官，因上言役法不便，出通判處州。題詩自嘆云：『十謁侯門九不開，利名淵藪且徘徊。自知不是封侯骨，夜夜江山入夢來。』紫宸：漢之前殿，周之路寢也。綵綸：帝命也。《詩》：『王言如絲，其出如綸。』樵門：樵門，鼓角樓也。城門上建高樓以望敵者。

第八齣

九陌：長安有八街九陌。春官：《周禮》『春官』，今禮部也。棘闈：杜氏《通典·選舉類》：『唐武德以來，閱試之日，嚴試兵衛，以棘圍之，以防漏洩。』熊掌駝峰：俱美味。駝峰，橐駝脊上肉峰也。瓊林雁塔：《古今詩話》：『唐韋肇及第，偶於慈恩寺雁塔題名，後人效之，遂成故事。杏園宴後，於同年中推善書者紀之。他時有將相，則朱書之。』文衡：衡，秤桿也，所以平物之輕重，故典試者謂之司文衡。賓興：待以賓禮而興起之也。《周禮》：以鄉三物教萬民而賓興之。桃李：狄梁公爲相，姚元崇、桓彦範、史敬暉等一時名臣皆其所薦。或謂之曰：天下桃李，奚在公門墻矣。公曰：薦賢爲國，非爲私也。先鞭：劉鯤與祖逖善，聞逖見用，曰：『執戈待旦，志梟逆虜，常恐祖生先我著鞭。』温飽：王沂公及第，或戲之曰：狀元試三場，一生喫著不盡。公正色曰：某平生之志不在温飽。陶成：陶，作瓦器也。喻作養人才也。請纓：漢班超立功西域，請受長纓縛單于致闕下。

第九齣

翠減香銷：言閨中寂寞之景象也。雲閒月冷：見懷人憶遠之情況也。臨鏡理笄總：笄，簪也；總，裂練繒以束髮者。《禮記》：『婦人事舅姑，鷄初鳴，咸盥漱櫛縰笄總。』姑嫜：夫之父母。曰姑嫜者，舅姑之通稱。緑綺：卓文君琴名。白頭吟：卓文君既奔，司馬相如欲他娶，文君乃□《白頭吟》云：『凄凄重凄凄，嫁女不須啼。願□一人心，白頭不相離。』相如感之，乃止。同心帶綰：柳耆卿詞：『羅帶綰結同心。』夫婦相契之義也。《陽關》聲斷：王維有《送別陽關》之曲。送別南浦：齊江淹《別賦》：『春草碧色，春水緑波。送君南浦，傷如之何？』畫眉人：漢張敞，字子高，爲京兆尹。以經術自輔，然無威儀。常爲□畫眉，長安百姓傳之。有司奏聞，對曰：閨房之内，夫婦之□，尤有過於此者。上弗問。傅粉郎：魏何晏，字平叔，爲吏部尚書。美姿容，面至白。文帝以其傅粉，夏月令食湯餅，汗出，拭之愈白，文帝方信之。鏡鸞：《異苑》：罽賓王一鸞三年不鳴，夫人曰：見□則鳴。懸鏡照之，鸞睹影悲鳴，中宵一奮□矣。雁杳魚沉：蘇武在匈奴，曾繫帛書於雁足以寄中國。古詩：『遺我雙鯉魚，中有尺素書。』故寄書常托言魚雁。杳沉，言無音信也。芳杜：《楚辭》：『采芳洲兮杜若。』杜若，香草名。西山景暮：《陳情表》：『日薄西山。』言祖母劉年老不久也。才俊：《白虎通》：『才過千人謂俊。』榜登龍虎：唐陸贄主試事，得韓愈、歐陽詹、賈棲、陳羽、李絳等，皆天下儁偉之士，時稱榜登龍虎。青史：史者，記事之籍。謂之青者，蓋古人未有紙，書用竹簡。先以火炙簡，令汗出，取青易書，故曰汗青，亦謂青史。

第十齣

太僕寺：掌馬之官。太卿，衆僕之長。耳批雙竹：杜詩：『竹批雙耳駿。』鬃散五花：杜詩：『五花散作雲滿身。』鳳臆龍鬐：《胡馬行》：『鳳臆龍鬐未易識。』豹頭虎頜：伯樂《相馬經》云：『馬之可相者，必豹頭虎頜。』翠蹄削玉：杜詩：脚下雙蹄削寒玉。赤汗流珠：漢武帝時，渥洼産馬名天馬，流汗皆赤。其歌云：『霑赤汗兮沫流赭。』『隅目青熒』二句：杜工部《驄馬行》：隅目，目方有角也；肉駿，駿肉豐也。夾鏡，喻其清熒；連錢，喻其磊塊。東城在歧下，見秦州進一馬，駿如牛，領毛生肉端。番人云：此肉駿馬也。玄圃：臺名。居崑崙山之一角，而崑崙山在陝西肅州，其峻嶺極，經月積雪不消。周穆王見王母於此。崆峒：山名。在河南汝州，昔廣成子隱此。相傳崆峒有三：一在臨洮，一在寶定。莊周述黄帝問道崆峒，遂言遊襄城，登具茨，訪大隗，皆於此山接壤。神州：《古今通論》：崑崙山之東南方五千里，謂之神州。九方皋：《列子》：『秦穆公謂伯樂曰：「子之年長矣，子姪有可求馬？」對曰：「良馬可□形容，筋骨相也。臣有所與者九方皋。」穆公見之，使行求馬。□報曰：「已得之，在沙丘。」穆公曰：「何馬？」對曰：「牝而黄。」使人往取□，牡而驪。穆公不悦，召伯樂曰：「子之所求馬者，物色牝牡不□知，又何馬之能知？」伯樂曰：「若皋之所觀，天機也；得其精而□其粗，在其内而忘其外。」馬至，果良馬也。』千金價：《郭隗傳》：古人有以千金使涓□求千里馬者，馬且死，買其首□，百金而返。不期年，千里馬至者三。赤兔：呂布有馬名赤兔。後爲關羽所獲。紫燕、絶塵、赤電、絶群、逸驃：《西京雜記》：漢文帝自代還，有良馬九匹，一浮雲、二□電、三絶塵、四逸驃、五紫燕、六緑螭驄、七龍子、八□駒、九絶塵，名九逸。奔電、踰暉：王子年《拾遺記》：『周穆王周行天下，得八龍之駿，一絶地、二翻羽、三奔電、四超影、五踰暉、六超光、七騰霧、八扶翼，名八駿。』追風：《古今注》：『秦王有七名馬，曰追風、白兔、躡景、追電、飛翻、銅雀、晨鳧。』一丈烏：梁太祖温以愛馬一丈烏賜寇彦卿。五花虬：《胡馬行》：『五花馬，千金虬。』紫叱撥：鮑生與外弟韋生常以美妓換駿馬，名紫叱撥。青海：西域吐谷渾地。冰合時，游牝馬其上，明年生駒，號龍種，日步千里。月氏：氏音支。月氏，國名，在大宛西，亦出善馬。大宛：國名，極産良馬。漢武帝使壯士以千金求之。龍騠：《索隱》：『劉牢之有馬號龍騠，嘗跳五丈澗以脱慕容垂之逼也。』『盡印三花』句：《唐·百官志》：『凡外牧歲進良馬，俱印以三花飛鳳之字，隸尚乘局。』錦韉：韉以藉鞍者，以錦爲之，故曰錦韉。紫遊韁：以紫絲爲之。鄴下童謡：『青青御路楊，白馬紫遊韁。』玉勒：勒，馬銜也。以玉飾之，故曰玉勒。碼碯：形似馬腦，多出北地，如纏絲者貴。有紅、黑、白三種，似人物、鳥獸形最貴。珊瑚：樹生海中，色紅潤，出波斯、獅子等國。以鐵網沉水底，經年取之乃得。午門：鄭玄云：天子之門有九，一縱横，故曰午門。又，天子正南之門曰午門。正南，午位也。瑞腦：香名，形如蟬、蠶、老龍腦，樹節方有之。出交趾。銀海瓊舟：俱酒器，各受酒一斗。葡萄玉液：葡萄出大宛，漢張騫使西域所得，有黑、白、黄三種。國人釀以爲酒，名曰玉液。富人藏酒至千斛，十年不敗。**金谷**：園名，在河南府城西十三里，地有金水，自太白原南流經此谷。晋石崇因川阜造園館其中，奢靡不可勝言。自作詩序，傍有清涼臺，即崇妾緑珠墜死處。(一)**姮娥**：《述異記·有窮》：后羿得不死之藥於西王母，其妻竊而食之，奔入月宫爲蟾蜍。**小秦王三跳澗**：《唐史》：小秦王，唐太宗也。澗，虹蜺澗也，在山西蔚州廣靈縣南。武德初，宋金剛寇澮州，王與戰，敗績。其將尉遲敬德追王至澗邊，王計窮，遂策馬跳過之。王將秦叔寶來援，與敬德亦策馬跳過。**荷衣**：緑袍也。劉蕡詩：『身掛緑荷衣。』**翠微**：山色也。山極上曰翠微。**杏園**：《秦中雜記》：進士初宴，謂之杏園宴；又曰探花宴也。**緑袍**：唐制，進士例賜緑袍。**御墨鮮**：狀元及第，御筆親註其名。**禮樂三千**：宋夏竦詩：『縱横禮樂三千字。』**樞密院**：《會□》云：『□密院掌天子之機務，及天下邊境軍馬之政令。』蓋取天樞之義。**玉壺**：晋武帝時，鮮卑貢一□玉壺，容酒斗餘，其中□温寒隨人意。**晁董**：晁錯，潁川人，以文學爲太常掌故。董仲舒，廣川人，以賢良對策漢武帝嘉之。**丹墀**：殿堦也。以丹朱漆地，謂之丹墀。**九重**：天子之門有九，謂關門、遠郊門、近郊門、□門、皋門、庫門、雉門、應門、路門，象天有九重之霄也。**紫泥**：《漢書》以天子六璽，皆以武都紫泥封。李白詩：『鳳凰丹禁裏，銜出紫泥書。』**宸旒**：天子之居名宸

(一) 以下原作第十一齣内容，實屬第十齣，今併入。

居。旒，冕飾，垂玉也。金蓮送：令狐綯，字子直。唐太中初爲翰林承旨，夜對禁中，燭盡，上以乘輿金蓮花燭送歸院。詞鋒：潘岳詞鋒景焕。紫宫：《天文志》：『北極五星皆在紫宫，文兆也。』萬玉班中：唐李宗敏知貢舉，門生多清秀，時號『玉笋班』。『扶桑』二句：扶桑，日出處也。崆峒，山名也。襄王謂宋玉曰：能爲大言乎？對曰：彎弓射扶桑，長劍倚天外。王益奇之。八珍：食之美者曰珍。八珍，見《禮記・内則》篇，後世則謂龍肝、鳳髓、兔胎、熊掌、鶚炙、豹蹄、猩唇、鯉魚尾爲八珍。酒鱗紅：王氏《世説》：鰀魚大口細鱗班綵，以之煮酒，味極佳。雲臺：漢明帝永平三年，因思中興功臣，乃圖二十八將於南宫雲臺之上。東封：東岳泰山封，用五色土雜封之。司馬相如病且死，有遺書勸上封泰山。古詩：『太平無以報，願上東封書。』河清頌：南宋元嘉中，河、濟俱清，文帝命鮑照爲《河清頌》，詞甚工。玉柱擎天：唐張説撰姚崇碑文曰：『玉柱擎天，高明之位列焉。』紗籠：唐李藩，字叔翰。少時問卜於葫蘆生，生曰：紗籠中人。藩不省。後有新羅僧言，凡位當宰相者，冥司必潛以紗籠護之。元和中，果拜相也。清禁鍾：漢武帝時，未央宫殿前有鍾，號曰清禁，忽自鳴三日三夜。詔問東方朔，對曰：銅者，土之子。子母感而相應，山恐有崩者，故鍾先鳴。後三日，蜀郡太守上言銅山崩。武帝由是甚加重焉。鵷行：古詩：『篚跡鵷鷺行。』朝官班也。豹尾：《通典》曰：《漢書》大駕法：『駕□屬車，最後一乘懸豹尾。豹尾以前，皆省中也。』

第十一齣(一)

狼狽：狽，狼屬，(二)無前足，附狼而行，無狼則不能動。范杞良：秦始皇三十三年，遣將軍蒙恬發兵三十萬北築長城。起於臨洮，至遼東，萬餘里。湖南人范杞良預役築城，未□一月，身死。其妻孟姜女親送寒衣，聞夫身死，乃於城下哭□十餘日，城爲之崩。

第十二齣

華屋鎖嬋娟：漢武帝數歲時，公主抱而問曰：『兒欲得婦否？』曰：『欲得。』主指女阿嬌曰：『好否？』笑曰：『若得阿嬌，當以金屋貯之。』嬋娟，美女名。屏開孔雀：竇毅仕周，爲上柱國。有女數歲，讀《列女傳》，一過不忘。毅常謂夫人曰：『此女有奇相，不可妄與人。』因畫二孔雀於屏間，令請婚者射二矢，約中目則與之。唐高祖最後射，各中一目，遂以妻之。後爲后焉。幕裏紅絲：唐太僕寺卿郭元振少有大志，開元初，中書令張嘉貞欲納之爲婿，謂之曰：『吾五女皆有姿色，各持一綫，以帷幔之，子

(一) 原作第十二齣，實爲第十一齣，今改正。後依次改。

(二) 狽狼：原作『狼狽』，據文義改。

可隨便牽之。』元振牽一紅綫，遂得第三女。紅葉傳情：唐僖宗時，于祐步於禁衢，見御溝流一紅葉，題有詩云：『流水何太急，深宮盡日閒。殷勤謝紅葉，好去到人間。』祐見詩，亦題之云：『曾聞葉上題紅怨，葉上題詩寄阿誰？』後祐託於韓泳門館，帝放宮女出嫁，泳以宮女韓夫人美姿，遂作伐而嫁於祐。韓於祐笥見紅葉，驚曰：『此詩乃妾所題，不擬君拾之。今果配合，事豈偶然？』一日，祐開宴宴泳，泳曰：『今日可謝冰人也。』韓笑曰：『一聯佳句隨流水，十載幽思滿素懷。今日結成鸞鳳友，方知紅葉是良媒。』瑶臺：仙居之處。昔許澶暴卒，三日醒，作詩云：『曉入瑶臺露氣清，坐中惟見許飛瓊。塵心未盡俗緣在，十里丁山空月明。』復寢，驚起，改第二句云：『天風吹下步虛聲。』因謂人曰：『昨夜夢到瑶臺，有仙女三百餘人，一云是飛瓊，令改一句，不欲世間知有我也。』蓋飛瓊，西王母之侍女也。閬苑：崑崙山有三角，北曰閬風苑，西曰玄圃臺，東曰崑崙宮，有五城十二樓，衆仙往來其間。天禄：漢禁中閣名，在未央宮之側。楊雄、劉向校書於此。石渠：閣名。漢蕭何所造，以藏入關時所得秦圖書。宣帝亦藏秘書於此。其下礱石爲渠，以導水，故名焉。玉音金口：《索隱》云：『天子之言語，臣庶尊之爲玉音金口。』班門弄斧：公輸子，名班，魯之巧人也，斫□極有巧思。今人誇口於識者之前，譏之曰：此班門弄斧也。

第十三齣

玉簫聲杳：言夫婦之久别也。《列仙傳》：蕭史，秦穆公時人，風□超邁，善吹簫作鳳鳴，能致孔雀白鶴。穆公有女□弄玉，亦好吹簫，遂以妻焉。乃教玉作鳳鳴。居十餘年，有鳳□止其屋，穆公爲作鳳凰臺，夫婦止其上。一日，史乘龍，弄玉□鳳，升天而去。秦人爲作鳳女祠焉。**議郎**：漢靈帝建寧三年，蔡邕校書東觀，遷爲議郎。**清要**：唐李□立，貞觀中以親喪去官。既除服，上詔受以七品清要官。有司擬雍□司户，上曰：『此官要而不清。』又擬秘書郎，上曰：『此官清而不要。』乃授爲侍御史職。**宦海沉身**：唐顔真卿，字清臣。一日，鷄跖道士來□訪，謂之曰：『公骨可度世，不宜沉身宦海。』**兔絲**：《毛詩》：『蔦與女蘿，施于松上。』喻婚姻也。女蘿在草爲兔絲。古樂府：『兔絲附女蘿。』**瓜葛**：瓜葛之藤，延蔓相及。喻親戚綿密也。**閥閲**：《史記》：『明其等曰閥，表其功曰閲。』又，門左曰閥，右曰閲也。**紫閣**：宋劉攽拜中書舍人，請復古制，建紫薇閣於西省。**黄扉**：扉，户扇也。漢丞相黄扉黑幡。**門楣**：唐玄宗因立楊貴妃，從兄國忠加御史大夫，女兄弟韓國、秦國、虢國三夫人。時謡云：『男不封侯女作妃，君看女却爲門楣。』楣，門上横梁也。**扊扅佳人**：扊扅，門關也。百里奚事秦爲相，忘其妻，妻歌曰：『百里奚，五羊皮。憶别時，烹伏雌，炊扊扅。今日富貴忘我爲。』問之，乃其妻也，遂就焉。**轉日**：魯陽公與韓搆難，戰酣，日暮。援戈而揮之，日返三舍。**回天**：唐太宗修洛陽宫，左庶子張玄素諫止之。魏徵聞之，曰：『張公論事，有回天之力。』**『江空水寒』一句**：華亭和尚偈云：『千尺絲綸直下垂，一波纔動萬波隨。夜静水寒魚不食，滿船空載月明歸。』

第十四齣

月老：唐韋固求婚，客有議潘昉女，且期隆興寺門。固往，見有老人倚囊坐堦，向月檢書。固問何書？曰：天下婚牘。固曰：吾議潘昉女，可成乎？曰：未也。君婦適三歲，十七入君門。固曰：安在？曰：店北賣菜陳老嫗女耳。老人忽不見。後十四年，相州刺史王秦妻以女。眉間常貼翠鈿，歲餘，問之，乃知爲秦姪女。父終宋城宰，時乳女陳養之，後泰取以爲己女而嫁焉。冰人：晉令狐策夢立冰上，與冰下人語。索紞占曰：『當在冰上，與冰下□語，爲陽語陰，媒介事也，當爲人作媒，冰泮婚成。』會太守田□因策爲子，求張公徵女，仲春成婚焉。青鸞：青鳥也。漢武帝七月七日齋居乾□殿，忽有一青鳥銜書從西來，集殿□。帝問東方朔，朔曰：『此西王母欲來。』一日，西王母果乘彩雲而至。近乘龍：漢孫儁與李元禮皆爲司徒，俱娶太尉桓叔元女，時人謂兩女俱乘龍。言得婿如龍也。

第十五齣

比翼：《爾雅》：東方有比翼鳥，不比即不能飛。坦腹東床：晉郗鑒，字道徽，一女，□□生求婿於導，導令遍觀□子弟門生。歸，與鑒曰：『王氏諸少年并佳，然聞信至，或自矜□。惟一人東床坦腹，食胡餅，獨若不聞。』鑒曰：『此真佳婿。』及訪□，乃羲之也，遂以女妻之。葫纏：歐陽璟《與金鑾長老》

詩：『到了不干藤蔓事，葫蘆自去纏葫蘆。』赤繩：　唐韋固問月下老囊中何物，曰：『赤繩子，以繫夫婦之足。雖讐敵之家，吴楚異鄉，富貴懸隔，此繩一繫，終不可遺。』

第十六齣

金龍案：　王建《宫詞》：『金龍殿上金龍案。』玉案也。天威咫尺：　桓公曰：『天威不違顔咫尺。』鳴鞭：　《宋□會要》曰：『唐及五代有之。《周官》：　條狼氏執鞭，趨避之，遺法也。然則鳴鞭雖始於唐，亦本周事。』螭頭：　《説文》：『螭若龍，無角。』《漢書》：『殿階欄循刻螭爲飾，故丹墀上之堦曰螭頭。』豹尾：　《輿服志》：　大駕屬車八十一乘，尚書、御史所載。最後一乘懸豹尾，侍御史載之；豹尾以前比省中。五更寒：　吴珏詩：『朝臣待漏五更寒，鐵甲將軍夜度關。山寺日高僧未起，算來名利不如閑。』小黄門：　居禁中，在黄門之内，掌傳箋奏。歷代有黄門侍郎是也。紫禁：　《漢書》：　宫禁之門紫，故名。珠斗斕斒：　星斗也。《律曆志》：『五星於連珠斕斒。』音韻：　色不純也。千尋玉掌：　七尺爲尋。漢武帝元鼎二年，作承露盤，高一十丈，大七圍，以銅爲之，上有仙人掌以承露。和玉屑飲之，可以長生。紫陌：　御墀也。《早朝》詩：『鷄鳴紫陌曙光寒。』五門：　《周禮》：　君之門有五：　一曰皋門，二曰雉門，三曰庫門，四曰應門，五曰露門是也。建章宫：　漢武帝太初元年，以柏梁殿災，粤巫占之曰：『粤俗，有大災，則復起大屋以厭勝之。』帝於是作建章宫，度爲千門萬户，前殿度高未央。其東則鳳闕，高二十餘丈；其西則数十里虎圈；其北則大池漸，臺高二十餘丈，名曰太液池。中有蓬萊、方丈、瀛洲。其南有玉壁之屬，立井幹，高五十丈，輦道相屬焉。甘泉宫：在陝西西安府涇陽縣甘泉山，本秦林光宫。漢武帝增□之，周十九里，去長安三百里，望見長安城。未央宫：漢高帝七年，命蕭何治未央，□内有東闕、北闕、前殿、武庫、太□。名未央者，取詩《夜未央》，勤政之義也。長楊宫：本秦離宫，漢因之以備行幸。有射熊觀，秦漢遊獵之所也。五柞宫：漢武帝建。以宫有五柞樹，故名。長秋宫：《索隱》曰：『皇后宫名長秋者，秋，陽之始。取其長而久。』長信宫：秦始皇初，建以備行幸。漢太后所居之宫也。長樂宫：漢高帝建，内有東朝及□德、通光、高明、長秋等殿。昭陽殿：在未央側。《西都賦》：『昭陽獨盛，隆於孝成』。金華殿：《黄圖》：『未央宫有金華殿。』長生殿：□□□□歲七月七日賜楊貴妃乞巧於此。披香殿：唐蘇世長嘗侍宴於此。金鑾殿：唐玄宗□□召見李□，□當時事，奏頌一篇。帝賜食，親爲調羹，詔供奉翰林。麒麟殿：後漢明帝嘗集公卿□□學者八十人於此刊校□史。太極殿：即唐西内正殿也。高祖因隋大興殿改今名。白虎殿：漢宣帝時，諸儒□論經傳，奏之曰□虎閣，因名曰《白虎通》。赭黄袍：赭，赤黄色，天子之服也。龍鱗座：王建《宫詞》：『座列龍鱗耀日月。』彤芝蓋：彤，赤色。《兩都賦》：『芝蓋九葩。』羽林軍：天有羽林大將軍之星，蓋羽翼鷙□之意。林喻若林木。漢武帝故以名□臣是也。金吾衛：秦有中尉，漢武帝更名執金吾。蓋取執金革，御非常。千牛衛：宋孫綽《拾遺》：『千牛力，人主防身力也。故後魏有千牛備身，掌執御刀。』唐顯慶五年始置左右千牛府，龍翔二年改府曰千牛衛。**陛下**： 陛，階也。人臣與天子言，不敢指斥，但呼陛下。**奉引昭容**： 唐女官，正二品。天子坐朝，昭容引坐。**銅肝鐵膽**： 王敏懿公素既升臺憲，風力愈勁，議者目其銅肝鐵膽。**獬豸冠**： 獬豸，神獸。似牛，號神羊，能觸邪佞。獄有疑，令其觸之，立別曲直。楚莊王獲之，爲冠，賜執法者服之。**糾彈御史**： 《索隱》云：御史之名，《周官》有之，北齊謂之南臺，掌糾察彈劾，臨制百司。**叔孫禮**： 叔孫通，薛人也。漢高帝六年爲博士，説帝起朝儀，采古禮與秦儀雜就之。始於長樂宮，自諸侯、王以下，莫不震肅。帝曰：『今日乃知天子之貴也。』**問寢**： 文王之爲世子，朝於王季□三：鷄初鳴而衣服至於寢門外，問内豎之御者曰：『今日安否何如？』内豎曰安，文王乃喜。**金鑰**： 禁門鎖也。**玉珂**： 馬勒飾也。杜詩：『興在驪駒白□珂。』**封事**： 漢舊儀，奏封板，故曰封事。**搢笏**： 謂插笏於懷間也。**咫尺**： 十寸曰尺，六寸□曰咫，言近也。**重瞳**： 瞳，目童子也。舜目重瞳。**朱紫**： 朝官服色也。**出入承明地**： 翰林有承明金□。應璩詩：『三義承□廬。』**朱買臣**： 字翁子，會稽人。家貧，賣薪自給。擔束薪，行且讀□。漢武帝時，以同邑嚴光薦召見，説《春秋》，拜中大夫，□爲會稽太守。初，買臣免待詔，嘗從會稽守邸者寄食。及拜□太守，衣故衣，懷印綬，步歸郡邸值上。計時，會稽吏相與□□，不視買臣。入室中，守邸與共食，且飽，少見其綬，守邸前□□綬，視其印，會稽太守章也。守邸驚出語上計吏，皆醉，大□□：『誕妄耳。』其故人素輕買臣者入視，還走疾呼曰：『實然。』坐□□駭，曰：『守丞相推排陳，列中庭拜賀。』買臣徐出户。有頃，長□吏乘駟馬來迎，買臣遂傳乘去。後擊破南越有功，徵爲主爵都尉，列於九卿。司馬相如：漢武□□，相如□□賦得幸，爲中郎將，建節鉞，蜀太守以事郊迎，縣吏負弩矢先驅。蜀人以爲寵焉。烏鳥：烏鳥哺子□□飛，反哺其□□，名慈烏。李密《陳情表》：『烏鳥私情，願乞終養。』王事多艱，豈遑報父：《詩》：『王事靡盬，□遑報父。』遑，暇也。薄德：天子自稱曰朕，凉薄也。謙言己之薄德也。丕基：大業也。《書》：『弼我丕丕基。』警動之風：四方□戒，不□也。俊髦：士之俊者曰髦。《詩》：『髦士攸宜。』繩糾：繩，直也；糾，正也。《書》：『繩愆糾謬。』《桃夭》：《詩》云：『桃之夭夭，灼灼其華。之子于歸，宜其室家。』婦人謂嫁曰歸。丹鳳詔：後趙王石虎置戲馬觀，上安□書，丹五色紙，銜於木鳳之口□頒行之。萬里封侯：班超，字仲升，安陵人彪之子，固之弟也。以有大志，不修小節。家貧，傭書養母。常投筆嘆曰：『大丈夫當立志異域，以取封侯，安能久事筆硯乎？』有相者曰：『燕頷虎頭，飛而食肉，此萬里侯相也。』明、章兩朝，出征西域，安集五十餘國，封爲定遠侯。母死王陵：王陵，沛人，始爲縣豪。高祖微時，兄事之。及高祖起沛，陵先聚黨數千人居南陽，至是以兵屬焉。西楚霸王收陵母，置軍中。陵使至，則東向坐陵母，欲以招陵。陵母私送使者，泣曰：『願爲妾語陵，善事漢王。漢王，長者，毋以老妾故持二心，妾以死送使者。』伏劍而死。天下既定，封陵爲安國侯。

第十七齣

義倉：《通典》曰：『隋文帝開皇五年，長孫平奏令諸州百姓勸□當社共立義倉。唐太宗貞觀中，戴冑言：「隋天下之人，□級輸粟，名爲社倉。」又，韓中良奏：「王公以下應墾田者，畝二□貯之州縣，以備凶年，賑給百姓。」始爲義倉。蓋其事自隋始□。』《宋朝會要》曰：『建隆四年三月，詔諸州所屬縣各置義倉，所□收二稅每石别輸一斗貯之，以備凶險，給與人民，故云□□。』焰摩天：《高士傳》：『三十三天之上有天曰焰摩天，玉皇上帝居。』

第十八齣

鵲橋：《淮南子》：七月七日，烏鵲填河成橋，渡織女，以會牛郎。仙郎到河：天河之東，有美□女人，乃天帝□□，機杼女工，年年勞役，織成雲霞紫色綃縑之衣。辛苦殊□□□悦，容貌不暇整理。天帝憫其獨處，將嫁與河南牽牛之□□。自後竟廢織紝之功，貪歡不歸。帝怒責歸河東，但使其一年一度與牽牛夫相會。

第十九齣

珠簾：《史記》：漢武帝元鼎初，起神屋，以白珍珠爲簾箔，玳瑁壓之，象牙爲鈎。蕊珠宫：神仙宫

□。□詩：『請開□□宮。』雕轂：轂，車輪也，雕刻畫之也。宮花帽簇：梁純夫詩：『宮花簇帽簷。』天香袍染：□□：『袍□桂花香。』嬌面重遮：蘇卿詩：『彩扇重遮面。』修蛾：長眉也。《詩》：『螓首蛾眉。』窈窕：《詩》注：『静好貌。』西川錦：賈島詩：『西川十樣錦，添花色更鮮。』泰山丈人：泰山在魯地，東岳也。其上□丈人峰。世稱妻父曰岳丈□。絲蘿喬木：《詩》：『蔦與女蘿，施于松柏。』言倚附也。女蘿在草爲兔絲，故又稱絲蘿。冰玉：晉樂廣，□彦輔，時□謂之冰鏡；婿衛玠，字叔寶，時號玉人。故時人語曰：丈人冰清，女婿玉潔。膏沐：膏，澤髮者；沐，滌首也。《詩》：『豈無膏沐，誰適爲容。』金風斜飛：金鳳，鬢之飾也。蘇小七詩：『鬆鬢斜插金鳳釵。』玉種藍田：《括地志》：『藍田，山名，在陝西西安府藍田縣東南三十里，出玉。』《周禮》：『玉之次美者曰藍，故名。』又，漢楊雍伯，洛陽人。性篤孝，父母亡，葬無終山，遂家焉。山高無水，遂汲水作義漿於坂頭，行者皆飲之。歷三年，天神化爲書生就飲，問曰：『何不種菜以給人？』答曰：『無種。』書生就懷中出石子二升與之，曰：『種此生美玉，並得好婦。』雍伯乃種其石數歲。北平徐氏有女，極姿容，人多求，不許。雍伯試求焉，徐氏戲之曰：『得白玉一雙乃可。』雍伯於所種石處得璧五雙以聘，徐遂以女妻之。後生十男，皆俊異，後位至卿相。因名其地，故曰玉田。湘裙：李群玉詩：『裙拖六幅瀟湘水。』喻縠紋也。雲雨巫山六六：《高唐賦》：『□襄王與□玉遊雲夢之臺，望高唐之觀，獨有雲氣。王問玉曰：「此何氣？」□曰：「所謂朝雲。」王曰：「何爲朝雲？」玉曰：「昔者先王嘗遊高唐，怠□晝寢，夢見一婦人，曰：妾巫山之女，爲高唐之客。聞王遊高□，願薦枕席。王因幸之。去而辭曰：妾在巫山之陽，高丘之北，朝爲行雲，暮爲行雨；朝朝暮暮，只在陽臺之上。」」《括地志》：『巫山□四川夔州府巫山縣，綿亘七百里。自非停午夜，不見日月。□十二峰，曰望霞、翠屏、朝雲、松巒、集仙、聚鶴、浄壇、上升、起雲、□鳳、登龍、聖泉。沿峽亘一百六十里。』唐沈佺期詩：『巫山峰□□，合踏隱昭回。俯眺琵琶峽，平暗雲女臺。』金猊：金鑄猊形香爐也。醽醁：《元城録》：魏左□□治酒，其名醽□。□魏公稱醽醁似蘭，香翠能過玉薤，千日醉不醒，十年味不敗。蝶戀花：三句俱喻夫婦□□也。詩餘：『粉蝶戀□□雙舞。』《文選》：『鳳非梧不棲。』韓文：『翠竹岩梧，鸞鵠停峙。』故云。花誥：《春明退朝録·官誥》：院□□夫人使金花羅紙七□，□綵袋，賜以湯沐邑也。紋犀：《格物論》：『犀狀如水牛，猪頭，大腹，一脚三□；□黑，一孔三毛，行於江海，水爲之開。二角，□□額上，一在鼻上，差小。其角上之貴者有壽星、通天等紋，故謂之犀紋。』

第二十齣

一抔：漢文帝時，張釋之爲廷尉，持法公平。有一人盜高祖□□環，捕獲其人，廷尉問罪。釋之奏當殺之於市以示衆。文帝怒曰：『吾欲滅其族，何以輕罪治耶？』釋之對曰：『盜宗廟器□滅之族，假令愚民取長陵一抔土，陛下何以加其法乎？』帝□之。長陵，高祖之墓。取一抔土，隱言抉墓也。獨嗺：猶言獨饕食也。

第二十一齣

餐松：《列仙傳》：偓佺，採藥父也。好食松實，體毛數寸，能飛行逐馬。以松子遺堯，堯不服。時受服者皆可三百歲。食栢：《上清宫記》：田鸞入華山，遇黄河師，語曰：『栢葉，長生葉也。』教以服食法，後得道，朝於上真。

第二十二齣

閒庭槐影：槐葉密陰濃，庭多種之。宋王祐手植三槐於庭前。瑶臺閬苑：《神仙傳》：『崑崙山閬風苑，皆仙境也。有玉樓十二，玄室九層，弱水環之，非飆車羽輪不可到。』焦尾：邕寓吴會，吴人燒桐以爨。邕聞火烈之聲，知爲美材，請爲琴，有美音。其尾尚焦，因名焦尾。南薰虞絃：虞舜彈五絃之琴，歌《南風》□詩，其詩曰：『南風之薰兮，可□解吾民之愠兮。』懷水仙：《列仙傳》：『琴高善鼓琴，行涓滴之術，號水仙。□游冀州、涿郡間二百餘年。後人於水傍設□，高果乘鯉來。經一月，復入水去。』後伯牙作《水仙》之操。寡鵠、單梟、斷猿：《西京雜記》：『劉道□善琴，嘗爲《寡鵠單梟斷猿》之操，聽者皆悲。』雙鳳離鸞：《西京雜記》：『張安世年十五，爲漢成□帝侍中，善鼓琴，能爲《雙鳳離鸞》曲』。

螳螂捕蟬：蔡邕自外歸，鄰人設酒食，命邕至座上。先有一人□琴，目視樹上蟬鳴，下有螳螂逐後捕之。彈琴者□□螂食蟬，心念殺之，其琴亦有殺音。邕聽琴音，即告去。主□□曰：『起何速乎？爲君遠來，故造此，何爲即回？』邕曰：『見有殺□，□去。』主人曰：『何有此意？』邕曰：『向者見彈琴之中有殺伐之聲。』彈琴者乃笑而奇之。好姻緣惡姻緣：陶穀使江南，學士韓熙載迎之於集賓館，以妓秦弱蘭僞爲□□之女，令掃地。穀因而悦之，與狎，遂作一詞名《風光好》贈□。□：『好姻緣，惡姻緣，只得郵亭一夜眠。別神仙，琵琶撥盡相□□，知音少。那得鸞膠續斷絃，是何年？』唐主一日開宴，令弱□□此詞以勸陶穀酒。穀大慚，即日北歸。梅雨：《裨雅》：『江南三月爲迎梅雨，五月爲送梅雨。』簞展湘波：□□□：『□亭長展湘波簞。』湘波，喻簞紋也。《金縷》舞：舞服也。唐李錡之妾秋娘爲錡□□：『勸君莫惜金縷衣，勸君須惜少□□。花開堪折直須折，莫待無花空折枝。』斗膽：蜀姜維爲征西將軍，與魏兵戰，死□。將士剖其腹而視之，其膽大如斗□。《雉朝飛》：齊犢牧子五十無妻，見雌雄雉相隨，遂撫琴而歌，故有《雉朝飛》之操。寡鵠：《列女傳》：『陶□夫死守義，□人求娶之，嬰作《黄鵠歌》云：「單寡七年兮不雙飛，死頸獨宿兮想其故帷。」魯人聞之，曰：「斯婦不可以强妻也。」』《昭君怨》：漢元帝以宫女王昭君賜匈奴，號寧胡閼氏。後入胡中，思慕漢恩，遂彈琵琶以寄其恨，名之曰《昭君怨》。《風入松》：漢吴叔文善琴，隱居石壁山，山多松樹，常盛夏時以琴撫於松下以納涼，遂作《風入松》之操。《思歸引》：衛□賢□，衛王聘之，未至而王薨。太子留之，不聽。拘於深宮，思歸不得。援琴而歌，曲終，自縊死。別鶴：杜詩：『上絃鶯別鶴。』『纔堪聽』二句：《文選》：『唐高駢鎮蜀，朝廷疑之。一日聞聲，知有改移，乃題風箏曰：「依稀似曲纔堪聽，又恐風吹別調間。」』霞觴：《列仙傳》：『許碏嘗醉吟曰：「閬苑花前是醉鄉，濤翻王母九霞觴。群仙拍手嫌輕脱，謫向人間作醉狂。」』漱玉：陸士衡詩：『飛泉漱玉鳴。』蕙質：東坡詞：『蓮蘭姿質，自是生風。』琅玕：石美似玉者。碧筒勸：魏鄭公慤率僚友避暑，取荷葉盛酒，以簪刺葉與柄通，屈之如象鼻然，吸之，名碧筒勸。冰山雪檻：賈似道□於山頂□一大坑，深、闊數十丈，中立室。每遇隆冬，以冰雪藏之兩檻下，俟盛夏設宴於山以避暑。欹寒玉：晉石崇爲交趾採訪使，得白玉枕，名曰寒玉。夏天枕之，極清涼。扇動齊紈：齊地出紈素。班婕妤詩：『新製齊紈素，皎潔如霜雪。裁爲合歡扇，團圓似明月。出入君懷袖，動搖清風發。棄捐篋笥中，恩情中道絶。』紅粧：指荷花也。蘭湯浴：□□《大戴記》：『五月五日，以蘭湯沐浴。』菱歌：《採菱歌》。古有《採蓮曲》。玉繩：《春秋元命包》曰：『玉□□兩星爲玉繩。』謝朓詩：『玉繩低建章。』蓬萊：神仙所居山名，在東海中，高一千里，方三千里，海水正黑。清虚殿：《龍城録》：『□□中八月□□，唐明皇與葉靖天師遊月宫，寒氣逼人，風露沾衣，其□□□曰：「廣寒清虚之府。」少頃，見素娥十餘人，皆皓衣，乘白鸞□□大桂樹下。』玉漏銀箭：梁《刻漏經》曰：『肇自軒轅之日，宣乎夏商□□。至周，挈壺氏掌之。』李白詩《烏栖曲》：『銀箭金□□水多。』水晶宫：《逸史》：『户祀嘗騰上碧霄，見宫闕樓臺，皆以水晶爲墻。有仙女在傍，問之，曰：「此水晶宫也。」』

第二十三齣

子先嘗：《禮記》：『親有疾，飲藥子先嘗之。』「忠臣」二句：周赧王三十年，燕昭□□樂毅爲上將軍，毅將秦、□、□、韓、趙之兵以伐齊，克之。毅聞畫邑人王蠋賢，令軍中環□□，三十里無入。使人請蠋，蠋謝不往。蠋曰：『忠臣不事二君，□□不更二夫。』遂自縊死。

第二十四齣

鷺序鴛行：朝班也。烏鳥反哺：晉侍中張華嘗注《禽經》曰：『慈烏，孝烏，長則反哺其母。』鴛幃鳳枕：胡浩然詞：『歡情未足鴛幃散，風鳳枕已冷。』象床：《六逸清談録》：『梁魚容性侈靡，以象牙沉檀造以爲床』。竊香：晉韓壽，字德真，南陽褚陽人。美姿貌，善容止，司空賈充辟爲掾。每宴賓客，充女輒於青瑣中視之而悦焉，形於夢寐。使婢白之，呼壽踰垣而入與之私通。時西域進奇香，一襲人衣，則經月不散。武帝甚貴之，惟以賜充，充女盜以遺壽。充因宴諸賓掾，聞壽衣芬馥，遂疑女與壽通而得香。因勘婢妾，得實，竟以女妻壽焉。猿聞也斷腸：《格物論》：『猿性急而腸狹，聞類死，聲鳴則腸俱斷而死。春秋時，膠東猿盛。至夏，踐人禾稼，楚昭王使養由基射之。適遇母猿抱子在樹，由基引弓射中其子。子死，母長鳴三聲，遂死。』

第二十五齣

蛾眉：《詩》：『螓首蛾眉。』蛾之眉，曲而長。結髮：宋子京詩：『結髮爲夫婦。』披剃：披，被袈裟也；□，削髮也。《因果□》：『過去諸佛爲成就無上菩提，捨飾好剃鬚髮，即發願言：「今落髮，故願與一切衆生斷除煩惱及諸惡障。」』空門：《□□經》：『混袈有三門，一曰空門，二曰無相門，三曰無作門。』謂觀諸法，無我無作者受者，是空門之名，故號空門。尼姑：《□□紀》：『原漢明帝既聽陽城侯劉峻等出家，又聽洛陽婦女阿潘等出家，此蓋中國尼姑之始也。』蘭麝：□，□□□□香有餘。《格物志》：『麝如小麋，人逐則自高岩舉爪剔出臍香，就繫，尤拱兩足保其臍，以自珍重焉。』堆鴉髻：□□：『□□似堆鴉。』舞鸞鬟：王建《宮詞》：『宮粧掠出舞鸞鬟。』鶴髮：賀方回詞：『童顔愁鶴髮。』

第二十六齣

鍾馗：《遯齋閒覽》：『鍾馗，終南山人也。唐武德中，舉不第，觸□□而死。後名皇病疫，居小殿，夢二鬼，一大一小。小者□□足，懸一履於腰間，竊大者紫香囊及怙玉笛吹之，大者□□逐之，喧擾不已。既而大者奏曰：「臣終南進士鍾馗也，□□陛下殺之。」遂擒小者，以右手大指摘其目，食之盡。覺而疾愈，因命畫工吴生如夢圖之。』侯門深似海：《□□雜記》：『崔郊妾鬻於連師于頓，郊以詩寄之曰：「侯門一入深如海，從此蕭郎是路人。」頓見之，以妾還郊。』大人：子□父□大人。漢霍光，去病之弟也。父仲儒以縣吏給事平陽侯曹□家，與侍妾衛少兒私通。吏畢歸，娶婦生光。因絶不相聞，不□少兒已生去病。後去病爲驃騎將軍，擊匈奴，至平陽傳舍，□吏迎仲儒，跪曰：『去病不早自知爲大人遺體。』爲買田宅奴婢而去。還，復過焉，將光西至長安，任光爲郎，後位至宰相。陽關：地名，在長安西。唐尚書右丞王維《送故人元仁使安西，以詩别之》曰：『渭城朝雨浥輕塵，客舍青青柳色新。勸君更盡一杯酒，西出陽關無故人。』後人以爲《陽關三疊》之操。銀鈎：謂字也。字書謂鈎，欲活而有力如銀。玉筯：謂淚也。宋蕭叡明母病，時寒淚冰如筯，故亦謂淚爲玉筯。行路難：古樂府名。

第二十七齣

黄土傷心：《列子》：『骨肉歸於黄土，心其不傷乎？』丹楓染淚：《麗情集》：『王子敬與□公情篤，公死，子敬□其墳，下淚急趨，回首不覺淚已沾衣。墳間楓葉，染淚者皆紅。蓋情動不可制也。』三匝圍喪：晉陽休□夢繞墳□銅柱三匝。又，韓愈詩：『繞墳不假號三匝。』卜其宅兆：《孝經》：『卜其宅兆而安厝之。』三公：《周官》立太師、太傅、太保爲三公；前漢以大司馬、大司徒、大司空爲三公；後漢以太尉、司徒、司空爲三公。

第二十八齣

玉鏡、銀葩、冰輪、琉璃千頃、瑤臺銀闕、玉壺冰：俱喻長空□色之澄瑩□。『環珮清風』二句：言夜景也。朱希真詞：『露冷笙簫，風清環珮。』庾樓：晉庾亮鎮武昌，□□史殷浩之徒□□□登南樓，俄而不覺亮至，將起避之。亮曰：『諸君且住，老子於此興復不淺。』遂據胡床，與浩等談咏。其坦率如此。『玉樓』至『澄徹』：絳氣，月映樓中瑞色也。綃是綿也。霞綃捲，故云浪空光澄徹。范巨卿詞：『捲霞綃雲浪。』天香：□□□□：『丹桂月中落，天香雲外飄。』嬋娟：美好貌，指姮娥也。古詩：『青女素娥俱耐冷，月中霜裏鬥嬋娟。』玉罕：□□□□升。『南枝』至『不定』：曹孟德詩：『月明星稀，烏鵲南飛。繞樹三匝，無枝可棲。』此數句用此詩意。吾廬：陶潛詩：『吾亦愛吾廬。』三徑：蔣詡於竹下開三徑，惟與羊仲、求仲來往。俱隱士也。瑤京：李白詩：『天上白玉京。』吹笛《關山》：古有《關山月》，遠戍思歸之曲也。敲砧門巷：秋至，搗寒衣以寄遠也。三五：十五夜□。盧仝詩：『□涓姮娥月，三五二八圓又缺。』斗轉參横：斗星七點，參星三點。斗柄轉，參星横，則月落而天將曙矣。轆轤聲：轆轤，井上汲水圓木也。獨守長門伴孤另，君恩不幸：漢武帝元光□年，皇后陳氏□祠祭厭勝媚道，事覺，册收璽綬，退居長門。供奉如法，日夕□思，以金百斤賂司馬相如，遂作《長門賦》以悟帝意。後復得幸。促織：《爾雅》：『蟋蟀也。至秋則鳴，故爲促人織也。』王荆公詩：『金屏翠幕與秋宜，得此年年醉不知。只向貧家促機杼，貧家猶有幾䌫絲？』

第二十九齣

小祥：《禮》：親歿朞年爲小祥者，去凶從吉之義也。家慶：父母骨肉歡聚也。孟浩然詩：『明年拜家慶，須着老萊衣。』

第三十齣

煮猩唇：《南中志》：『猩猩，人面豕身，似猿，常數百爲聚。而人以□并糟設路側，連結草履，猩猩見之，即知爲張已者。□其祖先姓名駡之曰：「奴欲張我，亟捨去。」復自謂試共嘗酒，□醉，取履著之，爲人所擒。其肉之最美者，無踰於唇焉。武□□喜食之。』豹胎：《格物論》：『豹毛赤黄，其文黑如錢而中空，比比□□。極猛健，尤威於虎。其胎最美，爲八珍之一。』韓子□：『紂爲玉杯象筯，必不美藿菽，則必薦豹胎也。』慌獐：《古今注》：『麞麞屬性善驚，見□□人急走。』東坡詩：『心荒恰似失林□。』楊子雲：揚雄，字子雲。新莽時爲大夫，校書天禄閣。會劉□□以作符命，爲莽所誅，辭連及雄。使者來，欲收之。□□不能自免，乃從閣上自投下，幾死。莽聞之，以雄不知情，詔勿問之。三千客：黄歇，黔中人。□□時，爲楚相，□□□君。相楚凡二十餘年，門下食客三千人，其上客皆服珠履。十二釵：牛僧孺，字思黯。□□□時，治第於洛陽，□□□石□□，與賓客相娱樂。多寵妾，嘗自誇服鐘乳。白樂天贈其詩云：『鍾乳三千兩，金釵十二行』。臉銷紅眉鎖黛：愁思之容也。李義山詩：『臉若銷紅眉鎖黛。』傷秋宋玉：宋玉，屈原弟子。聞□□□而放逐，故作《九歌》□□□志。其一曰：『悲哉，秋之爲氣也。』楚臺：楚襄王夢神女之臺也，在四川。李□□□：『我到巫山渚，訪古登陽臺。天近彩□□，地遠清風來。神女已去矣，襄王安在哉？』聲吞：杜甫《夢李白》詩：『死别已吞聲。』『烽火』二句：本□□者□里一烟墩，舉火以報軍情。連三月，言久也，因此路途阻隔，家書難達，可抵萬金之重。

第三十一齣

伉儷：匹偶也。《左傳》：『齊侯請繼室於晉，韓宣子使叔向對曰：「寡君未有伉儷，君有辱命，惠莫大焉。」』田舍翁：□□：『劉宋武帝大修宫室，袁顗盛稱高祖儉素。帝曰：「田舍翁得此過矣。」』中饋：中饋，主飲食也。《易》：『□人六二無攸，遂在中饋。』撇呆打墮：猶言粧癡作呆。聶政姊死倚屍傍：《史記》：『韓相俠累與濮陽嚴仲子有隙，仲子聞軹人聶政之勇，以黄金百鎰爲政母壽，欲因以報仇。聶政不許，曰：「老母在，政不敢以身許人也。」及母卒，仲子又使政刺俠累。累方坐府上，衛兵甚嚴，政直入刺之。因自破面、抉目、自屠、出腸。韓人暴其屍於市購間，莫能識。其姊嫈聞而往哭之，曰：「是軹深井里聶政也。以妾在之故，重自刑以絶跡。妾豈可畏没身之誅，終滅賢弟之名？」遂死政屍之傍。』陷親於不義：《孝經》：『父有諍子則自身不陷於不義。』

第三十四齣

五戒：行者之稱也。凡出家，師已許之，爲授五戒，謂一不殺生，二不偷盜，三不邪淫，四不妄語，五不飲酒。蘭若：若，人者切。梵語阿蘭若，唐言無諍也。蓮臺：《文殊傳》：世尊之座高七尺，名曰七寶蓮臺。千層塔：阿□□造□□塔藏釋迦佛真身舍利子，見於明州鄞縣。唐太宗取舍利度開寶寺地，造浮屠十二級以藏之。半空中時聞清鐸：北魏作永寧寺，有金像高丈八者，一如中人者十□□，二爲九層浮屠。掘地築臺，下及黄泉。浮屠高九□□，□刹復高十丈，每夜静，鈴鐸聲聞十里。七寶樓：梁武帝於同泰寺建佛樓，□□□三丈，以七寶飾佛三尊，名□□□樓。阿羅漢：《大覺經註》：『西方有僧一十八人，相貌猙獰，名曰阿羅漢，常衛佛説法。』靈山三十六萬億佛相：《大藏經註》：『世尊於靈山雷音寺演説金經，集衆三十六萬。』比丘僧：《金覺要□》：□□比丘，唐□□□也。祇園千二百五十人俱：《金剛經註》：『須達長者曰：佛□□□欲營精舍請佛住，惟有祇□□□園廣八十頃，林木茂盛可居。白太子，太子戲曰：「滿以□□，□當相與。」須達出金布八十頃。精舍告成，凡千三百區，

□□□孤園。』九品紅蓮：《明皇雜録》：『後苑天泉池内有九品蓮花，惟白蓮連蒂同幹，號雙頭千葉蓮花。』浄土：《□□》：『佛土名浄土，常清浄無雜穢。』貝葉：西域經多以貝葉書之。天花亂墜：佛説法，即天爲雨花。旃檀林裏：《楞嚴經》：『佛告阿難：汝嗅此旃檀，燃於一株，四十里内同時香氣。』又，六祖碑云：林是旃檀，更無雜樹也。清浄香：出三佛齊國。其香乃樹之脂也，其形色類胡桃肉，而不□宜於燒，然能發衆香，故人取之以和香焉。又名安息香。道德香：出真臘國，樹如松杉之類，而香藏之皮，樹老而自然□溢者。色白而透明，故其香雖盛暑不融。又名篤耨香。香積廚：維摩居士遣化菩薩往衆香國禮佛，言願得世尊所食之餘。欲以娑婆世界施作佛事，於是香積如來以衆香鉢盛飯與之。禪悦食：《維摩经》：『佛於雪山修行，作禪食以賜苦爽滯魄。』法喜食：梁武帝於阿育王寺設無碍法喜食。《維摩經》：有菩薩問維摩詰居士父母妻子親戚眷屬悉爲是誰，維居士答曰：『知度菩薩母，方便以爲父。法喜以爲妻，慈悲以爲女。善心成實男，畢竟空寂舍。』十洲：東方朔著《十洲記》：漢武帝既見西王母，言八方巨海之中有洲凡十，曰祖、瀛、(一)玄、炎、長、元、流、生洲、鳳麟洲、聚窟洲，并是人跡稀絶處，故云。三島：《郊祀志》：『海中□山曰島，一蓬□，二方丈，三瀛洲。』五蘊：謂色、受、想、行、識是也。六根：謂耳、鼻、舌、身、心、意是也。甘露門：《群品經》：『□可

(一) 瀛：原闕，據文義補。

和尚□達摩祖師，夜雪，侍立不動。遲明，積雪至膝。謂師曰：「天寒極□，願開甘露門濟群品。」遂潛取利刀斷左臂於前，師知是法□。』苦海：《楞嚴經》云：『地獄邊有一海，凡人在世業重者必三沉之，其中龟蛇鱉蝎傷人。』叢林：僧聚□□叢□□。𩴵魀：字書無此二字，當作尷尬，音兼介。許氏《説文》云不正也。如來本是西方佛：《周書》□□云：『周□□二十四年，天竺國淨飯王妃摩邪氏夢天降金人，遂有□，□四月八日剖右脅，生太子悉達多。年十九，入雪山修□□□，號佛世尊。於泥蓮河側説《大般涅槃經》，以正法眼□，□□縷僧迦禪衣傳與弟子大迦葉，爲第一世佛祖。往拘□□□婆羅雙樹間，入般涅槃，住世七十九年。』却來東土救人多：《傳燈録》云：『□□□永平十一年，□□□巍□丈六，飛至殿廷，光明柄耀。以問群臣，通事舍人傅□□對曰：「臣聞西域有得道之神，其名曰佛。陛下所見，得無□□？」□曰：「然。」乃遣博士蔡愔等十八人至西域，求其道，得其書及沙門以來，由是化流中國。』結跏趺坐：□□□□□□也。《婆娑論》云：『結跏趺坐，是相圓滿。』丈六金身：《後漢·天竺國傳》：『西天有佛，□□長一丈六尺，面黄金色。』東□□：『問禪不契前三語，施佛空留丈六身。』菩薩：《金剛經註》：『菩，普也；薩，濟也。能普□□生，故曰菩薩。猶儒者仁人長者□□。』般若：梵語般若，華言智慧也。波羅蜜：梵語波羅蜜，華言到彼岸。羅刹：《文殊傳》：『世□□靈鷲山雷□□説法，嘗有惡神十餘人手持凶器來圍道場，世尊令大力王降之。』誦彌陀：《佛地論》云：『彌陀□居西天兜率宮，□慈悲，凡世之受苦惱者，誦其號即來救之。』金剛：《法苑珠林》云：『西方有神八人，

□貌狰獰，身披金甲，手持寶刀，□曰金剛。嘗衛世尊説法於雷音寺。』如來：王日休曰：『如來者，佛號也。如，如者□性之本體，真性能隨所而來，現故□之如來。』龍天：《消災經》云：『八部龍神嘗擁護如來演教。』

第三十五齣

翠鈿：金花飾面也。唐韋固妻王氏極姿容，因眉間有傷痕，常以翠花鈿貼之，故後人效焉。

第三十六齣

金魚：《唐・輿服志》：『自一品至六品皆服魚袋，以明貴賤。三品以上飾以金，五品以下飾以銀。』手不停披：□□：手不停披於百家之篇。緗帙縹囊：唐李泌封鄴侯，積書萬卷，皆縹囊緗帙。牙籤：《唐・經籍志》：『開寶中，□宗於兩都各聚書四部，皆以令甲乙丙丁爲號。甲經書，朱牙籤；乙史書，緑牙籤；丙子書，碧牙籤；丁集書，白牙籤。列爲四庫。』犀軸：唐田弘正爲魏博節度使，封沂國公，樂聞前代忠□□孝之事。於府舍起書樓，聚書萬卷，皆錦帙犀軸□□。□將來彀有三十車：晉張華，字茂先，好書籍。嘗徙居，載書三□□，天下奇秘，世所未有，悉在華所，由是博□□與與敵焉。芸葉分香走蠹魚：芸，香葉也；蠹，壞書蟲也。芸香可辟蟲。芙蓉藏粉養龍賓：《記聞録》：『唐玄宗以芙蓉花汁調香粉作御墨，曰龍香□。□□，墨上有小道士如蠅而行，上叱之即呼萬歲，曰：「臣墨□□□松使者，凡世人有文者，墨上皆有□□十二。」上神之，以墨賜，掌文官。』鳳咮：蘇東坡硯名。□子一硯名鳳□。□□：□尾□□生。馬肝：漢武帝時，郅支進馬肝石以和丹砂，食□□□年不飢；以拭白髮，盡黑。遂以之作硯，常□□□。鴝鵒眼：《東坡筆録》：端硯有鴝鵒眼，黄白相間，世所以重之。兔毫：漢制，天子□□□以秋兔毫□□□。栗尾：筆也。東坡詩：『爲把栗尾書溪藤。』象犀管：王羲之《筆經》曰：『昔人以□□□犀爲筆管，然筆須輕，較若□□不爲貴矣。』金花玉板之箋：《太真外傳》：唐玄宗與貴妃賞牡丹，□□年持金花玉板之箋賜李白，製《□□□調》三章，白欣然承詔。援笔賦之，帝大悦。錦文銅緑之格：《歸田賦》：蔡君謨爲□□永叔寫《集古目序》，□□以鼠鬚栗尾筆、銅緑筆格等爲潤筆，君謨笑以爲太清而不俗。東壁圖書府：《晉・天文志》：□□二星主文章，□下國書之秘府也。西垣翰墨林：垣，墻也。《權德輿傳》：左右掖垣，承天□□誥命。禁中亦有東西兩掖，號翰林□是也。繭紙：《法書要録》云：王右軍以蠶繭紙、鼠鬚笔書《蘭亭記序》。詞源倒流三峽水：杜詩：□陵有□峽，一曰明月，二曰巫山，三曰廣澤。心先痛：齐裴纳之爲邠州刺史，母在鄴心痛，而纳之是日心亦驚痛。遂棄官，倍道而歸，母果然死矣。

第三十七齣(一)

披香：漢殿名。彤闈：彤，赤色，宫中門也。長樂：漢宫名。夜直嚴更：近侍官常□日直宿禁□，更漏嚴肅，故名嚴更。招問鬼神：宣室，未央宫前殿之正室也，齋戒則□之。賈誼，洛陽人，漢文帝時拜長沙王□傅，後徵之。至入見，上方受釐宣室，因問鬼神之本，誼道其□以然。夜半，帝不覺前席。曰：『久不見。』賈生以爲過之，今不及□。光傳太乙：漢劉向校書天禄閣，夜有老人着黄衣，植青□□叩閣而進。時向坐暗中誦書，乃吹杖端烟焰照□，曰：『我太乙之精，天帝聞卯金刀之子博學，下而觀焉。』乃出□□竹牒，有天文地圖之書授之，至曙而去。由是向學日進□。戴星衝黑：言夜歸也。『滴露』句：唐高駢《步虚辭》。分陰：言光陰。陶侃言：『□□，聖人，乃惜寸陰，至□□人當惜分陰。』潁封人：《左傳》：鄭莊公置母姜氏於潁城，誓不見。潁谷封人潁考叔聞之，有獻於公。公賜之□，□而捨肉。公問之，對曰：『小人有母，曾嘗小人之食矣，未嘗君之羹，請以遺之。』公感其言，遂使母子如初。終養：□□，□□□，□□也，事祖母劉氏至孝。晉武帝平蜀，徵爲太子□□。□□□□情云：『臣無祖母，無以至今日；祖母無臣，無以□□□□□。□□□情，□□□養。』無恙：謂無病

(一) 第三十七齣：原作『第二十八齣』，據文義改。

也。恙本蟲名，入腹食人心。古人草居，常被此害，故相問得無恙乎。仲尼：□□□□，□叔梁紇，母顏氏。禱於尼丘，生孔子，因名丘，字仲尼。陽虎：季氏家臣，曾暴於□，□□弟子顏剋時與虎□。□□適陳過匡，剋御，匡人識剋。孔子貌又似虎，匡人以兵圍之，五日始解。小鹿兒心頭撞：《南史》：□□帝相□□嚴，臣下雖燕見，率或失措。大清中，侯景逼之於靈臺，因□□而退。謂人曰：『帝迫困於斯，而吾見之，汗洽衣襟，猛然若□□兒觸吾心爾。』毛延壽誤了王嫱：《西京雜記》：漢元帝后宫既多，□□常見，乃使畫工毛延壽圖其□，□圖召幸之。諸宫人多賂延壽，多者十萬，少者亦不减五萬，□王嫱字昭君恃其貌不與，遂不得見。及匈奴單于來朝，自□願婿漢氏以自親，於是帝按圖以昭君賜之。及至召見，貌□第一，善應對，舉止閒雅。帝悔之，而名籍已定，恐失信於外□，故不復更。遂窮按其事，得狀，收延壽，棄於市。崑山：山名。産玉。《書》：火炎崑崗，玉石俱焚。連城：趙王□楚和氏璧，秦昭王欲之，請易之十五城。故稱美玉有連城之價。西河守：吴起，衛人也，嘗學於□子，好用兵。出衛郭門，與母訣曰：『起不爲卿相，不復入衛。』頃之，母死，起終不歸，曾子絶之。後爲魯將，破齊；尋爲魏將，擊秦。魏以之爲西河守，大振聲名。既而見疑，適楚，楚聞其賢，以爲相，於是撫養士卒，平越取陳却晉伐秦，諸侯畏之。臯魚：春秋時人，有口辯，周遊天下。聞父母已死，遂倍道而歸，哭泣七日，自刎而死。宋弘：長安人，建武中爲太尉。時□武姊湖陽公主新寡，帝與□論群臣而微觀其意。主曰：『宋弘威容，群臣莫及。』帝曰：『試圖□。』主坐於屏後，召弘問曰：『貴易交，富易妻，人情乎？』弘曰：『貧賤之交不可忘，糟糠之妻不下堂。』帝顧謂主曰：『事不諧矣。』王允：(一)後漢濟陰人，以俊才知名。□徒袁隗爲從女求親，見允□曰：『得婿如是，足矣。』允聞，乃遣其妻夏侯氏。婦謂姑曰：『今□□棄，與王允長辭，乞一會親屬。』於是大集賓客三百餘人，□□中攘袂數允隱匿穢惡十五事，言畢，登車而去，允以此廢於時焉。風木：《韓文外傳》：孔子□□聞哭聲甚悲，至，□□魚也。問其故，曰：『樹欲静而風不寧，子欲養而親不逮。』後自刎而死。連理：晉摯虞頌：東□□□門槐樹二枝，□□□生。《長恨歌》：『在地願爲連理枝。』棄妻有七出之條：《禮記》：婦有七出：不□；□□，去；無子，去；淫，去；云云。

第三十八齣

狐兔：桓譚《新論》：『雍門周以琴見孟嘗君，曰：「臣□□□秋萬歲，墳墓生荆棘，狐兔入其中。」』

第三十九齣

家山桃李：歐公詞：買花載酒長安市，又争似，家山桃李。紋犀卜：《方術記》：黄□□□用紋

(一) 王：原作『黄』，據史實改。下同改。

犀棋十□□□吉凶以行師，萬無一失。封樹：《禮記》疏曰：『子高之意，人死可惡，故□□□衣食棺槨，欲其深邃，不使人知。□□□□封壤爲墳，而種樹以標之哉。』擗踊：撫心跳躍也。《孝經》：『擗踊哭泣，哀以送之。』窀穸：《左傳》：□□□穸之事，□□穴也。長埋謂之窀，長夜謂之穸。名姝：姝，美姬也。『静女其姝。』

第四十一齣

泉下有人聽得無：《太平廣記》：鄭友路逢一塚，有二竹，友詠□曰：『塚上兩竿竹，風吹常嫋嫋。』塚中人□□曰：『中有百年人，長眠不知曉。』蟻夢：《異聞録》：『淳于棼廣陵宅南有古槐，棼□卧其下，夢二使者曰：「槐安國王奉□。」□隨二使入穴中，曰大槐安國。王曰：「南柯郡政事不理，屈卿守。」棼至郡，數日乃寤，尋古槐下穴，洞然明朗，□□□□。□一大蟻，乃槐安國王。又尋一穴，直上南枝，乃南柯郡也。』衰絰：《儀禮》：喪衣上□□裳。絰首，腰□□。□□□□□□雪詩：『隨車翻縞帶。』

第四十二齣

招魂：宋玉憫師屈原放逐，恐其魂魄離而不返，□□□□□巫語以招之，而復其精神，其盡愛致禱，尤

□□□□矣。服勞：《論語》：『有事，弟子服其勞。』盡瘁：《出師表》：『臣鞠躬盡瘁。』億兆：十萬曰億，十億曰兆。儀刑：□，□也；刑，法也。《詩》：『儀刑文王。』霜露之思：《禮記·祭義》曰：霜露既降，君□□□□必有悽愴之心，非其寒□□□□。起復：國朝定制，凡官吏等聞表不計閏，二十七個月滿起復。

釋義終

新刻重訂出像附釋標註琵琶記

目録

新刻重訂出像附釋標註琵琶記卷之三 …… 五七四

新刻重訂出像附釋標註琵琶記卷之四 …… 六二三

河間長君重刻琵琶記

古宫中之樂，有俳優之戲，而所奏之樂則有詩焉。故樂辭謂之詩，詩聲謂之歌，詩則編之樂府，詩必合樂而非專歌也。若夫秦青之餞薛譚，悲歌拊節而響遏行雲；車子之合温胡，引笳迭和而哀慽頑艷，是則以聲歌專稱矣。爰迨宋元以來，尤尚聲歌，更爲戲曲，時亦比之樂府，然奇濫自此極矣。世代幽邈，尠睹傳載，而陶宗儀言金時有董生《西厢記》最爲絶唱。然皆北音，可以比之絲管而不可以南音歌之。獨高則誠所著此《記》，雖云專用南音，而移之北音，亦罕稱乖調。且其爲曲，流麗清圓，豐藻綿密，探采雋語，填綴新腔，觸事附情，因緣轉化。儷偶則以友正爲工，聲律則以飛沉致巧，事盡而思無乏趣，言淺而情稱深骨。回環靡曼，通變無方，信樂府之新聲，詞林之逸秀也。是以欣戚異感，靡不激於天真；愚智同情，咸用希其苦節。好比事者，競相愁饅，職務新異，各以隙照，妄爲臆説。其餘字之陰陽，韻之高下，音之長短、疏漏、抵捂莫可勝原。而優人傳習，口相師祖，聲訛義舛，罔未解研求；宫商戾均，首尾判體，殊亦未之思也。余鉛槧之暇，頗涉獵斯《記》，限以狹見，未遑寓管。往歲嘗於南都偶得國初寫本，及續得諸家鋟本凡四十餘種，同異既多，妍媸浸廣，隨就尋源討流，參覈澄引，旁搜博覽，義在甄明。因而銓品釋音，依條辨折，諧音分調，統之九宫，庶冀音義相宜，情文增焕。第其才瀾浩漫，有非淺學所談，既慚休奕之創定，仍劣延年之增損，尚俟洽識，倘垂削稿云爾。

新刻重訂出像附釋標註琵琶記目録

卷之一

卷之二

卷之三

卷之四

新刻重訂出像附釋標註琵琶記卷之一

東嘉　高則誠　編次
羊城　戴君賜　註釋
金陵　唐　晟　校梓

第一齣　副末開場

【水調歌頭】（末上）秋燈明翠幕，(一)夜案覽芸編。今來古往，其間故事幾多般。少甚佳人才子，也有神仙幽怪，瑣碎不堪觀。(二)正是：不關風化體，縱好也徒然。論傳奇，樂人易，動人難。知音君子，這般另作眼兒看。休論插科打諢，也不尋宮數調，只看子孝共妻賢。正是：驊騮方獨步，萬馬敢争先。

(一)　燈：原作『登』，據《新刊巾箱蔡伯喈琵琶記》改。

(二)　眉批：凡歌曲入絃索難於更端，每一調自爲終始。《記》中雜曲間有出調，至於韻脚及間句結煞字，亦多不拘平仄，似與拘拘者不同，故首説破『也不尋宮數調』一句。細玩自得。

（問内科）且問後房子弟，今日敷演誰家故事，那本傳奇？（内應科）三不從《琵琶記》。（末）原來是這本傳奇。待小子略道幾句家門，便見戲文大意。

【沁園春】趙女姿容，蔡邕文業，兩月夫妻。奈朝廷黄榜，遍招賢士；高堂嚴命，强赴春闈。一舉鰲頭，再婚牛氏，利綰名牽竟不歸。饑寒歲，雙親俱喪，此際實堪悲。堪悲，趙女支持，剪下香雲送舅姑。把麻裙包土，築成墳墓；琵琶寫怨，徑往京畿。孝矣伯喈，賢哉牛氏，書館相逢最慘悽。重廬墓，一夫二婦，旌表耀門閭。

極富極貴牛丞相，施仁施義張廣才。

有貞有烈趙真女，全忠全孝蔡伯喈。

第二齣　伯喈祝壽

【正宫引子·瑞鶴仙】（生扮蔡伯喈上）十載親燈火，〔一〕論高才絶學，休誇班、馬。〔二〕風雲太平

〔一〕眉批：昌黎《勉子》詩：『燈火稍可親。』

〔二〕眉批：《漢書》：班固，字孟堅，安陵人。明帝時擢校秘書，著《西漢書》。《前漢書》：司馬遷，字子長，龍門人。武帝大中初爲太史令，作《史記》。

日，[一]正驊騮欲騁，魚龍將化。沉吟一和，怎離却雙親膝下？且盡心甘旨，功名富貴，付之天也。

〔鷓鴣天〕宋玉多才未足稱，[二]子雲識字浪傳名。[三]奎光已透三千丈，風力行看九萬程。[四]經世手，濟時英，玉堂金馬豈難登？要將萊綵歡親意，且戴儒冠盡子情。蔡邕沉酣六籍，貫串百家。自禮樂名物，以及詩賦詞章，皆能窮其妙；由陰陽星曆，以至聲音書數，靡不得其精。抱經濟之奇才，當文明之盛世。幼而學，壯而行，雖望青雲之萬里；[五]入則孝，出則弟，怎離白髮之雙親？到不如盡菽水之歡，[六]甘虀鹽之分。[七]正是：行孝於己，責報於天。自家新娶妻房，纔方兩月。却是陳留郡人，趙氏五娘。儀容俊雅，也休誇桃李之姿；德性幽閒，儘可寄蘋蘩之託。[八]正是：夫妻和順，父母康寧。《詩》中有云：『爲此春酒，以介眉壽。』今喜雙親既壽而康，對此春光，就花下酌杯酒，與雙親稱壽，多

〔一〕眉批：《易》：『雲從龍，風從虎。』

〔二〕眉批：《史記》：宋玉，屈原弟子。

〔三〕眉批：《漢書》：揚雄，字子雲，好沉思，善識奇字。

〔四〕眉批：《莊子》：鵬之徙於南溟也，水擊者三千里，摶扶摇而上者九萬里。

〔五〕眉批：《史記》：非附青雲之士。

〔六〕眉批：《戴》：啜菽飲水，盡其歡心。

〔七〕眉批：《送窮文》：『朝齏暮鹽。』

〔八〕眉批：《詩》：『采蘋采蘩。』謝靈運詩：『星星白髮垂。』

少是好。昨已分付五娘子安排，不免催促則個。娘子，酒完了，請爹媽出來。（旦内應）（外扮蔡公淨扮蔡婆上）

【雙調引子・寶鼎兒】（外）小門深巷，春到芳草，人閒清晝。（淨）人老去星星非故，春又來年年依舊。（旦扮趙氏上）最喜今朝春酒熟，滿目花開如繡。（合唱）願歲歲年年，人在花下，常斟春酒。

（外云）孩兒，你請我兩個出來做甚麽？（生云）告爹媽得知：人生百歲，光陰幾何？幸喜爹娘年滿八旬，孩兒一則以喜，一則以懼。當此青春光景，閒居無事，聊具一杯蔬酒，與爹媽稱慶則個。（淨笑云）阿老有得喫。（外云）阿婆，這是子孝雙親樂，家和萬事成。

【雙調過曲・錦堂月】（生勸酒科）簾幕風柔，庭幃晝永，朝來峭寒輕透。親在高堂，一喜又還一憂。㈠惟願取百歲椿萱，㈡長似他三春花柳。（合）酌春酒，看取花下高歌，共祝眉壽。

【前腔換頭】（旦）輻輳，獲配鸞儔。深慚燕爾，㈢持杯自覺嬌羞。怕難主蘋蘩，不堪侍奉箕

㈠ 夾批：即『一則以喜，一則以懼』。

㈡ 眉批：《莊子》云：『古有大椿者，以八千歲爲春，八千歲爲秋。』《詩》：『焉得萱草，言樹之背。』

㈢ 夾批：『鸞儔』『燕爾』，以虛對實。眉批：《詩》：『燕爾新婚。』

箒。(一)　惟願取偕老夫妻，長侍奉暮年姑舅。(合前)

【前腔換頭】(二)(外)還愁，白髮蒙頭。紅英滿眼，心驚去年時候。只恐時光，催人去也難留。孩兒，惟願取黄卷青燈，及早换金章紫綬。(三)(合前)

【前腔換頭】(四)(净)還憂，松竹門幽。桑榆景暮，(五)明年知他健否安否？嘆蘭玉蕭條，一朵桂花難茂。媳婦，惟願取連理芳妍，(六)得早遂孫枝榮秀。(合前)

【醉翁子】(生)回首，嘆瞬息烏飛兔走。喜爹媽雙全，謝天相佑。(旦)不謬，更清淡安閒，樂事如今誰更有？(合)相慶處，酌酒高歌，共祝眉壽。(七)

(外云)孩兒，你今日爲我兩個慶壽，這便是你的孝。人須要忠孝兩全，方是個丈夫。我纔想將起來，今

(一)夾批：掃除之器。眉批：《史記》：吕公曰：『臣有弱息，願奉箕帚。』

(二)夾批：此折以顔色字作類。

(三)夾批：印也，綬以貫印。

(四)夾批：此折以花木字作類。

(五)夾批：景：『影』字。眉批：《淮南子註》：『日西垂，景在木端，曰桑榆。』《世説》：『謝玄與從兄郎輩爲叔父安所器，曰：「子弟亦何預人事，政欲其佳。」玄答曰：「譬如芝蘭玉樹，欲使其生於庭堦耳。」』

(六)夾批：古本『芳妍』，諸本作『芳年』，對『榮秀』字不過。

(七)夾批：古本『共祝眉壽』，諸本作『更復何求』，非韻。

年是大比之年。昨日郡中差人來辟召，你可上京取應。倘得脱白掛緑，儘可濟世安民，也顯得你的忠。

（生云）爹媽高年在堂，無人侍奉，孩兒豈敢遠離膝下？實難從命。

【前腔換頭】（外唱）卑陋，論做人要光前耀後。勸我兒青雲萬里，早當馳驟。（净）聽剖，真樂在田園，何必區區公與侯？（合前）

【僥僥令】（生唱）春花明綵袖，春酒泛金甌。但願歲歲年年人長在，父母共夫妻相勸酬。

【前腔】（外、净）夫妻好廝守，父母願長久。坐對兩山排闥青來好，看將一水護田疇，緑遶流。(一)

【十二時】（合）山青水緑還依舊，嘆人生青春難又，惟有快活是良謀。

（外）逢時對景且高歌，（净）須信人生能幾何。

（生）萬兩黄金未爲貴，（旦）一家安樂值錢多。

(一) 夾批：諸本作『坐對道青排闥青來好，看將緑水護田疇，緑水攸』，理既不通，詞亦不順，殊非荆公詩意，從古本爲佳。

第三齣　牛氏歆春

（末上）風送爐香歸別院，日移花影上閒庭。晝長人困無他事，惟有鶯啼三兩聲。〔一〕小子不是別人，卻是牛太師府中一個院子。〔二〕若論俺太師的富貴，真個：只有天在上，更無山與齊；舉頭紅日近，回首白雲低。怎見得那般富貴？他勢壓中朝，資傾上國。白日映沙堤，〔三〕青霜凝畫戟。門外車輪流水，城中甲第連山。瓊樓酹月十二層，錦障藏春五十里。香散綺羅，寫不盡園林景致；影搖珠翠，描不盡庭院風光。好耍子的油碧車輕金犢肥，没尋處的流蘇帳煖春鷄報。〔四〕畫堂内持觴勸酒，走動的是紫綬金貂；繡屏前品竹彈絲，排列的是紅粧粉面。璚瑁筵前爇寶香，真個是朝朝寒食；琉璃影裏燒銀燭，果然是夜夜元宵。這般樣福地洞天，可知有仙姝玉女。休誇富貴的牛太師，且説賢德的小娘子。真個好一位小娘子呵！看他儀容嬌媚，一個没包彈的俊臉，似一片美玉無瑕；體態幽閒，半點難勾引的芳心，如幾寸清冰徹底。珠翠叢中長大，倒堪雅淡梳粧；綺羅隊裏生來，卻厭繁華氣象。怪聽笙歌聲韻，惟貪針黹工夫。愛景清幽，鎮白日何曾離繡閣？笑人游冶，傍青春那肯出香閨？開遍海棠

〔一〕眉批：『風送』四句，高漢卿詩。鶯啼：一作『啼鶯』。

〔二〕眉批：此篇與後三十四折彌陀寺五戒、三十六折蔡伯喈院子二篇，語俱駢儷清新。

〔三〕沙：原作『花』，據汲古閣刊本《繡刻琵琶記定本》改。

〔四〕眉批：『油璧』二句，温飛卿詩。

花，也不問夜來多少；　飛殘楊柳絮，竟不道春去如何。　要知他半點貞心，惟有穿瑣窗的皓月；　能回他一雙嬌眼，除非翻繡幌的清風。　決非慕司馬的文君，肯學選伯鸞的德耀。(一)　更羡他知書知禮，是一個不趨蹌的秀才；　若論他有德有行，好一似戴冠兒的君子。　多應是相門相種，可惜不做廝兒！　少甚麽王子王孫，爭要求爲佳配。　呀！　理會得麽？　他是玉皇殿上掌書仙，一點塵心謫九天。　莫怪蘭香熏透骨，霞衣曾惹御爐烟。(二)　呀！　好怪麽！　只見府堂中老姥姥和惜春姐兩個，笑哈哈舞將出來。(三)　我且躲在一邊，看他來此間做甚麽？（淨扮老姥姥、丑扮惜春同舞上）

【仙吕入雙調・雁兒落】（淨）庭院深沉，怎不怨苦？　尋個男兒，又無門路。（丑）甚年能彀和一丈夫，一處裏雙雙雁兒舞？

（相見科）（末云）來，我且問你兩個：　往常間不曾恁的快活，今日如何這般快活？（丑云）院公，你那得知我喫小姐苦哩！　並不許我半步胡踹，又不要我説男兒邊廂去。　咳！　苦也！　你不要男兒，我須要哩！　他也道我和他相似，笑也不許我笑一笑。　今日天可憐見，喫我千方百計去説化他，只限我半個

(一)　眉批：《史記》：卓文君新寡，司馬相如以琴心挑之，文君夜奔相如。《漢東觀記》：梁鴻，字伯鸞，平陵人，家貧而節。孟光，字德耀，體肥而黑。擇配不嫁，曰：『欲得節操如梁鴻者。』鴻聞而娶之，乃俱隱。鴻家貧，賃舂於皋伯通廡下。孟光荆釵裙布，每具食，則不敢仰視，舉案齊眉。『司馬』『伯鸞』兩句事對人對字對。

(二)　眉批：廝兒猶云男子。『玉皇』四句唐任生贈曹文姬詩。

(三)　笑：原闕，據汲古閣刊本《繡刻琵琶記定本》補。

時辰去後花園閒耍一遭。你道我如何不快活？（浄云）院公，便是我也千不合萬不合前生不曾種得福田，爹娘把我送在府堂中做個丫頭。到今年紀老了，不曾得一日眉頭舒展。今日天可憐見，幸得老相公入朝，我纔得偷身來此閒耍一遭。你道我如何不快活？（末云）原來恁的，可知道你快活也。（浄云）院公，你伏侍老相公，却是公的又撞着公的；我與惜春伏侍小姐，却是雌的又撞雌的。（末云）呀！老姥姥，你怎的説這話？惜春姐年紀小，也怪他傷春不得。你年紀這般老大，也説這般傷春的話，成甚麽樣子？（浄云）哱嗚老畜生，倒喫你識破了！却不道秋茄晚結，菊花晚發？我雖然老便老，似京棗。外面皺，裏頭好。你不見東村有個李太婆，年紀七八十歲，頭光撻撻的，也要嫁人。人問道：婆婆，你這般老了，又要去嫁人怎的？那婆婆做四句詩，應得好。（末云）如何説？（浄云）道是：人生七十古來稀，不去嫁人待何時？下了頭髻床上睡，枕頭上架兩個大擂搥。（末云）你有些欠尊重。（丑云）休閒説，今日得來此花園遊嬉，也不容易。又撞着院公在此，咱每三個何不做個耍子？（末云）也説得是。還是做甚麽耍子好？（浄云）院公，和你踢氣毬耍子？（末云）不好。（浄云）怎的不好？〔西江月〕（末云）白打從來逞藝，官場自小馳名。（一）如今年老脚跛蹭，（二）圓社無心馳騁。（三）

（一）眉批：兩人對踢爲白打，三人角踢爲官場。出《齊雲論》。
（二）眉批：古本『跛蹭』總云不便貌，諸本作『膁疼』，從古本爲是。
（三）眉批：毬會謂之圓社。

空使繡襦汗濕，漫教羅襪生塵。兀的是少年子弟俏門庭，老姥姥，不是你寶粧行徑。（丑云）院公，踢氣毬不好，便和你門百草耍子？（末云）也不好。（丑云）怎的不好？（末云）香徑裏攀殘柳眼，㈠雕欄畔折損花容。又無巧藝動王公，枉費工夫何用？　驚起嬌鶯語燕，打開浪蝶狂蜂。若還尋個並頭紅，惜春姐，早把你芳心引動。（净、丑云）院公，你道兩樣都不好，如今打鞦韆耍子好麼？（末云）這個却好。你聽我說：　玉體輕流香汗，繡裙蕩漾明霞。纖纖玉手綵繩拿，真個堪描堪畫。　本是北方戎戲，移來上苑豪家。女娘撩亂隔墻花，好似半仙戲耍。（净、丑云）恁的便打鞦韆。只是没有架子。（末云）這花園中那裏得他？一來老相公不喜，二來小娘子不好，縱有也折了。（丑云）院公，没奈何，我每兩個在這裏廝輪做個鞦韆架，一人打，兩人擡。（末云）如此也好。誰人先打？（净、丑云）我兩人擡，院公先打。（做架科）（末云）你兩人不要跌了我。（净、丑云）院公，你放心，不妨事，只管上去打便罷。

【窣地錦襠】（末打唱）花紅柳緑草芊芊，正值春光艷陽天。我和你不來此處打鞦韆，爲人一生也徒然。

（放跌科）（末云）你兩個跌得我好！　如今輪該老姥姥打。（净云）你兩人也不要跌了我。（末云）老姥姥放心，不妨事，只管打便罷。

㈠　眉批：詞中并不露出一個本色字，而二事宛然甚妙。吴本改『柳眼』爲『草色』，犯出『草』字，似覺失體。

【前腔】（净打唱）春光明媚景色鮮，遊遍花塢聽杜鵑。那更上苑柳如綿，我和你不打鞦韆枉少年。[一]

（放跌科）（净云）你兩個騙得我好！　如今輪該惜春打。（丑云）你兩人也不要跌了我。（净云）惜春放心，不妨事，只管打便罷。

【前腔】（丑打唱）奴是人間快活仙，喫了飽飯愛去眠。莫教小姐來撞見，那時高高弔起打三千。

（放跌科）（貼扮牛氏上撞見科）（貼云）莫信直中直，須防仁不仁。是要得好呵！（末、净走下）（丑做不知）你兩個騙得我好！　如今我打了，又該院公打。（貼扯丑耳）賤人，恁的爲人不尊重，只要閒嬉並閙哄！（丑驚科）小姐，教人怎不去閙哄？（貼云）怎的？（丑云）小姐，你看那鞦韆架尚兀自走動。（貼云）賤人！　我只教你在此賞翫片時，誰許你如此閙哄？（丑云）小姐，奴家心裏憂悶，偷閒在此消遣則個。（貼云）賤人，你心中憂悶怎的？（丑云）小姐，奴家名唤做惜春，[二]見這春去了，便自傷春起來，教人如何不悶？（貼云）賤人，有甚傷春處？（丑云）小姐，我早晨裏只聽疏辣辣寒風吹散了一簾柳絮，餉午間只見淅零零細雨打壞了滿樹梨花。　一霎時囀幾對黄鸝，猛可的叫數聲杜宇。奴家見此春

[一] 眉批：諸本無此二曲，與前白及詞不相應，今從古本增入。

[二] 眉批：『惜春』二字是一篇關鍵。

去，如何不悶？（貼云）春光自去，你有甚麼悶來？我和你去習學女工便了。（丑云）咳！苦也！這般天氣，誰不去閒嬉？小姐却教惜春去習女工，兀的不是悶殺惜春麼？（貼云）婦人家誰許你閒嬉？不習女工，有甚勾當？你却不學那不出閨門的！（丑云）小姐，你有盈箱羅綺，[一]滿頭珠翠，少甚麼子，却這般自苦？（貼云）賤人！好怪麼？做生活是你本分的事，問有和没有做甚麼？（丑云）恁地，惜春拜辭小姐去也。（貼云）你拜辭我那裏去？（丑云）小姐，我去伏侍别人。與他傳消遞息，隨趁也得些快活。（貼云）咳！賤人，你伏侍我，有甚虧了你？（丑云）小姐，我伏侍着你時節，見男兒也不許我擡頭看一看。前日艷陽天氣，花紅柳緑，猫兒也動心，你也不動一動；如今暮春時候，鳥啼花落，狗兒也傷情，你也不傷一傷。[二]惜春其實難和小姐過活。（貼云）呀！這賤人，你是顛是狂，説這般話？我就去對老相公説，好生施行你。（丑跪科）小姐，可憐見惜春心裏悶，因此這般説。（貼云）賤人，我且饒你這遭。你看麽。

【越調引子・祝英臺近】（貼）緑成陰，紅似雨，春事已無有。（丑）聞説西郊，車馬尚馳驟。（貼）怎如柳絮簾櫳，梨花庭院，（合）好天氣清明時候。

［玉樓春］（丑云）清明時節單衣試，争奈晝長人静重門閉。（貼云）我芳心不解亂縈牽，羞睹遊絲與飛

[一] 箱：原闕，據汲古閣刊本《繡刻琵琶記定本》補。
[二] 眉批：此一段話至第十五出相應。

絮。（丑云）小姐，我在繡窗欲待拈針黹，忽聽鶯燕雙雙語。（貼云）賤人！無情何事管多情，任取春光自來去。（丑云）呀！小姐，你有甚麼法度，教惜春休悶哩？（貼云）你且聽我説。

【越調過曲·祝英臺序】（貼）把幾分春，三月景，分付與東流。（丑）小姐，如今鳥啼花落，你須煩惱麼？（貼）啼老杜鵑，㈠飛盡紅英，端不爲春閒愁。（丑）你不閒愁，也去賞翫麼？（貼）休休，婦人家不出閨門，怎去尋花穿柳？（丑）小姐，你不去賞翫，只怕消瘦了你。（貼）我花貌，誰肯因春消瘦？

【前腔換頭】（丑）春晝，只見燕成雙，㈡蝶引隊，鶯語似求友。（貼云）呀！賤人！你是人，却説那蟲蟻做甚麼？（丑）那更柳外畫輪，花底雕鞍，都是少年閒遊。（貼）這賤人，你是婦人家，説那男兒的事作甚麼？（丑）難守，繡房中清冷無人，我待尋一個佳偶。（貼）呀！賤人，你倒思量丈夫起來！（丑）這般説，我終身休配鸞儔？

【前腔換頭】（貼）惜春，你知否？我爲何不捲珠簾，獨坐愛清幽？（丑）清幽，清幽，争奈人愁！

㈠　夾批：古本『啼』，諸本作『哭』，唯便於唱而字覺欠雅。眉批：《寰宇記》：蜀之先有王，自稱望帝，好稼穡，教人務農。時荆人鱉靈死，其屍溯流而上，至巫山下復生。見望帝，因以爲相，號曰『開明』。會巫山江壅人遭洪水，開明爲鑿通流，有大功，望帝遂以其位禪焉。後望帝死，魂化爲鳥，名曰杜鵑。

㈡　夾批：古本無『成雙』，是三疊文；諸本作『燕雙飛』，非。

（貼）縱有千斛悶懷，百種春愁，難上我的眉頭。（丑）小姐，只怕你不常恁的。（貼）休憂，任他春色年年，我的芳心依舊。（丑）只怕風流年少的哄着你。（貼）這文君，可不擔閣了相如琴奏。

【前腔換頭】（丑）今後，方信你徹底澄清，我好没來由。（貼）惜春，你怎的不收斂了心？（丑）想像暮雲，分付東風，情到不堪回首。（貼）你怎的不學着我？（丑）姐姐，聽剖，你是蕊宮瓊苑神仙，不比塵凡相誘。（貼）恁地，自隨我習些女工便了。（丑）〔一〕我謹隨侍娘行，拈針挑繡。

（丑云）姐姐，你聽那子規却是啼得好哩！

（貼）休聽枝上子規啼，（丑）悶坐停針不語時。

（貼）窗外日光彈指過，（丑）席前花影坐間移。

第四齣　强子求官

【南吕引子・一剪梅】〔二〕（生）浪暖桃香欲化魚，〔三〕期逼春闈，詔赴春闈。郡中空有辟賢書，

〔一〕丑：原作『旦』，據文義改。

〔二〕吕：原作『宫』，據曲律改。下同改。

〔三〕眉批：《水經》：『鱣鯉出鞏穴，三月出渡龍門，得渡者爲龍，否則點額而還。』

心戀親闈，難捨親闈。〔一〕

世間好物不堅牢，彩雲易散琉璃脆。〔二〕　蔡邕本欲甘守清貧，力行孝道。誰知朝廷黃榜招賢，郡中把自家名字保申上司去了；一壁厢有吏來辟召，自家力以親老爲辭。這吏人雖則已去，只怕明日又來，我只得力辭便了。正是：人爵不如天爵貴，功名争似孝名高。

【南宫過曲·宜春令】〔三〕（生）雖然讀萬卷書，論功名非吾意兒。只愁親老，夢魂不到春闈裏。〔四〕便教我做到九棘三槐，〔五〕怎撇得萱花椿樹？天那！我這衷腸，一點孝心對誰語？

（末扮張太公上）

【前腔】（末）相鄰並，相依倚，往常間有事來相報知。（生）來的却是張太公呵。（相見科）（末）秀才，試期逼矣，早辦行裝前途去。（生）公公，我雙親年老，不敢去。（末）呀！秀才，子雖念親老孤單，親須望孩兒榮貴。你趁此青春不去，更待何日？

〔一〕夾批：浙本一作『期逼春闈，心戀親闈，詔赴春闈，難捨春闈』，亦通。

〔二〕眉批：『世間好物』二句，白居易贈蘇小卿詩。

〔三〕曲：原作『調』，據曲律改。下同改。

〔四〕不：原作『分』，據汲古閣刊本《繡刻琵琶記定本》改。夾批：『春闈』，坊本作『親闈』，非。

〔五〕眉批：《周禮·秋官》：『朝士掌建外朝之法，左九棘，孤、卿、大夫位焉，群士在其後；右九棘，公、侯、伯、子、男位焉，群吏在其後。面三槐，三公位焉，州長、衆庶在其後。』

（生云）公公言之有理。争奈父母無人奉侍，如何去得？（末云）你既不去呵，且看老員外和老安人出來如何説。我想起來，也只是教你去的分曉。道猶未了，老員外來也。

【前腔】（外）〔一〕時光短，雪鬢催，守清貧不圖甚的。有兒聰慧，但得爲官吾心足矣。（外、末見科）（外）孩兒，天子詔招取賢良，秀才每都求科試。你快赴春闈，急急整着行李。

（末云）呀！老安人出來了。

【前腔】（净）〔二〕娘年老，八十餘，眼兒昏又聾着兩耳。有兒聰慧，娶得個媳婦方纔六十日，老賊！你强逼他赴着春闈。那時節怕等不得孩兒榮貴。〔三〕天那！細思之，怎不教老娘嘔氣？（相見科）（净云）孩兒，我不合娶媳婦與你。方纔兩個月，你渾身便瘦了一半；若再過三年，怕不成一個骷髏！（末云）呀！老安人，只要他夫妻不諧呵？（外云）孩兒，如今黄榜招賢，試期已逼。縣官既然辟召你，你有這般才學，如何不去赴選？（生云）告爹爹得知：孩兒非不要去，争奈爹媽年老，家中無人侍養。（末云）老員外和老安人，不可不作成秀才去走一遭。（净云）咳！太公，你豈不知道？我

〔一〕外：原作『末』，據文義改。

〔二〕眉批：净折諸本多作『【吴小四】眼又昏，耳又聾，家私空又空，只有孩兒肚内聰。他若做得官時我運通，我兩人不怕窮』。

〔三〕眉批：據末二句蔡婆亦是要伯喈去的，與後折相背。況【吴小四】在【商調】，與【南宫】亦自不協。

家中又没七子八婿，只有一個孩兒，如何去得？（外云）呀！你怎説這話？如今去赴選的，家中都有七子八婿麼？（淨云）老賊，你如今眼又昏，耳又聾，又走動不得。你教他去後，倘有些個差池，兀教誰來看顧你？真個没飯喫便餓死你，没衣穿便凍死你，你知道麼？（外云）你婦人家理會得甚麼？孩兒若做得官時，也改換門閭，如何不教他去？（生云）爹爹説得自是，只是孩兒難去。

【繡帶兒】（生）親年老，光陰有幾？行孝正當今日。（一）（末云）秀才此去，必定脱白掛緑。（生）太公，終不然爲着一領藍袍，却落後五綵斑衣。思之，此行榮貴雖可擬，怕親老等不得榮貴。（外）孩兒，春闈裏紛紛的都是大儒，難道是没爹娘的方去求試？

【前腔】（末）秀才，你休疑，男兒漢凌雲志氣，何必苦恁淹滯？秀才，你此回不去呵。可不乾費了十載青燈，枉捱過半世黄虀？須知，此行是親志，你休固拒。秀才，那些個養親之志？（淨）我百年事只有此兒，老賊！難道是庭森森丹桂？

【太師引】（外）太公，他意兒難提起，這其間就裏我自知。（末云）老員外，他爲着甚麼？（外）他戀着被窩中恩愛，捨不得離海角天涯。（生）孩兒豈有此心！（外）孩兒，你是讀書人，我説一個比

（一）眉批：古本『正當』，諸本作『正是』，一作『正在』。

方與你聽。塗山四日離大禹，(一)你今畢姻將近兩個月了。直恁的捨不得分離？(末笑科)呀！秀才，你敢是如此麼？(生)太公，卑人怎敢？(末)秀才，你貪鴛侶守着鳳幃，只怕誤了你鵬程鶚薦消息。(二)

【前腔】(浄)太公，他意兒只要供甘旨，又何曾貪歡戀妻？自古道曾參純孝，何曾去應舉及第？功名富貴天付與，天若與不求而至。(生)娘言是，望爹行聽取。(外)呀！娘言的是，我言的非呵！你敢只是戀新婚，逆親言麼？(生)天那！孩兒若是戀新婚，不肯去呵。天須鑒孩兒不孝的情罪！

(外怒科)畜生！我教你去赴選，也只是要改換門閭，光顯祖宗。你却七推八阻，有許多說話！(生云)爹爹，孩兒豈敢推阻？争奈爹媽年老，無人侍奉。萬一有些差池，一來人道孩兒不孝，撇了爹娘，去取功名；二來人道爹爹所見不達，止有一子，教他遠離。孩兒以此不敢從命。(外云)不從我命也由你；你且說如何唤做孝？(浄云)老賊！你年紀七八十歲，也不識做孝？披麻帶索便唤做孝。(外云)唉！你曉得甚麼？(生云)告爹爹：凡爲人子者，冬温而夏清，昏定而晨省，問其燠寒，搔其痾癢。出入則扶持之，問所欲則敬進之。所以父母在，不遠遊；出不易方，復不過時。古人的大孝，

(一)　眉批：《書》：『若時，娶於塗山，辛壬癸甲。啓呱呱而泣，予弗子，惟荒度土功。』塗山，國名，在壽春縣東北。

(二)　眉批：『鵬程』已見《後漢書》：禰衡，字正平，弱冠，孔融深愛其才，上疏薦之。云：『鷙鳥累百，不如一鶚。』

也只是如此。（外云）孩兒，你説的都是小節，不曾説着大孝。（浄云）老賊！你又不曾死，只管教他做大孝？若是做大孝，越出去赴選不得。（末云）咦！這話有些不祥。（外云）孩兒，你聽我説：夫孝始於事親，中於事君，終於立身。身體髮膚，受之父母，不敢毁傷，孝之始也。立身行道，揚名於後世，以顯父母，孝之終也。是以家貧親老，不爲禄仕，所以爲不孝。你若去做得官時節，也顯得父母好處，兀的不是大孝是甚麽？（生云）爹爹説得極是。但孩兒此去，知道做得官否？若還不中時節，既不能瞉事親，又不能瞉事君，却不兩下擔閣了？（末云）秀才所見差矣。老漢嘗聞古人云：幼而學，壯而行；懷寶迷邦，謂之不仁。孔席不暇煖，墨突不得黔，(一)伊尹負鼎俎於湯，(二)百里奚把五羊皮自鬻，(三)他只要順時行道，濟世安民。自古道：學成文武藝，貨與帝王家。秀才，你這般才學，如何不去做官？（浄云）太公，你都有好言勸我孩兒去赴選，(四)我有個故事説與你聽。（末云）老漢願聞。（浄云）在先東村李員外有個孩兒，也讀兩行書。他爹爹每日閙炒，只是教孩兒去求官。孩兒喫不過爹爹閙炒，去到長安，那裏無人擡舉他，遂流落去街上乞食。見個平章宰相，他疾忙在地上拜着，叫聲擡舉他。

(一) 眉批：韓子：孔席不暇暖，墨突不得黔。突，竈囱；黔，黑也。《墨子·兼愛》：所居不久，故墨突亦不至黑而遂行也。

(二) 眉批：《史記》：伊尹欲行道以致君而無由，乃爲有莘氏之媵臣，負鼎俎以滋味説湯。

(三) 眉批：又：百里奚自賣於養牲者之家，得五羊之皮而爲之食牛，因以干穆公焉。

(四) 有：原作『看』，據汲古閣刊本《繡刻琵琶記定本》改。

那宰相道：我與你做個養濟院大使，去管你爹娘。這孩兒自思道：做個養濟院大使，如何管得自己的父母？比及他回家去，不想他父母無人供養，流落在養濟院裏居住。他父母見孩兒回來，説道：我教孩兒去得是？今日我孩兒做個頭目，衆人也不敢欺負我。你每如今都勸我孩兒去赴選，千萬做個養濟院頭目回來，衆人也不敢欺負我。（末笑科）老安人，你説這乞丐事，儘教我聽了半日。（外云）孩兒，你趁早收拾行李起程。（生云）爹爹，孩兒去則不妨，只是爹媽年老，教誰看管來？（末云）秀才不必憂慮。自古道：千錢買鄰，八百買舍。老漢既忝在鄰居，你但放心前去；若是宅上有些小欠缺，老漢自當應承。（生云）如此，多謝公公！凡事仗託周濟。此行若獲寸進，決不忘恩。卑人没奈何，只得收拾行李前去。

【三學士】（生）謝得公公意甚美，(一)凡事仗託扶持。假饒一舉登科日，難道是雙親未老時。只恐錦衣歸故里，怕雙親不見兒。(二)

【前腔】（外）萱室椿庭果老矣，指望你改换門閭。孩兒，你道是無人供養我，若是你做得官回來時

(一) 甚：原闕，據汲古閣刊本《繡刻琵琶記定本》補。

(二) 夾批：此支『只恐』字、『不見』字斡旋。眉批：首『只恐你苦苦不從』，然八個問字遂化成四段意，火還丹點鐵成金，止須一刀斷耳。

節。三牲五鼎供朝夕，須勝似啜菽並飲水。你若錦衣歸故里，我便死呵，一靈兒終是喜。(一)

【前腔】(末)託在鄰家相依倚，專當效此區區。秀才，你爲甚十年窗下無人問？只圖個一舉成名天下知。你若不錦衣歸故里，誰知你讀萬卷書？

【前腔】(淨)一旦分離掌上珠，我這老景憑誰？苦！忍將父母饑寒死，博得孩兒名利歸。(二)你縱然錦衣歸故里，補不得你名行虧。(三)

(外)急辦行裝赴試闈，(生)父親嚴命怎生違？

(淨)一舉首登龍虎榜，(末)十年身到鳳凰池。

第五齣　辭親赴選

【雙調引子·謁金門】(旦)春夢斷，臨鏡緑雲撩亂。(四)聞道才郎遊上苑，又添離別嘆。(生)

(一) 夾批：此支『你若』字、『終是』字斡旋。

(二) 眉批：宋薛英字世賢，家貧力學，淳熙末登進士第。因陳言忤旨，謫南海尉，五年不召。及歸，父母俱死，世人鄙之。曰：『可惜父母饑寒死，且喜孩兒名利歸。』英自縊死。

(三) 夾批：此支『縱然』字、『補不得』字斡旋。

(四) 眉批：《阿房宫賦》：『緑雲擾擾，梳曉鬟也。』

苦被爹行逼遣，脉脉此情何限。（合）骨肉一朝成拆散，㈠可憐難捨拚。（旦云）官人，雲情雨意，雖可抛兩月夫妻；雪鬢霜鬟，㈡竟不念八旬之父母？功名之念一起，甘旨之心頓忘，是何道理？（生云）娘子，你説那裏話？膝下遠離，豈無眷戀之意？奈堂上力勉，不由分剖之情。咳！教卑人如何是好？（旦云）呀！官人，我猜着你了。

【仙吕入雙調・忒忒令】（旦）你讀書思量做狀元，我只怕你學疏才淺。（生）娘子，你那見我學疏才淺？（旦）官人，只是《孝經》《曲禮》，你早忘了一段。㈢（生）咳！我幾曾忘了？（旦）却不道夏清與冬温，昏須定，晨須省，㈣親在遊怎遠？㈤

【前腔】（生）娘子，我苦哀哀推辭了萬千，（旦）那張太公在傍邊如何説？（生）他閙炒炒抵死來相勸。（旦）官人，你不去時，也須由你。（生）將我深罪，不由人分辯。（旦）他罪你甚的？（生）他道我戀新婚，逆親言，貪妻愛，不肯去赴選。

㈠　眉批：『成拆散』諸本一作『輕』，亦好；一作『重』者，非。
㈡　霜：原作『雙』，據汲古閣刊本《繡刻琵琶記定本》改。
㈢　夾批：古本『一段』，諸本作『一半』，不穩。
㈣　眉批：夏清冬温，昏定晨省，俱《曲禮》。
㈤　怎：原作『這』，據汲古閣刊本《繡刻琵琶記定本》改。

【沉醉東風】（旦）你爹行見得好偏，只一子不留在身畔。官人，公婆如今在那裏？（生）在堂上。（旦）既在堂上，我和你去説。（欲行不行科）（生）娘子，你怎的又不去了？（旦）罷！罷！我和你去説時節呵。他只道我不賢，要將伊迷戀。苦！這其間教人怎不悲怨？（合）爲爹淚漣，爲娘淚漣，何曾爲着夫妻上意牽？（一）

【前腔】（生）做孩兒節孝怎全？做爹行不從幾諫。（旦）咳！官人，你爲人子的，不當恁地埋怨他。（生）非是我要埋怨，只愁他影隻形單，我出去有誰來看管？（合前）

（生云）娘子，爹媽來了，你且搵了眼淚。

【仙吕過曲·臘梅花】（外、浄）孩兒出去在今日中，爹爹媽媽來相送。但願魚化龍，青雲得路通，桂枝高折步蟾宫。

（外云）孩兒，你行李收拾了未？（生云）行李收拾已了。（外云）收拾已了，如何不去？（浄云）老賊！他若出去了，家中别無第二人，止有一個媳婦，如何不分付幾句？（生云）孩兒没别事，只待張太公來，把爹媽囑付與他，教他早晚應承，孩兒庶可放心前去。（旦云）張太公早來。（末云）仗劍對樽酒，恥爲遊子顔。所志在功名，離别何足嘆。（二）（相見科）（生云）太公，卑人如今出去，家中並無親人。爹

（一）夾批：意牽：一作『意上掛牽』。

（二）眉批：『仗劍』四句，陸魯望詩。嘆字，叶，平聲。

媽年老，只有一個媳婦，却是女流，他理會的甚麼？凡事全賴公公相與扶持；家中倘有些小欠缺，亦望公公周濟。昨日已蒙親許，今日特此拜懇。卑人倘有寸進，自當效結草啣環之報，決不忘恩。（末云）秀才，受人之託，必當終人之事；况一言既出，駟馬難追。昨日已許秀才，去後決不相誤。（生云）如此，多謝公公！（外云）孩兒，既蒙張太公金諾，必不食言，你可放心早去。（生云）孩兒就此拜辭爹媽便去。

【仙吕入雙調・園林好】（生）兒今去，爹媽休得要意懸，兒今去今年便還。但願得雙親康健，（合）須有日拜堂前，須有日拜堂前。

【前腔】（外）我孩兒不須掛牽，爹只望孩兒做官。(一) 若得你名登高選，（合）須早把信音傳，須早把信音傳。

【江兒水】（净）膝下嬌兒去，堂前老母單，臨行密密縫針綫。(二) 眼巴巴望着關山遠，冷清清

(一) 夾批：諸本以『做官』字近俗，改作『貴顯』，調、韻俱不協。

(二) 眉批：孟郊詩：『慈母手中綫，遊子身上衣。臨行密密縫，猶恐遲遲歸。』古本全用其語而足以『針綫』二字。緣【江兒水】第三句必該七字，深得煉字之法。諸本作『只得密縫』，雖見有不忍抛捨之意，但語既不俏，調又不協，今亦并存之。

倚定門兒盼。(一)（生云）母親且自寬懷消遣。（淨）教我如何消遣？（合）要解愁煩，須是頻寄音書回轉。

【前腔】（旦）妾的衷腸事，有萬千，（生云）娘子，你有甚麼事，說與我知道。（旦）說來又恐添縈絆。（生云）娘子，有甚縈絆？（旦）六十日夫妻恩情斷，八十歲父母教誰看管？（生云）娘子，你這般說，莫不怨我麼？（旦）教我如何不怨？（合前）

【五供養】貧窮老漢，託在隣家，事體相關。秀才，此行雖勉强，不必恁留連。（生云）卑人去後，只慮父母獨自在堂，難度歲月。（末云）秀才放心。你爹娘早晚間吾當陪伴。(二)（生悲科）（末）丈夫非無淚，不灑離別間。（合）骨肉分離，寸腸割斷。

【前腔】（生跪告科）公公可憐，俺爹娘望你周全。（末扶起科）（生）此身還貴顯，自當效銜環。(三)（旦挽生背唱）官人，有孩兒也枉然，你爹娘倒教別人看管。此際情何限，偷把淚珠彈。（合前）

【玉交枝】（外）別離休嘆，我心中非不痛酸。孩兒，非爹苦要輕折散，也只是圖你榮顯。（淨）

(一) 眉批：《戰國策》：王孫賈之母曰：『汝朝出而暮歸，則吾倚閭而望；汝暮出而不歸，則吾倚門而望。』

(二) 夾批：古本『吾當』，諸本作『我專來』，語欠□。

(三) 眉批：漢楊寶，弘農人，童時行泰山，見一黄雀被創，爲蟻損。寶收巾籠，採黄花飼之十餘日。旦去暮歸，忽一日，變爲黄衣少年，與寶雙玉環。曰：『好收此環，累世爲三公。』其子震至彪，果四世爲太尉。

孩兒，蟾宫桂枝須早攀，北堂萱草時光短。（合）又未知何日再圓？　又未知何日再圓？

【前腔】（生）雙親衰倦，娘子，你扶持看他老年。　饑時勸他加餐飯，寒時頻與衣穿。（旦）官人，我做媳婦事舅姑，不待你言；　你做孩兒離父母，何日返？（合前）

【川撥棹】（外）孩兒，歸休晚，莫教人凝望眼。（生）但有日回到家園，怕回來雙親老年。（合）怎教人心放寬？　不由人不珠淚漣。

【前腔】（旦）官人，我的埋怨怎盡言？（生）你埋冤我如何？（旦唱）咳！　我的一身難上難。（生）娘子，你寧可將我來埋冤，莫將我爹娘冷眼看。（合前）

【餘文】（合）生離遠别何足嘆，但願得你名登高選。　衣錦還鄉，教人作話傳。㈠

（生云）此行勉强赴春闈，（衆云）專望明年衣錦歸。（合云）世上萬般哀苦事，無過遠别共生離。（外、淨、末下）（旦挽生科）官人，你如何割捨得便去了？（生云）咳！　教卑人如何是好？

【中吕・犯尾引】（旦）懊恨别離輕，悲豈斷絃，㈡愁非分鏡。㈢　只慮高堂，風燭不定。（生）腸

㈠　眉批：　至此言意已盡，又能作五首，而語更奇麗。

㈡　眉批：　漢武故事。　武帝后趙氏善琴，常退朝令彈之。　忽絃斷，帝取西海所進鸞膠續之。

㈢　眉批：　分鏡，後陳太子舍人陳德言見陳政衰亂，謂其妻樂昌公主曰：　『國破，汝必入權豪之家，倘情緣未斷，尚冀相見。』乃破菱花一，各分其半。

已斷，欲離未忍；　淚難收，無言自零。（合）空留戀，天涯海角，只在須臾頃。

【犯尾序】（旦）無限别離情，兩月夫妻，一旦孤零。〔一〕官人，你此去經年，望迢迢玉京。思省，（生云）娘子，你思省呵，莫不是慮着山遥水遠麽？（旦）奴不慮山遥水遠。（生云）莫不是慮着衾寒枕冷麽？（旦）奴不慮衾寒枕冷。奴只慮，公婆没主，一旦冷清清。

【前腔】（生）我何曾，想着那功名？（旦云）官人，你不想着功名，如今又去怎的？（生）欲盡子情，難拒親命。娘子，年老爹娘，望伊家看承。畢竟，你休怨朝雲暮雨，〔二〕且爲我冬温夏清。〔三〕思量起，如何教我割捨得眼睁睁？

【前腔】（旦）官人，你儒衣纔换青，快着歸鞭，早辦回程。十里紅樓，〔四〕休戀着娉婷。叮嚀，不念我芙蓉帳冷，也思親桑榆暮景。〔五〕咳！我親囑付，知他記否？空自語惺惺。

〔一〕夾批：古本作『零』，諸本作『另』。按旦折第三句結字俱平，生折第三句結字俱仄，各自有格。

〔二〕眉批：《高唐賦》：『朝爲行雲，暮爲行雨。』

〔三〕夾批：且爲我：諸本一作『暫爲我』，一作『只替我』，一作『爲着我』，俱未當。

〔四〕眉批：白樂天詩：『紅樓富家女。』

〔五〕眉批：《成都記》：蜀后主孟昶於成都新城種芙蓉，每至秋，四十里如錦，高下相照，因名錦城。以其花染繒爲帳。此四折合意不合韻，倣和賈舍人詩《早朝》詩體。桑榆：意見前。

【前腔】（生）娘子，你寬心須待等，我肯戀花柳，甘爲萍梗？只怕萬里關山，那更音信難憑。須聽，我不奈何分情破愛，誰下得虧心短行？從今後，相思兩處，一樣淚盈盈。

（旦云）官人此去，千萬早早回程。（生云）卑人有父母在堂，豈敢久戀他鄉？（旦云）須是早寄個音信回來。（生云）音信不妨，只怕關山阻隔。（拜別科）

【鷓鴣天】（生）萬里關山萬里愁。（旦）一般心事一般憂。（生）桑榆暮景應難保，客館風光怎久留？（生下）（旦）他那裏，謾凝眸，正是馬行十步九回頭。歸家只恐傷親意，閣淚汪汪不敢流。（下）

纔斟別酒淚先流，郎上孤舟妾倚樓。
片帆漸遠皆回首，一種相思兩處愁。

第六齣　丞相訓女

（末云）珠幌斜連雲母帳，玉鈎半捲水晶簾。輕烟裊裊歸香閣，月影騰騰轉畫檐。〔一〕小子不是别人，却

〔一〕眉批：『珠幌』四句，石曼卿詩。一本作『大道青樓御苑東，玉欄朱户閉薰簾櫳。金鈴犬吠梧桐月，朱鬣馬嘶楊柳風』。

是牛太師府中一個院子。這幾日老相公進朝，不知有甚勾當。久留省中，未曾回府，府裏幾個使女每，鎮日在後花園閒耍；今日知道老相公回來，都不見了。小子不免灑掃書館，伺候老相公回來。呀！好怪麽，只見一個婆子走入來做甚麽？（淨扮媒婆上）

【仙呂入雙調·字字雙】（淨）我做媒婆甚妖嬈，(一)談笑。(二)說開說合口如刀，(三)波俏。(四)合婚問卜若都好，(五)有鈔。(六)只怕假做庚帖被人告，(七)喫拷。(八)

（末云）婆子，你來這裏做甚麽？（淨云）老媳婦特來與張尚書的舍人做媒。（末云）咳！我這小娘子的媒怕難做。（淨云）如何難做？（末云）老相公不肯輕許。（淨云）院公，我這頭親事你老相公必然許我。（末云）呀！且謾着，又有一個婆子來了。（丑扮媒婆上）

【前腔】（丑）我做媒婆甚艱辛，尋趁。有個新郎要求親，最緊。咱每只得便忙奔，討信。（淨

(一) 夾批：嬈：平聲。
(二) 夾批：笑：去聲。
(三) 說：原作『談』，據汲古閣刊本《繡刻琵琶記定本》改。夾批：刀，平聲。
(四) 夾批：俏：去聲。眉批：此即序中所謂一折而用平上去三字爲韻脚者。
(五) 夾批：好：上聲。
(六) 夾批：鈔：去聲。
(七) 夾批：告：平聲。
(八) 夾批：拷：上聲。

云）你這老乞婆來這裏怎的？（丑）真個是路上更有早行人，心悶。

（末云）你這婆子也來這裏做甚麼？（丑云）告勾管哥得知，老媳婦特來與李樞密的舍人求親。（末云）我方纔不對那婆子説了，這媒怕難做？（丑云）如何難做？（末云）我老相公揀擇得仔細。（丑云）院公，你休管，我説這樁親事必定成也。（净云）呀！我是張媒婆，幾年在府前住，今日這媒，喫你老乞婆做去了？（丑云）呀！老乞婆，偏你會做媒？但是門當户對的便好了。終不然你在府前住，定要你做媒？你與乞兒做媒，也嫁了他？（末云）你休閙，老相公回來了，你每且躲開一邊立地。（末扮牛太師上）

【正宫引子・齊天樂】（外）鳳凰池上歸來環珮，(一)衮袖御香猶在。(二)棨戟門前，(三)平沙堤上，(四)何事車填馬隘？星霜鬢改，怕玉鉉無功，赤舄非材。(五)回首庭前，淒涼丹桂好傷懷。

（外云）下官這幾日久留省府，不曾回家。左右，方纔甚麼人在我廳前諠閙？（末云）有事不敢不報，無事不敢亂傳，適間有兩個婆子來老相公處求親。（外云）着他進來。（净、丑跪科）（外云）你這兩個婆

(一) 眉批：鳳凰池：晉荀勖，武帝朝爲中書監，除尚書令。人賀之，勖曰：奪我鳳凰池，諸君何賀也？

(二) 夾批：衮：坊本作『滚』，非。眉批：杜甫《和賈至舍人早朝》：『朝罷香烟携滿袖。』

(三) 夾批：棨戟：相府儀衛。

(四) 眉批：唐故事，拜相，禮絶班行，府县載沙填路，自私第至於城東街，名曰沙堤。

(五) 眉批：《□□□・大吉注》：鉉貫耳以舉鼎者，大臣之象。《詩》：『赤舄几几。』舄，冕服之履。

子做甚麽？（浄云）奴家是張尚書府裏差來求親。（丑云）奴家是李樞密府裏差來做媒。（外云）不揀甚麽人家，但是有才學，做得天下狀元的，方可嫁他。若是其餘，不許問親。（浄云）告相公得知：我的新郎，術人算他命，道他今年得做狀元。（丑云）告相公得知：他的新郎命不好，只有奴家這個新郎，人算他命，今科必定得中狀元。（浄丑相打科）（外云）呀！這兩個婆子到我根前無禮！左右，不揀有甚麽庚帖，都與我扯破；把那兩個弔起，各打十八。（末扯打科）（外云）急把媒婆打離廳。（末云）除非狀元方可問姻親。（浄云）甘喫打十七八下黄荆杖。（丑云）那些個成與不成喫百瓶。（末、浄、丑下）（外云）光陰似箭催人老，日月如梭趲少年。自家没了夫人，只有一個女兒，如今不覺長成，未曾問親。只一件：我的女孩兒性格温柔，是事實會。若將他嫁個膏粱子弟，怕壞了他；只將他要個讀書君子，成就他做個賢婦，多少是好。我這幾日不在家，適聽得那使唤的每日都在後花園中閒耍，這是我的女孩兒不拘束他。古人云：欲治其國，先齊其家。不免唤出女孩兒和老姥姥、惜春過來，好生訓誨他一番。（貼扮牛氏帶浄、丑上）

【雙調引子·花心動】（貼）幽閣深沉，問佳人：爲何懶添眉黛？㈠繡綫日長，圖史春閒，

㈠ 夾批：添：一作『施』。

誰解屢傍粧臺？絳羅深護奇葩小，不許蜂迷蝶猜。〔一〕（淨、丑上）笑瑣窗，多少玉人無賴！〔二〕

（外云）孩兒，婦人之德，不出閨門。〔三〕你如今長成了，方纔有媒婆來與你議親。今日是我的孩兒，異日做他人的媳婦。我這幾日不在家，你却放老姥姥、惜春每都在後花園中閒耍，不習女工，是何道理？我想起來，都是你不拘束他。倘或他做出歹事來，可不把你名兒污了？（貼云）謝得爹爹教道，孩兒從今自拘束他。（外怒科）老姥姥，你年紀大矣。你做管家婆，倒哄着女使每閒耍，是何所爲？（淨云）不干老身事，都是惜春小丫頭。（丑云）不干惜春事，都是老姥姥。（外云）這兩個賤人固自相推，都拿下打。（貼跪稟科）爹爹息怒。（外云）你且起來。

【雙調引子・惜奴嬌】（外）孩兒，你杏臉桃腮，當有松筠節操，蕙蘭襟懷。閨中言語，不出閫閾之外。老姥姥，不教我孩兒伊之罪。惜春，這風情今休再。（合）記再來，但把不出閨門的語言相戒。

【前腔換頭】（貼）堪哀，萱室先摧，嘆婦儀姆教，未曾諳解。蒙爹嚴訓，從今怎敢不改？老姥姥，早晚望伊家將奴誨。惜春，改前非休違背。（合前）

〔一〕夾批：『臺』『猜』二字，詩餘中俱反韻。夾批：蜂迷蝶猜：諸本作『蜂識蝶猜』，非調。

〔二〕眉批：《世説》：晉衛玠美風神，見者以爲玉人。夾批：無賴：無聊賴之意也。

〔三〕眉批：《禮記》：『内言不出於閫。』

【黑麻序】（淨）看待，父母心，婚姻事，㈠須要早諧。勸相公，早畢兒女之債。（外）休呆，如何女子前，胡將口亂開？（合）記今來，但把不出閨門的語言相戒。

【前腔換頭】（丑）輕浼，我受寂寞擔煩惱，教我怎捱？細思之，怎不教人珠淚盈腮？（貼）寧耐，温衣並美食，何須苦掛懷？（合前）

婦人不可出閨門，多謝嚴君教育恩。

休道成人不自在，須知自在不成人。

第七齣　諸友赴場

（生、末、丑、淨扮秀才上）㈡

【中呂引子·滿庭芳】（生）飛絮沾衣，殘花隨馬，輕寒輕暖芳辰。㈢江山風物，偏動别離

㈠　眉批：《爾雅》：『婿之父母曰婚，婦之父母曰姻。』《白虎通》：『婚者，昏時行禮，故曰婚；姻者，婦人因夫，故曰姻。』

㈡　眉批：自此以下，凡遇生折必兼思親之意。

㈢　輕寒：原闕，據汲古閣刊本《繡刻琵琶記定本》補。

人。〔一〕回首高堂漸遠，嘆當時恩愛輕分。傷情處，數聲杜宇，客淚滿衣襟。

【前腔】（末）萋萋芳草色，故園人望，〔二〕目斷王孫。〔三〕謾憔悴郵亭，誰與温存？（淨、丑）聞道洛陽近也，還又隔幾座城闉。（合）澆愁悶，解鞍沽酒，同醉杏花村。

〔浣溪沙〕〔四〕（生云）千里鶯啼映緑紅，（丑云）水村山郭酒旗風，（淨云）行人如在畫圖中。（末云）不暖不寒天氣好，或來或往旅人逢，（合云）此時誰不嘆西東？（相見科）（淨云）動問老兄尊姓？（生云）小子姓蔡。（淨云）貴表？（生云）伯喈。（丑云）動問老兄高姓？（末云）小子姓李。（丑云）貴表？（末云）群玉。（生云）動問老兄尊姓？（淨云）小子姓駱。（生云）貴表？（淨云）得嬉。（末云）動問老兄尊姓？（丑云）小子姓常。（末云）貴表？（丑云）白將。（淨云）久聞列位高名，今日幸會。方纔說將起來，都是往長安赴選。（笑科）年兄年弟，休得拋撇。（衆云）言重，言重。（淨云）既然如此，且在此歇息片時，講些學識，說些志氣何如？（衆云）正合愚意。（丑云）敢問蔡兄學識如何？（生云）

〔一〕夾批：人：一作『情』。

〔二〕眉批：故園人望：一作『入望』。此二句言其家人思慕之切，若歸途則可云『入望』，豈有行日遠而故園反入望乎？

〔三〕眉批：《楚辭》：『芳草兮萋萋，王孫遊兮不歸。』

〔四〕眉批：吴本有【浣溪沙】詞而無後白，徽本、浙本、閩本雖有之，俱駁雜，今從古本。徽本此處以《易》《書》《春秋》《禮記》爲題各唱一曲，但太嚴正，於丑、淨不稱；且又缺一《詩經》，未敢妄入。

小子坐則讀，行則吟，窮年屹屹苦搜尋。文章驚世無敵手，(一)盡是當年惜寸陰。（丑云）有意思，有意思。（浄云）敢問李兄學識如何？（末云）小子不將窮達付前緣，常把勤勞契上天。人事盡時天理見，才高豈得困林泉？（浄云）自然，自然。（生云）敢問駱兄學識何如？（浄云）小子讀書費力，每在螢窗講習。常念青春不再，那更白日可惜？熟讀《孝經》《曲禮》，博覽《詩》《書》《周易》。《春秋》諸子百家，篇篇義理紬繹。前日行到學中，夫子潛自叫屈。（末云）呀！聖人如何叫屈？（浄云）道是：可惜這個秀才，眼中一字不識。（末云）你都説一場春夢！（生云）敢問常兄學識何如？（丑云）小子言不妄發，寫字極有方法。先將好墨磨濃，次把純毫蘸着。推開浄几明窗，展舒錦箋繡札。不問真草篆隸，寫出都是法帖。大字麄如庭柱，小字細似頭髮。王羲之拜我爲師，歐陽詢見了諕殺。（笑科）早間寫個八字，忘了一撇一捺。（末云）又道是一筆走龍蛇。（浄云）閒話休講。如今天色將晚，不免起程，趲行幾步。

【仙吕過曲·八聲甘州歌】（生）衷腸悶損，嘆路途千里，日日思親。青梅如豆，難寄隴頭音信。高堂已添雙鬢雪，客路空瞻一片雲。(二)（合）途中味，客裏身，争如流水蘸柴門？(三)休

(一) 驚：原作『經』，據汲古閣刊本《繡刻琵琶記定本》改。

(二) 夾批：前六句【本調】，後六句【排歌】。

(三) 眉批：『争如流水』句是古人不肯應召，作詩以諭其友人。『任他富貴不須論，且隱深山樂素餐。總使一身歸要地，争如流水蘸柴門。』吴本改作『舊柴門』者，非。

回首，欲斷魂，數聲啼鳥不堪聞。

【前腔】（末）風光正暮春，便縱然勞役，何必愁悶？ 緑陰紅雨，征袍上染惹芳塵。(一) 雲梯月殿圖貴顯，水宿風餐莫厭貧。（合）乘桃浪，躍錦鱗，一聲雷動過龍門。 榮歸去，緑綬新，休教妻嫂笑蘇秦。(二)

【前腔】（净）誰家近水濱，見畫橋烟柳，朱門隱隱。 鞦韆影裏，墻頭上露出紅粉。 他無情笑語聲漸杳，却不道惱殺多情墻外人。（合）思鄉遠，愁路貧，肯如十度謁侯門？ 行看取，朝紫宸，鳳池鰲禁聽絲綸。(三)

【前腔】（丑）遥瞻霧靄紛，想洛陽宫闕，行行將近。 程途勞倦，欲待共飲芳尊。 垂楊瘦馬莫暫停，只見古樹昏鴉棲漸盡。（合）天將暝，日已曛，一聲殘角斷樵門。 尋宿處，行步緊，前村燈火已黄昏。

【餘文】（合）向人家，忙投奔，解鞍沽酒共論文，今夜雨打梨花深閉門。(四)

(一) 眉批：趙王石虎起高樓四十丈，異香爲屑，風作則揚之，名曰芳塵。

(二) 眉批：戰國蘇秦始事秦，千金之貲盡，黑貂之裘敝，而策不得用。 面色黧黑，歸，而妻不下機，嫂不爲炊。

(三) 眉批：《記》： 王言如絲，其出如綸。

(四) 眉批：【餘文】末句，唐鄭均詩。 又，秦少游詞。

（生）江山風物自傷情，[一]（淨）南北東西爲利名。

（丑）路上有花並有酒，（末）一程分作兩程行。

第八齣　科場中選

（末云）禮闈春榜動長安，[二]九陌人人走馬看。一日聲名遍天下，滿城桃李屬春官。自家不是别人，却是禮部一個祗候的便是。今歲乃大比之年，朝廷委請試官，已在貢院之内；各省中式舉人，俱列棘闈之前。[三]如今試官將次升堂，小人只得在此聽候。正是：一封纔下興賢詔，四海都無遺棄才。道猶未了，試官大人早到。（淨扮試官上）

【南呂過曲·生查子】[四]（淨）承恩拜試官，聲價重丘山。左右，那來科舉的。只問有文才，何必拘鄉貫？（末云）那有文才的如何發落他？（淨）取他居上第，做個清要官。（末云）那没文才的如何發落他？（淨）縱有父兄勢，也教空手還。

[一] 山：原作「上」，據汲古閣刊本《繡刻琵琶記定本》改。

[二] 眉批：「禮闈」四句，劉禹錫贈王侍郎詩。

[三] 眉批：棘闈：杜氏《通典》：唐武德以來閱試之日，嚴設兵衛，以棘刺圍之，以防泄露。

[四] 眉批：諸本皆删去此齣與後「結親」一段，殊不知此皆實事，亦不可少。古本此曲及後白與諸本不同。

（末云）公道！ 公道！（浄云）左右，今年却是大比之年，我爲國薦賢，但是各省府縣赴試的秀才，都喚入來。（末云）領鈞旨。

【黄鍾過曲・賞宫花】（生）槐花正黄，赴科場舉子忙。太學拉朋友，一齊整行裝。（合）五百英雄都在此，不知誰做狀元郎？

【前腔】（丑）天地玄黄，略記得三兩行。才學無些子，只是賭命强。（合前）

（末叫開門科）（生云）〔一〕貢院門已開，列位尊兄依次而進。（浄云）左右，這些秀才，每人給與卷子一本，蠟燭一條，各分東西廊下伺候。（末云）領鈞旨。（生、丑相見科）（浄云）來，你每衆秀才聽着： 朝廷制度，開科取士，雖有定期； 立意命題，任從時好。下官是個風流試官，不比往年的試官。往年第一場考文，第二場考論，第三場考策； 我今年第一場做對，第二場猜謎，第三場唱曲。若是做得對好，猜得謎來，唱得曲好，就取他頭名狀元，插金花，飲御酒，遊街兒耍子。〔二〕 若是對得不好，猜得不着，唱得不好，就將他黑墨搽臉，亂棒打出去。（生、丑）學生領命。（浄云）東廊下秀才蔡邕過來領題。（生云）有。（浄云）我出天文門一個對與你對。（生云）願聞。（浄云）星飛天放彈。（生云）日出海抛毬。（浄云）妙哉！ 妙哉！ 且站一邊。西廊下秀才駱得嬉過來領題。（丑云）快些。（浄云）《毛詩》三百

〔一〕生：原作『空』，據汲古閣刊本《繡刻琵琶記定本》改。
〔二〕眉批：此極是大體面，□□而『考試』一段類多戲語，真玩世也。

首。（丑云）還有十一篇。（净云）不好！不好！且站一邊。蔡邕過來，我出天下八個省名的謎兒與你猜。（生云）願聞。（净云）一聲霹靂震天關，兩個肩頭不得閒。去買紙來作表褙，欠人錢債未曾還。（生云）第一句是京東、京西，第二句是江東、江西。第三句是湖東、湖西，第四句是浙東、浙西。（净云）妙哉！妙哉！且站一邊。駱得嬉過來，我出山上四樣樹名的謎兒與你猜。（丑云）快些。（净云）雨中粧點望中黃，獨立深山分外長。廟廊之材應見取，家家織就綺羅裳。（丑云）第一句是栢樹，第二句是槐樹，第三句是楓樹，第四句是柳樹。（净云）不是！不是！且站一邊。蔡邕過來，我唱一隻曲兒，你末後湊一句，要押得韻着。（生云）願聽高音。

【仙吕入雙調·北江兒水】（净）長安富貴真罕有，食味皆山獸。熊掌紫駝峰，四座馨香透。你押下韻。（生）奉與試官來下酒。

（净笑科）妙哉！妙哉！三場都好，這是個真秀才，且在東廊下伺候。（生云）領命。（净云）駱得嬉過來，我再唱一隻曲兒，你末後也湊一句，要押得韻着。（丑云）快唱來。

【前腔】（净）看你腹中何所，一袋醃臢臭。若還放出來，見者都奔走。你押下韻。（丑）把與試官來下酒。

（净云）不濟！不濟！將他黑墨搽臉，亂棒打出去。（丑云）不須打！正是：薄命劉生終下第，厚顔季子且還家。（净云）蔡秀才，今科中式舉人雖多，只有你才學高邁，文字老成。俺就寫表奏知聖上，將你取爲第一甲頭名狀元，賜與冠帶遊街赴宴。左右，取冠帶過來。（末取上）正是：袍笏賜進士，鐵鉞贈將軍。（淨云）蔡狀元，你換了冠帶，一就隨我入朝謝恩。

【南呂過曲・懶畫眉】㈠（生）君恩喜見上頭時，今日方顯男兒志。布袍脱下換羅衣，腰間橫繫黄金帶，駿馬雕鞍真是美。

【前腔】（淨）狀元，你讀書萬卷非容易，喜得登科擢上第。功名分定豈誤期，那更三千禮樂無敵手，五百英雄盡讓伊。

【前腔】（末）人生當用顯門閭，廕子封妻榮自己。馬前喝道狀元歸，雁塔揮毫題姓字，㈡一舉成名天下知。

（淨）一舉鰲頭獨占魁，（生）誰知平地一聲雷。

（末）明朝跨馬春風裏，（合）盡是皇都得意回。

㈠　眉批：　此調更有一體，四句只一字□□各爲一句。

㈡　眉批：　《古今詩括》：　唐韋肇及第，於慈恩寺雁塔題名，後人效之，遂成故事。杏園宴後，於同年中推善書者紀之，他時有將相，則朱書之。

第九齣　對鏡梳粧

【正宫引子·破齊陣引】(旦)翠減祥鸞羅幌，香銷寶鴨金爐。楚館雲閒，秦樓月冷，(一)動是離人愁思。(二)目斷天涯雲山遠，親在高堂雪鬢疏，緣何書也無？(三)

〔古風〕明明匣中鏡，盈盈曉來粧。憶昔事君子，鷄鳴下君床。臨鏡理笄總，(四)隨君問高堂。一旦遠别離，鏡匣掩青光。流塵暗綺疏，青苔生洞房。零落金釵鈿，慘淡羅衣裳。傷哉憔悴容，無復蕙蘭芳。有懷悽以楚，有路阻且長。妾身豈嘆此，所憂在姑嫜。念彼猖獗遠，(五)眷此桑榆光。願言盡孝道，遊子不可忘。勿彈緑綺琴，絃絶令人傷。勿聽《白頭吟》，(六)哀音斷人腸。人事多錯逆，(七)羞彼雙鴛鴦。奴家

(一)眉批：『翠減香消，雲閒月冷』，於濃華中寫出冷淡意。

(二)夾批：以上三句【齊天樂】。

(三)夾批：以上三句【破陣子】。

(四)眉批：《禮記》：『婦人事舅姑，鷄初鳴，咸盥漱櫛縰笄總。』笄，簪也；總，裂練繒以束髮者。

(五)眉批：猖獗：即心猿，字意出佛經。

(六)眉批：《成都記》：『卓文君既奔相如，久之，相如欲他娶，文君作《白頭吟》：「凄凄重凄凄，嫁娶不須提。願得一心人，白頭不相離。」相如感之，乃止。』

(七)眉批：錯逆：出杜詩，諸本作『錯違』，非。

自嫁與蔡伯喈，纔方兩月，指望與他同事雙親，偕老百年。誰知公公嚴命，强他赴選。自從去後，竟無消息。把公婆抛撇在家，教奴家獨自應承。奴家一來要成丈夫之孝名，二來要盡爲婦之孝道，盡心竭力，朝夕奉養。正是：天涯海角有窮時，只有此情無盡處。

【仙吕入雙調·風雲會四朝元】（旦）春闈催赴，同心帶綰初。(一)嘆《陽關》聲斷，(二)送别南浦，(三)早已成間阻。謾羅襟淚漬，謾羅襟淚漬，和那寶瑟塵埋，錦被羞鋪。寂寞瓊窗，蕭條朱户，空把流年度。嗏，瞑子裏自尋思，妾意君情，一旦如朝露。君行萬里途，妾心萬般苦。(四)君還念妾，迢迢遠遠，也須回顧。

【前腔】朱顔非故，緑雲懶去梳。奈畫眉人遠，(五)傅粉郎去，(六)鏡鸞羞自舞。(七)把歸期暗數，

(一) 眉批：柳耆卿詞：『羅帶綰同心。』

(二) 眉批：陽關：王維詩。

(三) 眉批：齊江淹《别賦》：『春草碧色，春水緑波。送君南浦，傷如之何。』

(四) 夾批：心：古本作『心』，諸本作『妾身』，此時别尚未久，未曾受後面許多辛苦，只當説『心』字爲是。

(五) 眉批：《漢書》：『張敞爲京兆尹，常爲妻畫眉，京師盛傳「京兆眉眉」。有司以奏，對曰：「臣聞閨房之内，夫婦之私，尤有過於此者。」上愛其才，不問也。』

(六) 眉批：《世説》：『何晏美姿容，面至白。文帝疑其傅粉，夏月令食湯餅，汗出，即以朱袍拭之，愈白。』

(七) 眉批：《異苑》：『罽賓王獲一雌鸞，其鸞一十三年不鳴。夫人曰：「見對則鳴。」懸鏡照之，鸞睹影悲鳴，中宵一奮而絶。』

把歸期暗數，只見雁杳魚沉，鳳隻鸞孤。緑遍汀洲，又生芳杜。（一）空自思前事，嗏，日近帝王都。芳草斜陽，教我望斷長安路。君身豈蕩子，妾非蕩子婦。（二）其間就裏，千千萬萬，有誰堪訴。

【前腔】（三）輕移蓮步，堂前問舅姑。怕食缺須進，衣綻須補，要行時須與扶。奈西山景暮，奈西山景暮，教我倩着誰人，傳與我的兒夫。你身上青雲，只怕親歸黃土，我臨別也曾多囑付。嗏，那些個意孜孜，只怕十里紅樓，貪戀着他人豪富。夫，你雖然是忘了奴，也須念父母。苦！無人説與，這淒淒冷冷，怎生辜負？

【前腔】文場選士，紛紛都是才俊徒。（四）少甚麼鏡分鸞鳳，都要榜登龍虎，（五）偏是他將奴誤。也不索氣蠱，也不索氣蠱，既受託了蘋蘩，有甚推辭？索性做個孝婦賢妻，也落得名標青史。今日呵，不枉受了些閒悽楚。嗏，俺這裏自支吾，休得污了他的名兒，左右與他相回護。

（一）夾批：《楚辭》：『採芳草兮杜若。』

（二）夾批：此從《古詩十九首》來。

（三）夾批：後二折與前雖是調，而句語大有伸縮。

（四）眉批：《白虎通》：『才過千人爲俊。』

（五）眉批：唐陸贄主試，得韓愈、歐陽詹等，皆天下雋偉之士，時稱龍虎榜。

夫，你便做腰金與衣紫，須記得荆釵與裙布。苦！一場愁緒，堆堆積積，宋玉難賦。

回首高堂日已斜，遊人何事在天涯。
紅顔勝人多命薄，莫怨東風當自嗟。(一)

第十齣　狀元赴宴

(末云)朝爲田舍郎，暮登天子堂。將相本無種，男兒當自强。(二)自家不是别人，却是河南府一個首領官。往年狀元及第，赴宴遊街，但是鞍馬酒席供設祇應等件，都是府尹提調。今年蔡伯喈做狀元，循例赴宴，因俺府引緣事，却委着當職提調。昨日已分付太僕寺掌鞍馬的令史，並洛陽縣管排設的驛丞，專聽俺這裏鳴鼓三聲，都要到此聚會聽點。(擂鼓科)掌鞍馬的在那裏？(丑扮令史上)有問即對，無問不答。相公有何鈞旨？(末云)鞍馬備辦了未曾？(丑云)告相公得知：俺這裏在先有一萬匹好馬。(末云)怎見得好馬？(丑云)但見：耳批雙竹，鬃散五花。(三)展開鳳臆龍鬐，擡起豹頭虎額。響篤篤

(一) 眉批：『紅顔』二句，王荆公題明妃詩。
(二) 眉批：『朝爲』四句，王曾詩。
(三) 眉批：杜詩：『竹批雙耳駿。』又：『五花散作身上雲。』

翠蹄削玉，點滴滴赤汗流珠。隅目青熒夾鏡懸，㈠肉騣碨礧連錢動。一跳時尾捎雲漢，横驀過玄圃崆峒；一霎時走遍神州，直趕上流星掣電。九方皋管教他稱賞，千金價不枉了追求。（末云）有甚顔色的？（丑云）布汗、論聖、虎刺、合里烏、赭哑兒、爺屈良、蘇盧、棗騮、栗色、燕色、兔黄、真白、玉面、銀鬃、秀膊、青花。正是：五花散作雲滿身，萬里方看汗流血。（末云）有甚好名兒？（丑云）飛龍、赤兔、騕褭、驊騮、紫燕、驌驦、囓膝、踰暉、騏驎、山子、白義、絶塵、浮雲、赤電、絶群、逸驃、騄驪、龍子、驎駒、騰霜驄、皎雪驄、凝露驄、照影驄、懸光驄、決波騟、飛霞驃、發電、赤流、金騧、翔麟、紫奔、紅赤、照夜白、一丈烏、九花虬、望雲騅、忽雷駮、拳毛騧、獅子花、玉逍遥、紅叱撥、紫叱撥、金叱撥。㈡正是：青海月氏生下，大宛越賧將來。（末云）有甚麽好馬麽？（丑云）飛龍、祥麟、吉良、龍媒、騊駼、駃騠、䮧

㈠ 眉批：『隅目』『五花』四句，杜子美詩。『紅纓』二句，岑嘉州詩。

㈡ 眉批：飛龍：神馬，唐取以名廐。赤兔：吕布馬。騕褭：赤喙黑身神馬。驊騮、踰暉、山子、白義：周穆王駿馬。紫燕、浮雲、赤電、絶群、逸驃、騄驪、龍子、驎駒、絶塵：漢文帝馬，號九逸。騰驦驄、皎雪、凝露、懸光、決波、飛霞、發電、赤流、金騧、翔麟、奔紅：唐太宗十駿，東骨利幹國所獻。照夜白：唐明皇馬。一丈烏：朱温賜寇彦卿馬。九花虬：唐代宗賜郭像馬，一名獅子花。望雲騅：元稹有詩，山谷有歌，一名三山。驌驦：春秋時唐成公馬。囓膝：良馬：低頭至膝。騏驎：青驪色馬。忽雷駮：秦叔寶馬。拳毛騧：唐太宗平劉黑闥時所乘馬。玉逍遥：宋仁宗馬。紅叱撥、紫叱撥、金叱撥：唐天寶中大宛所進汗血馬。照影：無考，當是超影，穆王駿馬。

鸞、出群、天花、鳳苑、奔星、（一）内駒、左飛、右飛、左坊、右坊、東南内、西南内。（二）正是：盡印三花飛鳳字，中藏萬匹好龍媒。（末云）却怎的打扮？（丑云）錦韉燦爛披雲，銀鐙熒煌耀日。香羅帕深覆金鞍，紫游繮牽動玉勒。瑪瑙粧就轡頭，珊瑚做成鞍子。正是：紅纓紫鞚珊瑚鞭，玉鞍錦籠黄金勒。（末云）如今選幾匹在這裏？（丑云）告相公，如今無了。（末云）如何無了？（丑云）元有一萬匹馬，却有一千三百個漏蹄，（三）二千七百個抹靨，（四）三千八百個熟瘤，二千二百個慈眼。（五）那更鞍橋又破損，坐褥又敧傾。抽轡盡是麻繩，鞭子無非荆條。餓老鴟全然拉搭，（六）雁翅板一發彫零。（七）鞍轡既不周全，牽鞚何曾完備？此般物件，其實不一。（八）（末云）休胡説！若還不完備時節，我禀過府尹大人，好生打

（一）奔：原作「本」，據汲古閣刊本《繡刻琵琶記定本》改。

（二）眉批：飛龍、祥驎、吉良、龍媒、鵷鸞、出群、天花、鳳苑：唐武后時廐名。龍媒：天馬，生屋洼水中。駒騟：出北海中。駃騠：生七日而超其母，燕昭王馬。左飛、右飛：唐舊有飛龍使小馬坊，後唐長興間，改飛龍爲左飛、小馬坊爲右飛。□一當是閒駒，漢名。

（三）眉批：漏蹄：蹄穿出濃。

（四）眉批：抹靨：後起病熱，瘤脚病。

（五）眉批：慈眼：羞明。

（六）眉批：餓老鴟：即鞍上褥，吴人謂之老鴟皮。

（七）眉批：雁翅板：戰車上躲箭板，與鞍橋坐板相似。

（八）眉批：諸本顔色、打扮、排設三段，結尾無詩句，今增。按：馬色自布汗至蘇廬皆元人胡語，馬名大半是漢以後諸代畜産，馬廐皆是唐宋題額。考諸桓靈以前，此類甚多，豈東嘉未之深思也？

你。（丑云）相公可憐見，容小人一壁廂自理會。（末云）鞍馬既完備時節，可牽在午門外廂，等候狀元謝恩出來乘坐。（丑云）理會得。只教他春風得意馬蹄疾，一日看遍長安花。（丑下）（末云）管排設的在那裏？（浄扮驛丞上）廳上一呼，堦下百諾。相公有何鈞旨？（末云）排設完備了未曾？（浄云）告相公，俺揀上等排設俟候點視。（末云）怎見得上等排設？（浄云）但見：珠簾高捲，繡幕低垂。珊瑚席鞞饠得精神，玳瑁筵安排得奇巧。金爐内慢騰騰燒瑞腦，玉瓶中嬌滴滴插奇花。四圍環繞畫屏山，滿座重鋪錦褥子。金盤犀筯光錯落，掩映龍鳳珍羞；銀海瓊舟影蕩摇，翻動葡萄玉液。灑掃得乾乾浄浄，並無半點塵埃。安排得整整齊齊，另是一般氣象。正是：移將金谷繁華景，粧點瓊林富貴春。（末云）安排既齊整時節，你每且退去，等待狀元遊街了赴宴。（浄云）領鈞旨。正是：瓊林勝處風光好，别是人間一洞天。（浄下）㈠（衆云）遠遠望見一簇人馬鬧炒，想是狀元來了。（末云）【臨江仙】但見：日映宫花明翠幕，藍袍嫩緑新裁，午朝門外榜初開。金鞍乘駿馬，敕賜賞天街。十里紅樓簾盡捲，美人争覷名魁，黄旗影裏鬧咳咳。大家齊雅静，看取狀元來。（末下）（生、浄、丑騎馬上同唱）【仙吕入雙調·窣地錦襠】嫦娥剪就緑雲衣，折得蟾宫第一枝。宫花斜插帽檐低，一舉成名天下知。

㈠ 下：原作『云』，據文義改。

【哭岐婆】(一)洛陽富貴，花如錦綺。紅樓數里，無非嬌媚。春風得意馬蹄疾，天街賞遍方歸去。(末騎馬上)(生、浄先下)(丑墜馬叫)救命！爹爹、奶奶、伯伯、叔叔、哥哥、嫂嫂、孩兒、媳婦都來救我。

【越調過曲·水底魚兒】(末)朝省尚書，昨日蒙聖旨，道狀元及第，教咱去陪宴席。(馬踏丑科)(丑叫)踏壞了人了。(末馬不行)越着鞭越退，遣人心下疑。(丑叫)救命！救命！(末唱)轉頭回望，叫我的還是誰？(末云)漢子，你是誰？(丑云)我是墜馬的狀元。(末扶科)快起來。(丑云)尊官是誰？(末云)我是中書省陪宴的官，不知足下爲甚墜下？

【正宮·北叨叨令】(丑)鬧炒炒街市上遊人亂，(末云)你驚了馬呵？(丑)惡頭口抵死要回身轉。(末云)怎的不牽過一邊？(丑)我戰兢兢只怕韁繩斷，(末)爲甚不打他？(丑)怯書生早已神魂散。(末云)你不害事麼？(丑呻吟科)險些跌折了腿也麼哥，險些舂破了頭也麼哥，我好似小秦王三跳澗。

(一)　岐：原作『妓』，據汲古閣刊本《繡刻琵琶記定本》改。下同改。

（末云）你馬如今那裏去了？（丑云）知他那裏去！傷人乎？不問馬。（末云）咳！你兀自文縐縐的。我且就這裏人家借一匹馬與你騎。（丑云）休静辦！你若借馬與我騎，便索死。（末云）呀！怎的便死？（丑云）你不聞孔夫子説道：有馬者借人乘之，今亡已夫。（末云）一口胡柴！呀！遠遠望見兩個人來，看他有馬就借一匹與你騎。[一]（丑云）不須得，不須得。（生、净騎馬上同唱）

【窣地錦襠】荷衣新惹御香歸，引領群仙下翠微。杏園惟有後題詩，[二]此是男兒得志時。

（丑云）狀元，你每列位騎馬遊街，且是好。只不要似我騎馬，舂破了頭，跌折了脚。（生云）足下緣何墜馬呵？（丑云）可知哩。（末云）不是下官搭救時節，險些送了一條性命。（净云）如此更賴足下之力。（生云）請整頓同行。（丑云）你每二位自去赴宴，我到太平坊下李郎中家去便來。（衆云）你去做甚麽？（丑云）我去醫攧撲傷損瘡。（衆云）休要推故，我每借一匹馬與你騎了同去。（丑云）小子告退，你三位自去。（末云）道你是狀元，如何不去赴宴？（丑云）赴宴也好，只是騎馬不得。這等，你三位騎馬前去，我隨後提着胡床來。（末云）成甚模樣！（丑云）這個不妨，却有兩説：路上人問你，便説道是使唤的伴當；若還筵席之中，却是打伴當的人。（末云）好窮對副！

【哭岐婆】（衆）玉鞭裊裊，如龍驕騎。黄旗影裏，笙歌鼎沸。如今端的是男兒，行看錦衣歸

[一] 看：原作『着』，據汲古閣刊本《繡刻琵琶記定本》改。

[二] 眉批：杏園：《秦中雜記》：『進士初宴，謂之杏園宴，又曰探花宴也。』

故里。

（末云）這裏便是杏園，請列位少駐。（丑云）左右，馬都牽到僻處去。倘或人道四位官員如何只有三個馬，不像模樣。（末云）好高見識！如今請列位照依年例，留下佳作。（浄云）蔡兄先請。（生云）五百名中第一仙，㈠花如羅綺柳如烟。緑袍乍着君恩重，黄榜初開御墨鮮。禮樂三千傳紫禁，風雲九萬上青天。時人謾説登科早，未許嫦娥愛少年。（浄云）妙！妙！紫金闕無極無上聖。（末云）這裏不是玉皇閣，休得誦他的寳號。如今却輪當足下。（浄云）我也有四句：遲日江山麗，春風花草香。（末云）且住。使不得，這是古詩。（浄云）呀！我前日三場，也都是别人的文章，尚且中了。如何一首詩，倒使不得起來？（末云）休道是七步成章。（浄云）咳！你道我真個不會做詩呵？我且勉强做一首與列位看看：赴選何曾入棘闈，此身不擬着荷衣。三場盡是倩人做，一字全然匪我爲。自笑持杯饕戀酒，却愁把筆怎題詩？有人問我求佳作。（衆云）如何答他？（浄云）問我先生便得知。（末云）又道是當仁不讓於師。（丑云）倉官不識串字，㈡中中。（末云）你且休誇口。如今又輪當足下。（丑云）有，有。列位做律詩，都把那赴試的事爲題，恐是熟套；小子如今另立一題。（末云）你把甚麽爲題？（丑云）便把小子方纔墜馬爲題，胡做古風一篇，這奇事不可不入詠。（衆云）尤妙！尤妙！（丑云）

㈠ 仙：原作『先』，據汲古閣刊本《繡刻琵琶記定本》改。
㈡ 字：原闕，據汲古閣刊本《繡刻琵琶記定本》補。

君不見去年騎馬張狀元，跌了左腿不相連？ 又不見前年跨馬李試官，跌了窟臀没半邊？ 世上三般拚命事，行船走馬打鞦韆。 小子今年大拚命，也來隨趁跨金鞍。 跨金鞍，災怎躲？ 叵耐畜生侮弄我。 大叫三聲不肯行，連攛兩攛不是耍。 便把韁繩緊緊拿，縱有長鞭怎敢打？ 須臾之間掉下來，一似狂風吹片瓦。 昨日行過樞密院，三個軍人來唱喏。 小子慌忙走將歸。（末云）却如何？（丑云）怕他請我教戰馬。（末云）這夢休學。 諸公請依位而坐，左右，看酒。（雜扮院子上酒）（一）色動玉壺無表裏，光揺玉盞有精神。 告相公，酒在此。（衆把酒科）

【仙吕入雙調·五供養】（末）文章過晁董，（二）對丹墀已膺天寵。（合）赴瓊林新宴，顫宫花，緩引黄金鞚。

【前腔】（丑、浄）九重天上聲名重，（三）紫泥封已傳丹鳳。（四）（合）便催歸玉簡侍宸旒，他日歸來金蓮送。（五）

（一）雜：原闕，據汲古閣刊本《繡刻琵琶記定本》補。

（二）眉批：《史記》：晁錯，潁川人，以文學爲太常掌故。董仲舒，廣川人，以賢良對策。

（三）眉批：天子九門：關門、遠郊門、近郊門、城門、皋門、庫門、雉門、應門、路門，象天九重。重：原闕，據汲古閣刊本《繡刻琵琶記定本》補。

（四）眉批：《漢書》：天子六璽，皆以武都紫泥封。

（五）眉批：令狐綯，唐太初中爲翰林承旨。夜對禁中，燭盡，上以乘輿金蓮花燭送歸院。

【中吕·山花子】（末）玳筵開處遊人擁，爭看五百名中英雄。（生）喜鰲頭一戰有功，荷君恩奏捷詞鋒。（合）太平時車書已同，干戈盡戢文教崇，人間此時魚化龍。留取瓊林，勝景無窮。

【前腔】（净）三千禮樂如泉湧，一筆掃萬丈長虹。（丑）看奎光飛躔紫宫，光耀萬玉班中。（合前）

【前腔】（生）青雲路通，一舉能高中，三千水擊飛冲。（一）（净）又何必扶桑掛弓？也强如劍倚崆峒。（合前）

【前腔】（丑）恩深九重，絲絡八珍送，（二）無非翠釜駝峰。（末）看吾皇待賢恁隆，不枉了十年窗下把書來攻。（合前）（三）

【大和佛】（生）寶篆沉烟香噴濃，（衆）濃熏綺羅叢。瓊舟銀海，翻動酒鱗紅，（四）一飲盡教空。（生悲唱）持杯自覺心先痛，縱有香醪，欲飲難下我喉嚨。他寂寞高堂菽水誰供奉？俺這裏

（一）眉批：水擊：見『九重』『萬里』解。
（二）眉批：『八珍』二句，出杜詩。
（三）眉批：此金榜思親。
（四）眉批：王氏《世説》：鱖魚大口細鱗班彩，以之煮酒，味極佳。

傳杯諠鬨。（衆）狀元，你休得要對此歡娛意忡忡。(一)

【舞霓裳】（合）願取群賢盡貞忠，盡貞忠。管取雲臺畫形容，畫形容。(二) 時清莫報君恩重，惟有一封書上勸東封，(三) 更撰個河清德頌。乾坤正，看玉柱擎天又何用？

【紅繡鞋】（合）猛拚沉醉東風，東風。倩人扶上玉驄，玉驄。歸去路，望畫橋東。花影亂，日朦朧。沸笙歌，引紗籠。(四)

【意不盡】（合）今宵添上繁華夢，明早遥聽清禁鐘。皇恩謝了，鵷行豹尾陪侍從。

（生）名傳金榜换藍袍，（净）酒醉瓊林志氣豪。

（丑）世上萬般皆下品，（末）思量惟有讀書高。

琵琶記一卷終

(一) 眉批：《詩》：『憂心忡忡。』

(二) 眉批：《東觀記》：漢明帝二十八年，因思中興功臣，乃圖二十八將於南宫雲臺之上。

(三) 眉批：東封：古詩：太平無以報，願上萬年書。

(四) 眉批：唐李藩問卜於葫蘆生，生曰：『紗籠中人也。』藩不省。後有新羅僧言，凡位當宰相者，神必以紗籠護之，恐爲異物所侵也。元和中，藩果拜相。

新刻重訂出像附釋標註琵琶記卷之二

東嘉　高則誠　編次
羊城　戴君賜　註釋
金陵　唐　晟　校梓

第十一齣　公婆埋怨

【商調引子・憶秦娥先】（旦）長吁氣，自憐薄命相遭際。相遭際，暮年姑舅，薄情夫婿。

〔清平樂〕夫妻纔兩月，一旦成分別。没主公婆甘旨缺，幾度思量悲咽。家貧先自艱難，那堪不遇豐年。恁的千辛萬苦，蒼天也不相憐。奴家自從兒夫去後，遭此饑荒；況兼公婆年老，朝不保夕，教奴家獨自如何應奉？婆婆日夜埋怨着公公，當初不合教他出去；如今饑荒，教媳婦怎生區處？公公又不伏氣，（一）只管和婆婆鬧炒。外人不理會得，只道是媳婦不會看承，以致公婆日夜鬧炒。且待公婆出來，再三勸解則個。

（一）眉批：『伏氣』，坊本作『伏善』，非。

【憶秦娥後】[一]（外）孩兒一去無消息，雙親老景難存濟。（浄扯外耳唱）難存濟，不思前日，强教孩兒出去？

（旦勸科）（浄云）老賊，你抵死教孩兒出去赴選，今日没飯喫，他便做得狀元，濟你甚事？若是孩兒在家，也會區處，終不到得恁的狼狽。[二]如今凍得你好，餓得你好。老賊，你死了罷！（外云）老乞婆，你埋怨我則甚？我是神仙，知道今日恁的饑荒苦楚？這般時年，誰家不忍凍忍餓？誰似你這般埋怨我？休休！我死！我死！今日饑荒也是死，被你埋怨不過也索死。（欲死，旦扯住科）（浄云）老賊，你便死也消不得我這場嘔氣！（旦云）公公婆婆且息怒，聽奴家一言分剖：當初公公教孩兒出去時節，不道今日恁的饑荒，婆婆難埋怨公公；今日婆婆見這般饑荒，孩兒又不在眼前，心下焦躁，公公也休怪婆婆埋怨。請自寬心，奴家如今把些釵梳首飾之類，典些糧米，以充公婆一時口食。寧可餓死奴家，決不將公婆落後。（浄云）媳婦，你説得好，我只是恨這老賊！

【南吕過曲・金索掛梧桐】[三]（浄）區區一個兒，兩口相依倚。[四]没事爲着功名，不要他供甘

[一] 眉批：此二折雖分先後，總是一闋。

[二] 眉批：《漢書》：狼狽失處。狽亦狼屬，無前足，附狼以行，無狼則不能動。

[三] 眉批：此三折曲盡三人情事，浄折無一字非尚氣語，外折無一字非安命語，旦折無一字非勸解語。

[四] 夾批：古本『兩口』，諸本作『三口』，非。

旨。你教他做官，要改換門閭，只怕他做得官時你做鬼。老賊！你圖他三牲五鼎供朝夕，今日裏要一口粥湯却教誰與你？相連累，我孩兒因你做不得好名儒。（合）空争着閒是閒非，空争着閒是閒非，只落得雙垂淚。

【前腔】（外）養子教讀書，指望他身榮貴。黄榜招賢，誰不去求科試？老乞婆，我説個比方與你聽。譬如范杞良差去築城池，(一)他的娘親埋怨誰？（浄云）老賊，你倒好比方！他是奉官差哩。（外）合生合死皆由命，少甚麽孫子森森也忍饑？(二)（浄云）老賊，你固自口硬！再過幾時，餓得你口如臭屎哩。（外）休聒絮，畢竟是咱每兩口受孤恓。（合前）

【前腔】（旦）婆婆，孩兒雖暫離，須有日回家裏。（浄云）媳婦，我豈不知孩兒自有一日回家？只是眼下受餓，難過日子。（旦）婆婆，奴有些釵梳，解當充糧米。（浄云）老賊！我若没有這般孝順的媳婦會擺佈，可不把我的肝腸也餓斷了？（外云）老乞婆，這是時年如此，你苦苦埋怨我怎的？（旦云）公公婆婆休閒争罷。教傍人道媳婦每有甚差池，致使公婆争鬥起。婆婆，他心中愛子，指望功名

(一) 眉批：□遣將軍蒙恬發兵三十萬北築長城，起於臨洮，至遼東，萬餘里。湖南人范杞良預彼築城，未經一月，身死。其妻孟姜女親送寒衣，聞夫身死，乃於城下哭泣十餘日，城爲之崩。

(二) 夾批：森森：衆多。

就；公公，他眼下無兒，因此埋怨你。難逃避，兀的不是從天降下這災危？（合前）

【劉潑帽】（淨）有孩兒却遣他出去，教媳婦怎生區處？媳婦，可憐誤你芳年紀。（合）一度裏思量，一度裏肝腸碎。（一）

【前腔】（外）天那！我每不久須傾棄，嘆當初是我不是。不如我死了無他慮。（合前）

【前腔】（旦）公公婆婆，媳婦便是親兒女，勞役事本分當爲。但願公婆從此相和美。（合前）

（外）形衰力倦怎支吾？（旦）口食身衣只問奴。

（淨）莫道是非終日有，（合）果然不聽自然無。

（一）眉批：詳味此枝，淨全是怨詞，外終不伏氣。諸本置淨折在後，外折在先，非惟不踵前枝，抑亦頓無争意，今從古本更定。

第十二齣　丞相遣媒

（末云）縹緲紗窗映霧烟，深沉華屋鎖嬋娟。〔一〕屏間孔雀人難中，〔二〕幕裏紅絲誰敢牽？〔三〕自家是牛太師府中一個院子，這幾日聽得府中喧傳太師要招女婿。況我這個小娘子不比别的小娘子：一來是丞相之女，二來他才貌兼全，必須有文章有官職有福分的，方可做女婿。如今不知他要招甚麽人？且在此等候，相公出來，便知端的。

【南吕引子·似娘兒】（外）華髮漸星星，憐愛女欲遂姻盟，蟾宫桂子才堪稱。紅樓此日，紅絲待選，須教紅葉傳情。〔四〕

（外云）左右那裏？（末云）廳上一呼，堦下百諾。不知老相公有何鈞旨？（外云）自古道：男子生

〔一〕眉批：嬋娟：美人。

〔二〕間：原作「開」，據汲古閣刊本《繡刻琵琶記定本》改。眉批：竇毅仕周，爲上柱國。有女數歲，讀《列女傳》，一過不忘。毅謂夫人：「此女有異相，不可妄與人。」因畫一孔雀屏，令請婚者射二矢，約中目則與之。唐高祖最後往，各中一目，遂以妻之。後爲后焉。

〔三〕眉批：唐太僕卿郭元振少有大志，開元初，中書令張嘉貞欲納之爲婿，謂之曰：「吾五女皆有姿色，各持一綫，以帷幔之。」元振牽一紅綫。

〔四〕夾批：于相故事。

而願爲之有室，女子生而願爲之有家。我老夫人傾棄多年，只有一個小姐，美貌娉婷。昨日見官裏問我道：你的女孩兒曾嫁人否？我回言道：未曾嫁人。官裏道：既不曾嫁人，如今新狀元蔡邕，好人物，好才學，朕與你主婚，你可招他爲女婿。你意下如何？俺奉聖旨，就謝了恩。左右，你道此事如何？（末云）覆相公：男大須婚，女大須嫁。小姐是瑶臺閬苑的神仙，狀元是天禄石渠的貴客。何況且玉音主盟，金口説合。若做了百年夫婦，不枉了一對姻緣。這是：佳人才子兩堪誇，天付姻緣事不差。試看月輪還有意，定知丹桂近仙娃。(一)（外云）你也道得是。你就去府前唤官媒婆來，去蔡狀元處説親。（末云）領鈞旨。（唤科）（丑扮媒婆執斧、秤上）

【醉太平】(二)（丑）我做聰俊的媒婆，兩脚疾走如梭。生得不矮又不矬，人人都來請我。我只要金多銀多，綾羅段匹多，方肯做。又且張家李家誇談我。（末云）誇談你甚的？（丑）道我每須勝是别媒婆。

（丑云）媒婆媒婆，兩脚奔波。一斗好酒，一隻肥鵝。送到家裏，我和老公笑呵呵。(三)（末云）婆子休閒説，且去見老相公。（丑見科）（外云）婆子，你手裏拿着甚麼東西？（丑云）這是斧頭。（外云）要他何

(一) 眉批：『試看』二句，羅隱贈袁筠詩。
(二) 眉批：古本此折與諸本大不同，從此方協調。
(三) 眉批：諸本此處多冗長俗語，今從古本節去。

用？（丑云）這是媒婆的招牌。（外云）如何將他做招牌？（丑云）告相公得知：《毛詩》有云：析薪如之何？匪斧弗克。娶妻如之何？匪媒不得。以此將他爲招牌。（末云）休在班門弄斧。（外云）媒婆，你要這秤何用？（丑云）相公，這喚作量人秤，最是要緊用的：大凡做媒時節，先把新婦新郎秤得一般，方纔與他説親，久後夫妻也和順。若是輕重頭了，夫妻到底相嫌。（外云）休閒説！媒婆，我昨日奉聖旨，教我將女孩兒招贅蔡狀元爲婿，如今你去他根前説知。若得成就了這頭親事，我多多賞你。（丑云）這個有甚難處？一來奉當今聖旨，二來託相公威名，三來小姐才貌兼全。是人知道，蔡狀元有何不可？（末云）這話極説得是。（外云）媒婆你來，我説與你聽。

【南吕過曲·瑣窗郎】（外）吾家一女娉婷，不曾許與公卿。昨承聖旨，招選書生。媒婆，你和他説。不須用白璧黄金爲聘。（合）若是姻緣前世已曾定，今日裏共歡慶。

【前腔】（丑）住東京極有名聲，相公，論媒婆非自逞。今朝事體，管取完成。怕有一輕一重，全憑這條官秤。（合前）

【前腔】（末）雖然他高占魁名，得相招多少榮縈。〔一〕依繡幕選中雀屏，媒婆，你此去他必從命。（合前）

〔一〕夾批：榮縈：一本作『榮依』，一本作『榮紆』。

（外）爲傳芳信仗良媒，（丑）管取門楣得俊才。[一]
（末）百年夫婦今朝合，（合）一段姻緣天上來。

第十三齣　伯喈辭婚

【商調引子·高陽臺】（生）夢遶親闈，[二]愁深旅邸，那堪音信遼絶。[三]淒楚情懷，怕逢淒楚時節。重門半掩黄昏雨，奈寸腸此際千結。守寒窗一點孤燈，照人明滅。當時輕散輕别，嘆玉簫聲杳，[四]庾樓明月。[五]一段愁煩，翻成兩下悲咽。枕邊萬點思親淚，伴漏聲到曉方徹。鎖愁眉，慵臨青鏡，頓添華髮。

〔木蘭花〕鰲頭可羨，須知富貴非吾願。雁足難憑，没個音書寄此情。田園將蕪，不知松菊猶存否？光景無多，争奈椿萱老去何？自家爲父母所强，來此赴選，誰知逗遛在此，竟不能歸。今又復拜皇恩，除

[一] 眉批：諸本落場詩丑句在前，外句在後，失序無味，今從古本更定。

[二] 夾批：古本『夢遶』，諸本作『夢遠』，『遶』字勝。

[三] 眉批：此旅邸思親。

[四] 眉批：《列仙傳》：蕭史，秦穆公時人，風神超邁，善吹簫。作鳳鳴，能致孔雀白鶴。穆公有女名弄玉，亦好吹簫，遂以妻焉。乃教玉作鳳鳴。居十餘年，有鳳凰止其屋，穆公爲作鳳凰臺，夫婦止其上。一日，史乘龍，玉乘鳳，升天去。

[五] 眉批：《世説》：庾亮登樓。

爲議郎。(一) 雖則任居清要，争奈父母年老，安敢久留他鄉？ 天那！ 知我的父母安否如何？ 知我的妻室侍奉如何？ 欲待上表辭官，又未知聖意如何？ 苦！ 好似和針呑却綫，刺人腸肚繫人心。（末、丑同上）

【勝葫蘆】（末）特奉皇恩賜結姻，來此把信音傳。（丑）若是仙郎肯與諧姻眷，(二) 一場好事，管取今朝便團圓。

（生云）兒家門户重重閉，(三) 春色緣何得入來？ 未審何人到此？（末、丑）小子是牛太師府中一個院子，老媳婦是官媒婆，我兩人奉天子之洪恩，領太師之嚴命，欲與狀元諧一佳偶。（生云）元來如此。不索多言，且聽我説。

【商調過曲·高陽臺】（生）宦海沉身，京塵迷目，名韁利鎖難脱。目斷家山，空勞魂夢飛越。（丑云）狀元，是好一個小姐。（生）閒聒，閒藤野蔓休纏也。俺自有正兔絲，親瓜葛。(四) 是誰人無端調引，謾勞饒舌？

(一) 眉批： 漢靈帝建寧三年，蔡邕校書東觀，遷爲議郎。
(二) 夾批： 姻眷： 一作『繾綣』。
(三) 眉批： 兒家，猶云人家。 薛維翰詩： 白玉堂前一樹梅，今朝忽見數枝開。兒家門户云云。
(四) 夾批： 用『閒藤野蔓』『兔絲』『瓜葛』襯貼『纏』字，懇切。 眉批： 古詩： 『與君爲新婦，兔絲附女蘿。』又，魏明帝詩： 『與君爲婚姻，瓜葛相結連。』

【前腔換頭】（末）閥閱，紫閣名公，黄扉元宰，(一)三槐位裏排列。金屋嬋娟，(二)妖嬈那更貞潔。（丑）歡悦，秦樓此日招鳳侶，遣妾每特來執伐。望君家殷勤肯首，早諧結髮。

【前腔換頭】（生）非别，千里關山，一家骨肉，教我怎生抛撇？妻室青春，那更親鬢垂雪。（丑云）(三)狀元，老丞相見你這般青春年少，纔肯把小姐嫁與你，你不必推故。（生）差迭，須知少年自有人愛了，謾勞你嫦娥提挈。滿皇都豪家無數，豈必卑末？

【前腔換頭】（末）不達，相府尋親，侯門納禮，兀自拒他不屑。(四)繡幕奇葩，春光正當十八。（丑）休撇，知君是個折桂手，留此花待君攀折。況親奉丹墀詔旨，非我自相攛掇。

【前腔換頭】（生）心熱，自小攻書，從來知禮，忍使行虧名缺？父母俱存，娶而不告須難説。悲咽，門楣相府雖要選，奈扊扅佳人實難存活。(五)（丑云）狀元，小姐生得十分美貌，你休錯過了。

(一) 眉批：漢丞相黄扉黑幡。

(二) 眉批：漢武故事：帝數歲時，長公主抱問：『欲得婦否？』曰：『欲得。』主指阿嬌：『好否？』笑曰：『若得阿嬌，當以金屋貯之。』

(三) 眉批：諸本丑白作『小姐因見你』云云，甚非；今從古本『丞相見你』云云，方穩。

(四) 夾批：『拒他不屑』一作『與他相别』。

(五) 夾批：扊扅：扊，余染切；扅，余之切。户拴也。眉批：百里奚事秦爲相，忘其妻，妻歌曰：『百里奚，五羊皮。憶别時，烹伏雌，炊扊扅，今日富貴忘我爲。』問之，乃其妻也，還就焉。

（生）縱然有花容月貌，怎如我自家骨血？

【前腔換頭】（末）迂闊，他勢壓朝班，威傾京國，你却與他相别。只怕他轉日回天，㈠那時須有個決裂。（丑）虚説，江空水寒魚不食，嘆滿船空載明月。㈡下絲綸不愁無處，笑伊村殺。

【餘文】（生）明朝有事朝金闕，歸家奉親心下悦。（末）狀元，只怕聖旨不從空自説。㈢

（生云）不須多言。你若果奉聖旨來，我明日上表辭官，一就辭婚便了。

（末）君王詔旨不相從，（生）明日應須奏九重。

（丑）有緣千里能相會，（合）無緣對面不相逢。

㈠　眉批：魯陽公與韓搆難，戰酣，日暮。援戈而揮之，日返三舍。唐太宗修洛陽宫，左庶子張玄素諫止之。魏徵曰：『張公論事，有回天之力。』

㈡　夾批：二句華亭和尚偈。

㈢　夾批：吴本無此【餘文】，似欠結果。

第十四齣　丞相强婚

【黄鍾過曲·出隊子】（外）朝夕縈掛，只爲孩兒多用心。不知月老事如何？(一)爲甚冰人没信音？(二)顒望多時，情緒轉深。

（外云）目斷青鸞瞻碧霧，情深紅葉看金溝。自家昨遣院子和官媒婆去蔡狀元處説親，至今未見回音，(三)且待他來，便知端的。

【前腔】（丑、末）喬才堪笑，故阻佯推不肯從。豈無佳婿近乘龍？有甚福緣能跨鳳？料想書生，只是命窮。

（相見科）（外云）媒婆，你回來了。事體若何？他肯不肯？（丑云）覆相公得知：他千不肯，萬不肯，只是不肯不肯。（末云）你且住休，待小人覆知相公。蔡狀元道他家中有垂白之父母，年少之妻

(一)　眉批：唐韋固求婚，客有議潘昉女且期隆寺門。固往，見有老人倚囊坐堦，向月檢書。固問何書，曰：『天下婚牘。』固曰：『吾議潘昉女，成乎？』曰：『未也。君婦適三歲，十七入君門。』固問女何在，曰：『店北賣菜陳老嫗女耳。』老人忽不見，後皆如老人言。

(二)　眉批：晉令狐策夢立冰上，與冰下人語。索紞占曰：『當在冰上，與冰下人語，爲陽語陰，媒介事也，當爲人作媒，冰泮婚成。』

(三)　音：原作『首』，據汲古閣刊本《繡刻琵琶記定本》改。

房；　明日要上表辭官家去，實難從命。

【正宫過調·雙鸂鶒】（外）聽伊説，教人怒起。漢朝中惟吾獨貴，我有女，偏無貴戚豪家求配？奉聖旨使我招狀元爲婿，媒婆，不知他回話有何言語？

【前腔】（丑）媒婆告相公知：　恨那人作怪蹺蹊。千不肯，萬推辭。（外云）（一）我奉聖旨招他爲婿，你曾把這話對他説麽？（丑）這話頭不惹些兒。道始得及第，縱有花容月貌休提。他罵相公罵小姐。（外云）他罵小姐甚麽？（丑）道脚長尺二。（末磕頭科）（末）這般説謊没巴臂。（二）

【前腔】（末跪禀科）恩官且聽咨啓：　蔡狀元聞説愁眉。忠和孝，恩和義，念父母八十年餘。況已娶了妻室，再婚重娶非禮。待早朝，上表文，要辭官家去，請相公别選一佳婿。

【前腔】（外）他原來要奏丹墀，敢和我厮挺相持。細思之，可奈他將人輕覷。我就寫表奏與吾皇知，與他官拜清要地，務要來我處爲門楣。

【意不盡】（合）這讀書輩没道理，不思量違背了聖旨；　只教他辭官辭婚俱未得。

（外云）自古道：　殺人可恕，情理難容。我的威名，誰不欽敬？多少貴戚豪家求爲吾婿而不可得。旼

（一）眉批：　諸本無外白，接『這話頭』句不過。

（二）眉批：　『這般説謊』以下雖俱出自末口，接調首句當截。

耐一書生顛倒不肯。他要辭官家去，且由他。左右，你和官媒婆再去蔡狀元處說，看他如何？我如今先去朝中奏知官裏，只教不准他上表便了。

（外）枉把封書奏九重，（末）不如及早便相從。

（合）覊縻鸞鳳青絲網，（合）牢絡鴛鴦碧玉籠。

第十五齣　牛氏怨婚

【中呂過曲·剔銀燈】（貼）忒過分爹行所爲，但索强全不顧人議。背飛鳥硬求來諧比翼，隔墻花强攀求做連理。姻緣，還是怎的？天那！我待對爹爹說呵。婚姻事女孩兒家怎提？（一）

（貼云）姻緣姻緣，事非偶然。好笑我爹爹定要將奴家招贅蔡狀元爲婿，那狀元不肯，俺這裏也罷了。誰想爹爹苦不放過。天那！他既不肯，便做了夫妻，到底也不和順。奴家待將此事對爹爹說，只是此事不是女孩兒每說的話。（二）苦！好悶呵！（净魆地上探）慚愧！慚愧！今日能彀得小姐悶也。小姐，你想着甚麽？（貼云）我不曾想着甚麽。（净云）既不想着甚麽，爲何手托香腮，在此憂悶？我且問你：你往常間件件不煩惱，事事不動情，我今想起來你都是佯詐。今日莫不是對景傷情麽？（貼

（一）　眉批：此話應前第三齣白語。

（二）　事不：原作『孩兒』，據汲古閣刊本《繡刻琵琶記定本》改。

云）老姥姥，你説那裏話？ 我爲爹爹做事不停當，以此憂悶。（浄云）你爹爹做甚麼事不停當？（貼云）我爹爹要將奴家嫁與蔡狀元，使官媒婆去説，蔡狀元不肯從命。 他既然不肯，俺這裏也索罷了。 如今爹爹苦不放過他，又叫媒婆去説。 老奶奶，你好生與我對爹爹説一聲也好。（浄云）小姐，這是你爹爹的主意，如何肯聽我説？

【仙呂過曲・桂枝香】（浄）書生愚見，忒不通變。不肯坦腹東床，(一)謾自去哀求金殿。 想他每就裏，想他每就裏，將人輕賤。 小姐，非爹胡纏，怕被人傳。（貼云）(二)呀！ 怕人傳甚的？（浄）道你是相府公侯女，不能彀嫁狀元。

【前腔】（貼）百年姻眷，須教情願。 他那裏抵死推辭，俺這裏不索留戀。 想他每就裏，想他每就裏，有些牽絆。（浄云）(三)有甚麼牽絆？（貼）怕恩多成怨。 滿皇都少甚麼公侯子，何須去嫁狀元？

【南呂過曲・大迓鼓】（浄）非干是你爹意堅，只怕春花秋月，誤你芳年。 況兼他才貌真堪

(一) 眉批： 晉郗鑒使門人求婿於導，導令遍觀諸子弟。 門人歸，與鑒曰： 『王氏諸少年並佳，然聞信至，或自矜持。惟一人東床坦腹，食胡餅，獨若不聞。』鑒曰： 『此真佳婿。』及訪之，乃羲之也，以女妻之。

(二) 眉批： 諸本無貼白。

(三) 眉批： 諸本無浄白。

羡，又是五百名中第一仙。故把嫦娥，付與少年。

【前腔】（貼）姻緣雖在天，若非人意，到底埋怨。料想赤繩不曾綰，[一]多應他無玉種藍田。休把嫦娥，强與少年。

（净）匹配本自然，（貼）何須苦相纏。

（净）眼下雖成就，（貼）到底也埋冤。

第十六齣　伯喈辭官

（末扮黄門官上）

【仙吕引子·北點絳唇】（末）[二]夜色將闌，晨光欲散，把朱簾捲。移步丹墀，排列着金龍案。[三]

[一] 眉批：唐韋固問月下老囊中何物，曰：『赤繩子，以繫夫婦之足。雖讐敵（以下漫漶不清）』

[二] 末：原作『末末』，據汲古閣刊本《繡刻琵琶記定本》改。

[三] 眉批：王建《宫詞》：『金鑾殿上金龍案。』

【混江龍】(一)(末)官居宫苑，謾道是天威咫尺近龍顔。(二)　每日間親隨車駕，只聽鳴鞭，(三)去螭頭上拜跪，(四)隨着豹尾盤旋。(五)　朝朝宿衛，早早隨班。做不得卿相當朝一品貴，到先做侍臣待漏五更寒。(六)　空嗟嘆，山寺日高僧未起，算來名利兀的不如閒。

(末云)自家是漢朝一個小黄門。(七)　往來紫禁，(八)侍奉丹墀。領百官之奏章，傳一人之命令。正是：主德無瑕因宦習，天顔有喜近臣知。如今天色漸明，正是早朝時分，官裏升殿，怕有百官奏事，只得在此祇候。(内問)怎見得早朝氣象？(末云)但見銀河清淺，珠斗斕班。數聲角吹落殘星，三通鼓報傳

(一)　夾批：【混江龍】□□《北西厢記》諸折，前四句一律後，殊不類，惟『彩雲何在』一折略相似。據《中原音韻》載，句字可以增損者，而此調在焉，自不可以一律拘也。

(二)　近龍顔：原作『龍顔近』，據汲古閣刊本《繡刻琵琶記定本》改。眉批：《左傳》：桓公曰：『天威不違顔咫尺。』

(三)　眉批：《本朝會要》曰：『唐及五代皆有鳴鞭，周守條狼氏執鞭，趨避之，遺法。然則鳴鞭雖始於唐，亦本周。』

(四)　眉批：《説文》：『螭若龍，無角。』《漢書》：『殿堦欄楯刻螭爲飾，故丹墀之堦曰螭頭。』

(五)　眉批：《輿服志・大駕》：屬車八十一乘，尚書、御史所載後一乘。豹尾，侍御載之，豹尾以前比省中。

(六)　夾批：諸本『侍臣』作『朝臣』，字音覺卑弱，不如『侍』字音勁，且與黄門官爲切。

(七)　眉批：黄門居禁中，在黄門之内，掌傳箋奏。

(八)　眉批：《漢書》：宫禁之門紫，故曰紫禁。武帝天鼎二年，作承露臺，高二十丈，大七圍，以銅爲之，上有仙人掌以承露。和玉屑飲之，可以長生。

清曙。銀箭銅壺，點點滴滴，尚有九門寒漏； 瓊樓玉宇，聲聲隱隱，已聞萬井晨鐘。曈曈矇矇，蒼茫紅日映樓臺； 拂拂霏霏，葱菁瑞靄浮禁苑。梟梟巍巍，千尋玉掌，幾點瀼瀼露未晞； 澄澄湛湛，萬里璇空，一片團團月初墜。三唱天鷄，咿咿喔喔，共傳紫陌更闌； 百囀流鶯，間間關關，報道上林春曉。五門外碌碌剌剌，(一)車兒碾得塵飛； 六宫裏嘔嘔啞啞，樂聲奏如鼎沸。只見那建章宫、甘泉宫、未央宫、長楊宫、五柞宫、長秋宫、長信宫、長樂宫，重重疊疊，萬萬千千，盡開了玉關金鎖； 又見那昭陽殿、金華殿、長生殿、披香殿、金鑾殿、麒麟殿、太極殿、白虎殿，隱隱約約，三三兩兩，都捲上繡箔珠簾。半空中忽聽得一聲轟轟劃劃，如雷如霆，震耳的鳴梢響； 合殿裏只聞得一陣氤氤氳氳，非烟非霧，撲鼻的御爐香。縹縹緲緲，紅雲裏雉尾扇遮着赭黄袍； 深深沉沉，丹陛間龍鱗座覆着彤芝蓋。(二) 左列着森森嚴嚴，前前後後的羽林軍、(三)期門軍、控鶴軍、神策軍、虎賁軍，花迎劍珮星初落； 右列着濟濟鏘鏘，高高下下的金吾衛、(四)龍虎衛、拱日衛、千牛衛、(五)驃騎衛，柳拂旌旗露未乾。金間玉，玉間金，烱烱爍

(一) 眉批：五門：《周禮》：「一皋門，二雉門，三庫門，四應門，五曰路門是也。」

(二) 眉批：彤芝蓋：《兩都賦》：「芝蓋九葩。」

(三) 眉批：羽林軍：天有羽林大將軍之星，蓋羽翼鷙擊之意。林明若林木，漢武帝胡行名武臣。

(四) 眉批：秦有中尉，漢武帝更名執金吾。蓋取執金御章非常。

(五) 眉批：千牛衛：宋孫綽□遺千牛爲人主防身力也，故後魏有千牛備身，掌執御刀。唐顯慶五年始置左右千牛府，鳳翔二年改府曰衛。

爍，燦燦爛爛的神仙儀從；紫映緋，緋映紫，行行列列，整整齊齊的文武官僚。螭頭陛下，立着一對妖妖嬈嬈，花容月貌，繡鸞袍，鴛鴦靴的奉引昭容；〔一〕豹尾班中，擺着一對端端正正，銅肝鐵膽，白象簡，獬豸冠的糾彈御史。拜的拜，跪的跪，那一個敢挨挨挱挱縱諠譁？升的升，下的下，那一個不欽欽敬敬依禮法？但願得常瞻仙仗，聖德日新日新日日新；與群臣共拜天顔，聖壽萬歲萬歲萬萬歲。從來不信叔孫禮，今日方知天子尊。〔二〕道猶未了，一個奏事的官人早來。（生扮蔡邕上）

【黄鍾過曲・點絳唇】（生）月淡星稀，建章宫裏千門曉。御爐烟裊，隱隱鳴梢杳。忽憶年時，問寢高堂早。鷄鳴了，闊縈懷抱，此際愁多少？

（生云）不寢聽金鑰，因風想玉珂。明朝有封事，數問夜如何。自家爲父母在堂，欲上表辭官回去侍奉。如今天色已明，這裏是午門外廂，不免進入去咱。（末云）奏事官搢笏三舞蹈。

【黄鍾過曲・神仗兒】（生）揚塵舞蹈，遥瞻天表，見龍鱗日耀，（末云）狀元不得升殿。（生）咫尺重瞳高照。〔三〕（末云）有何文表，就此呈奏。（生）遥拜着赭黄袍，遥拜着赭黄袍。

〔一〕眉批：昭容：唐女官，正二品。天子坐朝，昭容引坐。
〔二〕眉批：叔孫通，漢高帝六年爲博士，説帝起朝儀，采古禮與秦儀雜就（記）之，始於長樂宫，自諸王以下莫不震肅。帝曰：『今日乃知天子之貴也。』
〔三〕眉批：太史公曰：『舜目蓋重瞳子。』

【滴溜子】（生）臣邕的，臣邕的，荷蒙聖朝。臣邕的，臣邕的，拜還紫誥。（末云）狀元，你莫不是嫌官小麼？（生）念邕非嫌官小，奈家鄉萬里遥，雙親又老。干瀆天威，萬乞恕饒。

（末云）狀元，吾乃黄門，職掌奏章。有何文表，就此披宣。（生跪科）

【入破第一】[一]議郎臣蔡邕啓：今日蒙恩旨，除臣爲議郎之職，重蒙賜婚牛氏。干瀆天威，臣謹誠惶誠恐，稽首頓首。伏念微臣，初來有志，誦詩書，力學躬耕修己，不復貪榮利。事父母，樂田里，初心願如此而已。不想州司，謬取臣邕應試。到京畿，豈料蒙恩，叨居上第。

【破第二】重蒙聖恩，婚賜牛公女。[二]臣草茅疏賤，如何當此隆遇？况臣親老，[三]一從别後，光陰又幾。廬舍田園，荒蕪久矣。

（末云）老親在堂，必自有人奉侍，狀元不必憂慮。

【衮第三】（生）但臣親老鬢髮白，[四]筋力皆癯瘁。形隻影單，無兄弟，誰承侍？况隔千山萬水，生死存亡，雖有音書難寄。最可悲，他甘旨不供，我食禄有愧。

[一] 眉批：此一枝雖分數折，而詞意聯絡，至【中衮】以下三折有無限有餘不盡之趣，《陳情表》不是過也。

[二] 夾批：婚賜：一本作『婚以』。事尚未成，不當用『以』字。

[三] 夾批：况臣：一本作『但臣』。

[四] 夾批：古本『但臣親老』，諸本一作『况臣』，一作『那更』。

（末云）聖上作主，太師聯姻，狀元，這也是奇遇。

【歇拍】（生）不告父母，怎諧匹配？臣又聽得家鄉裹，遭水旱，遇荒饑。多想臣親必做溝渠之鬼，未可知。怎不教臣，悲傷淚垂？

（生哭）（末云）狀元，此非哭泣之處，不得驚動天聽。

【中衮第五】[一]（生）臣享厚禄掛朱紫，出入承明地。[二]惟念二親寒無衣，饑無食，喪溝渠。憶昔先朝朱買臣守會稽，[三]司馬相如，持節錦歸。[四]

【煞尾】他遭遇聖時，皆得回鄉里。臣何故别父母，遠鄉閭，没音書，此心違？伏望陛下特憫微臣之志，遣臣歸。得侍雙親，隆恩無比。

【出破】若還念臣有微能，鄉郡望安置。庶使臣忠心孝意得全美，臣無任瞻天仰聖，激切屏營之至。

[一] 眉批：諸本無此及上末二白。

[二] 眉批：應璩詩有『三入承明廬』。翰林有承明金鑾。

[三] 眉批：《漢書》：朱買臣，會稽人。家貧，賣薪自給。擔束薪，行且讀書。漢武帝時，以同邑嚴薦召見，説《春秋》，拜中大夫，後爲會稽太守。

[四] 眉批：《記》：司馬相如，武帝時以詞賦得幸，爲中郎將。建節鉞，蜀太守以下郊迎，縣令負弩矢先驅。蜀人以爲寵焉。

（末云）[一]元來如此。吾當與汝轉達天聽，你只在午門外廂俟候聖旨。正是：眼望旌捷旗，耳聽好消息。（生起科）

【神仗兒】（生）揚塵舞蹈，揚塵舞蹈，見祥雲縹緲，想黄門已到。料應重瞳看了，多應是念我私情烏鳥。[二]顒望斷九重霄，顒望斷九重霄。

（生云）黄門已將我奏章傳達，未知聖意允否？不免乘間禱告天地一番。

【滴溜子】（生拜唱）天憐念，天憐念，蔡邕拜禱。雙親的，雙親的，[三]死生未保。天那！可憐恩深難報。一封奏九重，知他聽否？爹娘呵，俺和你會合分離，都在這遭。

（生云）咳！黄門去了多時，怎的不見回報？想必是官裏准了。天那！若能彀回家侍奉父母，何須在此做官？（末捧詔書上）

【前腔】（末）今日裏，今日裏，議郎進表。傳達上，傳達上，聖目看了。道太師昨日先奏，把乘龍女婿招，多少是好？（生云）黄門大人，你莫不是哄我？（末）見有玉音傳降聽剖。

[一] 眉批：諸本無此白。

[二] 眉批：李密《陳情表》：『烏鳥私情，願乞終養。』

[三] 雙親的：原闕，據汲古閣刊本《繡刻琵琶記定本》補。

（末云）聖旨已到，跪聽宣讀。（生俯伏）（末讀詔）孝道雖大，終於事君；王事多艱，豈遑報父？（一）朕以涼德，嗣纘丕基。（二）眷兹警動之風，未遂雍熙之化。爰招俊髦，（三）以輔不逮。咨爾才學，允愜輿情。是用擢居議論之司，以求繩糾之益。（四）爾當恪守乃職，勿有固辭。其所議婚姻事，可曲從師相之請，以成桃夭之化。（五）欽予時命，裕汝乃心。謝恩。（生云）黄門大人，煩你與我再去奏知官裏，我情願不做官。（末云）咳！這秀才好不曉事，聖旨誰敢違背？（生云）黄門大人，你不去時節，我自去拜還聖旨如何？（末云）呀！這秀才好怪麽，這所在你如何去得？（生哭科）

【啄木兒】（生）我親衰老，妻又嬌，萬里關山音信杳。他那裏舉目淒淒，俺這裏回首迢迢。他那裏望得眼穿兒不到，俺這裏哭得淚乾親難保。閃殺人一封丹鳳詔。（六）

【前腔】（末）狀元，你何須慮，不用焦，人世上離多歡會少。大丈夫當萬里封侯，肯守着故園

（一）眉批：《詩》：『王事靡盬，不遑報父。』
（二）眉批：《書》：『弼我丕丕基。』
（三）眉批：《詩》：『髦士攸宜。』
（四）眉批：《書》：『繩愆糾繆。』
（五）眉批：《詩》：『桃之夭夭，灼灼其華。之子於歸，宜其室家。』
（六）眉批：書用五色紙，銜於木鳳之口而頒行之。

空老？畢竟事君事親一般道，人生怎全忠和孝？却不見母死王陵歸漢朝？（一）

【三段子】（生）這懷怎剖？望丹墀天高聽高。這苦怎逃？望白雲山遥路遥。

【前腔】（末）狀元，你做官與親添榮耀，高堂管取加封號。與你改换門閭，偏不是好？

【歸朝歡】（生）冤家的，冤家的，苦苦見招，俺媳婦埋冤怎了？饑荒歲，饑荒歲，怕他怎熬？俺爹娘怕不做溝渠中餓殍？

【前腔】（末）狀元，譬如四方戰争多征調，從軍遠戍沙場草，也只是爲國忘家怎憚勞。

（生）家鄉萬里信難通，（生）争奈君王不肯從。

（合）情到不堪回首處，（合）一齊分付與東風。

（一）眉批：《史記》：王陵，沛人，始爲縣豪。高祖微時，兄事之。及高祖起沛，先聚黨數千人居南陽，至是以兵屬焉。西楚伯王項羽收陵母，置軍中。陵使至，則東向坐陵母，欲以招陵。陵母私使者，泣曰：『願爲妾語陵，善爲漢王。漢王，長者，毋以老妾故持二心，妾以死送使者。』遂伏劍而死。天下既定，陵封安國侯。

第十七齣　里正奪糧

【仙呂入雙調·普賢歌】(一)(丑)身充里正實難當，雜泛差徭日夜忙。官司點義倉，(二)並無些子糧，拚一頓拖翻喫大棒。

(丑云)我做都官管百姓，另是一般行徑。破靴破帽破衣裳，打扮須要厮稱。到官府百般下情，下鄉村十分豪興。討官糧大大做個官升，賣私鹽輕輕弄條喬秤。點催首放富差貧，保解户欺軟怕硬。猛拚打强放潑，畢竟是個畢竟。誰知天不由人，萬事皆從前定。騙得五兩十兩，到使五錠十錠。田園盡都典賣，並無些子餘剩。叵耐廳前首領，嫌恨司房喬令。把我千樣凌辱，將我萬般督併。動不動丢了破帽，打得我黄腫成病。幾番要自縊投河，不要了這條性命。今番又點義倉，却無糧米抵應。若還把我拖翻，便叫高臺明鏡。小人也不是都官，也不是里正。休將屈棒，錯打了平民。(内問)你是誰？(丑云)我是搬戲的副浄。(内云)休道出本來面目！(丑云)苦！往常間把義倉穀子偷將家去，養老婆孩兒

(一)　入：原作『又』，據明萬曆金陵繼志齋刊本《重校琵琶記》改。下同改。

(二)　眉批：《通典》曰：隋文帝開皇五年，長孫平奏令諸王百官勸諫當社共立義倉。唐太宗貞觀中，戴胄言：『隋天下之人，節級輸粟，名爲社倉。』又，韓仲良奏：『王公以下墾田百畝，(納)二升貯之府縣，以備凶年，賑給百姓。』始爲義倉。蓋其事自隋始也。

了。今日上司官點義倉放穀，賑濟貧民，倉中没有一些，那裏討還他？没奈何，我待把家私並老婆兒子都賣了，也賠不起，不免去與李社長商量則個。轉灣抹角，兀的便是李社長家裏。李社長！李社長！（浄云）誰叫老爺？（丑笑）咦！你慣要做大。且出來。

【前腔】（浄）身充社長管官倉，老小一家都賴倉裏養。（丑云）好！好！你一家老小都賴倉裏養，事發時節，着你如何擺佈？（浄）事發儘不妨，里正先喫棒。（丑云）(一)尊兄，饒得你過麼？（浄）先打了都官，方纔打社長。

（浄云）老夫年傍八旬，家中只有三人。因充社長勾當，誰知也不安寧。又要告官書題粉壁，又要勸民栽種翻耕。又要管淘河砌礴，又要辦水桶麻繩。若有人家嫁娶，須索請我做冰人。人人稱我年高服衆，個個叫我社長官人。若得一紙狀子，强似廳上縣丞。原告許我銀子三錠五錠，被告送我猪脚十斤廿斤。若還得了兩家財物，只得矇矓寫個回文。每日去幹得泄水功德，竟不知自家家裏禍因。大的孩兒不孝不義，小的媳婦逼勒離分。單單只有第三個孩兒本分，常常搶去老夫的頭巾。激得我老夫性發，只得唱個陶真。（丑云）呀！陶真怎的唱？（浄云）我唱，你打和。（丑云）使得。（浄云）孝順還生孝順子，（丑云）打打哈蓮花樂。（浄云）忤逆還生忤逆兒，（丑云）打打哈蓮花樂。（浄云）不信但看檐前水，（丑云）打打哈蓮花樂。（浄云）滴滴點點不差移，（丑云）打打哈蓮花樂。（浄云）住休！（丑

(一) 眉批：諸本無此白，與丑折不稱，今從古本增入。

云）你若不叫住休，我直唱到天明。（丑云）社長哥，今日官司給散義倉，倉中又無稻子，如何是好？（淨云）里正，你叫我出來有甚事説？倉中稻子都是你搬去一家兒喫了，怎的到來扯我和你合賠？我和你不免合賠些兒。（淨云）呸！若是上司來時，干我鳥事？我自回去抱子弄孫耍他娘。正是：小畜生，這般可惡！閉門不管窗前月，一任梅花自主張。（淨下）（丑云）活遭瘟！他倒説一家兒都賴倉裏養，如今就不認賬，怎麼好？尋個計策來弄他，他又走去了，上司官又來了，如何是好？呀！喝道聲漸漸近了，不免迎接則個。（外扮放糧官末扮隸卒上）

【前腔】（外）親承朝命賑饑荒。（末）躍馬揚鞭到此方。（丑云）里正接老爹。（末云）起去。疾忙開義倉，支與百姓糧，從實支收休要謊。

（外云）里正，將支收簿來看。（丑云）簿在此。（外看讀）元管二十九石，新收三十六石；除支一十九石，見在四十六石。左右，開倉。（外看倉）呀！這倉裏那有四十六石？（丑云）有，有，相公。（外云）左右，與他取了甘結；一面着他喚饑民來支糧。（丑云）一心忙似箭，兩脚走如飛。（外云）左右，這厮説謊。倉裏那得許多稻子？（末云）相公且由他，若是不足數，只要他賠償便了。（外云）也説得有理。（丑扮瞎子上）

【商調過曲・吴小四】（丑）肚又饑，眼又昏，家私没半分，子哭兒啼不可聞。聞知相公來濟民，請些官糧去救貧。

（丑云）相公可憐見。（末云）相公在這裏。（外云）老的姓甚名誰？家裏有幾口？（丑云）小的姓丘名乙已，住上大村，有三千七十口。（外云）胡説！那裏有許多口？（丑云）告相公得知：上大人，丘乙已，化三千，七十士。（末云）一口胡柴！（外云）你實有幾口？（丑云）小的夫妻兩口，孩兒兩口。（外云）支糧與他。（末與丑科）支四口糧了。（丑云）多謝！正是：一日不識羞，三日吃飽飯。（下）

（净扮聾子上）

【前腔】（净）嘆連朝，饑怎忍？家中有八九人。前日老婆典了裙，今日媳婦又典裩，恰好遇官司來濟貧。

（净云）相公可憐見。（外云）老的姓甚名誰？家裏有幾口？（净云）小的姓大名比丘僧，住在祇樹給孤獨園，有一千二百五十口。（外云）胡説！那裏有許多口？（净云）告相公得知：《彌陀經》中道：祇樹給孤獨園，與大比丘僧一千二百五十人俱。（末云）佛口蛇心。（外云）你實有幾口？（净云）小的有兩個媳婦，[一]三個孩兒，和我共六口。（外云）支糧與他。（末與净科）支六口糧了。（净云）多謝了！正是：今日得君提掇起，免教身在污泥中。[二]（净下）（旦上）

[一] 兩個媳婦：原作『個媳媳婦』，據汲古閣刊本《繡刻琵琶記定本》改。

[二] 眉批：此調比詩餘缺，□叶『難』字韻。

【雙調引子·搗練子】(一)(旦)嗟命薄，嘆年艱。含羞忍淚向人前，(二)猶恐公婆懸望眼。

(旦云)路當險處難迴避，事到頭來不自由。奴家少長閨門，豈識途路？(三)今日見官司放糧濟貧，免不得去請些子，以救公婆之命。(相見科)(外云)婦人，你姓甚名誰？來此怎的？(旦云)告相公，奴家姓趙，名五娘；公公蔡從簡。因兒夫出去，特來請些糧米，以救公婆之命。(外云)你丈夫那裏去了，使你婦人家來請糧？

【正宮引子·普天樂】(旦)兒夫一向留都下。(外云)你家裏還有誰？(旦)只有年老爹和媽。(外云)有弟兄麼？(旦)弟和兄更沒一個。(外云)既沒有弟兄，誰看承你的爹媽？(旦)看承盡是奴家。(外云)你說起來，好苦呵。婦人家不出閨門，你何不使個男子漢來請糧？(旦作悲科)(旦)歷盡苦，誰憐我，相公，怎說得不出閨門的清平話？(外云)你家裏有幾口？(旦云)只有三口。(外云)左右，支糧與他。(末云)没糧了。(旦哭)(旦)若無糧，我也不敢回家。(外云)怎的不敢回家？(旦)相公，豈忍見公婆受餒？天那！嘆奴家命薄，直恁折挫。(四)

(一) 眉批：一名【胡搗練】。
(二) 忍：原闕，據汲古閣刊本《繡刻琵琶記定本》改。
(三) 路：原作『中』，據汲古閣刊本《繡刻琵琶記定本》改。
(四) 眉批：古本『命薄』，諸本作『命乖』；『折挫』諸本作『摧挫』，氣弱。

（外云）左右，這倉中稻子没了。一來湊原數不起，二來這婦人説得好苦，你去拿那里正來，要這厮賠償。（末云）領鈞旨。假饒走到焰摩天，[一]脚下騰雲須趕上。（旦云）望相公可憐見，主張些糧米，與奴家救濟公婆之命。（外云）不妨事，我自有分曉。（末押丑上）一似甕中捉鱉，手到拿來。（外云）里正，這倉中稻子湊原數不起，想是你偷了，你好好招狀。（丑云）相公，小人招不得。自古道東量西折，難教小人賠償。（外云）畜生，尖斛量入，平斛量出，如何會折了許多？左右，拿下打四十！（丑云）相公，不要打，小人情願招了。（丑讀招）招狀人姓猫名鼠，見年三十有餘。身上别無疾病，只有白帶不除。今與執結招狀，因爲官糧欠虧。説到義倉情弊，中間無甚蹺蹊。稻熟排門收斂，斂了各自將歸。並無倉廪盛貯，那有帳目收支。縱然有得些小，胡亂寄在民居。官司差人點視，便羅些穀支持。上下得錢便罷，不問倉實倉虚。假饒清官良吏，被我影射片時。東家借得十担，西家借得五箕。但見倉中有穀，其間就裏怎知？年年把當常事，番番一似耍嬉。不道今年荒旱，不道今年民飢。不因分散賑濟，如何會泄天機？假若奏到三十三天，我里正無甚罪過。（末云）爲甚的？（丑云）只是點糧詐錢的做馬做驢。招狀執結是實，伏乞相公指揮。（外云）左右，押這厮去，要他賠償。（末押丑下）正是：懼法朝朝樂，欺公日日憂。（末押丑上）假饒人心似鐵，怎逃官法如爐？[二]稟相公，里正賠償的稻子有了。（外

[一] 眉批：《高士傳》：『三十三天之上有天曰焰摩天。』
[二] 怎逃：原作『非爲鐵』，據汲古閣刊本《繡刻琵琶記定本》改。

云）支與那婦人去。（旦云）多謝相公。（末與旦科）（丑覷覰科）由你半路去，我好歹與你奪了便罷。（旦云）謝得恩官爲主維，（丑云）只教中路有災危。（外云）當權若不行方便，（末云）如入寶山空手回。（外、末、丑下）（旦吊場）一斟一酌，莫非前定。今日奴家去請糧，誰知道里正作弊，倉中無穀。若不得相公督併里正，教他賠償，奴家如何得這些穀回家救濟二親？正是：饑時得一口，强似飽時得一斗。（欲下）（丑上攔住）咳！恩人相見，分外眼明。仇人相見，分外眼睁。我也會見你過來呵！你快把稻子還我，萬事皆休。（旦云）呀！相公與奴家稻子，如何還你？（丑云）咳！方纔不是你只管告不休，相公如何要我賠納？這稻子是我責老小責家私得來的，你如何拿去？（趕上搶科）（旦云）里正官人，休要用强；可憐奴家艱苦！（丑云）可憐你甚的？

【雙調過曲・鎖南枝】(一)（旦）(二)兒夫去，竟不還，公婆兩人都老年。自從昨日到如今，不能彀一餐飯。（丑云）你公婆没飯喫，干我甚事？（旦）奴請糧，他在家懸望眼。念我年老公婆，做方便。(三)

(一) 眉批：此一枝凡十折，一二五七九自是一體，二四六八十自是一體。
(二) 旦：原作『生』，據汲古閣刊本《繡刻琵琶記定本》改。
(三) 眉批：一本第二折有丑唱曲『賊潑賤，聽我言，聲聲叫咱行方便。我爲你打了二十皮鞭，端的羞咱臉。這我糧，被你騙。你若不還時，管教你一命喪黃泉』。

(拜丑科)(丑云)不要拜，不要拜。這般年成，我做不得方便；你將稻子還我便罷。

【前腔】(旦)鄉官可憐見，這些稻子呵。是我公婆命所關。若是必須將去，寧可脱下衣裳，就問鄉官換。(脱衣科)(丑云)不要，不要，你身上冷。(旦)寧使奴身上寒，只要與公婆救殘喘。

(丑云)娘子，罷，罷。你説起這話，都是孝心，我不忍問你取了。莫怪，莫怪。你去罷。(旦云)如此多謝。(丑虚下躲科)(旦云)謝天謝地！且喜里正去了，不免趲行幾步。(丑上推旦奪科)

【前腔】(旦)奪將去，(一)真可憐，公婆望奴不見還。縱然他不埋冤，道我做媳婦的有何幹？他忍飢，添我夫罪愆，教奴怎見得我夫面？

(旦云)千死萬死，終久一死；不如早死爲强。此間有一口古井，不免投入死休。(欲投科)

【前腔】(旦)將身赴井泉，思量左右難。我丈夫當年分散，叮嚀囑付爹娘，教我與他相看管。苦！我死却他形影單，夫婿與公婆，可不兩埋怨？(外上)

【前腔】(外)媳婦去，不見還，教人在家凝望眼。(外跌倒旦扶科)(外)呀！你在這裏閒行，教我望得肝腸斷。(旦)公公，奴請糧爲你供午餐，又誰知被人騙。

(外云)媳婦，却怎麽説？(旦云)公公，奴家請得些稻子，到半途之中，却被里正奪了去。(外云)天

(一) 眉批：古本以『須將去』，諸本一作『搶去』，一作『奪去』，似此語意，當更□□。

那！元來如此。（哭科）

【前腔】（外）思量我命乖蹇，不由人不珠淚漣。料想終須餓死，不如早赴黃泉，免把你厮牽絆。媳婦，婆老年，不久延，你須是好看管。

（外云）呀！這裏元來有一口古井，不免投入死休。

【前腔】（旦）公公，你若身傾棄，我苦怎言？公還死了婆怎免？你兩人一旦身亡，教我獨自如何展？公公，你喫苦辛其實難過遣，我痛傷悲只得强相勸。

【前腔】（外）媳婦，你衣衫盡解典，囊篋已罄然。縱使目前存活，到底日久日深，你與我難相戀。苦！衣食缺你行孝難，活冤家不如早拆散。（外投井旦救，末挑穀上科）

【前腔】（末）不豐歲，荒歉年，(一)官司把糧來給散。(二)見一個年老的公公，在那裏頻嗟嘆。待向前仔細看，呀！我道是誰，元來是蔡老員外和五娘子呵。(三)你兩人在此有何幹？

（相見科）（旦云）公公，一言難盡。奴家今日聞知官司給散義倉，去請些糧米，與公婆爲口食之資。誰

(一) 眉批：吴本末折『不豐歲，荒歉年，生離死別真可憐。縱有八口人家，飢餓應難免。子忍飢，妻忍寒，痛哭聲，恁哀怨』。

(二) 眉批：吴本無此曲，亦太顯寂静。

(三) 眉批：諸本無末白，末見張公者管得周到處。

想里正作弊，倉中没了稻子。謝得相公，着令里正賠納，把些與奴家；來到半途，却被里正奪去。奴家害羞回來，公公見説，也要投井死，奴家正在此勸解公公。（末云）咳！五娘子，你差了。老夫方纔請得些官糧，正要將來分送你公公，你怎的不來與我商量，却自家出去，被那狂徒欺侮？

【前腔】（末）我聽你説這言，待我趕去。罵那廝鐵心腸，昧心漢。（旦云）公公，他去得遠了。（外云）罷，罷。太公，我和你是良善之人，不要與那狂徒一般見識；只我這幾日餓得難過。（末云）員外，（末）你且不須憂慮，我也請得些官糧，和你兩下分一半。（旦云）呀！這是公公請的，如何使得？（末）咳！五娘子，你休恁推，莫棄嫌，且將回，權做兩厨飯。

（旦云）如此，多謝了公公。（末云）怎説那話？五娘子，你丈夫當初出去，把爹娘囑付與老夫。今日是荒年饑歲，虧殺你獨支吾。終不然我自温飽，教你忍饑受餓？古語云：濟人須濟急時無。你胡亂將這些救濟公姑則個。五娘子，你先回去，我和你公公隨後緩緩的來。

【正宮過曲·洞仙歌】㈠（旦）苦！家私没半分，靠着奴此身。只要救公婆，豈辭多苦辛？（合）空把淚珠揾，誰憐饑與貧？這苦説不盡。

【前腔】（外）太公，我本爲泉下人，他救我一命存。只怕我不久身亡，報不得媳婦恩。（合前）

㈠ 眉批：此調與詩餘中【洞仙歌】字句大不同。

【前腔】（末）見説不可聞，況我托在隣。終不然我享安和，〔一〕忍見你受饑窘？（合前）（旦）命薄多年受苦辛，（外）不如身死早離分。（末）惟有感恩並積恨，（合）萬年千載不成塵。

第十八齣　官媒請婚

（丑扮媒婆上）

【越調過曲・蠻牌令】（丑）終日走千遭，走得脚無毛。何曾見湯水面？花紅也不曾見半分毫。〔二〕到不如做個虔婆頂老，〔三〕也落得些鴨汁喫飽。窮酸秀才直恁喬，老婆與他，故推不要。〔四〕

（丑云）咳！我做媒婆老了，不曾見這般好笑。叵耐一個秀才，老婆與他不要。別人見了媒婆歡歡喜

〔一〕夾批：古本『安和』，諸本作『安榮』，不如『和』字穩。

〔二〕眉批：古本『半分毫』，諸本作『老錢糟』；無上『花紅』二字。

〔三〕個：原闕，據汲古閣刊本《繡刻琵琶記定本》補。婆頂：二字漫漶不清，據汲古閣刊本《繡刻琵琶記定本》補。

〔四〕眉批：『窮秀才』二句諸本上句皆同，下句作『老婆與他粧甚腰』，不知何所取義。一作『甚喬』，稍通，但與上『喬』字犯重。

喜，他倒和我尋争尋鬧。老相公又不肯干休，只管在家囉唣。(一) 把媒婆放在中間，旋得七顛八倒。走得我鞋穿襪綻，(二) 説得我唇乾舌燥。也不怕你親事不成，也不怕你姻緣不到。只怕你紅羅帳裏快活，不叫媒婆聒噪。(三) 這裏便是狀元貴館，請狀元相見。呀！恰好的狀元出來了。

【越調引子・金蕉葉】(生)愁多怨多，俺爹娘知他怎麽？擺不脱功名奈何？送將來冤家怎躲？

(相見科)(丑云)狀元，賀喜！賀喜！牛太師選定今日與小姐畢姻，請狀元早赴佳期。(生云)天那！此事如何是好？(丑云)狀元，事皆前定，不必再推。

【南吕過曲・三换頭】(生)名韁利鎖，先自將人摧挫。(四) 況鸞拘鳳束，甚日得到家？我也休怨他。這其間，只是我，不合來，長安看花。(五) 閃殺我爹娘也，淚珠空暗墮。(六) (合)這段姻緣，也只是無如之奈何。

(一) 在：原闕，據汲古閣刊本《繡刻琵琶記定本》補。
(二) 穿：原闕，據汲古閣刊本《繡刻琵琶記定本》補。
(三) 眉批：聒噪：吴越人相擾俗語。
(四) 夾批：以上二句【五韻美】。
(五) 夾批：上四句【臘梅花】。
(六) 夾批：後二句【梧葉兒】。

【前腔】（丑）鸞臺罷粧，鵲橋初駕。佳期近也，請仙郎到河。[一]（生云）媒婆，我去也不妨；只是一心挂兩頭，如何是好？（丑）狀元，此事明知牽掛，這其間，只得把，那壁廂，且都拚捨。況奉君王詔，怎生別了他？（合前）

（丑云）狀元，門首轎馬都已齊備了。

（丑）及早赴佳期，（生）歡娛成怨悲。

（合）情知不是伴，（合）事急且相隨。

第十九齣　成婚牛氏

（外扮牛太師上）

【黄鍾引子・傳言玉女】（外）燭影揺紅，簾幕瑞烟浮動，畫堂中珠圍翠擁。粧臺對月，下鸞

[一] 眉批：都是常言揑合入腔，遂成宮調。《記》中此類甚多，諸《傳》絶無。《淮南子》：七月七日，烏鵲填河成橋，渡牛女以會牽牛。天河之東，有美麗女人，乃天地之子。機杼女工，年年勞役，織成雲霧紫色綃縑之衣。辛苦殊無歡悦，容貌不暇整理。天帝憫其獨處，將嫁與河南牽牛爲妻，自後竟廢織紝。天帝怒，謫歸河東，但使其一年一度與牽牛相會。

鶴神仙儀從。(一) 玉簫聲裏，一雙鳴鳳。

（外云）左右何在？（末云）獨立畫堂聽命令，珠簾底下一聲傳。老相公有何指揮？（外云）左右，我今日與小姐畢姻，筵席安排了未曾？（末云）安排完備了。（外云）完備得何如？〔水調歌頭〕（末云）屏開金孔雀，褥隱繡芙蓉。獸爐烟裊，蓮臺絳蠟吐春紅。廣設珊瑚席子，高把真珠簾捲，環列翠屏風。人間丞相府，天上蕊珠宮。(二) 錦遮圍，花爛熳，玉玲瓏。繁絃脆管，歡聲鼎沸畫堂中。簇擁金釵十二，座列三千珠履，談笑盡王公。正是：門闌多喜氣，女婿近乘龍。（外云）狀元來否？（末云）遠遠望見一簇人馬喧鬧，想是狀元來了。（生上）

【女冠子】（生）馬蹄篤速，傳呼齊擁雕轂。（外）金花帽簇，(三) 天香袍染，(四) 丈夫得志，佳婿坦腹。(五)

（外云）惜春，狀元已到，請你小姐出來拜堂。

(一) 夾批：『粧臺對月』爲句，『下』猶言降也。眉批：李翱納進士盧儲爲婿，《催粧》詩云：『今日已成秦晉會，早教鸞鳳下粧臺。』

(二) 眉批：李詩：『請開蕊珠宮。』神仙宮也。

(三) 眉批：梁山夫詩：『宮花簇帽簷。』

(四) 眉批：杜詩：『袍染桂花香。』

(五) 夾批：坦腹：吴本作『乘龍』，字面雖雅，但非韻。

【前腔】（貼上唱）粧成聞喚促，又將綵扇重遮，(一)羞蛾輕蹙。(二)（浄、丑執掌扇上）（合）這姻緣不俗，金榜題名，洞房花燭。

（浄云）(三)狀元和小姐兩個，各自立一邊，請陰陽先生讚禮。（末云）請相公告廟。（外云）你就告廟。（末云）維大漢太平年團圓月和合日吉利時，嗣孫牛太師，有女年已及笄，奉聖旨招贅新狀元蔡伯喈爲婿。以此吉辰，敢申虔告。告廟已畢，惜春姐與新人揭起方巾。（丑云）待我來。伏以窈窕青娥二八春，緑雲之上覆方巾。玉纖揭起西川錦，露出嬌容賽玉真。掌禮，請喝拜。（末云）竊以禮重婚姻，兹實人倫之大；義當配偶，(四)爰思宗祀之承。張設香爐，熒煌花燭。祀供蘋藻，首嚴見廟之儀；贄備棗榛，聊講拜堂之禮。集珠履玳簪之客，環金釵玉珥之賓。慶會良宵，觀光盛事。香熏寶鴨，濃騰裊裊之烟；步擁金蓮，請下深深之拜。（喝拜科）禮拜已畢，請相公把酒。

【黄鍾過曲・畫眉序】（生）攀桂步蟾宫，豈料絲蘿在喬木。(五)喜書中今日有女如玉。堪觀

(一)　眉批：　蘇卿詩：　『綵扇重遮面。』

(二)　眉批：　《詩》：　『螓首蛾眉。』

(三)　眉批：　此白與諸本不同，□本皆本。

(四)　偶：　原作『仁』，據汲古閣刊本《繡刻琵琶記定本》改。

(五)　眉批：　《詩》：　『蔦與女蘿，施于松柏。』女蘿在牛爲兔絲，故又稱絲蘿。『宫』字古本作『窟』字音唱，今按調□法，『宫』與『貢』各用宫，仝轉入『谷』字音，協『玉』『禄』等字韻。

處絲幕牽紅，(一)恰正是荷衣穿緑。(合)這回好個風流婿，偏稱洞房花燭。

【前腔】(外)君才冠天禄，我的門楣稍賢淑。看相輝清潤，瑩然冰玉。(二)光掩映孔雀屏開，花爛熳芙蓉茵褥。(三)(合前)

【前腔】(貼)頻催少膏沐，(四)金鳳斜飛鬢雲矗。(五)喜逢他蕭史，愧非弄玉。清風引珮下瑶臺，明月照粧成金屋。(合前)

【前腔】(浄、丑、末)湘裙展六幅，似天上嫦娥降塵俗。喜藍田今已種成雙玉。(六)風月賽閬苑三千，雲雨笑巫山二六。(七)(合前)

【滴溜子】(生)謾説道姻緣好，果諧鳳卜。細思之，此事豈吾意欲？有人在高堂孤獨。可

(一) 夾批：郭元振故事。

(二) 眉批：《世説》：樂廣□□用，時人謂之冰鐘婿，衛玠時□主人，故時人語曰：『丈人冰清，女婿玉潤。』

(三) 夾批：『屏開』『茵褥』挫對協韻。

(四) 眉批：《詩》：『豈無膏沐，誰適爲容。』膏，□澤者；沐，滌首也。

(五) 夾批：金鳳：首飾。蘇小七詩：『鬆鬢斜插金鳳釵。』

(六) 眉批：《括地志》：藍田，山名，在陝西安府藍田縣東南二十里。《周禮》：玉之極美者曰藍田。

(七) 眉批：《高唐賦》：妾在巫山之陽，高丘之北。朝爲行雲，暮爲行雨。《括地志》：巫山十二峰，曰望霞、翠屏、朝雲、松巒、集仙、聚鶴、浄壇、上升、起雲、飛鳳、登龍、駕泉。

惜新人笑語諠，不知道舊人何處哭。兀的東床，難教我坦腹？

【鮑老催】（衆）翠眉謾蹙，赤繩已繫夫婦足，芳名已注婚姻牘。狀元，空嗟怨，枉嘆息，休摧挫。（一） 畫堂富貴如金谷。休戀故鄉生處好，受恩深處親骨肉。

【滴滴金】（衆）金猊寶鼎香馥馥，銀海瓊舟泛醽醁，（二）輕飛彩袖呈嬌舞。囀鶯喉，歌麗曲，歌聲斷續，持觴勸酒人共祝。人共祝，（三）百年夫婦永和睦。

【鮑老催】（衆）意深愛篤，文章富貴珠萬斛，天教艷質爲眷屬。似蝶戀花，鳳棲梧，鸞停竹。（四） 男兒有書須勤讀，書中自有黄金屋，也自有千鍾粟。

【雙聲子】（衆）郎多福，郎多福，着紫綬黄金束。娘萬福，娘萬福，（五）看花誥紋犀軸。（六） 兩意

（一）夾批：『摧挫』有抑鬱不得志之意，諸本作『推故』，吴本作『摧速』，皆非。

（二）眉批：《龍城録》：魏左相能治酒，其名醽醁。韓魏公稱醽醁似蘭香翠，能過玉薤，千日醉不醒，十年味不敗。

（三）人共祝：原不疊，據汲古閣刊本《繡刻琵琶記定本》補。

（四）眉批：『蝶戀花』三句喻夫婦之美。詩餘：『粉蝶戀花雙雙舞。』《文選》：『鳳非梧不棲。』韓文：『翠竹岩梧，鸞鵠傳峙。』

（五）夾批：萬福：一作『分福』，一作『介福』。

（六）夾批：犀軸：以犀爲軸頭。眉批：《春明退朝録》：録官誥院，敕郡夫人使金花羅紙十張，錦綵袋，賜以湯沐邑也。

篤，兩意篤。豈非福，豈非福。似紋鸞綵鳳，兩兩相逐。

【餘文】（合）郎才女貌真不俗，占斷人間天上福，百歲姻緣萬事足。

清風明月兩相宜，女貌郎才天下奇。
正是洞房花燭夜，果然金榜挂名時。

第二十齣　勉食姑嫜

【南吕引子・薄倖】〔一〕（旦）野曠原空，人離業敗。謾盡心行孝，力枯形憊。幸然爹媽，此身安泰。棲惶處，見慟哭饑人滿道，嘆舉目將誰倚賴？

（旦云）曠野蕭疏絶烟火，日色慘淡黯村塢。〔二〕死别空原婦泣夫，生離他處兒牽母。睹此恓惶實可憐，思量轉覺此身難。高堂父母老難保，上國兒郎去不還。力盡計窮淚亦竭，看看氣盡知何日？高岡黄土漫成堆，誰把一抔掩奴骨？〔三〕奴家自從丈夫去後，頓遭饑荒。衣衫首飾，盡皆典賣，家計蕭然。争奈公婆年老，死生難保；朝夕又無甘旨膳奉，如何是好？只得安排一口淡飯，與公婆充饑。奴家自

〔一〕眉批：此調與詩餘字語多少長短不同。
〔二〕眉批：古本『日色慘淡』，吴本作『日色□雲』。
〔三〕眉批：前漢張釋之對文帝：『假令愚民取長陵一抔土。』長陵，高帝廟；取一抔，隱言盜墓。

把些米皮糠秕餺饠來喫，苟留殘喘。喫時又怕公婆撞見，只得迴避，免致他煩惱。今飯已熟了，不免請出公公婆婆早膳則個。（外、浄上）

【雙調引子・夜行船】(一)（外）苦！忍餓擔饑何日了？孩兒一去，竟無音耗。（浄）甘旨蕭條，(二)米糧缺少。(三)（合）天那！真個死生難保。

（旦云）請公公婆婆早膳。（浄云）媳婦，有菜蔬麼？（旦云）没有。（浄云）有下飯麼？（旦云）也没有。（浄云）賤人，前日早膳還有些下飯，今日只得一口淡飯喫。再過幾日，連淡飯也没有了。快擡去！（外云）咳！這般時年，胡亂喫一口罷，分甚麼好歹？

【南呂過曲・鑼鼓令】（浄）我終朝受餒，(四)賤人，你將來的飯教我怎喫？可疾忙便擡，非干是我有些饞態。

【前腔】（外）老安人，你看他衣衫盡解，好茶飯將甚去買？兀的是天災，教媳婦每難佈擺。

【前腔】（旦）婆婆息怒且休罪，待奴家霎時將去再安排。（合）思量到此，珠淚滿腮。看看做

(一) 眉批：一本此折是【玉井蓮】，只二句『忍餓擔饑，未知何日是了』。
(二) 眉批：『甘旨蕭條』諸本作『甘旨難供』。若□『難供』字，則蔡婆不能體悉，何至有後面許多説話？
(三) 糧：原作『量』，據汲古閣刊本《繡刻琵琶記定本》改。
(四) 眉批：『終朝』下浙本有『□□□□』的字。

鬼，溝渠裏埋。縱然不死也難捱，教人只恨蔡伯喈。

【前腔】（浄）如今我試猜，多應是犯着獨噇病來，[一]背地裏自買些鮭菜。[二]（外云）老安人，他那裏有錢去買？（浄）阿公，我喫飯他緣何不在？這些意兒真是歹。

【前腔】（外）老安人，他和你甚相愛，不應反面直恁的乖。（旦轉背唱）婆婆，我千辛萬苦，有甚疑猜？[三]可不道我臉兒黄瘦骨如柴。[四]（合前）

（浄云）擡去，擡去。（外云）媳婦兒，婆婆喫飯不得，你且收去着。（旦收科）婆婆耐煩，待奴家去買些東西，再安排過來。（浄云）你去，你去。（旦下）正是：啞子謾嘗黄柏味，難將苦口向人言。（浄云）阿公，親的到底是親。親生兒子不留在家裏，到倚靠着媳婦供養。你看前日兀自有些鮭菜，今日只得些淡飯，教我怎的喫？再過幾日，連飯也没有。我看他前日自喫飯時節，百般躲避我，道敢是他背地裏自買些下飯受用分曉？（外云）阿婆，休錯埋冤了人，我看這媳婦不是這般樣人。（浄云）恁的，等他自喫時節，我和你潛地裏去探一探，便知端的。（外云）也説得是。只一件那。（浄云）却怎的？

[一] 眉批：噇：直雙切，貪吃貌。

[二] 眉批：一本『背地』上面有『多應』二字，一本無『背地』二字，今從古本更定。鮭：音悉，魚名。杜詩：『自愧無鮭菜。』

[三] 夾批：疑猜：吴本作『情懷』，非。

[四] 柴：原作『薪』，據汲古閣刊本《繡刻琵琶記定本》改。

（外）荒年有飯休思菜，（浄）媳婦無良把我虧。

（外）混濁不分鰱共鯉，（合）水清方見兩般魚。

第二十一齣　孝婦咽秕

【商調過曲・山坡羊】（旦）亂荒荒不豐稔的年歲，遠迢迢不回來的夫婿。急煎煎不耐煩的二親，軟怯怯不濟事的孤身己。苦！衣盡典，寸絲不挂體。幾番拚死了奴身己，争奈没主公婆，教誰看取？思之，虚飄飄命怎期。難捱，實丕丕災共危。

【前腔】滴溜溜難窮盡的珠淚，亂紛紛難寬解的愁緒。骨崖崖難扶持的病體，(一)戰兢兢難捱過的時和歲。這糠，我待不喫你呵，教奴怎忍饑？我待喫你呵，教奴怎生喫？(二)思量起來，不如奴先死，圖得不知他親死時。思之，虚飄飄命怎期。難捱，實丕丕災共危。

（旦云）奴家早起安排些飯與公婆喫，非不欲買些鮭菜，争奈無錢可買。不想婆婆抵死埋怨，只道奴家背地裏自喫了甚麼東西。不知奴家喫的是米皮糠粃，又不敢教他知道。便做他埋冤殺我，我也不敢分

(一)　夾批：古本『病體』，坊本作『病身』，雖便於唱，字面覺仁。

(二)　眉批：諸本『我待不吃你』二句作唱，『我待吃你』二句通作白，殊失體，今從古本更定。

説。苦！這糠粃怎的喫得下？（吐科）

【雙調過曲・孝順歌】（旦）嘔得我肝腸痛，珠淚垂，喉嚨尚兀自牢嗄住。[一] 糠那！你遭礱被春杵，篩你簸颺你，喫盡控持。好似奴家身狼狽，千辛萬苦皆經歷。苦人喫着苦味，兩苦相逢，可知道欲吞不去。（旦再喫）（外、淨潛上探覷科）

【前腔】糠和米，本是相依倚，被人簸颺作兩處飛。一賤與一貴，好似奴家與女婿，終無見期。丈夫，你便是米呵。米在他方没尋處。奴家恰便是糠呵。怎的把糠來救得人饑餒？好似兒夫出去，怎的教奴供膳得公婆甘旨？（旦放碗不喫科）（外、淨潛地下去科）

【前腔】思量我生無益，死又值甚的！不如忍饑死了爲怨鬼。只一件。公婆老年紀，靠着奴家相依倚，只得苟活片時。片時苟活雖容易，到底日久也難相聚。謾把糠來相比，這糠呵，尚自有人來喫。[二] 奴家的骨頭，知他埋在何處？

（外、淨潛上科）（淨云）媳婦，你在這裏喫甚麽東西？（旦云）奴家不曾喫甚麽東西。（淨搜奪看科）（旦云）公公婆婆，你老人家喫不得！（外云）咳！這是甚麽東西？

[一] 眉批：嗄：所訝切，氣逆也。此一枝第一與第三折一體，第二與第四折一體。

[二] 眉批：坊本『尚兀自』句作唱。

【前腔】（旦）這是穀中膜，米上皮。（外云）呀！這便是糠，要他何用？（旦）將來饆饠堪療饑。（净云）咦，這糠只好將去餵猪狗，如何把來自己喫？（旦）嘗聞古聖書，狗彘食人食，(一)也强如草根樹皮。（外、净）恁的苦澀東西，怕不噎殺了你？（旦）嚙雪吞氈，蘇卿猶健；(二)餐松食柏，(三)到做得神仙侶。這糠呵，縱然喫些何慮？（净云）阿老，你聽他説謊，糠粃如此怎麼喫得？（旦）爹媽休疑，奴須是你孩兒的糟糠妻室。

（外、净哭科）媳婦，我元來錯埋冤了你，兀的不痛殺我也！（外、净倒，旦叫哭科）

【仙吕入雙調・雁過沙】（旦）苦！沉沉向冥途，空教我耳邊呼。公公婆婆，我不能彀盡心相奉事，反教你爲我歸黄土。教人道你死緣何故？公公婆婆，怎生割捨得抛棄了奴？

（外醒科）（旦云）謝天謝地，公公醒了！公公，你閘閏。

【前腔】（外）你擔饑事姑舅。媳婦，你擔饑怎生度？（旦云）公公且自寬心，不要煩惱。（外）媳婦，我錯埋冤了你，你也不推辭，到如今始信有糟糠婦。媳婦，料應我不久歸陰府，也省得爲我

(一) 眉批：『狗彘食』三字略讀，『人食』二字另爲句。與《孟子》語意相同，亦斷章取義也。

(二) 夾批：蘇武之事。

(三) 眉批：《列仙傳》：偓佺，槐裏採藥父也，好食松實，體毛數寸，能飛行，逐走馬。以松子遺堯，堯不服。時受服者皆三百歲也。《上清宫記》：田欒入華山，遇黄河師語田：『柏葉，長生藥也。』教以服食法，後得道，遷上真也。

死的，累你生的受苦。

（旦扶外起）公公，你且在床上安歇，待我看婆婆如何。（旦叫不醒）呀！婆婆不濟事了，如何是好？

【前腔】(一)（旦）婆婆氣全無，教奴怎支吾？咳！丈夫那，我千辛萬苦，爲你相看顧，如今到此難回護。我只愁母死難留父，況衣衫盡解，囊篋又無。

（外云）媳婦，婆婆還好麽？（旦云）公公，婆婆不好了！（外云）天那！

【前腔】（外）我當初不尋思，教孩兒往帝都。把媳婦閃得苦又孤，把婆婆送入黄泉路，(二)算來是我相擔誤。不如我死，免把你再辜負。

（旦云）公公休説這話，請自將息。（外云）媳婦，婆婆死了，衣衾棺槨，是件皆無，如何是好？（旦云）公公寬心，待奴家區處。（末云）福無雙至猶難信，禍不單行却是真。老夫爲何道此兩句？爲鄰家蔡伯喈妻房名唤趙五娘。他嫁得伯喈秀才，方纔兩月，丈夫便出去赴選。自去之後，遭逢饑荒。公婆年紀皆在八十之上，家裏更没個相扶持的。甘旨之奉，虧殺這五娘子。把些衣服首飾之類，盡皆典賣，糴些糧米，做飯與公婆喫；他却背地裏把米皮糠粃餜饠充飢。嘖嘖！這般荒年飢歲，少甚麽有三五個孩兒的人家，供膳不得爹娘。這個小娘子，真個是今人中少有，古人中難得。那婆婆不知道，顛倒把他

(一) 眉批：旦折與諸本互有異同。

(二) 眉批：□□不相承，且與第二十四齣『你將我骨頭休埋在土』相背。此句與諸本不同。

埋冤；今來聽得他公婆知道，却又痛心，都害了病。如今不免到他家裏探取消息則個。呀！五娘子，你爲甚的荒荒張張？（旦云）公公，天有不測風雲，人有旦夕禍福。奴家婆婆死了。（末云）呀！你婆婆既死了，你公公如今在那裏？（旦云）在這床上睡着。（末云）待我看一看。（外云）太公休怪，我起來不得了。（末云）老員外，快不要勞動。（旦云）公公，我婆婆死了，衣衾棺槨，是件皆無，如何是好？（末云）五娘子，你且不要煩惱，我自有區處。

【仙吕入雙調・玉包肚】（旦）千般生受，教奴家如何措手？終不然把他骸骨，没棺材送在荒坵？（合）相看到此，不由人不淚珠流，正是不是冤家不聚頭。

【前腔】（末）五娘子，不必多憂，資送婆婆，在我身上有。你但小心承直公公，莫教他又成不救。（合前）

【前腔】〔一〕（外）張公護救，我媳婦實難啓口。孩兒去後，又遇饑荒，把衣衫典賣無留。（合前）

（末云）老員外，你轉進裏面去歇息。待我一霎時叫家僮擡棺木來，把老安人殯斂了；選個吉日，送去南山安葬便了。（外云）如此，多謝太公周濟。

〔一〕眉批：諸本無外折。

（旦）只爲無錢送老娘，（末）須知此事有商量。
（合）歸家不敢高聲哭，（合）只恐猿聞也斷腸。

琵琶記二卷終

新刻重訂出像附釋標註琵琶記卷之三

東嘉　高則誠　編次
羊城　戴君賜　註釋
金陵　唐　晟　校梓

第二十二齣　伯喈操琴

【南呂引子・一枝花】（生）閒庭槐影轉，深院荷香滿。簾垂清晝永，怎消遣？十二闌干，無事閒凭遍。悶來把湘簟展，[一]夢到家山，又被翠竹敲風驚斷。

〔南鄉子〕翠竹影摇金，水殿簾櫳映碧陰。人静晝閑無個事，沉吟，碧酒金尊懶去斟。幽恨苦相尋，離别經年没信音。寒暑相催人易老，關心，却把閒愁付玉琴。院子，將琴書過來。（末將琴書上）黄卷看來消白日，朱絃動處引清風。炎蒸不到珠簾下，人在瑶池閬苑中。[二]相公，琴書在此。（生云）院子，

[一] 夾批：悶：一本作『困』。
[二] 眉批：高氏《緯略》：瑶池閬苑，皆在崑崙之山，西王母之所居。

你與我唤那兩個學僮過來。（末叫科）（浄執扇、丑執香爐同上）

【南吕過曲·金錢花】（浄、丑）自少承直書房，書房。快活其實難當，難當。只管打扇與燒香，荷亭畔，好乘涼。喫飽飯，上眠床。

（相見科）（生云）我在先得此材於爨下，斲成此琴，名曰焦尾。[一] 自來此間，久不整理。今日當此清涼，試操一曲，以舒悶懷。你三人一個打扇，一個燒香，一個管文書，休得要誤了事。（衆云）領鈞旨。（生操琴）

【懶畫眉】[二]（生）强對南薰奏虞絃，[三] 只覺指下餘音不似前，那些個流水共高山？呀！只見滿眼風波惡，似離别當年懷水仙。[四]

（浄困掉扇科）（末云）告相公，打扇的壞了扇。（生云）背起打十三！[五] 那廝不中用，只教他燒香。（末云）領鈞旨。（衆换科）

〔一〕 眉批：白『我在先』至『曰焦尾』出中郎本事。

〔二〕 眉批：對琴瑟故思妻之意居多。

〔三〕 夾批：三折句句説琴而不露一字。

〔四〕 眉批：琴高善鼓琴，號水仙，乘赤鯉遊行人間，復入水去。後伯牙作《水仙操》懷之。

〔五〕 眉批：打十三：漢時極輕之笞刑也。

【前腔】頓覺餘音轉愁煩，似寡鵠孤鳧和斷猿，(一)又如別鳳乍離鸞。呀！怎的？只見殺聲在絃中見，敢只是螳螂來捕蟬？(二)

（丑困滅香科）（浄云）告相公，燒香的滅了香。（生云）背起打十三！那廝不中用，只教他管文書。（末云）領鈞旨。（衆换科）

【前腔】日暖藍田玉生烟，似望帝春心托杜鵑，好姻緣翻做惡姻緣。(三)只怕眼底知音少，(四)争得鸞膠續斷絃？

（末掉文書科）（丑云）告相公，管文書的亂了文書。（生云）背起打十三！（貼上）（生云）左右，夫人來也，且各迴避。（衆云）正是：有福之人人伏事，無福之人伏事人。（末、丑、浄先下）

【南呂引子・滿江紅】（貼）嫩緑池塘，梅雨歇薰風乍轉。(五)瞥然見新涼華屋，已飛乳燕。簟

(一) 眉批：《西京雜記》：劉道疆善琴，嘗爲寡鵠單鳧斷猿之操，聽者皆悲。

(二) 眉批：『殺聲在絃中見』二句，即伯喈赴鄰人席故事。

(三) 夾批：陶穀贈秦弱蘭詞。

(四) 夾批：一本無『眼底』二字。

(五) 夾批：按調，『嫩緑池塘』四字爲句，下七字爲句，『歇』字微讀。今歌者皆首句七字，殊謬。眉批：《稗雅》：『江南三月爲迎梅雨，五月爲送梅雨。』

展湘波紈扇冷，(一)歌傳金縷瓊巵暖。(二)（衆）炎蒸不到水亭中，珠簾捲。

（貼云）相公原來在此操琴呵。（生云）夫人，我當此清涼，聊在此間散悶。（貼云）奴家久聞相公高於音樂，如何来到此間，絲竹之音，杳然絶響？斗膽請再操一曲，相公肯麽？（生云）夫人待要聽琴，彈甚麽曲好？我彈一曲《雉朝飛》何如？(三)（貼云）這是無妻的曲，不好。（生云）呀！説錯了。如今彈一個《孤鸞寡鵠》何如？(四)（貼云）兩個夫妻正團圓，説甚麽孤寡！（生云）不然彈一曲《昭君怨》何如？(五)（貼云）兩個夫妻正和美，説甚麽宫怨！相公，當此夏景，只彈一個《風入松》好。(六)（生云）這個却好。（彈錯科）（貼云）相公，彈錯了。（生云）呀！倒彈出一個《思歸引》來。(七)待我再彈。（彈錯科）（貼云）相公，你又彈錯了。（生云）呀！倒彈出個《別鶴怨》來。(八)（貼云）相公，你如何恁的會

(一) 夾批：湘波：一作『湘文』。眉批：山谷詩：『水亭長展湘波簟。』湘波，喻簟紋也。

(二) 眉批：秋娘□歌：『勸君莫惜金縷衣。』則金縷爲舞服也。

(三) 眉批：齊犢牧子五十無妻，見雌雄雉相隨，遂撫琴而歌，故有《雉朝飛》之操。

(四) 眉批：《烈女傳》：陶嬰夫死守義，魯人求娶之，嬰作《黄鵠歌》云：單寡亡年兮不雙飛，宛頸獨宿兮想其故帷。

(五) 眉批：《昭君怨》即《明妃曲》。

(六) 眉批：《風入松》，漢吴叔文居山中作此操。

(七) 眉批：《思歸引》，衛賢士作。

(八) 眉批：諸本無《別鶴怨》，句、白與下第二折不應。此段白語與諸本互有異同。

差？莫不是故意賣弄，欺侮奴家？（生云）豈有此心！只是這絃不中用。（貼云）這絃怎的不中用？（生云）俺只是彈得舊絃慣，這是新絃，俺彈不慣。（貼云）舊絃在那裏？（生云）舊絃撇下多時了。（貼云）爲甚撇了？（生云）只爲有了這新絃，便撇了那舊絃。（貼云）相公何不撇新絃，用那舊絃？（生云）夫人，我心裏豈不想那舊絃？只是新絃撇不下！（貼云）罷！罷！你新絃既撇不下，還思量那舊絃怎的？我想起來，只是你心不在焉，特地有許多説話。

【仙吕過曲・桂枝香】（生）夫人，舊絃已斷，新絃不慣。舊絃再上不能，待撇下新絃難拚。我一彈再鼓，一彈再鼓，又被宫商錯亂。（貼云）相公，你敢是心變了麽？（生）非干心變，（貼云）你却爲何來？（生）這般好涼天。正是此曲纔堪聽，又被風吹别調間。(一)

【前腔】(二)（貼）相公，非彈不慣，(三)只是你意慵心懶。你既道是《寡鵠孤鸞》，又道是《昭君宫怨》。那更《思歸》《别鶴》，(四)《思歸》《别鶴》，無非愁嘆。相公，我看你心裏多敢是想着誰？

(一) 眉批：高駢《風箏》詩：『依稀似曲纔堪聽，又被風吹别調間。』

(二) 夾批：此折句與白語相應，《雉朝飛》出自生口無疑。

(三) 眉批：此調與《草堂詩餘》大别。

(四) 眉批：杜詩：『上絃歸别鶴。』

（生云）夫人，我不想着甚麼人。（貼）相公，有何難見？[一] 你既不然，呀！我理會得了。你道是除了知音聽，道我不是知音不與彈。

（生云）夫人，那有此意？（貼云）相公，這個也由你，畢竟你無心去彈他。何似教惜春安排酒過來，與你消遣何如？（生云）我懶飲酒，待去睡也。（貼云）相公休阻妾意，老姥姥，你看酒來。（淨、丑持酒上）

【燒夜香】（淨）樓臺倒影入池塘，緑樹陰濃夏日長，[二]（丑）一架荼蘼滿院香。（合）滿院香，和你飲霞觴。捲起簾兒，[三] 明月正上。

（貼云）將酒過來。

【南呂過曲·梁州序】[四]（貼）新篁池閣，槐陰庭院，日永紅塵隔斷。碧欄杆外，寒飛漱玉清

[一] 夾批：諸本無『有何難見』句，將『何』稱『非干心變』四字。

[二] 夾批：一本『夏』字上有『正』字。

[三] 夾批：一本『捲』字上有『傍晚』二字。

[四] 眉批：【梁州】即【古梁州序】，字上當有小字。夾批：此折應【燒夜香】『樓臺』二句。

泉。(一) 只覺香肌無暑，素質生風，小簟琅玕展。(二) 晝長人困也，好清閒，忽聽棋聲驚晝眠。(三)

(合)《金縷》唱，碧筒勸，(四) 向冰山雪巘排佳宴。(五) 清世界，幾人見？

【前腔】(六)(生)薔薇簾箔，荷花池館，一點風來香滿。湘簾日永，香消寶篆沉烟。謾有枕欹寒玉，(七) 扇動齊紈，(八) 怎遂黄香願？(作悲科)(貼云)相公，你爲甚的垂下淚來了？(生云)不是。猛然心地熱，透香汗，我欲向南窗一醉眠。(合前)

【前腔】(貼)向晚來雨過南軒，見池面紅粧零亂。漸輕雷隱隱，雨收雲散。只見荷香十里，新月一鈎，此景佳無限。蘭湯初浴罷，(九) 晚粧殘，深院黄昏懶去眠。(合前)

(一) 夾批：『寒』字一本作『空』字。眉批：陸士衡詩：『飛泉漱玉鳴。』

(二) 夾批：琅玕：石美似玉。

(三) 夾批：『忽聽』本東坡詞，俗本改『被』，非。

(四) 眉批：魏鄭公愨率僚友避暑，取荷葉盛酒，以簪刺葉與柄通，屈之如象鼻然，吸之，名碧筒勸。

(五) 夾批：冰山，山陽氏事。巘：一作『檻』，非。眉批：賈似道嘗於山頂開一大坑，深闊數十丈，中立室。每遇隆冬，以冰雪藏之兩檻下，俟盛夏設宴於山，以避暑。

(六) 夾批：此折應『一架』二句。

(七) 眉批：晉石崇爲交趾採訪使，得白玉枕，名寒玉。

(八) 眉批：班婕妤詩：『新製齊紈素。』

(九) 眉批：《大戴記》：『五月五日以蘭湯沐浴。』

【前腔】（生）柳陰中忽噪新蟬，見流螢飛來庭院。聽菱歌何處？畫船歸晚。只見玉繩低度，〔一〕朱户無聲，此景尤堪戀。起來攜素手，鬢雲亂，月照紗厨人未眠。（合前）

【節節高】（浄）漣漪戲綵鴛，把露荷翻，清香瀉下瓊珠濺。香風扇，芳沼邊，閒亭畔。坐來不覺神清健，蓬萊閬苑何足羡？〔二〕（合）只恐西風又驚秋，不覺暗中流年换。

【前腔】（丑）清宵思爽然，好涼天，瑶臺月下清虚殿。〔三〕神仙眷，開玳筵，重歡宴。任教玉漏催銀箭，〔四〕水晶宫裏把笙歌按。〔五〕（合前）

【餘文】（衆）光陰迅速如飛電，好良宵可惜漸闌，管取歡娱笑語喧。

（生云）樵樓上幾鼓了？（浄云）三鼓了。

（貼）歡娱休問夜如何，（生）此景良宵能幾何。〔六〕

〔一〕眉批：《春秋元命包》曰：『玉衡北兩星爲玉繩。』謝眺詩：『玉繩低建章。』

〔二〕眉批：《史記》：海中三峙山曰蓬萊、方丈、瀛洲。

〔三〕眉批：《楚辭》：『辭瑶臺兮望有娀之佚女。』《龍城録》：開元中八月望日，唐明皇與葉靖天師遊月宫，寒氣逼人，風露沾衣，其天府榜曰『廣寒清虚之府』。

〔四〕眉批：李白《烏棲曲》：『銀箭金壺漏水多。』

〔五〕眉批：《逸史》：盧嘗騰上碧霄，見宫闕樓臺，皆以水晶爲墻。有仙女在旁，問之，曰：『此水晶宫也。』

〔六〕眉批：落詩第二句一本作『不覺樓頭三鼓過』，與上下句意欠相屬。

（浄）遇飲酒時須飲酒，（丑）得高歌處且高歌。

第二十三齣　五娘煎藥

【越調引子·霜天曉角】[一]（旦）難捱怎避？災禍重重至。最苦婆婆死矣，公公病又將危。

（旦云）屋漏更遭連夜雨，行船又被打頭風。奴家自從婆婆死後，萬千狼狽；誰知公公病又將危。如今賸得些藥，安排煎了；不免再安排一口粥湯。

【犯胡兵】[二]（旦）囊無半點挑藥費，良醫怎求？天那！縱然救得目前，飯食何處有？料應難到後。謾説道有病遇良醫，饑荒怎救？

【前腔】公公這病呵。愁萬苦千恁生受，粧成這症候。便做這藥喫時呵，縱然救得目前，怎免得憂與愁？料應不會久。他只爲不見孩兒，纔得這病。若要這病好，除非是子孝父心寬，方纔可救。

（旦云）藥已熟了，且扶公公出來喫些，看何如？（旦下扶外上）

[一] 眉批：此【霜天曉角】二折與閩本、浙本不同。

[二] 眉批：浙本無【犯胡兵】一折。一作【征胡兵】。

【霜天曉角】（外）神散魂飛，料應不久矣。（旦云）公公，請鬮些兒。（外）我縱然擡頭强起，形衰倦，怎支持？

（旦云）公公，藥已煎熟在此，慢慢喫些，調養身子。（外云）媳婦，我喫不得這藥了。

【南呂過曲·香遍滿】（旦）論來湯藥，須索是子先嘗方進與父母。〔一〕公公，莫不是爲無子先嘗，你便尋思苦？（外喫藥吐科）（旦云）公公，且耐煩喫些。（外云）媳婦，這藥我喫不得了。我寧可早死了罷，免得累你。（旦）公公，你須索鬮鬮，怎捨得一命殂？（外云）媳婦，你喫糠，省錢贖藥與我喫，可不是虧了你，媳婦兒？（旦）苦！元來你不喫藥，也只爲我糟糠婦。

（旦云）公公，你不喫藥，且喫一口粥湯，看何如？（外喫粥吐科）（旦云）公公，你且慢慢喫些。（外云）媳婦兒，我肚腹膨脹，怎麼喫得下去？

【前腔】（旦云）公公，你萬千愁苦，堆積在悶懷，成氣蠱，可知道喫了吞還吐。（外云）媳婦，我不濟事了，必是死也。孩兒又不回來，只是虧了你。（旦云）公公，你且寬心，不要煩惱。（旦背哭科）怕添親怨憶，暗將珠淚墮。（外云）媳婦，你喫糠，却教我喫粥，我怎的喫得下？（旦）苦！元來你不喫

〔一〕眉批：《禮記》：『親有疾，飲藥，子先嘗之。』

粥，也只爲我糟糠婦。〔一〕（外云）媳婦，我死也不妨，只嘆有孩兒不在家，虧了你。你近前來，我有兩句言語分付你。（旦云）公公，如何説？（外跌倒拜科）

【仙吕過曲・青哥兒】〔二〕（外）〔三〕媳婦，我三年謝得你相奉事，只恨我當初把你相擔誤。天那！我待欲報你的深恩，待來生我做你的媳婦。怨只怨蔡伯喈不孝子，苦只苦趙五娘辛勤婦。

【前腔】（旦）公公，我一怨你死後有誰來祭祀，二怨你有孩兒不得相看顧，三怨你三年間没一個飽暖的日子。三載相看甘共苦，一朝分别難同死。

【前腔】（外）媳婦，我死呵。你將我骨頭休埋在土。（旦云）呀！公公百歲後，不埋在土，却放在那裏？（外云）媳婦，都是我當初不合教孩兒出去，誤得你恁的受苦。（外）我甘受折罰，任取屍骸暴露。〔四〕（旦云）公公，你休這般説，被人談笑。（外云）媳婦，不笑别人。（外）留與傍人，道蔡伯喈不葬

〔一〕夾批：兩句極親切。

〔二〕青哥兒：原作『青兒哥』。

〔三〕眉批：外、旦二折各自一體。

〔四〕眉批：一本去『暴』字，取易唱，恐不成文。今之歌者皆將『留與傍人』句一直唱下，遂將首折『報你的深恩』句作白。殊不知『留與傍人』處當微讀，正對上『報你深恩』句。《中原音韻》載句、字可以增損者，此調亦載其中。

親父。怨只怨蔡伯喈不孝子，苦只苦趙五娘辛勤婦。

【前腔】（旦）公公，你死呵。公婆已得做一處所，料想奴家不久也歸陰府。苦！可憐一家三個怨鬼在冥途。三載相看甘共苦，一朝分别難同死。

（外云）媳婦，我罷了，畢竟是死，你與我請張太公過來。（旦云）公公，説猶未了，恰好張太公來也。（末上云）歲歉無夫婿，家貧喪老親。可憐貞潔女，日夜受艱辛。㈠（相見科）（末云）五娘子，你公公病症何如？（旦云）太公，我公公的病症十分危篤。（末云）如此，待我向前看看。老員外，你貴體若何？（外云）苦！張太公，我不濟事了，畢竟是個死。你今來得恰好，我憑你爲證，寫下遺囑與媳婦兒收執。待我死後，教他休要守孝，早早改嫁便了。（旦云）公公，你休那般説！自古道：忠臣不事二君，烈女不更二夫。㈡公公，休要寫！（外云）媳婦，你取紙筆來。（旦云）公公，奴家生是蔡郎妻，死是蔡郎婦。千萬不要寫，枉自勞神。（外云）媳婦兒，你不取紙筆來，要氣殺我也！（末云）五娘子，你休要逆他；將後嫁與不嫁由在乎你。讓你公公寫下，與你收着。正是：生前且順衰翁意，死後由從烈女心。（旦取紙筆上）（外云）咳！這枝筆倒有千斤來重。（寫不得科）

㈠ 眉批：末上吊場四句吴本作『貧無達士將金贈，病有閒人説藥方』。

㈡ 眉批：《史記》：樂毅伐齊，克之。毅聞畫邑人王蠋賢，令軍中環畫邑，三十里無人。使人請蠋，蠋謝不往。蠋曰：『忠臣不事二君，烈女不更二夫。』

【越調過曲·羅帳裏坐】（外）媳婦，你受艱辛萬千，是我擔誤了伊。你不嫁人呵。身衣口食，怎生區處？休休！[一]當元是我拆散了你夫妻二人，我如今死了呵。終不然教你，又守着靈幃？（做放下筆科）已知死別在須臾，更與甚麼生人作主？

【前腔】（末）這中間就裏，我難說怎提。五娘子，你若不嫁人，恐非活計；若不守孝，又被人談議。可憐家破與人離，怎不教人淚垂？

【前腔】（旦）公公嚴命，非奴敢違。只是你教我嫁人呵。那些個不更二夫，[二]却不誤奴一世？公公，我一馬一鞍，誓無他志。可憐家破與人離，怎不教人淚垂？

（外云）[三]張太公，我憑你爲證，留下這條拄杖，待我那不孝子回來，把他與我打將出去。（外倒旦扶科）

（旦）公公病裏莫生嗔，（末）員外寬心保自身。

（外）正是藥醫不死病，（合）果然佛化有緣人。

[一] 眉批：『休休』以下白與諸本不同。

[二] 眉批：古本『不更二夫』句諸本作『只怕再如伯喈』，甚非。假使稍勝，真肯改嫁乎？

[三] 眉批：三載恒飢，一朝永訣之情，非此結白兩句説不盡。

第二十四齣　伯喈思歸

【正宫引子・喜遷鶯】(一)(生)終日思想，但恨在眉頭，又在心上。鳳侣添愁，魚書絶寄，空勞兩處相望。青鏡瘦顔羞照，寶瑟清音絶響。歸夢杳，繞屏山烟樹，那是家鄉？

〔踏莎行〕怨極愁多，歌慵笑懶，只因添個鴛鴦伴。他鄉遊子不能歸，高堂父母無人管。湘浦魚沉，衡陽雁斷，音書要寄無方便。人生光景幾多時，蹉跎負却平生願。

【正宫過曲・雁魚錦】(二)(生)思量，那日離故鄉。記臨期送别多惆悵，攜手共那人不厮放。教他好看承，我爹娘，料他每應不會遺忘。聞知飢與荒，只怕捱不過歲月難存養。若望不見我信音，却把誰倚仗？

【前腔換頭】思量，幼讀文章，論事親爲子也須要成模樣。真情未講，怎知道喫盡多魔障？被親强來赴選場，被君强官爲議郎，被婚强傚結鸞凰。三被强，我衷腸事説與誰行？埋怨難禁這兩廂：這壁廂道咱是個不撑達害羞的喬相識，那壁廂道咱是個不睹親負心的薄

(一)鶯：原作『喬』，據明萬曆金陵繼志齋刊本《重校琵琶記》改。
(二)眉批：調五犯，一【雁過聲】，一【漁家傲】，一【漁家燈】，一【喜魚燈】，一【錦纏道】。

倖郎。

【前腔換頭】悲傷，鷺序鴛行，(一)怎如他慈烏返哺能終養？(二)謾把金章，綰着紫綬；試問班衣，今在何方？班衣罷想，縱然歸去，又恐怕帶麻執杖。天那！只爲他雲梯月殿多勞攘，落得淚雨如珠兩鬢霜。

【前腔換頭】幾回夢裏，忽聞鷄唱。忙驚覺錯呼舊婦，同問寢堂上。待朦朧覺來，依然新人鴛幃，(三)鳳衾和象床。(四)怎不怨香愁玉？無心緒，(五)更思想，被他攔當，教我怎不悲傷？俺這裏歡娛夜宿芙蓉帳，他那裏寂寞偏嫌更漏長。

【前腔換頭】謾悒怏，把歡娛翻成悶腸。菽水既清涼，我何心，貪着美酒肥羊？閃殺人花燭

(一) 夾批：提起『鷺序』『金章』『雲梯』雜唱『怨香』等等字下面各以類相從，深得古賦聯類之體。
(二) 眉批：晉侍中張華註《禽經》曰：『慈烏，孝烏，長則反哺其母。』
(三) 眉批：胡浩詞：『歡情未久鴛帷散。』
(四) 眉批：《六逸清談録》：『梁魚容性侈靡，以象牙沉檀造以爲床。』
(五) 夾批：『無心緒』三字屬下句，今歌者多屬上句，殊謬。

洞房，〔一〕愁殺我掛名金榜。魆地裏自思量，〔二〕正是歸家不敢高聲哭，只恐猿聞也斷腸。〔三〕

（生云）院子何在？（末云）有問即對，無問不答。相公，有何指揮？（生云）院子，你是我心腹之人，有一件事和你商量；你休要走了我的消息。（末云）小人不敢。（生云）我自從離了父母妻室，來此赴選。幸喜一擢高科，拜授當職。將謂三年之後，可作歸計，誰知又被牛太師招爲門婿。一向逗留在此，不得還家見父母一面，我要和你商量個計策。（末云）相公，自古道：不鑽不穴，不道不知。小人每常間見相公憂悶不樂，豈知這般就裏？相公何不説與夫人知道？（生云）院子，我夫人雖是賢慧，爭奈老相公之勢，炙手可熱。待説夫人知道，一霎時老相公得知，只道我去了不來，如何肯放我去？不如姑且隱忍，和夫人都瞞了；且待任滿尋個歸計。（末云）這的却是。老相公若還知道，如何肯放相公回去？（生云）院子，我如今要寄一封書家去，没個方便的人；欲待使人徑去，又怕老相公知道。你與我出街坊上體探，恐有我鄉里人來此做買賣，待我寄一封家書回去。（末云）小人謹領便去。

（生）終朝長相憶，（末）尋便寄書人。

〔一〕夾批：閃：坊本作『悶』，既犯重且無味。

〔二〕夾批：魆：音『猝』，考韻書，俱無此字。

〔三〕眉批：《世説》：桓温遇三峽中舟人有得猿子者，其母沿岸啼號數十里。比船近岸，遂躍入船中而斃。舟中人剖視之，則腸寸寸斷矣。桓聞之，黜其人。

（合）眼望旌捷旗，（合）耳聽好消息。

第二十五齣　五娘剪髮

【雙調引子・金瓏璁】（旦）饑荒先自窘，那堪連喪雙親？身獨自，怎支分？〔一〕我衣衫都解盡，首飾並没分文。無計策，只得剪香雲。〔二〕

〔蝶戀花〕萬苦千辛難擺脱，力盡心窮，兩淚空流血。裙布荆釵今已竭，萱花椿樹連摧折。　金刀盈盈明似雪，遠照烏雲，掩映愁眉月。一片孝心難盡説，一齊分付青絲髮。奴家前日婆婆没了，已得張太公周濟。如今公公又没了，無錢資送，難再去求告他。我思量起來，没奈何了，只得剪下頭髮，賣幾貫鈔，爲送終之用。雖然這頭髮值錢不多，也只把做些意兒，恰似叫化一般。苦！不幸喪雙親，求人不可頻。聊將青絲髮，斷送白頭人。（哭科）

【南吕過曲・香羅帶】〔三〕（旦）一從鸞鳳分，誰梳鬢雲？粧臺懶臨生暗塵，那更釵梳首飾典

〔一〕眉批：支分：坊本作『支撑』，非韻。

〔二〕眉批：香雲，髮也。蓋用杜詩『香霧濕雲鬟』。

〔三〕眉批：坊本『香羅帶』起頭，更有一抑語，意欠雅，僞增無疑。從古本删去。

無存也。頭髮，是我擔閣你度青春，如今又剪你資送老親。剪髮傷情也，怨只怨結髮薄倖人。(一)

【前腔】思量薄倖人，辜奴此身。欲剪未剪，教我先淚零。我當初早披剃入空門也，(二)做個尼姑去，(三)今日免艱辛。咳！只有我的頭髮恁般苦。少甚麽佳人的，(四)珠圍翠擁蘭麝熏。呀！似這般光景呵，我的身死兀自無埋處，說甚麽頭髮愚婦人？

【前腔】堪憐愚婦人，單身又窮。(五)頭髮，我待不剪你呵，開口告人羞怎忍？我待剪你呵，金刀下處應心疼也。却將堆鴉髻舞鸞鬟，(六)與烏鳥報答鶴髮親。(七)教人道霧鬢雲鬟女，(八)斷送

(一) 眉批：宋子京詩：『結髮爲夫婦。』

(二) 眉批：《因果經》：『過去諸佛爲成就無上菩提，故捨飾好，剃鬚髮，即發願言：今落髮，故願與一切衆生斷除煩惱及諸惡障，曰披剃。』《智度經》：『混袈有三門，一曰空門。』

(三) 眉批：《事物紀原》：漢明帝既聽陽城侯劉峻等出家，又聽洛陽婦女何潘等出家，此蓋中國尼姑之始。

(四) 佳：原作『作』，據汲古閣刊本《繡刻琵琶記定本》改。

(五) 身：原作『衣』，據汲古閣刊本《繡刻琵琶記定本》改。

(六) 眉批：杜詩：『新髻似堆鴉。』王建《宮詞》：『宮粧掠出舞鸞鬟。』

(七) 眉批：賀方回詞：『童顏愁鶴髮。』

(八) 夾批：『教人道』句，一本作『非奴敢違先聖訓』，上更有『身體髮膚』三句，白亦通。

霜鬢雪鬢人。（剪髮下哭科）

【南吕引子·臨江仙】（旦）連喪雙親無計策，只得剪下香鬟。非奴苦要孝名傳，正是上山擒虎易，開口告人難。〔一〕

（旦云）頭髮既已剪下，免不得將去貨賣。〔二〕穿長街，抹短巷，叫一聲賣頭髮。（叫科）

【南吕過曲·梅花塘】賣頭髮，買的休論價。念我受飢荒，囊篋無些個。丈夫出去，那堪連喪了公婆，没奈何，只得剪頭髮資送他。

呀！怎的都没人買？

【香柳娘】看青絲細髮，看青絲細髮，剪來堪愛，如何賣也没人買？這飢荒死喪，這飢荒死喪，怎教我女裙釵，當得恁狼狽？況連朝受餒，況連朝受餒，我的脚兒怎擡？其實難捱。（跌倒起科）

【前腔】往前街後街，〔三〕往前街後街，並無人采。〔四〕我待再叫一聲。咽喉氣噎，無如之奈。苦！

〔一〕眉批：『上山』兩句詞若不屬，而意已獨至。

〔二〕貨：原作『鴉』，據汲古閣刊本《繡刻琵琶記定本》改。

〔三〕夾批：往：諸本作『望』。

〔四〕夾批：采：諸本作『在』。

我如今便死，我如今便死，暴露我屍骸，誰人與遮蓋？天那！我到底也只是個死。將頭髮去賣，將頭髮去賣，賣了把公婆葬埋，奴便死何害？

（再倒科）（末上）慈悲勝念千聲佛，造惡徒燒萬炷香。幾日蔡老員外病症不知如何？我且去看一看。呀！五娘子，你爲何倒在街上？（旦云）苦！太公可憐見，救奴家則個。（末扶科）五娘子，你手裏拿着頭髮做甚麼？（旦云）奴家公公又没了，無錢資送，只得把自己頭髮剪下，欲賣幾文鈔，爲送終之用。（末哭科）元來你公公又死了呵。你怎的不來和我商量？把這頭髮剪下做甚麼？（旦云）奴家多番來定害公公了，不敢再來相煩。（末云）呀！你説那裏話？

【前腔】（末）五娘子，你兒夫曾付托，兒夫曾付托，我怎生違背？你無錢使用，我須當貸。你將頭髮剪下，將頭髮剪下，又跌倒在長街，都緣我之罪。（合）嘆一家破敗，嘆一家破敗，否極何時泰來？[一] 各出珠淚。[二]

【前腔】（旦）謝公公可憐，謝公公可憐，[三] 把錢相貸，我公婆在地下相感戴。只恐奴身死也，

[一] 否：原作『丕』，據汲古閣刊本《繡刻琵琶記定本》改。

[二] 夾批：諸本『淚珠』下有『盈腮』二字，非。

[三] 夾批：古本『可憐』，坊本作『錯愛』，欠雅。

恐奴身死也，兀自没人埋。公公，誰還你恩債？[一]（合前）

（末云）[二]五娘子，你先到家去，我着小的送些布帛米穀之類與你使用。（旦云）如此，多謝公公。請收了這頭髮。（末云）咳！難得，難得。這是孝婦的頭髮，剪來斷送公婆的，我留在家中，不惟傳流做個話名；後日蔡伯喈回來，將與他看，也使他自知惶愧。

（旦）謝得公公救妾身，（末）伊夫曾托我親鄰。

（合）從空伸出拏雲手，（合）提起天羅地網人。

第二十六齣 伯喈寄書

【仙呂入雙調·打毬場】（浄）幾年間，爲拐兒，脱空説謊爲最。遮莫你是怎生俌俏的，[三]也落在我圈圚。

（浄云）自家脱空爲活計，掏摸作生涯。劍舌鎗唇伶俐的，也引教他懵懂；虚脾甜口慳吝的，也哄教他

（一）眉批：諸本此後更有末唱一折，與前第三折意覺重復，從古本删去。

（二）眉批：末白人重在頭髮上甚有意味，坊本作『我要這頭髮做甚麽』，非優人言。

（三）眉批：杜詩：『遮莫鄰鷄下五更。』夾批：遮莫：猶言儘教也。諸本作『摸』，意義無考。俌：音『甫』；俏：音『肖』。即乖覺之意。

粧風。鄉貫何曾有定居？姓名誰人知真實？粧了圈套，見了的便自入來；做就機關，入着的怎生出去？騙了鍾馗手裏寶劍，(一)拐了洞賓瓢裏仙丹。果是來無跡，去無踪，對面騙人如撮弄；縱使和你行，和你坐，當場賺你怎埋怨。拐兒陣裏先鋒，哄局門中大將。何用剜墻穵壁，强如黑夜偷兒。不索挾斧持刀，真個白晝劫賊。正是：天不生無禄之人，地不長無根之草。自家打聽得蔡狀元家住陳留，父母在堂，久無消息。他如今要寄家書回去。况我在陳留走得慣熟，不免粧扮做陳留人，假寫他父母家書遞與他，必有回音。倘或附帶些盤纏回家，也不見得覓却一個小富貴；便不然也索與我些路費回家去。這裏就是蔡狀元府前，不免進入去咱。呀！怎的不見一個人？我且咳嗽一聲。(末云)侯門深似海，不許外人敲。(相見科)你是那裏人？來此有甚勾當？(净云)小子從陳留來，蔡相公的老大人有家書在此。(末云)呀！我相公正要乘便寄家書回去。你來得恰好，待我去請相公出來。(生上)

【商調引子·鳳凰閣】(生)尋鴻覓雁，寄個音書無便。謾勞回首望家山，和那白雲不見。淚

(一) 眉批：《遯齋閑覽》：明皇病疫，居小殿，夢二鬼，一大一小。小者跣一足，懸一履於腰間，竊太真(大者)紫香囊及怙玉笛吹之。大者仗劍逐之，喧擾不已。既而大者奏曰：『臣終南山進士鍾馗也，特爲陛下殺之。』遂擒小鬼，以右手大指摘其目食之。及覺而疾愈，命畫工吳生如夢圖之。按：『圍』字調音法圍委，會此『圍』字本平聲，轉入去聲叶。『最』字韻與前【畫眉序】『宫』字一例。

痕如綫，(一)想鏡裏孤鸞影單。

(末云)告相公得知，有一個漢子，說他從陳留郡來，遞得老相公的家書在此。(生云)請他進來。(相見科)(生云)多承足下帶得我家書來呵。(凈云)小子奉老大人尊命，特遞得在此。(凈遞書生接看科)

【仙呂過曲·一封書】(生)一從你去離，我在家中常念你。是麼？我也常想家裏事情。功名事怎的？想多應折桂枝。我功名事成了。幸得爹娘和媳婦，各保安康無禍危。且喜家中都安樂。見家書，可知之，及早回來莫更遲。

(生云)天那！我豈不要回去？争奈不由我。院子，你引鄉親到後堂茶飯，一面取紙筆，待我寫家書，附與他去；一就取些金珠碎銀過來酬謝他。(二)(生寫書科)

【越調過曲·下山虎】(生)男邕百拜大人尊前：(三)一自離膝下，頓經數年。(四)目斷萬里關山，鎮常望懸。一向那堪音信斷。名利事，嘆牽縉，謾勞珠淚漣。上表辭金殿，要辭了官，

(一) 眉批：『淚痕如綫』，晏原叔詞。

(二) 一：原闕，據汲古閣刊本《繡刻琵琶記定本》補。

(三) 夾批：男邕：諸本作『蔡邕』，失體。眉批：《史記》：高帝曰：『始，大人嘗以季不能治産，不如仲力。』又：去病父仲孺。去病爲驃騎將軍，擊匈奴，至平陽傳舍，使吏迎仲孺，跪曰：『去病不早自知爲大人遺體。』則子稱父自當曰大人。

(四) 夾批：頓經：諸本作『頓覺』。

争奈君王不見憐。

【蠻牌令】忽爾拜尊翰，激切意懸懸。(一) 幸喜爹娘和媳婦，盡安健。奈兒身淹留旅邸，(二) 不能彀承奉慈顔。(三) 匆匆的聊附寸箋，草草伏乞尊照不宣。

(生云)鄉親，你來。我這一封書，並這金珠，托你將到俺家裏，與老相公收下。傳示家中大小，俺早晚便回來，教他放心，不須煩惱。(淨云)小子理會得。(生云)這些碎銀，與你路上做盤費。(淨云)多謝大人厚意！

【中吕過曲・駐馬聽】(生)書寄鄉關，説起教人心痛酸。鄉親，傳示俺八旬爹媽，道與俺兩月妻房，隔涉萬水千山。(四) 啼痕緘處翠綃斑，夢魂飛遶銀屏遠。(合)報道平安，想一家賀喜，只説道再相見。

【前腔】(末)(五) 遥憶鄉關，有個人人凝望眼。他頻看飛雁，望斷孤舟，倚遍危欄。見這銀鈎

(一) 夾批：懸懸：作『慰拳』。

(二) 夾批：『奈』字，諸本作『況』字，意不相□。

(三) 夾批：母可稱嚴君，則父可稱慈顔。

(四) 眉批：《爾雅》：『草行曰跋，水行曰涉。』

(五) 眉批：諸本此後更有末唱一折，首句無『□□□』三字。□□□□□□意又多犯重，況生寄書而末唱兩曲甚無意義，今從古本删去。

飛動彩雲箋，又索玉筋界破殘粧面。（合前）

【前腔】（浄）西出陽關，却嘆今朝行路難。念取經年離別，跋涉萬里程途，帶着一紙雲箋。只怕豺狼紛擾路途間，雁鴻不到你家鄉畔。（合前）

（生）憑伊千里寄佳音，（末）説盡離人一片心。

（浄）須知相別經多載，（合）方信家書抵萬金。

第二十七齣　五娘造墳

【南吕引子·掛真兒】（旦）四顧青山静悄悄，思量起暗裏魂銷。黄土傷心，（一）丹楓染淚，（二）謾把孤墳獨造。

〔菩薩蠻〕白楊蕭瑟悲風起，天寒日淡空山裏。虎嘯與猿啼，愁人添慘悽。窮泉深杳杳，長夜何時曉。灑淚泣雙親，雙親聞不聞？奴家自從喪了公婆，家中十分狼狽。昨已多承張太公將公婆靈柩舁得到山，免不得造一所墳塋，把公婆安葬了。争奈無錢倩人，難以再去求他，只得自家搬泥運土。（麻裙包

（一）眉批：《列子》：骨肉歸於黄土，心其不傷乎？

（二）眉批：《麗情集》：王子敬與燕公情篤，公死，子敬過其墳，下淚急趨，回首不覺淚已沾衣。頓開楓葉，染淚者皆紅。

土科）

【南呂過曲・五更轉】（旦）把土泥獨抱，麻裙裹來難打熬。(一) 空山靜寂無人吊，但我情真實切，到此不憚勞。苦！何曾見葬親兒不到？又道是三匝圍喪，(二)那些個卜其宅兆？(三) 思量起，是老親合顛倒。公公，你圖他折桂看花早，不想自把一身，送在白楊衰草。謾自苦，（作悲科）這苦憑誰告？

【前腔】我只憑十爪，如何能彀墳土高？苦！只見鮮血淋漓濕衣襖，天那！我形衰力倦，死也只這遭。休休！骨頭葬處，任他血流好，此喚做骨血之親，也教人稱道。教人道趙五娘親行孝。苦！心窮力盡形枯槁，只有這鮮血，到如今也出盡了。這墳成後，只怕我的身難保。

（旦云）呀！我力都乏了，不免就此歇息睡一覺呵。

【仙呂引子・卜算子先】（旦）墳土未曾高，筋力還先倦。（旦睡科）（外扮山神上）

【中呂引子・粉蝶兒】（外）趙女堪悲，天教小神相濟。

(一) 夾批：麻裙：坊本作『羅裙』，非。

(二) 眉批：韓愈詩：『繞墳不假號三匝。』

(三) 眉批：《孝經》：『卜其宅兆而安厝之。』

（外云）善哉！善哉！吾乃當山土地，今奉玉帝敕旨：爲見趙五娘行孝，特令差撥陰兵，與他併力築造墳臺。不免叫出南山白猿使者、北嶽黑虎將軍過來聽吾指揮。猿、虎二將何在？（净、丑扮猿、虎上）（外云）吾奉玉帝敕旨：爲見趙五娘獨自在山築墳，特差汝等帶領陰兵，與他併力。汝等可變做人形，與他攝化土石，〔一〕務要頃刻完成，不得驚動孝婦。（净、丑）領法旨。（造墳科）告大聖，墳臺已成了。（外云）趙五娘，你擡起頭來，聽我囑付你。

【仙呂入雙調・好姐姐】（外）五娘聽吾道語：吾特奉玉皇敕旨，憐伊孝心，故遣陰兵來助你。（合）墳成矣，葬了二親尋夫婿，改換衣裝往帝畿。

（外云）趙五娘，你理會得麼？正是：大抵乾坤都一照，免教人在暗中行。（外、净、丑下）（旦醒科）

【仙呂引子・卜算子後】〔二〕（旦）夢裏分明有鬼神，想是天憐念。

（旦云）呀！怪哉，怪哉。奴家睡間，恍惚之中，似夢非夢。聞人有囑付之語，道墳成了，教奴家前往京畿尋取丈夫。我思忖起來，獨自一身，幾時能彀得墳成？（起看科）呀！怎的這墳塋都築得成了？謝天謝地！分明神通變化。

〔一〕化：原作『他』，據汲古閣刊本《繡刻琵琶記定本》改。

〔二〕眉批：【卜算子】調此半折四句，此處首一句爲先，末二句爲後。

【五更轉】[一]（旦）怨苦知多少？兩三人只道同做餓殍。公公、婆婆，今日幸賴神明救濟，成此墳臺，你兩人已得安妥。只一件，我未曾葬你時節，也還恰像相親傍的一般；你如今葬了呵，窮泉一閉無日曉，嘆如今永別，再無由相倚靠。我死和你做一處埋呵，也得相伏侍。只愁我死在他途道，我的骨頭何由來到？從今去，這墳呵，只願得中乾燥，福子蔭孫也都難料。呀！天那！[二]便做蔭得個三公，[三]也濟不得親老。淚暗滴，把蒼天來禱。（末同丑帶鉏器上）

【越調過曲・鏵鍬兒】（末）悲風四野吹松柏，[四]山雲黯淡日無色。（丑）虎嘯與猿啼，怎不慘慽？（合）趲步行來到峭壁，都與孝婦添助力。

（末云）老夫張廣才，只爲蔡老員外夫妻相繼棄世，虧殺他媳婦趙五娘子把麻裙包土，築造那墳臺。但人家造一所墳，不着千百工造不成，他獨自一個女流，如何成得此事？不免帶將小二，與他添助力氣則個。呀！好怪哉，如何墳都成了？只見：松柏森森繞四圍，孤墳新土掩泉扉。五娘子，空山獨自

[一] 眉批：坊本此折與前二折相聯，其【卜算子】等自爲一段。『墳成後』覺秀煞，從古本更完。中間白語亦與諸本不同。

[二] 眉批：諸本無『呀！天那』三字，轉下兩句太過。

[三] 眉批：《周官》立太師、太傅、太保曰三公，漢以大司馬、大司徒、大司空爲三公，後漢以太尉、司徒、司空爲三公。

[四] 夾批：『野』字作『起』字。

無人問，爲築墳臺又阿誰？（旦云）太公，夢裏鬼神多怪異，陰兵運石與搬泥。築墳成了親分付，教奴尋取兒夫往帝畿。（末云）自古流傳多有此，畢竟感格上蒼知。長城哭倒稱姜女，五娘子，你他日芳名一處題。（合云）正是：善惡到頭終有報，只爭來早與來遲。

【好姐姐】（旦）太公，念奴血流滿指，獨自要墳成無計。深感老天，暗中相護持。（合）墳成矣，葬了二親尋夫婿，改换衣裝往帝畿。

【前腔】（末）五娘子，老夫帶領小二，待與你添助些力氣，誰知有神暗中相救濟。（合前）

【前腔】（丑）〔一〕你每真個見鬼，這松柏孤墳在何處？恰纔小鬼是我裝扮的。（合前）

（末）孝心感格動陰兵，（旦）不是陰兵墳怎成？

（丑）萬事勸人休碌碌，（合）舉頭三尺有神明。

第二十八齣　牛氏玩月

【大石調・念奴嬌引】〔二〕（貼）楚天過雨，正波澄木落，秋容光浄。誰駕玉輪來海底，碾破琉

〔一〕眉批：真中做出假，假中做出真，此操縱妙處。

〔二〕眉批：此一枝出入宋人詩餘《中秋詞》且融化無跡。

璃千頃？環珮風清，笙簫露冷，㈠人在清虚境。（浄、丑）真珠簾捲，庾樓無限佳興。㈡
〔臨江仙〕（貼云）玉作人間秋萬頃，銀葩點破碧琉璃。（浄云）瑶臺風露冷仙衣，天香飄下處，此景有誰知？
（丑云）未審明年明夜月，此時此景何如？（貼云）珠簾高捲醉瓊巵，（合）正是：莫辭終日勸，動是隔年期。（貼云）老姥姥，今夜中秋，月色澄清，你與我請相公出來賞玩則個。（浄云）請，請。夫人請相公玩月。（生内應）我睡了，不來。（貼云）惜春，你再去請。（丑云）我去請呵。相公，夫人請你出來玩月。（生云）來也。（丑云）老姥姥，我的臉皮生得好，一請就來。

【南吕引子·生查子】（生）逢人曾寄書，書去神亦去。今夜好清光，可惜人千里。

（貼云）相公，今夜中秋，月色可愛，我請你賞玩一番，你没事推阻怎的？（生云）月色有甚麽好處？（貼云）相公，怎的不好？〔酹江月〕你看：　玉樓絳氣捲霞綃，雲浪空光澄徹。丹桂飄香清思爽，㈢人在瑶臺銀闕。（生云）影透鳳幃，光窺羅帳，露冷蛩聲切。關山今夜，照人幾處離别。（浄云）須信離合悲歡，還如玉兔，有陰晴圓缺。便做人生長宴會，幾見冰輪皎潔？（丑云）此夜明多，隔年期遠，莫教金樽歇。（合）但願人長久，年年同賞明月。（飲酒科）

㈠　眉批：　朱希真詞：『露冷笙簫，風清環珮。』

㈡　眉批：《世説》：　庾亮鎮武昌，諸佐吏殷浩之徒乘夜月登南樓，俄而不覺亮至，將起避之。亮曰：『諸君且住，老子於此興復不淺。』遂據胡床，與浩等歌詠。其坦率如此。

㈢　眉批：　宋之問詩：『丹桂月中落，天香雲外飄。』

【大石調・念奴嬌序】〔一〕（貼）長空萬里，見嬋娟可愛，全無一點纖凝。十二闌干光滿處，涼侵朱箔銀屏。偏稱，身在瑶臺，笑斟玉斝，人生幾見此佳景？（合）惟願取年年此夜，人月雙清。

【前腔換頭】（生）孤影，南枝乍冷。見烏鵲縹緲驚飛，棲止不定。〔二〕萬點蒼山，何處是修竹吾廬三徑？〔三〕追省，丹桂曾攀，嫦娥相愛，故人千里謾同情。（合前）

【前腔換頭】（貼）光瑩，我欲吹斷玉簫，乘鸞歸去，不知風露冷瑶京。環佩濕，似月下歸來飛瓊。〔四〕那更，香霧雲鬟，清輝玉臂，〔五〕廣寒仙子也堪並。（合前）

【前腔換頭】（生）愁聽，吹笛《關山》，〔六〕敲砧門巷，月中都是斷腸聲。人去遠，幾見明月虧

〔一〕眉批：此枝諸本一作【本序】。
〔二〕眉批：魏武《短歌行》：『月明星稀，烏鵲南飛。繞樹三匝，無枝可依。』
〔三〕眉批：淵明詩：『吾亦愛吾廬。』蔣詡於竹下開三徑，惟與祥仲、求仲來往。
〔四〕眉批：許飛瓊：王母侍女。
〔五〕眉批：杜詩：『香霧雲鬟濕，清輝玉臂寒。』此先將冷、濕二字提起，而下上用四字爲句，語意自足。
〔六〕夾批：《關山月》，古樂府。

盈。惟應，邊塞征人，㈠深閨思婦，㈡怪他偏向別離明。㈢（合前）

【中呂過曲・古輪臺】（净）峭寒生，鴛鴦瓦冷玉壺冰，闌干露濕人猶凭，貪看玉鏡。況萬里清冥，皓彩十分端正。三五良宵，㈣此時獨勝。（丑）把清光都付與，酒杯傾。從教酩酊，拚夜深沉醉還醒。酒闌綺席，漏催銀箭，香銷金鼎。斗轉與參横，銀河耿，轆轤聲已斷金井。

【前腔换頭】（净）閒評，月有圓缺陰晴，人世上有離合悲歡，從來不定。深院閒庭，處處有清光相映。也有得意人人，兩情暢詠；也有獨守長門伴孤零，㈤君恩不幸。（丑）有廣寒仙子娉婷，孤眠長夜，如何捱得更闌寂静？此事果無憑。但願人長久，小樓玩月共同登。

【餘文】（衆）聲哀訴，促織鳴。（貼）㈥俺這裏歡娱未罄，（生）他幾處寒衣織未成。

（貼）今宵明月正團圓，（生）幾處淒涼幾處歡。

㈠ 夾批：應『吹笛』。

㈡ 夾批：應『敲砧』。

㈢ 夾批：應『斷腸』。

㈣ 眉批：韓文公《中秋》詩：『三五端正月，今夜出東山。』

㈤ 眉批：《文選》：漢武帝元光五年，皇后陳氏以祠祭厭勝媚道，事覺，册收璽綬，退居長門，供奉如法。日夕愁思，以百金奉司馬相如、文君取酒，相如爲作《長門賦》。

㈥ 夾批：下『罄』，一本作『聽』，雖有出入，少意味。

（合）但願人生得久長，（合）年年千里共嬋娟。

第二十九齣　孝婦描真

【雙調引子・胡搗練】（旦）辭别去，到荒丘，只愁出路煞生受。畫取真容聊藉手，逢人將此苦哀求。

（旦云）鬼神之道，雖則難明；感應之理，不可不信。奴家昨日獨自在山築墳，正睡間，夢一神人，自稱當山土地，帶領陰兵，與奴家助力；却又囑付教奴家改换衣裝，徑往長安尋取丈夫。待覺來，果然墳臺並已完成，這的分明是神通護持。正是：寧可信其有，不可信其無。今者二親既已葬了，只得改换衣裝，扮作道姑，將着琵琶做行頭，沿街上彈唱個行孝的曲兒，教化將去。只是一件，我幾年間和公婆厮守，如何捨得一旦撇了他？奴家從來略曉得些丹青，何似想像畫取公婆真容，背着一路去，也似相親傍的一般。但遇小祥忌辰，展開與他燒些香紙，奠些酒飯，表奴家的孝心。不免就此畫描真容則個。

（描畫科）

【仙吕入雙調・三仙橋】㈠（旦）一從他每死後，要相逢不能彀，除是夢裏暫時略聚首。苦要

㈠　眉批：一云【三仙橋】即【疊字錦】，但微有不同，似與詩餘中三字調合體。或當是其别名，且此與前【犯胡兵】調通。考諸本皆無。

描，描不就，㈠暗想像，教我未描先淚流。描不出他苦心頭，描不出他饑症候，描不出他望孩兒的睜睜兩眸。只畫得他髮颼颼，和那衣衫敝垢。休休！若畫做好容顏，須不是趙五娘的姑舅。

【前腔】我待要畫他個龐兒帶厚，他可又饑荒消瘦。我待要畫他個龐兒展舒，他自來長恁面皺。若畫出來，真是醜，那更我心憂，也做不出他歡容笑口。不是我不會畫着那好的，我從嫁來他家裏。只見他兩月稍優游，其餘都是愁。那兩月稍優游，我又忘了。這三四年間，我只記得他形衰貌朽。這真容呵，便做他孩兒收，也認不得是當初父母。休休！縱認不得是蔡伯喈當初爹娘，須認得是趙五娘近日來的姑舅。

（旦云）真容既已描就了，就在這裏燒些香紙，奠些酒飯，拜別了公婆出去。（拜辭墳墓科）

【前腔】公公婆婆，非是奴尋夫遠遊，只怕我公婆絕後。奴見夫便回，此行安敢久？苦！路途中，奴怎走？天那！他兀自没人看守，㈡如何來相保佑？這望公婆相保佑我出外州。

㈠ 眉批：又生出畫真容一段情來，爲後面許多張本。『苦要描』，『苦』字諸本皆訛爲『若』，遂使文義不通。一作『若要描得他相像』，終不貫『描不出』二句。諸本每句上更有一『描』字，詳味此字，只當作科，如哭介笑介之類。作唱者，非。

㈡ 眉批：吴本『兀自』句作白，浙本『我出外州』三句通作白。

墳呵，(一)只怕奴去後，冷清清有誰來祭掃？縱使遇春秋，一陌紙錢怎有？休休！你生是個受凍餒的公婆，死做個絶祭祀的姑舅。

(旦云)奴家既辭墳墓，背了真容，便索去辭張太公。呀！如何恰好張太公來也？(末上)(二)衰柳寒蟬不可聞，金風敗葉正紛紛。長安古道休回首，西出陽關無故人。(相見科)奴家適間拜辭了墳墓，正要到宅上來告别。(末云)呀！五娘子，你幾時去？(旦云)太公，奴家就行了。(末云)你背的是甚麼樣畫？(旦云)是公婆的真容，待將路上去藉手乞告些盤纏，早晚與他燒香化紙。(末云)是誰畫的？(旦云)是奴家親手將就描摸的。(末云)五娘子，你孝心所感，一定逼真。借我看一看。(末看科)咳！畫得像！畫得像！(作悲科)呀！老員外，老安人，〔鷓鴣天〕死别多應夢裏逢，謾勞孝婦寫遺踪。可憐不得圖家慶，辜負丹青泣畫工。衣破損，鬢鬔鬆，千愁萬恨在眉峰。只愁蔡郎不識年來面，趙女空描别後容。(旦作悲謝科)(末云)五娘子，我聽得你要遠行，將幾貫錢與你路上助些盤纏。(旦云)多多擾害公公了，決不敢再受。只一件，奴家又有不識進退之懇：奴家去後，這一所墳塋，早晚望公公可憐見，看這兩個老的在日之面，與奴家看管則個。(末云)這個不妨，你但放心前去，老夫少

(一)　眉批：　此白與諸本互有異同。

(二)　眉批：　諸本多作題贊，既有題矣，後面伯喈『書館』中一見曉然，知是父母，何用許多疑猜？而今子弟到此亦遂舉手作題寫狀，此戲文關鍵，不可不審。

不得如此。（拜辭科）

【越調過曲·憶多嬌】（旦）公公，他魂渺漠，我没倚托。程途萬里，教我懷夜壑。（一）此去孤墳，望公公看着。（合）舉目瀟索，滿眼盈盈淚落。

【前腔】（末）五娘子，我承委托，當領諾。這孤墳我自看守，决不爽約。但願你途中身安樂。（合前）

【仙吕入雙調·鬥黑麻】（旦）奴深謝公公，便相允諾。從來的深恩，怎敢忘却？只怕途路遠，體怯弱，病染災纏，衰力倦脚。（合）孤墳寂寞，路途滋味惡。兩處堪悲，萬愁怎摸？（二）

【前腔】（末）你夫婿多應是，貴官顯爵，伊家去須當審個好惡。五娘子，只怕你這般喬打扮，他怎知覺？一貴一貧，怕他將差就錯。（合前）

（旦云）公公，奴家拜別去也。（末云）五娘子，且謾着，老夫還有幾句言語囑付你。（旦云）公公有甚指教？奴家願聞。（末云）五娘子，你少長閨門，豈識途路？當初蔡郎未别時節，你青春嬌媚。你如今遭這饑荒貧苦，貌陋身單。正是：桃花歲歲皆相似，人面年年自不同。蔡郎臨别之時，可不道來。

（一）眉批：『夜壑』『藏舟』出《莊子》。

（二）眉批：摸索：捫孫也，手捉也。此『摸』無意義。據柳耆卿詞『片片閑愁，丹青難邈』，當是此『邈』字。

(旦云)(一)公公,他道甚的?(末云)他道若是有寸進,即便回來。如今年荒親死,一竟不回,你知他心腹事如何?正是:畫虎畫皮難畫骨,知人知面不知心。呀!蔡郎原是讀書人,一舉成名天下聞。久留不知因個甚,年荒親死不回門。五娘子,你去京城須仔細,逢人下禮問虛真。若見蔡郎謾説千般苦,只把琵琶語句訴原因。未可便説他妻子,未可便説喪雙親。未可便説裙包土,未可便説剪香雲。若得蔡郎思故舊,可憐張老一親鄰。我今年已七十歲,比你公公少一旬。你去時猶有張老來相送,你回時不知張老死和存。我送你去呵,正是:流淚眼觀流淚眼,斷腸人送斷腸人。(哭科)(旦云)謝得公公訓誨,奴家銘心鏤骨,不敢有忘。如今告別去也。(末云)五娘子,你早去早回。

(旦)爲尋夫壻别孤墳,(末)只怕兒夫不認真。

(合)惟有感恩並積恨,(合)千年萬載不生塵。

第三十齣　牛氏詰邕

【中吕引子·菊花新】(生)封書遠寄到親闈,又見關河朔雁飛。梧葉滿庭除,争似我悶懷堆積。

(一)眉批:諸本此白與前白相連,四曲俱在末後。句既太長,况一唱而别,似覺少情,今從古本更定。

〔生查子〕封書寄遠人，寄與萬里親。書去神亦去，悠然空一身。(一) 自家喜得家書，報道平安。已曾修書寄回家去，不知何如？這幾日常懷想念，翻成愁悶。正是：雖無千丈綫，萬里繫人心。

【南吕引子·意難忘】(二)（貼）緑鬢仙郎，懶拈花弄柳，勸酒持觴。眉顰應有恨，何事苦相防？（生）夫人，些個事，惱人腸。（貼）相公，試説與何妨？（生）只怕你尋消問息，添我恓惶。

（貼云）古人云：嗔有爲嗔，笑有爲笑。古之君子，當食不嗟，臨樂不嘆。無事而戚，謂之不祥。相公，你自來我家，不明不暗，如醉如癡，鎮日憂悶，爲着甚的？你還少了喫的？少了穿的？

【南吕過曲·紅衲襖】（貼）相公，我待道你少喫的呵。你喫的是煮猩唇和那燒豹胎。(三) 我待説你少穿的呵。你穿的是紫羅襴，繫的是白玉帶。你出入呵。我只見五花頭踏在你馬前擺，三檐傘兒在你頭上蓋。相公，休怪奴家説。你本是草廬中一秀才，(四) 如今做着漢朝中梁棟材。你有甚不足處，只管鎖了眉頭也，唧唧噥噥不放懷？

【前腔】（生）夫人，你道我有穿的。我穿的紫羅襴，到拘束不自在。我穿的是皂朝靴，怎敢去

(一) 眉批：『封書』四句，孟東野詩。
(二) 眉批：此折全出周美成詩餘中語。
(三) 眉批：『猩唇』『豹胎』，皆八珍中之一。韓子：『紂爲玉杯象筯，必不美藿菽，則必薦豹胎也。』
(四) 夾批：一秀才：諸本作『窮秀才』，以著妻對夫，欠穩。

胡亂踹？你道我有喫的呵，我口裏喫幾口荒張張要辦事的忙茶飯，〔一〕手裏拿着個戰兢兢怕犯法的愁酒杯。到不如嚴子陵登釣臺，〔二〕怎做得揚子雲閣上災？〔三〕似我這般樣爲官的呵，只管待漏隨朝也，可不道誤了春花秋月在，枉干碌碌頭又白？

【前腔】（貼）相公，莫不是丈人行性氣乖？（生）不是。（貼）莫不是妾根前缺款待？（生）不是。（貼）莫不是畫堂中少了三千客？（生）不是。（貼）莫不是繡屏前少了十二釵？〔四〕（生）也不是。（貼云）呀！又不是？這意兒教人怎猜？這話兒教人怎解？相公，我今番猜着了。敢只是楚館秦樓，有一個得意人兒也，悶懨懨常掛懷？〔五〕

〔一〕辦：原作『辨』，據汲古閣刊本《繡刻琵琶記定本》改。眉批：《古今注》：麞，麕屬，性善驚，見人急走，故荒獐。

〔二〕眉批：到不如：一本作『本待要』。『怎做得』，言不肯做也，非歆羨之詞。坊本作『怎躲得』，一本作『翻做了』，當。

〔三〕眉批：《漢書》：揚雄校書天祿閣，會劉棻等作符命，爲莽所誅，詞連及雄。使者來，欲收之。雲恐不能自免，乃從閣上自投下，幾死。

〔四〕眉批：坊本『畫堂』下説出孟嘗君猶是漢以前人，至『繡屏下』説出牛僧孺却失體。《史記》：春申君客三千，其上客皆躡珠履。白樂天詩：『鐘乳三千兩，金釵十二行。』

〔五〕眉批：常掛懷：一本作『不放懷』。

【前腔】（生）夫人，不是。有個人兒在天涯，天那！我不能彀見他。只落得臉銷紅眉鎖黛。㈠（貼）我道甚麼來？可知哩！（生云）不是。我本是傷秋宋玉無聊賴，㈡有甚心情去想着閒楚臺？㈢（貼云）相公，你有甚麼事，説與奴家知道也罷。（生）夫人，三分話兒只恁猜，一片心兒直恁解。（貼）你有話如何不對奴家説？（生）罷，罷。夫人，你休纏得我無言説，若還提起那籌兒也，撲簌簌淚滿腮。

（貼云）由你，由你。待我不解勸你，你又只管憂悶；待我問着你，你又不應我。我也没奈何。相公，夫妻何事苦相防？莫把閒愁積寸腸。正是：各人自掃門前雪，莫管他人屋上霜。（貼虛下潛聽科）（生云）天那！自古道：難將我語同他語，未卜他心似我心。自家娶妻兩月，别親數年。朝夕思想，翻成愁悶。我這新娶的媳婦，雖則賢慧，我待將此事和他説，他也肯教我回去。只是他的爹爹若知我有媳婦在家，怕我去了不來，如何肯放我回去？不如我姑且隱忍，改日求一鄉郡除授，那時節却回去見雙親，多少是好？咳！夫人，非是提防你太深，只緣伊父苦相禁。正是：夫妻且説三分話。（貼

㈠ 眉批：李義山詩：『臉若銷紅眉鎖黛。』

㈡ 眉批：宋玉《九歌》曰：『悲哉秋之爲氣也。』

㈢ 眉批：宋玉《高唐賦》：『朝爲行雲，暮爲行雨。朝朝暮暮，陽臺之下。』

上云)(一)呀！我理會得了，你道是：未可全抛一片心。好！好！你瞞我也由你，只是你爹娘和媳婦埋冤你！

【雙調・江頭金桂】(貼)相公，我怪得你終朝嚬喑，(二)只道你緣何愁悶深。教咱猜着啞謎，爲你沉吟，那籌兒没處尋。我和你共枕同衾，你瞞我則甚？你自撇了爹娘媳婦，屢換光陰，他那裏須怨着你没信音。笑伊家短行，笑伊家短行，無情忒甚。到如今，兀自道且説三分話，未可全抛一片心。

【前腔】(生)夫人，非是我聲吞氣忍，(三)只爲你爹行勢逼臨。怕他知我要歸去，將人厮禁，要説又將口噤。天那！我實瞞你不得。我待解下朝簪，再圖鄉郡。那時節呵，他不提防着我，須遣我到家庭，我和你雙雙兩個歸晝錦。苦！我雙親老景，我雙親老景，存亡未審。我前者曾附寄一封家書回去。只怕雁杳魚沉。(貼云)咳！你既有書信附去，怎的也没有個回報？(生)又不是烽火連三月，(四)真個家書抵萬金。

(一) 上：原作『走』，據明萬曆金陵繼志齋刊本《重校琵琶記》改。
(二) 眉批：□□無，『嚬』字當是『癲』字。
(三) 夾批：古本『氣忍』，諸本作『氣飲』。
(四) 眉批：『烽火』一句，杜子美詩。

（貼云）元來如此。我去對爹爹説，和你同去便了。（生云）你休説！你爹爹如何肯放我回去？你且休説破了。（貼云）不妨事。我爹爹身爲太師，風化所關，觀瞻所係，終不然恁的不顧仁義。（生云）你休説，不濟事，干枉了。（貼云）相公，你不必憂慮，我自有道理；不怕他不依我説。

（貼）雪隱鷺鷥飛始見，（生）柳藏鸚鵡語方知。

（生）假若染就乾紅色，（合）也被傍人説是非。

第三十一齣　牛氏啓歸

【黄鍾引子·西地錦】（外）好怪吾家門婿，鎮日不展愁眉。教人心下常縈繫，也只爲着門楣。

（外云）入門若問榮枯事，觀着容顔便得知。自家招贅蔡伯喈爲婿，可謂得人。只一件，他自從到此，眉頭不展，面帶憂容，不知爲着甚麽？必有緣故。且叫女孩兒出來問他，便知端的。

【前腔】（貼）只道兒夫何意，如今就裏方知。萬里家山，要同歸去，未知爹意何如？

（相見科）（外云）孩兒，吾老入桑榆，自嘆吾之皓首；汝身乖琴瑟，每爲汝而懊懷。夫婿何故憂愁？孩兒必知端的。（貼云）告爹爹得知：他娶妻六十日，即赴科場；別親三五載，竟無消息。温清之禮既缺，伉儷之情何堪？(一) 今欲歸故里，辭至尊家尊而同行；待共事高堂，執子道婦道以盡禮。（外怒科）呀！吾乃紫閣名公，汝是香閨艷質。何必顧彼糟糠婦？(二) 焉能事此田舍翁？(三) 他久別雙親，何不寄一封之音信？汝從來嬌養，安能涉萬里之程途？休惑夫言，當從父命。（貼云）爹爹，曾觀典籍，未聞婦道而不拜舅姑；(四) 試論綱常，豈有子職而不事父母？若重唱隨之義，當盡定省之儀。彼荊釵裙布，既已獨奉親闈之甘旨；此金屏繡褥，豈可久戀監宅之歡娛？(五) 爹爹身居相位，坐理朝綱，豈可斷他人父子之恩，絶他人夫婦之義？使伯喈有貪妾之愛，不顧父母之愆；俾孩兒有違夫之命，不事舅姑之罪。望爹爹容恕，特賜矜憐。（外云）休胡説！他既有媳婦在家裏，你去做甚麼？

【黄鍾過曲・獅子序】（貼）爹爹，他媳婦雖有之，念奴家須是他孩兒的次妻。那曾有媳婦不侍親闈？（外云）孩兒，你去有甚麼勾當？（貼）若論做媳婦的道理，須當奉飲食，問寒暄，相扶

(一) 眉批：《左傳》：齊侯請繼室於晉，韓宣子使叔向對曰：『寡君未有伉儷，君有辱命，惠莫大焉。』

(二) 眉批：《漢書》：宋弘曰：『糟糠之妻不下堂。』

(三) 眉批：《南史》：刘宋袁顗盛称高祖儉素，帝曰：『田舍翁得此過矣。』

(四) 眉批：舅姑，諸本作『姑嫜』，覺偏，且與下『不事舅姑』句不照應。

(五) 監：原作『藍』，據汲古閣刊本《繡刻琵琶記定本》改。眉批：藍宅：杜工部有《本監宅》詩：『屏開金孔雀，褥隱繡芙蓉。門闌多喜氣，女婿近乘龍。』言其富貴豪華，人罕爲比。一作『藍宅』，謂藍田種玉。一作『鑒宅』，謂王羲之爲郗鑒女婿者，俱非。

持蘋蘩中饋。[一]（外云）便做有許多勾當，他有媳婦在家裏，孩兒不去也不妨。（貼）爹爹，又道是養兒代老，積穀防饑。

（外云）既道是養兒代老，積穀防饑，何似當初休教他來赴舉不得？

【太平歌】[二]（貼）爹爹，他求科舉，指望錦衣歸，不想道爹爹留他爲門婿。（外云）這是個有緣千里能相會，須强他不得。（貼）他埋冤洞房花燭夜，那些個千里能相會？只要保全金榜掛名時，[三]他事急且相隨。

（外云）孩兒，你到説我不是，這般埋冤着我？

【賞宫花】（貼）他終朝慘悽，我如何忍見之？（外云）他自慘悽，你管他怎的？（貼）若論爲夫婦，須是共歡娛。（外云）不妨事，他若在這裏，我教他做個大大的官！（貼）爹爹，他數載不通魚雁信，枉了十年身到鳳凰池。

（外云）呀！你聽着丈夫的言語，却不聽我説。這妮子好癡迷呵！

【降黄龍】（貼）爹爹，須知，非奴癡迷。已嫁從夫，怎違公議？（外云）孩兒，你去也不妨，只是我没

[一] 眉批：《易家人》：六二，無攸遂，在中饋。

[二] 眉批：【太平歌】諸本作【東甌令】，詞雖無甚差殊，但【東甌令】是【南吕】，從古本方協【黄鍾】。

[三] 金：原作『今』，據汲古閣刊本《繡刻琵琶記定本》改。

個親人在傍，如何放得你去？不要去也罷。（貼）呀！爹既念女，怎教他爹娘不念孩兒？（外云）孩兒，不是我不放你去。他既有媳婦在家，你去時節，只怕擔閣了你。（貼）休提，縱把奴擔閣，比擔閣他媳婦何如？㈠（外云）便不然，只教蔡伯喈自去便了。（貼）爹爹，那些個夫唱婦隨，嫁鷄逐鷄飛？

（外云）孩兒，他是貧賤之家，你如何伏侍他的父母？

【南呂過曲·大聖樂】㈡（貼）爹爹，婚姻事難論高低，若論高低何似休嫁與？假饒親賤孩兒貴，終不然便拋棄？（外云）他的孩兒撇得下，你怕甚麼？（貼）奴須是他親生兒子親媳婦，難道他是何人我是誰？（外云）孩兒，據你説起來，我到説得不是？（貼唱）爹居相位，怎説着傷風敗俗非理的言語？

（外怒科）這妮子無禮！却將言語來衝撞我。我的言語到不中聽呵！孩兒，夫言中聽父言違，懊恨孩兒見識迷。我本將心托明月，誰知明月照溝渠。（外先下）（貼云）自古道：酒逢知己千鍾少，話不投機半句多。好笑我爹爹不顧仁義，却道奴家把言語衝撞他。昨日我丈夫教我休説的是，我如今有何顔去見他？不免且在此坐一回，尋思一個道理去回他則個。（貼作悶坐科）

㈠　眉批：擔閣了媳婦：一本作『擔閣他爹娘』，此前已有『爹娘』字。

㈡　眉批：此一折與前『辭婚』『辭官』數折相稱。

【南呂引子・稱人心】（生）撇呆打墮，(一)早被那人瞧破。他要同歸，知他爹怎麽？我料想他每不允諾。呀！夫人，你緣何獨坐？想你爹爹不肯麽？(二)伊家道俐齒伶牙，争奈你爹行不可。

【前腔】（貼）天那，我爹爹，曾不顧，人笑呵，這其間只是我見差。禍根芽，從此起，災來怎躲？相公，他道我從着夫言，罵我不聽親話。

【南呂過曲・紅衫兒】（生）夫人，你不信我教伊休説破，到此如何？算你爹心性，我豈不料過？我爲甚亂掩胡遮？也只爲着這些。你直待打破砂鍋，(三)是你招災攬禍。

【前腔】（貼）不想道相挜靶，這做作難禁架。我見你每每咨嗟要調和，誰知好事多磨？起風波，相公，把你陷在地網天羅，如何不怨我？天那！懊恨只爲我一個，却擔閣了兩個。

【正宮過曲・醉太平】（生）蹉跎，光陰易謝，縱歸去晚景之計如何？(四)名韁利鎖，牢絡在海

(一) 夾批：猶言粧疾作呆。

(二) 眉批：想你爹爹不肯麽：古本此句是白，諸本作唱。此六折生旦各自爲韻。

(三) 眉批：諺云：打破砂鍋璺到底。璺，損路也。吴越鄉音『問』字與『璺』音相類，敬謂善問者云云。又：山谷《拙軒頌》：覓巧子不可得，拙從何來？打破砂鍋一問，狂子因此眼開。

(四) 眉批：吴本作『縱歸來已晚』。歸計無暇，糾纏無味，且不叶歌戈韻。

角天涯。(一) 知麼？ 多應我老死在京華，孝情事一筆都勾罷。苦！這般摧挫，傷情萬感，淚珠偷墮。

【前腔換頭】(貼)非詐，奴甘死也。縱奴不死時，君去須不可。(生云)夫人如何説這話？(貼)相公，奴身值甚麼？ 只因奴誤你一家。差訛，假饒做夫婦也難和，你心怨我心縈掛。奴身拚捨，成伊孝名，救伊爹媽。

(生云)夫人，你不要這般説。萬一你爹爹知之，大家見責。(貼云)相公，妾當初勉承父命，遣事君子。不想君家有白髮之父母，青春之妻室。致君衷腸不滿，名行有虧。如今思之：誤君之父母者，妾也；誤君之妻房者，妾也；使君爲不孝薄倖之人，亦妾也。妾之罪大矣！縱偷生於今世，亦公議所不容。昔日聶政姊死，倚屍傍以成弟之名；(二) 王陵母死，(三) 伏劍下以全子之節。妾豈愛一身，誤君百行？妾當死於地下，以謝君家。小則可以解君之縈掛，大則可以救君之父母；近則可以成孝子之令名，遠則可以免後世之公議。妾死何憾焉！(生云)夫人，你只知其一，不知其二。古人云：身體髮膚，受

(一) 夾批：『韁鎖』正宜用『牢絡』字，諸本作『奔走』，非。

(二) 眉批：《史記》：嚴仲子使聶政刺俠累，累方坐府上，衛兵甚嚴，政直入刺之。因自破面、抉目、自屠出腸。韓人暴其屍於市，□問，莫能識。其姊榮聞而往哭之，曰：『是軹深井里聶政也。以妾在之故，重自刑以絕跡。豈可畏没身之誅，終泯賢弟之名？』遂死政屍之傍。此段白前後與諸本至有增損。

(三) 眉批：王陵母已見前。

之父母，不敢毀傷。豈可陷親於不義？此事決然不可。（貼云）相公，你也説得是；只是你一時回去不得，如何是好？（生云）且慢着，怕你爹爹也有回心轉意的時節。回去未遲，此時且耐煩。

（生）一心指望轉家鄉，（貼）争奈爹行不忖量。

（生）大鵬飛上梧桐樹，[一]（合）自有傍人説短長。

第三十二齣　孝婦尋夫

【仙呂過曲·月雲高】（旦）路途多勞頓，[二]行行甚時近？未到洛陽城，盤纏都使盡。回首孤墳，空教奴望孤影。天那！他那裏，誰偢采？[三]俺這裏，誰投奔？正是西出陽關無故人，須信道家貧不是貧。

〔蘇幕遮〕怯山登，愁水渡。暗憶雙親，淚把麻裙漬。回首孤墳何處是？兩下瀟條，一樣愁難訴。玉消容，蓮困步。愁寄琵琶，彈罷添淒楚。惟有真容時時顧，惟悴相看，無語恓惶苦。奴家爲尋丈夫，

[一] 眉批：佳：才惟切，《詩》作『騅』。鳳凰，長尾，慣棲梧桐。佳鳥尾短，而亦飛上。故傍人指其尾之短長而議之。一作『大鵬』，一作『大風吹倒』，俱非。

[二] 眉批：【月兒高】頭，【渡江雲】尾。夾批：『頓』字協韻，諸本作『倦』，非。

[三] 眉批：不偢采：吴本作『不瞧』，無意味。

在路途上多少狼狽。況獨自一身，拿着一個琵琶，背着二親真容，登高履險，宿水餐風，其實難捱。只是一件，若去到洛陽，尋見丈夫，相逢如故，也不枉了這遭辛苦；倘或他駟馬高車，前呼後擁，見奴家這般藍縷，不肯相認，可不擔閣了奴家？

【前腔】暗中思忖，此去好無准。只怕他身榮貴，把咱不斷認。若是他不偢采，空教奴受艱辛？他未必忘恩義，我這裏自閒評論。他須記一夜夫妻百夜恩，怎做得區區陌路人？只是一件，他在府堂深隱，奴家怎生進？他在駟馬高車上，我又難將他認。我有個道理，來到他的根前，只提起他二親真容。苦！又恐怕消瘦龐兒，猶難十分信。他不到得非親却是親，我自須防人不仁。

（旦）哽咽無言對兩真，千山萬水好艱辛。
見說洛陽花似錦，偏我來時不遇春。

琵琶記三卷終

新刻重訂出像附釋標註琵琶記卷之四

東嘉　高則誠　編次
羊城　戴君賜　註釋
金陵　唐　晟　校梓

第三十三齣　差人迎請

【仙呂引子·番卜算】（外）兒女話堪聽，[一]使我心疑惑。暗中思忖覺前非，有個團圓策。

（外云）自古道：良藥苦口利於病，忠言逆耳利於行。[二]昨日女孩兒要和伯喈歸去，同事雙親，自家不肯放他去。却將幾句言語衝撞我，我一時不勝焦躁。如今尋思起來，他的言語，句句有理，節節堪聽。待要放他回去，只慮他幼長閨門，難涉路途；況俺年老，無人奉事，如何放他去得？如今有個道理，不免使一個人，多與盤纏，教他徑往陳留，將蔡伯喈爹娘和媳婦都接取來，多少是好？不免叫女孩兒

[一] 夾批：古本『堪』，吴本作『難』，與後不相應。
[二] 眉批：《史記》：張良諫高帝曰：『良藥苦利於病，忠言逆耳利於行。』

和伯喈過來，問他則個。

【前腔】（生）淚眼滴如珠，愁思縈如織。（貼）早知今日悔當初，何似休明白。[一]（相見科）（外云）孩兒，你夜來的説話，我好仔細尋思起來，都説得有理。我欲待教你同女婿回去，路途跋涉，這個也難。不如遥使人去陳留，取他爹媽媳婦來做一處住，你兩人心下如何？（貼云）這個隨爹爹主張。（生云）若得如此，感恩非淺！（外云）院子李旺何在？（丑扮李旺上）頻聽指揮黄閣下，忽聞呼唤畫堂前。老相公有何使令？（外云）李旺，我要差你去陳留走一遭。（丑云）去做甚麽？（外云）差你去那裏接取蔡狀元的老員外、老安人、小娘子三人，[二]來我府中同住。（丑云）如此，李旺不去。[三]（貼云）李旺，你去請得來，我重重賞你。（丑云）夫人，你如今説道重重賞我；只怕取得小娘子來時，夫人又要和他争大小廝打。那時節，可不埋冤李旺？那裏還肯把東西賞我？（外云）休閒説！我如今修一封書送去相請，外有銀錢與你路上做盤纏，休得落後了。（生云）李旺，你去時節，須要多方詢問；若是取得來時，路途上千萬小心承直。（丑云）不妨，我出路慣便，自有分曉。

【正宫過曲·四邊静】（外）李旺，你去陳留仔細問端的，專心去尋覓。請過兩三人，途中好承

[一] 眉批：古本外、生、旦分唱，諸本作連唱，非。坊本『明白』下有『説出』二字，甚俗，且非體。
[二] 裏：原作『理』，據汲古閣刊本《繡刻琵琶記定本》改。
[三] 眉批：四段與諸本間有不同。

直。(合)休憂怨憶,寄書咫尺。眼望旌捷旗,耳聽好消息。

【前腔】(生)只怕饑荒散亂無踪跡,他存亡也難測。何況路途間,難禁這勞役。(合前)

【福馬郎】(貼)李旺,你休説新婚在牛氏宅。(外云)孩兒,便説又待怎的?(貼)他須怨我相擔誤;歸未得,只恐傍人聞之,把奴責。(合)若是到京國,相逢處兩下免憂憶。(一)

【前腔】(丑)相公,多與我盤纏添氣力,萬水千山路,曾慣歷。(拜科)辭别恩官去,管取好消息。(合前)

(外)限伊半載望回音,(生)路上行程須小心。

(貼)但願應時還得見,(丑)果然勝似岳陽金。

第三十四齣　五娘追薦

(末扮五戒上云)年老心閒無外事,麻衣草座亦容身。相逢盡道休官好,林下何曾見一人?自家乃是彌陀寺中一個五戒。(二)今日這寺中建一個無礙道場,不揀甚麽人,或是薦悼雙親,保安自己的,都來這

(一)眉批:古本『兩下免憂憶』,諸本作『做個好筵席』,似俗。

(二)眉批:『老年』四句唐靈澈答韋丹詩。五戒:行者之稱。不杀生一,不偷盜二,不淫邪三,不妄語四,不飲酒五。

裏聚會。真個好寺院好道場呵。（内問）怎見得好寺院？（末云）但見：蘭若莊嚴，(一)蓮臺整肅。佛殿嵯峨耀金壁，回廊繚繞畫丹青。千層塔高聳侵雲，半空中時聞清鐸；七寶樓晶光耀日，(二)六時裏頻扣洪鐘。松下山門，紅塵不到；竹邊僧舍，白日難消。阿羅漢神像威儀，如靈山三十六萬億佛祖；(三)比丘僧戒行清潔，(四)似祇園千二百五十人俱。(五)且看旛影石壇高，惟有棋聲花院静。休提清浄法界，且説嚴肅道場。只見珠旛寶蓋影飄飄，玉磬金鐘聲斷續。龍瓶中插九品紅蓮，開浄土春秋不老；鳳蠟内吐千枝絳蕊，照佛天晝夜常明。齊整整的貝葉同翻，撲簌簌的天花亂墜。旃檀林裏，(六)爇着清浄香、道德香；香積厨中，獻這禪悦食、法喜食。(七)人人在十洲三島，(八)個個浄五蘊六根。(九)擊大法鼓，

(一) 眉批：蘭若：『若』字音人者反，梵語呵蘭若，猶無言無諍也。

(二) 眉批：梁武帝於同泰寺建佛殿，高三十三丈，以七寶飾佛三尊，名曰七寶樓。

(三) 眉批：《大覺經》注：『西方有僧一十八人，像猙獰，名曰阿罗漢。常衛佛説法。』《大藏經》注：『世尊於靈山雷音寺演説金經，集衆三十六萬。』

(四) 眉批：《金覽要覺》：梵言比丘，唐言乞士。

(五) 眉批：《彌陀經》：祇樹給孤園，與大比丘僧一千二百五十人俱。

(六) 眉批：《楞嚴經》：佛告阿難，汝嗅此旃檀，燃於一株，四十里内同此香氣。

(七) 眉批：《維摩经》：佛於雪山修行，作蟬悦食以賜苦爽滯魄。梁武帝於阿育王寺設无礙法喜食。

(八) 眉批：《十洲記》：祖、瀛、玄、炎、長、元、流、生、鳳麟洲、聚窟洲。三島，三神山也。已見前。

(九) 眉批：五蘊：謂色、受、想、行、識。六根：謂眼、耳、鼻、舌、身、意。

吹大法螺，仙樂一齊奏動；　開甘露門，入甘露城，幽魂盡獲超昇。　正是：　寄言苦海林中客，好向靈山會上修。　今日寺中建設大會，怕有官員貴客來此遊翫，不免將着疏頭，就此抄化幾文香錢，添助支費。道猶未了，遠遠望見兩個官人來到。（淨、丑扮風子上）

【中呂過曲・縷縷金】（淨）胡厮咥，兩喬才。家中無宿火，有甚强追陪？（丑）我自來粧風子，如今難悔。　向叢林深處且徘徊，特來看佛會。

（末云）官人，請坐告茶。（淨云）五戒，你這佛會，支費太多？（末云）便是。官人，休怪冒瀆，今日天與之幸，得遇兩位貴客到此，斗膽抄化幾文香錢，添助支費則個。（丑云）五戒，你要抄化，將疏頭來看。錢是儻來之物，那裏不使？　那裏不用？（淨云）兄弟，你說得是。俺這般人，那一日不使幾貫鈔？　我便捨他五錠。（丑云）我也捨他五錠。（末云）如此，多謝官人。（淨云）呀！　遠遠望見一個婦人來，且是生得好。（丑云）是有個婦人來，背着一面琵琶，到和你家姐姐厮像。（末云）又道是遠覷不審，近睹分明。（旦扮道姑背琵琶、真容上）

【前腔】（旦）途路上，走難捱。盤纏都使盡，好狼狽。　試把琵琶撥，逢人乞丐。　薦公婆魂魄免沉埋，特來赴佛會。

（旦云）奴家且喜已到洛陽，見說今日彌陀寺中做佛會，不免就此抄化幾文鈔，追薦公公婆婆則個。（末云）道姑，請裏面赴齋。（旦云）多謝！　多謝！（淨云）道姑，你背着甚麽東西？（旦云）是奴家公婆的真容。（淨云）道姑，你從那裏來？

【仙呂入雙調・銷金帳】（旦）聽奴訴與：奴是良人婦，爲兒夫相擔誤。（净云）他怎的擔誤了你？（旦）他一向赴選及第，未歸鄉故。饑荒喪了，喪了親的舅姑。（丑云）呀！你丈夫既不在家，喪了公婆，誰人與你安葬？（旦）苦！我造墳墓。（净云）你如今來這裏做甚麼？（旦）今爲尋夫來此。（丑云）你丈夫在那裏？（旦）未知他在何處所。㈠

（净云）道姑，你抱着這個琵琶做甚麼？（旦云）奴家將此琵琶彈一兩個曲兒，抄化幾文鈔，就此寺中追薦公婆。（丑云）元來如此。道姑，你會彈甚麼曲兒？你會彈《也兒四》麼？（旦云）不會。（净云）你會彈《八俏手》麼？（旦云）也不會。奴家只會彈些行孝曲兒。（末云）道姑，難得這兩位官人在此，你好生彈一兩個曲兒伏侍他，他重重賞你。（旦云）既然如此，只怕奴家彈得不好，望官人休責。（丑云）你只管好好的彈，我重重賞賜你。（旦云）官人，請坐聽着。（彈科）凡人養子，懷抱最艱辛。欲語未能行未得，此際苦雙親。

【前腔】（旦）凡人養子，最是十月懷擔苦，更三年勞役抱負。休言他受濕推乾，萬千勞苦。真個千般愛惜，萬般回護。兒有些不安，父母驚惶無措。直待可了，歡欣似初。

（净云）彈得好！彈得好！（末云）真個彈得好！（丑云）錢鈔那裏不使？我且先與你一領好襖子。

㈠ 眉批：或謂此枝似涉呫囁，可削，則琵琶置之何用？而取名之義甚無着落。且數折皆行孝之詞，寓勸世之義。又以見趙氏受此乖苦，遭此侮慢，而其毅然不可回之至情，凛然不可犯之清操，爲女流之冰鑑也。

（脱衣與旦科）（丑云）道姑，你再彈一彈。（旦云）官人，請坐聽着。（彈科）孩兒漸長成，父母漸歡欣。教語教行並教禮，一意望成人。

【前腔】（旦）兒行幾步，父母歡欣相顧，漸能言能走路。指望飲食羹湯，自朝及暮。懸懸望他，望他不知幾度。爲擇良師，又怕孩兒愚鹵。略得他長俊，可便歡欣賞賜。

（丑云）彈得好！彈得好！（末云）真個彈得妙！（浄云）錢鈔那裏不用？我也先與你一領好襖子。（脱衣與旦科）（浄云）道姑，你再彈一彈。（旦云）官人，請坐聽着。（彈科）勤於教道，暮史及朝經。願得榮親並耀祖，一舉便成名。

【前腔】（旦）朝經暮史，教子勤詩賦，爲春闈催教赴。指望他耀祖榮親，改換門户。懸懸望他，望他腰金衣紫。兒在程途，又怕餐風宿露。求神問卜，把歸期暗數。

（丑云）彈得好！彈得好！（末云）寔是彈得好！（丑云）錢鈔是人攢來的，我再與你一領襖子。（脱衣與旦科）（末云）元來裏面都是破衣裳呵。我且問你，官人，你把襖子都脱了，身上這般寒，甚麽意思？（浄云）寒也自寒，不可壞了局面。咱每這般人使鈔慣了，㈠怕甚麽寒？道姑，你再唱唱。（末云）道姑，你再彈彈，且看他再把甚麽與你？（旦云）官人，請坐聽着。（彈科）孩兒在外，須是早回程。忤逆男兒並孝子，報應甚分明。

㈠ 使：原作『一』，據汲古閣刊本《繡刻琵琶記定本》改。

【前腔】兒還念父母，及早歸鄉土，看慈烏亦能返哺。莫學我的兒夫，把雙親擔誤。常言養子，養子方知父母。算那忤逆男兒，和孝順爹娘之子。若無報應，果是乾坤有私。(一)

(末云)彈得好！彈得好！(浄云)他彈得自好，唱得自好，我没甚麽與他了。(末笑科)可知道！(浄作寒狀)(丑云)兄弟，我和你這般的走回家去，成甚麽模樣？(浄云)我只賴五戒，取衣裳便罷。(揪末科)(末云)呀！你扯我怎的？(丑云)扯你怎的？你倒粧局，騙我每的衣裳都剥去了。(末云)咳！我幾曾粧局騙你？是你自家把衣裳與他。(浄云)禿驢！你道不曾粧局騙我？我看道姑彈了，喝一聲采；你也喝一聲采，只管攛掇我把衣裳與他。這不是粧局騙我一般？(丑云)你不取還我，我扯你到洛陽縣裏去！(末云)天那！我不曾見這般没行止的人！道姑，没奈何，把衣裳還他去罷。(旦云)衣裳在這裏，拿還他去，要他做甚麽？(丑云)錢鈔雖則那裏不用，只是寒冷，又忍不得。(穿衣科)(浄云)道姑，我方纔道你彈得好，唱得好；我如今尋思起來，彈得也不好，唱得也不好。你不信時，再彈唱一和看看。(旦云)奴家也彈不得，唱不得了。(浄云)可知道不敢再彈唱了。(丑云)兄弟，他既不敢彈唱了，我和你且回家去。(浄云)説得是，我和你回去。(丑云)五戒，我小子不是豪富。(末云)枉了教人題疏。(旦云)伊衣服敢是借的？(浄、丑云)可知道我腿上無個布袴。(末、浄、丑下)(旦云)一斟一酌，莫非前定。奴家準擬今日抄題幾文錢鈔，就此追薦公婆，誰知撞着兩個風子，

(一)　眉批：此枝凡五折，第二、四折末句初數字猶與前字相叶，至『賜』『私』字則不可解矣。俟考。

攪鬧一場。如今雖没東西備辦奠禮，[一]且將公婆真容掛在此間，超薦一番，也展個時候。（掛真容拜科）

【賞秋月】（旦）在途路，歷盡多辛苦，把公婆魂魄來超度。焚香禮拜祈回護，願相逢我丈夫。[二]（生上，末、丑隨科）

【縷縷金】（生）時不利，命多乖。雙親在途路上，怕生災。（末、丑）相公，此是彌陀寺，略停車蓋。（合）辦虔誠懇禱拜蓮臺，特來赴佛會。

（丑云）道姑迴避。（旦躲科）正是：在他簷下過，誰敢不低頭？（慌下失真容科）[三]（生云）那得這軸畫像？（丑云）敢是適間道姑遺下的？（生云）叫他轉來，將還他去。（丑叫不應科）去遠了，叫不應。（生云）既然叫不應，且與他收下。左右，唤和尚過來。（淨扮和尚上）

【前腔】（淨）能喫酒，會噇齋。喫得醺醺醉，便去摟新戒。[四]講經和回向，全然尷尬。你官人若是有文才，休來看佛會。

[一] 雖：原作『去』，據汲古閣刊本《繡刻琵琶記定本》改。
[二] 眉批：諸本無此折，掛真容時似覺冷静。
[三] 眉批：又生出一段失落真容，爲後面張本。
[四] 眉批：摟新戒：諸本一作『打僧戒』。

（相見科）和尚叩頭。（生云）下官爲取父母來此，不知路上安否何如，特來三寶面前，祈個保佑。（淨云）元來如此。小僧請佛。（請佛科）

【佛賺】（淨）如來本是西方佛，(一)却來東土救人多，救人多。結跏趺坐坐蓮花，丈六金身最高大，(二)他是十方三界第一個大菩薩。摩訶薩，摩訶般若波羅糖。（末云）和尚，你念差了，是波羅密。（淨）糖也這般甜，蜜也這般甜。南無南無十方佛十方法十方僧，上帝好生不好殺。好人還有好提掇，惡人還有惡鑒察。好人成佛是菩薩，惡人做鬼做羅刹。第一滅却心頭火，心頭火。第二解開眉間鎖，眉間鎖。第三點起佛前燈，佛前燈。真個是好也快活我，快活我。諸惡莫作，奉勸世上人則個。浪裹稍公牢把舵，行正路，莫蹉跎。大家却去誦彌陀，誦彌陀。善男信女笑呵呵。聽大法鼓鼕鼕鼕鼕，聽大法鐃乍乍乍乍。手鐘摇動陳陳陳陳，獅子能舞鶴能歌。木魚亂敲逼剥剥，海螺響處嘖嘖嘖嘖。積善道場隨人做，伏願老相公老

(一) 眉批：《周書·異記》：穆王二十四年，天竺國浄梵王妃摩耶氏夢天降金人，遂有孕，於四月八日剖右肋，生太子悉達多。年十九，入雪山修行成道，號佛世尊。

(二) 眉批：《傳燈録》：後漢明帝永平十一年，夢金人巍巍丈六，飛至殿廷。以問群臣，傅毅對曰：『臣聞西域有得道之神，其名曰佛。陛下所見，得無是乎？』士等十八人至，得其書及沙門以來，由是化流東土。帝曰：『然。』乃遣傅西域求其道。

安人小夫人萬里程途悉安樂。南無菩薩薩摩訶，金剛般若波羅密。

（淨云）小僧請佛了，請相公上香，通達情旨。（生炷香拜科）

【仙吕入雙調・江兒水】（生）如來證明，聽蔡邕啓：我雙親在途路，不知何如的？仰惟菩薩大慈悲。[一]（合）龍神護持，護持他登山渡水。[二]

【前腔】（淨）如來證明，覽兹情旨。蔡邕的父母，望相保庇，仰惟功德不思議。（合前）

【前腔】（末）佛，我東人鎮日常懷憂慮，只愁二親在途路裏，孝思誠意感神祇。（合前）

【前腔】（丑）我聞知做會，特來隨喜。饅頭素食多多與。若還不與，我自入齋厨去取。（合前）

（淨云）我佛有緣蒙寵渥，（生云）願親路上悉平安。（末云）因過竹院逢僧話，（丑云）又得浮生半日閒。[三]（並下）（旦復上）

【縷縷金】（旦）原來是蔡伯喈，馬前都喝道，狀元來。料想雙親像，他每留在。感天教我夫婦再和諧，都因這佛會。

（一）眉批：《金剛經》註：『菩，普也；薩，濟也。能普濟衆生，故曰菩薩。』

（二）眉批：《消災經》云：八部龍神嘗擁護如來演教。

（三）眉批：『因過』二句，唐李涉詩。

正是：不因漁父引，怎得見波濤？方纔那官人，奴家詢問起來，正是蔡伯喈。好也！好也！今日也會得見。只一件，奴家慌忙中失去了公婆真容，想必是他收下。且待明日徑投他府裏去，以乞丐爲由，問取消息。倘或天天可憐，大家因此相會，也不見得？

今朝喜見那喬才，真容收去不疑猜。
縱使侯門深似海，從今引得外人來。

第三十五齣（一）　五娘至府

【商調引子・十二時】（貼）心事無靠托，這幾日翻成悶也。父意方回，夫愁稍可。未卜程途裏的如何，教我怎生放下？

自古道：不如意事常八九，可與語人無二三。（二）奴家自嫁蔡伯喈之後，見他常懷憂悶。粧盡圈套去問他，他又不説。比及奴家知道，去對爹爹説，要和他同去奉事雙親，誰想爹爹不肯。被奴家道了幾句，爹爹心裏不安，教人去取他爹媽媳婦；又不知他路上安否如何？爲他這些事，教我擔了多少煩惱？又一件，公婆早晚到來，且是要一兩個婦人去伏侍他。我府裏雖則有幾個使喚的，那裏中用？

（一）齣：原作『折』，據目録改。

（二）眉批：『不如』二句，漢張堪詩。此段白與諸本互有異同。

怎生得個精細婦人與他使喚？院子那裏？（末云）書當快意讀易盡，客有可人期不來。(一) 世上幾般能稱意，光陰何況苦相催。夫人，有何使令？（貼云）院子，我府中缺少幾個使喚的，你與我去街坊上尋問，有精細的婦人，討一兩個來用。（末云）小人理會得。踏破鐵鞋無覓處，得來全不費工夫。(二)

【遶地遊】（旦）風餐水宿，甚日能安妥？問天天怎生結果？(三)

（旦云）府幹哥稽首！（末云）道姑何來？（旦云）遠方人氏。（末云）到此何幹？（旦云）特來抄化。（末云）少待。通報夫人：精細婦人到沒有，有一個道姑，在門首抄化。（貼云）可着他裏面來。（末云）道姑，夫人着你裏面相見。

【前腔】（貼）梳粧淡雅，看丰姿堪描堪畫。是何人教來問咱？

（旦云）夫人稽首！（貼云）道姑何來？（旦云）貧道遠方人氏。（貼云）到此何幹？（旦云）特來府中抄化。（貼云）你有甚本事？（旦云）貧道不敢誇口，大則琴棋書畫，小則針黹女工，次則飲食餚饌，頗諳一二。（貼云）呀！道姑，你有這等本事，在街坊上抄化也生受，何似在我府中喫些安樂茶飯如何？（旦云）若得如此，感恩非淺。只怕貧道没福，無可稱夫人之意。（貼云）院子，道姑是遠方人氏，也要問

(一) 眉批：『書當』二句，陳后山詩。

(二) 眉批：『踏破』二句，楊延昭詞。

(三) 眉批：諸本兩曲連唱，中段白連在下段之上，曲既無序，白亦犯重，今從古本更定。

他來歷詳細，方可留他。（末云）道姑，我且問你，你是從幼出家的？還是在嫁出家的？（旦云）貧道在嫁出家的。（貼云）院子過來，從幼出家怎麼説？在嫁出家怎麼説？（末云）告夫人知道：從幼出家是没有丈夫的，在嫁出家是有丈夫的。那道姑是有丈夫的。（貼云）險些兒差了。他既有丈夫的，難與收留。院子，你多打發些齋糧與他，別處抄化。（末云）道姑，夫人説你有丈夫，多打發齋糧與你，別處去抄化罷。（旦云）天那！我不合説有丈夫的。(一)府幹哥，貧道非因抄化而來，特來尋取丈夫。（末云）夫人，這道姑非因抄化來，特來尋取丈夫的。（貼云）元來如此。道姑，我且問你，你丈夫姓甚名誰？（旦背説科）(二)夫人問我丈夫姓名，若直説出來，恐怕夫人嗔怪；若不和他説，此事又終難隱忍。我如今且把『蔡伯喈』三字折開與他説，看他意兒何如。夫人，貧道丈夫姓祭名白諧，人人都説道在牛府廊下住。敢是夫人也知道他？（貼云）我那裏知道。院子，你管各廊房，那有姓祭名白諧的麽？（末云）小人管許多廊房，並没有這個人。（貼云）道姑，我這裏没有，你可到別處去尋，休得要誤了你。（旦云）天那！人人道丈夫在貴府廊下住，如今道是没有，奴家想起來，莫不是死了呵？咳！丈夫，你若是死了，教我倚着誰人爲主？（哭科）（貼云）可憐這婦人！你且不須愁煩，住在府中；我着院子到街坊上訪問你丈夫踪跡，你意下如何？（旦云）若得如此，再造之恩！（貼云）道姑，只一件，你在

(一) 眉批：此段語與前第二十九折張太公囑別、囑付之辭相應。
(二) 眉批：閩本此處有【山坡羊】二折者係僞增，從古本删去。

我府中，休要恁般打扮。我與你换了這衣粧。(一)（旦云）貧道不敢换。（貼云）因甚不敢换？（旦云）貧道有十二年大孝在身，所以不敢换。（貼云）呀！大孝不過三年，如何有一十二年？（旦云）貧道公公死了三年，婆婆死了三年；薄倖兒夫，久留都下，一竟不還，替他帶六年，共成一十二年。（貼云）咳！有這等孝行的婦人。道姑，你雖然如此，争奈我老相公最嫌人這般打扮。院子，你叫惜春取粧奩衣服出來。（末云）畫堂傳懿旨，(二)幽閣取粧資。（丑云）寶劍賣與烈士，紅粉贈與佳人。夫人，粧奩衣服在此。（貼云）道姑，你且對鏡粧容則個。（旦云）天！天！如何是好？（照鏡科）咳！鏡兒，我自從嫁與蔡家，只兩月梳粧，這幾時不曾照你？呀！好苦！元來這般消瘦了。(三)

【商調過曲·二郎神】（旦）容瀟灑，(四)照孤鸞嘆菱花剖破。（貼云）道姑，你不梳粧，且换了衣服。（旦提衣看科）（旦）苦！記翠鈿羅襦當日嫁，(五)誰知他去後，釵荆裙布無些？（貼云）道姑，你不换衣服，且帶着這釵兒。（旦提釵看科）（旦）他金雀釵頭雙鳳嚲，奴家若帶了呵，可不羞殺人形孤

(一) 眉批：此折與詩餘中柳耆卿者同體，與徐幹臣者絶不類。

(二) 懿：原作「一」，據汲古閣刊本《繡刻琵琶記定本》改。

(三) 瘦：原作「便」，據汲古閣刊本《繡刻琵琶記定本》改。眉批：此白與諸本互有不同。

(四) 眉批：瀟灑：浙本作「瀟索」。

(五) 眉批：翠鈿：金花飾面者也。唐韋固妻王氏極姿容，因眉間有傷痕，乃以翠花鈿貼之，故後人效焉。

影寡？（貼云）道姑，你不帶釵兒，且簪些花朵，別些吉凶。（旦提花看科）説甚麽簪花，捻牡丹，(一)教人怨着嫦娥。

【前腔換頭】（貼）嗟呀，他心憂貌苦，真情怎假？只爲着公婆珠淚墮。道姑，我公婆自有，不能彀承奉杯茶。道姑，你比我没個公婆承奉呵，不枉了教人做話靶。道姑，我且問你：(二)你公婆，爲甚的雙雙命掩黄沙？

【囀林鶯】(三)（旦）苦！荒年萬般遭坎坷，丈夫又在京華。糟糠暗喫擔飢餓，公婆死，賣頭髮去埋他。把孤墳自造，土泥盡是我麻裙包裹。（貼云）呀！這道姑好誇口！（旦）也非誇，(四)手指傷，血痕尚染衣麻。

【前腔】（貼）道姑，愁人見説愁轉多，使我珠淚如麻。（旦云）夫人，你下淚爲何？（貼）道姑，我丈

(一) 夾批：『簪花』處爲句，『捻牡丹』三字自爲句，連唱者非。
(二) 眉批：『我且問你』蘇本皆作唱『我且問你咱』。
(三) 眉批：【囀林鶯】、【集賢賓】頭，【黄鶯兒】尾。
(四) 眉批：吴本刊去貼白『也非誇』句，覺無爲。

夫亦久別雙親下，（旦云）怎的不回家去去？（貼唱）(一)他要辭官家去，被我爹蹉跎。(二)（旦唱）他家有妻麽？（貼）他妻雖有麽，怕不似恁會看承爹媽。（旦云）他如今在那裏？（貼唱）在天涯。

（旦唱）夫人，何不取他同來此處？（貼唱）教人去請，知他途路上如何？

【啄木鸝】(三)（旦）聽言語，教我悽愴多，料想他每也非是假。(四)（背説科）我且把句言語來試他一試。他那裏既有妻房，取將來怕不相和？（貼）道姑，但得他似你能揾靶，我情願讓他居他下。只愁他程途上苦辛，教人望得眼巴巴。

【前腔】（旦）錯中錯，訛上訛，只管在鬼門前空占卦。夫人，若要識蔡伯喈妻房，（貼云）他在那裏？（旦唱）奴家便是無差。（貼）呀！你果然是真非謊詐？(五)（旦云）夫人，奴家豈敢誑言？

（貼）你原來爲我喫折挫，爲我受波查。教伊怨我，教我怨爹爹。

（貼云）既然如此，姐姐請上坐，奴家見禮。（旦云）奴家豈敢？

(一) 唱：原作「云」。下同改。

(二) 眉批：「我爹蹉跎」句，坊本作「被我爹爹把他來蹉跎」，覺滯。

(三) 眉批：【啄木鸝】，【啄木兒】頭，【黃鶯兒】尾。

(四) 夾批：下此「假」字應前「真情怎假」之「假」，故用一個「也」。諸本作「埋妬」字，非。

(五) 眉批：「真」字諸本作「他」字，對面而云「他」，欠通。

【金衣公子】（貼）一樣做渾家，(一)我安然，你受禍。你名爲孝婦，我被傍人罵。(二)（旦云）呀！罵夫人怎的？（貼）公死爲我，婆死爲我，姐姐，我情願把你孝衣穿着，把濃粧罷。（合）事多磨，(三)冤家到此，逃不得這波查。(四)

【前腔】（旦）夫人，他當原也是没奈何，被强來，赴選科。辭爹不肯聽他話。(五)（貼云）姐姐，他這裏豈不要回來？（貼）辭官不可，辭婚不可。（旦）只爲三不從，做成災禍天來大。（合前）

（貼云）姐姐，休怪奴家説。我教你換了衣服，你又不肯，只怕相公見你這般藍褸，不肯相認，如何是好？我想起來，相公往常回來時，便入書館中看文章。姐姐，你既是無所不通，何似去書館中寫幾句言語打動他？那時節我與你説個明白，却不好？（旦云）夫人説得是。便寫得不好，也索從命。(六)

（旦）無限心中不平事，一番清話又成空。

（貼）一葉浮萍歸大海，人生何處不相逢。

(一) 眉批：京都市語，謂妻爲渾家。

(二) 我：原闕，據汲古閣刊本《繡刻琵琶記定本》補。

(三) 磨：原作『麼』，據汲古閣刊本《繡刻琵琶記定本》改。

(四) 眉批：波查：市語，猶云艱楚。韻書：『查』之言阻也。

(五) 眉批：『辭爹』句閩、浙本俱作『爲功名把父母相擔誤』，於『三不從』欠應。

(六) 眉批：此段白與諸本互有異同。

第三十六齣　書館題詩

（末上云）爲問當年素服儒，於今腰下佩金魚。(一) 分明有個朝天路，何事男女不讀書？ 自家乃是蔡相公府中一個院子，我相公雖居鳳閣鸞臺，常在螢窗雪案。 退朝之暇，手不停披；(二) 閒居之際，口不絶吟。 如今將次回府，不免灑掃書館，聽候相公到來。 真個好書館！(三) 但見： 明窗瀟灑，碧紗内烟霧輕盈； 浄几端嚴，虎皮上塵埃不染。 粉壁間掛三四幅古畫，石床上安一兩張清琴。 緗帙縹囊，(四) 數起看何止一萬卷？ 牙籤犀軸，(五) 乘將來穀有三十車。(六) 芸葉分香走魚蠹，芙蓉藏粉養龍賓。 鳳味馬肝，

(一) 眉批：《唐·輿服志》： 自一品至六品皆服魚袋，以明貴賤。五品以上飾以金，五品以下飾以銀。

(二) 眉批： 韓昌黎《進學解》： 『手不停披於百家之篇。』

(三) 真： 原闕，據汲古閣刊本《繡刻琵琶記定本》補。

(四) 眉批： 唐李密封鄴侯，積書万卷，皆縹囊緗帙。

(五) 眉批：《唐·經籍志》： 開宝中，玄宗於兩都各聚書四部，皆以令甲乙丙丁爲論。 甲經書，朱牙籤； 乙史書，緑牙籤云云。 又，唐田弘正聚書万卷，皆錦帙犀軸。

(六) 眉批： 張華好書籍，徙居，載書三十乘，天下奇秘，世所未有。

和那鸜鵒眼，(一)無非奇巧；　兔毫栗尾，(二)和那犀象管，分外精神。積金花玉版之箋，(三)列錦文銅緑之格。正是：　休誇東壁圖書府，賽過西垣翰墨林。且住着，我相公昨日在彌陀寺中燒香，拾得一軸畫像，(四)不知是甚麽故事。相公當時教我取下，我如今也將來掛在此間。我相公博學多才，怕曉得那故事，也未可知。正是：　早知不入時人眼，多買胭脂畫牡丹。（下）

【仙呂引子・天下樂】（旦）一片花飛故苑空，(五)隨風飄泊到簾櫳。玉人怪問驚春夢，只怕東風羞落紅。(六)

堦下落紅三四點，錯教人錯恨五更風。(七)　當初只道蔡伯喈貪名逐利，不肯回家，元來被人逗留在此。奴家昨日抄化來到這裏，感得牛氏夫人收録；　又怕伯喈見我一身藍縷，不肯廝認，教我到書館中題幾句言語打動他。奴家只得從命。來到此間，如今寫在那處好？　呀！　公婆真容，元來也掛在這裏。何

(一) 眉批：　鳳咮、馬肝、鸜鵒眼，皆硯。　龍賓：　唐明皇墨精故事。
(二) 眉批：　栗尾：　筆。
(三) 版：　原作「板」，據汲古閣刊本《繡刻琵琶記定本》改。
(四) 眉批：　又生出一個「掛真容」，爲題詩張本。
(五) 夾批：　此是比體。
(六) 夾批：　怕：　一作「愁」，但三句第二字俱陽字。
(七) 眉批：　「錯教」句，王建《宫詞》。

似就此真容背後，題幾句便了。苦！向日受饑荒，雙親俱已亡。(一) 如今題詩句，報與薄倖郎。（脱真容科）

【仙吕過曲·醉扶歸】（旦）丈夫，我有緣千里能相會，難道是無緣對面不相逢？(二) 鳳枕鸞衾也曾共，(三) 今日呵，(四) 到憑着兔毫繭紙將他動。休休！畢竟一齊分付與東風，把往事如春夢。（題詩科）崑山有良璧，鬱鬱璠璵姿。嗟彼一點瑕，掩此連城瑜。人生非孔顔，名節鮮不虧。拙哉西河守，胡不如皋魚？宋弘既以義，王允何其愚。風木有餘恨，連理無傍枝。寄語青雲客，慎勿乖天彝。

【前腔】總使我詞源倒流三峽水，丈夫，只怕你胸中别是一帆風。牛氏夫人見我衣裳藍褸，怕伯喈不肯相認；我須戴孝來，還是教妾若爲容？(五) 咳！我若不寫詩打動他呵，夫人，只怕爲你難爲寵。（掛真容科）休休！縱認不得這丹青貌不同，我的筆蹟，兀自如舊，(六) 若認得我翰墨，教心

(一) 亡：原作「死亡」，據汲古閣刊本《繡刻琵琶記定本》改。

(二) 夾批：首二句引成語是□，諸本改「千里」爲「結髮」，與下「對面」二字作對，殊失作者之意。

(三) 夾批：「共」字叶調，當作「同」，但覺力少。

(四) 眉批：坊本置「題詩」於此白尾，則下道折無意味，今從古本更定。

(五) 眉批：首二句一詩一諺捏合作對，極好。坊本改爲「綵筆墨潤鸞封重，玉簫聲斷鳳樓空」，甚無着落。杜荀鶴詩：「承恩不在貌，教女若爲容。」

(六) 兀：原作「元」，據汲古閣刊本《繡刻琵琶記定本》改。

先痛。

奴家題詩完了，不免説與夫人知道，且待丈夫來看。莫不是天教相逢，在此一遭，也未見得？㈠

未卜兒夫意，全憑一首詩。

得他心肯日，是我運通時。

第三十七齣　書館相逢

【仙呂引子·鵲橋仙】（生）披香侍宴，㈡上林遊賞，醉後人扶馬上。金蓮花炬照回廊，正院宇梅梢月上。

日晏下彤闈，㈢平明登紫閣。何如在書案，快哉天下樂。自家早臨長樂，㈣夜直嚴更。召問鬼神，或前

㈠　眉批：諸本無此結尾句，若非五娘説知，則牛氏安知真容原委，而後折遂有『丹青入眼』之句也？

㈡　眉批：披香：殿名。

㈢　眉批：彤闈：宮中小門。

㈣　眉批：長樂：漢宮名。

宣室之席；(一) 光傳太乙，時頒天禄之藜。(二) 惟有戴星銜月出漢宫，安能滴露研硃點《周易》？ 俺這幾日且喜朝無繁政，官有餘閒，庶可留心於詩書，從事於翰墨。 正是： 事業要當窮萬卷，人生須是惜分陰。（看《尚書》科）這是甚麽書？ 是《尚書》。 呀！ 這《堯典》説道：『虞舜父頑母嚚象傲，克諧以孝。』咳！(三) 他父母那般相待他，他猶自克諧以孝。 我父母虧了我甚麽，我倒不能彀奉養他？ 看甚麽《尚書》！（看《春秋》科）這是甚麽書？ 是《春秋》。 呀！《春秋》中潁考叔曰：『小人有母，未嘗君之羹，請以遺之。』咳！ 他有一口湯喫，尤自尋思着娘。 我如今做官享富貴，倒把父母撇了。 看甚麽《春秋》！ 天那！ 枉看這書，行不得，濟甚麽事？ 你看那書中那一句不説着孝義？ 當原俺父母教我讀書知孝義，誰知道反被詩書誤了我，還看他怎的？

【仙吕過曲·解三醒】（生）嘆雙親把兒指望，教兒讀古聖文章。 似我會讀書的，(四) 倒把親撇

(一) 眉批： 賈誼，漢文帝時拜長沙王太傅，后徵之。 至入見，上方受釐宣室，因問鬼神之本，誼道其所以然，帝不覺前。 帝曰：『以不見賈生以爲過之，分不及也。』

(二) 眉批： 漢劉向校書天禄閣，夜有老丈着黄衣，植青藜杖叩閣而進。 時向坐暗中誦書，乃吹杖端焰照之。 曰：『我太乙之（以下闕）。』

(三) 咳： 原作『不』，據汲古閣刊本《繡刻琵琶記定本》改。 下同改。

(四) 『似』以下至第一處『嗟彼一』，底本闕，系抄補。 故此部分眉批、夾批亦闕。

漾。少甚麽不識字的，倒得終奉養。書呵，我只爲書中自有黄金屋，反教我撇却椿庭萱草堂。(一)還思想，畢竟是文章誤我，我誤爹娘。

【前腔】比似我做個負義虧心臺館客，到不如守義終身田舍郎。《白頭吟》記得不曾忘，緑鬢婦何故在他方？書呵，我只爲書中有女顔如玉，反教我撇却糟糠妻下堂。還思想，畢竟是文章誤我，我誤妻房。

書既懶看他，且看這壁間山水古畫，(二)散悶則個。（見真容科）呀！這軸畫像，是我昨日在彌陀寺中拾的，如何院子也將來掛在此間？且看甚麽故事。

【南吕過曲・太師引】細端詳，這是誰筆仗？覷着他呵，却教心兒好感傷。(三)好似我雙親模樣。差矣，我的媳婦會針指，便做是我的爹娘呵，怎穿着這破損衣裳？前日已有書來，道别後容顔無恙，怎的這般淒涼形狀？(四)且住，我這裏要寄封書回去，尚不能勾。他那裏，有誰來往，直將到洛陽？天下也有面貌厮像的，須知道仲尼陽虎一般龐。

(一) 椿：原作『春』，據汲古閣刊本《繡刻琵琶記定本》改。

(二) 畫：原作『花』，據汲古閣刊本《繡刻琵琶記定本》改。

(三) 兒：原作『而』，據汲古閣刊本《繡刻琵琶記定本》改。

(四) 『般』下原衍一『撲』字，據汲古閣刊本《繡刻琵琶記定本》删。

【前腔】這是街坊誰劣相，砌莊家形衰貌黄。咳！我爹娘若没個媳婦來相傍，少不得也這般淒涼。敢是個神圖佛像？呀！却怎的，正看間，猛可的小鹿兒在心頭撞？這也不是神圖佛像，敢是當元畫工有甚緣故？丹青匠，由他主張，須知道毛延壽誤了王嬙。

若是個神圖佛像，背面必有標題，待我轉過來看。呀！原來有一首詩在上面。（讀科）這厮好無禮，怎的句句道着下官？等閒的怎敢到此題詩？想必夫人知道，問他便知分曉。夫人那裏？

【雙調引子·夜遊湖】（牛女上唱）猶恐他心思未到，教他題詩句，暗裏相嘲。翰墨關心，丹青入眼，强似把語言相告。

（見科）（伯喈云）夫人，誰人到我書館中來？（牛女云）没有人來。（伯喈云）我昨日在彌陀寺燒香，拾得一軸畫像。院子不知得，也將來掛在這裏。不知是甚人在背後題着一首詩？（牛女云）敢是當元寫的？（伯喈云）那裏是？筆蹟尚未曾乾。（牛女云）這詩如何説？相公，請讀與奴家聽。（念詩科）（牛女云）相公，奴家不省其意，請解説一遍，與奴家知得也好。（伯喈云）『崑山有良璧，鬱鬱璠璵姿。嗟彼一點瑕，掩此連城瑜。』崑山是地名，産得好玉，顔色瑩潤，價值連城。若有些兒瑕玷，掩了他顔色，便不貴重了。『人生非孔顔，名節鮮不虧。』孔子、顔子是大聖大賢，德行渾全。大凡人非聖賢，能忠不能孝，能孝不能忠，所以名節多至欠缺。『拙哉西河守，胡不如臯魚？』(一)西河守是戰國時人吴起，魏文侯拜他爲西河郡守，母死不奔喪。臯魚是春秋時人，(二)只爲周遊列國，父母死了。後來回歸，自刎而亡。『宋弘既以義，王允何其愚。』宋弘是光武時人，光武要把姐姐湖陽宫主嫁他，宋弘不從，對官裏道：『貧賤之交不可忘，糟糠之妻不下堂。』王允是桓帝時人，司徒袁隗要把姪女嫁他，他就休了前妻，娶了袁氏。『風木有餘恨，(三)連理無傍枝。』孔子聽得臯魚啼哭，問其故。臯魚説道：『樹欲静而風不寧，子欲養而親不在。』西晉時東宫門前有槐樹二株，連理而生，四傍皆無小枝。『寄語青雲客，慎勿乖天彝。』傳言與做官的，切莫違了天倫。（貼云）相公，那不奔喪的和那自刎的，那一個是孝道？（生云）那不奔喪的是亂道。（貼云）相公，那不棄妻和那休妻的，那一個是正道？（生云）那休了妻的是亂道。（貼云）相公，比如你，待要學那一個？（生云）呀！我的父母知他存亡如何？我決不學那不奔喪的見識。（貼云）相公，你雖不學那不奔喪的，且如你這般富貴，腰金衣紫，假有糟糠之婦，藍褸醜惡，可不辱邈了你？你莫索休了？（生云）夫人，你説那裏話！縱然是辱邈殺了我，終是我的妻房，義不可絶。

(一)　眉批：（以上闕）出衛郭門，與母訣曰：『起不爲卿相，不復入衛。』頃之，母死，起終不歸，曾子絶之。後爲魏西河太守。『臯魚』以下白差詳明，不復贅註。

(二)　人：原闕，據汲古閣刊本《繡刻琵琶記定本》補。

(三)　眉批：風木：出《韓詩外傳》。

【越調過曲・鏵鍬兒】（生）夫人，你説得好笑，可見你心兒窄小。我決不學那王允的見識，没來由讓却苦李，(一)再尋甜桃。古人云：棄妻有七出之條。他不嫉不淫與不盜，終無去條。(二)那棄妻的，衆所誚。那不棄妻的，人所褒。縱然他醜貌，怎肯相休棄了？(三)

【前腔】（貼）伊家富豪，那更青春年少。看你紫袍掛體，金帶垂腰。做你的媳婦呵，應須有封號。金花紫誥，必俊俏，須媚嬌。若還他醜貌，怎不相休棄了？

【前腔】（生）夫人，你言顛語倒，惱得我心兒轉焦。莫不是你把咱奚落，(四)特兀自粧喬？引得我淚痕交，撲簌簌這遭。這題詩的是誰？（貼云）相公，你待怎的？（生云）夫人，他把我嘲，難恕饒。你説與我知道，怎肯干休住了？

【前腔】（貼）相公，我心中忖料，想不是個薄情分曉。管教你夫婦會合，在今朝。你還認得那題詩的麼？（生云）我一時認不得。（貼）伊家枉然焦，只怕你哭聲漸高。(五)（生云）是誰？是伊

(一) 眉批：王戎爲兒時，見路旁李，知爲苦李。

(二) 眉批：《禮記》：婦有七出：不順父母，去；無子，去；淫，去；妒，去；惡疾，去；多言，去；盜，去。

(三) 眉批：此枝與前二十七折【鏵鍬兒】折不同，與《香囊記》尤别。

(四) 眉批：奚落：相侮弄之意。

(五) 眉批：『只怕你』句，吴本作『兀自來瞧』。

大嫂，身姓趙。正要説與你知道，怎肯干休住了？

【入賺】（旦）聽得鬧炒，敢是我兒夫看詩囉唣？（貼云）姐姐出來。（旦）是誰忽叫？想是夫人召，必有分曉。（貼）相公，是他題詩句，你還認得否？（生云）他從那裏來？（貼）相公，他從陳留郡，爲你來尋討。（生認科）呀！我道是誰，元來是你呵。娘子，你怎的穿着破襖，衣衫盡是素縞？呀！莫不是我雙親不保？（旦）官人，從别後，遭水旱，（生云）是經水旱來。（旦）我兩三人只道同做餓殍。（生云）張太公曾周濟你麽？（旦）只有張公可憐，嘆雙親别無倚靠。（生云）後來却如何？（旦）兩口顛連相繼死。（一）（生云）苦！元來我爹媽都死了。（倒地，旦、貼扶醒科）（二）（生云）那時如何得殯斂？（旦）我剪頭髮賣錢送伊妣考。（生云）如今安葬了未曾？（旦）把墳自造，土泥盡是我麻裙裹包。（生）娘子，聽你言語，怎不痛傷噎倒？（旦云）官人，這畫像就是你爹媽的真容。（三）（生哭拜科）

（一）眉批：古本『顛連』字，諸本作『公婆』，非。
（二）眉批：諸本曲盡方到地，情節太緩，今從古本移此。
（三）眉批：此處要見天神相助佑頭，方有照應。

【山桃紅】(一)（生）蔡邕不孝，把父母相抛。爹爹媽媽，我與你別時，也不恁地。早知你形衰耄，(二)怎留聖朝？娘子，你爲我受煩惱，你爲我受劬勞。謝你葬我爹，葬我娘，你的恩難報也。又道是養子能代老。（合）這苦知多少？此恨怎消？天降災殃人怎逃？

娘子，這真容是誰畫的？

【前腔】（旦）這儀容想像，(三)是我親描。（生云）娘子，路途遥遠，你那得盤纏來到此間？（旦低唱科）乞丐把琵琶撥，怎禁路遥？官人，説甚麽受煩惱？説甚麽受劬勞？不信看你爹，看你娘，比別時兀自形枯槁也。我的一身難打熬。（合前）

【前腔】（貼）設着圈套，(四)被我爹相招。相公，你也説不早？況音信杳。姐姐，你爲我受煩惱，爲我受劬勞。相公，是我誤你爹，誤你娘，誤你名不孝也。做不得妻賢夫禍少。（合前）

【前腔】（生）我脱却巾帽，解却衣袍。（貼）相公，急上辭官表，共行孝道。（生云）夫人，只怕你去不得。（貼）相公，我豈敢憚煩惱？豈敢憚劬勞？同去拜你爹，拜你娘，親把墳塋掃也。與

(一) 眉批：【下山虎】頭，【小桃紅】尾。

(二) 夾批：古本『耄』字，諸本作『貌』，又添一『槁』字，甚非。

(三) 夾批：想像：一本作『像貌』。

(四) 設：原作『説』，據汲古閣刊本《繡刻琵琶記定本》改。

地下亡靈添榮耀。（合前）

【餘文】（合）幾年間分别無音耗，奈千山萬水迢遥。天那！只爲三不從，生出這禍苗。

（生）只爲君親三不從，（旦）致令骨肉兩西東。

（貼）今宵賸把銀缸照，（旦）猶恐相逢是夢中。[一]

第三十八齣　鄰爲看墓

【南吕引子・虞美人】（末）青山今古何時了，斷送人多少？孤墳誰與掃荒苔？連塚陰風吹送紙錢來。[二]

冥冥長夜不知曉，寂寂空山幾度秋。泉下長眠人未醒，悲風蕭瑟起松楸。老漢曾受趙五娘之託，教我爲他看守墳塋。前兩日有閒事，不曾看得，今日不免去走一遭。

【仙吕入雙調・步步嬌】（末）呀！只見黄葉飄飄把墳頭覆，厮趕的皆狐兔。[三]（望科）敢是誰砍了樹木去？爲甚松楸漸漸疏？（滑倒科）咳！甚麽絆我這一倒？却元來是苔把磚封，笋迸

[一] 眉批：『今宵』二句，晏叔原《詠酒》詞『賸』作『剩』。

[二] 眉批：此折南九宫第三句，無『荒苔』三字，結尾是未到，總只一韻，與此古調不協。

[三] 眉批：桓譚《新論》：雍門周以琴見孟嘗君，曰：『臣竊恐千秋萬載，墳墓在荆棘，狐兔穴其中。』

泥路。老員外，老安人，自古道：未歸三尺土，難保百年身。已歸三尺土，難保百年墳。(一)只怕你難保百年墳。我老夫在日，尚爲你看管。若老夫死後呵，教誰添上你三尺土？

遠遠望見一個漢子來了，不知是甚麼人？（丑扮李旺上）

【前腔】（丑）渡水登山多勞苦，來到這荒村塢。遥觀見一老夫，試問他家住在何所。趲步向前行，呀！却是一所荒墳墓。

（相見科）（末云）小哥，你從那裏來？（丑云）小人從京都來。（末云）你是誰家？（丑云）小人是蔡相公家裏。（末云）你相公是那裏人？差你來有甚勾當？（丑云）我相公特差小人來請取他的老員外老安人和小娘子，同到洛陽去的。（末云）你相公叫甚麼名字？（丑云）我相公的名字，小人怎敢説？（末云）荒僻去處，但説不妨。（丑云）我相公是蔡伯喈。（末發怒科）

【風入松】（末）你不須提起蔡伯喈，説着他每忒歹。（丑云）呀！他有甚歹處？（末）他中狀元做官六七載，撇父母抛妻不采。（丑云）他父母在那裏？（末）兀的這磚頭土堆，是他雙親在此中埋。(二)

（丑云）呀！元來老員外老安人都死了呵。不知爲甚的死了？

(一) 眉批：諸本無此二段白，『難保百年墳』二句甚無發揮。『未歸』四句，出《大藏經》。

(二) 眉批：【風入松】數折詞語短長，諸本多不細分，今從古本考定。

【前腔】（末）一從他別後遇荒災，更無人倚賴。（丑云）這等，是誰承直他兩個？（末）虧他媳婦相看待，把衣服釵梳都解。（丑云）解也須有盡時。（末云）便是。這小娘子解得錢來糴米，做飯與公婆喫。他背地裏把糟糠自捱，公婆的反疑猜。（丑云）他的公婆敢道他背後自喫了些好東西？（末云）便是。已後來呵。

【前腔】他公婆的親看見，雙雙痛死，無錢斷送，剪頭髮賣買棺材。（丑云）他那般無錢，如何築得這一所好墳墓？（末）他去空山裏，裙包土，血流指，感得神明助，與他築墳臺。（丑云）自古道孝感天地，果然有此。這小娘子如今在那裏？

【前腔】（末）他如今逕往帝都來。（丑云）他把甚麼做盤纏？（末）他彈着琵琶做乞丐。（丑云）苦！蔡相公特地差小人來請取他父母妻子，如今老員外老安人既死了，小娘子却又去了，如何是好？（末云）你謾着，我與你説與他父母知道便了。（叫科）老員外，老安人，你孩兒做官，如今差人來取你到京，同享富貴，你去不去？（哭科）叫他不應魂何在？空教我珠淚盈腮。（丑云）公公，你休啼哭。小人如今回去，教俺相公多做些功果，追薦他便了。（末笑科）他生不能養，死不能葬，葬不能祭。這三不孝逆天罪大，空設醮，枉修齋。（末云）你相公如今在那裏？（丑云）我相公如今入贅牛丞相府裏。

【前腔】（末）小哥，你如今疾忙便回，説我張老的道與蔡伯喈。（丑云）道甚麼來？（末）道你拜别人的爹娘好美哉，親爹娘死，不值你一拜。（丑云）公公，你休錯埋怨了人。他要辭官，官裏不從；辭婚，牛太師不從。好生要回來的緊，也是没奈何了。（末唱）呀！恁的呵，元來他也是無奈，好似鬼使神差。他當原在家不肯去赴選，他爹爹不從他。這是三不從把他厮禁害，三不孝亦非其罪。（丑云）公公，你險些錯埋冤了人。（末）這是他爹娘福薄運乖，人生裏都是命安排。

（丑云）敢問公公高姓？（末云）小哥，老漢不是别人，張太公的便是。當初蔡伯喈臨去之時，把父母囑付與我。如今他父母身死，小娘子又去京都尋他，相將去了個半月日。你如今回去，一路上但見一個婦人，似道姑打扮，拿着一張琵琶，背着一軸真容的，便是你相公的小娘子。你把盤纏好好承直他去便了。（丑云）這個理會得，小人告别了。

（末）雙親死了兩無依，今日回來也是遲。

（丑）夜静水深魚不食，滿船空載月明歸。(一)

(一) 眉批：『夜静』二句，華亭和尚偈語『千尺絲綸直下垂，一波纔動萬波隨。夜静』云云。

第三十九齣　伯喈辭行

【仙吕入雙調·風入松慢】（外）女蘿松柏望相依，(一) 況景入桑榆。(二) 他椿庭萱室齊傾棄，怎不想家山桃李？(三) 中雀誤看屏裹，乘龍難駐門楣。(四)

自古道：人無遠慮，必有近憂。自家當初不仔細，一時間不信那堂候官的説話，定要招蔡伯喈爲婿，指望他養老百年。誰想道他父母俱亡，如今他媳婦徑來尋取。聞説我的女孩兒也要和他同去，不知是否？待我喚院子出來問他，便知端的。院子那裏？（末云）紋犀欲下意沉吟，棋局排來仔細尋。猶恐中間差一着，教人錯用滿枰心。相公有何鈞旨？（外云）院子，説道蔡狀元的父母身死，他媳婦來取他，我的小姐也要和他同去，你知道麽？（末云）男女不知，問老姥姥便知端的。（外云）如此，叫老姥姥過來。

【仙吕過曲·光光乍】（浄）女婿要同歸，岳丈意何如？忽叫阿奴緣何的？想必與他做

(一) 眉批：《詩》：『蔦與女蘿，施于松柏。』

(二) 夾批：況景入桑榆：一本『□』，不如『況』字意深。

(三) 眉批：歐公詞：『買花載酒長安市，又争似家山桃李。』

(四) 眉批：明是兩□□□出一手。

區處。

（相見科）（外云）老姥姥，見説蔡狀元的父母身死，他的媳婦來此取他，我的小姐也要和他同去，此事是否？（淨云）果是，小姐要同去。（外云）呀！我小姐同去做甚麽？（淨云）相公，他父母都死了，都是一個媳婦支持；如今小姐要同他回去守服，有何不可？（外怒科）我的女孩兒如何與别人帶孝？（淨云）相公息怒，聽老奴婢告稟。

【南吕過曲・古女冠子】（淨）媳婦事舅姑合體例，相公，怎不教女孩兒同去？當初是你相留住，今日裏怨着誰？（外云）我不教女孩兒去，却待怎的？（淨）相公，事須近理，怎使聲勢？休道朝中太師威如火，那更路上行人口似碑。（合）説起此事，費人區處。（一）

【前腔】（末）我相公只慮着多嬌女，怕跋涉萬山千水。只一件，女生向外從來語，況既已做人妻。夫唱婦隨，不須疑慮。相公，這是藍田種玉結親誤，今日裏船到江心補漏遲。（合前）

【前腔】（外）當初是我不仔細，誰知道事底差池？痛念深閨幼女多嬌媚，怎跋涉萬餘里？

（一）眉批：諸本此折末句作『只説道君王有命』，□有當朝宰相而可以此誑之者？今從古本更定。見得『昔以君命而成婚，今以君命而守服』，彼此皆自取上裁也。

天那！　我嫡親更有誰？　怎忍分離？　罷！　罷！　不教愛女擔煩惱，也被傍人講是非。（合前）㈠

（外云）老姥姥，你和院子也説得是，且由他去。（净云）呀！　狀元小姐都來了。

【雙調引子・五供養】（生）終朝垂淚，爲雙親使我心疼。（貼）親墳須共守，只得離神京。（生）夫人，且商量個計策，猶恐你爹行不肯。（貼）若得他不肯，也索向君王請命。

（相見科）（外云）賢婿，我聞説你父母皆棄，你媳婦來此尋你，此事果否？（生云）此事果然，劣婿正欲稟知岳丈。（外云）這便是伯喈的媳婦呵？（旦云）奴家便是。（外云）賢哉！　賢哉！（貼云）孩兒有一事拜覆爹爹知道。　孟子云：　娶妻所以養親。　孔子云：　生事之以禮；　死葬之以禮，祭之以禮。若姐姐爲蔡氏之婦，生能竭奉養之力，死能備棺槨之禮，葬能盡封樹之勞；　孩兒之爲蔡氏婦，生不能供甘旨，死不能盡擗踴，㈡葬不能事窀穸。㈢　以此思之，何以爲人？　誠得罪於舅姑，實有愧於姐姐。以今特講於爹爹之前，願居於姐姐之下。（外云）賢哉吾女！　道得是。（旦云）曾道：　人有貴賤，不可概

㈠　眉批：《易傳》：　古昔葬之中野，不封不樹。《禮記》疏：　子高之意，人死可惡，做備飾以衣衾棺槨，欲其深邃，不使人知。今乃反使封壤爲墳，而種樹以標之哉！

㈡　眉批：《孝經》：　擗踴哭泣，哀以送之。擗踴，撫心跳躍也。

㈢　眉批：《左傳》：　是惟春秋窀穸之事，作墓穴也。長埋謂之窀，長夜謂之穸。

論。夫人是香閨繡閣之名姝，奴家是裙布荆釵之貧婦；况蒙君命以成婚，難讓妾身而居右。（外云）五娘子，你今日既無父母，又喪公姑，你便是我的女孩兒一般；况你身先歸於蔡氏，年又長於吾兒。此實當禮，不必多辭。（生云）你兩個只做姊妹相呼便了。（衆云）這個説得極是。（生云）劣婿今日欲就拜辭岳丈，領二妻同歸故里，共行孝道。待服滿之後，再來侍奉尊顔。（外云）賢婿，我其實捨不得你去。今日你爹娘既不幸了，我也難再留你。（貼云）爹爹，孩兒暫別尊顔，實出無奈。多多善保尊體，不必掛牽。（外哭科）孩兒，你如今去拜舅姑的墳墓，竟不念我？（貼云）爹爹請放心，孩兒此去，不過三年之期。（外云）苦！女孩兒終是外向。兀的不痛殺我也！（衆云）相公不須煩惱。（生、旦、貼拜辭科）

【大石調過曲·催拍】(一)（生）念蔡邕爲雙親命傾，遭不孝逆天罪名，今辭了帝廷。感岳丈慇懃，豈敢忘情？痛父母恩深，久負亡靈。(二)（合）辭别去，同到墳塋。心慽慽，淚盈盈。

【前腔】（旦）念奴家離鄉背井，謝公相教孩兒共行。非獨故里榮，我泉下公婆，死也目瞑。相公，我自看承你孩兒，不須叮嚀。（合前）

【前腔】（貼）覷爹爹衰顔皤鬢，思量起教人淚零。爹爹，我進退不忍。我待不去呵，誤了公婆，

(一) 眉批：又名【急板令】。

(二) 眉批：諸本作『念岳丈恩深，怎敢忘情；欲待不歸，又負亡靈』。下二句分明有勉强之意，今從古本更定。

被人譏評。我待去呵，撇了爹爹，没人温清。（合前）

【前腔】（外）孩兒，你去呵。此别去，你的吉凶未憑；再來時，我的存亡未審。賢婿，吾今已老景。畢竟你没爹娘，我没親生。若是念骨肉，一家須早辦回程。[一]（合前）

【正宫過曲・一撮棹】（生）岳丈，你寬心等，何須苦掛縈？（外）賢婿，把音書寫，頻頻寄郵亭。（貼）老姥姥，爹年老，伊家須是好看承。（净）程途裏，各願保安寧。（旦）死别全無準，生離又難定。（合）今去也，未知何年返神京？[二]

（外云）你三人去，途中須要保重。（生、旦、貼云）謝得尊人掛念。

【哭相思尾】（合）最苦生離難拋捨，未知再會何時也。（生、旦、貼並下科）

（外）女婿今朝已别離，老身孤苦有誰知。

（合）夫唱婦隨同歸去，一處相思一處悲。

[一] 眉批：一本外折在貼折前，欠順。

[二] 眉批：諸本此折下增生旦上路唱【臨江仙】，一於朝已，今四折情詞俱相，今從古本删去。

第四十齣　李旺差回

【柳穿魚】（丑扮李旺上）心忙似箭，足走如飛，歷盡艱辛有誰知？夜靜水寒魚不食，滿船空載月明歸。歸來後，到庭除，未知相公在何處？（一）

李旺蒙老相公差去陳留，請取蔡相公的老員外、老安人、小娘子。不想他兩位老的死了，小娘子又跟人走了。（内應科）京裏去了。（丑云）咳！教我空走這一遭。如今且未好對老相公説，先到蔡相公報知。呀！怎的房門都關了？敢是蔡相公入朝去了，小姐要幽静，自在耍子兒，閉着門呵？（丑叫科）開門，開門。（二）

【玩仙燈】（三）（外）門外有人聲，是誰來諠譁鬧炒？

（丑云）老相公，是李旺。（外云）李旺，你回來了？你知道麽，我小姐和蔡相公都家去了？（丑云）却原來閉着了門。蔡相公的小娘子曾到這裏不曾？（外云）我見他了。李旺，我且問你：蔡相公的父母俱已死了，媳婦又來了；你到他那裏，曾見甚麽鄰里親人否？

（一）眉批：諸本丑、外二折皆【普賢歌】，語甚俚鄙，今從古本更定。

（二）眉批：一段白亦與坊本不同。

（三）眉批：【玩仙燈】調又有七句者。

【南吕過曲·風帖兒】（丑）相公，我到得陳留，逢着一個故老，在他爹娘墳上拜掃。他爹娘呵，果然饑荒都喪了。他媳婦也來到，枉教人走這遭。

【前腔】（外云）李旺，我如今去朝廷上表，奏蔡氏一門孝道。管取吾皇降丹詔，把他召。我自去陳留走一遭。

（丑云）老相公，這個趙氏，其實真個難得，不可没他的孝名！（外云）便是，一家都難得。一來蔡伯喈不忘其親，二來趙五娘子孝於舅姑，三來我小姐又能成人之美；孝義如此，理當保奏，請行旌表。（丑云）相公極有理。

（外）五更三點奏朝廷，（丑）今古難逢此樣人。

（合）管取一封天子詔，（合）表揚四海孝賢名。

第四十一齣　伯喈廬墓

【雙調引子·梅花引】（生）傷心滿目故人疏，看郊墟，盡荒蕪。（旦、貼）惟有青山，添得個墳墓。（合）慟哭無聲長夜曉，(一)問泉下有人還聽得否？

〔玉樓春〕（生云）他鄉萬點思親淚，不能滴向家山地。（旦云）如今有淚滴家山，欲見雙親渾無計。（貼云）荒墓衰草連寒烟，蒼苔黄葉飛蘋蘩。（生云）欲聽鷄聲來問寢，忽驚蟻夢先歸泉。(二)（旦云）人生自古誰無死，嗟君此恨憑誰語？（貼云）可憐衰絰拜墳塋，不作錦衣歸故里。（生云）夫人，如今且喜回到家鄉，此處是爹娘墳墓，我和你先拜了雙親，然後去拜謝張太公未遲。（旦、貼云）正是如此。（拜奠科）

【仙呂入雙調·玉雁兒】（生）孩兒相誤，爲功名擔閣了父母。都緣是孩兒不得歸鄉故。爹爹、媽媽，你怎便先歸黄土？乾坤豈容不孝子？名虧行短不如死，呀！只愁我死缺祭祀。（合）對真容形衰貌枯，想靈魂悲咽痛苦。

【前腔】（旦）百拜公姑，望矜憐恕責我夫。你孩兒贅居牛相府，日夜要歸難離步。你這新媳婦呵，堅心雅意勸親父，(三)同歸故里守孝服，今日雙雙來廬墓。（合前）

(一) 眉批：《太平廣記》：鄭反路逢一塚，有二竹，反詠之曰：『塚上兩竿竹，風吹長嫋嫋。』塚中人續之曰：『下有百年人，長眠不覺曉。』

(二) 眉批：《異聞録》：淳于棼廣陵宅南有古槐，棼醉卧其下，夢二使者曰：『槐安國王奉檄。』棼隨二使入穴中，曰大槐安國。王曰：『南柯郡政事不理，屈卿爲守。』棼至郡。數日乃悟，尋古槐下穴，洞中然明朗，可容二指。有一大蟻，乃槐安國王。又尋一穴，直上南枝，乃南柯郡也。

(三) 堅心雅意：原闕，據汲古閣刊本《繡刻琵琶記定本》補。

【前腔】（貼）不孝的媳婦，恨當初爲我耽誤了丈夫。喫人談笑生何補？我待死呵，又羞見公姑。公公、婆婆，我生前不能彀相奉侍，何如事你向黄泉路？只一件，我死了呵，家中老父誰看顧？（合前）（末扮張太公上）

【前腔】（末）樓臺銀鋪，遍青山渾如畫圖。乾坤似你衣衰素，故添個縞帶飛舞。你躃踊慟哭直恁苦，那堪大雪添淒楚？且逆來順受，[一]抑情就禮通今古。[二]（合前）

（生云）呀！張太公來了。（相見科）（生云）卑人父母生死，皆蒙太公周濟。正欲展拜了父母墳塋，就到宅上拜謝，少效啣環之報，何勞太公先降？（末云）説那裏話？蔡相公，你腰金衣紫，可惜令尊令堂相繼謝世，不得盡你孝心。正是：樹欲静而風不止，子欲養而親不在。這也是他的命該如此。你今日榮歸故里，光耀祖宗。雖是他生前不能享你的禄養，死後亦得沾你的恩典。老夫苟延殘喘，又得相見，僥倖，僥倖。你今在此廬墓，老夫亦當陪伴，但有牛氏夫人在此，怕不穩便。暫且告别，再來相看。[三]

[一] 逆：原作『抑』，據汲古閣刊本《繡刻琵琶記定本》改。

[二] 眉批：諸本此折後有張太公爲生旦暖寒【玉山供】四折，極爲有理。豈有前日對其差人盡言相斥，今却卑辭厚禮前倨後恭？廣才決不如此。且落場詩云：『休道世情看冷暖，果然人面逐高低。』説得廣才是何等樣人！坊本之不通如此。

[三] 眉批：此白及落場詩與諸本絶異。

（生）多謝深恩不敢忘，（末）稍寬愁緒節悲傷。
（旦）親墳共掃添榮耀，（貼）不負詩書教子方。

第四十二齣　封贈團圓(一)

【商調引子・逍遥樂】（生）寂寞誰憐我？空對孤墳珠淚墮。(二)（旦）光陰撚指過三春。（貼）幽途渺渺，(三)滯魄沉沉，誰與招魂？(四)

（生云）夫人，你見麼：兩木連枝誰手栽？相馴白兔走墳臺。(五)（旦、貼）無心動植呈祥瑞，否極應須會泰來。（末云）一封丹詔從天下，忽聽傳聞動郊野。説道旌表一門閭，未卜此地何人也？（相見科）（末云）蔡相公，外面喧傳有詔書到此，旌表孝義，想必爲足下而來。（生云）人之孝者亦多，卑人何足稱孝？假如周公、曾子之孝，亦是人子當爲之事，何足旌表？（末云）你説那裏話？老夫當初也只道你

(一) 眉批：諸本此下有牛太師登驛路唱【劉袞】【賞宫花】各二折及白，多胡語，醜惡不是寓自，從古本删去。
(二) 眉批：古本「墮」字與「我」字韻協。諸本一作「將淚傾」，一作「鎮相隨」者，俱非。
(三) 夾批：「途」，諸本作「魂」，與下「招」字犯重。
(四) 眉批：宋玉憫師屈原放逐，恐其魂魄離而不返，遂託帝命、假巫語，作《招魂》。
(五) 眉批：木連理、馴兔俱中郎廬墓時事，今見本傳。

貪名逐利，撇了父母妻子，不肯還鄉，到如今纔得個分曉。㈠《孝經》云：孝弟之至，通於神明，光於四海，無所不通。今見你墳頭枯木生連理之枝，白兔有馴擾之性。祥瑞若此，吉慶必來。

【仙吕入雙調·六么令】（末）連枝異木新，見墳臺白兔如馴。禽獸草木尚懷仁，這一封丹詔必因君。（合）料天也會相憐憫。

【前腔】（生）皇恩若念臣，也不圖禄及吾身。只愁恩不到雙親，空辜負，這孤墳。（合前）

【前腔】（旦）知他假與真？謝得公公，報説殷勤。太公，空教你爲我受艱辛，今日裏，有誰旌表你門庭？（合前）

（中闕）

賢婿，你今起服，我和你一同回朝，未得報他的深恩。我有黄金一笏，就送與他，聊爲報答之禮。㈡（生云）如此，多謝岳丈厚恩。（末云）救災恤鄰，古之道也，何勞老相公貴賜？（生云）太公暫且收下，休嫌輕微。待卑人尚自有犬馬之報。（末云）説那裏話？決不敢受此金。㈢

【仙吕過曲·一封書】（外）我恭奉聖旨，跋涉程途千萬里。念親親意甚美，探取孩兒並女

㈠ 眉批：前諸本末白無『自老夫』至『分曉』幾句。

㈡ 眉批：（上闕）刻本所不載。

㈢ 眉批：張太公終不受謝禮，趙五娘終不易衣粧，見得孝婦義士之心，一無所爲而爲。坊本失東嘉之意多矣。

婿。賢婿，你夫婦呵，數載辛勤雖自苦，一旦榮華人怎如？（合）耀門閭，進官職，孝義名傳天下知。

【前腔】（生）兒不孝，有甚德，蒙岳丈過主維。呀！何如免喪親？又何須名顯貴？可惜二親飢寒死，博得孩兒名利歸。（合前）

【前腔】（旦）把真容重畫取。公公、婆婆，如今封贈伊，把你這眉兒放展舒。只愁你瘦儀容難做肥。今日呵，豈獨奴心知感德，料你也銜恩泉世裏。（合前）

【前腔】（貼）從别後倍哀戚，況家中音信稀。爲公婆多怨憶，爲爹行常淚垂。今日見公姑無愧色，又得與爹行相依倚。（合前）

【永團圓】〔一〕（衆）名傳四海人怎比？豈獨是耀門閭？人生怕不全孝義，聖明世，豈相棄。這隆恩美譽，從教何所愧，萬古青編記。如今便去，相隨到帝畿。拜謝皇恩了，歸院宇一家賀喜。共設華筵會，四景常歡聚。顯文明，開盛治。説孝男，並義女。玉燭調和歸聖主。〔二〕

〔一〕 眉批：一名【錦繡毬】。

〔二〕 眉批：□本作『聖主垂衣』。

(生)自居墓室已三年,(旦)今日徵書下九天。
(末)要識名高并爵貴,(合)須知子孝與妻賢。

琵琶記四卷終

蔡中郎忠孝傳

目録

蔡中郎忠孝傳卷之一

第一齣

【水調歌頭】（末云）秋燈明翠幕，雪案覽芸編。今來古往，其間故事幾多般。少甚佳人才子，也有神仙幽怪，瑣碎不堪觀。正是：不關風化體，縱好也徒然。論傳奇，樂人易，動人難。知音君子，這番另作眼兒看。休論插科打諢，也不尋宫數調，只看子孝與妻賢。驊騮方獨步，萬馬敢争先。

（問内科）您後房子弟，今宵敷演誰家故事？（内應科）全忠全孝蔡伯喈。（末云）原來是《蔡伯喈》。小子略提幾句綱領，便見一本始終。

【沁園春】（末云）趙女姿容，蔡邕文業，兩月夫妻。奈朝廷黄榜，遍招賢士。高堂嚴命，强赴春闈。一舉鰲頭，再婚牛氏，利綰名牽竟不歸。饑荒歲，雙親俱喪，此際實堪悲。堪悲，趙女支持，剪下香雲送舅姑。麻裙包土，築成墳墓。琵琶寫怨，竟往京畿。孝矣伯喈，賢哉牛氏，書館相逢最慘悽。重廬墓，一夫二婦，旌表耀門閭。

詩云：

極富極貴牛丞相，施仁施義張廣才。
有貞有烈趙貞女，全忠全孝蔡伯喈。

第二齣

【瑞鶴仙】（凡一首）（生唱）十載親燈火，論高才絶學，休誇班馬。風雲太平日，正驊騮欲騁，魚龍將化。沉吟一和，怎離雙親膝下？且盡心甘旨，功名富貴，付之天也。

〔鷓鴣天〕（生云）宋玉多才未足稱，子雲識字浪傳名。奎光已透三千丈，風翮行看九萬程。經世手，濟時英，玉堂金馬豈難登。要將萊綵歡親意，且戴儒冠盡子情。蔡邕沉酣六籍，貫串百家。自禮樂名物，以及詩賦詞章，皆能窮其妙；由陰陽星曆，以至聲音書數，靡不極其精。抱經濟之奇才，當文明之盛世。幼而學，壯而行，雖望青雲之萬里；入則孝，出則弟，怎離白髮之雙親？到不如盡菽水之歡，甘虀鹽之分。正是：行孝於己，責報於天。自家新娶妻房，纔方兩月。却是陳留郡人，趙氏五娘子。儀容俊雅，也休誇桃李之姿；德性幽閒，儘可寄蘋蘩之托。且喜夫妻和順，父母康寧。記得《詩》中云：

『爲此春酒，以介眉壽。』幸喜雙親既壽而康，遇此春光，就花下酌杯酒，與雙親稱壽。昨日已分付媳婦安排，不免催促他則個。娘子，安排酒，請爹媽出來。（旦內應科）

【寶鼎兒】（凡一首）（外唱）小門深巷裏，春到芳草，人閒清晝。（淨唱）人老去星星非故，春又來年年依舊。（旦唱）最喜得今朝新酒熟，滿目花開如繡。（合唱）願歲歲年年，人在花下，當斟春酒。

（外云）老夫姓蔡名㮨，字從簡。老妻秦氏，孩兒名邕，字伯喈，新娶媳婦趙氏五娘。鄰居有個張廣才，叫做張大公，每每得他恩顧。孩兒，日後倘有寸進，決不可忘。（生云）孩兒豈敢有忘？（外云）孩兒，請爹媽出來做甚麼？（生云）告爹媽，人生百歲，光陰幾何。幸得爹媽年滿八旬，孩兒一則以喜，一則以懼。況當此春光佳景，閒居無事，具杯蔬酒，與爹媽稱慶則個。（淨云）阿公有得喫，有得喫。（外云）阿婆，正是：　子孝雙親樂，家和萬事成。

【錦堂月】（凡四首）（生唱）簾幕風柔，庭幃晝永，朝來峭寒輕透。親在高堂，一喜又還一憂。惟願取百歲椿萱，長似他三春花柳。（合唱）酌春酒，看花下高歌，共祝眉壽。

【前腔换頭】（旦唱）輻輳，獲配鸞儔。深慚燕爾，持杯自覺嬌羞。怕難主蘋蘩，不堪侍奉箕箒。惟願取偕老夫妻，長侍奉暮年姑舅。（合前）

【前腔换頭】（外唱）還愁，白髮蒙頭。紅英滿眼，心驚去年時候。只恐韶光，催人易老難留。

孩兒，惟願取黄卷青燈，及早换金章紫綬。（合前）

【前腔换頭】（浄唱）還憂，松竹門幽。桑榆暮景，明年知他健否安否？嘆蘭玉蕭條，一朵桂花難茂。媳婦，惟願取連理芳年，得早遂孫枝榮秀。（合前）

【醉翁子】（凡二首）（生唱）回首，看瞬息烏飛兔走。喜爹媽雙全，謝天相佑。（旦唱）不謬，況清淡安閒，樂事如今誰更有？（合唱）相慶處，但酌酒高歌，共祝眉壽。

【前腔换頭】（外唱）卑陋，論做人要光前耀後。願我兒青雲萬里，早當馳驟。（浄唱）聽剖，真樂在田園，何必當今公與侯？（合前）

【僥僥令】（凡二首）（生唱）春花明綵袖，春酒泛金甌。（旦唱）但願歲歲年年人長在，父母共夫妻相勸酬。

【前腔】（外唱）夫妻長厮守，父母願長久。（浄唱）坐對兩山排闥青來好，看將一水護田疇，緑遶流。

【十二時】（合唱）山青水緑還依舊，嘆人生青春難又，惟願取快樂是良謀。

詩云：

（外）逢時對酒且高歌，（浄）須信人生能幾何。
（旦）萬兩黄金未爲貴，（生）一家安樂值錢多。

第三齣

（末云）風送爐香歸別院，日移花影上閒庭。晝長人静無他事，惟有鶯啼三兩聲。小子不是別人，却是牛太師府裏一個院子。若論俺太師富貴，真個：只有天在上，更無山與齊。舉頭紅日近，回首白雲低。怎見得？只見勢壓中朝，富傾上苑。白日映沙堤，清霜凝畫戟。門外車輪流水，城中甲第連山。瓊樓酹月十二層，錦帳藏春五十里。香散綺羅，寫不盡園林景致；影摇珠翠，描不就庭院風光。好耍子的油碧車輕金犢肥，没尋處的流蘇帳暖春鷄報。畫堂内持觴勸酒，走動的紫綬金貂；繡屏前品竹彈絲，擺列的紅妝粉面。玳瑁筵前爇寶香，真個是朝朝寒食；琉璃影裏燒銀燭，果然是夜夜元宵。這般福地洞天，可知有仙姝玉女。休誇富貴牛太師，且説賢德小娘子。看他儀容嬌媚，一個没包彈的俊臉，（一）似一片美玉無瑕。體態幽閒，半點難勾引的芳心，如幾寸清冰徹底。珠翠叢中長大，到欣雅淡梳妝；綺羅隊裏生來，却厭繁華氣象。怪聽笙歌聲韻，惟貪針指工夫。愛景清幽，整白日何曾離繡閣？笑人遊冶，傍青春那肯出香閨？開遍海棠花，也不問夜來多少；飛殘楊柳絮，竟不知春去如何。要知他半點貞心，惟有鎖朱窗皓月；能回他一雙嬌眼，除非翻翠幌清風。決非慕司馬的文君，肯學選伯

（一）包：原作『褒』。《元本出相南琵琶記》第三齣釋義：『包彈：猶言褒貶也。包肅公拯多所抨彈，故曰包彈。』據改。

鸞的德耀。更羡他知書知禮，是一個不趨鏘的秀才；若論他有德有行，好一個戴冠兒的君子。多應是相門相種，可惜不做厮兒；少甚麽王子王孫，争要求爲佳配。呀！理會得？他是玉皇殿上掌書仙，一染塵心謫九天。莫道蘭香熏透骨，霞衣曾惹御爐烟。呀！老姥姥和惜春舞將來，我且躲在一邊，看他做甚麽？

【雁兒舞】（凡一首）（浄唱）庭院重重，怎不怨苦。要尋個男兒，又無門路。（丑唱）甚年能彀嫁丈夫，一處裏雙雙雁兒舞？

（相見科）（末云）老姥姥、惜春姐，我且問你，每常間不曾恁的快活，今日如何這般快活？（丑云）院公，你不得知。我喫小娘子苦，並不許我一步胡踏，又不要説男兒邊厢去。苦咳！你弗要男兒，我須要。他也道我和他相似，笑也不放我笑一笑。今日天可憐見，喫我千方百計去説化他，只限我一個時辰去花園中賞玩一番。我如何不快活？（浄云）便是我也千不合、萬不合，前生不種福地，爹娘把我這裏做丫頭。苦如何説得？做丫頭老了，並不曾有一日得眉頭開。今日得老相公出去，我且來這裏遊賞歇子。（末云）元來恁的，可知你快活也。（浄云）院公，你伏事老相公，公的又撞着公的；我伏事小娘子，雌的又撞着雌的。（末云）又道是鳳隻鸞孤。老姥姥，惜春姐年紀小，也怪他傷春不得。你老老大大，也這様説，甚麽様子？（浄云）哼息老畜生！却不道秋茄晚結，菊花晚發。老自老，似京棗；外面皺，裏面好。你不見東村李太婆，年七十歲，頭光光的，只是要嫁人。人問他，你老了，嫁甚的？那婆婆做四句詩，應得好。（末云）詩如何説？（浄云）道是：人生七十古來稀，不去嫁人待何時？

下了頭髻床上睡，枕頭上放出大擂槌。（末云）你有些欠尊重。（丑云）便是西村有個張太婆，年六十九歲，一個公公見他生得好，只是要取他。這婆婆道，你做得四句詩，做得好，我就嫁你。（末云）如何說？（丑云）道是：

青春年少莫蹉跎，床公尚是討床婆。紅羅帳裏做夫婦，枕頭上安着兩個大西瓜。

（浄云）休閒說。今日能彀得來此花園遊嬉，也不容易。(一) 正撞着院公在此，咱每三個□□耍歇子。（丑云）做甚麼耍好？（浄云）踢氣毬耍？（末云）不好。□□□的不好？〔西江月〕（末云）白打從來逞藝，官場自小馳名。如今年老脚膁疼，圓社無心馳騁。空使繡襦汗濕，謾教羅襪生塵。兀的是少年子弟俏門庭，老姥姥，不是你寶妝行徑。（丑云）鬥百草耍？（末云）也不好。（丑云）怎的不好？〔西江月〕（末云）香徑裏攀殘柳眼，雕欄畔折損花容。又無巧藝動王公，枉費工夫何用？驚起嬌鶯乳燕，打開浪蝶狂蜂。若還尋個並頭紅，惜春姐，早把你芳心引動。（丑云）我的芳心原是動的，不妨得。（浄云）打鞦韆耍？（末云）這個却好。（浄、丑云）打鞦韆怎的便好？（末云）你聽我道：〔西江月〕玉體輕流香汗，繡裙蕩漾明霞。纖纖十指把絲繩拿，真個堪描堪畫。本是北方戎戲，移來上苑豪家。女娘撩亂隔墻誇，好似半仙戲耍。（浄、丑云）恁的，便是打鞦韆，只是那裏有鞦韆架？（末云）我這花園裏那討鞦韆架？ 一來相公不喜，二來娘子不好； 縱有也折了。（丑云）院公，没奈何，咱每三個在這裏厮輪做鞦韆架，一人打，兩人擡。（做架科）（末云）誰先打？（浄、丑云）我兩人擡，院公你先打。（末

（一） 容易：原作『易容』，據汲古閣刊本《繡刻琵琶記定本》改。

打科）

【錦地襠】（凡三首）（末唱）花紅柳緑草芊芊，正值春光艷陽天。老姥姥，我和你不來此打鞦韆，爲人一生也徒然。

（貼内云）老姥姥，將我的《烈女傳》在那裏？（浄、丑驚放跌科）（浄云）在踏板邊箱子裏。（末望云）且喜小娘子不來，你兩人騙得我好也。（浄云）今番當我打。（末、丑云）老姥姥打。

【前腔】（浄打科，唱）春光明媚景色鮮，遊遍花塢聽杜鵑。那更上苑柳如綿，老院公，我和你不打鞦韆枉少年。

（貼内云）惜春，針綫箱兒在那裏？（丑驚放浄不跌科）（丑云）在馬桶邊。（末望云）且喜小娘子不來。

（丑云）今番當我打，疾忙着。

【前腔】（丑打科，唱）奴是人間快活仙，喫了飽飯愛去眠。老姥姥，莫教小姐來撞見，高高弔起打三千。

（貼云）莫信直中直，須防仁不仁。（末、浄放走下，丑做不知科，云）又耍！罷，罷，來麼。輪當我打，便奚落人。（貼扯丑耳驚科）（貼云）賤人，你直恁的爲人不自重，只要閒嬉并閒鬨。（丑云）娘子，教人怎不去閒嬉？（貼云）怎的？（丑云）你看麼，鞦韆架尚兀自走動。（貼云）賤人，我只教你在此玩賞片時，誰許你在此閒鬨？（丑云）娘子，奴家心上悶，在此消遣。（貼云）你有甚悶？（丑云）娘子，我早晨間見疏剌剌寒風，吹散了一簾柳絮； 餉午間又見淅零零細雨，打壞了滿樹梨花。一霎時囀幾對黃鸝，猛可地叫數聲杜宇。奴家名喚□惜春，見此春去，如何不悶？（貼云）春光自去，你有甚□□來？我和你去習些女工便了。（丑云）苦咳！ 這般天氣，誰不去閒嬉？ 娘子却教惜春去習女工，兀的不是悶殺惜春麽？（貼云）婦人家誰許你閒嬉？ 不習女工，有甚𣪍當？ 你却不當不出閨門的。（丑云）娘子，你盈箱羅綺，滿頭珠翠，少甚麽，却這般自苦？（貼云）賤人，好怪麽？ 做生活是你本分的事，問有和没有做甚麽？（丑云）恁的，惜春辭娘子去。 我是伏事别人，與他傳消遞息，隨趁也得些快活。伏事着你，見男兒也不許我擡眼。前日艷陽天氣，花紅柳緑，猫兒也動心，你也不動一動； 如今暮春時候，狗兒也傷情，你也不傷一傷。惜春其實難和娘子過活。（貼云）賤人，你是狂是顛？ 我對老相公説，教好生施行你。（丑云）娘子，可憐見惜春心裏悶，自這般説。（貼云）你看麽。

【祝英臺近】（凡一首）（貼唱）緑成陰，紅似雨，春事已無有。（丑唱）聞説西郊，車馬尚馳驟。（貼唱）怎如柳絮簾櫳，梨花庭院，（合唱）好天氣清明時候？

〔玉樓春〕（丑云）清明時節單衣試，争奈晝長人静重門閉。（貼云）芳心不解亂縈牽，羞睹遊絲與飛絮。（丑云）繡窗欲待拈針指，忽聽鶯燕雙雙語。（貼云）無情何用管多情，任取春光自來去。（丑云）娘子有甚法度，教我休悶？

【祝英臺序】（凡四首）（貼唱）把幾分春，三月景，分付與東流。（丑云）鳥啼花落，須煩惱你。（貼唱）啼老杜鵑，飛盡紅英，端不爲春閒愁。（丑云）你不閒愁，也去玩賞否？（貼唱）休休，婦人家不出閨門，怎去尋花穿柳。（丑云）不遊賞，只怕消瘦了你。（貼唱）把花貌，誰肯因春消瘦？

【前腔換頭】（丑唱）春晝，只見燕雙飛，蝶引隊，鶯語似求友。（貼云）你是人物，説那蟲羽做甚麽？（丑唱）那更柳外畫輪，花底雕鞍，都是少年閒遊。（貼云）他自閒遊，干你則甚？（丑唱）難守，繡房清冷無人，我待尋一個佳偶。（貼云）呀！賤人，你倒思量丈夫？（丑唱）這般説，終身休配鸞儔？

【前腔換頭】（貼唱）知否，我爲何不捲珠簾，獨坐愛清幽？（丑云）清幽，清幽，争奈人愁！（貼唱）千斛悶懷，百種春愁，難上我的眉頭。（丑云）只怕你不常恁的。（貼唱）休憂，任他春色年年，我的芳心依舊。（丑云）只怕風流年少哄着你。（貼唱）這文君，可不擔閣了相如琴奏？

【前腔換頭】（丑唱）今後，方信你徹底澄清，我好没來由。（貼云）你怎的不收拾了心下？（丑唱）想像暮雲，分付東風，情到不堪回首。（貼云）你怎不學我？（丑唱）聽剖，你是蕊宫瓊苑神仙，不被塵凡相誘。（貼云）恁的，自隨我習些女工便了。（丑唱）謹隨侍，窗下拈針挑繡。

詩云：

（貼）休聽枝上子規啼，（丑）悶在停針不語時。

（貼）窗外日光彈指過，（丑）席前花影坐間移。

第四齣

【一剪梅】（凡一首）（生唱）浪暖桃香欲化魚，期逼春闈，詔赴春闈。郡中空有辟賢書，心戀親闈，難捨親闈。

（生云）世間好物不堅牢，彩雲易散琉璃脆。蔡邕本欲甘守清貧，力行孝道，誰知朝廷黄榜招賢，郡中把卑人名字保申上司去了。一壁厢來辟召，自家力以親老爲辭。這吏人雖則已去，只怕他又來，我但力辭便了。正是：人爵不如天爵貴，功名争是孝名高。

【宜春令】（凡四首）（生唱）雖然讀萬卷書，論功名非吾意兒。只愁親老，夢魂不到春闈裏。便教我做到九棘三槐，怎撇得萱花椿樹？我這衷腸，一點孝心對誰人語？

【前腔】（末唱）相鄰並，相依倚，往常間有事來相報知。（生云）來的却是張大公。（相見科）（末唱）解元，試期逼矣，早辦行裝前途去。（生云）大公，我雙親年老，不敢去。（末笑唱）子雖念親老孤單，親須望孩兒榮貴。解元，趁此青春不去，更待何日？

（生云）大公言之有理，争奈父母無人侍奉，如何去得？（末云）解元既如此，待老員外、老安人出來，看如何説？也只是勸解元去的分曉。道尤未了，老員外來也。

【前腔】（外唱）時光短，雪鬢垂，守清貧不圖着甚的。有兒聰慧，但得他爲官吾足矣。（相見科）（外唱）孩兒，天子詔招取賢良，秀才每都求科試。你快赴春闈，急急整辦行李。

（外云）孩兒，如今黄榜招賢，郡中既然辟召你，你有這般才學，如何不去赴選？（末云）呀！老安人來也。

【前腔】（净唱）娘年老，八十餘，眼兒昏，聾着兩耳。有兒聰慧，娶得個媳婦方纔六十日，老賊，强逼他赴着春闈。那時節怕等不得孩兒榮貴。細思之，怎不教我嘔氣？

（相見科）（净云）我不合娶媳婦與孩兒，只得兩個月，便把我孩兒瘦了一半。若過三年，怕不做一個枯髏？（末云）老安人到要他不諧？（外云）孩兒，試期已逼，早早收拾行李去赴選。（末云）老員外老安人，這是好事，必作成秀才走一遭。（生云）告爹爹，孩兒非不要去，争奈爹媽年老，無人侍奉。（外云）孩兒，你去不妨。（净云）苦咳！你又没七子八婿，只有一個孩兒。老賊，你眼又昏，耳又聾，又走動不得。教孩兒出去，萬一有些差池，教誰管顧你？没飯吃要餓死，没衣穿要凍死。（外云）你理會得甚麽？孩兒做官，也改換門閭。孩兒，你爲甚麽不肯去？

【繡帶兒】（凡二首）（生唱）親年老光陰有幾？行孝正在今日。（末云）解元此去，必然脱白掛緑。

（生唱）終不然爲着一領藍袍，却落後戲彩斑衣？思之，此行榮貴雖可擬，怕親老等不得榮貴。（外唱）春闈裏紛紛大儒，難道是没爹娘的方去求試？

【前腔換頭】（末唱）休疑，男兒漢凌雲志氣，何必苦恁淹滯？（末云）解元，你若不去呵。（末唱）

可不干費了十載青燈，枉捱過半世黃虀？須知，此行親命休故拒。你那些個是養親之志？（淨唱）我百年事只有此兒，難道是庭前森森丹桂？

【太師引】（凡二首）（外唱）他意兒難提起，這其間就裏我自知。（末云）他爲甚麽？（外唱）他戀着臂窩中恩愛，捨不得離海角天涯。（外云）孩兒，你是讀書人，説個比做與你。（外唱）塗山四日離大禹，你直恁的捨不得分離？（末云）敢是如此？（末唱）解元，你貪鴛侣守着鳳幃，多誤了鵬程鶚薦的消息。

【前腔】（淨唱）他意兒只要供甘旨，又何曾貪歡戀妻？自古道曾參純孝，何曾去應舉及第？（末云）老安人，此言自是。不去赴選，如何得功名富貴？（淨唱）功名富貴天付與，天若與不求須來至。（生唱）娘言的是，望爹行聽取。（生云）孩兒戀媳婦不肯去呵。（生唱）天須鑒孩兒不孝的情罪。

（外云）孩兒，你既不爲此，如何再三推故不去？（生云）告爹爹，孩兒出去，爹媽獨自在家，萬一有些差池，一來人道孩兒不孝，撇了爹娘去取功名；二來道爹娘所見不達，只有一子，教他遠離。以此上不相從。（外云）不從我也由你，你且説如何唤做孝？（淨云）老賊，你七八十歲也不識做孝？披麻帶索便是孝。（末收科）（生云）告爹爹，凡爲人子者，冬温而夏清，昏定而晨省。問其燠寒，搔其痾癢，出入則扶持之，問所欲則敬進之。是以父母在，不遠遊，出不易方，復不過時。古人的大孝，也只如此。（外云）孩兒，你説的都是小節，不曾説那大孝。（浄云）老賊，你又不死，只管教他做大孝。若是大孝，越出去赴選不得。（末云）這話有些不祥。（外云）孩兒，你聽我説：夫孝始於事親，中於事君，終於立身。身體髮膚，受之父母，不敢毀傷，孝之始也。立身行道，揚名於後世，以顯父母，孝之終也。是以家貧親老，不爲禄仕，所以爲不孝。你去做官時節，也顯得父母教子之德，却不是大孝？（生云）爹爹説得是。知道此去做官不做官？若不中榜時節，又不能彀事君，又不能彀事親，可謂兩擔閣了。（末云）解元所見錯矣。老漢嘗聞古人云：幼而學，壯而行；懷寶迷邦，謂之不仁。孔席不暇暖，墨突不得黔。伊尹負鼎俎於湯，百里奚把五羊皮自鬻，也只要順時行道，濟世安民。正是：學成文武藝，貨與帝王家。解元，你這般才學，如何不去做官，濟世安民？（浄云）你都勸我孩兒赴選，我有個故事説與你聽。在先東村有個李員外孩兒，也讀幾行書。他爹爹每日只閙炒，教孩兒去做官。他喫不過爹爹閙炒，去到長安，那裏無人擡舉他，流落教化。見平章宰相，疾忙在地上拜着。丞相可憐見他，道：我與你個養濟院大使，去管你爹娘。這孩兒道：做養濟院大使，如何去管得爹娘？比及回來，爹娘果在養濟院裏。他爹問他娘道：我教孩兒去的是？今日我孩兒做頭目，人也不敢欺我。你今日去做個養濟院頭目回來，也休教人欺我。（末云）你説這乞丐事，教我聽了半日。（外云）孩兒，你便去。（生云）孩兒去則不妨，爹媽教誰看管？（末云）解元，自古道：千錢買鄰，八百買舍。老漢既忝在鄰舍，你自放心前去；有甚欠缺，或是老員外老安人有些疾病，老漢自當早晚應承。（生云）如此，謝得公公！卑人没奈何，只得收拾行李便去。

【三學士】（凡四首）（生唱）謝得公公意甚美，凡事仗託扶持。假饒一舉登科日，難道是雙親未老時？便做錦衣歸故里，怕雙親不見兒。

【前腔】（外唱）萱室椿庭衰老矣，指望你改换門閭。（生云）孩兒遠離膝下，只是早晚缺奉甘旨。

（外云）孩兒，你若做得官時節，（外唱）三牲五鼎供朝夕，須勝似啜菽并飲水。若得錦衣歸故里，

（外云）我便死呵，（外唱）一靈兒終是喜。

【前腔】（末唱）託在鄰家相倚依，專當效些區區。解元，你爲甚十年窗下無人問，只圖一舉成名天下知。你若不錦衣歸故里，誰知你讀萬卷書？

【前腔】（浄唱）一旦分離掌上珠，我這老景憑誰？孩兒，忍將父母饑寒死，博换得孩兒名利歸。你縱然錦衣歸故里，補不得名行虧。

詩云：

（外）急辦行裝赴試期，（生）父親嚴命怎生違。

（浄）一舉首登龍虎榜，（末）十年身到鳳凰池。

第五齣

【謁金門】（凡一首）（旦唱）春夢斷，臨鏡緑雲撩亂。聞道才郎遊上苑，又添離别嘆。（生唱）苦

被爹行逼遣，默默此情何限。（合唱）骨肉一朝成拆散，可憐難捨拚。

（旦云）官人，雲情雨意，雖可拋兩月之夫妻；雪鬢霜鬟，更不顧八旬之父母？功名之念一起，甘旨之奉頓忘，是何道理？（生云）娘子休説那話。膝下遠離，豈無眷戀之意？奈堂上力勉，不聽分剖之辭，教卑人如何是好？（旦云）我多猜着你了。（生云）娘子，你猜我甚的？

【忒忒令】（凡二首）（旦唱）你讀書思量做狀元，（生云）自古道：水望低流人望高。我讀萬卷書，知千古事，肯去求官時節，不做狀元做甚的？（旦唱）只怕你學疏才淺。（生云）我六經三史無不淹貫，那見我學疏才淺？（旦唱）只是《孝經》《曲禮》，早忘了一段。（生云）《孝經》《曲禮》，卑人常讀之書，怎得忘了？（旦云）你道不忘？（旦唱）却不道夏清與冬溫，昏須定，晨須省，親在遊怎遠？

【前腔】（生唱）我苦哀哀推辭了萬千，（旦云）那張大公在傍邊如何説？（生唱）他鬧炒炒抵死來相勸。（旦云）官人，不去也由你。（生唱）他將我深罪，不由人分辨。（旦云）罪你甚麼？（生唱）他道我戀新婚，逆親言，貪妻愛，不肯去赴選。

【沉醉東風】（凡二首）（旦唱）你爹行見得好偏，只一子不留在身畔。（旦云）官人，公公、婆婆在那裏？（生云）在堂上。（旦云）我和你去説咱。（欲行不行科）（生云）你怎的又不去？（旦云）罷，罷，我和你去説時節呵。（旦唱）他只道我不賢，將伊迷戀。這其間，教人怎不悲怨？（合唱）爲爹淚漣，爲娘淚漣，何曾爲着夫妻上意牽？

【前腔】（生唱）做孩兒節孝怎全？做爹行不從人幾諫。（旦云）爲人子者，不當恁的説。（生唱）非是我要埋冤，只愁他影隻形單，我出去有誰來看管？（合前）

（生云）娘子，爹媽來了，你且揾了眼淚。

【臘梅花】（凡一首）（外、浄唱）我孩兒出路在今日中，爹爹媽媽來相送。但願魚化龍，青雲得路，桂枝高攀步蟾宫。

（外云）孩兒，行李收拾了未曾？（生云）爹爹，行李收拾了。（外云）既收拾了，如何不去？（浄云）他若出去，家中更無一人了，有一個媳婦，如何不分付他幾句？（生云）孩兒没别事，只待張大公來，把爹媽托付與他，教他早晚應承，孩兒庶可放心前去。（旦云）張大公來也。（末云）仗劍對樽酒，恥爲遊子顔。所志在功名，離别何足嘆。（相見科）（生云）大公，卑人出去，家中並無親人。爹媽年老，只有一個媳婦，却是女流之輩，理會得甚麼？凡事全賴公公早晚相與扶持。家中有些欠缺，望公公周濟。昨日已蒙親許，特此拜懇。卑人稍有寸進，當效結草啣環之報。（末云）受人之託，必當終人之事。況一言既出，駟馬難追。昨日已許解元，去後決不相誤。（生云）多謝公公。（外云）孩兒放心去。（生云）既如此，拜辭爹媽便去。

【園林好】（凡二首）（生拜唱）兒今去，爹媽休得要意懸，兒今去經年便還。但願得雙親康健，須有日拜堂前，須有日拜堂前。

【前腔】（外唱）我孩兒不須要意牽，爹只望孩兒貴顯。但得你名登高選，須早把信音傳，須早把信音傳。

【江兒水】（凡二首）（淨唱）膝下嬌兒去，堂前老母單，臨行只得密縫針綫。眼巴巴望着關山遠，冷清清倚定門兒遍。（生云）母親消遣則個。（淨唱）教我如何消遣？（合唱）要解愁煩，須是頻寄音書回轉。

【前腔】（旦唱）妾的衷腸事，有萬千。（生云）娘子有甚事？説與我知道。（旦唱）説來又怕添縈絆。（生云）但説不妨。（旦唱）六十日夫妻恩情斷，（旦云）這個也由閒。（旦唱）八十歲父母教誰來看管？（生云）你這般説，莫不怨我？（旦唱）教我如何不怨？（合前）

【五供養】（凡二首）（末唱）貧窮老漢，託在隣家，事體相關。解元，此行須自勉，不必苦留連。（生哭科，云）卑人只慮父母難度歲月。（末唱）你爹娘早晚、早晚裏我當來看管。丈夫非無淚，不灑別離間。（合唱）骨肉分離，寸腸割斷。

【前腔】（生跪科，唱）公公可憐，俺爹娘望你周全。此身還貴顯，當得效啣環。（旦唱）做孩兒也是枉然，養孩兒也是枉然，親爹媽到教別人來看管。此際情何限，偷把淚珠彈。（合前）

【玉交枝】（凡二首）（外唱）別離休嘆，我心中非不痛酸。孩兒，非爹苦要輕拆散，也只要圖你榮顯。（淨唱）孩兒，蟾宫桂枝須早攀，北堂萱草時光短。（合唱）又不知何日再圓，又不知何日再圓。

【前腔】（生唱）雙親衰倦，娘子，你扶持供看他老年。饑時勸他加餐飯，寒時節頻奉衣穿。（旦唱）我做媳婦事舅姑，不待你言；你做孩兒離父母，何日返？（合前）

【川撥棹】（凡二首）（外唱）孩兒，歸休晚，莫教人凝望眼。（生唱）但有日回到家園，但有日回到家園，怕回來雙親老年。（合唱）怎教人心放寬？不由人不淚漣。

【前腔】（旦唱）我的埋冤怎盡言，我的一身難上難。（生唱）娘子，你寧可將我來埋冤，莫將我爹娘來冷看。（合前）

【餘文】（合唱）生離遠别何足嘆，但願得名登高選。衣錦還鄉，教人作話傳。

（生云）孩兒就此拜别。此行勉强赴春闈，（外云）專望明年衣錦歸。（淨云）世上萬般哀苦事，（末云）無非遠别共生離。（外、淨、末下）（旦云）官人如何割捨得便去？（生云）教卑人如何是好？

【尾犯序】[一]（凡一首）（旦唱）懊恨别離輕，悲豈斷絃，愁非分鏡。只慮高堂，怕風燭不定。（生唱）腸已斷，欲離未忍；淚難收，無言自零。（合唱）空留戀，天涯海角，只在須臾頃。

〔西江月〕（生云）娘子，堂上椿庭嚴命緊，不容分訴推辭。如今暫别守孤幃，雙親行孝道，家務要支持。

[一] 序：原闕，據汲古閣刊本《繡刻琵琶記定本》補。

（旦云）官人，此去蟾宫須穩步，休教别戀忘歸。公婆年老怎支持？誰想一朝波浪起，鴛侶兩分離？

【本序】（凡四首）（旦唱）無限别離情，兩月夫妻，一旦孤冷。此去經年，望迢迢玉京。思省，奴不慮山遥水遠，奴不慮衾寒枕冷。（生云）娘子，你慮着甚麽？（旦唱）奴只慮公婆没主，獨自冷清清。

【前腔换頭】（生唱）何曾，想着那功名？（旦云）你不想功名，又去怎麽？（生唱）欲盡子情，難拒親命。娘子，我年老爹娘，望伊家看承。畢竟，你休怨朝雲暮雨，暫爲我冬温夏清。思量起，如何教我割捨？兀自眼睁睁。

【前腔换頭】（旦唱）官人，儒衣纔换青，快着歸鞭，早辦回程。十里紅樓，休重娶娉婷。叮嚀，不念我芙蓉帳冷，也思親桑榆暮景。親囑付，知你記否？空自語惺惺。

【前腔换頭】（生唱）娘子，寬心寧耐等，我肯戀異鄉，甘爲萍梗？只怕萬里關山，那更音信難憑。須聽，我没奈何分鸞破鏡，怎做得虧心短行？從今去，相思兩處，一樣淚盈盈。

（旦云）官人此去，千萬早早回程。（生云）卑人有父母在堂，豈敢久戀他鄉？（旦云）好和歹早寄個音書回來。（生云）音書要寄，只怕萬里關山阻隔。

【鷓鴣天】（凡二首）（生唱）萬里關山萬里愁，（旦唱）一般心事一般憂。（生唱）親闈暮景應難保，客館風光怎久留？（生云）娘子，卑人就此拜别。（生下）（旦云）官人直恁的去得緊？（旦唱）郎去也，謾凝眸，正是馬行十步九回頭。歸家猶恐傷親意，閣淚汪汪不敢流。

詩云：

纔斟别酒淚先流，郎上孤舟妾倚樓。
片帆漸遠皆回首，一種相思兩處愁。

第六齣

（末云）珠幌斜連雲母帳，玉鈎半捲水晶簾。輕烟裊裊歸香閣，日影騰騰轉畫簷。小人却是牛太師府裏一個院子，這幾日老相公進朝，不知有甚殼當。久留省中，未曾回府。府中幾個女使每，鎮日在後花園閒耍，今日知道相公回來，都不見了。老相公説已知道，好生發怒，必定回來整治，小人免不得在此伺候則個。好怪麼？只見一個婆子走入來做甚麼？

【字字雙】（凡二首）（淨唱）我做媒婆甚妖嬈，談笑。説開説合口如刀，波俏。合婚問卜若都好，有鈔。只怕假做庚帖被人告，喫栲。

（見科）（末云）婆子來做甚麼？（淨云）老媳婦特來與張尚書做媒。（末云）我這小娘子不比别的，老相公不輕許。且謾着，又有一個婆子來了。

【前腔】（丑唱）我做媒婆甚艱辛，尋趁。有個新郎要求親，最緊。咱每只得便忙奔，討信。

（見科）路上更有早行人，心悶。

（末云）婆子，你也來做甚麼？（丑云）老媳婦特來與李樞密求親。（末云）我方纔對那婆子説，我這媒難做。（丑云）元來這婆子也來做媒？苦咳！我是張媒婆，幾年在府前住，今日這媒喫你做？（淨云）偏你會做媒？門當户對的便是。終不然你在府前住，定要你做媒？你與乞兒做媒，也嫁他？

（末云）休閙閙，老相公回來了，且躲一邊。

【齊天樂】（凡一首）（外唱）鳳凰池上歸來環珮，衮袖御香尤在。棨戟門前，平沙堤上，何事車闐馬隘？星霜鬢改，怕玉鉉無功，赤舄非才。回首庭前，淒涼丹桂好傷懷。

（外云）無媒徑路草蕭蕭，自古雲林遠市朝。公道世間惟白髮，貴人頭上不曾饒。下官姓牛，官封太師。這幾日久留省府，不曾回家。左右，方纔甚麼人在廳前喧閙？（末云）覆相公，有兩個媒婆入府求親。（淨、丑見科）（外云）這兩個婆子來做什麼？（淨云）奴家是張尚書府裏來求親。（丑云）奴家是李樞密府裏來做媒。（外云）不揀什麼人，但是有才學，一筆掃盡千張紙的，方可中選。（淨云）告相公，奴家的新郎一筆掃盡一千五百張紙。（丑云）我的新郎，一筆掃盡五千五百張紙。（淨云）我的新郎又好，一筆掃盡三萬三千三百三十單三張紙。（末云）休得這裏閙炒。（外云）不要胡説！除非做得狀元，方可嫁他，不然不許問親。（淨云）告相公，我這新郎庚帖，人算他命，道做得狀元。（丑云）相公，他的不做狀元，奴家這個庚帖今科定做狀元。（淨、丑相打科）（外怒云）這兩人到來我家裏無禮。左右，與我搜看，不揀有什麼庚帖都扯碎，把他兩個吊在廳前，各打十八。（末云）領鈞旨。（扯帖打科）（外云）急把媒婆打離廳，（末云）除非狀元方可問姻親。（浄云）甘喫十八下黄荆杖，（丑云）那些個成與不成喫百瓶？（浄、丑下）（外云）光陰似箭催人老，日月如梭趲少年。自家没了夫人，只有一個女孩兒，如今不覺長大，未曾問親。只一件，我的女孩兒性格温柔，是事實會。若教他嫁一個膏粱子弟，怕壞了他，只教他嫁個讀書人，成就他做個賢婦，多少是好？這幾日不在家，聽得使唤每都在後花園閒耍，是我女孩兒不拘束他。古人云：欲治其國，先齊其家。不免教道他一番。院子，你去唤老姥姥、惜春請小姐出來。（末叫科，云）正是：獨立畫堂聽命令，珠簾底下一聲傳。（末下）

【花心動】（凡一首）（貼唱）幽閣深沉，問佳人，爲何懶添眉黛？（浄唱）針綫日長，圖史春閒，誰解屨傍妝臺。（丑唱）絳羅深護奇葩小，不許蜂迷蝶採。（合唱）笑鎖窗，多少玉人無賴。

（相見科）（外云）孩兒，婦人之德，不出閨門。你如今長成了，今日是我孩兒，他日做别人媳婦。我幾日不在家，使唤的都在後花園閒耍，不習女工，是何道理？却是你不黔束他。（貼云）謝得爹爹教道，孩兒從今自拘束他。（外云）老姥姥，你年紀大矣，到引着女使每閒嬉，是何所爲？（浄云）不干老姥姥事，都是惜春。（丑云）這都是老姥姥。（外怒科）（貼云）望爹爹息怒，姑恕這番。

【惜奴嬌】（凡二首）（外唱）孩兒，杏臉桃腮，又當有松筠節操，蕙蘭襟懷。閨中言語，不出閫閾之外。老姥姥，你不教我孩兒，伊之罪。惜春，這風情今休再。（合唱）記再來，但把不出閨門的語言相戒。

【前腔換頭】(貼唱)堪哀，萱室先摧，嘆子儀婦禮，未曾諳解。蒙爹嚴訓，從今怎敢不改？老姥姥，早晚望伊家將奴誨；惜春，改前非休違背。(合前)

【黑麻序】(凡二首)(淨唱)聽浼，父母心，婚姻事要早諧。勸相公，早畢兒女之債。(外唱)休呆，如何女子前，將此口亂開？(合唱)記今來，但把不出閨門的語言相戒。

【前腔換頭】(丑唱)聽拜，我受寂寞擔煩惱，教我怎捱？細思之，怎不教人珠淚盈腮。(貼唱)寬耐，温衣并美食，何須苦掛懷？(合前)

詩云：

(外)婦人不可出閨門，(貼)多謝家尊教育恩。

(淨)休道成人不自在，(丑)須知自在不成人。

第七齣

【滿庭芳】(凡二首)(生唱)飛絮沾衣，殘花隨馬，輕寒輕暖芳辰。江山風物，偏動別離人。回首高堂漸遠，嘆當時恩愛輕分。傷情處，數聲杜宇，客淚滿衣襟。

【前腔】(末唱)萋萋芳草色，故園人望，目斷王孫。謾憔悴郵亭，誰與温存？(淨唱)聞道洛陽近也，還又隔幾座城闉。(丑唱)澆愁悶，解衣沽酒，同醉杏花村。

〔浣溪沙〕（生云）千里鶯啼緑映紅，水村山廓酒旗風，（净云）行人如在畫圖中。不暖不寒天氣好，（丑云）或來或往旅人逢，（末云）此時誰不嘆西東。（相見科）（净云）敢問兄長何往？（生云）學生往長安赴選。（净云）高姓？（生云）學生姓蔡。（净云）盛表？（生云）伯喈。（合云）原來蔡伯喈先生，久聞，久聞。（丑云）敢問兄長何往？（末云）學生亦往長安赴選。（丑云）高姓？（末云）學生姓李。（丑云）盛表？（末云）群玉。（合云）原來李群玉先生，久聞，久聞。（生云）尊兄何往？（净云）小子上國去應舉。（生云）上姓？（净云）姓落。（生云）甚表？（净云）得嬉。（合云）落得嬉秀才，久聞，久聞。（末云）此位尊兄亦是應舉的？（丑云）小子去京師求官。（末云）上姓？（丑云）姓干。（末云）甚表？（丑云）嗊哄。（合云）干嗊哄秀才，久聞，久聞。（净云）列位兄長，我和你俱要赴選，今日聚會，不免暫息，講些學識如何？（生云）這個却好。（丑云）蔡兄學識如何？（生云）學生坐則讀，行則吟，幾年窗下苦搜尋。文章經世有誰匹，盡是當年惜寸陰。（净云）李兄學識如何？（末云）學生莫將窮達付前緣，須把勤勞契九天。人事盡時天理見，才高豈肯隱林泉？（生云）落兄學識如何？（净云）小子讀書費力，每在螢窗講習。常念時光不載，那更寸陰可惜。熟讀《孝經》《論語》，博覽《詩》《書》《周易》。《春秋》諸子百家，篇篇義理紬繹。前日行到學中，夫子潛自叫屈。（末云）爲甚麼？（净云）道是可惜這個秀才，眼中一字不識。（末云）却説一場春夢。（生云）干兄學識如何？（丑云）小子言不妄發，寫字極有方法。先將好墨濃磨，次把筆毫蘸着。推開净几明窗，展舒異樣紙札。不問真草篆隸，寫出都是法帖。大字麄如庭柱，小字細似頭髮。王羲之拜我爲師，歐陽詢見了諕殺。早間寫個八字，忘了一撇一捺。（末云）又道是一筆走龍蛇。（净云）天色將晚，趲行前去。

【八聲甘州歌】（凡四首）（生唱）衷腸悶損，嘆路途千里，日日思親。青梅如豆，難寄隴頭音信。高堂已添雙鬢雪，客路空瞻一片雲。（合唱）途中味，客裏身，争如流水蘸柴門？休回首，欲斷魂，數聲啼鳥不堪聞。

【前腔】（末唱）風光正暮春，便縱然勞役，何必愁悶？緑陰紅雨，征袍上染惹芳塵。雲梯月殿圖貴顯，水宿風餐莫厭頻。（合唱）乘桃浪，躍錦鱗，一聲雷動過龍門。榮歸去，緑綬新，休教妻嫂笑蘇秦。

【前腔】（净唱）誰家近水濱，見畫橋烟柳，朱門隱隱。鞦韆影裏，墻頭上露出紅粉。他無情笑語聲漸杳，却不道惱殺多情墻外人。（合唱）思鄉遠，愁路貧，肯如十度謁侯門？行看取，朝紫宸，鳳池鰲禁聽絲綸。

【前腔】（丑唱）遥觀霧靄紛，想洛陽宫闕，行行將近。程途勞倦，欲待共飲芳樽。垂楊瘦馬莫暫停，只見古樹昏鴉棲漸盡。（合唱）天將暝，日已曛，一聲殘角斷樵門。尋宿處，行步緊，前村燈火已黄昏。

【餘文】（合唱）向人家，忙投奔，解衣沽酒共論文，今夜雨打梨花深閉門。

詩云：

（生）江山風物自傷情，（浄）南北東西爲利名。
（丑）路上有花并有酒，（末）一程分作兩程行。

第八齣

（末云）禮闈新榜動長安，九陌人人走馬看。一日聲名遍天下，滿城桃李屬春官。自家乃是禮部一個首領官，今年大比之年，朝廷委請試官，已在貢院之内；中式舉人，俱列棘闈之前。如今考試官將次升廳，下官只得在此祇候。正是：一封纔下興賢詔，四海都無遺棄才。道猶未了，試官大人早到。

【水底魚兒】（凡一首）（浄唱）我是個試官，聲價重丘山。人來科舉，要他千萬貫。有錢與我的，取他居上第，做個大大官。没錢與我的，將來考退，教他空手還。

（相見科）（末云）大人是讀書人，以義爲利，如何這般説？（浄云）非是我要錢，争奈我先前用去若干財本，歷盡多少艱難，方纔做得這官。又且《論語》云：『君子務本。』我如今做官，討些本錢。我的緣由你豈知道？説來方纔省得。（末云）下官願聞。（浄云）下官自小攻書，從師模範，五經三史，無所不通；諸子百家，無所不覽。只因十年前家道艱難，却將田地賣了，覓求做個生員，日夜不離筆硯。讀書念得口燥，接官餓得腸斷。每遇提學下馬，滿身諕得冷汗。幸遇大開南省，真個有道則見。方到試場鏖戰，試官批我三場健羨。天下是我頭名，便赴瓊林飲宴。除我做正三品監試，專管科舉一件。如今不取本錢，回去那得盤纏？（末云）大人不須閒説，朝廷求賢，科舉大事，幸賜施行。（浄云）正是，正是。科舉秀才都叫入來。（末云）領鈞旨。（叫科）

【賞宫花】（凡二首）（生唱）槐花正黄，赴科場舉子忙。太學拉朋友，一齊整行裝。（合唱）五百英才都到此，不知誰人得做狀元郎。

【前腔】（丑唱）天地玄黄，記得三兩行。學雖不廣，只是賭命强。（合前）

（生云）落兄，我和你來到貢院前，不免進去咱。（丑云）蔡兄先請。（生見科）（浄云）秀才家住那裏？（生云）學生家住陳留。（浄云）姓甚名誰？（生云）姓蔡名伯喈。（丑相科）（浄云）秀才家住那裏？（丑云）和蔡伯喈同郡。（浄云）姓甚名誰？（丑云）姓落名得嬉。（浄云）這些秀才每東西廊下伺候。衆秀才聽着：下官不比往年試官考文論策，我今年頭場做對，二場猜謎，三場唱曲。若是三場皆好，取他做頭名狀元。若是不好，亂棒打出去。（生、丑云）學生領命。（浄云）蔡秀才過來，我就出天文門一個對與你對。（生云）願聞。（浄云）星飛天放彈。（生云）日出海抛毬。（浄云）好！好！好！落秀才過來，我就出文史門一個對與你對。（丑云）快些。（浄云）《毛詩》三百首。（丑云）還有十一篇。（浄云）不好，不好。蔡秀才，我出天下八個省名與你猜。（生云）願聞。（浄云）一聲霹靂震天關，兩個眉頭不得閒。去買紙來作俵偕，欠人錢債未曾還。（生云）第一句是京東京西，第二句是江東江西，第三句是湖東湖西，第四句是浙東浙西。（浄云）正是，正是。落秀才，我出着四個樹名與你猜。（丑云）打快。（浄云）雨中粧點望中黄，特立深山分外長。廊廟乏材應見取，家家織就綺羅裳。（丑云）第一句是柏樹，第二句是槐樹，第三句是楓樹，第四句是柳樹。（浄云）不是，不是。蔡秀才，我唱一隻曲兒，你末後轃一句，要押得韻着。（生云）願聽高音。

【北江兒水】（凡二首）（浄唱）長安富家真罕有，食味皆山獸。熊掌紫駝峰，四座馨香透。（浄云）你押下韻。（生唱）把與試官來下酒。

（浄笑云）妙哉，妙哉。三場都好，這是真秀才，且在東廊下伺候。（生云）領鈞旨。（浄云）落秀才，我也唱一隻曲兒，你末後也轃一句，要押得韻着。（丑云）打快唱來。

【前腔】（浄唱）看你腹中何所有，一肚醃臢臭。若還放出來，見者皆奔走。（浄云）你押下韻。（丑唱）把與試官來下酒。

（浄怒云）（浄）不濟，不濟。畜生無理，試官是讀書人，肯替你喫糞？這是村秀才，將他黑墨搽臉，亂棒打出去。（丑云）不須打，不須打。正是：薄命劉生終下第，厚顔季子且還家。（丑下）（浄云）蔡秀才，今科中式舉人雖多，只有你的才學高邁。俺就寫了表文於奉天門奏知聖上，將你取爲第一甲頭名狀元。（生云）如此，多謝先生。

【懶畫眉】（凡三首）（生唱）君恩喜見上頭時，今日方顯男兒志。布衫脱下換羅衣，腰間横繫黄金帶，駿馬雕鞍真是美。

【前腔】（浄唱）狀元，你讀書萬卷非容易，喜得登科擢上第，功名分定豈誤期？三千禮樂無敵手，五伯英雄盡讓伊。

【前腔】（末唱）人生當用顯門閭，廕子封親榮自己。馬前喝道狀元歸，真是雁塔題名字，一舉成名天下知。

詩云：

（浄）一舉鰲頭獨占魁，（生）誰知平地一聲雷。

（末）明朝跨馬春風裏，（合）盡是皇都得意回。

第九齣

【破齊陣】（凡一首）（旦唱）翠減翔鸞羅幌，香銷寶鴨金爐。楚館雲閒，秦樓月冷，動是離人愁思。目斷天涯雲山遠，親在高堂雪鬢疏，蔡伯喈緣何書也無？

〔古風〕（旦云）明明匣中鏡，盈盈曉來粧。憶昔事君子，鷄鳴下君床。臨鏡理笄總，隨君問高堂。一旦遠别離，鏡匣掩清光。流塵暗綺練，青苔生洞房。零落金釵鈿，慘淡羅衣裳。傷哉憔悴容，無復蕙蘭芳。有懷悽以苦，有路阻且長。妾身豈嘆此，所憂在姑嫜。念彼猏猱遠，眷此桑榆光。願言盡婦道，遊子不可忘。勿彈緑綺琴，絃絶令人傷。勿聽《白頭吟》，哀音斷人腸。人事多錯迕，羞彼雙鴛鴦。奴家嫁與伯喈，纔方兩月。指望與他同侍雙親，諧老百年。誰知公公嚴命，强他赴選。自從去後，竟無一個消息。把公婆抛撇在家，教奴家獨自承奉。奴家一來要成丈夫之孝名，二來要盡爲婦之孝道。盡心竭力，朝夕奉養。正是：天涯海角有窮時，只有此情無盡處。〔西江月〕（旦云）堂上椿庭嚴命緊，不容分訴推辭，兒夫即便往京畿。痛情難割捨，含淚赴春闈。

【風雲會四朝元】（凡四首）（旦唱）春闈催赴，同心帶綰初。嘆陽關聲杳，送別南浦，早已成間阻。謾羅襟淚漬，謾羅襟淚漬，和那寶瑟塵埋，錦被羞鋪。寂寞瓊窗，蕭條朱户，空把流年度。嗏，瞑子裏自尋思，妾意君情，一旦如朝露。蔡伯喈，君行萬里途，妾心萬般苦。君還念妾，迢迢遠遠，也索回顧。

〔西江月〕（旦云）回顧兒夫心慘切，想君難捨爹娘，馬行十步九思量。使奴心哽咽，憔悴損朱顔。

【前腔】（旦唱）朱顔非故，緑雲懶去梳。奈畫眉人遠，傅粉郎去，鏡鸞羞自舞。把歸期暗數，把歸期暗數，只見雁杳魚沉，鳳隻鸞孤。緑遍汀洲，又生芳杜。空自思前事，嗏，日近帝王都。芳草斜陽，教我望斷長安路。蔡伯喈，君身豈蕩子，妾非蕩子婦。其間就裏，千千萬萬，有誰堪訴？

〔西江月〕（旦云）堪訴衷腸無託處，此情惟我偏知。公婆甘旨怎持？堂前問安否，謾把步輕移。

【前腔】（旦唱）輕移蓮步，堂前問舅姑。怕食缺須進，衣綻須補，要行須與扶。奈西山景暮，奈西山景暮，教奴倩着誰人，傳與我兒夫。蔡伯喈，你身上青雲，只怕親歸黄土。臨別也曾多囑付。嗏，那些個意孜孜，只怕十里紅樓，戀着人豪富。蔡伯喈，雖然忘了奴，也須索念父母。無人訴與，這淒淒冷冷，怎生辜負？

〔西江月〕（旦云）辜負椿萱辜負妾，想他别戀忘歸。心中思想怎拋離。秋期難準信，料不再春闈。

【前腔】（旦唱）春闈選士，紛紛才俊徒。少甚麽鏡分鸞鳳，都要榜登龍虎，偏他將我誤。也不索氣蠱，也不索氣蠱，我既受託蘋蘩，有甚推辭？索性做個孝婦賢妻，也落得名標青史，不枉受了些閒悽楚。嗏，俺這裏自支吾，休得歹了他名兒，左右與他相回護。蔡伯喈，你腰金與衣紫，須記得釵荆與裙布。一場愁緒，堆堆積積，宋玉難賦。

【餘文】（旦唱）他從今後知甚所，我勤把雙親來奉侍，專等兒夫返故廬。

詩云：

回首高堂日已斜，遊子何事在天涯。
紅顔勝人多薄命，莫怨春風空自嗟。

第十齣

（末云）朝爲田舍郎，暮登天子堂。將相本無種，男兒當自强。自家乃是河南府中首領官。每年狀元及第，赴宴遊街，但是鞍馬酒食供設等件，都是本府祇應。今年狀元是蔡伯喈，循例赴宴，俺府尹相公委下官提調。昨日已發放太僕寺掌鞍馬令史，洛陽縣管排設的驛丞，聽俺這裏鳴鼓三聲，都要到此聚會聽點。掌鞍馬的在那裏？（丑云）有問即對，無問不答。相公有何鈞旨？（末云）鞍馬備辦了未曾？（丑云）告相公，已備辦好馬在此伺候。（末云）怎見得好馬？（丑云）但見：　耳批雙竹，鬃散五花。展開鳳臆龍鬐，擡起豹頭虎頷。　轡淥淥翠蹄削玉，點滴滴赤汗流珠。　偶目青熒夾鏡懸，肉鬃磊塊連錢動。一跳時尾捎雲漢，橫驀過玄圃崆峒；　一霎時走遍神州，直趕上流星奔電。　九方皐管教他稱賞，千金價不枉了追求。（末云）有甚顏色的？（丑云）布汗、論聖、虎刺、合裏烏、赭啞兒、爺屈良、蘇盧、棗騮韁，栗色、燕色、兔黄、真白、玉面、銀鬃、秀膊、青花。（末云）有甚好名兒？（丑云）飛龍、赤兔、駿褭、驊騮、紫燕、驌驦、嚙膝、睮暉、騏驎、山子、白蟻、絶塵、浮雲、赤電、絶群、逸驃、騄驪、龍子、驎駒、騰霜驄、皎雪驄、凝露驄、照影驄、懸光驄、決波騟、飛霞驃、發電、赤流、金騧、翔驎、紫奔、紅赤、照夜白、一丈烏、五花虬、望雲騅、忽雷駮、卷毛騧、獅子花、玉逍遥、紅叱撥、紫叱撥、金叱撥。正是：　青海月支生下，大宛越賧將來。（末云）有甚麽好馬廄？（丑云）飛龍、翔驎、吉良、龍騏、騊駼、駃騠、鵷鸞、六群、天花、鳳苑、奔星、内駒、左飛、右飛、左方、右方、東南内、西南内。正是：　盡印三荒飛鳳字，中藏萬匹好龍騏。（末云）怎的打扮？（丑云）錦韉燦爛披雲，金鐙熒煌耀日。　香羅帕深護金鞍，紫游韁牽動玉勒。　瑪瑙妝就轡頭，珊瑚做成鞍子。（末云）如今選幾個在這裏？（丑云）告相公，如今無了。（末云）如何無了？（丑云）元有一萬匹馬，一千三百個漏蹄，二千七百個抹靨，三千八百個熟瘸，二千二百個磁眼。鞍皮又破損，坐子又攲傾。　抽轡盡是麻繩，鞭子無非荆杖。　餓老鴟全然拉搭，雁翅板片片凋零。　鞍轡并不周全，牽鞚何曾完備？其實不中。（末云）休胡説。若還不完備時節，我禀過府尹相公，好生打你。（丑云）相公可憐見，小人一壁廂自整備。（末云）鞍馬完備，只在午門外廂，候狀元謝恩出來，騎馬遊街。（丑云）理會得。春風得意馬蹄疾，一日看遍長安花。（丑下）（末云）管排設的在那裏？（净云）廳上一呼，堦下百諾，相公有何鈞旨？（末云）排設完備了未曾？（净云）告相公，揀過上等排設在此伺候點視。（末云）怎見得上等排設？（净云）但見：珠簾高捲，繡幕低垂。珊瑚席逼邏精神，玳瑁筵安排奇巧。金爐内慢騰騰焚瑞腦，玉瓶中嬌滴滴插奇花。四圍環繞畫屏山，滿座重鋪錦褥子。金盤犀筯光錯落，掩映異果珍羞；銀海瓊舟影摇蕩，翻動葡萄玉液。灑掃乾乾净净，並無半點塵埃；安排整整齊齊，另是一般氣象。正是：移將金谷繁華景，妝點瓊林富貴天。（末云）排投既已完備，且伺候狀元遊街了赴宴。（净）領鈞旨。瓊林深處風光好，别是人間一洞天。（净下）（臨江仙）（末云）日映宮花明翠帽，藍袍嫩緑新裁。五花門外榜初開。金鞍乘駿馬，敕賜上天街。十里紅樓簾盡捲，美人争看名魁。黄旗影裏鬧咳咳。大家齊雅静，看取狀元來。（末下）

第十一齣

【窣地錦襠】（凡一首）（生、净、丑合唱）姮娥剪就緑雲衣，折得蟾宮第一枝。(一)宮花斜插帽簷

(一)「折」：原作「拆」，據汲古閣刊本《繡刻琵琶記定本》改。

低，一舉成名天下知。

【哭岐婆】（凡一首）（合唱）洛陽富貴，花如錦綺。紅樓數里，無非嬌媚。春風得意馬蹄疾，天街賞遍方歸去。

（生、净下）（丑墮馬科，云）救命！救命！爹娘伯叔兄弟孩兒媳婦都來救我。

【水底魚兒】（凡二首）（末唱）朝省尚書，昨日蒙聖旨。道狀元及第，教咱陪宴席。（馬踏丑科，丑叫科，馬不行科）（末唱）越着鞭越退，遣人心下疑。轉頭回望，叫我的是誰？

（末云）漢子，你是誰？（丑云）我是墮馬的狀元。（末扶科）（丑云）大人貴職？（末云）我是中書省陪宴官，不知足下爲甚麼墮馬？

【北叨叨令】（凡一首）（丑唱）鬧炒炒街市上遊人亂。（末云）你馬驚了？（丑唱）乖頭口抵死要回身轉。（末云）怎的不勒過？（丑唱）戰兢兢只怕轠繩斷。（末云）爲甚不打他？（丑唱）怯書生早已神魂散。（末云）不害事麼？（丑呻吟科）（唱）險跌折了腿也麼哥，險樁破了頭也麼哥，我好似小秦王三跳澗。

（末云）你馬那裏去了？（丑云）知他那裏去？『傷人乎，不問馬。』（末云）你兀自文縐縐的，我就這裏人家借一匹馬與你騎。（丑云）休休。若借馬與我騎，便索死。（末云）怎的便死？（丑云）你不聞《論語》云：『有馬者借人乘之，今亡矣夫。』（末云）一口胡柴！遠遠望見有一簇人馬來，你在這裏等着，怕他有馬就借一匹與你騎。（丑云）不須得。

【窣地錦襠】（凡一首）（生、浄唱）荷衣新惹御香歸，引領群仙下翠微。杏園惟有後題詩，此是男兒得志時。

（丑叫云）同行也好，我攧得渾身都粉磕麻碎了，你二人自去了。（浄云）元來足下墮馬？（丑云）可知哩。（末云）不是下官相搭救時節，險送了他性命。（浄云）如此，多謝大人維持。（丑云）你三位自去赴宴，我去太平坊下李郎中家裏去便來。（末云）去做甚麼？（丑云）我去醫攧撲傷損瘡。（末云）你且來，我從人有馬，索一匹與你騎。（丑云）小子告退，你三位自去。（末云）你是狀元，如何不去赴宴？（丑云）赴宴也自好，只是騎馬不得。你三位騎馬先走，我隨着你提胡床來。（末云）甚麼模樣？還是同騎馬去。

【哭岐婆】（凡一首）（合唱）玉鞭裊裊，如龍驕騎。黄旗影裏，笙歌鼎沸。如今端的是男兒，行看錦衣歸故里。

（末云）這裏便是杏園，請列位大人少駐。依年例，請留佳作。（浄云）做詩麼？（末云）正是。（浄云）這有甚麼難處？蔡大人先請。（生云）學生亂談。（衆云）願聞。（生云）五百名中第一仙，花如羅綺柳如烟。緑袍乍着君恩重，黄榜初開御墨鮮。禮樂三千傳紫禁，風雲九萬上青天。時人謾訝登科早，自古姮娥愛少年。（衆云）好詩。（末云）如今該當閣下。（浄云）小子也亂談一首。（衆云）願聞。（浄云）遲日江山麗，春風花草香。泥融飛燕子，沙暖睡鴛鴦。（末云）使不得，這是古人的詩。（浄云）我前日三場都是别人做的，也中了。一首詩到使别人的不得？（末云）休道是七步成章。（净云）你道我真個做不得？也鬮閩做一首：赴選何曾入貢闈，此身不擬着荷衣。三場盡是倩人做，一字全然匪我爲。自笑持杯濫叨酒，却愁把筆怎題詩。有人問我求佳作，（衆云）如何回他？（净云）問我先生便得知。（末云）又道是當仁不讓於師。如今該當足下。（丑云）諸兄做律詩，小子不要做律詩，做一篇古風。諸兄都説赴選事，小子不要説那熟套，另立一題。（衆云）還是把甚爲題？（丑云）便把小子方纔墮馬爲題。這是奇事，不可不入詠。小子做古風。（衆云）願聞。（丑云）君不見去年騎馬張狀元，跌了左腿不相聯。又不見前年跨馬李試官，跌了骨臀没半邊。世上三般拚命事，行船走馬打鞦韆。小子今年大拚命，也來隨趁跨金鞍。跨金鞍，災怎躲，尀耐畜生侮弄我。大叫三聲不肯行，連攛兩攛不是耍。便把轡繩緊緊拿，縱有長鞭怎敢打。須臾之間掉下來，一似狂風吹片瓦。昨日行過樞密院，三個軍人來唱喏。小子荒忙走將歸，（衆云）爲何？（丑云）請我教他騎戰馬。（末云）休閒説。列位大人請坐。左右，將酒過來。（堂候官云）色動玉壺無表裹，光摇金盞有精神。告相公，酒在此。（把酒科）

【五供養】（凡二首）（生唱）文章過晁董，對丹墀已膺天寵。（末唱）赴瓊林新宴，顫宫花，緩引黄金鞚。

【前腔】（净唱）九重天上聲名動，紫泥封已傳丹鳳。（丑唱）便催歸玉簡侍宸旒，他日歸來金蓮送。

【山花子】（凡四首）（末唱）玳筵開處遊人擁，争看五百名英雄。（生唱）喜鰲頭一戰有功，荷君恩奏捷詞鋒。（合唱）太平時車書已同，干戈盡戢文教崇，人間此時魚化龍。留取瓊林，勝景無窮。

【前腔】（浄唱）三千禮樂如泉湧，一筆掃萬丈長虹。（丑唱）看奎光飛纏紫宫，光耀萬玉班中。（合前）

【前腔】（生唱）青雲路通，一舉能高中，三千水擊飛冲。（浄唱）又何必扶桑掛弓？也强如劍倚崆峒。（合前）

【前腔】（丑唱）恩深九重，絲絡八珍送，無非翠釜駝峰。（末唱）看吾皇待賢甚隆，不枉了十年窗下把書來攻。（合前）

【大和佛】（凡一首）（末唱）寶篆沉烟香噴濃，濃熏羅綺叢。（浄唱）瓊舟銀海，翻動酒鱗紅，一飲盡教空。（生悲科，唱）持杯自覺心先痛，縱有香醪，難下我喉嚨。他寂寞高堂菽水誰供奉？俺這裏傳杯喧哄。（合唱）狀元，你休得對此歡娱意忡忡。

【舞霓裳】（凡一首）（合唱）願取群賢盡貞忠，貞忠；管取雲臺上畫形容，形容。時清莫報君恩重，惟有一封書勸上東封，更撰個河清德頌。乾坤正，玉柱擎天又何用？

【紅繡鞋】（凡一首）（合唱）猛拚沉醉東風，東風；倩人扶上玉驄，玉驄。歸去路，望畫橋東。

花影亂，日朦朧，沸笙歌影裏碧紗籠。

【意不盡】（合唱）今宵添上繁華夢，[一]明早遥聽清禁鐘。皇恩謝了，鵷行豹尾陪侍從。

詩云：

（生）名傳金榜换藍袍，（浄）酒醉瓊林志氣豪。

（丑）世上萬般皆下品，（末）思量惟有讀書高。

蔡中郎忠孝傳卷之一

[一] 今：原作『金』，據汲古閣刊本《繡刻琵琶記定本》改。

蔡中郎忠孝傳卷之二

第十二齣

【憶秦娥先】（凡一首）（旦唱）長吁氣，長吁氣，自憐薄命相遭濟。相遭濟，暮年姑舅，薄情夫婿。

〔清平樂〕（旦云）夫妻纔兩月，一旦成分別。没主公婆甘旨缺，幾度思量悲咽。家貧先自艱難，那堪不遇豐年。恁的千辛萬苦，蒼天也不見憐。奴家自從兒夫去後，遭此饑荒。况兼公婆年老，朝不保夕，教奴家獨自如何區處？婆婆日夜埋冤公公，公公又不伏善，只管和婆婆閙争。外人不理會得，只道媳婦不會看承公婆，以致公婆閙炒。奴家且待公公、婆婆出來，將道理勸解則個。

【憶秦娥後】（凡一首）（外唱）孩兒一去無消息，雙親老景難存濟。（浄扯外耳唱）難存濟，不思前日，强教孩兒出去。

（旦勸科）（浄云）老賊抵死教孩兒出去赴選，今日没飯喫，他便做得狀元，濟你甚事？若是孩兒在家，也會區處，終不到恁的狼狽。老賊，你死休！（外云）你埋冤我則甚？我是神仙，知道今日恁的饑荒？這般時年，誰家不忍饑忍餓？誰似你這般埋冤？休休，我死，我死。今日饑荒也是死，被你埋冤不過也索死。（旦扯科，云）公公、婆婆且息怒，聽奴家一言分剖。當初公公教孩兒出去，不道今日恁的饑荒，婆婆難埋冤公公；今日婆婆見這般荒歉，孩兒又不在眼前，心下焦躁，（一）公公也休怪婆婆埋冤。請自寬心，奴家如今把些釵梳之類，去典些糧米，以充公婆口食。寧可餓死奴家，決不將公婆落後。（浄云）媳婦，你説得好，我只恨這老賊。

【金索掛梧桐】（凡三首）（浄唱）區區一個兒，三口相依倚。兀的爲着功名，不要他供甘旨。老賊，你教他去做官，要改換門閭，他做得官時你做鬼。老賊，你圖他三牲五鼎供朝夕，今日裏一口粥湯誰與你？相連累，我孩兒因你做不得好名儒。（合唱）空争着閒是閒非，也只落得雙垂淚。

【前腔】（外唱）養子教讀書，指望他身榮貴。黄榜招賢，誰不去求科試？阿婆，譬如范杞良差去築城池，他的娘親埋怨誰？（浄云）老賊，他是官差不自由。（外唱）合生合死都由命，少甚

（一）焦：原作『憔』，據汲古閣刊本《繡刻琵琶記定本》改。下同改。

麽孫子森森也忍饑？休聒絮，畢竟是咱每三口合受孤恓。（合前）

【前腔】（旦唱）婆婆，孩兒雖暫離，須有日還鄉裏。（淨云）孩兒雖有日回家，只是眼下饑荒難過。（旦唱）奴有些釵梳，解當充糧米。（旦云）公公、婆婆休爭麽。（旦唱）傍人道媳婦每有甚差池，致使公婆爭鬥起。（旦云）婆婆休怪公公。（旦唱）他心中愛子，指望身榮貴。（旦云）公公休怪婆婆。（旦唱）他眼下無兒，因此埋怨你。難逃避，兀的不是從天降下這災危？（合前）

【劉潑帽】（凡三首）（淨唱）有兒却遣他鄉去，教媳婦怎生支持？媳婦，可憐誤你芳年紀。（合唱）一度裏思量，一度裏肝腸碎。

【前腔】（外唱）我每不久身傾世，嘆當初是我不是。苦！不如我死了無他慮。（合前）

【前腔】（旦唱）公公、婆婆，媳婦便是親兒女，勞役事本當爲。但願公婆從此相和美。（合前）

詩云：

（外）形衰力倦怎支吾？（旦）口食身衣只問奴。
（淨）莫道是非終日有，（合）果然不聽自然無。

第十三齣

（末云）縹緲紗窗隱霧烟，深沉金屋鎖嬋娟。屏開孔雀人難中，幕裏紅絲誰敢牽？自家是牛太師府中一個院子，這幾日聽得府中喧傳相公要招女婿，我這小娘子不比別的，一來丞相之女，二來才貌兼全。必須有文章、有官職、有福分的，方可做得女婿。如今不知招甚麼人？且等候相公出來，便知端的。

【似娘兒】（凡一首）（外唱）華髮漸星星，憐愛女未遂姻盟。蟾宮桂子才堪稱。紅樓此日，紅絲待選，須教紅葉傳情。

（外云）男子生而願爲之有室，女子生而願爲之有家。我夫人棄世多年，只有一女。昨日見官裏問我的女孩兒嫁人未曾，我回道未曾嫁人。官裏道，如今新狀元蔡伯喈，好人物，好才學，朕與你主婚，招他爲婿，你意下如何？俺奉聖旨，就謝了恩。左右，此事何如？（末云）告相公，男大當婚，女長當嫁。小娘子是瑶臺閬苑神仙，狀元是天禄石渠貴客；何況玉音主盟？若做了百年夫婦，不枉了一對姻緣。相公，這是佳人才子兩堪誇，天付姻緣事不差。試看月輪還有意，定知丹桂近仙娃。（外云）既如此，你與我喚過府前官媒婆來，教他去蔡狀元處説親。（末云）領鈞旨。（叫科）

【醉太平】（凡一首）（丑唱）我做聰俊的媒婆，兩脚疾走如梭。生得不蹊又不矬，人人都來請我。只要金多銀多鈔多，綾羅段匹多，方做。又且張家李家，人人誇談我。（末云）誇談你甚的？（丑唱）道我每須勝別媒婆。

（丑云）媒婆媒婆，兩脚奔波。一斗好酒，一隻肥鵝。送到家裏，我和老公笑呵呵。（末云）婆子，你挑着惹多鞋做甚麼？（丑云）總領哥，你不知近來宅院小娘子要嫁人，媒婆與他攛掇，臨行做對鞋謝媒婆。

今年攛掇了多少親事，鞋都穿不盡，剩的都賣了。（末云）有誰買？（丑云）就是宅院小娘子買。（末云）宅院小娘子都是小脚，買這鞋何用？（丑云）他要嫁得緊，買來謝媒婆，省得做。（末云）休閒説，且去見了相公。（丑見科）（外云）媒婆，你挑着惹多東西做甚麽？（丑云）覆相公，這是媒婆的招牌。（外云）問他這斧頭做甚麽？（末云）相公問你，這斧頭做甚麽？（丑云）《毛詩》云：『伐柯如之何？匪斧弗克。娶妻如之何？匪媒不得。』以此把斧頭爲招牌。（末云）休在班門弄斧。（外云）問他襪做甚麽？（末云）相公問你襪做甚麽？（丑云）也是招牌。人都道做媒的執伐。（外云）問他將秤作何用？（末云）相公問你將秤何用？（丑云）最要緊用的。大凡做媒時節，先把新婦新郎稱過相似，方與説親，久後夫妻便和順。若是輕重頭了，夫妻相嫌到底。老媳婦前日在東街過，見一個小娘子在那裏哭。我問他爲甚哭，他道嫁不得個好丈夫。我試把他兩個稱一稱，可知不是對。（末云）如何不是對？（丑云）新郎稱得二十八斤，新婦稱得二十三斤。（末云）你也不平等。（外云）問他將繩做甚麽？（丑云）這是赤繩，做夫妻須把繩繫定兩個脚，方做得夫妻。（末云）如何繫？（丑云）我和你繫看。（丑繫末跌科）（丑云）可知不是姻緣，繫不得。（外云）休閒説。媒婆，我奉聖旨，教我將女孩兒招蔡狀元爲婿，如今教你去他根前説知。若成就這親事，多多賞你。（丑云）有甚難處？一來奉聖旨，二來託相公威名，三來小娘子才貌兼全，蔡狀元有何不肯？（外云）你聽我説。

【鎖南窗】（凡三首）（外唱）吾家一女娉婷，不曾許與公卿。親承聖旨，招選書生。（外云）媒婆，你和他説。（外唱）不須用白璧黃金爲聘。（合唱）若是姻緣前世已曾定，今日裏，共歡慶。

【前腔】（丑唱）住東京極有名聲，論媒婆非自逞。今朝事體，管取完成。怕有一輕一重，全憑官秤。（合前）
【前腔】（末唱）雖然他高占魁名，得相招多少榮縈。紆繡幕選中雀屏，媒婆，此去他必從命。（合前）

詩云：

（丑）管取門楣得俊才，（外）爲傳芳信仗良媒。
（末）百年夫婦今宵合，（合）一段姻緣天上來。

第十四齣

【高陽臺】（凡二首）（生唱）夢遶親闈，愁深旅邸，那堪音信遼絶。淒楚情懷，怕逢淒楚時節。重門半掩黄昏月，奈寸腸此際千結。守寒窗一點孤燈，照人明滅。
【前腔】（生唱）當時輕散輕别，嘆玉簫聲杳，庾樓明月。一段愁煩，翻成兩下悲咽。枕邊萬點思親淚，伴漏聲到曉方徹。鎖愁眉，慵臨青鏡，頓添華髮。

〔木蘭花〕（生云）鰲頭可羨，須知富貴非吾願。雁足難憑，没個音書寄此情。田園將蕪，不知松菊猶存否。光景無多，争奈椿萱老去何。自家爲父母所强，來此赴選。誰知逗遛在此，竟不能歸。今拜皇恩，除授議郎，雖則任居清要，争奈父母年老，安可久留他鄉。天那！知我的父母安否如何？知我的妻室如何看待我的父母？欲待上表辭官，又未知聖意如何。正是：好似和針呑却綫，刺人腸肚繫人心。

【勝葫蘆】（凡一首）（末、丑唱）特奉皇恩賜結婚，來此把好音傳。若是仙郎肯與諧繾綣，一場好事，管取今朝便團圓。

（末云）一封丹詔下瑶臺，玉女仙郎事已諧。（生云）兒家門户重重閉，春色緣何得入來？未審何人到此？（末云）小人是牛太師府裏院子，奉天子之洪恩，領太師之嚴命，欲與狀元諧一佳偶。（丑云）老媳婦是官媒婆。牛太師有一個小娘子，生得十分標致，特來與狀元議親。（生云）元來如此，不必多言。

【高陽臺】（凡六首）（生唱）宦海沉身，京塵迷目，名韁利鎖難脱。目斷家山，空勞魂夢飛越。

（丑云）狀元，且是好一個小姐。（生唱）閒聒，閒藤野蔓休纏也。俺自有正兔絲，嫡親瓜葛。是誰人無端調引，謾勞饒舌。

【前腔換頭】（末唱）閥閲，紫閣名公，黄扉元宰，三槐位裏排列。金屋嬋娟，妖嬈那更貞潔。

（丑云）歡悦，秦樓此日招鳳侣，遣妾每特來執伐。望君家殷勤肯首，早諧結髮。

【前腔換頭】（生唱）非别，千里關山，一家骨肉，教我怎生拋撇？妻室青春，那更親鬢垂雪。

（丑云）狀元，自古姮娥愛少年。（生唱）差迭，須知少年也有人愛了，謾勞你姮娥提挈。滿皇都豪家無數，豈必卑末？

【前腔换頭】（末唱）不達，相府尋親，侯門納禮，你却拒他不屑。繡幕奇葩，春光正當十八。

（丑唱）休撇，知君是個折桂手，留此花待君攀折。況親奉丹墀詔旨，非我自相攛掇。

【前腔换頭】（生唱）心熱，自小攻書，從來知禮，忍使行虧名缺？父母俱存，娶而不告難説。悲咽，門楣相府須要選，奈庋廖佳人，實難存活。（丑云）小姐十分美貌，休挫過了。（生唱）縱有花容月貌，怎如我自家骨血？

【前腔换頭】（末唱）迂闊，他勢壓朝班，威傾京國，你却與他相别。只怕他轉日回天，那時須有個决裂。（丑唱）虚設，江空水寒魚不食，笑滿船空載明月。下絲綸不愁無處，笑伊村殺。

【餘文】（生唱）明朝有事朝金闕，回奉雙親心下悦。（末唱）狀元，只怕聖旨不從空自説。

（生云）休閒説。果蒙聖恩，明日上表辭官，一就辭婚便了。

詩云：

（末）君王詔旨不相從，（生）明日封書奏九重。

（丑）有緣千里能相會，（合）無緣對面不相逢。

第十五齣

【出隊子】（凡二首）（外唱）朝夕縈掛，朝夕縈掛，只爲孩兒多用心。不知月老事何如，爲甚冰人没信音？顒望多時，情緒轉深。（外云）目斷青鸞瞻碧霧，情深紅葉看金溝。自家昨遣院子和官媒去蔡伯喈處説親，尚無回音。待他回來，便知端的。

【前腔】（末、丑唱）喬才堪笑，喬才堪笑，故阻佯推不肯從。豈無佳婿近乘龍，有甚福緣來跨鳳？料想書生，只是命窮。

（相見科）（外云）媒婆，你來了，事體若何？（丑云）覆相公：他千不肯，萬不肯，只不肯。（末云）住休。告相公：蔡狀元道已娶妻室，雙親年老，娶妻不告，實難從命。他要上表辭官家去。

【雙鸂鶒】（凡四首）（外唱）聽伊説教咱怒起，漢朝中惟吾獨貴。我有女，偏無貴戚豪家匹配？奉聖旨，賜我每招狀元爲婿。媒婆，不知他回話有何言語？

【前腔】（丑唱）媒婆告相公知：恨那人作怪蹺蹊。千不肯，萬推辭。這話頭不采些兒。道始得及第，縱有花貌休提。罵相公小姐，脚長尺二。

【前腔】（末唱）你這般説謊没巴臂。恩官且聽咨啓：蔡狀元聞説愁眉。他只説忠和孝，恩和義，念父母八十年餘。況已娶妻室，再教重娶非理。待早朝，上表章，辭官家去。請相公別選一佳婿。

【前腔】（外唱）他元來要奏丹墀，敢和我厮挺相持。細思之，教人怒從心上起。我就寫表奏與吾皇知，與他官拜清要地。務要來我處爲門婿。

【意不盡】（合唱）這讀書輩没道理，不思量違背聖旨。只教他辭婿辭官俱未得。

（外云）自古道殺人可恕，情理難容。我的威名，誰不欽敬？多少豪家求爲吾婿尚不可得，叵耐這書生顛倒不肯。他要辭官家去，且由他。院子，你和官媒再去他處説，看他如何？我如今去朝中奏知官裏，只教不准他上表便了。（末云）既如此，男女和媒婆再去。

詩云：

（外）枉把封書奏九重，（丑）不如及早便相從。

（外）做成鸞鳳青絲網，（末）牢落鴛鴦碧玉籠。

第十六齣

【剔銀燈】（凡二首）（貼唱）忒過分爹行所爲，但執性全不顧人議。背飛鳥怎求諧比翼？隔墻花强攀做連理。姻緣，還是怎的？婚姻事女孩兒怎提？

（貼云）姻緣姻緣，事非偶然。好笑俺爹爹定要招蔡狀元爲婿，那狀元不從，俺這裏也索罷了。誰想爹爹苦不放過，他既不願，便做了夫妻，到底也不和順。奴家待將此事對爹爹説，只是此事不是女孩兒説的。呀！好悶也！（淨云）慚愧，慚愧，今日能彀得小娘子悶也。小娘子，你想着甚麼？（貼云）我不想着甚麼。（淨云）你既不想甚麼，爲何手托香腮，在此憂悶？我且問你：你每常間件件不煩惱，事事不動情，我想起來你都是假。今日莫不是對景傷情麼？（貼云）老姥姥，你説那裏話？我爲爹爹做事不停當，以此上悶。（淨云）你爹爹做甚事不停當？（貼云）爹爹要將我嫁與蔡狀元，使官媒去説親，他再三不肯從命。既然不肯，俺這裏也索罷了。爹爹如今又教媒婆去説，老姥姥，你怎生與我對爹爹説歇了也好？（淨云）這是你爹爹主意，怎的肯聽我説？（貼云）老姥姥，你也説得是。

【桂枝香】（凡二首）（淨唱）書生愚見，忒不通變。不肯坦腹東床，謾自去哀求金殿。想他每就裏，想他每就裏，將人輕賤。小娘子，非爹苦纏，怕被人傳。（貼云）怕人傳甚的？（淨唱）道是相府公侯女，不能彀嫁狀元。

【前腔】（貼唱）百年姻眷，須教情願。他那裏抵死推辭，俺這裏不索留戀。想他每就裏，想他每就裏，有些兒牽絆。怕恩多成怨。滿皇都少甚麼公侯子，何須嫁狀元？

【大迓鼓】（凡二首）（淨唱）非干是你爹意堅，怕春花秋月，誤你芳年。況兼他才貌真堪羨，又是五百名中第一仙。故把姮娥，付與少年。

【前腔】(貼唱)姻緣本在天,若非人意,到底埋冤。料想赤繩不曾綰,多應他無玉種藍田。休强把姮娥,付與少年。

詩云:

(浄)匹配本自然,(貼)何須苦相纏。

(浄)眼前雖成就,(貼)到底也埋冤。

第十七齣

【北點絳唇】(凡一首)(末唱)夜色將闌,晨光欲散,把珠簾捲。移步丹墀,擺列着金龍案。

【北混江龍】(凡一首)(末唱)官居宫苑,謾道是天威咫尺近龍顔。每日間親隨車駕,只聽鳴鞭。去螭頭上拜跪,隨着那豹尾盤旋。朝朝宿衛,早早隨班。做不得卿相當朝一品貴,到先做他朝臣待漏五更寒。休嗟嘆,山寺日高僧未起,算來兀的名利不如閒。

(末云)自家是漢朝中一個小黄門。往來紫禁,侍奉丹墀。領百官之奏章,傳一人之命令。正是:主德無瑕闒宦集,天顔有喜近臣知。如今天色漸明,正是早朝時分,官裏升殿,怕有百官奏事,只得在此祗候。怎見得早朝?但見:銀河清淺,珠斗斕斒。數聲角吹落殘星,三通鼓報傳清曙。銀箭銅壺,點點滴滴,尚有九門寒漏;瓊樓玉宇,聲聲隱隱,已聞萬井晨鍾。曈曈朦朦,蒼茫紅日映樓臺;拂拂霏霏，葱菁瑞烟浮禁苑。裊裊巍巍，千尋玉掌，幾點瀼瀼露未晞；澄澄湛湛，萬里璇穹，一片團團月初墜。三唱天鷄，咿咿喔喔，共傳紫陌更闌；百囀流鶯，間間關關，報道上林春曉。午門外碌碌剌剌，車兒碾得塵飛；六宮裏嘔嘔啞啞，樂聲奏如鼎沸。只見那建章宮、甘泉宮、未央宮、長楊宮、五柞宮、長秋宮、長信宮、長樂宮，重重叠叠，萬萬千千，盡開了玉關金鎖；又見那昭陽殿、金華殿、長生殿、披香殿、金鑾殿、麒麟殿、太極殿、白虎殿，隱隱約約，三三兩兩，都捲上繡箔珠簾。半空中忽聽得一聲轟轟劃劃，如雷如霆，震耳的鳴鞘響；合殿裏只聞得一陣氤氤氲氲，非烟非霧，撲鼻的御爐香。縹縹緲緲，紅雲裏雉尾扇遮着赭黄袍；深深沉沉，丹陛間龍鱗座覆着彤芝蓋。左列着森森嚴嚴、前前後後的羽林軍、旗門軍、控鶴軍、神策軍、虎賁軍，花迎劍珮星初落；右列着濟濟鏘鏘、高高下下的金吾衛、龍虎衛、拱日衛、千牛衛、驃騎衛，柳拂旌旗露未乾。金間玉、玉間金，烱烱爍爍、燦燦爛爛的神仙儀從；紫映緋、緋映紫，行行列列、整整齊齊的文武官僚。螭頭陛下，立着一對妖妖嬈嬈、花容月貌，繡鸞袍、鴛鴦靴的奉引昭容；豹尾班中，擺着一對端端正正、銅肝鐵膽，白象簡、獬豸冠的糾彈御史。拜的拜，跪的跪，那一個敢挨挨搒搒縱諠譁？升的升，下的下，那一個不欽欽敬敬依理法？但願常瞻仙仗，聖德日新日新日日新；與群臣共拜天顔，聖壽萬歲萬歲萬萬歲。從來不信叔孫禮，今日方知天子尊。道由未了，一個奏事官早到。

【北點絳唇】（凡一首）（生唱）月淡星稀，建章宫裏千門曉。御爐烟裊，隱隱鳴鞘杳。忽憶年時，問寢高堂早。鷄鳴了，悶縈懷抱，此際愁多少？

（生云）不寢聽金鑰，因風想玉珂。明朝有封事，數問夜如何？自家爲父母在堂，今日上表辭官。天色已明，這裏是午門外廂，進入去咱。（末云）奏事官搢笏三舞蹈。

【神仗兒】（凡一首）（生唱）揚塵舞蹈，揚塵舞蹈，遥瞻天表。見龍鱗日耀，咫尺重瞳高照。遥拜着赭黄袍，遥拜着赭黄袍。

【滴溜子】（凡一首）（生唱）臣邕的，臣邕的，荷蒙聖朝。臣邕的，臣邕的，拜還紫誥。（末云）狀元莫非嫌官小？（生唱）念邕非嫌官小，那更家鄉萬里遥，雙親又老。干瀆天威，萬乞恕饒。

（末云）吾乃黄門，職掌奏章。有何文表，就此披宣。

【入破第一】（生跪唱）議郎臣蔡邕啓：今日蒙恩旨，除臣爲議郎之職，重蒙賜婚牛氏。干瀆天威，臣謹誠惶誠恐，稽首頓首。伏念微臣，初來有志，誦詩書力學躬耕修己，不復貪榮貴。事父母，樂田里，初心願如此而已。不想州司，謬取臣邕充試。到京畿，豈料愚蒙，叨居上第。

【入破第二】（生唱）又蒙聖恩，婚賜牛公女。臣草茅疏賤，如何當此隆遇？但臣親老，一從別後，光陰又幾？廬舍田園，荒蕪久矣。

【入破第三】（生唱）那更老親鬢垂白，筋力皆癯瘁。形隻影單，無兄弟，誰奉侍？况隔千山萬水，生死存亡，雖有音書難寄。最可悲，甘旨不供，我食禄有愧。

【入破第四】（生唱）不告父母，怎諧匹配？臣又聽得家鄉裏，遭水旱，遇荒饑。多想臣親必做溝渠之鬼，未可知。怎不教臣，悲傷淚垂？

（生哭科）（末云）此非哭泣之處，不得驚動天庭。

【入破第五】（生唱）臣享厚禄掛朱紫，出入承明地。惟念二親寒無衣，饑無食，喪溝渠。憶昔先朝朱買臣出守會稽，司馬相如持節錦歸。

【入破第六】（生唱）他遭遇聖時，皆得回鄉里。臣何故別父母，遠鄉閭，没音書，此心違？伏惟陛下特憫微臣之志，遣臣歸。得侍雙親，隆恩無比！

【入破第七】（生唱）若還念臣有微能，鄉郡望安置。庶使臣忠心孝意得全美，臣無任瞻天仰聖，激切屏營之至！

（末云）元來如此。狀元，吾當與汝轉達天聽，汝只在午門外廂伺候聖旨便了。疾忙擡步上金堦，傳達辭章奏帝臺。黄門口傳金語降，狀元耳聽玉音來。

【神仗兒】（凡一首）（生唱）揚塵舞蹈，揚塵舞蹈，見祥雲縹緲，想黄門已到。料應重瞳看了，多應是哀念我私情烏鳥。顒望斷九重霄。

【滴溜子】（凡二首）（生唱）天憐念，天憐念，蔡邕拜禱。雙親的，雙親的，死生未保。可憐恩深難報，一封奏九重，知他聽否？（生云）蔡邕的爹娘呵。（生唱）會合分離，都在這遭。

（生云）怎的黄門不見回報？想必是官裏准了。天那！若能彀回鄉侍奉父母，何須做官？（末奉聖旨唱）

【前腔】今日裏，今日裏，議郎進表。傳達上，傳達上，聖目看了。太師昨日先奏，把乘龍女婿招，多少是好？見有玉音傳降聽剖。

（末云）聖旨已到，跪聽宣讀。孝道雖大，終於事君。王事多艱，豈遑報父？朕以凉德，嗣此丕基。眷兹警動之風，未遂雍熙之化。爰招俊髦，以輔不逮。咨爾才學，允愜輿情。是用擢居議論之司，以求繩糾之益。爾當恪守乃職，勿有固辭。其所議婚事，可曲從師相之請，以成桃夭之化。欽惟時命，裕汝乃心。謝恩。（拜科）（生云）黄門大人，你與我再去一奏，我情願不做官。（末云）狀元好不曉事，聖旨誰敢違背？（生云）黄門大人不去時節，我只得自去面奏。（末云）這不是擅入之處。（生哭科）

【啄木兒】（凡二首）（生唱）我親衰老，妻幼嬌，萬里關山音信杳。他那裏舉目凄凄，俺這裏回首迢迢。他那裏望得眼穿怕兒不到，俺這裏哭得淚乾怕親難保。閃殺人一封丹鳳詔。

【前腔】（末唱）狀元。何須慮，不用焦，世上人離多歡會少。大丈夫當萬里封侯，肯守故園空老？畢竟事君事親一般道，人生怎全得忠和孝？却不道母死王陵歸漢朝？

【三段子】（凡一首）（生唱）天那！這懷怎割？望丹墀天高聽高。這苦怎逃？望白雲山遥路遥。（末唱）狀元，你做官與親添榮耀，高堂管取加封號。改换門閭，偏不是好？

【歸朝歡】（凡一首）（生唱）寃家的，寃家的，苦苦見招，俺媳婦埋寃怎了？饑荒歲，饑荒歲怎熬？俺爹娘怕不做溝渠中餓殍？（末唱）狀元，譬如四方戰争多征調，從軍遠戍沙場草，也只是爲國忘家怎憚勞。

詩云：

（生）家鄉萬里信難通，（末）争奈君王不肯從。
（生）情到不堪回首處，（合）一齊分付與東風。

第十八齣

【普賢歌】（凡三首）（丑唱）身充里正實難當，雜泛科差日夜忙。官司點義倉，並無些子糧。拚却拖翻吃大棒。

（丑云）我做鄉官管百姓，另是一般行逕。破靴破帽破衣裳，打扮須要厮稱。到府縣百般下情，下鄉村十分高興。取官糧大大做個官升，賣食鹽輕輕弄個喬秤。點催頭放富差貧，保解户欺軟怕硬。猛拚把持放潑，畢竟是個畢竟。誰知道天不由人，萬事皆由前定。詐得五兩十兩，到使五錠十錠。主人家不時要饋送，畫卯酉人多要顧倩。田園盡都典賣，並無寸土餘剩。叵耐廳前祇候，叵耐司房耍令。把我千樣凌辱，把我萬般晉併。動不動丢了破帽，打得我黄腫成病。幾番要自縊投河，不要這條性命。今番又點義倉，並無糧米抵應。若還把我拖翻，便叫高擡明鏡。小人也不是都官，也不是里正，休要錯打了平民。（内云）你是誰？（丑云）我是搬戲的副浄。（内云）休道出本來面目。（丑云）苦！往常間把義倉穀搬將家裏去，養老婆孩兒了。今日上司官點義倉，支穀賑濟貧民，那裏討穀？且無錢糴還。没奈何，把老婆賣了取錢糴穀還義倉。老婆出來。（浄云）老公，苦咳！點義倉那裏討穀？又着喫打。（丑云）没奈何，一夜夫妻百夜恩，你終不然教我喫打？這般荒年，又供膳不得，我如今把你賣幾貫錢，糴穀還義倉。（浄云）哼息！你怕喫打便賣老婆？老婆難得。（丑云）没奈何。（扯浄科云）一街兩市上户官人，里正賣老婆，誰要買麽？（浄云）我弗賣。（推丑科下）（丑云）好，好，討得好老婆！没奈何，只有一個孩兒把來賣罷。孩兒出來。（浄云）爹爹，你喫打自喫打，莫要賣我。（丑云）你來，我這孩兒極孝順。阿爹養孩兒，如何不愛惜？事到頭來，官司逼臨。往常將義倉穀家裏來喫，終不然都是我喫了？你也有分。子孫，如今我賣了你，取錢糴穀還官司。（浄云）苦咳！怕喫打便賣孩兒？孩兒難得。（丑云）依我説。（扯浄科云）一街兩市上户官人，里正賣孩兒，誰要買麽？（浄推科下）（丑云）好，好，養得好孩兒！這是我平日潑皮放刁的報應。没奈何，去與李社長嘀嘽看。轉彎抹角，這便是李社長家裏。李社長在家麽？（浄應科）

【前腔】（唱）身充社長管官倉，老少一家都賴倉裏養。（丑云）好好。你老小一家都賴倉裏養，如今事發了，如何擺佈？（浄唱）事發儘不妨，里正先喫棒。（丑云）尊兄，饒得你過麽？（浄唱）先打了都官，方打社長。

（浄云）老夫年傍八旬，家中只有三人。因充社長穀當，誰知也不安寧。又要告官書題粉壁，又要勸民栽種麻桑。又要管淘河砌磡，又要辦水桶麻繩。若有人家嫁娶，須索請我做賓。人人稱我的年高伏衆，個個叫我做社長官人。若得一紙狀子，强似廳上縣丞。原告許我銀子三錠五錠，被告送我猪脚五斤十斤。若還得了兩家物件，只得朦朧寫個回文。每日去幹得些小功德，竟不知自家家裏禍因。大的孩兒不孝不義，小的媳婦逼勒離分。單單第三個孩兒本分，常常將去了老夫的頭巾。激得老夫性發，只得唱個淘真。（丑云）陶真怎麼唱？（浄云）我唱，你和。（丑云）使得。（浄唱丑和）孝順還生孝順子，哩哩蓮花落。忤逆還生忤逆兒，哩哩蓮花落。不信但看簷頭水，哩哩蓮花落。點點滴滴不差移，哩哩蓮花落。且住，我特來有一件苦事與你説。（浄云）有甚苦事？（丑云）今日官司給散義倉，倉中又没有穀，如何是好？（浄云）既上司便來，你還不嘀嘍糴穀補數？你喫打也。（丑云）教我如何嘀嘍？穀都是你喫了，你自着嘀嘍。（浄云）我和你合陪些罷，你在這裏，我去相識家張外郎處，借些穀來影射便了。（丑云）你去便來，我開倉等你。（浄云）我去。只恐上山擒虎易，開口告人難。（浄下，丑開倉科，云）好義倉也没穀在倉裏，不知社長去借有無？（望科）妙哉！妙哉！社長借穀來了。（浄云）求人須求大丈夫，濟人須濟急時無。好！好！借得兩扛三石七斗四升八合零二百一十五粒在這裏。你上倉去，我在下送上與你。（上穀科）（丑云）妙哉！倉滿了。你去看上司官來了未？我在這裏封了倉。（浄云）我去。正是眼望旌捷旗，耳聽好消息。（浄下）（丑云）好了，有些穀省得喫打。相公來，不免去迎接則個。

【前腔】(外唱)親承朝命賑饑荒,躍馬揚鞭到此方。(丑接科)(外唱)疾忙開義倉,支與百姓糧,從實支收休説謊。

(外云)自家散糧官便是。今年民饑,朝廷有敕賑濟。左右,教里正將那收支數目來看。(丑見遞簿科)(外看云)原管二十九石,新收三十六石,除支一十九石,見在四十六石。(外云)開了倉。(末、丑開倉科)(外看云)這那得有四十六石?(丑云)相公,有。(外云)與他取了甘結。(末科)(外云)里正,去喚饑民來請穀。(丑云)小人去。一心忙似箭,兩脚走如飛。(丑下)(外云)這些穀那有四十六石?果少了,要那廝陪償便了。

【吴織機】(凡二首)(丑唱)肚又饑,眼又昏,家私没半分,女哭兒啼不可聞。聞知相公來濟民,請些官糧去救窘。

(丑云)相公可憐見。(外云)老的姓甚名誰?家裏有幾口?(丑云)小人姓丘名乙己,住上大村,有三千七十口。(外云)胡説。(丑云)告相公:上大人,丘乙己,化三千七十士。(末云)一口胡柴!(外云)你實有幾口?(丑云)小人夫妻兩口,孩兒兩口。(外云)支糧與他。(末與科,云)支四口糧了。(丑云)小人有五口。(外云)你説只有四口,如何有五口?(丑云)小人媳婦下面有一個口。(末云)戾家不識吕字法。(丑云)正是:一日不識羞,三日喫飽飯。(丑下)(外云)與他勾了帳。已支一名去了,怎的里正不見來?(末云)告相公:寧管千軍,莫管一夫。惹多百姓,如何喚得齊到?由他續後而來便了。

【前腔】(浄唱)嘆連朝,饑怎忍? 家中有八九人。前日老婆典了裙,今日媳婦又典裩,恰好官司來濟貧。

(浄云)相公救命。(外云)老的姓甚名誰? 有幾口? (浄云)小人姓大名比丘僧,住在祇樹給孤獨園,有一千二百五十口。(外云)胡説。(浄云)告相公:《彌陀經》中説,祇樹給孤獨園,與大比丘僧一千二百五十人俱。(末云)佛口蛇心! (外云)實有幾口? (浄云)有兩個媳婦,三個孩兒,和小人共六口。(外云)支糧與他。(末與科,云)六口糧支了。(浄云)小人還有一口。(末云)你説六口,那得七口? (浄云)小人老婆懷孕在肚裏,孩兒也要喫飯。(末云)且打你喫胎去。(浄云)正是: 今日得君提掇起,免教身在污泥中。(浄下)

【搗練子】(凡一首)(旦唱)嗟命薄,值年艱,含羞掩淚向人前。苦! 只恐公婆在家凝望眼。

(旦云)路當險處難迴避,事到頭來不自由。奴家長在深閨,豈識途路? 今日見官司支糧濟貧,免不得去請糧米,以救公婆之命。(見科)(外云)婦人,你姓甚名誰? (旦云)奴家姓趙,名五娘,是蔡伯喈的妻房。(外云)你丈夫那裏去,婦人家來請糧?

【普天樂】(凡一首)(旦唱)我兒夫一向留都下。(外云)你家裏有誰? (旦唱)只有年老爹和媽。(外云)更有誰? (旦唱)弟和兄更没一個。(外云)誰侍奉公婆? (旦唱)看承盡是奴家。(外云)如此,虧你了。(旦唱)歷盡苦,誰憐我? (外云)婦人不出閨門,何不使男子來請穀? (旦唱)相公,怎説得不出閨門的清平話？（外云）支糧與他。（末云）糧没了。（旦哭科，唱）苦！若無糧，我也不敢回家。（外云）怎的不敢回家？（旦唱）豈忍見公婆受餓？嘆奴家命薄，直恁摧挫。

（外云）左右，倉中穀不及原數，你去拿里正來，要那厮陪償。（末云）小人去。假饒走到焰摩天，脚下騰雲須趕上。（末下）（旦云）望相公主張些糧米，與奴家救濟公婆。（外云）不妨事，你且退一邊。（末押丑云）一似甕中捉鱉，手到拿來。（外云）倉中穀湊原數不來，是你偷了，快招伏。（丑云）自古道東量西折，如何教小人陪？我不招。（外云）你不招，拿來用刑去。（丑云）小人招了。（末督丑寫招科）（丑云）招狀人姓猫名狸，見年三十有餘。身上别無疾病，只有白帶不除。今與短狀招伏，蓋爲官糧久虧。説道義倉情弊，中間無甚蹺蹊。稻熟排門收斂，斂了各自將歸。並無倉廩盛貯，那有帳目收支？縱然有得些小，胡亂寄在民居。官司差人點視，便去糴穀支持。上下得錢便罷，不問倉實倉虚。假饒清官廉吏，也被我影射片時。東家借得十扛，西家借得五箕。但見倉中有穀，其間就裏怎知？年年把當常事，番番一似耍嬉。不道今年荒旱，不道今年民饑。不因分俵賑濟，如何泄漏天機？假饒奏到三十三天，里正都無罪過。（末云）爲甚的？（丑云）只是點糧詐錢的做馬做驢。招伏執結是實，伏乞相公裁旨。（外云）左右，拿那厮打了，押去陪償。（丑云）不要打，小人去陪來。（末押丑下云）懼法朝朝樂，欺公日日憂。（外云）快來！快來！（末押丑上云）假饒人心似鐵，怎逃官法如爐。里正陪償穀在這裏了。（外云）既有穀了，支與那婦人去。（旦云）多謝相公。（末與糧科，丑覷覷科，云）由你半路去，我好歹與你奪了。（旦云）謝得恩官爲主維，（丑云）只教中路受災危。（外云）正是當權若不行方便，

（末云）如入寶山空手回。（外、末、丑下）（旦云）一斟一酌，莫非前定。今日奴家去請糧，誰知道里正作弊，倉中無穀。若不得相公督併，里正陪償，奴家如何得這些穀回家，救濟公婆饑餓？正是：饑時得一口，强如飽時得一斗。（旦欲下丑攔住云）恩人相見，分外眼明；讐人相見，分外眼睁。我也會見你，快把穀還我，萬事皆休。（旦云）相公與奴家的穀，如何還你？（丑云）適來不是你只管告不了，相公如何教我陪納？這穀是我責老小責家私得來的，你如何把去？（丑奪科）（旦云）里正官人休搶，可憐奴家艱苦。（丑云）可憐你甚的？（旦云）聽奴家拜禀。

【鎖南枝】（凡十首）（旦唱）兒夫去，竟不還，公婆兩人都老年。自從昨日到如今，不能彀一餐飯。（丑云）你公婆没飯喫，干我甚事？（旦唱）奴請糧，他在家眼望穿。念我年老公婆，做方便。

（旦拜科）（丑云）不要拜！這般時年，做不得方便，將穀還我便了。

【前腔】（旦唱）鄉官可憐見，這是我公婆命所關。若是必須奪去，寧可脱下奴衣衫，就與鄉官换。（丑云）不要脱衣衫，你身上寒。（旦唱）寧使奴身上寒，只要與公婆救殘喘。

（丑云）娘子，罷，罷，你説起這話，都是孝心，我不忍問你要了，你去罷。（旦云）如此多謝。（丑躲科）

（旦云）謝天地，且喜里正去了，不免趲行幾步。（丑潜上奪科）（旦哭唱）

【前腔】奪將去，真可憐，公婆望奴不見還。縱然他不埋冤，道做媳婦有何幹？他忍饑，添我夫罪愆，教我怎見得兒夫面？

（旦云）我終久是死，這裏有一口井，不如投入井中。（欲投科）

【前腔】（唱）呀！將身赴井泉，思量左右難。我丈夫當年分散，叮嚀囑付爹娘，教我與他相看管。苦！我死却他形影單，夫婿與公婆，可不兩埋冤？

【前腔】（外上唱）媳婦去，不見還，教我在家凝望眼。（外跌旦扶科）（外唱）你在這裏閒行，教我望得肝腸斷。（外怒科）（旦云）公公息怒，待奴家告禀。（旦唱）奴請糧與你充午餐，又誰知被人騙。

（外云）媳婦，誰人騙你？（旦云）奴家請得些糧，到半路被里正奪去了。（外云）天那！元來被人騙了。

【前腔】（外唱）思量我命乖蹇，不由人不珠淚漣。料想終須饑死，不如早赴黄泉，免把你相牽絆。媳婦，婆老年，不久延，你須是好看管。

（外云）此間有一口古井，不免投入井中死休。

【前腔】（旦唱）公公，你若身傾棄，我苦怎言？公還死了婆怎免？兩人一旦身亡，教我獨自如何展？算來喫苦辛，其實難過遣，我痛傷悲只得强相勸。

【前腔】（外唱）媳婦，你衣衫盡皆典，囊篋已罄然。縱然目前存活，到底日久日深，你與我難相戀。衣食缺要行孝難，活冤家不如早拆散。（投井旦救科）

【前腔】（末挑穀上唱）不豐歲，荒歉年，生離死别真可憐。縱有八口人家，饑餓應難免。子忍饑，妻忍寒，痛哭聲恁哀怨。

（末云）相逢盡是饑寒客，安樂何曾見一人？呀！兀的不是蔡員外和小娘子，在這裏做甚麼？（相見科）（旦云）公公，一言難盡。奴家聞知給散義倉，去請些糧救濟公婆。誰想里正作弊，倉中無穀。謝得相公，督令里正陪納，分給與奴家。來到半途，又被里正奪去，將奴推倒。公公見説，要投井死，奴家在此勸解公公。

【前腔】（末唱）聽你説這言，我與你駡那厮鐵心腸的昧心漢。（旦云）大公，他去遠了。（末云）他去不遠，扯到官司定不輕放他。（外云）大公，我和你是良善人，不要與那强徒計較。只是眼下餓難忍。（外唱）員外，不須多慮，我請得些官糧，和你兩下分一半。（旦云）這是大公請的，如何使得？（末唱）休恁推，莫棄嫌。且將回，權做兩餐飯。

（旦云）如此，多擾公公。（末云）那厮雖去了，我心上好憤，我與你駡他一和。官司差設你爲里正，教你管着鄉都義倉，豐年積聚以爲荒歉之儲，你却與社長偷盗，致令賑濟不敷。比及這娘子到來請穀，倉中已自空虚，相公督併你陪納，於理不亦宜乎？你顛倒半途與他奪去，又將他推倒街衢。却不道救人一命，勝造七級浮屠？他公公見説要投井死，我倘若來遲，他險喪溝渠。你這般不仁不義，謾自家有嬴餘。空喫人的五穀，枉帶人的頭顱。身着人的衣服，一似馬牛襟裾。我歷數你從前過惡，真個罪不容誅。動不動逞凶行惡，你那些個恤寡憐孤？我若早來一步，放不過你這横死蠻驢。拚着七十年老命，和你生死在須臾。休休，人知的只道我好心睹是，不知我的道我恃老無藉之徒。小娘子，你丈夫當年出去，把爹娘託付與老夫。今日荒年饑歲，虧殺你獨自支吾。終不然我自飽暖，教你受饑寒勤劬？古語云：救災恤鄰，濟人須濟急時無。小娘子，你將這一半去胡亂救濟公婆。（與穀科）（旦云）謝得公公。

【洞仙歌】（凡三首）（旦唱）苦！我家私没半分，靠着奴此身。只要救公婆，豈辭多苦辛？（合唱）空把淚珠揾，誰憐饑與貧？這苦説不盡。

【前腔】（外唱）大公，我本爲泉下人，謝你救我一命存。（外云）大公，我虧了這個媳婦。（外唱）只怕不久身亡，報不得媳婦恩。（合前）

【前腔】（末唱）見説不可聞，況我托在隣。（外云）大公，這是你請的糧，只是不當受。（末唱）員外，終不然我享温飽，忍見你受窘？（合前）

詩云：

（旦）命薄多磨受苦辛，（外）不如身死早離分。

（末）惟有感恩并積恨，（合）萬年千載不成塵。

第十九齣

【蠻牌令】（丑一首）（丑唱）終日走千遭，走得我脚無毛。何曾見他湯水面？花紅不曾見半分毫。到不如做個虔婆頂老，也落得些鴨汁喫飽。窮酸秀才直恁喬，老婆與他，推故不要。

（丑云）我做媒婆老了，不曾見這般好笑。叵耐這一個秀才，老婆與他不要。別人見媒婆歡歡喜喜，他到和我尋爭尋鬧。老相公不肯干休，只管在家焦燥。把媒婆放在中間，旋得我七顛八倒。走得我鞋穿襪綻，説得我唇乾口燥。休休，也不怕你親事不成，也不怕你姻緣不到。只怕紅羅帳裏快活，不嫌媒婆聒噪。這裏是狀元貴館，請狀元相見。呀！狀元來了。

【金蕉葉】（凡一首）（生唱）愁多怨多，俺爹娘知他怎麽？擺不脱功名奈何，送將來冤家怎躲？

（丑見科，云）狀元，賀喜！賀喜！牛太師選定今日婚姻，請狀元早赴佳期。（生云）天那！這事如何是好？（丑云）狀元，事皆前定，不必再推。

【三換頭】（凡二首）（生唱）苦！名韁利鎖，先自將人摧挫。況鸞拘鳳束，甚日得到家？也休怨他。這其間，只是我，不合來，長安看花。悶殺我爹娘也，淚珠空暗墮。（合唱）這段姻緣，只是我無如奈何。

【前腔】(丑唱)鸞臺妝罷，鵲橋初駕。佳期近也，請仙郎到河。(生云)媒婆，我和你去時不妨，只是一心掛着兩頭，如何是好？(丑唱)狀元，此事明知牽掛，這其間，只得把，那壁廂，且都暫捨。況他奉着君王詔，怎生却了他？(合前)

(丑云)狀元，轎馬齊備在門首，請早赴佳期。(生云)媒婆，你先行，我隨後便來。

詩云：

(丑)趁早赴佳期，(生)悲怨豈歡娱。

(丑)情知不是伴，(生)事急且相隨。

第二十齣

【傳言玉女】(凡一首)(外唱)燭影揺紅，簾幕瑞烟浮動，畫堂中珠圍翠擁。粧臺對月，似鸞鶴神仙儀從。玉簫聲裏，一雙鳴鳳。

(外云)左右何在？(末云)畫堂深處風光好，别是人間一洞天。(外云)左右，我今日與小姐女婿姻，筵席安排了未？(末云)安排完備了。(外云)怎見得？〔水調歌頭〕(末云)但見：屏開金孔雀，褥隱繡芙蓉。獸爐香裊，蓮臺絳蠟吐春紅。廣設珊瑚席子，高把真珠簾捲，環列翠屏風。人間丞相府，天上蕊珠宫。錦遮圍，花爛熳，玉玲瓏。繁絃脆管，歡聲鼎沸畫堂中。簇擁金釵十二，座列三千珠履，談笑盡王公。正是：門闌多喜氣，女婿近乘龍。告相公，遠遠望見一簇人馬，想是狀元來了。

【女冠子】（凡一首）（生唱）馬蹄篤速，傳呼齊擁雕轂。（外唱）宮花帽簇，天香袍染，丈夫得志，佳婿乘龍。

（外云）惜春，狀元已到，請小姐出來。（内云）小姐來也。

【前腔】（貼唱）妝成聞喚促，又將粉面重遮，羞娥輕蹙。（浄、丑唱）這姻緣不俗，（合唱）金榜題名，洞房花燭。

（外云）狀元和小姐，各立一邊，請擯相讚禮。（浄云）請相公告廟：維大漢太平年，團圓月，和合日，吉利時，嗣孫牛太師，敢昭告於牛氏堂上三代宗親神位前。今有女孫，年已及笄，蒙聖旨招陳留郡人新狀元蔡伯喈爲婿。以此吉辰婣姻，敢申虔告。（末云）告廟禮畢，惜春姐揭蓋。（丑云）伏以窈窕青娥二八春，綠雲之上覆方巾。玉纖揭起西川錦，露出嬌容賽玉真。（末云）老姥姥，請喝拜。（浄云）竊以禮重婚姻，玆實人倫之大；義當配耦，爰思宗事之承。張設青盧，熒煌花燭。祀供蘋藻，首嚴見廟之儀；贄備棗榛，抑講拜堂之禮。集珠履玳簪之客，環金釵玉珥之賓。慶會良辰，觀光盛事。香熏寶鴨，香騰裊裊之烟；步擁金蓮，請下深深之拜。請新人拜天地。

【下山虎】（凡四首）（生唱）深深下拜，拜謝神明天地與三光，覆載照臨。（貼唱）最喜人惟求舊世結朱陳，惟願百年同歡慶。（合唱）姻緣事，前世因，那更赤繩曾綰定。月老新書注得分明，果然雙雙成秦晉。

（浄云）請新人拜牛氏堂上三代宗親。

【前腔】（生唱）深深下拜，拜上宗親。愧以身爲質，又乏烏羊爲聘。（貼唱）今日喜諧伉儷，奠雁告成，伏望先靈悉慰心。（合前）

（浄云）請新人拜晝錦堂上泰山丈人。

【前腔】（生唱）深深下拜，拜謝丈人。喜竇窗中選，只恐難報深恩。（外唱）嫁女不離家，因光百兩盈門。都緣因親不失親。（合前）

（浄云）請新人交拜。

【前腔】（外唱）孩兒，你夫妻交拜，相見如賓。（末唱）恰如蕭史逢弄玉，鸞鳳和鳴。（浄唱）一個守着糟糠，終不易心。（丑唱）一個慕着荆釵爲聘。（合前）

（浄云）拜儀已畢，禮意云週。伏願從今以後夫妻和順，琴瑟諧和。夢協熊羆，即見多男之喜；吉占鸞鳳，求符八代之昌。太上老君急急如律令，敕。（末云）呀！請他怎的？（浄云）請他來大家招狀元爲婿。（末云）休閒説。左右，將酒過來，與狀元把酒。（末云）酒在此。

【畫眉序】（凡四首）（生唱）攀桂步蟾宫，豈料絲蘿在喬木。喜書中今日，有女如玉。堪觀處絲幕牽紅，恰正是荷衣穿緑。（合唱）這回好個風流婿，偏稱洞房花燭。

【前腔】（外唱）君才冠天禄，我的門楣稍賢淑。看相輝清潤，瑩然冰玉。光掩映孔雀屏開，花爛熳芙蓉裀褥。（合前）

【前腔】（貼唱）頻翠少膏沐，金鳳斜飛鬟雲矗。喜逢他蕭史，愧非弄玉。清風引珮下瑶臺，明月照粧成金屋。（合前）

【前腔】（净唱）湘裙顫六幅，似天上姮娥降塵俗。喜藍田今日種成雙玉。風月賽閬苑三千，雲雨笑巫山二六。（合前）

【滴溜子】（凡一首）（生唱）謾説道姻緣，果諧鳳卜。（悲科）細思之，此事豈吾意欲？有人在高堂孤獨。可惜新人笑語喧，不知舊人哭。兀的東床，難教我坦腹。

【鮑老催】（凡一首）（丑唱）翠眉謾蹙，赤繩已繫夫婦足，芳名已註婚姻牘。狀元，空嗟怨，枉嘆息，休推故。畫堂富貴如金谷。休戀故鄉生處好，受恩深處親骨肉。

【滴滴金】（凡一首）（末唱）金猊寶篆香馥郁，銀海瓊舟泛醽醁，輕飛翠袖呈嬌舞。囀鶯喉，歌麗曲，歌聲斷續，持觴勸酒人共祝。人共祝，百年夫婦永睦。

【鮑老催】（凡一首）（合唱）意深愛篤，文章富貴珠萬斛，天教艷質爲眷屬。似蝶戀花，鳳棲梧，鸞停竹。男兒有書須勤讀，書中自有黄金屋，也自有千鍾粟。

【雙聲子】（凡一首）（合唱）郎多福，郎多福，看紫綬黄金束。娘分福，娘分福，看花誥紋犀軸。

兩意睦，兩意睦；　豈非福，豈非福。似紋鸞綵鳳，兩兩相逐。

【餘文】(合唱)郎才女貌真不俗，占斷人間天上福，富貴榮華萬事足。

詩云：

(外)清風明月兩相宜，(生)女貌郎才天下奇。

(貼)正是洞房花燭夜，(合)果然金榜掛名時。

第二十一齣

【薄倖】(凡一首)(旦唱)野曠原空，人離業敗。盡心行孝，力倦形衰。幸然爹媽，此身康泰。恓惶處，見慟哭饑人滿道，嘆舉目將誰倚賴？

(旦云)曠野蕭疏絕烟火，日光慘淡黯村塢。死別空原婦泣夫，生離他處兒牽母。睹此恓惶實可憐，思量自覺此身難。高堂父母老難保，上國兒夫去不還。力盡計窮淚亦竭，淹淹氣盡知何日？空原黃土漫成堆，誰把一杯掩奴骨？　奴家自從丈夫去後，頓遭饑荒。衣衫首飾，盡皆典賣，家計蕭然。爭奈公婆年老，死生難保，朝夕又無甘旨承奉，只得鉀鑼幾口淡飯，與公婆充饑。奴家自把些米皮糠鉀鑼吃，苟留殘喘。又怕公婆知道，添他煩惱。奴家喫時，只得迴避他。(鉀鑼飯科，云)飯已熟了，不免請公公婆婆喫飯則個。呀！　公公婆婆早來。

【夜行船】（凡一首）（外唱）苦！忍餓擔饑，未知何日了，孩兒一去無音耗。（浄唱）甘旨誰供？米糧缺少。（合唱）天那！真個死生難保。

（旦見排飯科，云）請公公婆婆喫早膳。（浄云）媳婦，有些菜蔬麽？（旦云）没有。（浄云）有些下飯麽？（旦云）也没有。（浄云）咳！街上有魚賣，如何不買些？（旦云）無錢可買。（浄怒云）賤人，前日喫飯也有些菜蔬，今日只得一口淡飯，教我怎麽喫？擡去！擡去！（外云）阿婆，這般時年，胡亂喫幾口罷，分甚麽好歹？

【鑼鼓令】（凡二首）（浄唱）我終朝裏受餒，賤人！你將這淡飯教我怎喫？疾忙便擡，非干是我有些饞態。

【前腔】（外唱）阿婆，你看他衣衫都解，好茶飯教他將甚麽去買？苦！兀的是天災，教他婦人家難布擺。

【前腔】（旦唱）婆婆息怒且休罪，待奴霎時收去再安排。（合唱）思量到此，淚珠滿腮。看看做鬼，溝渠裏埋。縱然不死也難捱，教人都怨、怨着蔡伯喈。

【前腔】（浄唱）如今我試猜，多應他犯着獨噇病來。（外云）如何見得？（浄唱）他背地裏自喫些魚菜。（外云）阿婆，他那裏得錢去買？（浄唱）阿公，我喫飯他緣何不在？這些意兒真乃是歹。

【前腔】（外唱）阿婆，他和你甚相愛，不應反面直恁乖。（旦背身唱）我千辛萬苦，有甚疑猜？可不道我臉兒黄瘦骨如柴？（合前）

（净云）賤人！　擡去，擡去！　這些淡飯教我怎的喫？（外云）媳婦，婆婆喫飯不得，你且收拾去了。（旦收科）（净云）快些擡去。（旦云）待奴家去買些菜蔬，再安排來。（净云）你去！　你去！　（旦云）正是：　啞子謾嘗黄栢味，難將苦口向人言。（旦下）（净云）阿公，親的到底只是親，親生孩兒不留在家，今日到倚靠媳婦供養。你呵，前番兀自有些鮭菜，這幾番只得些淡飯，教我怎的喫？　更過幾日，和淡飯也没有。你看他前日自喫飯時節，百般躲避我，敢是他背地裏自買些下飯受用分曉？（外云）阿婆，休錯埋冤了人，我看這媳婦不是這般樣人。（云）恁的，等他自喫飯時節，我和你潛地裏去探一探，方知端的。（外云）也説得是。

詩云：

（外）荒年有飯休思菜，（净）媳婦無良把我虧。
（外）渾濁不分鰱共鯉，（合）水清方見兩般魚。

第二十一齣

【山坡羊】（凡二首）（旦唱）亂荒荒不豐稔的年歲，遠迢迢不回來的夫婿。急煎煎不耐煩的二親，軟怯怯不濟事的孤身已。苦！衣衫盡典，寸絲不掛體。幾番要賣了奴身已，争奈没主公婆，却教誰管覷？（合唱）思之，虚飄飄命怎期？難捱，實丕丕的災共危。

【前腔】（旦唱）滴溜溜難窮盡的珠淚，亂紛紛難寬解的愁緒。骨崖崖難扶持的病體，戰兢兢難捱過的時和歲。（旦云）這糠呵，（旦唱）我待不喫你，教奴怎忍饑？我待喫你，教奴怎的喫？苦！思量起來，不如忍餓奴先死，圖得個不知他親死時。（合前）

（旦云）奴家早上安排些飯與公婆喫，非不欲買些菜蔬，争奈無錢可買。不想婆婆抵死埋冤，道奴家背地喫了甚麽。不知奴家喫的却是米皮糠，喫時不敢教他知道，只得迴避。便埋冤殺了，也不敢分説。苦！這糠怎的喫得？只得胡亂喫幾口充饑則個。（喫吐科）

【孝順歌】（凡四首）（旦唱）嘔得我肝腸痛，珠淚垂，喉嚨尚兀自牢嗄住。糠，你遭礱被舂杵，篩你簸颺你，喫盡控持。好似奴家身狼狽，千辛萬苦皆經歷。苦！苦人喫着苦味，兩苦相逢，可知道欲吞不去。（外净潛上探科）

【前腔】（旦唱）糠和米，本是相倚依，被人簸颺作兩處飛。一賤與一貴，好似奴家與夫婿，終無見期。（旦云）丈夫，你便是米麽？（旦唱）米在何方没尋處。（旦云）奴便是這糠麽？（旦唱）怎的把糠來救得人餓餒？好似我兒夫出去，怎的教奴家供贍得公婆甘旨？（不喫科）（外、净潛下科）

【前腔】（旦唱）思量着我生無益，死又值甚的？不如忍饑死了爲餓鬼。（旦云）只一件。（旦唱）公婆老年紀，靠奴家相依倚，只得苟活片時。片時苟活雖容易，到底日久也難相聚。謾把這糠來相比。（旦云）這糠呵，（旦唱）尚兀自有人喫，奴家的骨頭，知他埋在何處？

（外、浄上探，云）媳婦，你在這裏説甚麼？（旦云）奴家不曾説甚麼。（旦遮糠科）（浄云）你遮藏的是甚麼？（旦云）没有甚麼。（浄搜碗科，云）阿公，你看麼，他真個背地裏自買東西饆饠喫。這賤人好打呵！（外云）阿婆，你把他喫的來看是什麼物事？（浄云）你喫得好！喫得好！與我也喫些。（旦云）公公婆婆，你喫不得。（浄喫吐科）（外云）媳婦，是什麼東西？

【前腔】（旦唱）這是穀中膜，米上皮。（外云）呀！這是糠，將來何用？（旦唱）將來饆饠堪療饑。（外、浄云）這糠是犬豕喫的，你怎的喫得？（旦唱）嘗聞古賢書，狗彘食人食，也强如草根樹皮。（外、浄云）這的東西不嗄殺了你？（旦唱）嚙雪吞氈，蘇卿猶健。餐松食栢，到做得神仙侶。縱然喫些何慮？（旦云）公公婆婆，這糠該是奴家喫的。（外、浄云）胡説！偏你如何喫得？（旦唱）爹媽休疑，奴須是你孩兒的糟糠妻室。

（外、浄哭科，云）媳婦，你這糠喫幾時了？（旦云）喫一月多了。（外、浄云）兀來錯埋冤了人，兀的不痛殺我也。（外、浄苦噎死科）（旦叫科）

【雁過沙】（凡五首）（旦唱）苦！沉沉向冥途，空教奴在耳邊呼。公公婆婆，我不能彀盡心相奉事，翻教你爲我歸黃土。天那！傍人道你死緣何故。公公婆婆，你怎生便割捨抛棄奴？

（外醒科）（旦云）呀！謝天謝地，公公醒了。

【前腔】（外唱）媳婦，你擔饑事姑舅，你擔饑怎生度？（旦云）公公且自寬心。（外唱）媳婦，你喫糠，將飯食供舅姑，我如今始信有糟糠婦。媳婦，我料應不久歸陰府，休將我死的，把你生的受苦。

（旦扶外科，云）公公，你且這在床上歇一歇，待我看婆婆如何？

【前腔】（旦唱）婆婆，你若死，教我怎生度？我千辛萬苦回護，丈夫，如今到此難回護。我只愁母死難留父。況衣衫盡解，囊篋又無。

（外云）媳婦，你快扶婆婆起來。（旦云）婆婆如何還不醒？

【前腔】（外唱）我當初不尋思，教孩兒往帝都。把媳婦閃得苦又孤，把婆婆送入黃泉路。算來是我相擔誤。（外云）媳婦，婆婆若死了呵。（外唱）不如我死，免把你再辜負。

（旦云）公公休説那話，請自將息。（旦叫科，云）媳婦不濟事了，四肢皆冷，如何是好？

【前腔】（旦哭唱）婆婆氣全無，教奴怎支吾？婆婆，你如何捨得棄了奴？苦！也不曾有半句親分付。（旦云）又一件。（旦唱）目前送死何人助？況衣衾棺槨，是件皆無。

（外云）媳婦，婆婆死了，衣衾棺槨，如何處置？（旦云）公公寬心，奴家自當區處。婆婆不省人事了，且扶入裏面去。正是：青龍共白虎同行，吉凶事全然未保。（旦扶淨下）（末云）福無雙至猶難信，禍不單行却是真。老夫爲甚説這兩句？爲鄰家蔡伯喈的妻房，名喚做趙氏五娘子，嫁得伯喈秀才，方纔兩月，丈夫便出去赴選。自去之後，連年饑荒。家裏只有公婆兩口，年紀八十之上。甘旨之奉，虧殺這小娘子，把衣服首飾之類，盡皆典賣，糴些糧米，做飯與公婆喫，他却背地裏把些米皮糠粺糲充饑。這般荒年饑歲，少什麽有三五個孩兒的人家，供贍不得爹娘。這小娘子真個今人中少有，古人中難得。公婆不知道，顛到把他埋冤。今來聽得他公婆知道，却又用心，都害了，俺如今去他家裏探取消息則個。（看科）來的却是蔡小娘子，怎麽恁的走得謊？（旦云）天有不測風雲，人有旦夕禍福。（見科）公公，我的婆婆方纔死了。（末云）你婆婆如何便死了？（旦云）實不瞞公公説，奴家因此饑荒，糴些糧米，止可做飯與公婆喫，自家把米皮糠粺糲充饑。今日公婆看見，兩個痛苦哽咽死了。奴家荒忙救得公公醒了，不想婆婆氣絶身死。（末云）呀！你婆婆既死了，你公公如今在那裏？（旦云）在這床上睡着。（末云）待我去看一看。（外云）張大公休怪，我起來不得。（末云）老員外，快不要勞動。（旦云）公公，我婆婆死了，衣衾棺槨，是件皆無。丈夫又不在家，我衣衫首飾典賣盡了，教我如何區處？公公可憐見，相濟則個。（末云）不妨。你婆婆衣衾棺槨之費，皆出於我，你但盡心承直公公便了。（旦哭科）

【玉包肚】（凡三首）（旦唱）千般生受，教奴家如何措手？終不然把他骸骨，没棺槨送在荒坵？（合唱）相看到此，不由人不珠淚流，正是不是冤家不聚頭。（末唱）

【前腔】小娘子，不須多憂，送你婆婆，是吾身上有。你但小心承直公公，莫教又成不救。（合

前）

【前腔】（外唱）張公扶救，我媳婦實難啓口。孩兒别後，又遇饑荒，把衣衫典盡無留。（合前）

（末云）老員外，你進裏面去歇息，待我一霎時教家童討棺木來，把老安人殯斂，送去南山安葬便了。

（外、旦云）多謝大公周濟，感恩不盡。

詩云：

（旦）只爲無錢送老娘，（末）須知此事有商量。

（外）歸家不敢高聲哭，（合）只恐猿聞也斷腸。

蔡中郎忠孝傳卷之二

蔡中郎忠孝傳卷之三

第二十三齣

【一枝花】（凡一首）（生唱）閒庭槐影轉，深院荷香滿。簾垂清晝永，怎消遣？十二欄杆，無事閒凭遍。困來把湘簟展，夢到家山，又被翠竹敲風驚斷。

〔南鄉子〕（生云）翠竹影摇金，暑殿玲瓏映碧陰。人静晝長，無事謾沉吟，碧酒金樽懶去斟。幽恨苦難尋，離别經年没信音。寒暑相催人易老，關心，却把閒愁付玉琴。院子，將琴書過來。（末云）黄卷看來消白日，朱絃動處引清風。炎蒸不到珠簾下，人在瑶池閬苑中。相公，琴書在此。（生云）你與我教兩個學童出來。（叫科）

【金錢花】（凡一首）（净、丑唱）自小承直書房，書房；快活其實難當，難當。只管打扇與燒香，荷亭畔，好乘涼。喫飽飯，上眠床。

（見科）（生云）這琴是我在先得此材於爨下斵成，名曰焦尾。自來此間，久不整理。今日當此清涼，試操一曲，以舒悶懷。你三人一個搧涼，一個燒香，一個管文書。搧涼的不要壞了扇子，燒香的不要滅了香爐，管文書的不要掉了文書。三人互相覺察，違者施行。（衆云）領鈞旨。（生撫琴科）（丑、浄搧滅末香）（浄云）告相公，院子滅了香爐。（生云）拿那厮來，背起打十三。（打科）（生云）那厮不中用，不要他燒香，教他搧涼。（末云）領鈞旨，小人搧涼。

【懶畫眉】（凡三首）（生唱）强對南薰奏虞絃，只見指下餘音不似前，那些個流水共高山？呀！只見滿眼風波惡，似離别當年懷水仙。

怎生不搧涼？（末荒科）（浄、丑云）告相公，院子壞了扇。（生云）背起打。（打科）（生云）那厮不中用，不要他搧涼，只教他管文書，你搧涼。（丑云）領鈞旨。學童搧涼。

【前腔】（生撫琴科，唱）頓覺餘音轉愁煩，還似寡鵠孤鴻和斷猿，又如别鳳乍離鸞。呀！只見殺聲絃中見，莫不是昔日螳螂來捕蟬？

（末困，浄、丑偷書科，云）告相公，院子掉了文書。（生云）再背起打。（打科）（生云）你來管文書，他依舊燒香。（浄云）領鈞旨。小人把書。

【前腔】（生撫琴科，唱）日暖藍田玉生烟，一似望帝春心托杜鵑，好姻緣翻做惡姻緣。呀！只怕眼底知音少，争得鸞膠續斷絃？

（浄云）告相公，院子來偷文書。（生云）這廝真個不中用，你看滅了香爐，壞了扇。（末云）告相公，兩個學童厮粧騙。（浄云）文書險被你來偷，虧我准備一條大粗綫。（生云）夫人來，你且回避。（末、浄、丑云）正是：天上人間，方便第一。

【滿江紅】（凡一首）（貼唱）嫩緑池塘，梅雨歇南薰初轉。瞥然見清涼華屋，乍飛乳燕。簟展湘波紈扇冷，歌傳《金縷》瓊巵暖。（合唱）使炎蒸不到水亭中，把珠簾捲。

（相見科）（貼云）相公元來在此操琴。奴家久聞相公高於音樂，如何來到此間，絲竹之音，杳然絶響？相公，今日試操一曲。（生云）夫人，你要聽琴，彈甚麼曲好？（貼云）《雉朝飛》到好。（生云）彈他做甚麼？這是無妻的曲，我少甚麼媳婦？（貼云）胡説！如何少甚媳婦？（生彈科，云）呀！錯了也。只有個媳婦，到彈個《孤鸞寡鵠》。（貼云）一對夫妻正和美，説甚麼孤寡？（生云）你不知我自有孤寡處，彈一個《昭君怨》好麼？（貼云）夫妻正快活，説甚麼怨？（生云）你不知我自有怨處。（貼云）相公，當此夏景，彈個《風入松》到好。（生云）這個却好。（彈科）（貼云）相公，你彈錯了，這是《別鶴》。（生云）是錯了，我再彈。（貼云）呀！相公，又錯了，這是《思歸引》。（生云）咳！是又錯了。（貼云）相公恁的會差？莫不是特地賣弄，欺落奴家？（生云）不是，這絃不中彈。（貼云）這絃怎的不中彈？（生云）當元是舊絃，俺彈得慣，這是新絃，俺彈不慣。（貼云）舊絃在那裏？（生云）舊絃撇下多時了。（貼云）爲甚麼撇下了？（生云）只爲有這新絃，便撇了舊絃。（貼云）怎的不把新絃撇了，用那舊絃？（生云）便是舊絃也撇不得，新絃也解不下。

【桂枝香】（凡二首）（生唱）危絃已斷，新絃不慣。舊絃再上尤難，我待撇了新絃難换。一彈再鼓，一彈再鼓，又被宫商錯亂。（貼云）你敢心變了？（生唱）非干心變，這般好涼天。正是此曲纔堪聽，又被風吹别調間。

【前腔】（貼唱）非彈不慣，只是你意慵心懶。你彈一個《寡鵠孤鸞》，又彈個《昭君宫怨》，那更《思歸》《别鶴》，《思歸》《别鶴》，無非愁嘆。（貼云）相公，你心裏多敢想着誰？（生云）不想甚麽人。（貼唱）你有何難見？既不然，（貼云）我理會得了。（貼唱）你道彈與知音聽，不是知音不與彈。

（生云）卑人豈有此意？（貼云）這個也由你，畢竟是你心裏不歡喜，無心彈。何似教惜春安排酒，與你消遣則個？（生云）我懶飲酒，待去睡也。（貼云）休阻妾意。惜春，將酒來。

【燒夜香】（凡一首）（浄唱）樓臺倒影入池塘，緑樹陰濃夏日正長。（丑唱）一架荼蘼滿院香，（合唱）飲霞觴。捲起簾兒，明月正上。

（見科）（貼云）斟酒過來，我勸相公一杯。（丑云）酒在此。（相勸科）

【梁州序】（凡四首）（貼唱）新篁池閣，槐陰庭院，日永紅塵隔斷。碧欄杆外，寒飛漱玉清泉。只覺香肌無暑，蕙質生風，翠簟琅玕展。晝長人困也，好清閒，忽聽棋聲驚晝眠。（合唱）《金縷》唱，碧筒勸，向冰山雪檻開華宴。清世界，幾人見？

【前腔】（生唱）薔薇簾箔，荷花池館，一陣風來香滿。香奩日永，香銷寶篆沉烟。謾有枕攲寒玉，扇動齊紈，怎遂得黄香願？（悲科）（貼云）相公，爲甚麽下淚？（生唱）猛然心地熱，透香汗，欲向南窗一醉眠。（合前）

【前腔】（貼唱）向晚來雨過南軒，見池面紅粧零亂。漸輕雷隱隱，雨收雲散。風送荷香十里，新月一鈎，此景佳無限。（合唱）蘭湯初浴罷，晚粧殘，深院黄昏懶去眠。（合前）

【前腔】（生唱）柳陰中忽噪新蟬，見流螢飛來庭院。聽菱歌何處？畫船歸晚。只見玉繩低度，朱户無聲，此景尤堪羨。（合唱）起來攜素手，鬢雲亂，月照紗厨人未眠。（合前）

【節節高】（凡二首）（浄唱）漣漪戲彩鴛，把露荷翻，清香瀉下瓊珠濺。香風扇，芳沼邊，閒亭畔。坐來不覺神清健，蓬萊閬苑何足羨？（合唱）只恐西風又驚秋，不覺暗中流年换。

【前腔】（生唱）清宵思爽然，好涼天，瑶臺月下清虚殿。神仙眷，開玳筵，重歡宴。從教玉漏傳銀箭，水晶宫裏把笙歌按。（合前）

【餘文】（合唱）光陰迅速如飛電，好良宵可惜漸闌，拚取歡娱歌笑喧。

（生云）譙樓上幾鼓了？（衆云）三鼓了。

詩云：

（貼）歡娱休問夜如何，（生）此景良宵能幾何。

（浄）遇飲酒時須飲酒，（丑）得高歌處且高歌。

第二十四齣

【霜天曉角】（凡二首）（旦唱）難捱怎避，災禍重重至。最苦婆婆死矣，公公病又將危。

【前腔】（旦唱）含悲忍哭，吉凶應難卜。今日公公危篤，煎熟藥進一服。

（旦云）屋漏更遭連夜雨，破船又被打頭風。奴家自從婆婆死後，萬千狼狽。誰知公公一病，又將危篤。如今贖得些藥，安排煎了，不免更安排一口粥湯。（煎藥科）

【犯胡兵】（凡二首）（旦唱）囊無半點挑藥費，良醫怎求？縱然救得目前，飯食何處有？料應難到後。謾説道有病遇良醫，饑荒怎救？

（旦云）公公這病呵。

【前腔】（旦唱）千愁萬苦恁生受，粧成這症候。（旦云）便做這藥喫時呵。（旦唱）縱然救得目前，怎免得憂與愁？料應不會久。（旦云）他只爲不見孩兒麽，這病何時可？（旦唱）除非子孝父心寬，方纔可救。

（旦云）藥已熟了，且扶公公出來喫些藥，看如何？（旦下扶外上）

【霜天曉角】（凡二首）（外唱）悄然魂似飛，料應不久矣。縱然擡頭强起，形衰倦，怎支持？

【前腔】（外唱）神魂瞑目，猶如風前燭。天那！最苦辛勤媳婦，親生子何能睹？

（旦云）公公寬心。藥熟了，你喫些。（外云）我喫不得藥了。

【香遍滿】（凡二首）（旦唱）論來湯藥，須索是子先嘗方進父母。公公，莫不爲無子先嘗，你尋思苦？（外喫藥吐科）（旦云）呀！藥俱吐了。（外云）媳婦，我喫不得了。我只早死了，免得累你。

（旦云）公公，你只索鬧閧，怎捨得一命殂？（外哭云）媳婦，你喫糠，省錢贖藥我喫，可不虧了你？

（旦唱）苦！元來你不喫這藥，也只爲我糟糠婦。

（旦云）公公喫藥不得，喫些粥。（外喫吐科）（旦云）天那！粥又吐了。

【前腔】（旦唱）你萬千愁苦，堆積在悶懷，成氣蠱，可知道喫了吞還吐。（外云）媳婦，我敢不濟事了，必是死也。孩兒又不回來，只是虧了你。（旦云）公公，且寬心，不要煩惱。（旦背哭唱）怕添親怨憶，暗將珠淚墮。（旦云）公公，你再喫一口粥湯。（外哭云）媳婦，你喫糠，却教我喫粥，怎的喫得下？

（旦云）苦！元来你不喫粥，也只爲我糟糠婦。

（外云）媳婦，我死也不妨，只虧了你。你近前來，我有言語分付你。（外跌拜科）（旦云）公公如何跌倒去？（外云）我謝你。

【歌兒】（凡四首）（外唱）媳婦，我三年間謝你相奉侍，只恨我孩兒把你相耽誤。我待報你深恩，待來生我做你的媳婦。（合唱）怨只怨蔡伯喈不孝子，苦只苦趙五娘辛勤婦。

【前腔】(旦唱)尋思，我一怨你死後有誰來祭祀，二怨你有孩兒不得他相看顧，三怨你三年間没一個飽暖的日子。(合唱)三載相看甘共苦，一朝分别難同死。

(外云)媳婦，我死呵。

【前腔】(外唱)你將我骨頭休埋在土。(旦云)呀！公公，不埋在土，却不暴露了？(外云)我當初不合教孩兒出去，誤得你恁的受苦。(外唱)我甘受折罰，任取屍骸露。(旦云)公公休恁説，被人笑話。(外云)媳婦，不笑你。(外唱)留與傍人，道蔡邕不葬親父。(合唱)怨只怨蔡伯喈不孝子，苦只苦趙五娘辛勤婦。(旦唱)思之。

(旦云)公公死呵。

【前腔】(旦唱)公婆已得做一處所，料想奴家不久歸陰府。苦！可憐一家三個怨鬼在冥途。(合唱)三載相看甘共苦，一朝分别難同死。

(外云)我病危了，你與我請張大公過來。(旦云)張大公已自來了。(末云)歲歉無夫婿，家貧喪老親。可憐貞潔女，日夜受艱辛。(相見科)(末云)小娘子，你公公病症如何？(旦云)大公，公公病症十分危篤。(末云)如此，待我向前看一看。老員外，你病體如何？(外云)張大公，我不濟事了，畢竟是死。你來得恰好，我憑你爲証，寫下遺囑與媳婦收執。我死後，教他休守孝，早早改嫁。(旦云)公公，你休恁的説。自古道：忠臣不事二君，烈女不更二夫。豈有此理？(外云)媳婦，取紙筆過來。(旦云)公公，奴家生是蔡郎妻，死是蔡郎婦。公公，休要寫。（末云）小娘子，休逆他，嫁與不嫁在乎你；且取紙筆來。（旦云）恁的，紙筆在此。

【羅帳裏坐】（凡三首）（外唱）媳婦，你艱辛萬千，是我耽伊誤伊。（外云）你不嫁呵。（外唱）你身衣口食，怎生區處？（外云）休休，當元是我拆散你夫妻了。今日又教你嫁人，若嫁不得個好人，却不怨我？（外唱）終不然又教你，守着靈幃。（放筆科，唱）已知死別在須臾，苦！更有甚麼生人做主？

【前腔】（旦唱）公公嚴命，非奴敢違。只怕再嫁似伯喈，却不誤奴一世？公公，我一馬一鞍，誓無他志。苦！可憐家破與人離，怎不教人淚垂？

【前腔】（末唱）中間就裏，教我難説怎的。小娘子，你若不嫁人，恐無活計；若不守孝，又被傍人談議。苦！可憐公婆皆死矣，怎不教人痛悲？

（末云）老員外，且自將息，去後自在商量。（外云）張大公，憑着你，留下我這一條拄杖。怕那忤逆不孝子蔡邕回來，把這拄杖與我打將出去。（末云）我收下。老員外，你且耐煩將息。小娘子，扶公公進去。（旦云）是如此。

詩云：

（旦）公公病裏莫生嗔，（末）員外寬心保病身。

（外）正是藥醫不死病，（合）果然佛化有緣人。

第二十五齣

【喜遷鶯】（凡一首）（生唱）終朝思想，但恨在眉頭，人在心上。鳳侶添愁，魚書絶寄，空勞兩處相望。青鏡瘦顔羞照，寶瑟清音絶響。歸夢杳，繞屏山烟樹，那是家鄉？

〔踏莎行〕（生云）怨極愁多，歌慵笑懶，只因添個鴛鴦伴。他鄉遊子不能歸，高堂父母無人管。湘浦魚沉，衡陽雁斷，音書要寄無方便。人生光景幾多時？蹉跎負却平生願。

【雁魚錦】（凡一首）（生唱）思量，那日離故鄉。記臨岐送別多惆悵，攜手共那人不斷放。教他好看承，我爹娘，料他每應不肯遺忘。聞知饑與荒，只怕他捱不過歲月難存養。他望不見信音，將誰倚仗？

【前腔換頭】思量，幼讀文章，論事親爲子須要成模様。真情未講，怎知道喫盡多魔障？被親强來赴選場，被君强官爲議郎，被婚强傚鸞凰。三被强，衷腸事説與誰行？埋寃難禁這兩廂：這壁廂道咱是個不撑達害羞嬌相識，那壁廂道咱是個不睹親負心薄倖郎。

【前腔換頭】悲傷，鷺序鴛行，怎如那慈烏返哺能終養？謾把金章，綰着紫綬，試問斑衣，今在何方？斑衣罷想，縱然歸去，又怕帶麻執杖。只爲雲梯月殿多勞攘，落得淚珠如雨兩鬢霜。

【前腔換頭】幾回夢裏，聞鷄唱，忙驚覺錯呼舊婦，同問寢高堂。待朦朧覺來，依然新人鴛幃鳳衾和象床。怎不怨香愁玉無心緒？空思想，被他攔當。教我，怎不悲傷？俺這裏歡娛夜宿芙蓉帳，他那裏寂寞偏嫌更漏長。

【前腔換頭】謾悒怏，把歡娛翻成悶腸。菽水既清涼，我何心，貪着美酒肥羊？閃殺人花燭洞房，羞殺我掛名在金榜。魆地裏自思量，正是歸家不敢高聲哭，猶恐猿聞也斷腸。

【餘文】（生唱）我千思想，萬忖量，若還得見俺爹娘，辦一炷明香答上蒼。

（生云）院子那裏？（末云）有問即對，無問不答。告相公，有何指揮？（生云）院子，你是我親隨的人，我有一件事和你商量，你休要漏泄我的言語。（末云）相公指揮，男女怎敢漏泄？（生云）我自從離了父母妻室，來此赴選，不擬一擢高科，拜授今職。將謂授職之後，可作歸計，誰知老相公招爲門婿。一向逗留在此，不能歸去見父母一面，如何是好？（末云）不鑽不穴，不道不知。男女每常間見相公憂悶，豈知這個就裏？相公何不對夫人説知？（生云）我夫人雖賢會，争奈老相公之勢，炙手可熱。我待説與夫人知道，一霎時老相公得知，只道我去了不來，如何肯放我去？不如姑且隱忍，和夫人都瞞了。待任滿，尋個歸計。（末云）這的却是。老相公若還知道，那肯放相公去？（生云）我如今要寄一封書回去，没個方便人；我待使人去，又怕夫人知道。你與我街坊上體探，怕有我的鄉里人來此做買賣，待我寄一封家書去。（末云）男女謹領。

詩云：

（生）終朝長相憶，（末）尋便寄書尺。

（生）眼望旌捷旗，（合）耳聽好消息。

第二十六齣

【金瓏璁】（凡一首）（旦唱）饑荒先自窘，那堪連喪雙親。我身獨自，怎支撑？天那！衣衫都解盡，首飾並没分文。苦！無計策，只得剪香雲。

〔蝶戀花〕（旦云）萬苦千辛難擺撥，力盡計窮，兩淚空流血。裙布荆釵今已竭，萱花椿樹連摧折。金刀盈盈明似雪，鏡照烏雲，掩映蛾眉月。一片孝心難盡説，一齊分付青絲髮。奴家前日婆婆没了，已得張大公周濟。如今公公又死了，無錢資送，難再去求他。尋思起來，没奈何，只得剪下頭髮，賣幾貫鈔，爲送終之用。雖然這頭髮直錢不多，也只把做些引意，恰似教化一般。正是：不幸喪雙親，求人不可頻。聊將青絲髮，斷送白頭人。（舉剪科）

【香羅帶】（凡三首）（旦唱）一從鸞鳳分，誰梳鬢雲？粧臺懶臨生暗塵，那更衣衫首飾典無存也。頭髮，是我擔閣你度青春，如今又剪你，資送老親。苦！剪髮傷情也，怨只怨結髮薄倖人。

【前腔】(旦唱)思量薄倖人，辜奴此身。欲剪未剪，教我珠淚零。我當初不如早披剃入空門也，做個尼姑去，今日免艱辛。(旦云)苦！只有我的頭髮恁的呵。少甚麽佳人的頭髮，(旦唱)珠圍翠擁蘭麝熏。(旦云)呀！是這般光景呵。(旦唱)我身死兀自無埋處，説甚麽頭髮愚婦人？

【前腔】(旦唱)堪憐愚婦人，單身又貧。(旦云)我待不剪這頭髮去賣科。(旦唱)開口告人羞怎忍？(旦云)我待剪呵，(旦唱)金刀下處應心疼也。休休，却將這堆鴉髻舞鸞鬟，與烏鳥報答鶴髮親。(旦云)古人云：身體髮膚，受之父母，不敢毁傷。(旦唱)非是我違背先賢訓，只要斷送霜鬢雪鬢人。(放剪科)

【臨江仙】(凡一首)(旦哭唱)連喪雙親無計策，只得剪下香鬟。非奴苦要孝名傳，正是上山擒虎易，開口告人難。

(旦云)頭髮既已剪下，不免將去貨賣。只得把門鎖了，上街則個。穿長街，驀短巷，叫一聲賣頭髮，賣頭髮。

【梅花塘】(凡一首)(旦唱)賣頭髮，買的休論價。念我饑荒，囊篋無些個。丈夫出去，那堪連喪公婆。没奈何，苦！只得賣頭髮資送他。

(旦云)呀！怎的都没人買呵？

【香柳娘】（凡五首）（旦唱）看青絲細髮，剪來堪愛，如何叫賣無人買？論這饑荒死喪，怎教我女裙釵，當得這狼狽？況連朝受餒，我脚兒怎生擡？苦！其實難捱。

【前腔】（旦唱）望前街後街，並無人睬。（旦云）我待再叫呵。（旦唱）咽喉氣噎，無如之奈。苦！我如今便死，暴露我屍骸，誰人與遮蓋？（旦云）天那！我到底也只是個死。（旦唱）待我將頭髮去賣，賣了把公婆葬埋，奴便死有何害？

（跌倒科）（末云）慈悲勝念千聲佛，造惡徒燒萬炷香。這幾日蔡員外病症不知如何？我且去看一看。呀！前面有個婦人跌倒在地，不知爲何？（往看科）呀！元來是蔡小娘子，爲何倒在這裏？（旦云）公公救我則個。（末云）小娘子，你手裏拿着頭髮做甚麼？（旦云）奴家公公没了，將這頭髮做個引意，似叫化一般，賣來資送公公。（末哭科，云）元來你公公又死了？你怎的不來和我商量，討些米穀布帛來用，把這頭髮剪來做甚麼？（旦云）奴家前日婆婆死了，多蒙大公周濟。今日公公死了，如何再好來啓齒？（末云）你説那裏話？

【前腔】（末唱）你兒夫曾付托，我怎生違背？你無錢使用，我須當貸。你將頭髮剪下，又跌倒在長街，都緣是我之罪。（合唱）嘆一家破壞，否極何時泰來？各出珠淚。

【前腔】（旦唱）謝公公可憐，把錢相貸，我公婆在地府相感戴。只愁奴此身死也，没人埋。公公，誰還你恩債？（合前）

【前腔】（末唱）我如今算來，並無倚賴，尋思只得相擔帶。我送錢米布帛，與你公公殯埋。小娘子，你頭髮且留在。（合前）

（末云）小娘子，你先到家，我隨即自送布帛錢米，來殯殮你公公。（旦云）如此，多謝公公，請收了這頭髮。（末云）我要這頭髮做甚麼？你快自收去。

詩云：

（旦）謝得公公救妾身，（末）你夫曾托我親鄰。

（合）從空伸出拿雲手，（旦）提起天羅地網人。

第二十七齣

【打毬場】（凡一首）（浄唱）幾年間，爲拐兒，脱空説謊爲活計。饒你有錢藏在鐵櫃裏，騙教他空手把胸來搥。

（浄云）買賣歸來恨未消，上床猶自想來朝。爲甚當家頭先白，日夜思量計萬條。自家脱空行逕，掏摸生涯。劍舌鎗唇，俏俏的也引教他懵懂；虚脾甜口，慳吝的也哄教你粧風。鄉貫何曾有定居，姓名那曾有真的。粧成圈套，見了的便自入來；做就機關，入着的怎生出去？騙了鍾馗手裏蝙蝠，脱得洞賓瓢裏仙丹。但是來無跡，去無踪，對面騙人如撮弄。縱使和你行，和你坐，當場騙你怎埋冤？拐兒陣裏先鋒，哄局門中大將。何用剜墻剟壁，强如黑夜偷兒；不索挾杖持刀，真個白晝劫賊。正是：地不長無根之草，天不生無禄之人。自家正無買賣，聽得蔡狀元家住在陳留，父母在堂，竟無消息，如今要寄家書回去。自家在先陳留郡走得却熟，如今只做陳留人，假寫他父母家書遞與他，必有回音。倘或附帶盤纏回家，也不見得却覓一小富貴。便不然，也索與我些少盤纏回家。這裏便是蔡伯喈相公府裏，不免進入去咱。呀！怎的都没一個人？且待我咳嗽一聲。（末云）侯門深似海，不許外人敲。（相見科）（末云）你是那裏人？（浄云）小子是陳留人。（末云）元來是相公鄉里，有何貴幹？（浄云）蔡老相公有家書，特來送書。（末云）相公正要尋個便人寄書家去，你來得却好，待我請相公出來。正是：久旱逢甘雨，他鄉遇故知。

【鳳凰閣】（凡一首）（生唱）尋鴻覓雁，要寄音書無便。謾勞回首望家山，和那白雲漸遠。淚痕如綫，想鏡裏孤鸞影單。

（末云）告相公得知：有一個漢子，他説在陳留郡來，帶得老相公的家書在此。（生云）快請他進來。（浄見科）（生云）多承足下帶得我的家書來呵。（浄云）小人奉老相公命，遞書在此。（生云）鄉兄高姓？（浄云）小人姓梅。（遞書，生看科）

【一封書】（凡一首）（生唱）一從你去離，我在家中常念你。（生云）是麽？我也常想家裏。（生唱）功名事怎的？想多應折桂枝。（生云）我功名事成了。（生唱）幸得爹娘和媳婦，各保安康無禍危。（生云）且喜家中安樂。（生唱）見家書，可知之，及早回來莫更遲。

（生云）天那！　我豈不要歸呵？　争奈不由我。　鄉兄，此書不是俺老相公寫的。（净云）不是老相公寫的，是鬼寫的？（生云）字意相同，不是老相公的筆跡。（净云）真個不是，一時間老相公喫了早酒手振，有一個門館先生替他寫的。（生云）莫不是張大公寫的？（净云）正是！　正是！　我一時間忘記了。（生云）你到此何幹？（净云）販賣藥柴，因老相公有書，特來遞書。（生云）你幾時到我家來？（净云）腊月二十五日在老相公門首經過，老相公問道，你往那裏去，小人説京都裏去。他説你可與我帶一封書去與小兒。　我説休説道一封，百封也爲你帶去。（生云）起動，起動。　鄉兄，你在那些住？（净云）在老相公門首，驀過一直大街，轉個灣兒，便是小人家裏，梅老官人便是小人的父親。（生云）有個梅大哥是誰？（净云）正是小人的叔子。（生云）我一時間失記了，我怎麼不認得你？（净云）相公而今做了官，眼高，如何認得小人？（生云）我家甚麼模樣境致？（净云）好境致！　門首碧流流一灣清溪水，兩邊都是大柳樹。（生云）溪澗略有些，柳樹不曾有。（净云）老相公説道，我兒子做官，回來要拴着馬，而今都栽着大柳樹。（生云）甚麼樣房子？（净云）好房子！　東厰堂，西厰堂，前面三間，後面三間，兩邊都是夾厢。　門首另起一個八字墻門。（生云）我家是小房子。（净云）老相公説道，我兒子做了官，有上司相訪，而今改换門閭，都起大房子了。（生云）我老相公生得長矮？（净云）老相公長長的。（生云）我老相公生得矮。（净云）老相公發財發禄，上亭長，下亭短。　坐了覺長，立了就矮。　與我對坐，因此見他長長的。（生云）老相公有鬚無鬚？（净云）鬚有些。（生云）我老相公鬚多。（净云）

喜，却説他日再相見。

【前腔】（末唱）遥憶鄉關，有個人人凝望眼。他頻看飛雁，望斷歸舟，倚遍危欄。見銀鈎揮動彩雲箋，又索玉筯界破殘粧面。（合前）

【前腔】（浄唱）西出陽關，却嘆今朝行路難。念取經年離别，跋涉萬里程途，帶着一紙雲箋。只怕豺狼紛繞路途間，又怕雁鴻不到家鄉畔。（合前）

【前腔】（末唱）滿紙雲烟，説盡離愁千萬千。想那層樓十二，有個人人倚遍危欄。他望歸期，數飛雁，阻關山，見書如見經年面。（合前）

詩云：

（末）憑伊千里寄佳音，（浄）説盡離人一片心。

（末）須知相别經多載，（合）方信家書抵萬金。

第二十八齣

【掛真兒】（凡一首）（旦唱）四顧青山静俏俏，思量起暗裏魂消。黄土傷心，丹楓染淚，謾把孤墳自造。

〔菩薩蠻〕（旦云）白楊蕭索悲風起，天寒日淡空山裏。虎嘯與猿啼，愁人添慘悽。窮泉深杳杳，長夜何由曉。灑淚泣雙親，雙親聞不聞？奴家自喪了公婆，家中十分狼狽。昨已多承張大公令家童把公婆靈柩送到此山，因見天色晚了，打發他回去。奴家思忖起來，免不得造一所墳塋，把公婆葬了。争奈無錢倩人，難以再去求他，只得獨自搬泥運土，將兩個靈輀葬在此間，多少是好。（裙包土科）

【五更轉】（凡三首）（旦唱）把土泥獨自抱，麻裙裹來難打熬。空山静寂無人吊，但我情真實切，到此不憚勞。苦！何曾見葬親兒不到？又道是三匝圍喪，那些個卜其宅兆？思量起，是老親合顛倒。公公，你圖他折桂看花早，不道自把一身，送在白楊衰草。謾自苦，這苦憑誰告？

【前腔】（旦唱）我只憑十指，如何能穀墳土高？苦！只見鮮血淋漓濕衣襖，我的形衰力倦，死也只這遭。休休，骨頭葬處，任他血流好。此喚做骨血之親，也教人稱道。教人道趙五娘親行孝。苦！心窮力盡形枯槁，只怕這鮮血，流到如今也盡了。這墳成後，天那！我這一身也難保。

【前腔】（旦唱）怨苦知多少，兩三人只道同做餓殍。（旦云）公公婆婆，我待不葬了你又不了。待葬了你呵，（旦唱）窮泉一閉無日曉，嘆從今永别，再無由相倚靠。（旦云）我死和你做一處埋呵，也得相伏侍。（旦唱）只愁我死在他途道，我的骨頭何由來到？從今去，（旦云）這墳呵，（旦唱）只願得中間乾燥，福子蔭孫也都難料。便蔭得個三公，也不濟得親老。淚暗滴，把蒼天來禱。

（旦云）呀！奴家力乏了，不免就此睡一覺呵。

【卜算子先】（凡一首）（旦唱）墳土未曾高，筋力還先倦。（睡科）

【粉蝶兒】（凡一首）（外唱）趙女堪悲，天教小神相濟。

（外云）善哉！善哉！人間私語，天聞若雷。暗室虧心，神目如電。吾乃當山土地，今奉玉帝敕旨：爲見趙五娘獨自在山築墳，特令差撥陰兵，與他併力築造墳塋。不免叫出南山白猿使者、北岳黑虎將軍過來聽吾指揮。猿、虎二將何在？（丑、淨扮猿、虎上云）告大聖，有何法旨？（外云）吾奉玉帝敕旨，爲見趙五娘獨自在山築墳，特差汝等率領陰兵，與他併力，務要頃刻完成。（淨、丑云）領法旨。（外云）不得驚動孝婦。（淨、丑做墳科，云）告大聖，墳塋成就了。（外云）既是墳塋成就了，趙五娘，你聽我分付。

【好姐姐】（凡二首）（外唱）五娘聽吾道與：吾特奉玉皇敕旨，憐伊孝心，故遣陰兵來助你。

（合唱）墳成矣，葬了二親尋夫婿，改換衣裝往帝畿。

【前腔】（淨、丑唱）我每元是小鬼，蒙上帝差來助你搬磚運土，兩座墳成在須臾。（合前）

（外云）趙五娘，你理會得麼？正是：大抵乾坤都一照，（淨、丑云）免教人在暗中行。（外、淨、丑下）

（旦醒科）

【卜算子後】（凡一首）（旦唱）夢裏分明有鬼神，想是天憐憫。

（旦云）呀！怪哉！怪哉！奴家睡間，恍惚之中似夢非夢，聞神有囑付之言。道是墳已成了，教我徑往帝都尋取丈夫。我思忖起來，獨自一身，幾時能彀得墳塋成就呵？呀！怎的這墳塋都成了？分明是鬼神默助。（拜科）謝天謝地！

【鏵鍬兒】（凡一首）（末唱）悲風四野吹松栢，山雲慘淡日無色。（丑唱）虎嘯與猿啼，怎不慘悽？（合唱）趲行幾步到峭壁，快與孝婦添助力。

（末云）自家是蔡員外的鄰家張大公的便是。只爲他兩個老的死了，虧殺那媳婦趙五娘子，把麻裙包土，築造墳塋。但人家造一所墳，不着千百工造？他一個女流，如何獨自成得此事？不免帶小二與他添助氣力則個。呀！好怪麼？如何墳塋都成就了？只見松栢森森繞四圍，孤墳新土掩泉扉。小娘子，空山獨自無人倩，爲築墳臺是阿誰？（旦云）大公，夢裏有神真怪異，陰兵運土與搬泥。築成墳了親分付，教尋夫婿往帝畿。（丑云）公公，自古留傳多有此，孝心感格上天知。長城哭倒孟姜女，小娘子，他日芳名一處題。（合云）正是：善惡到頭終有報，只争來早與來遲。

【好姐姐】（凡三首）（旦唱）公公，念奴血流滿指，奈獨自成墳無計。深感老天，暗中相護持。

（合唱）墳成矣，葬了二親尋夫婿，改換衣裝往帝畿。

【前腔】（末唱）老夫帶領小二，來此與你添助些力氣，誰知上天暗中相救濟。（合前）

【前腔】（丑唱）你每真是見鬼，這松栢孤墳在何處？適間那有天神與小鬼？都是我每粧

做的。（合前）

詩云：

（末）孝心感格動陰兵，（旦）不是陰兵墳怎成？

（丑）萬事勸人休碌碌，（合）舉頭三尺有神明。

第二十九齣

【念奴嬌引】（凡一首）（貼唱）楚天過雨，正波澄木落，秋容光淨。誰駕玉輪來海底，碾破琉璃千頃？環珮風清，笙簫露冷，人在清虛境。（淨、丑唱）真珠簾捲，庾樓無限佳興。

〔臨江仙〕（貼云）玉作人間秋萬頃，銀葩點破琉璃。（淨云）瑶臺風露冷仙衣，天香飄下處，此景有誰知？（貼云）未審明年明夜月，此時此景何如？（淨云）珠簾高捲醉瓊巵，（丑云）正是莫辭終夕勸，疑是隔年期。（貼云）老姥姥，今夜中秋，月色澄清，你與我請相公出來玩賞則個。（淨云）夫人請相公玩月。（生内云）我睡了，不來。（丑云）你甚麼臉兒，可知道請他不來。夫人，待惜春去請。（貼云）惜春，你再去請。（丑云）相公，夫人請你玩月。（生内云）來也。（丑云）可知道相公只歡喜我，我一去請便來。

【生查子】（凡一首）（生唱）逢人曾寄書，書去神亦去。今夜好清光，可惜人千里。

相公，今夜中秋，月色可愛，我請你玩賞一番，你無事推阻怎的？（生云）月有甚麼好處？（貼云）怎的不好？你看麼：〔酹江月〕玉樓絳氣捲霞綃，雲浪空光澄徹。丹桂飄香清思爽，人在瑤臺銀闕。（生云）影透鳳幃，光窺羅帳，露冷蛩聲切。關山今夜，照人幾處離別？（淨云）須信離合悲歡，還如玉兔，有陰晴圓缺。便做人生長宴會，幾見冰輪皎潔？（丑云）此夜此夕，隔年期，莫放今樽歇。（合云）但願人長久，年年同賞明月。（貼云）惜春，將酒過來。（丑云）夫人，酒在此。（飲酒科）

【本序】（凡四首）（貼唱）長空萬里，見嬋娟可愛，全無一點纖凝。十二欄杆光滿處，涼浸珠箔銀屏。偏稱，身在瑤臺，酒斟玉斝，人生幾見此佳景？（合唱）惟願取年年此夜，人月雙清。

【前腔換頭】（生唱）孤影，南枝乍冷，見烏鵲縹緲驚飛，棲止不定。萬點蒼山，何處是修竹吾廬三徑？追省，丹桂曾攀，嫦娥相愛，故人千里謾同情。（合前）

【前腔換頭】（貼唱）光瑩，我欲吹斷玉簫，乘鸞歸去，不知風露冷瑤京。環佩濕，似月下歸來飛瓊。那更，香霧雲環，清輝玉臂，廣寒仙子也堪並。（合前）

【前腔換頭】（生唱）試聽，吹笛關山，敲砧門巷，月中都是斷腸聲。人去遠，幾見明月虧盈。惟應，邊塞征人，深閨思婦，怪他偏向別離明。（合前）

【古輪臺】（凡二首）（淨唱）峭寒生，鴛鴦瓦冷玉壺冰，欄杆露濕人猶凭，貪看玉鏡。況萬里清明，皓彩十分端正。三五良宵，此時獨勝。（丑云）把清光都付與酒杯傾，從教酩酊，拚夜深沉醉還醒。酒闌綺席，漏催銀箭，香銷金鼎。斗轉與參横，銀河耿，轆轤聲已斷金井。

【前腔換頭】（浄唱）閒評，月有圓缺與陰晴，人世上有離合悲歡，從來不定。深院閒庭，處處清光相映。也有得意人，兩情暢詠；也有獨守長門伴孤零，君恩不幸。（丑唱）有廣寒仙子娉婷，孤眠長夜，如何捱得更闌寂静？此事果無憑。但願人長永，小樓看月共同登。

【餘文】（生唱）聲哀訴，促織鳴。（貼唱）俺這裏歡娱未聽，（合唱）却笑他幾處寒衣織未成。

詩云：

（貼）今宵明月最團圓，（生）幾處淒涼幾處歡。

（浄）但願人生得長久，（合）年年千里共嬋娟。

第三十齣

【胡搗練】（凡一首）（旦唱）辭別去，到荒坵，只愁出路怎生受。畫取真容聊藉手，逢人將此去哀求。

（旦云）鬼神之道，雖則難明；感應之理，不可不信。奴家昨日獨自在山築墳，正睡間，忽夢一神人，自稱當山土地，帶領陰兵與奴家助力。却又囑付教奴家改换衣裝，徑往長安尋取丈夫。待覺來，果見墳塋並已完備，這的分明是神道護持。正是：寧可信其有，不可信其無。今者二親既已葬了，只得改换衣裝，扮作道姑，將着琵琶做行頭，沿街上彈幾個勸行孝的曲兒，乞告些盤纏，前去京師尋覓丈夫。只是一件，我幾年間和公婆廝守，如何捨得一旦撇了他？奴家從來曉得些丹青，可以想像畫取公婆真容，背着一路去，也似相親傍的一般。但遇忌辰，展開與他燒些香紙，奠些酒飯，也是奴家的孝心呵。不免就此描寫真容則個。〔一〕（描真容科）

【三仙橋】（凡三首）（旦唱）一從他每死後，要相逢不能彀，除非是夢裏暫時略聚首。若要描得就他相像，未寫教我先淚流。寫不得他苦心頭，描不出他饑症候，畫不出他望孩兒的睁睁兩眸。只畫得他髮颼颼，和那衣衫敝垢。休休，若畫做好容顏，須不是趙五娘的親姑舅。

【前腔】（旦唱）我待畫他個龐兒帶厚，他可又饑荒消瘦。我待要畫他個龐兒展舒，他自來長恁皺。若畫出來，真個醜。那更我心憂，也做不出他歡容笑口。（旦云）不是我不會畫着好的，我自從嫁到家，（旦唱）只見他兩月稍優游，其餘的都是愁。（旦云）那兩月稍優游，我可又忘了。這三四年間呵，（旦唱）只記得他形衰貌朽。（旦云）這畫呵，（旦唱）便是他孩兒收，也認不得是當初父母。休休，縱認不得是蔡伯喈當初父母，須認得是趙五娘近日來的親姑舅。

（旦云）真容既已描就了，只就這裏燒些香紙，奠些酒飯，拜辭了公婆則個。（拜辭科）

〔一〕 描：原作『猫』，據汲古閣刊本《繡刻琵琶記定本》改。

【前腔】（旦唱）公公婆婆，非是我尋夫遠遊，只怕你公婆絶後。若見兒夫便回首，此行安敢久？苦！路途上，奴怎走？望公婆相保佑奴出外州。（旦云）這墳呵，（旦唱）冷清清有誰來拜掃？縱使遇春秋，要一陌黄錢怎有？公公婆婆，你生是受凍餒的公婆，死做個絶祭祀的姑舅。

（旦云）奴家既辭了墳塋，便索去拜辭張大公呵。呀！張大公恰好來了。（末云）衰柳寒蟬不可聞，金風敗葉正紛紛。長安古道休回首，西出陽關無故人。（相見科）（旦云）奴家拜辭了墳塋，正要往宅上告别，去京師尋取丈夫，又勞大公先到。（末云）小娘子，你幾時去？（旦云）奴家便行。（末云）你背的是甚麽畫兒？（旦云）是公婆的真容。（末云）是誰描畫的？（旦云）是奴家親自描畫的，待將去路上早晚與他燒香化紙。（末云）如此，與我看一看。（看科）畫得好！畫得好！老員外，老安人。［鷓鴣天］死别多應夢裏逢，謾勞孝婦寫遺蹤。可憐不得圖家慶，辜負丹青泣畫工。衣破損，鬢蓬鬆，千愁萬恨在眉峰。蔡郎不識年來面，趙女空描别後容。（旦云）謝得公公好言語。（末云）小娘子，你今遠行，老夫没有甚麽，將這幾貫鈔與你路上添助盤纏。（旦云）呀！屢擾公公了。奴家又有一件不識進退之懇。（末云）却如何？（旦云）奴家去後，這所墳塋没人看管，公公可憐見，看那兩個老親在日的面，與奴早晚看管則個。（末云）這個不妨，你放心前去，老夫自當看管。

【憶多嬌】（凡二首）（旦唱）公公，他魂渺漠，没倚托。程途萬里，教我懷野壑。此去孤墳，望公公看着。（合唱）舉目瀟索，滿眼盈盈淚落。

【前腔】（末唱）我承委托，當領略。孤墳看守，決不爽約。但願你途中身安樂。（合前）

【鬥黑麻】（凡二首）（旦唱）奴深謝公公，便辱允諾。從來恩德，怎敢忘却？只怕途路遠，體怯弱，病染孤身，力衰倦脚。（合唱）孤墳寂寞，路途滋味惡。兩處堪悲，萬愁怎摸。

【前腔】（末唱）伊夫婿多應是，貴官顯爵，伊家去須當審個好惡。只怕你喬打扮，他怎知覺？一貴一貧，怕他將錯就錯。（合前）

小娘子，老夫有幾句言語囑付你。你少長閨門，豈識途路？你當元蔡郎在家時節，青春嬌媚；你如今遭這饑荒貧苦，貌短身單。正是：桃花一歲歲相似，人面一年年不同。蔡郎臨别之時，可不道來。（旦云）公公，他道甚的？（末云）他道：若有寸進，即便回來。如今年荒親死，一竟不回，知他心腹事如何？正是：畫虎畫皮難畫骨，知人知面不知心。蔡郎元是讀書人，一舉成名天下聞。久留不知因個甚？年荒親死不回門。小娘子，你去京師須仔細，逢人下禮問虚真。見郎謾説千般苦，只把琵琶語句訴元因。未可便説他妻子，未可便説喪雙親。未可便説裙包土，未可便説剪香雲。若得蔡郎思故舊，可憐張老一親鄰。我今年已七十歲，比你公公少一旬。你去時猶有張老送，你回時未審張老死和存。（哭科）（旦云）謝得公公教誨。（末云）小娘子，早去早回。

詩云：

（旦）爲尋夫婿別孤墳，（末）只怕伊夫不認真。
（旦）流淚眼觀流淚眼，（合）斷腸人送斷腸人。

第三十一齣

【菊花新】（凡一首）（生唱）封書遠寄到親幃，又見關河朔雁飛。梧葉滿庭除，争如我悶懷堆積。

（生查子）（生云）封書寄遠人，寄與萬里親。書去神亦去，兀然空一身。自家喜得家書，報道平安，極切自喜。已曾修書家去，不知如何？這幾日常懷想念，翻成憂悶。正是：雖無千丈綫，萬里繫人心。

【意難忘】（凡一首）（貼唱）緑鬢仙郎，懶拈花弄柳，勸酒持觴。長顰應有恨，何事苦相防？（生云）夫人，些事惱人腸。（貼云）相公，試説有何妨？（生云）只怕你尋消問息，添得我悽惶。（貼云）相公，古人云：顰有爲顰，笑有爲笑。古之君子，當食不嗟，臨樂不嘆。無事而戚，謂之不祥。你自來此，不明不暗，如醉如癡。鎮日憂悶，爲着甚麽？你少喫的？少穿的？且道你喫的呵，

【紅衲襖】（凡四首）（貼唱）你喫的是煮猩唇燒豹胎，（貼云）我道你穿的呵，（貼唱）你穿的是紫羅

襴，腰束的白玉帶。（貼云）(一)你出入呵，（貼唱）只見五花頭踏在你馬前擺，三簷傘兒在你頭上蓋。（貼云）相公，休怪奴家説。（貼唱）你本是個草廬中窮秀才，如今做了漢朝中梁棟材。你有甚不足，只管鎖了眉頭也，唧唧噥噥不放懷？

（生云）夫人，你那知道我？

【前腔】（生唱）我身穿着紫羅襴，到拘束得我不自在。脚穿着皂朝靴，怎敢胡去踹？口裏喫了幾口荒張張要辦事的忙茶飯，手裏拿着一個戰兢兢怕犯法的愁酒杯。到不如嚴子陵登釣臺，怎躲得他楊子雲閣上災？（生云）似我這般樣爲官呵。（生唱）只管待漏隨朝，可不枉了秋月春花也，干碌碌頭又早白。

【前腔】（貼唱）相公，莫不是丈人行性氣乖？（生云）不是。（貼唱）莫不是妾根前缺管待？（生云）也不是。（貼唱）莫不是畫堂中少了三千客？（生云）我又不是孟嘗君，要他怎的？（貼唱）莫不是繡屏前少了十二釵？（生云）我又不是牛僧孺，要他怎的？（貼唱）這意兒教人怎猜？這話兒教人怎解？（貼云）相公，我猜着你。（貼唱）莫不是楚館秦樓，有個得意情人也，悶懨懨長掛懷？

(一)　貼：原作『旦』，據汲古閣刊本《繡刻琵琶記定本》改。下同改。

【前腔】（生唱）夫人，有個人人在天一涯。（生云）怎能彀見他？（生唱）只落得臉銷紅眉鎖黛。（貼云）我道甚麼來？可知哩！（生云）不是。（生唱）我本是傷秋宋玉無聊賴，有甚心情去想着閒楚臺？（貼云）相公，有甚麼事，説與奴家知道。（生唱）三分話兒只恁猜，一片心兒只恁揣。（貼云）相公，你有話如何不對奴家説？（生唱）夫人，你休纏得我無言，若還提起那籌兒也，撲簌簌珠淚滿腮。

（貼云）由你！由你！待我不勸解你，你又只管憂悶；待我問着你，你又不對我説。也没奈何。相公，夫妻何事苦相防？莫把閒愁積寸腸。正是：各人自掃門前雪，休管他家屋上霜。（貼下）（生云）難將我語和他語，未卜他心似我心。自家娶妻兩月，别親數年，朝夕思想，翻成愁悶。我這新娶媳婦，雖則賢慧，我待將此事和他説，他也肯教我歸去。只是我的岳丈如何肯放我回去？不如我姑且隱忍，改日求一鄉郡除授，那時節回去見雙親，多少是好。夫人，非是隄防你太深，只愁伊父苦相禁。正是：夫妻且説三分話，未可全拋一片心。（貼云）好！好！好個夫妻且説三分話，未可全拋一片心。（生云）夫人，你莫不怪我？

【江頭金桂】（凡二首）（貼唱）我怪得你終朝顛窨，你緣何愁悶深？教人猜着啞謎，爲你沉吟，那籌兒没處尋。我和你共枕同衾，瞞我則甚？你自撇了爹娘媳婦，屢换光陰，他須怨着你没信音。笑伊家短行，無情忒甚。到如今，兀自道且説三分話，未可全拋一片心。

【前腔】（生唱）夫人，非是我聲吞氣飲，只爲你爹行勢逼臨。怕他知我要歸去，將你厮禁，要說又將口噤。（生云）我實瞞你不得。（生唱）我待解朝簪，再圖鄉郡。（生云）那時節呵。（生唱）他不隄防着我，須遣到家林，雙雙兩人歸晝錦。苦！嘆雙親老景，存亡未審。（貼云）相公，如何不帶封書家去？（生云）我前日曾帶書回去了。（生唱）只怕雁杳魚沉。又不是烽火連三月，真個家書抵萬金。

（貼云）元來如此，我去對爹爹說，和你同去便了。（生云）你休說，你爹爹如何肯放你去？（貼云）不妨。我爹爹身爲太師，風化所關，觀瞻所繫，終不然直恁不顧人議？（生云）夫人，你休說，不濟事。（貼云）相公，你不必憂慮，我自有道理，不怕他不從。

詩云：

（貼）雪隱鷺鷥飛始見，（生）柳藏鸚鵡語方知。
（貼）假饒染就紺紅色，（生）也被傍人說是非。

第三十二齣

【西地錦】（凡二首）（外唱）懊恨吾家女婿，鎮日不展愁眉。教人心下常縈繫，未知他意何如？

（外云）入門休問榮枯事，觀着容顔便得知。自家招蔡伯喈爲婿，可謂得人。他自從到此，眉頭不展，面帶憂容，不知爲着甚麽，必有緣故。且叫女孩兒出來問他，便知端的。孩兒何在？

【前腔】（貼唱）只道兒夫何意，如今到此方知。萬里家山，要同歸去，未審爹意何如？

（外云）孩兒，吾老入桑榆，自嘆吾之皓首；汝身乖琴瑟，每爲汝而懊懷。吾婿何故憂愁，孩兒必知端的。（貼云）告爹爹：他娶妻六十日，即赴科場；别親三五載，竟無消息。温凊之禮既缺，伉儷之情何堪？今欲歸故里，辭至尊家尊而同行；待共事高堂，執子道婦道以盡禮。（外云）呀！吾乃紫閣名公，汝是香閨艷質。何必顧彼糟糠婦，豈可事此田舍翁？彼久别雙親，何不寄一封之音信？汝從來嬌養，安能涉萬里之程途？休惑夫言，當從父命。（貼云）爹爹，曾觀典籍，未聞婦而不拜姑嫜；試論綱常，豈有子而不事父母？若重唱隨之義，當盡定省之儀。彼釵荆裙布，既已獨奉親幃之甘旨；此金屏繡褥，豈可久戀監宅之歡娱？爹爹身居相位，坐理朝綱，豈可斷他人父子之恩，絶他人夫婦之義？使伯喈有貪妻之噯，不顧父母之愆；使孩兒有違夫之命，不事舅姑之罪。望爹爹容恕，特賜矜憐。（外云）胡説！他既有媳婦在家，你去怎麽？

【獅子序】（凡一首）（貼唱）他媳婦雖有之，（外云）你是他甚人？（貼唱）奴須是他孩兒的次妻。（外云）元來你是他次妻？（貼唱）那曾有媳婦不拜親幃？（外云）你去有甚彀當？（貼唱）若論做媳婦道理，須當奉飲食，問寒暄，相扶持蘋蘩中饋。（外云）蔡伯喈也未可回去。（貼云）他家貧親老，如何教他不去？（貼唱）又道是養子代老，積穀防饑。

（外云）既道是養子代老，當元初休來應舉不得？

【東甌令】（凡一首）（貼唱）他求科舉，指望錦衣歸，不想爹爹招他爲女婿。（外云）這是有緣千里能相會，如何强逼得他？（貼唱）他埋冤洞房花燭夜，那些個千里能相會？他只要保全金榜掛名時，（貼云）那時爹爹强他成親呵，（貼唱）他事急且相隨。

（外云）蔡伯喈背地裏埋冤我甚麽？

【賞宮花】（凡一首）（貼唱）他終朝痛悲，我如何忍見之？（外云）他自痛悲，干你則甚？（貼唱）若論爲夫婦，須當共歡娱。（外云）他在這裏，我教他做個大大的官，有甚不好？（貼唱）他數載不通魚雁信，枉了十年身到鳳凰池。

（外云）你聽着丈夫的言語，却不聽我説，這妮子好癡迷！

【降黄龍】（凡一首）（貼唱）須知，非是奴癡迷，女嫁從夫，怎違公議？（外云）孩兒，我不是不要你去，只是我不捨得你去。（貼唱）爹猶念女，怎教他爹娘不念孩兒？（外云）孩兒，他有媳婦在家，你去時節，却不擔閣了你？（貼唱）休提，縱把奴家擔閣，比擔閣他爹娘何如？（外云）恁的教伯喈自去便了。（貼唱）那些個夫唱婦隨，嫁鷄逐鷄栖？

（外云）孩兒，他是貧賤之家，你如何去伏事他的父母？

【大聖樂】(凡一首)(貼唱)爹爹，婚姻事難論高低，論高低休嫁與。假饒親賤孩兒貴，終不然便抛棄？(外云)他是誰？你是誰？(貼唱)奴須是他親生兒子親媳婦，難道他是何人我自誰？(外云)你這等説，連蔡伯喈也不容他家去。(貼唱)爹居相位，怎説着傷風敗俗非理的言語？

(外怒云)咳！這妮子無禮，却將言語來挺撞我。夫言中聽父言違，懊恨孩兒見識迷。本待將心托明月，誰知明月照溝渠。(外下)(貼云)酒逢知己千鍾少，話不投機半句多。好笑我爹爹不顧人議，却怪奴家把言語衝撞他。昨日我丈夫教我休説，我如今有何顔見他？不免在此坐一回，尋思個道理回他話則個。(悶坐科)

【稱人心】(凡二首)(生唱)撇呆打墮，早被那人𠺕破。他要同歸，知他爹怎麽？料他每不允諾。呀！夫人，你緣何獨坐？想你爹行不肯麽？伊家道利齒伶牙，争奈你爹行不可。

【前腔】(貼唱)我爹爹，全不顧，人笑話，這其間只是我見差。(生唱)禍根芽，從此起，災來怎躱？(生云)夫人，你爹爹怎麽説你？(貼唱)他道我從着夫言，駡我不聽親話。

【紅衫兒】(凡二首)(生唱)夫人，你不信我教你休説破，到此如何？你爹心性，豈不料過？我爲甚亂掩胡遮，也只爲着這些。(貼云)我而今再去對爹爹説。(生唱)你直待要打破了砂鍋，是你招災惹禍。

【前腔】（貼唱）苦！不想他挃把，做作難禁價。我見你每每咨嗟，我要調和，誰知道好事多磨？起風波，把你陷在地網天羅，你終須怨我。懊恨爲我一個，却擔閣兩下。

【醉太平】（凡二首）（生唱）蹉跎，光陰易過。縱然歸去，晚景之計如何？名韁利鎖，牢落在海角天涯。知麽？多應老死在京華，把孝心事一筆都勾罷。苦！這般摧挫，傷情萬感，淚珠偷墮。

【前腔換頭】（貼唱）非詐，奴甘死也。縱奴不死時，君去須不可。（生云）夫人，你如何説這話？（貼唱）奴身值甚麽？只因奴誤你一家。差訛，假饒做夫婦也難和。你心怨我，我心縈掛。奴身拚捨，成伊孝名，救伊爹嫣。

（貼云）相公，妾當初勉承父命，遣事君子。不想君家有白髮之父母，青春之妻室，致使君家衷腸不滿，名行有虧。如今思之，誤君之父母者，妾也；誤君之妻室者，妾也；使君爲不孝薄倖人者，亦妾也。妾之罪大矣！縱偷生於今世，亦公議所不容。昔聶政姊死，倚屍傍以成弟之名；王陵母死，伏劍下以全子之節。妾豈愛一身，誤君百行？妾當死於地下，以謝君家。小則可以解君之縈掛，大則可以救君之父母；近則可以成君之孝名，遠則可以免後人之公議。妾死何憾焉！（生云）夫人，你只知其一，不知其二。身體髮膚，受之父母，不敢毀傷。豈可陷身於不義？那時節須有人議論着你。（貼云）議論我甚的？（生云）只道你從夫言而棄親命，此事決然不可。（貼云）你也説得是。只是一時回去不得，如何是好？（生云）且謾着，怕你爹爹有回心轉意時節，且寧耐，更看如何？

詩云：

（生）一心只欲轉家鄉，（貼）争奈爹行不忖量。

（生）大佳飛上梧桐樹，（合）自有傍人説短長。

第三十三齣

【二犯月兒高】（凡三首）（旦唱）路途勞頓，行行又將近。來到洛陽郡，盤纏都使盡。回首望孤墳，空教奴望白雲。天那！他那裏，誰瞅問？俺這裏，難投奔。西出陽關無故人，須信道家貧不是貧。

〔蘇幕遮〕（旦云）怯山登，愁水渡，暗憶雙親，淚把麻衣漬。回首孤墳何處是？兩下蕭條，一樣愁難訴。玉消容，蓮困步，愁寄琵琶，彈罷添淒楚。惟有真容時時顧，惟悴相看，無語悽惶苦。奴家爲尋丈夫，在路途上多少狼狽！況獨自一身，拿着一個琵琶，背着二親真容，登高履險，宿水餐風，其實難捱。一路上打聽得人説道，蔡伯喈中了狀元，贅居牛太師府裏，受榮華，享富貴。可道他父母都不顧，不肯回來。而今遠遠望見洛陽城廓近矣，不免趲行幾步。

【前腔】（旦唱）帝城將近，回頭再思省。怕他身榮貴，把咱不厮認。若是他不瞅睬，空教我受艱辛。丈夫未必忘恩義，我這裏閒評論。須記得一夜夫妻百夜恩，怎做得區區陌路人？

【前腔】（旦唱）府堂深隱，奴身怎生進？他在駟馬高車上，我又難將他認。（旦云）我有個道理呵。（旦唱）到得根前，只提起二親真。天那！怕消瘦了龐兒，他尤難十分信。蔡伯喈，你不道非親却是親，我自須防人不仁。

詩云：

（旦）哽咽無言獨自嗔，千山萬水好艱辛。
見說洛陽花似錦，只恐來時不遇春。

第三十四齣

【番卜算】（凡二首）（外唱）兒女話堪聽，使我心疑惑。暗中思忖覺前非，須有個團圓策。

（外云）良藥苦口利於病，忠言逆耳利於行。昨日孩兒要和伯喈歸去同事雙親，我不肯放，他却將幾句言語衝撞我。我當時不勝焦躁，□□尋思起來，他的言語句句有理，節節堪聽。待要放他去，只慮他幼長閨門，難涉途路。況俺年老，無人看管，如何放他去？如今有個道理，不免使一個人，多與盤纏，教他去陳留，將蔡伯喈爹娘媳婦都取來，多少是好。且待叫孩兒、伯喈出來，問他則個。（叫科）

【前腔】（生唱）兩淚如珠滴，心中愁似織。（貼唱）早知今日悔當初，何以休明白？

（外云）孩兒，你夜來説的話，我仔細尋思起來，説得有理。我欲待叫你和伯喈去，路途艱辛，不如使人去把伯喈爹娘媳婦都取來做一處，你兩人心下如何？（生云）既然如此，多謝岳丈。（外云）院子李旺何在？（丑云）頻聽指揮黄閣下，忽聞呼唤畫堂前。覆相公，有何使令？（外云）李旺，我如今差你去陳留走一遭，接取蔡相公老員外老安人小娘子到府中來，我賞你盤纏去。（丑云）小人就去。（貼云）你去請將來，我這裏多多賞你。（丑云）夫人，你如今説得好，只怕取得他小娘子來，你和他争大小，埋怨着李旺。（生云）休胡説！你去須多方詢問。若是取得來時，路上千萬小心承直。（丑云）相公，不妨。小人出路慣便，自有分曉。

【四邊静】（凡二首）（外唱）李旺，你去陳留那裏詢端的，專心去尋覓。請過那三人，途中好承直。（合唱）且休憂憶，寄書咫尺。眼望旌捷旗，耳聽好消息。

【前腔】（生唱）只怕饑荒散亂無踪跡，他存亡也難測。何況路途間，難禁這勞役。（合前）

【福馬郎】（凡二首）（貼唱）李旺，你休説新婚在牛氏宅。（外云）説怕怎的？（貼唱）他須怨我相耽誤。歸未得，只恐傍人聞之把奴責。（合唱）若是到京國，重相見作個好筵席。

【前腔】（丑唱）相公，你多與我盤纏添氣力，萬水千山，曾慣歷。（拜科）辭却恩官，且請免憂憶。（合前）

詩云：

（外）限伊半載望回音，（生）路上行程須小心。
（貼）但願應時還得見，（丑）果然勝似岳陽金。

蔡中郎忠孝傳卷之三

蔡中郎忠孝傳卷之四

第三十五齣

（末云）年老心閒無別事，麻衣草座亦容身。相逢盡道休官去，林下何曾見一人？自家乃是彌陀寺中一個五戒。今日這寺中建一會無礙道場，不揀甚麽人，或是薦雙親、保安身己的，都來這裏聚會。真個好寺院好道場！怎見得？但見：蘭若莊嚴，蓮臺整肅。大殿嵯峨耀金壁，回廊繚繞畫丹青。千層塔高聳侵雲，半空中時聞清鐸。七寶樓晶光耀日，六時裏頻響洪鍾。松下山門，紅塵不到；竹邊僧舍，白日難消。阿羅漢聖相威儀，比靈山三十六萬億諸佛；比丘僧戒行清潔，似祇園千二百五十人俱。且看幡影石壇高，惟有棋聲花院静。休説清浄法界，且説嚴肅道場。只見珠幢寶蓋影飄飄，玉磬金鍾聲斷續。龍瓶插九品紅蓮，開浄土春秋不老；鳳蠟吐千枝絳蕊，照佛天晝夜長明。齊整整的貝葉同翻，撲簌簌的天花亂墜。栴檀林裏，爇着清浄香道德香；香積厨中，獻着禪悦食法喜食。人人在十洲三島，個個浄五蘊六根。擊大法鼓，吹大法螺，仙樂一時奏動；開甘露門，入甘露城，幽魂盡獲超昇。正是：寄言苦海林中客，好向靈山會上修。今日寺中建設大會，怕有官員貴客來此遊玩，不免將着疏頭就此抄題幾貫錢鈔，添助支費。道尤未了，遠遠望見兩個舍人來到。

【縷縷金】（凡二首）（浄唱）胡廝啞，兩喬才，家中無宿草，有甚强追陪？（丑唱）自來粧風子，如今難悔。向叢林深處且徘徊，特來看佛會。

（末云）官人，請坐告茶。（浄云）五戒，你這佛會支費多？（末云）便是。官人休怪冒瀆，今日天與之幸，得遇二位官人到此，斗膽抄化幾文，添助支費則個。（浄云）五戒，將疏頭來看。兄弟，錢是倘來之物，何處不使？（丑云）咱每這般人，那一日不使幾貫鈔？（浄云）我捨五錠。（丑云）我也捨五錠。（浄、丑云）我兩人都不曾帶得見錢在此，你一霎時隨我去取與你。（末云）多謝官人。（浄云）遠望一個婆娘來，且生得好。（丑云）是有，背着琵琶，到和你姐姐厮像。（末云）又道是遠觀不審，近睹分明。〔一〕

【前腔】（旦唱）途路上，實難捱，盤纏都盡了，好狼狽。試把琵琶撥，逢人乞丐。薦公婆魂魄免沉埋，特來赴佛會。

（旦云）奴家且喜已到洛陽，見説今日彌陀寺中做佛會，特來此處抄化幾貫鈔，追薦公婆則個。（末云

〔一〕 睹：原作『都』，據汲古閣刊本《繡刻琵琶記定本》改。

道姑何來？（旦云）貧道遠方人氏。（淨、丑云）你這個甚麼東西？（旦云）是奴家公姑的真容。（淨、丑云）恁的，你從那裏來？（旦云）官人請坐，待奴家告稟。

【銷金帳】（凡五首）（旦唱）聽奴訴與，奴是良人婦，爲兒夫相耽誤。（淨云）他怎的耽誤了你？（旦唱）他赴選及第，一向未歸鄉故。饑荒喪了，喪了親的舅姑。（丑云）你丈夫不在家，公婆死了，誰人與你安葬？（旦唱）苦！我造墳墓，今爲尋夫來此。（淨、丑云）你丈夫在那裏？（旦唱）如今知他在何處所？

（淨云）道姑，你抱着琵琶做甚麼？（旦云）奴家將此彈一兩段曲兒，抄化幾文，就此寺中追薦公婆則個。（淨、丑云）你會彈甚麼曲兒？你會彈《也兒四》麼？（旦云）不會。（淨、丑云）你會彈《八俏手》麼？（旦云）也不會。奴家只會彈些行孝曲兒。（末云）難得二位官人在此，好生彈着一兩個曲兒，教他厚賞你。（旦云）既如此，官人請坐聽着。凡人養子，懷抱最艱辛。欲語未能行未得，此際苦雙親。

【前腔】（旦唱）凡人養子，最是十月懷耽苦，更三年勞役抱負。休言他受濕推乾，萬千勞苦。真個千般愛惜，千般回護。兒有些不安，父母驚惶無措。直待他可了，可了懽忻似初。

（淨云）彈得好！彈得好！（末云）真個彈得好。（丑云）錢鈔那裏不使？我先與你一領好襖子。你再彈一個。（旦云）兒漸長，父母漸懽忻。教語教行并教禮，一意望成人。

【前腔】（旦唱）兒行幾步，父母相懽顧，漸能言能行路。教他飲食羹湯，自朝及暮。懸懸望他成人,爲他擇師傅,又怕孩兒愚魯。略得他長俊,可便歡忻賞賜。

(丑云)彈得好!(末云)是好。(浄云)錢鈔那裏不使?我也與你一領好襖子。你再彈。(旦云)勸教導,暮史及朝經。願得榮親并耀祖,一舉便成名。

【前腔】(旦唱)朝經暮史,教子勤詩賦,春闈催教赴。指望他耀祖榮親,改换門户。懸懸望他,腰金衣紫。兒在程途,又怕餐風宿露。求神問卜,把歸期暗數。

(浄、丑云)彈得好!彈得好!錢鈔那裏不使?再把一領襖子與你。(末云)元來裏面都是破衣裳。官人,你襖子都脱了,身上寒,甚麽意思?(浄、丑云)寒也是寒,不可壞了我局面。咱每這般人使鈔慣了,怕甚麽寒?再唱。(末云)且看他這番把什麽與他?(旦云)兒在路,須是早回程。忤逆兒男和孝子,報應甚分明。

【前腔】(旦唱)兒還念父母,及早歸鄉故,看慈烏能返哺。莫學我的兒夫,把雙親耽誤。常言養子,方知父母。算那忤逆兒男,和孝順之子,若無報應,果是乾坤有私。

(末云)彈得好!彈得好!(浄云)你彈得自好,唱得自好,我没甚麽與你了。(末云)我也道。(浄、丑作寒科,云)這般的走將家去,甚麽模樣?(丑云)我只賴五戒取衣裳。(浄、丑扯末科,云)好!好!五戒粧局騙我,把我衣裳都剥了。(末云)你是把與他,我那曾粧局騙你?(浄、丑云)我叫道好,你便也叫道好,只管攛掇,你不是騙我?若不還我,扯你到官去。(末云)道姑,把還他去,要他做甚麼？（旦云）還你。（净云）錢鈔雖則那裏不使，寒却忍不得。（丑云）我恰纔道你彈得好，唱得好。我如今尋思起來，你彈得也不好，唱得也不好。你不信，再彈再唱看。（旦云）我也唱不得。（丑云）可知不敢唱了。（净云）他既不敢唱了，我且和你回去。（净云）小子不是豪富，（末云）枉了教人題疏。（旦云）你衣裳敢是借來？（净、丑云）可知我脚下無個布袴。（净、丑下）（旦云）一斟一酌，莫非前定。奴家准擬今日抄題幾文錢，追薦公婆。誰知撞着兩個風子，攪鬧一場。（末云）道姑，你既要追薦公婆，將真容掛在此間，待衆齊了，一同開啓。（展真容拜科）

【賞秋月】（凡一首）（旦唱）在途路，歷盡多辛苦。把公婆真容來超度，焚香禮拜須回護，願尋見我丈夫。

（末云）遠遠望見一簇人馬，想是官員來，且躲在一邊。（末下）

【縷縷金】（凡二首）（生唱）時不利，命何乖？雙親在途路上，怕生災。（末、丑唱）相公，此是彌陀寺，略停車蓋。（合唱）辦虔誠懇禱拜蓮臺，特來赴佛會。

（末云）呀！蔡相公頭踏來也，道姑且避着。（打科）（旦失畫科，云）在他矮簷下，怎敢不低頭？（旦下）（生云）地下那得這軸畫像？（末云）是一個道姑失下的。（生云）左右，且與他收下，待道姑來尋，還他。

【前腔】（净上唱）能喫酒，會撞齋。喫得醺醺醉，便去打僧戒。講經和回向，全然尷尬。你官人若是有文才，休來看佛會。

（見科）（浄云）小僧正在裏面莊嚴道場，不知相公光降，有失迎迓，萬望恕責。請相公方丈拜茶。（生入方丈科，云）和尚，下官爲請雙親來此，不知路上安否如何？特來三寶面前，祈個保佑。（浄云）元來如此，待我請佛。

【佛賺】（浄唱）如來本是西方佛，西方佛。却來東土救人多，救人多。結跏趺坐坐蓮花，丈六金身最高大，他是十方三界第一個大菩薩。摩訶薩，摩訶般若波羅糖。（末云）念差了，是波羅密。（浄唱）糖也這般甜，蜜也這般甜。南無十方佛十方法十方僧，上帝好生不好殺。好人還有好提掇，惡人還有惡鑒察。好人成佛是菩薩，惡人做鬼做羅刹。第一滅却心頭火，心頭火。第二解開眉間鎖，眉間鎖。第三點起佛前燈，佛前燈。真個是好也快活我，快活我。諸惡莫作，奉勸世上人則個。浪裏稍公牢把舵，行正路，莫蹉跎。大家都去誦彌陀，誦彌陀。善男信女笑呵呵。聽大法鼓鼕鼕鼕鼕鼕，聽大法鐃乍乍乍乍乍。手鐘摇動陳陳陳陳，獅子能舞鶴能歌。木魚亂敲逼逼剥剥，海螺響處嘖嘖嘖嘖。積善道場隨人做，伏願老相公、老夫人、小夫人萬里程途悉安樂。南無菩薩薩摩訶，金剛般若波羅密。

（浄云）相公，我請佛了。請上香，通達情旨。（生上香科）

【江兒水】（凡四首）（生唱）如來證盟，鑒兹啓：我雙親在途路裏，不知如何的？仰惟菩薩大慈悲。（合唱）龍天鑒知，龍天護持，護持他登山渡水。

前）

【前腔】（淨唱）如來證盟，鑒兹情旨。相公的父母，望相保庇。仰惟功德不思議。（合前）

【前腔】（末唱）我東人鎮日常懷憂憶，只慮二親在程途裏。孝思誠意真個感神祇。（合前）

【前腔】（丑唱）我聞知做會，隨來特喜，饅頭素食多多與。若還不與，我自入齋厨裏取。（合前）

（生云）禱祝已了。左右，整備鞍馬。（末云）鞍馬整備了。（淨云）相公款坐片時，喫齋。（生云）不須得。（淨云）與佛有緣蒙寵渥，（生云）願親路上悉平安。（末云）因過竹院逢僧話，（丑云）又得浮生半日閒。

【縷縷金】（凡一首）（旦唱）呀！元來是蔡伯喈，馬前都喝道，是狀元來。料想雙親像，他每留在。天教我夫婦再和諧，都因這佛會？

（旦云）正是：不因漁父引，怎得見波濤？方纔這個官人，元來就是蔡伯喈。好也，今日也會見。奴家慌忙中失了公婆真容，寺中長老都説是他收去了。我待明日竟投他家裏去，以乞告爲由，問取個消息。倘或天可憐見，大家因此相會，也不見得？

詩云：

（旦）保佑爹娘蔡伯喈，真容收去不疑猜。

縱使侯門深似海，從今引得外人來。

第三十六齣

【十二時】（凡一首）（貼唱）心事無靠托，這幾日翻成悶也。父意方回，夫愁稍可。未卜程途裏的如何，教我怎生撇下？

（貼云）自古道：不如意事常八九，可與語人無二三。奴家自嫁蔡伯喈之後，他常懷憂悶，比及問他，道家中有八旬之父母，兩月之妻房，不得相見，以此憂悶。前日爹爹差李旺去取他爹娘媳婦來此一處，又不知路上安否如何？爲他擔了多少煩惱？他爹娘早晚來到，要一兩個使喚的伏侍他。我府裏雖則有幾個使喚的，那裏中用？怎生得一個精細的早晚伏侍他，多少是好？不免叫院子出來，問他則個。院子那裏？（末云）書當快意讀易盡，客有可人期不來。世上幾多能稱意，光陰何用苦相催。禀夫人，有何使令？（貼云）院子，我府中少幾個使喚的，你與我街坊上尋問。但有精細的婦人，尋一個來使喚咱。（末云）理會得，小人便去。（行望科）呀！正是：踏破鐵鞋無覓處，得來全不費工夫。覆夫人得知，府前有個教化的道姑來來往往，生得十分精細，不知他肯與人做使喚的否？待小人引他進見夫人，問他則個。（貼云）既如此，你可就叫他進來。

【遶地遊】（凡一首）（旦唱）風餐水宿，甚日能安妥？苦！問天怎生結果？

【前腔】(貼唱)他梳粧淡雅，看丰姿堪描堪畫。是何人，教來問他？

(相見科)(貼云)道姑何來？(旦云)貧道遠方人氏。(貼云)來此做甚麼？(旦云)特來抄化。(貼云)你會些甚麼？(旦云)貧道大則琴棋書畫，小則針指工夫，飲食肴饌，無所不通。(貼云)你如此能事呵，你在路上教化也生受，何似在我府中喫些安樂茶飯如何？(旦云)深感夫人見憐，但恐貧道無可稱夫人之意。(末云)夫人，他是遠方人氏，要問他來歷詳細，方可留他。(貼云)道姑，你從小出家，嫁人了出家？(旦云)貧道是在家出家。(貼云)呀！你說得好不明白，如何教做在家出家？(旦云)貧道因有丈夫，教做在家出家。(貼云)院子，他既有丈夫的，難收留他，與他些錢米，教他出去。(末云)夫人說你有丈夫的，不好留你，與你些錢米教你去。(旦云)苦也！我不合說道有丈夫的，夫人不肯留我。夫人，貧道路上尋問來，說道我丈夫在牛太師府廊下住。(貼云)且問你丈夫是甚麼人？姓甚名誰？(旦背云)我且說一個假名與他。夫人，我丈夫姓祭名白諧。(貼云)院子，你管房廊下，曾有個姓祭名白諧的麼？(末云)覆夫人，小人管許多房廊下，並不曾有那姓祭名白諧的，你別處去尋。

(旦云)苦！千山萬水來到這裏，尋我丈夫不見，莫不是死了？今日教我靠誰？

【山坡羊】(凡二首)(旦唱)丈夫，我一路裏尋踪訪跡，都說道在夫人府裏。天那！今番不見你，必是死。(旦云)你若死呵。(旦唱)教奴家，枉了幾多辛勤意。你看我鞋盡穿衣盡敝，水宿風餐非容易。(旦云)便做他特地不見我呵。(旦唱)那更我九泉的公婆，眼懸懸望你。(合唱)思之，這苦向誰提？夫婿何時見得伊？

（末云）道姑休啼哭。你丈夫委的不在這裏，莫聽人哄說。倘老相公知道，罪責不便。（旦云）院公，貧道不是聽人哄說，天神指教來此尋討。（貼云）這道姑說謊，天神和你怎的說？（旦云）貧道豈敢說謊？夫人且聽稟。

【前腔】（旦唱）我那日葬親在山裏，分明是夢中天人指示。（貼云）他如何指示你？（旦唱）教貧道到此尋丈夫。（旦云）如今不見他呵。（旦唱）又誰知道他身死矣。天那！若是他身死，還要我這命怎的？不如觸死在堦前地，我早樂得陰間和他做夫妻。（合前）

（貼云）可憐這婦人！道姑，我如今且留你在這裏，一壁廂教人與你尋取丈夫，你意下如何？（旦云）如此，謝得夫人。（貼云）道姑，你在府中休要恁的打扮，我與你換了這衣粧。（旦云）(一)貧道不敢換。（貼云）因甚不敢換？（旦云）貧道有一十二年孝服在身，所以不敢換。（貼云）那有此禮？天下大孝只有三年，如何有十二年？（旦云）夫人聽稟：公公死了三年，婆婆死了三年，我丈夫久留都下，代丈夫六年，以此共十二年。（貼云）有這等行孝的婦人！道姑，你雖然如此，争奈我老相公最嫌人這般打扮，你可暫改換些。院子，你去喚惜春取過鑑粧衣服出來。（末云）理會得。正是：畫堂傳懿旨，幽閣取粧奩。（末下）（丑云）寶劍責烈士，紅粉贈佳人。夫人，鑑粧衣服在此。（貼云）惜春，你且退去。

(一)（旦云）：原闕，據汲古閣刊本《繡刻琵琶記定本》補。

（丑云）天上人間，方便第一。（貼云）道姑，你臨鏡整容則個。（旦臨鏡科，云）呀！幾時不曾對鏡了？苦！元來這般消瘦了。

【二郎神】（凡二首）（旦唱）容消索，對孤鸞嘆菱花剖破。（貼云）道姑，你不梳粧，換些衣服麼？（旦提衣科，唱）記翠鈿羅襦當日嫁，誰知他去後，釵荆裙布無些。（貼云）道姑，你不換衣服，帶些釵梳麼？（旦提釵科，唱）金雀釵頭雙鳳蟬，好羞殺我形孤影寡。（貼云）道姑，你不帶釵梳，簪些花朵麼？（旦提花科，唱）説甚麼簪花朵捻牡丹，教奴怨着姮娥。

【前腔换頭】（貼唱）嗟呀，心憂貌苦，真情怎假？也只爲着公婆珠淚墮。（旦云）夫人有公婆麼？（貼唱）道姑，我公婆自有，不能彀承奉杯茶。道姑，你比我没公婆承奉呵，不枉了教人做話靶。（貼云）道姑，我且問你。（貼唱）你公婆，爲甚麼雙雙命掩黄沙？

【囀林鶯】（凡二首）（旦唱）荒年萬般遭坎坷，丈夫又在京華。（貼云）你丈夫既不在家，如何自家過遣？（旦唱）把糟糠暗喫擔饑餓，公婆死，是奴剪頭髮賣來埋他。把孤墳自造，土泥盡是我麻裙包裹。（貼云）呀！這道姑好誇口！（旦唱）也非誇，手指傷，血痕尚染衣麻。

【前腔】（貼唱）愁人見説愁轉多，使我珠淚如麻。（旦云）夫人怎掉下淚來？（貼唱）我丈夫亦久别雙親下。（旦云）他怎不家去？（貼唱）他要辭官家去，被我爹爹把他來蹉跎。（旦云）他家中有妻室麼？（貼云）他妻室自有，怕不似你會看承爹媽。（旦云）他如今在那裏？（貼唱）在天涯。（旦云）夫人，怎不取他來此一處？（貼云）前日已使人去取了。（旦云）既有人去取了，夫人煩惱則甚？（貼唱）謾取來，知他路上如何？

【香林纏】（凡二首）（旦唱）聽言語，教我悽愴多，料想他每也非是假。（旦背云）我把幾句言語試他一試看。（旦唱）夫人，他那裏既有妻房，取將來怕不相和？（貼唱）道姑，但得他似你能挜靶，我情願侍他居他下。只愁他程途上苦辛，教人望得眼巴巴。

【前腔】（旦唱）錯中錯，訛上訛，却元來在鬼門關空占卦。（旦云）罷！罷！我只得説與他知道。（旦唱）夫人，若要識蔡伯喈的妻房，（貼云）他在那裏？快説與我知道。（旦唱）奴家便是無差。（貼唱）你果然是他非謊詐？（旦云）夫人，奴家豈敢説謊？（貼唱）呀！元來你爲我喫折挫，爲我受奔波。教你怨我，教我怨爹爹。

（貼云）姐姐請坐，待奴家見禮則個。（旦云）夫人，奴家豈敢？（貼云）姐姐快不要這般説。

【金衣公子】（凡二首）（貼唱）我和你一樣做渾家，我安然，你受禍。你名爲孝婦，我被傍人罵。（旦云）呀！誰敢罵夫人？（貼唱）公死爲我，婆死爲我，姐姐，我把你孝衣穿着，把濃粧罷。

（旦云）夫人，這且未可。（合唱）事多磨，冤家到此，逃不得這波查。

【前腔】（旦唱）夫人，他當初也没奈何，被爹强將來赴選科。爲功名，把父母相耽誤。（貼唱）姐姐，他辭官不可，辭婚不可。只爲三不從，做成災禍天來大。（合前）

（貼云）姐姐休怪奴家説，我教你换了衣服，你又不肯。只怕伯喈見你這般藍縷，不肯相認。（旦云）此事全在夫人見憐，如今不知他在那裏？（貼云）他進朝去了，霎時便回。（旦云）若是他回時，望夫人引見則個。（貼云）這不待言。只一件，伯喈往常回來，便入書館中看文章。你既曉得書史，何似去書館中寫幾句言語打動他？那時與你説，却不是好？（旦云）夫人説得是，奴家領命。詩云：

（旦）無限心中不平事，（貼）一番清話又成空。

（貼）一葉浮萍歸大海，（旦）人生何處不相逢。

第三十七齣

（末云）爲問當年素服儒，於今腰下佩金魚。分明有個朝天路，何事男兒不讀書？自家乃是蔡相公府中一個院子。我那相公雖居鳳閣鸞臺，常在螢窗雪案。退朝之暇，手不停披；閒居之際，口不絶吟。如今相公早朝將回，不免灑掃書館，等候則個。怎見得好書館？但見：明窗瀟灑，碧紗厨内烟霧輕盈；净几端嚴，虎皮椅上塵埃不染。粉壁間掛三四軸古畫，石床上安一兩張瑶琴。緗帙縹囊，數起看何止一萬卷；牙籤犀軸，乘將來敎有三十車。芸葉分香走魚蠹，芙蓉藏粉養龍賓。鳳味馬肝，和那鸜鵒眼，無非奇巧；兔毫麋尾，和那犀象管，分外精神。積金花玉版之箋，列錦紋銅緑之格。正是：休誇東壁圖書府，賽過西垣翰墨林。且慢着，我相公昨日去彌陀寺中燒香，拾得一軸畫像，不知甚麽故事。相公教我收下，我如今也將來掛在此間，待相公回來看。我相公飽學多才，怕曉得這故事，也不見得？（掛畫科）正是：早知不入時人眼，多買胭脂畫牡丹。（末下）

【天下樂】（凡一首）（旦唱）一片花飛故苑空，隨風飄泊到簾櫳。玉人怪問驚春夢，只怕東風羞落紅。

（旦云）堦下落紅三四點，教人錯恨五更風。當初只道蔡伯喈貪名逐利，不肯回家，元來被人逗遛在此。奴家昨日抄化來到這裏，甚感得夫人收録。又怕伯喈見奴家一身藍縷，不肯厮認，教奴家到書館中題幾句言語打動他，奴家只得從他來到這裏。好富貴去處！蔡伯喈在此這般樣享用，那知父母在家受苦都餓死了？我如今寫在那處好？呀！公婆真容元來也掛在此，何似就真容背面題幾句便了。正是：向日受饑荒，雙親已死亡。如今題詩句，報與薄情郎。（舉筆科）

【醉扶歸】（凡二首）（旦唱）丈夫，我有緣千里和你能相會，難道這是無緣對面不相逢？鳳枕鸞衾也曾相共，（旦云）今日呵，（旦唱）反將這兔毫象管來打動。休休，畢竟一齊分付與東風。蔡伯喈，只怕你把往事如春夢。

【前腔】（寫詩科，唱）詞源倒流三峽水，胸中别是一家風。蔡伯喈，待晚歸來看真容，只怕你久戀難移寵。休休，縱認不得丹青貌，若見這翰墨，也須心先痛。

（旦云）奴家題詩已了，且迴避。看伯喈回來見了，説甚麼？

詩云：

（旦）未卜兒夫意，全憑一首詩。

得他心肯日，是我運通時。

第三十八齣

【鵲橋仙】（凡一首）（生唱）披香隨宴，上林遊賞，醉後人扶馬上。金蓮花燭照回廊，正院宇梅稍月上。

（生云）日宴下彤闈，平明登紫閣。何如在書案，快哉天下樂。自家早臨長樂，夜直嚴更。召問鬼神，或前宣室之席；光傳太乙，特頒天禄之書。惟有戴星銜黑出漢宫，安能滴露研朱點《周易》？俺這幾日且喜朝無繁政，官有餘閒。庶可留志於詩書，從事於翰墨。正是：事業要當窮萬卷，人生須是惜分陰。（看書科）這是《尚書》，且看《尚書》呵。這《尚書》中説道：虞舜父頑母嚚弟傲，克諧以孝。不！他父母那般相待他，他猶自克諧以孝。我父母虧了我甚麽，到不能彀奉承他。看他何用？這是《春秋》，且看這《春秋》。呀！這《春秋》中説道，莊公賜食於考叔，考叔不食，莊公問曰：何爲不食？考叔答曰：『小人有母，未嘗君之羹，請以遺之。』不！古人喫一口湯，兀自尋思着娘。我如今做官享富貴，到把父母撇了，枉看這書。行不得，濟甚麽事？你看書中那一句不説着孝義？當元俺爹娘待要俺知些孝義，教我讀書，誰知到被詩書誤了，看他怎的？

【解三醒】（凡二首）（生唱）嘆雙親把兒指望，教兒讀古聖文章。似我會讀書的，到把親撇漾。少甚麼不識字的，到得親終養。書，我只爲你書中自有黄金屋，却教我撇了椿庭萱草堂。還思想，畢竟是文章誤我，我誤了爹娘。

【前腔】（生唱）比似我做個負義忘情臺館客，到不如守義終身田舍郎。《白頭吟》記得不曾忘，緑鬢婦何故在他方？書，我只爲你書中有女顔如玉，却教我撇了糟糠妻下堂。還思想，畢竟是文章誤我，我誤了妻房。

（生云）書既懶看他，且看這壁間山水古畫，散悶則個。呀！這一軸畫像，是我夜來在彌陀寺中燒香拾得的，怎麼也掛在此？是甚麼故事？（想科）這不是故事，有個人兒廝像，只是一時間想他不到。

【太師引】（凡二首）（生唱）細端詳，這是誰筆杖？覷着他，教我心兒裏慘傷。（細看科，唱）好似我雙親模樣。（生云）不！我的媳婦會針指，便做我的爹娘呵。（生唱）怎穿着這破損衣裳？（生云）他前日有書來。（生唱）道別後容顔無恙，怎的這般淒涼形狀？（生云）我這裏要寄一封書回，尚不能彀。（生唱）有誰來往，將帶到洛陽？（生云）天下少甚麼廝像的？（生唱）須知仲尼陽虎一般龐。

【前腔】（生唱）呀！敢是街坊誰劣相，覷莊家形衰貌黄？（生云）我爹娘呵，（生唱）若没有一個媳婦相傍，少不得似這般淒涼。（心動科，唱）敢是個神圖佛像？（生云）更不是。却怎的？我正看間，（生唱）猛可的小鹿兒心頭撞。（生云）這也不是神佛樣子，敢是當元畫的不是了？（生唱）丹青匠，由他自主張，須知漢毛延壽誤了王嬙。

（生云）且慢着，若是個神圖佛像，背面必有標題。待我轉過來看，有一首詩在上面。（讀詩科）這廝好無理，句句打動下官。定要查出來，決不饒他。必是夫人知道，且待夫人出來問他，便知分曉。（叫科）

【夜遊湖】（凡一首）（貼唱）惟恐他心思未到，教他題詩句，暗裏相嘲。翰墨關心，丹青入眼，强似把語言相告。

（相見科）（生云）夫人，誰人進我書館中來？（貼云）没有人來。（生云）我昨日去彌陀寺中燒香，拾得一軸畫兒，掛在這裏，什麼人在背後題着一首詩？（貼云）敢是元先寫的。（生云）墨跡尚不曾乾，那是元先寫的？（貼云）相公，這詩如何説？請讀與奴家知道。（生讀云）『崑山有良璧，鬱鬱璠璵姿。嗟彼一點瑕，掩此連城瑜。人生非孔顔，名節鮮不虧。拙哉西河守，胡不如皋魚。宋弘既以義，王允何其愚。(一)風木有餘恨，連理無傍枝。寄語青雲客，慎勿乖天彝。』（貼云）相公，這詩奴家不曉得，請解説一遍。（生云）夫人待要解説，這個容易。（貼云）奴家願聞。（生云）『崑山有良璧，鬱鬱璠璵姿。』崑山是

(一) 王：原作『黄』，據文義改。下同改。

地名，出得好玉，有那美好的顏色。『嗟彼一點瑕，掩此連城瑜。』嘆息這一塊美玉，價重連城，有些兒瑕玷，便没人要了。『人生非孔顏，名節鮮不虧。』孔子顏子兩個聖賢，德行渾全。大凡人能忠不能孝，能孝不能忠，所以名節欠缺。『拙哉西河守，胡不如皋魚。』西河守，戰國時人吴起是也，魏文侯着他做西河太守，母死不奔喪。皋魚是春秋時人，只爲周遊列國，父母死了。後來回歸，自刎而亡。『宋弘既以義，王允何其愚。』宋弘，光武時人。光武要把湖陽公主嫁他，宋弘不從。對官裏道：貧賤之交不可忘，糟糠之妻不下堂。王允，桓帝時人。司徒袁隗要把女姪嫁他，他便休了前妻，去娶袁氏。『風木有餘恨，連理無傍枝。』孔子聽得皋魚啼哭，問其故。皋魚説道：樹欲静而風不止，子欲養而親不在。西晉時東宫門首有槐樹二枝，連理接脉而生，四傍皆無小枝。『寄語青雲客，慎勿乖天彝。』叫人傳言與做官的，切莫違了天倫。（貼云）相公，那不奔喪和那自刎的，那一個是正道？（生云）那不奔喪的是亂道。（貼云）相公，那不棄妻的與那休妻的，那一個是正道？（生云）那休妻的是亂道。（貼云）相公，比如你待要學那一個？（生云）呀！我的父母知他存亡如何？我決不學那不奔喪的。（貼云）相公，你不學那不奔喪的，且如你這般富貴，腰金衣紫，假有糟糠之婦來尋你，可不辱邈了你，你還是認他麼？（生云）夫人説那裏話？縱是辱邈殺了，終是我的妻室，義不可絶，如何不認他？

【鏵鍬兒】（凡四首）（生唱）你説得好笑，可見你心兒窄小。（生云）我決不學那王允。（生唱）終不成撇却苦李，再尋甜桃？（生云）古人有七出之條。（生唱）他不嫉不妬與不盜，終無去條。（生云）那棄親的，（生唱）衆所誚；那不棄妻的，（生唱）人所褒。縱然他醜貌，怎肯相休棄了？

【前腔】(貼唱)相公，伊家富豪，那更青春年少。看你紫袍掛體，金帶垂腰。(貼云)做你的媳婦呵，(貼唱)應須有封號。金花紫誥，必俊俏，須媚嬌。若還醜貌，怎不相休棄了？

【前腔】(生唱)你言顛語倒，惱得我心兒焦燥。莫不是你把咱奚落，特兀自粧喬？引得我淚痕交，撲簌簌這遭。(生云)這題詩的是誰？(貼云)你待怎的？(生唱)他把我嘲，難恕饒。説與我知道，怎肯干休住了？

【前腔】(貼唱)我心中忖料，想不是個薄情分曉。相公，管教你夫婦會合在今朝。(貼云)相公，你還猜不着？(生云)我一時猜不着。(貼唱)伊家枉然焦，只怕你哭聲漸高。(生云)是誰？(貼唱)是伊大嫂，(生云)他姓甚麽？(貼唱)身姓趙。正要説與你知道，只怕你干休住了。

(生云)如今在那裏？(貼云)他就來見你。

【入賺】(旦唱)聽得鬧炒，想是我兒夫看詩囉唣。(貼云)姐姐出來。(旦唱)是誰忽叫？料想是夫人召，必有分曉。(貼唱)相公，是他題詩句，你還認得否？(生云)他在那裏來？(貼唱)他從陳留郡，爲你來尋討。(生認科，云)元來是我娘子。(生唱)你怎的穿着破襖？衣衫盡是素縞？呀！莫不是我雙親不保？(旦唱)從別後，遭水旱，(生云)是經水旱來。(旦唱)我兩三人只道同做餓殍。(生云)張大公曾周濟你麽？(旦唱)只有張公可憐，嘆雙親別無倚靠。(生云)後來却如何？(旦唱)公婆兩個相繼死，我剪頭髮賣錢來送伊妣考。(生云)如今安葬了不曾?(旦云)安葬了。(生云)家中恁的艱難,如何就得安葬了?(旦唱)我把墳自造,土泥盡是麻裙裹包。(生唱)聽得伊言,教我痛傷噎倒。

(倒地醒科)(旦云)這畫就是你爹娘的真容。(生云)是我爹娘真容?(拜科)

【下山虎】(凡四首)(生唱)蔡邕不孝,把父母相抛。(生云)當初別時,不道恁的。(生唱)早知你形衰稿,怎留漢朝?娘子,你爲我受煩惱,你爲我受劬勞。謝你葬我爹,葬我娘,你的恩難報也。那些個養子能代老?(合唱)這苦憑誰告,此恨怎消?天降災殃人怎逃?

(生云)娘子,這真容是誰畫的?

【前腔】(旦唱)這儀容像貌,是奴親描。(生云)娘子,路途遥遠,你那得盤纏來到此間?(旦唱)教化把琵琶撥,怎禁路遥?説甚麼受煩惱?説甚麼受劬勞?不信看你爹,看你娘,比別時向兀自形枯稿也。苦!我的一身難打熬。(合前)

【前腔】(貼唱)你説着圈套,被我爹相招。相公,你也説不早,況音信杳。姐姐,你爲我受煩惱,爲我受劬勞。相公,是我誤你爹,誤你娘,誤你名不孝也。做不得妻賢夫禍少。(合前)

【前腔】(生唱)我將却巾帽,卸下藍袍。(貼唱)急上辭官表,共行孝道。(貼云)我三人同去。(旦云)只怕山遥路遠,夫人同去不得。(貼唱)姐姐,我豈敢憚煩惱?豈敢憚劬勞?同去拜你爹,拜你娘,重把墳塋造也。與地下亡靈添榮耀。(合前)

【餘文】(合唱)幾年間別無音耗，柰千山萬水來尋討。天那！只爲三不從，生出這禍苗。

詩云：

(生)只爲君親三不從，(旦)致令骨肉兩西東。

(貼)今宵剩把銀釭照，(旦)猶恐相逢是夢中。

第三十九齣

【虞美人】(凡一首)(末唱)青山今古何時了，斷送人多少？孤墳誰與掃蒼苔，鄰塚陰風吹送紙錢灰。

(玉樓春)(末云)冥冥長夜不知曉，寂寂空山幾度秋。泉下長眠人未醒，悲風瀟索起松楸。老漢曾受趙五娘之托，教我與他看管墳塋。這幾日有些貧冗，不曾去看，今日不免去走一遭。呀！怎的？(看科)

【步步嬌】(凡二首)(末唱)只見落葉紛紛把這墳遮覆，(逐科)厮趕的皆狐兔。(望科，云)這幾日不曾來，敢是誰砍了樹木？(末唱)爲甚的松楸漸漸疏？(滑倒科，云)咳！甚麼絆我一倒呵？(末唱)却元來是苔把磚封，筭迸泥路。(末云)老員外，老安人，(末唱)只怕難保你百年墳。(末云)若張老死後呵，(末唱)教誰來添上三尺土？

（末云）呀！遠遠望見一個漢子走將來，不知甚麼人？

【前腔】（丑唱）我渡水登山多辛苦，來到這荒村塢。遥望見一老夫，試問他家，住在何所？趲步向前行，呀！却元來是一所荒墳墓。

（丑云）公公拜揖。（末云）首領哥哥何來？（丑云）小人從京都裏來。（末云）有何營幹？（丑云）公公，借問一聲，這裏有個蔡家莊麽？（末云）我這裏没有蔡家莊。（丑云）這裏有個蔡相公家麽？（末云）我這裏没有做官的，你問他做甚麽？（丑云）京裏蔡狀元相公教小人來取老相公、老夫人、小夫人，同到洛陽。（末云）那個蔡相公？叫做甚麽名字？（丑輕云）蔡伯喈。（末云）老夫耳重，高道一聲。（丑高云）蔡伯喈。（末云）咄！禁聲。

【風入松】（凡八首）（末唱）你不須提起蔡伯喈，（丑云）如何？（末唱）説着他每狠歹。（丑云）呀！他做官有甚麽歹處？老子無禮！（末唱）他中狀元做官六七載，（丑云）真個六七載了。（末唱）他撇父母拋妻不采。（丑云）他父母而今好麽？（末云）你要見他父母，你來。（末唱）這一搭土堆，是他雙親死却在此中埋。

（丑云）元來他父母死了，不知因甚的死了？

【前腔】（末唱）一從他别後遇荒災，更無人倚賴。（丑云）既無倚賴，是誰承直他兩個？（末唱）虧他媳婦相看待，把衣衫和釵梳都解。（丑云）解賣須會盡。（末云）便是。這小娘子解賣錢來糴米，做飯與公婆喫。小哥，你道他自喫甚？（末唱）他𧰼地裏把糟糠自捱，公婆見反疑猜。

（丑云）公婆敢道他背地裏喫了好物事？（末云）便是。

【前腔】（末唱）他公婆親看見，雙雙死，無錢送，剪頭髮賣買棺材。（丑云）他那般無錢，如何築得這一所墳臺？（末云）他有緣故。（丑云）却如何？（末唱）他去空山裏，把裙包土，血流指，感得神明助，與他築墳臺。

（丑云）呀！有這般樣的事？自古來孝感天地，果然有此。這小夫人如今在那裏？

【前腔】（末唱）他如今徑往帝都來。（丑云）他把甚麼做盤纏？（末唱）他把琵琶撥着做乞丐。

（丑云）苦！蔡相公特特教我來取老相公、老夫人、小夫人。如今他老相公、老夫人既死了，小夫人又去了，空着小人走這一遭。（末云）小哥，且住，待我與你說與他父母知道。（末叫云）老員外、老安人，你兒子在京都做大大官，如今差人來接你，你知道不知道？（末哭唱）叫他不應魂何在？空教我珠淚盈腮。（丑云）公公，不要悲苦，待小人回去說與相公知道，教他多做些功果，追薦他便了。（末笑云）咳！他生不能事，死不能葬，葬不能祭。（末唱）這三不孝逆天罪大，空設醮，枉修齋。

（末云）你相公如今在那裏？（丑云）他如今贅牛太師府裏。

【前腔】（末唱）你如今疾忙到京臺，說我張老的道與蔡伯喈。（丑云）道甚麼？（末唱）道你拜別人的爹娘好美哉，親爹娘到不值你一拜。

（丑云）（一）公公，休錯埋冤了他。他要辭官，官裏不從；辭婚，牛太師不肯。要歸，歸不得。他每日在府中甚麼悲苦，真無奈何！（末云）他當元在家不肯來赴選，他父母不從他。

【前腔】（末唱）元來他也是無奈，好似鬼使神差。（丑云）公公，你險些錯埋冤了人。（末唱）這只（末唱）這三不從把他廝禁害，三不孝亦非其罪。

是他爹娘的命乖，人生裏都是命安排。

（丑云）小人就别公公回去。（末云）小哥，老漢不是别人，張廣才的便是。我有幾句言語分付你：當初伯喈臨去之時，把父母分付與我，如今他父母身死，妻子又去京都尋他，將有半個月日了。你今回去，但是見一個婦人，似道姑粧扮，拿着琵琶，背着真容的，便是他妻子，你好好承直他去。（丑云）小人謹領。

詩云：

（末）雙親死了兩無依，（丑）今日回來也是遲。

（末）夜静水寒魚不食，（丑）滿船空載月明歸。

（一）（丑云）：原闕，據明萬曆繼志齋刊本《重校琵琶記》補。

第四十齣

【風入松】(凡一首)(外唱)女蘿松栢望相依,況景入桑榆。他椿庭萱室齊傾棄,怎不想家山桃李? 中雀誤看屏裏,乘龍難駐門楣。

(外云)人無遠慮,必有近憂。自家當初不仔細,一時定要招蔡伯喈爲婿,誰知他有父母妻子在家。如今他父母都死了,他媳婦自來此尋他,見説我的女孩兒也要和他同去,不知是否? 待唤院子過來問他則個。院子何在? (末云)紋犀未卜意沉吟,棋局排來仔細尋。猶恐中間差一着,教人錯用滿枰心。覆相公,有何鈞旨? (外云)(一)院子,説道蔡狀元父母死了,他媳婦來尋他,我的小娘子要和他同去,你知道麽? (末云)男女不知,只怕老姥姥知道。(外云)叫老姥姥過來。(末叫科)

【光光乍】(凡一首)(净唱)女婿要回歸,岳丈意何如? 忽叫奴家緣何的? 想必與他做區處。

(外云)老姥姥,見説蔡狀元的父母身故,他的媳婦來此取他,我的小娘子要和蔡狀元同去,還是如何?

(净云)果然要去。他家裏爹娘都死了,都是一個媳婦支持,如今小娘子同他回去守服,有何不可?

(一)(外云):原闕,據明萬曆繼志齋刊本《重校琵琶記》補。

（外云）我的孩兒到與別人帶孝？（淨云）相公休怒，聽奴家直稟。

【女冠子】（凡三首）（淨唱）媳婦事舅姑合體例，相公，怎不教女孩兒同去？當初是你相留住，今日裏怨着誰？（外云）我不教女孩兒同去，又待怎的？（淨唱）相公，事須近理，怎挾威勢？休道朝中太師威如火，那更路上行人口似碑。（合唱）説起此事，費人區處。

【前腔】（末唱）相公只慮着多嬌女，怕跋涉萬山千水。相公，女生外向從來語，況既已做人妻。夫唱婦隨，不須疑慮。這是藍田種玉結親誤，今日裏船到江心補漏遲。（合前）

【前腔】（外唱）當初是我不仔細，誰知道事成差池？痛念深閨幼女多嬌媚，怎跋涉萬餘里？天那！我嫡親更有誰，怎忍分離？休休，不教愛女擔煩惱，也被傍人道是非。（合前）

（外云）老姥姥，你和院子也説得是，且由他去，我管甚麼閒是非？（淨云）狀元、小姐都來了。

【五供養】（凡一首）（生唱）終朝垂淚，爲雙親教我心疼。（貼唱）親墳須共守，只得離宸京。

（旦唱）夫人，且商量個計策，猶恐你爹心不肯。（合唱）若是他不從，只説道君王有命。

（生云）娘子，你少待片時，我先進見了岳丈，然後你見。（相見科）（外云）女婿、孩兒過來。我當初不合定要招你爲婿，留你在此，不想你家中父母雙雙死了，這也天數該如此。説你先娶的媳婦來此尋你，而今在那裏？（生云）正欲稟知岳丈，而今在此不敢擅見。（貼云）孩兒正欲引見爹爹。（外云）就請他來見。（貼云）姐姐，你來相見了爹爹。（相見科）（外云）賢哉！賢哉！路途上風霜辛苦。（貼云）

孩兒有一事，禀爹爹知道。娶妻所以養親，是謂奉事舅姑者也。孔子云：生事之以禮；死葬之以禮，祭之以禮。若姐姐爲蔡氏之婦，生能竭力奉事公姑，死能賻資送之禮，葬能盡封樹之勞；孩兒爲蔡氏婦，生不能供甘旨，死不能盡擗踊，葬不能事窀穸。以此思之，何以爲人？誠得罪於舅姑，有愧於姐姐多矣。今特請於爹爹之前，願居於姐姐之下。（外云）賢哉我女！（外、凈云）正説得是。（旦云）怎道人有貴賤，不可概論。夫人是香閨繡閣之名姝，奴家是釵荆裙布之賤妾。況承君命而成婚，難讓妾身而居右。（外云）娘子，你今日既無父母，又喪公婆，你便是我孩兒一般。況汝先歸於蔡氏，年又長於我女，此實當禮，不必多辭。（生云）你兩個只當姊妹相呼便了。（凈云）這個説得極是。（生云）劣婿今日欲就拜辭岳丈，與二婦同歸故里，共行孝道。待服滿之後，同來奉侍尊顔。（外云）女婿，我其實捨不得你去。争奈你爹娘死了，我也難留你。（貼云）孩兒暫別尊顔，實出無奈。爹爹善保貴體，不須掛念，孩兒此去，想是三年之期。（外云）孩兒，你要去呵，路途這般遥遠，如何去得？（悲科）（貼云）孩兒路途皆賴爹爹洪福，必無他虞。且請寬心，不須煩惱。（外云）你三人有這般孝道，我明日便奏官裏知道，我也陳留郡走一遭。（生、貼云）孩兒就此拜别。（生、旦、貼辭科）

【摧拍】（凡四首）（生唱）念蔡邕爲雙親命傾，遭不孝逆天罪名，今辭了漢廷。念岳丈深恩，非敢忘情。欲待不歸，又負了亡靈。（合唱）辭别去，同到墳塋。心慽慽，淚盈盈。

【前腔】（旦唱）念奴家離鄉背井，謝公相教孩兒共行。非獨故里榮，我泉下公婆，死也目瞑。相公，你孩兒我自看承，不須要叮嚀。（合前）

【前腔】（貼唱）覷爹爹顔衰鬢星，思量起教人淚零。爹爹，我進退不忍。誤了公婆，被人譏評；撇了親爹，没人温凊。（合前）

【前腔】（外唱）孩兒，辭别去，你的吉凶未憑；再來時，我的存亡未審。女婿，吾今已老景，你没爹娘，我没親生。若念骨肉，一家須早辦回程。（合前）

【一撮棹】（凡二首）（生唱）岳丈，你寬心等，何須苦牽縈？（外唱）女婿，把音書寫，頻頻寄郵亭。（貼唱）老姥姥，爹年老，我去伊家須好看承。（浄唱）程途裏，只願保安寧。（旦唱）死别全無准，生離又難定。（合唱）今去也，未知何日返宸京？

（外云）孩兒，你三人去，途中須當保重。（生、旦、貼云）謝得爹爹。

【哭相思】（合唱）最苦生離難拚捨，知他别後再會何時也。

詩云：

（生）婿女今朝已别離，（外）老身孤苦有誰知。

（浄）婦隨夫唱同歸去，（旦）一處歡娛一處悲。

第四十一齣

【攤破金井歌】〔一〕（凡二首）（丑唱）登山渡水受艱辛，到得陳留不見人。他雙親已身傾，妻室到帝京。只是枉了教人走路程。（丑云）李旺蒙老相公差往陳留，去尋取蔡相公的父母妻子，不想他父母都死了，妻子又來京尋他，教小人空走這一遭。且慢着，未好對老相公説，只去與蔡相公説便了。怎的門房都閉了？敢是蔡相公出朝去，小娘子要幽静，閉了門？（叫科）開門！怎的没人應？老相公也出那裏去了，静悄悄的都没人呵？

【前腔】（外唱）畫堂深邃繡簾屏，舉步閒行出外廳。（丑見科）（外云）呀！李旺，你回來了？（丑云）小人回來了。（外唱）李旺，你去陳留郡，他家還怎生？一一從頭説事因。（丑云）告相公得知，小人領鈞旨前去陳留，接取蔡相公的父母妻子，不想他父母都死了，只有他妻子又離家來尋他了，不知曾到此否？（外云）前日已到這裏了，我的小姐和他都回去了。你到陳留時，他家既没人，何人對你説來？（丑云）相公聽禀。

〔一〕 攤：原作『撻』，據汲古閣刊本《繡刻琵琶記定本》改。

【風檢才】（凡二首）（丑唱）我到得陳留，逢着一個故老，在他每爹娘墳上拜掃。（丑云）他爹娘呵，（丑唱）果然饑荒都死了。他媳婦也來到，枉教人走這遭。

【前腔】（外唱）李旺，我如今去朝廷上表。（丑云）相公，上表奏甚的？（外唱）奏蔡氏一門孝道。管取吾皇降丹詔，加封號，把他召。我自去陳留走一遭。

（丑云）告相公：這個趙氏，其實難得。（外云）便是，一家都難得。蔡伯喈不忘其親，趙五娘孝於舅姑，我的小娘子能成人之美。一門孝義，理當保奏，請行旌表。詩云：

（外）明朝准擬奏朝廷，（丑）今古難逢此樣人。

（外）管取一封天子詔，（合）表出四海孝賢名。

第四十二齣

【梅花引】（凡一首）（生唱）傷心滿目故人疏，看郊野，盡荒蕪。（旦唱）惟有青山，添得個墳墓。（貼唱）慟哭無聲長夜曉，問泉下有人還聽得無？

〔玉樓春〕（生云）他鄉萬點思親淚，不能滴向家山地。（旦云）如今有淚滴家山，欲見雙親渾無計。（貼云）荒墳衰草連寒烟，蒼苔黄葉飛蘋蘩。欲聽鷄聲來問寢，忽驚蟻夢先歸泉。（旦云）人生自古誰無死，嗟君此恨憑誰語？（貼云）可憐衰絰拜墳塋，不作錦衣歸故里。（生云）夫人，如今且喜回到家山，便是雙親墳墓。我和你先拜了雙親，然後去拜謝張大公。（旦、貼云）正是如此。（拜祭科）

【玉雁兒】（凡五首）（生唱）孩兒相誤，爲功名耽閣了父母。天那！都緣孩兒不得歸鄉故。爹爹媽媽，你怎便先歸黃土？乾坤豈容不孝子，名虧行缺不如死。（生云）我待死呵，（生唱）只愁我死後缺祭祀。（合唱）對真容形衰貌枯，想靈魂悲憶痛苦。

【前腔】（旦唱）百拜公姑，望矜憐恕責我夫。你孩兒贅居在牛相府，要回來苦難離步。（旦云）你這新媳婦呵。（旦唱）堅心雅意勸親父，同歸故里守孝服，今日雙雙來廬墓。（合前）

【前腔】（貼唱）不孝媳婦，恨當初擔閣了我夫。他喫人談笑生何補？我今又何顏來見公姑？公公婆婆，生前不能彀相奉侍，何如事你黃泉路？（貼云）我待死呵。（貼唱）家中老父教誰看顧？（合前）

【前腔】（旦唱）今來盧墓，望雙親相與保扶。親還有靈歆受此，望恕我兒夫。呀！空勞死後設祭祀，何如在日供喉嗉？知他享麼？知他居何所？（合前）

【前腔】（末唱）樓臺銀鋪，遍青山渾如畫圖。（生云）呀！張大公來也。（見科）（末唱）狀元，乾坤似你齊衰素，故添個縞帶飛舞。你躃踊慟哭直恁苦，那堪大雪添悽楚。（末云）休恁的哭。（末唱）抑情就理通今古。（合前）

（末云）狀元，恭喜你回來了。老漢有失迎迓，伏望恕責。（生云）大公言重，卑人豈敢？卑人父母多謝公公周濟，卑人正欲拜掃了父母墳塋，就到宅上拜謝公公。（末云）老漢豈敢受此？東流逝水幾時還，破鏡難修枉再看。（旦云）要把孤身承重祀，休將慟哭送殘年。（貼云）雲横峻嶺家何在，雪擁深林馬不前。（生云）知是遠來應有意，好收吾骨此墳邊。（末云）老漢聞知狀元在此展墓，因見天道煞寒，無可慰勞，聊具一杯淡酒，與狀元敵寒則個。（生云）卑人何勞尊賜？（末云）狀元休謙。

【玉山供】（凡四首）（生唱）公公尊賜，念天寒特來憫吾。公公，我雙親受三載饑寒，我怎不禁一日凄楚？（末云）狀元不必推辭，且滿飲此杯。（生唱）我心中想慕，謾有這香醪也難度。（合唱）感此恩情厚，這酒難辭，念取踏雪也來沽。

【前腔】（旦唱）釵荆裙布，謝公公頻頻照顧。嘆奴身未獲報深恩，如今又蒙重賜。（末云）夫人請了。（旦唱）公公，此德非奴家佩負，我公姑也啣恩在陰府。（合前）

【前腔】（貼唱）勞公尊步，見寒威特來憫奴。（末云）夫人請了。（貼唱）公公，這裏是塚上墳間，比不得暖閣紅爐。（貼云）這般天氣呵，（貼唱）誰人與我愛護，愛護我家中親父？（合前）

【前腔】（末唱）狀元，人生如朝露，論生死榮枯，皆由定數。你休只管慟哭，爹娘也須要繼承宗祀。況你腰金衣紫，不枉了光榮門户。（合前）

（生云）甚勞公公，却當厚報。（末云）老漢何以克當？

詩云：

（生）多謝深恩怎敢違？（末）開懷寬解免傷悲。

（旦）休道世情看冷暖，（貼）果然人面逐高低。

第四十三齣

【劉滚】（凡二首）（外唱）乘驛騎，乘驛騎，陳留去開旨。（净唱）相公，略請行軒，到此且少留駐。（外唱）呀！此間是何處，駐此還怎的？（丑唱）此間是站裏，待將鞍馬來换取。（外云）左右，這是站裏，叫站官過來，换了鞍馬者。（净云）理會得。站官那裏？（末唱）

【前腔】聞知道，聞知道，相公忽來至。喏，不及迎接，望乞恕罪。（外唱）不索要講禮。（丑唱）疾忙與分例。（末唱）同去便支與，不敢稽違。

（末云）總領哥，不敢拜問，這相公還是去那裏轂當？（净云）你不理會得？這是牛太師老相公。（末云）如今那裏去？（净云）將着詔書去陳留，旌表孝子門閭。（外云）站官，你疾忙支與分例，换了鞍馬者。（末云）領鈞旨。（净云）兀剌赤，俺路上要喫得轂些分例，那裏喫得轂？須索多討些個。（丑云）有道理，待小人取了。總領哥，你便偷將去，只道不曾與便了。（净云）正是。（末云）兀剌赤，酒四瓶、肉三觔、米兩斗在此，你收去。（丑收，净偷科，云）告相公：站官不與分例。（外云）唤那廝來。（净拖末科，丑指浄云）却是你拿將去了。（外云）站官，大體例與咱分例，你主甚麼意不與？你不伏朝廷所管呵？（末云）下官怎敢？方支與他，都是兀剌赤使人將去了。（丑云）小人不知。（外云）打那廝。

【賞宮花】（凡二首）（外唱）驛宰無知，如何不與分例？左右，將來拖下打那廝。（合唱）我若還不體好生意，一筆問罪，教伊悔時遲。

【前腔】（末唱）公相聽啓：下官怎敢違理？我今從前再支與，望乞恕罪。（合前）

（外云）站官，好好支與他，不得仍前無禮。（末云）領鈞旨。（支與丑，浄偷科）（浄云）兀剌赤，怎的不多討來？（丑云）那廝説道没有了，我和你剥了他衣服。（浄云）道得是。（剥末衣科）

詩云：

（末）窮站官喫剥衣服，（外）潑祇候只爲口腹。
（浄）老相公不管是非，（丑）破衣服將當酒肉。

第四十四齣

【逍遥樂】（凡一首）（生唱）寂寞誰憐我？空對孤墳將淚墮。（旦唱）光陰撚指過三春。（貼唱）幽魂渺渺，滯魄沉沉，誰與招魂？

（生云）夫人，你見麽？兩木連枝誰手栽，相馴白兔走墳臺。（旦云）相公，無心動植呈祥瑞，（貼云）否極應須會泰來。（末云）一封丹詔從天下，忽聽傳聞動郊野。説道旌表一門閭，未卜此郡何人也？呀！怎的？只見墳傍白兔真稀詫，連理木分枝兩誇。畢竟孝道感將來，此事如何假？（相見科）狀元，賀喜。（生云）大公，賀甚喜？（末云）今日外廂喧傳有詔書到此，旌表孝子門閭，府中已接了，想必爲狀元而來分曉。（生云）人之孝者亦多，卑人何足稱孝？假如周公、曾子之孝，亦是人子分内當爲之事，何足旌表？（旦、貼云）敢不是？（末云）夫人，你説着那裏話？古人云：孝弟之至，通於神明，光於四海，無所不服。今見你墳傍古木生連理之枝，白兔有馴擾之性。祥瑞如此，吉慶必來。

【六么令】（凡七首）（末唱）連枝異木新，見這墳臺兔走如馴。狀元，他禽獸草木尚懷仁，這一封丹詔必因君。（合唱）料天也會相憐憫。

【前腔】（生唱）皇恩若念臣，我也不圖禄及吾身。只愁恩不到雙親，空辜負，這孤墳。（合前）

【前腔】（旦唱）知他假與真？謝得公公，報説殷勤。公公，空教你爲我受艱辛，今日有誰旌表你門庭？（合前）

【前腔】（貼唱）來的是何人？閟中無由，一聲詢問。（末云）夫人要問甚麼？（貼唱）無人詢問我家尊，知他安與否，死和存？（合前）

【前腔】（丑唱）敕書已來近，看那街市上人亂紛紛。我每只得便忙奔，辦香案，接皇恩。（合前）

（相見科）（生云）何勞邑宰光降茅廬？（丑云）好教足下得知，今日天朝牛丞相親自賫詔書到此開讀，道旌表足下孝義，加官進爵，起復到京，二位夫人皆有封號賞賜。下官特來鋪設香案，迎接皇恩。請足下與夫人改換吉服，俟候謝恩。（生云）多謝邑宰開諭，卑人有失迎迓，萬望恕責。（丑云）下官怎敢？此位是誰？（末云）老漢是蔡相公親鄰。（丑云）元來如此。請早換吉服，詔書將次到也。（生云）卑人孝服不可更換。（丑云）呀！先王制禮，賢者俯而就之，不賢者企而及之。今足下服制已過，有何不可？（生云）也説得是。正是：門閭旌表動吾皇，（旦云）孝服今朝換吉裳。（貼云）不是一番寒徹骨，争得梅花撲鼻香？（生云）遠遠望見一簇人馬來了，想必詔書到也，不免迎接則個。

【前腔】（外唱）風霜已滿鬢，玉勒雕鞍，走遍紅塵。今日到此喜欣欣，重相見，解愁悶。（合前）

（外云）左右，這是那裏？（淨云）這是蔡狀元廬墓處，請相公下了馬。（外下馬科）（生唱）

【前腔】心荒步又緊，想着皇恩已到寒門。（旦唱）披袍秉笏更垂紳，（貼唱）冠和帔，又是一番新。（合前）

（淨云）聖旨已到，跪聽宣讀。皇帝詔曰：朕惟風俗爲教化之基，孝弟爲風俗之本。迨今去聖逾遠，淳風日漓。彝倫攸斁，朕甚憫焉。其有克盡孝義，敦尚風化者，可不獎勸，以勉四海？臣議郎蔡邕，篤於孝行。富貴不足以解憂，甘旨常關於動慮。雖違素志，竟遂佳名。退官棄職，厥聲尤著。其妻趙氏，獨奉舅姑，服勞盡瘁，克終養生送死之情，允備貞潔韋柔之德。糟糠之婦，今已見之。牛氏善諫其親，克相夫子，罔懷嫉妬之心，實有遜讓之美。曰孝曰義，可謂兼全。斯三人者，朕甚嘉之。使四海億兆，皆當儀刑斯人，取法將來。風移俗易，教美化行。唐虞三代，誠可追配。是用寵錫，以彰孝義。蔡邕授中郎將，妻趙氏封陳留郡夫人，牛氏封河南郡夫人，限日下到京。父蔡楞贈十六勳，母秦氏贈天水郡夫人。於乎！風木之情何深，允爲教化之本；霜露之恩既極，宜沾雨露之恩。服此休嘉，慰汝悼念，謝恩！（拜科）（相見科）（生云）荷蒙岳丈保奏，卑人何以克當？（外云）説那裏話？（貼云）自別尊顔，且喜無恙。（外云）孩兒，且喜各保安康，再得相見。（指浄云）這是差來的官。（生見科，云）重蒙軍騎，特降寒門。（外云）這兩位是誰？（丑云）下官是陳留知縣。（末云）老漢是蔡狀元鄰人張廣才。（生云）卑人父母，多多謝得他周濟。（外云）元來是張大公呵，俺朝裏也聞他名。大公，我女婿的父母，多蒙扶持。女婿，你今起復和我回朝，未克報他深恩。我有金子一笏，聊爲報答之禮。（生云）如此多謝岳丈。（末云）救災恤鄰，古之道也，何勞相公厚賜？（生云）大公且自收下，卑人改日自當效犬馬之報。（末云）説那裏話？（外云）女婿，你可整備行裝，起復赴京謝恩。（生云）卑人領命，即當收拾起程。

【一封書】（凡四首）（外唱）我親奉帝旨，跋涉程途千萬里。念親親美，探這孩兒并女婿。孩兒，數載艱辛雖自苦，一旦榮華人怎如？（合唱）耀門閭，進官職，孝義名傳天下知。

【前腔】（生唱）兒不孝，有甚德，蒙岳丈過主維？何如免喪親？又何須名顯貴？可惜二親饑寒死，博換得孩兒名利歸。（合前）

【前腔】(旦唱)把真容再畫取。公公婆婆，如今封贈伊，把你這眉兒放展舒，只愁你瘦儀容難做肥。(旦云)今日呵，(旦唱)豈獨奴心知感德，料想他也啣恩在泉世裏。(合前)

【前腔】(貼唱)從別後，痛哀切，況家中音信稀。既因公姑長怨憶，又爲爹爹珠淚垂。今日見公姑無愧色，又得與爹行相依倚。(合前)

【永團圓】(衆唱)名傳四海人怎比，豈獨是耀門閭？人生怕不全孝義，聖明世，豈相棄？這隆恩美譽，從教何所愧，萬古青編記。如今便去，相隨到京畿。拜謝君恩了，歸院宇一家賀喜。共設華筵會，四景常歡聚。願文明，開盛治，盡是孝男并義女，玉燭調和歸聖主。

詩云：

(生)自居墓室已三年，(旦)今日丹書下九天。
(外)官誥頒來皇澤重，(末)麻衣換却錦袍鮮。
(貼)椿萱受贈甘瞑目，(浄)鸞鳳啣恩喜並肩。
(丑)要識名高并爵貴，(合)須知子孝共妻賢。

蔡中郎忠孝傳卷之四終